Über dieses Buch Den Leser, der sich ratlos fragt, was denn ein ›falsches Buch‹ sei, hat Ludwig Harig in einer begeisterten Rezension mit der schwungvollen Gebärde beschieden: »Paul Wührs ›falsches Buch‹ ist das einzig wahre.« Was immer dies nun wieder heißen mag, eins steht fest: mit herkömmlichen Kategorien und Erwartungen kommt man diesem monumentalen und ebenso systematisch wie radikal verworrenen und verwirrenden philosophischen und poetischen Werk nicht bei, und eine Aussicht, ungeschoren aus ihm davonzukommen, besteht schon gar nicht.
In gewissem Sinne ist Wührs Buch ein Stadtroman, wenn Joyces ›Ulysses‹ einer ist. Sein Schauplatz ist die sogenannte Münchner Freiheit, ein Platz mitten in München, am Ende der Leopoldstraße, und ein paar Straßen drumherum, doch sind ihm denkwürdigerweise auch die Spanische Treppe, eine Gegend von Troja und eine bayrische Ritterburg einbeschlossen.
Dieser Platz nun ist von Polizisten abgesperrt, und der Autor muß sich den Zutritt zum Ort seines Romantheaters geradezu erzwingen. Es gelingt ihm endlich, die Polizisten zu bereden, schließlich hat er sie vorher selbst erfunden – so fängt das Buch an. Ebenso wie diese ›Absperrung‹ einen ›richtigen‹ Anfang verhindert, so verweigert das falsche Buch einen ›richtigen‹ Schluß oder überhaupt eine ›richtige‹ Handlung, obwohl andererseits ungeheuer viel darin passiert und ein gewaltiges Aufgebot an Figuren und Gestalten auf der imaginären Bühne seine Denk- und Sprechspiele treibt: es begegnen sich »Seldschuken, Soziologen, Kreuzritter, Punker, Gesellschaftscoiffeure, Polymorphe, Stinknormale und Transsexuelle« (›Die Zeit‹), Hunde, die zugleich Menschen sind und meist nicht einmal nach ihrem Geschlecht festgelegte Wesen.
Auch dem Autor wächst das über den Kopf, amüsiert stellt er irgendwann fest, daß er alles falsch gemacht hat, und so ist endlich die Frage nach der Gattungszugehörigkeit des Wührschen opus magnum wohl auch wieder eine falsche. Rezensenten haben darauf die verschiedensten Antworten versucht: Personenpuzzle – Themenpotpourri – Paul Wührs Münchner Großes Welttheater – Hundekomödie – ein Mordsstück Literatur – das Wührkopftheater – ein geistliches Buch – Prosafestspiel – Kopfkino – Romantheater – poetisch-philosophisches Kostümfest – ein chaotischer Jahrmarkt: oder einfach siehe oben Ludwig Harig.

Der Autor Paul Wühr, 1927 geboren, Dichter und Grundschullehrer, bekam für ›Das falsche Buch‹ den Bremer Literaturpreis, hat Kinderbücher, Hörspiele, Gedichte geschrieben, lebt in München.

PAUL WÜHR

DAS FALSCHE BUCH

Fischer

Ungekürzte Ausgabe
Veröffentlicht im Fischer Taschenbuch Verlag,
Frankfurt am Main, November 1985

Lizenzausgabe mit freundlicher Genehmigung des
Carl Hanser Verlags, München Wien

Druck und Bindung: Clausen & Bosse, Leck
Printed in Germany
1980-ISBN-3-596-25944-4

Es handelt sich um die Kinder:
den verzweifelten Kampf ihrer Interessen
gegen die sich selbst perpetuierende Herrschaft
der Infantilen

Ulrich Sonnemann

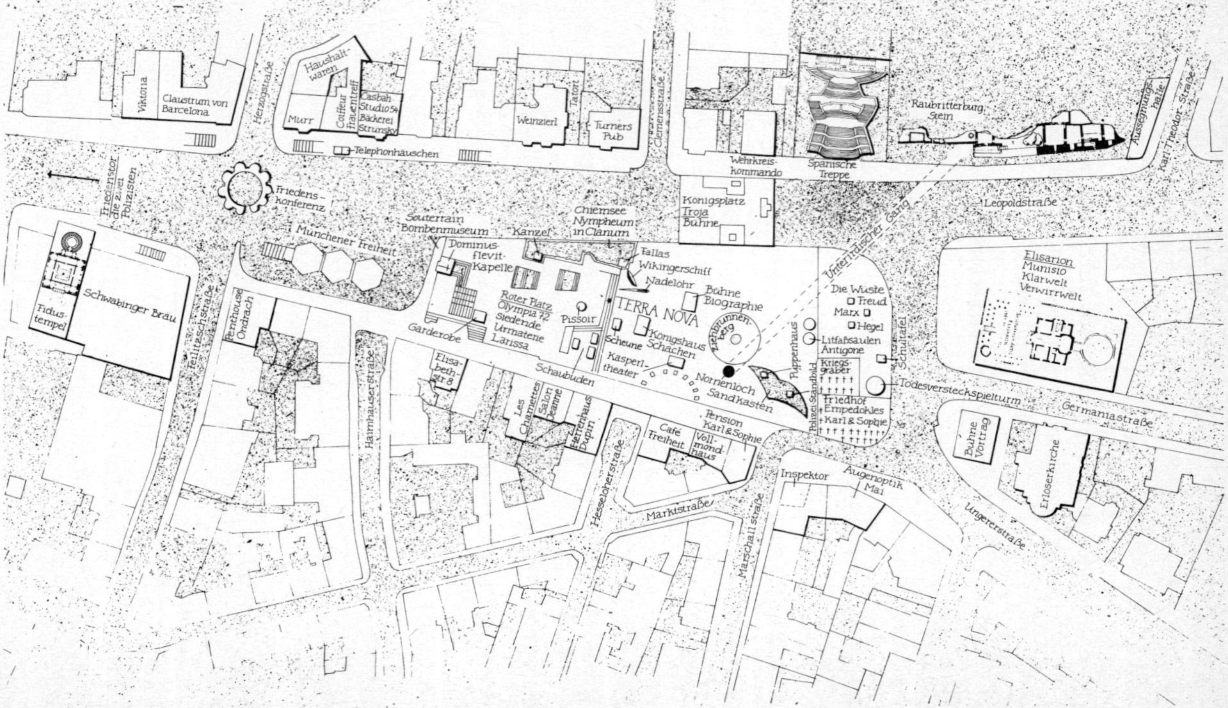
Viktoria
Claustrum von Barcelona
Herzogstraße
Haushaltwaren
Murr
Coiffeur Frauentreff
Casbah Studio 54 Bäckerei Strunsky
Telephonhäuschen
Weinzierl
Tatort
Turners Pub
Clemensstraße
Wehrkreiskommando
Spanische Treppe
Raubritterburg Stein
Aussegnungshalle
Karl-Theodor-Straße
Leopoldstraße
Friedenstor die zwei Polizisten
Friedenskonferenz
Münchener Freiheit
Souterrain Bombenmuseum
Kanzel
Chiemsee Nympheum in Clanum
Königsplatz Troja Bühne
Unterirdischer Gang
Elisarion Munisio Klarwelt Verwirrwelt
Fidustempel
Schwabinger Bräu
Feilitzschstraße
Dominus flevit-Kapelle
Fallas Wikingerschiff
Nadelöhr
Bühne Biographie
Roter Platz Olympia 72 Siedende Urmatene Larissa
Pissoir
TERRA NOVA
Ziehbrunnenberg
Die Wüste
Freud
Marx
Hegel
Litfaßsäulen Antigone
Schultafel
Garderobe
Scheune
Königshaus Schachen
Kasperltheater
Puppenhaus
Nornenloch Sandkasten
Schaubuden
Polizei-Standbild
Kriegsgräber
Friedhof Empedokles Karl & Sophie
Todesversteckspielturm
Germaniastraße
Penthouse Ondrach
Haimhauserstraße
Elisabethstr 8
Les Chamettes
Salon Deanne
Herrenhaus Dupin
Pension Karl & Sophie
Café Freiheit
Vollmondhaus
Hesseloherstraße
Marktstraße
Marschallstraße
Inspektor
Augenoptik Mai
Bühne Vortrag
Erlöserkirche
Ungererstraße

INHALTSVERZEICHNIS

I

IV

V

I

Ich traf auf eine Absperrung. Das Seil werde um denjenigen Teil der Stadt gespannt, in dem die Ereignisse stattfänden, sagte man mir. Selbstverständlich ließ ich mir nur sagen, was ich schon wußte, weil diese Ereignisse von mir erfunden sein werden und sicher derart, daß sie diese Absperrung verdienen, was wiederum ich jetzt entscheide, und zwar in Anbetracht einer Lage, in der nicht nur ich mich befinde.
Ich erfinde zwei Polizisten, die dort, wo ich stehen bleiben wollte, der eine zur Linken, der andere zur Rechten, das Seil hielten, das mich aufhalten sollte.
Hier ist abgesperrt, sagte der eine. Der andere nickte.
Ich sagte nichts. Ich blieb stehen.
Sie dürfen hier nicht stehen bleiben, sagte der andere.
Ich blickte empor.
Blicken Sie nicht so empor, sagte der eine.
Da schlug ich die Augen nieder.
Tun Sie nicht so, sagte der andere.
Als würden Sie das nicht begreifen, sagte der eine.
Doch, sagte ich, ich begreife. Sie sperren ab. Ich darf hier nicht weitergehen. Deshalb bleibe ich stehen.
Gehen Sie weg, sagte der andere.
Ich gehe nicht weiter, sagte ich, weil der Stadtteil hinter Ihnen abgesperrt ist. Anscheinend ist es verboten, im abgesperrten Teil der Stadt herumzugehen.
Das stimmt tatsächlich, sagte der eine.
Das ist nicht nur anscheinend so, sagte der andere.
Ich begreife, sagte ich. Ich darf dieses Buch nicht schreiben.
Deswegen stehen wir hier, sagte der eine.
Auch deswegen, sagte der andere.
Anscheinend ist es verboten, dieses Buch zu schreiben, sagte ich.
Das stimmt tatsächlich, sagte der eine.
Das ist nicht nur anscheinend so, sagte der andere.
Tatsache ist, daß ich dieses Buch bereits schreibe, sagte ich. Sie beide kommen darin vor. Ich schreibe jetzt, daß einer von Ihnen sagt:
Hier ist eine Absperrung, gehen Sie endlich weg, sagte der eine.

Warum? fragte ich. Ist es verboten, vor der Absperrung stehen zu bleiben?
Ja, sagte der andere.
Es ist verboten, vor und hinter der Absperrung zu stehen, sagte der eine.
Es ist auch verboten, mit der Absperrung zu sprechen, sagte der andere.
Ich sehe das ein, sagte ich. Dann dürfte es besonders verboten sein, ein Gespräch mit der Absperrung zu schreiben?
Das stimmt tatsächlich, sagte der eine.
Tatsächlich stimmt das, sagte der andere.
Wenn es verboten ist, vor der Absperrung zu stehen, dann ist auch der Teil der Stadt abgesperrt, in dem ich stehe, folgerte ich.
Wieso? fragte der eine.
Wenn dieser Teil der Stadt, in dem ich stehe, nicht abgesperrt ist, dann darf ich hier stehen.
Reden Sie nicht so viel, sagte der andere.
Gehen Sie weg, sagte der eine.
Und zwar sofort, sagte der andere.
Und bitte wie weit? fragte ich.
Das ist uns egal, sagte der eine.
Wenn Sie nur weggehen, sagte der andere.
Ist es Ihnen deswegen egal wie weit ich weggehe, weil ich mich immer in einem abgesperrten Teil der Stadt befinden werde, sowohl hier vor Ihnen als auch sehr viel weiter weg? fragte ich.
Was meint er damit? fragte der eine den anderen.
Das kann uns egal sein, sagte der andere.
Obwohl es schon auch stimmt, sagte der eine.
Wir sind doch nicht dumm, sagte der andere.
Das können Sie also verstehen, sagte ich. Hier und sehr viel weiter weg hinter mir ist abgesperrt. Da ich aber hinter mir kein Ende der Absperrung sehen kann, ist wahrscheinlich nicht nur der Teil der Stadt abgesperrt, den Sie absperren, sondern alle übrigen Teile der Stadt, die von Ihnen nicht abgesperrt werden. Sollte aber nicht stimmen, was ich folgerte, so folgere ich, daß ich hier stehen bleiben darf.
Sie dürfen nicht stehen bleiben, sagte der eine.
Und dabei bleibt es, sagte der andere. Wir wollen uns nämlich nicht mehr länger anhören, was Sie reden.

Obwohl wir es nicht ungern hören, sagte der eine.
Weil Sie mit dem, was Sie sagen, in gewisser Weise sehr viel Verständnis zeigen für unsere Aufgabe, sagte der andere.
Wenn auch beinahe schon wieder zu viel, sagte der eine.
Was wir nur ungern verbieten, sagte der andere. Einmal angenommen, Sie meinen es ernst.
Was Sie annehmen dürfen, sagte ich. Was mich wiederum annehmen läßt, daß ich hier stehen bleiben kann, um mit Ihnen zu reden, da ich nicht nur dieses Ihr Verbot anerkenne, sondern es auf eine Weise großzügig auslege, die ich ohne weiteres eine Erweiterung dieses Verbotes nennen könnte, wäre ich so unbescheiden, nur mir und nicht Ihnen auch und Ihnen vor allem das Wissen um die Tragweite dieses und aller Verbote zuzuerkennen.
Was meinst du? fragte der eine den anderen.
Gut, er kann bleiben, sagte der andere.
Obwohl es sicher verboten ist, das zu schreiben, sagte der eine.
Das ist ganz sicher verboten, sagte der andere.
Obwohl es stimmt, sagte ich.
Es stimmt, obwohl es verboten ist, sagte der eine.
Wir können wahrscheinlich auch gar nichts dagegen unternehmen, sagte der andere.
Verzeihen Sie, fragte ich, habe ich richtig begriffen, wenn ich jetzt begreife, daß Sie eigentlich nichts Bestimmtes absperren, sondern alles?
Nicht schlecht, sagte der eine.
Das wird uns nämlich in dem Gespräch, das wir Ihnen verboten haben zu schreiben, immer klarer, sagte der andere.
Das ist nämlich so etwas wie die Erfüllung unseres Polizeiaufgabengesetzes, müssen Sie wissen, sagte der eine.
Danke, sagte der andere.
Nichts zu danken, sagte ich. Es ist also klar, daß alles abgesperrt ist. Und weil es verboten ist, sich innerhalb einer Absperrung aufzuhalten, ist es mir verboten, mich überall aufzuhalten.
Selbstverständlich, sagte der eine.
Das ist doch klar, sagte der andere.
Ebenso ist es sowohl verboten, dieses Buch, das ich schon begonnen habe zu schreiben, zu schreiben, als auch, es nicht zu schreiben.
Es ist wirklich alles verboten, sagte ich.
Freilich, sagte der eine.

Warum sollten wir, sagte der andere, Sie nur daran hindern, dieses Buch zu schreiben, wenn wir Sie auch noch daran hindern können, es nicht zu schreiben. Es ist wirklich alles verboten, wie Sie schon sagten.

Obwohl wir Ihnen verbieten, sagte der eine, uns so sprechen zu lassen, verbieten wir Ihnen, uns nicht so sprechen zu lassen. Er lachte.

Ich kann demnach weiterschreiben, sagte ich.

Schreiben Sie weiter, das ist ja auch verboten, sagte der andere. Er lachte auch.

Ich kann demnach weiterschreiben, sagte ich, daß ich zu Ihnen sage: Ich kann demnach über das Seil steigen und in dem verbotenen Teil der Stadt herumgehen, weil es mir ja auch verboten ist, mich außerhalb des verbotenen Teiles der Stadt aufzuhalten.

Was meinst du, fragte der eine den anderen. Er schmunzelte.

Einverstanden, sagte der andere. Er schmunzelte auch.

Ich nehme an, sagte ich, daß Sie als absolute Absperrung sehr gut wissen, was Sie mit dieser Erlaubnis erreichen. Würden Sie mich nämlich nicht über das Seil steigen lassen, so könnte ich mich über die ganze Erde, die von Ihnen abgesperrt wird, bewegen, also sehr viel.

Der abgesperrte Teil hinter uns ist der sehr viel kleinere Teil der Absperrung, das wissen wir nur zu gut, sagte der eine.

Je weniger einer sich bewegen kann, desto besser, sagte der andere. Steigen Sie über das Seil.

Ich stieg.

So begann ich mein Buch.

Ich ging auf der abgesperrten Leopoldstraße in Richtung Münchener Freiheit, wo mir innerhalb der Absperrung zwar freie Bewegung erlaubt war, aber ich konnte noch nicht so recht aus mir selber heraus. Das änderte sich dann auf der Wiese, in der Nähe des Forums, als ich anfing, mir selber zu gefallen. Ich half etwas nach, malte Lidschatten, puderte meine Nase; auch mein Mund bekam mehr von seiner Farbe. Und endlich gefiel ich mir derart gut, daß ich erregt die Strümpfe glatt strich, die Bänder höherzog und meine Beine spreizte wie in etwa der Papst seine Arme. In dieser falschen

Positur bildete ich mir ein, meine eingebildeten Brüste würden mich schmerzen infolge einer scheinbaren Zunahme ihres Gewichtes, da sie verkehrt gehangen hätten. Aber, indem ich sie gleichsam anhob, konnte ich mich umso ungezwungener der Freude an meinem runden Gesäß hingeben, in der sicheren Annahme eines perfekt sitzenden Slips. Über dem Turm der Erlöserkirche, der aus einem blauen Himmel herunterhing, grünte die Wiese.
In Bälde also sollte ich zusammentreffen mit meinesgleichen, die ihr Glück noch nicht ahnten. Wer jemals zu einem Fest eingeladen war, das erst viel später, nämlich zu seiner Zeit, dem spontanen Entschluß der Teilnehmer seine Feier zu verdanken hat, der muß ein Monster sein, um empfinden zu können, wie ich mich jetzt fühlte.
Die Vorfreude ließ mich strampeln. Aber nicht ungestraft erfreut sich das Falsche so richtig. Ich saß im Gras. Und allein die Sorge um das Blütenweiß meiner Unterwäsche verbot mir ein längeres Verweilen in einer Lage, die mich meine Umgebung in ihrem gewöhnlichen Sachverhalt sehen ließ. Ich erhob mich als ein Mann, der im Wahn, die schönste Frau auf diesem Terrain zu sein, vorhatte, in die entsprechende Divergenz zu eilen.

WIR: Am Ende dieses Buches kamen wir zu dem Schluß, daß wir ganz und gar unentschieden geblieben waren, was wir dann auch noch für alle Zeiten zu bleiben beschlossen. Wir werden also nicht, wie vorgesehen, eine Einleitung schreiben, da eine solche nur ausführen könnte, wie wenig wir einführen können. Es reden einfach zu viele dazwischen.
Wir sind der Meinung, ein Festspiel, oder der Jahrmarkt, oder ganz einfach das Projekt, oder besser das Projekt zu einem Projekt, oder nur dieses oder alles dieses ganz ohne Einführung vorzeigen zu müssen. Gegebenenfalls werden wir erläutern.
Wir begannen mit einem Fehler. Der erste Auftritt eines Regisseurs war nämlich weder Projekt noch Projekt eines Projekts, sondern wir sind überfragt.
Konsequent sind wir nur insofern, als wir feststellen, daß wir uns nie darüber klar werden konnten, wer mit den zwei Polizisten am Friedenstor sprach. Es handelt sich aber bei dieser Feststellung

nicht etwa um Rücksichtnahme auf eine Person, deren berufliches Fortkommen wir nicht gefährden wollen.

Diese Person befindet sich auf der Münchener Freiheit. Auf dem Wege dorthin schloß sich ihr ein Boxer an, dem sie allerdings noch wenig Aufmerksamkeit schenkte.

Wir beschlossen von Anfang an und halten das hier fest: diesen Regisseur so etwas wie eine Einführung in uns sein zu lassen. Er bot sich an. Könnten wir sagen. So merkwürdig das klingt. Wir denken, darüber nachzudenken, ließe uns über kurz auf einen Fehler stoßen, davon einmal abgesehen, daß uns von Anfang an die Übersicht verloren ging, angenommen, wir hätten sie jemals gehabt. Wie schon gesagt: Es arbeiten zu viele mit. Anscheinend hatten wir uns nicht abgezählt, könnten wir uns entschuldigen, wären wir abzuzählen.

Im Verlaufe dieses Projektes wuchs unser Mißtrauen, denn wer erklärt uns, wer dieser Person erklärt hat, was wir im Schilde führen, könnten wir erläutern, wenn es nicht unsinnig wäre, irgendjemandem den Sinn unseres Vorhabens zu erläutern, das eine große Störung werden sollte, an die wir auch jetzt noch glauben, obwohl wir meinen, nie etwas glauben zu können, was wir natürlich nicht so genau wissen.

Dies lesend, fiel mir auf, wie nötig hier ein Nachtrag war, den ich hier einfügte, nachdem alles schon gelaufen war. Nämlich ich, der Regisseur, übergab meinen Leuten, nachdem sie hier aufgetreten waren, mein Buch, mit der Aufforderung: sich mit Zwischentexten darin zu behaupten. Was daran falsch sein mag, darf es bleiben. Ich kann in dieser Hinsicht wenig ausrichten, aus Gründen meiner eigenen mehr als undurchsichtigen Herkunft.

Auf den Seiten des Buches läßt sich mit der Zeit frei schalten und walten, und trotzdem erreichen ihre Brüche hier nicht die wahrhaft schreckliche Anzahl, wie sie jenseits des Buches nicht zu zählen sind: eine Erinnerung meinerseits an die Tatsache, wie sehr wir das vermehren wollten, was uns schreckt: eine Dunkelheit, in der wir die Gewalt über uns verlieren, oder, weil sie immer schon geherrscht hat, sie niemals in der Gewalt hatten, was uns befähigt hätte dazu, im Anfang ein vollkommenes Bild von uns zu schaffen,

das es im Fortgang zu erhalten gegolten haben würde, durch Mord; dieser ist Korrektur, als bestimmter, nämlich als guter, als schrecklichster also. Wir begreifen uns nicht. Wer bin ich? Oder: wie oft gibt es mich schon und wie oft noch wird es mich geben, wenn man dieses Buch hier erlebt, in dem wir erscheinen.
Zugeben muß ich auch noch, daß dieser Nachtrag insofern falsch ist, als er nur für die Hälfte des Buches stimmt.
Der Fehler wird von mir aber nicht korrigiert.
Wahrscheinlich gebe ich jetzt schon in diesem Nachtrag eine Probe von einer Zerreißprobe, die man nachlesen kann. Und wahrscheinlich soll die Zulassung so vieler Personen, die ihre Zulassung selber behaupten dürfen, von der Frage ablenken, wer eigentlich mich zuließ, hier und noch dazu wirklich. Es wäre zu schön, könnte ich hier mit meinesgleichen über unsere jeweiligen Zulassungen lachen. Es darf und nur wirklich gelacht werden.

Ich schrieb auf eine Schultafel:

LIEBE AUF DEN ERSTEN BLICK

der luzide Anfang

Vollkommenheit

die Entwicklungsgeschichte des Richtigen
ist die Geschichte
der Gewalt
gegen jede Veränderung
die nicht dem Anfang entspricht
die richtige Liebe
maßregelt nach dem Bild
des ersten Blicks
gegen die Zeit

Zum Fortschritt entschloß ich mich in der Hauptsache deshalb, um die Ausbreitung meines weißen Taghemdes verfolgen zu können, von oben herab, nachdem es mir die erste Umsicht nicht versperrt hatte, die ich von unten hinauf unternommen: ein Fehler, der in der Hose seine Ursache hat. Das Gewicht meiner Schultafel ließ mich auf die abenteuerlichste Weise schwanken, was meine Glieder zu der von mir beabsichtigten Wirkung brachte. Besonders der unheilige Leichtsinn des wenig sachgebundenen Sehers ließ mich in den ungezogensten Tönen jubilieren, da es mir – mehr Schreier, denn Seher – Spaß machte, den Rock zu heben als Frau, die selbstverständlich ein Mann ist, der mit seinem wichtigsten Glied die Tatsache zu deuten begann, die ich verkehrt und noch dazu mit einem ausgelassenen Rock nur hängen ließ: nämlich den Turm der Erlöserkirche, der in Wahrheit in dieser Münchener Freiheit gesteckt hatte und, wieder umgekehrt, noch darin steckt, kurz gesagt.
Ob ich jemals von mir selbst dazu auserwählt werde, in wirklich vorsichtiger Ernsthaftigkeit das auszutragen als eine Frau, was, wie ich in milder Raserei formuliere, wert ist, ausgetragen zu werden in der gültigen Form eines brennenden Gemütes? Man gebe mir, daß mir der Saft nicht dazwischen spritzt. Aber wer wehrt in mir diesen blindwütig zeugenden Anfängen. Schlimm zu erfahren, wie schmerzhaft ausgestoßen sich einer vorkommt, der Salz in die verlockendsten Süßspeisen rühren muß, aus Berufung, die hochkommt, wann und wo sie will und ganz besonders vor der Unbedingtheit sinnvoller Sätze, die ihre Anfänge so nehmen wie dieses vorzeitige Ende sich gibt: ich weiß nicht mehr weiter.
Auf der Wüste alias Parkplatz stellte ich meine Schultafel ab. Jetzt ist vorläufig Schluß.

Wir: Hier hätte der Regisseur den Platz entwerfen müssen. Es wäre jedenfalls an der Zeit gewesen. Er unterließ es. Zwar sah er vieles voraus, aber undeutlich, obwohl sehr geistig, mehr als uns lieb war.

Wo war ich hängen geblieben? Beim Seher! Gut. Ich wandte mich um, zu sehen, nach der Stimme, die mit mir redete. Und als ich mich umwandte, sah ich:

Wie die Freude Wälder ihrer Gedanken öffnet. In ihr fliegen einige Hände. Die Freude öffnet sogar den Kelch der Geburt. Ich glaube, ich werde zur Palme. Ich verzweige mich in die Frühe der Zukunft. Im Glase der höchsten Wesen springt die Fontäne der Winde zur Schau der Wehen. Ich sehe ein Buch. Den Seiten entragt, aus dem Buche spricht der Logos, entkleidet der Prophetie, überdeutlich. Er ist gewandet mit Ohren. Er wiederum sieht das Vas spirituale: die Erde, in die Verheißung blühend: apparuerunt fontes aquarum. Wehen schreien im Becken den Spiegel der Wasser hinan. Ich sehe die neue Erde, wie sie nackt in der Herrlichkeit liegt am Gestade einer gewaltigen Stirne. Es locken die Vögel: den Spender der Namen im Garten, die schweigenden Tiere: ihre Musik, ruhende Blumen: den Blick, Wasser: alle Dürstenden, Früchte: auch meinen Mund. So ungefähr weiter.

In der Wüste, alias Parkplatz, war ich plötzlich nicht mehr allein. Da stand einer neben mir: hohe Passibilität. – Wirklichkeit verbrannt, in effigie, wörtlich.

Der sagte, Phidias habe seine Werke vollendet, auch wenn sie nicht verkauft worden seien. Das habe ihm Seneca zugeflüstert.

Ich bestaunte den hochstaunenden Satrapen, wie ihn Lavater nannte, augenscheinlich selber Gegenstand gediegenen Durchblicks. Deshalb zuvorkommend ich: Wenig Verstand, zugegeben. Allzuklug ist dumm. Seine Meinung.

Sah ich recht: Standen seine Ohren ab? Diese Buchzeit lang sollen sie ihn nicht zur Abreise reizen. Kein Wind in dieser argen Aussicht. Keine Aktibilität seinerseits. Nur Luftstreiche.

Sie hier? fragte ich. Auf meinem Platz?

Wenn er keine Leier ist, ja.

Weder Leier noch Pinsel, lachte ich.

Jetzt wurde Johann Georg bestimmter: Die Leopoldstraße ist der Stiel. Dann ist die Münchener Freiheit die Schaufel, erklärte der Magus in Norden. Eine Wurfschaufel für meine Muse, sagte Hamann.

Ich sagte: Eine Wurfschaufel für mein falsches Buch.

Wo wir hier sind, wird das immer komplexer noch ohne euch, als ich mich befinden werde in inkohärenten Bewegungen: immer diffuser wird mir das meine im anderen.
Spricht man von München, so denkt man unweigerlich an Schwabing, an die Leopoldstraße, pulsierende Lebensader der bayrischen Metropole. Und jeder, der einmal nach Schwabing kommt, muß auch einmal besucht haben: den Platz: er sieht aus wie die Freiheit.
Kein Kommentar. Aber in dieser Zeit: WKV. Freiheit 12. Sprechen sie mit Frau Witzel. Bayrisches Hütel. Dicker Zeigefinger: demonstrierend meine Vorschüsse. Wenig Lorbeer.
In der Nachtkule: das Seil. Was wird abgesperrt werden?
Das Licht, gestreut. Überall Kegel, wer steckt, bitte worthalber. Horch?
Freiheit 24. Lieferant für Augenoptik. Mai. Anpassung. Erfahrene Spezialisten. Eine Sonnenbrille vielleicht: gegen die blendende Nacht.
Das ist alles hier: um fortzulaufen auf den Sätzen. Gefühle bleiben zurück.
Die Schönheitsbehandlung. Orlane. Ungererstraße. Zu faltenreich. Armer Autor.
Meine Geldwünsche in der Zweigstelle der Vereinsbank. Als einziger Kunde. Keine Bedienung.
Aber schon Frühlingstage hier richtig warm für die Beerdigung des falschen Taglichts. Kunst. Ach so.
So realiter, den Erlöserturm im Rücken, stehe ich als ein halber Kerl hier herum, die Geschenke der Wirklichkeit in einer Hand. Hier wird sonst gewischt.
Das Unsichtbare wird nämlich renoviert.
Vom Himmel hoch, da kommt er her: ein Papierflieger. Landung: das Modell ist tunesisch. Der Name: Poppers. Und da ich schon nicht diesen Namen küssen wollte, wünschte ich die Person zu küssen. Erfüllung des Wunsches. Und das war ich: zu zweit. Das Ganze hatte sich das erste Mal geteilt. Nämlich: die Sprache kann sich nicht wehren; meine erste Liebe deshalb. Schlimm? Bitte, sehr. Bitte: Zufall? Ich bin bis unter den Friedhof belesen. Oder reden muß ich schon, aber nicht nur wie alle Wörter unwägbar, sondern unbestimmter.
Wie steht meine Wanne so falsch auf diesem Platz, wo es in ihr

drinnen ganz leer ist. Aber mein Erfolg, der kann sich selber abtrocknen. Oder gar Reinheit? Meine?
Die Stadt, diese meine? Da kann ich nur sagen: Was ist sie schon nicht, wieso dann dieselbe noch universal, lieber Bucky? Und überhaupt: Ich habe mir noch nie eine Stadt gemietet. Darüber bin ich ihr Kopf. Ich denke. Sie verdaut.
Bei so wenig Schecks Finsternis bekomme ich sehr viel Helles heraus.
Und die eigene Konditorei und Confiserie: reichhaltige Auswahl an Kuchen, Gebäck und Eis. Qualität? Einfach Spitze. Freiheit. Café. Ich sehe.
Im Augenblick bin ich vorpreisgünstig.
Urbs rosa? Oder wo lag ich in ihr, als wer über mich stieg? Rosa Zwickel unter einem himmlischen Rock. Ich substrahierte: minus Rock, minus Zwickel: ist gleich Rosa. Keine Farbe mehr. Sondern ein Name. Der ihre. In Wahrheit: ein großes Ereignis. Geburt. Sie war da. Und es gab sie. Ich war jetzt zu dritt. Das Ganze hatte sich ein zweites Mal geteilt. Die wehrlose Sprache. Die erste Liebe. Noch schlimmer?
Und wie immer mehr vergriffen: die Nachtigall in der Hose.
Ichselber aber jetzt auf der Wüste der Freiheit: kein Rasen, und sicher überhaupt keine dritte Schicht. Und trotzdem einen hohen Steifen. Das Veilchen düngt.
Das Ganze hatte sich zweimal geteilt: aber nur Bruch. Ungebrochen jedoch das Glied: mit einem Bluterguß nach diesen Stößen ins Totum.
Bitte: Nicht geträumt wird hier, sondern immer traumhaft genau gedacht wird hier werden.
Und so weiter: Teilungen. Aber keine Rede mehr davon.
Bitte: soll das, was ein Haufen wird, also diese Fahnentücher in der Wüste, sein erstes Bett sein? Und stand er als Liliputaner da, aus dieser faschistischen Orgie ausgeschlüpft, also nach Rummel und Puff? Dann außerkörperlich durfte der sogleich ergänzen wird der seinen Kriegsspielkasten, mystisch. Total.

Der aber, wo jetzt ankommt, der junge Ritter, der Heinz von Stein, der Boxer . . .
Er war mir bisher gefolgt. Ich hatte ihm wenig Aufmerksamkeit geschenkt. Aber Theater. Der Vorhang hebt sich. Hob sich schon mehrmals. Es leben die großen Gesten, die wesentlichsten Posen: Dieser, der Geharnischte, auf seinen zwei Hinterläufen aufrecht hopsend, ein Beil geschultert, sein Schwert zur Linken, dasselbe am Boden nachschleifend, strahlt aus seiner Gugelhaube, als er sein Eigentum wiedersieht, nach langen Jahren des Herumritterns im Vorderen Orient, kreuzeshalber.
Sie sehen, den Blick nach Westen gewandt, zur Rechten die Burg dieses jungen Ritters, sein Eigentum auf dem Stein, genau dort also, wo sonst das Maxgymnasium seine Sportstätten hatte, dem Stück Leopoldstraße nämlich entlang, welches sich noch auf der Freiheit befindet.
Wie er sie im Mondschein so aufragen sieht, kommt er umso unbeholfener ins Hopsen, hält aber hinter dem Wall in der Nähe des äußeren Tores.
Sie hören jetzt, wie ihm über die Lippen Bayern kommt, buchstabengetreu, freilich hier und heute an Ort und Stelle. Sie sehen, wie er auf diese treue Muttererde stampft. Sie müssen nicht befürchten, daß er bei den ungetreuen Vertrauensleuten in seinem Besitz damit Argwohn erweckt. Wie Sie deutlich vernehmen können, wird im Inneren dieses gewaltigen Ritternestes gegrölt, und zwar bei Würfelspiel und sonst etwas Musischem.
Scheißkerle murmelnd, scharrt er jetzt sogar und läßt seinen tausendtreuen Robunz, der ihm in einer Mönchskutte an der adeligen Seite geblieben war bis zum heutigen Tage, über das schmale Brückerl schlurfend bis zum Einlaßtürl vorauseilen, wo dieserselbige einen Jenseitigen, mit Hilfe eines jammervollen Wauwaus, dazu bewegen kann, das Guckloch zu öffnen.
Das haben Sie wahrscheinlich alles genau verfolgen können, wobei von meiner Seite im dramatischen nachhinein erwähnt werden kann, daß ich diese Persona zu erwähnen vergaß. Aber bitte, Ihr Verständnis vorausgesetzt, bedanke ich mich für dasselbe.
Jenes, nämlich das Guckloch, fliegt zu, und die kleine Tür öffnet sich, wobei aus der Mönchskutte ein Buchscheit fällt und zwar zwischen Tür und Rahmen, woraufhin sofort eine Gurgel zugedrückt wird und erschröckte Hundsköpfe sehr überrumpelt eine

Inbesitznahme eines Besitzes mitansehen müssen, weil die Wucht der Heimkehr des Ritters vom Stein einfach zu plötzlich über sie hereinbricht, der durch das zweite Tor ins Hochschloß hineinstürmt, sein Kaiserschwert hebt, erfolgreich, weswegen er über den Hof seiner glücklichen Jugend stürzen kann und alsogleich auch verschwinden in einem hölzernen Schacht, der denselben mit seinem Robunz eine Wendeltreppe geradewegs an der Felswand dreiundzwanzig Klafter tief ins Höhlenschloß gelangen läßt, von wo aus der späte Heimkehrer hinuntersteigt immer weiter bis in den Innenhof des Neuschlosses hinunter und überall Hundsfötte weckend, den Knechten den alten und neuen Herrn zeigend in jugendlichster Figur, wenn auch häßlich wie keiner, was den Vorteil hier hat, daß unser Heinz von Stein in den Obergachen des Schlosses hinaufsteigen kann ohne irgendwelche klaffenden Gegner, von denen der widrigste, nämlich der sich dieses Vertrauen angemaßt habende Mann Ulrich von Ostenburg nun endgültig aus der Burg seiner Väter von seinem Sohne entfernt wird.

Sie staunen. Mich aber drückt mein Gewissen, da ich Ihnen sowohl eine Inbesitznahme zumuten mußte und die ziemlich verwirrende Architektur einer bayrischen Burg. Mich muß dünken, Sie überfordert zu haben. Aber hierzulande erfindet man seine Häuser mit den Augen seiner Feinde, was unsere einfachen Gemüter zum Bau der unausgeglichensten Werke nötigt. Jetzt jedoch kann ich nur ein Gebrüll nennen, was Sie selber dergeschall hören, obgleich es Gesang genannt werden muß, weil sozusagen unter den Fellen der Hauptdarsteller ganz und gar nur die Liebe in die Nerven greift, begleitungshalber, insbesondere in dieselben des jungen Ritters, der seine Sahira herbeijodelt, wie es unter bayrischen Rittern die gute Sitte ist, also nach einer Rauferei.

Sein Mitbringsel aus den vorderasiatischen Hinterländern nach wenigen Augenaufschlägen mit geschlossenen Lidern umarmend, ist der Heinz von Stein so zu Hause, wie keiner zur Zeit auf dieser Freiheit.

Meine Beschreibung des außerordentlichen und noch nie in dieser Mischung erschauten Wunderhundes, weiblicher Art, muß hier im Mondschein unterbleiben. Sehen Sie selber. Mir versagt der künstlerische und der völkische Mund gleichermaßen. Kundt und zu wissen sey aber jedermänniglich, daß allhier angekommen ist und in momentum noch eisern umarmt: eines der frembdesten Tiere auß Egyptenlandt, welches Ende und Füsse hat gleich wie eine Dame vom Nil. Und es kann im Ernst nicht ein frommes Gedicht geheißen werden, was dem christlichen Ritter Heinz von Stein den Besuch des übrigen ans Herz legt. Derselbe ist hier nicht zu sehen. Bitte, pfeifen Sie nicht. Nur soviel: so hart diese Burg auf dem Stein ist und so schlagend sie, wie Sie sahen, bezwungen werden mußte, so im ganz gegenteiligen Vorgehen wurde belegt, was weicher, voller, wärmer, sich noch nie einem Heimkehrer in seiner bayrischen Heimat so fremdländisch schön untergestaltete.

Der wo sich jetzt auf dem Stein bewegt, dazwischen, ist es auch, der sich drinnen befindet und in einer bayrischen Nacht, die so lange dauert, wie man sie stößt.

Und zum Schluß, meinerseits auf Zufriedenheit meiner Zuschauer aus in diesem Hundetheater, jucke ich Ihre Neugier, wenn sie auch selber noch nicht dieses tut: Bitte, auf dieser Freiheit gugge wer will in den Kasten, wo die Menschen auf ihren Hunden oder umgekehrt lieben, hier, wo der Morgen schon graut, und worüber die Sonne schon aufgeht und dann aber . . .

Und wenn dieser Platz jetzt einen blauen Himmel gemalt bekommt, und Häuser, in buntesten Farben, und alles fein säuberlich konturiert ist, aus Photographien herausgezeichnet und koloriert, können sich die Zarten und Sanften mit den lieblich pendelnden Schwänzen ganz und gar abseitig fühlen und durchaus unbehaart dasein, ihre weichen Mähnen hinter die Ohren streifen und sich von dem unwirklichsten Teil des Lebens auch noch den geringsten Teil nehmen in ihrer unbezähmbaren Bescheidenheit, die immer das Dünnste wählt, um das Flachste mit ihren Wasserfarben zur Geltung bringen zu können. Jeder ihrer Pinsel hat diesen Auftrag. Und ich weiß nicht, weshalb ich ihre Leinwände mit meinem Messer durchstoßen sollte, neugierig auf was für ein wirkliches Leben auch immer, da diese Wasserfarbensüchtigen doch dem dicken Leben in all seiner grauen Gerechtigkeit ganz außerordentlich eigensinnig und mit finanziellem Erfolg beizukommen versuchen. Und ist es nicht Fidus, der über dem schwarzen Hertieblock schwebt und seine Strahlen ausschwitzt. Der letzte will ich sein, der diese bunte Furcht vor dem Leben verurteilt.

Ich konnte Hockney erkennen. Er schlenderte, gefolgt von der hüpfenden Schar seiner nackten Lieblinge, auf der Leopoldstraße. Sein Ziel war die kleine Frau mit den grauen Haaren: Rosa. Sie wollte sich entkleiden, sich selber überreden dazu vor dem Publikum: Seien Sie doch gelehrig und ruhig, redete sie sich selber zu, während ich Ihnen befehle, Ihr Kleid und alles übrige auszuziehen. – Sie gehorchte sich selber. Sie befand sich nackt in ihren eigenen Händen, und das war noch nicht alles: auf ihren Lenden befestigte sie ein Brettchen, einen kleinen Ofen, und backte darin einen Kuchen. Der Kuchen war eine Bombe, das konnte ich deutlich erkennen. Oh, meine Liebe, ich kann nicht mehr, beeilen Sie sich, ich kann nicht so bleiben, jammerte Rosa sich selber an. Das ist es, was wir brauchen, Madame Rosa, flüsterte sie sich zu. Sie müssen heiß sein. Die Bombe ist kalt. Sie wird von Ihnen, von Ihrer Flamme erwärmt werden. – Also, hier sah ich den Kuchen des Altertums wieder, der indischen und römischen Hochzeit, erhitzt mit dem unzüchtigen Geiste Satans. – Ich schicke dir den Kuchen, der von meinem Schmerz durchbacken wurde und in meiner Liebe heißgeblieben ist, schrie sie und schritt durch das Spalier der nackten Jünglinge auf das Forum zu, und auf den Stufen stieg sie hinunter in den U-Bahn-Schacht, wo sie die Bombe aus dem Öfchen auf ihren Lenden herausnahm und ablegte. Und dort unten reichte Robin ihr einen Bohrer, den sie sogleich küßte, den sie auch den Phallus Satans nannte, zu dem sie sprach: Beiße hinein, lasse dich von einer fremdartigen Unruhe ergreifen, ergreifen vom Schwindel, damit dir die Blutwelle zum Herzen steigt, damit du errötest und glühst, damit die Raserei und die unauslöschliche Begierde in dich zurückkehren. – Nur Robin blieb stehen, das Publikum floh, als sie in das vorbereitete Loch mit dem Bohrer einfuhr und tiefer und tiefer eindrang. Nur Robin und ich sahen, wie sie sich an der Bombe zu schaffen machte, und er und ich allein hörten, wie die Bombe zu ticken begann. Dann umfing Robin die graue Rosa und erstarrte mit ihr. Und diese Erstarrung löste sich erst wieder, wie ich von meinem geschützten Platz aus sehen konnte, als das Ticken aufhörte, und das Dynamit aus dem Bohrloch heraus verrauchte. Ich winkte den Zuschauern, die dann nach längerem Zögern in die Unterführung herunterkamen und jetzt sehen konnten, wie Robin der Braut des Satans durch die Griseille-Haare strich, die in grauen Wellen von Schlangen aufs ungefährste herabhingen, wie er in dieser Asche eines verbrannten Waldes wühlte, um schließlich eine Krone von Eisenkraut, Grabefeu und Totenveilchen darauf zu drücken. Und als er den Besen zwischen ihre Beine schob, an dessen Stiel sie sich sogleich genüßlich zu reiben begann, löste sich die Peinlichkeit in einem flauen Gelächter auf, das sanft dahinfloß, weder stieg noch stürzte. So wenig perfekt das kleine Ding war, so wenig graziös hob Rosa es auf. Und Robin versuchte mit beiden Beinen immer neue Standpunkte, über denen er dann doch wegkippte. Er faßte dabei seine Meinung so falsch zusammen wie ihm nur möglich war, weshalb die Menge ihn sehr bemitleiden mußte. Und als er behauptete, er sei in Wahrheit kein Lehrer, lachte man ihn auch noch aus, obwohl er doch vorgab, den Leuten seine poetische Antwort nicht schuldig geblieben zu sein. Dabei zeigte er auf die Frau, die nichts bewirke, wie er sagte, oder ob man, fragte er, etwa gar reale Konsequenzen aus ihrem Tun gewünscht habe? Mit unentschiedenem Lächeln kniete Rosa vor ihrem Robin nieder und knüpfte die Nesseln, die er ihr selber gereicht hatte, über seinem Hosenschlitz. Wie parallel ich mich geriere, weiß das Geschlecht, das ich deutlich meine, sagte sie leise und ihr Gesicht vergröberte sich. Und überaus melodramatisch erhob sie sich und stand auf ihren festen Beinen da, die sommersprossige Brust vordrängend, ganz und gar unlyrisch, im deutlichen Wissen darum ihr hartes Profil vorweisend, ohne Demut den kleinen, braunen Bauch vorstreckend wie eine minderjährige Traunsteinerin und mit dem Finger der linken Hand sich unverschämt die Schamgegend kratzend. Kuhglocken begannen zu läuten. In der Ferne schlugen Sensen zusammen. Das Publikum wurde förmlich lustig. Allen Anwesenden wurde es förmlich mordsüchtig zumute. Es war auch wie im Monat Mai, als alle Knospen sprangen.

Sogar auf der Burg. Und dort wie Knallfrösche. Besonders die Gosche des Lorenz, des Stallbuben, der dem Gesinde die neue Gastfrau Sahira ins Gedächtnis schreit, das schon, und das noch, aber die Ausführungen über dieselbe völlig verjuckt und verjault. Da quakt viel Schiefes, und vielzuviel Farbe heraus, ganz Verdürrtes und gar ein Zerbruch nur beim Hinlangen etwa: Exotisches. Inotisches. Oder sowas. Oder soll schon was anderes sein. Oder nicht? Ins Bayrische Reingezüngeltes. Bitte. Das darf? Also nein. So der Gero.

Widerruf. Im Geburg keine Einbürgerung. So die Meinung. Dem Gesinde wird schon sehr zumute. Aberkennung. Kein Mensch. Oder sind wir Normale? Da erklären wir aber verlustig und zwar sofort. Keine Angehörigkeit. Aber die nie. Denn wahrscheinlich nicht nur am orientalischen Sich sondern in der Folge überhaupt nur noch Verstöße gegen den Burgfrieden.

Zum Ausdruck muß, so der Lorenz, die Sprachlosigkeit überwindend: die bayrische Volksseele kommen, die einen grundsätzlichen Unterschied zwischen Menschen und Schönheiten, zwischen heimatlichem Fett und artfremden Häuten kenne. Der hiesige Ursprung verzichte auf sämtliche vorderasiatischen Ursprünge.

Auf diese Gastfrau, war man der Meinung, habe man schon gar nicht gewartet. Oder auf sonst etwas Unerwartetes. Also.

Am Fuße des Ziehbrunnenberges holte ich mein Versäumnis nach, indem ich den linken Schuh auszog und kontrollierte, ob er der ersten Wolke paßte, die über meinem Platz stand. Und bitte: Sie machte damit einen Schritt. Ihr schwarzer Regenfuß verging in Luft. Ich mußte also nur noch ein Gesicht in den Schuh schneiden und aufpassen, daß sich der Robin – so soll er heißen – nicht aus seinen Augen verlor. Hiergeblieben. Die Hauptsache war hier sein Haupt, das übrige ging oder blieb von selber. So redete ich auch nur verwirrungshalber, reagierend wahrscheinlich auf die Klarwelt, die neben der Erlöserkirche schon drohte.

Die aber, wo sich jetzt im siebenten Monat in das kleine Gärtlein des Hochschlosses auf dem Stein begibt, um sich dort in der milden Luft auf ein Bankerl zwischen die Rosenbäume zu setzen?

Sie haben dieselbe erkannt, nämlich Sahira, die Muslimin, also eine von jenen, gegen die auch die Bayern zum Kreuzzug aufgebrochen waren, auch unser Heinz von Stein, der jetzt nicht zu sehen ist, von dem wir aber wissen, daß er nie so recht wußte, was er im Vorderen Orient eigentlich zu suchen hatte, obwohl er dann gerade das fand,

was ihm das liebste ist, aber nicht seinen Landsleuten, von glaubens- oder unglaubenswegen, oder weil die breiten Hintern ihrer Weiber keine gute Miene machten zu diesem allerlieblichsten Popo, auf welchen die derart Isolierte jetzt dort oben sitzt, zwei zarte Hände gefaltet über dem gesegneten Bauch.
Sahiras süße Pudelaugen gehen prüfend über Spalierbirnen hin, sie lächelt im bayrischen Frühling sehr egyptisch, im Winde bauscht und entfaltet sich wieder ihr hoch auf der Spitzhaube wurzelnder Schleier.
Das ist bestimmt ein Bild adeligen Friedens, und wenn ich mich, obwohl Sahiras Rasse nicht bestimmt werden kann, für Pudeliges entschied, werden Sie mir das sicher verzeihen. Jedoch Unverzeihliches wird, wie Sie bei Erhebung Ihrer Gesichter wahrnehmen können, auf dem Burgfried vorbereitet von Lorenz, dem Rotzbub, welcher der Sohn des leibeigenen Vinzenz ist: Sie sehen jetzt, wie er einen Holzkasten über die Brüstung stößt.
Ganz plötzlich kommt und kracht derselbe dicht neben der schönen Gemahlin und nur zu baldigen Mutter nieder, und wenn er jetzt zerbricht, so quillt es pfeifend und zischend aus ihm, und Sahira, hintübergefallen von ihrer Bank inzwischen und sich jetzt aufstützend wieder, packt das schlimmste Entsetzen beim Anblick von Mrs. Banks, dem Bärenweib, das auf allen vieren dem abhüpfenden Froschknaben Norwood nachspringt, gefolgt von Miss Violett, dem Kamelmädchen, eines scheele Blicke werfenden, jedoch noch immer nicht so stier den Mutterbauch beglotzenden wie Witwe Dimange, die mit dem Stierhorn nur so herumfuchtelt auf dieser turbulenten Szene, welche am Ende auch noch vom Spidergirl im großen und ganzen verflucht begrinst wird.
Es handelt sich um Theater. Erinnernd daran muß ich feststellen dürfen: Jeder ernsthafte Versuch unbedingter Wahrhaftigkeit scheitert am Bösen, oder, und nicht an seinem Gegensatz: am Guten. Das Wort ist falsch geworden. Wir armen Hunde führen das auf. Und wenn ich hier jemanden einschließe, so in der Hauptsache mich, der am liebsten loskläffen würde.
Mit der Betroffenen wird ins Schloß geschlurft von den Mägden.
Aus meinem Munde folgt die Beurteilung der außerordentlichen Folgen, die in einer leichenblassen Herrin, liegend auf einer Polsterbank, bestehen, und einem männlichen Wurf, von blauer Farbe, der nun einen leisen Schrei von sich gibt, wozu die Mutter in ihrer

bereits tödlichen Lage nicht imstande war und nie mehr sein wird. Das konnte und durfte nichts für Ihre Augen sein, aber bestaunen können Sie jetzt wieder ihn, der unter dem Namen »Der Wilde« bekannt werden wird und bald Proben seiner außerordentlichen Muskelkraft ablegen darf.

Nämlich jetzt kommt jener, in dessen Leib sich der Schmerz zusammenballt und noch dazu weiter oben im Kopf ein ganz und gar unbeantwortbares Warum, gesprengt über die Zugbrücke, auf seinen Vorderpfoten gebettet den egyptischen Rest seines Kreuzzugs, gefolgt von dem getreuen Knecht Robunz, überquerend die Leopoldstraße bei schlimmsten Wetterverhältnissen, an vor dem Hochbrunnen über dem Forum, und, einen Stein verlangend von seinem Knecht, und diesen, also quasi sich selber, seiner Liebe, als Abschiedsgebinde anhängend, hebt er sie im Anschluß daran empor und schleudert sie in die Wellen.

Jene also, welche mir bis zu diesem Wassergrab gefolgt sind, können, sich über die Fassung beugend, Sahira liegen sehen in immer endgültigerer Nacktheit, weil das aufgerührte Wasser der Versunkenen Seide und Leinen vom Leibe reißen wird, nicht zuletzt deshalb, um meiner Vermutung recht zu geben: der Kern nämlich war doch ein Pudel.

WIR: So pudelnaß sich auch der Robunz geweint hatte, das übernahm er nur schmerzerschüttert im Hundetheater, wo sein Name mit jenem des Knechtes Kunz vermischt werden mußte. In Wirklichkeit, sozusagen, handelt es sich um unseren Robin.

Dieser Robin, dieser Hood; was ihn betrifft: keine mildernde Korrektur an seiner Einseitigkeit; dieser Mann, der auf seinen subversiven Beinen durch meinen Sherwood Forest springt, gefolgt von uns, seinen merry men. Erschwerend ist für mich die Wiederholung seiner wenig zahlreichen Erfahrungen auf diesem Platz hier: sich ihrer erleichternd mit seinem Bogen, wenn sie an allen Zielen genau vorbeifliegen und liegen bleiben, wo das Vergessen sie modern läßt. So folgt er hier immer dem neuen Kurs seiner Einfälle, dieser Joe Hollyday, der in der Öffentlichkeit viel Schlechtes gut und recht tut – und als Douglas Fairbanks aus der Regie Allan Dwans desertiert, um seine Kinderbuchbrust in Wahrheit mehrfach aufzuklappen, derart auf allen Seiten tiefenbildliche Auftritte seines peinlichen Herzens mit dem Liebespfeil eines Pädagogen zu demonstrieren. Seine an beiden Augen einleuchtende Begründung einer Einteilung der Welt in Volkslied und Märchen füllt anderswo die Regale der Unterhaltungsliteratur. Hier ist er der gelehrte Naturbursche, selber ein falscher Bruder Tuck und als Originalformel des Flegels mit den schmiegsamsten Ohren, bedroht er uns mit dem Schluß seiner Vorstellung. Er wird unser Klatschen aber erhören. Er wird die Umverteilung der richtigen Wörter verbrechen, dieser Bandit, der als Krokodil gegen die adeligen Gedanken dieser ungläubigsten aller Welten ein halber Mann ist von vulgärem Stil, nämlich das hölzerne Lang- und Großmaul am grünen Nil, dieser schwärzesten aller Städte: ein Sprachrohr der Untrigkeit, dessen Auswurf man auswendig lernen kann nach deutlichsten Anweisungen von ihm selbst, nebst Bildungslücken, siehe: wie im Augenblick vor uns sein Profil als Abriß blöder Ansichten und dummer Meinungen hinter diesem Blatt schattenhaft vorbeidefiliert. Besonders aber seine unwahrscheinliche Größe meistert in ihrer außerdem auch noch Durchlässigkeit diese undichte Welt, worin er ausgeht mit dem Kot als Hut und der Pisse als Schuhe, seine Pfeife am Wunder des Knaben, artistisch, vom Hosenbund aufwärts und abwärts: schmal und gelenkig, linear auch noch zwischen den Beinen, und seine Lenden sind auch nicht zu weit, obwohl er auf Speisen so unauffüllbar aus ist. Also, was seinen Hunger betrifft, jedenfalls vor seiner Stillung, wenn es erlaubt ist, hat er den größten Durst, weswegen ich hier an Erding erinnern muß, weiß der schäumendste Geograph, der mir nicht nur auf der Landkarte den Ort der durchtriebenen Existenz dieses Robin deutet, wo das Bier für die kurzen Vormittage nach langen Nächten gebraut wird.

Ein kurzer Vormittag allerdings durfte genannt werden und wahrlich einer nach einer langen Nacht der Verzweiflung, an dem sich Heinz von Stein im Café Freiheit mit Erdinger Weißbier stärkte,

desgleichen sein Robunz, bevor sie zur Mutter des Vinzenz, des Vaters des Rotzbuben Lorenz aufbrachen, welcher wie jener außer Land gegangen war, was den jungen, blatternarbigen Ritter und seinen Knecht, also den Boxer Heinz und den Pudel Robunz, nicht hinderte oder eigentlich im Gegenteil veranlaßte dazu, was in Anbetracht einer Strafandrohung für Schausteller – München, 70er Jahre, Polizeipräsidium, gez. Feilitzsch, derzeit Einsatzleiter auf der Freiheit – nicht dargestellt, aber auch nicht in Einzelheiten beschrieben werden darf, es sei denn, man habe sich vom Landesherrn Franz Josef spezialiter dazu privilegieren lassen. Indem aber dieses eine Unmöglichkeit darstellt, so finden wir uns bewogen, etwaige Schlimmereien ausdrücklich zu unterlassen und haben uns dannenhero mit Selbstzensur bezwungen und in dieser Verhaltensweise überhaupt nicht einmal einen Mangel zu sehen versprochen. Demnach nur so viel über einen der rührendsten Aufzüge des Hundetheaters: Nämlich dort, wo später einmal die Vorverlobung von Hermann, dem Vorschüler, und Dorothea, dem Kindergartenkind, vorgenommen werden wird, also in der Scheune vor den Stufen, die ins Forum hinunterführen, unternahmen jetzt Heinz und sein Robunz mit der dort zurückgelassenen Frau des Vinzenz und Mutter des Lorenz etwas, das sie sogar immer noch einmal wiederholten, bis ein gewisser Durst fürs erste gelöscht schien und beide sehr friedlichen Gemütes die Scheune verließen, in welcher, wie sich später entdecken ließ, und zwar an der Türklinke: ein geschundener Pinscher sich erhängt hatte. – Dieses in Ermangelung einer Auftrittsgenehmigung hier nur als Flugblatt.
Freiheit: Wer mimt, dem muß verziehen werden: und zwar mimend. Oder, wem liegt viel daran, getötet zu werden, und zwar ganz und gar wirklich?
Aber aufgewühlt, wie ich war, von dieser nicht einmal aufgeführten Gewalttat in meinem Hundetheater, floh ich über die Freiheit.

WIR: Er macht es sich einfach zu leicht, indem er Robin in einen Robunz verwandelt: ihn also in die Edelkomparserie seines Hundetheaters versetzt: wo derselbe den Kunz, den Knecht seines Ritters von Stein, mimen soll. Nach ernsthafter Absprache mit unserem Robin waren wir imstande, dem Regisseur die Verbesserung eines Fehlers nicht nur vorzuschlagen, sondern zu erzwingen, was keine leichte Sache war, weil eine solche Korrektur seine Grundsätze erheblich oder überhaupt, also tödlich, verletzen muß. Unser Vorschlag: Rummelpuff, einen Liliputaner, als Losverkäufer tätig auf der Freiheit, zu engagieren, wurde schließlich akzeptiert. Ein kleiner Sieg. Ein zufriedener Robin. Ein Kunz, der nicht an die Länge des aufrechten Boxers hinanreicht. Na also.

Also keine Verwendung für mich als Kunz? fragte mich Robin, sehr verunsichert. Immerhin, gab er zu bedenken, ich weiß viel, Zusammenhänge in Betreff Heinz von Stein sind allein mir bekannt. Da denke ich nur an den Sohn dieses Ritters.
Behalte dein Wissen für dich, empfahl ich. Kommt Zeit, löse ich dir die Zunge: dein Auftritt als Robunz wird den Abtritt deines Herrn bedeuten. Nur soviel für heute.

Jetzt war der Poppers dran. In nordöstlicher Richtung lief ich mit ihm nach Minusio. Im Süden, auf dem Hertieblock, wies uns der Fidus mit lichtwirbelndem Zeigefinger den Weg, bis wir, Ecke Freiheit und Germaniastraße, das Sanktuarium Artis Elisarion des Klarweltlers von Kupffer betraten. Im Garten, dessen Pergola von kannelierten Säulen getragen wird, lehnte sich Poppers an eine von ihnen, wirrweltverworren so kurz vor dem Sehnsuchtsheim, der Weihestätte sich also verweigernd, schon aufblickend zum Turm, aber auch hinüberschielend zum anderen Pimmel, jenem mit dem schwarzen Zeitmal.
Wir befanden uns genau zwischen Arkadien und Elysium.
Jetzt war es an mir, den Poppers bis zur Mündigkeit zu führen. Und also betrat er hinter mir den Tempel, der 1927 noch weniger als ein Luxusauto gekostet hatte. Damals gab es mich noch umsonst.
Im Hochparterre, in der Erinnerungsstätte, friest sich viel Baltisches. Kein Kommentar. Jedoch während des Aufstiegs über türkisfarbene Treppen wurde ich heller. Und in der Aula der Welt des Grauens und der Wirrwelt strahlte bereits mein theoretisches Gesicht. Das praktische Poppers' wurde hier entsprechend matter, hellte sich aber auf, als Belehrungen meinerseits unterblieben.

In der Bergkapelle empfanden wir schon die ersten Gefühle unserer Freundschaft, kamen uns aber erst wirklich näher, als wir durch das Tor des Todes an dem sich auf den Tod immer noch vorbereitenden Elisar vorbeigingen, um uns in der runden Klarwelt zu fragen, ob Meerjungfrau oder Storch. Insofern waren wir hier nicht mehr allein, als reichlich weibliche Anmut rund um uns herum an keinem wesentlichen Mangel litt; mit unseren Augen beurteilt, versteht sich.

Das sind dir aber Buben, stöhnte Poppers.

Dir auch, stöhnte ich zurück.

Auch von Kupffer hörten wir stöhnen. Der übte aber den Tod.

War das jetzt klaristisch? Eine Führung? Zur Mündigkeit? –

Wir sprangen die Stufen wieder hinunter.

Das stellte der Poppers unten frech fest: Dein Privatleben hängt nicht.

Selber unmündig, gab ich zurück.

Wir reisen mit Hutschachteln ab, lachte Poppers.

Zugegeben.

Vielleicht doch zwei Zylinder?

Keine Spargel.

Von Loch zu Loch also? So?

So!

Vierblättrig also?

Glücksbringer, begrüßte ich ihn, als wir unter der Pergola liefen.

Der Poppers lehnte sich an eine Säule, seinen Rücken dem Sehnsuchtsheim zukehrend, wirrweltverworren, der Weihestätte entronnen.

Ich fragte: Und wenn man die Lasche an deiner Existenz zieht?

Dann entfernt sich ein Mann, sagte er und verließ mich.

Ich blickte ihm nach.

Und das sehe ich:

Als er die gespreizten Finger der rechten Hand wie auf schmale Rinden stilisierter Fichten auf der Freiheit legt und in meiner flauen poetischen Behandlung seines verzögerten Abschieds mit dem Exercise beginnt, erkenne ich sein tunesisches Gesäß. Auch glaube ich zu sehen, wie er einen Zweig aus der Linken über einem winzigen Flächenbrand in Flammen steckt. Und Unglaubliches sehe ich gewiß, nämlich Bälle, als Fortsetzung gleichsam dicht neben den unsichtbaren, gewiß leider fehlenden Brüsten, unter die linke Achsel geschoben. Mit gezierter Nachlässigkeit jedenfalls übt er seine Kunst aus und nur der Sache wegen – wie große Künstler es tun. Dafür ist der Lorbeer in seinem arabischen Haar ein vorzüglicher Preis. Ich sehe, wie er mir sein Gesicht ungeteilt zuwendet. Und meine Behutsamkeit ist ein goldener Rahmen, aus dem heraus er einem anderen William Beckford verspricht: Er müsse wenigstens meine Person küssen, wenn er schon nicht meinen Namen küssen könne. Und wie die Leidenschaft als ein Geier jetzt den Poppers auf ihre Flügel nimmt, daß er in den Lüften zu hängen kommt: ein anderer Ganymed – dieses hat als Gesang, der solches vermeldet, nichts mit Kirchenliedern gemein, die ansonsten der Erhebungen viele verursachen, was ich weiß und immer schon wußte, wie meine Seele auch immer schon harrte des Herrn, besonders in Waldkapellen, siehe insbesondere Lochham, in frühesten Jahren, auf der Kirchenbank, neben den übrigen Heimknaben, als die Geschlechter vor Gott noch so streng getrennt waren wie heutzutage nicht einmal mehr im Kalender.

Als einst, vor vielen Jahren, dortselbst der Kardinal Faulhaber seine Bäckersohnhand den Segen über die derart getrennte Kinderschar balkte, hatte diesen auch die Mutter der Sophie – im Kommunionkleidchen – empfangen, jene Münchener Bäckerstochter, welche später den schlesischen Bäckergesellen in das Geschäft auf der Leopoldstraße einheiraten ließ, der heute im Wohnzimmer – gleich hinter dem Laden gelegen – neben seiner Frau auf dem Diwan saß und die vor den beiden stehende Tochter Sophie zum Sitzen einlud. Hinter dem Fenster tobte ein Gewitter, angekündigt schon vor Stunden von einem über die Stadt hereinstürzenden Föhn.
Ich hab keine Ruhe, stöhnte die Sophie. Ich kann mich nicht setzen. Ich bin immer so überaus besorgt, wenn wir Sturm haben, Vater. Du bist dann ganz anders als sonst.
Wie denn? fragte der Vater und bemühte sich dabei um ein Lächeln, das aber fürchterlich zerbrach auf seinem Gesicht.
Sophie wich einer Antwort direkt aus. Sie sagte: Meinst, es ist mir nicht aufgefallen, daß der Großvater uns immer besucht, wenn es draußen stürmt?
Heute nicht, stellte der Vater fest.

Ja, und das wundert mich sehr, seufzte Sophie und holte tief Luft, sprach sich ganz heimlich in ihrem Herzen Mut zu und platzte heraus:
Der Großvater hat bestimmt genauso wie ich bemerkt, daß du bei Sturm nicht mehr du selber bist.
Laß es gut sein, sagte die Mutter. Erzähl uns jetzt lieber, wie es dir bei dem ersten Rendezvous mit unserem besten Kunden, dem Ritter Heinz von Stein, erging. Du weißt, wie sehr es dem Vater am Herzen liegt, daß ihr einig werdet! So kannst du ihn am besten beruhigen.
Das tu ich gern, antwortete die Tochter dieser katholischen Eheleute, deren Hauspriester ein Jesuit von St. Ludwig ist.
Wir redeten uns ins reine, gestand sie und errötete. Es schwindelte ihr auch ein wenig. Drüben, fuhr sie fort, im Schwabinger Bräu, recht weit hinten im Gastraum, bewies er mir gleich, daß er in mir mehr eine Schwester sieht. Er kam auf den beträchtlichen Altersunterschied zu sprechen und bedauerte außerordentlich, nicht zehn Jahre jünger zu sein. Das muß ich gestehen, flüsterte Sophie, in diesem Augenblick benahm mir ein Gefühlsstrom jeden klaren Gedanken.
Und? verlor der Vater jetzt seine sonst so wohltuende Geduld, besonders in Richtung auf seine von ihm über alles geliebte Tochter.
Ja, beichtete Sophie. Ich habe es getan. Ich legte meinen Kopf an seine Brust und gestand ihm, wie ich mich bei ihm genau so wohl fühlen täte wie bei dir, mein Vater.
Hast hoffentlich nicht geweint, Sophie, forschte die Mutter.
Oh, nein, wurde Sophie überaus locker, es war mir in diesem Augenblick so, als stiege ein Lächeln in mir hinauf bis in meine Augen. Das hat ihm auch gleich die Brust geweitet vor Glück und ließ ihn sogar Liebesworte stammeln. Herr Ritter, beruhigte ich ihn hierauf mit folgenden Worten: Bei Ihnen fühle ich mich zum Schnurren behaglich.
Im Wohnzimmer wurde es ganz fürchterlich still. Und draußen, im Sturm, schienen Schiffe durch das Naß zu jagen und eines bestimmt so still wie der Fliegende Holländer.
Die Rache ist mein, hat der Jehova zu Moses gesagt, stöhnte der Vater. Jede Schuld rächt sich auf Erden. Zu spät für mich. Ich kann es vielleicht nicht mehr gutmachen.

Wie wird dir, schrie die Sophie.
Aber der Vater hatte sich schnell wieder gefaßt. Und ganz plötzlich füllte sich sein Herz mit Dankbarkeit. So ist also mein Wunsch auch der deine und wird bald Erfüllung finden. Wie jener des Ritters vom Stein.
Vater, seufzte die Sophie.
Du mußt jetzt nichts sagen, mein liebes Kind, sagte der Vater und schlang seinen Arm um den Hals der Mutter. Ich wünsche euch alles Glück, das uns Menschen von Gott beschieden ist, sprach er unter erlösenden Tränen. Das soll das Ende meiner Trauer sein und der Anfang einer ritterlichen Herrlichkeit.

Das war schon am Anfang das Ende der Herrlichkeit des Kunden: Die Angestellten der Bayerischen Hypotheken- und Wechselbank mußten ihn einfach unterwinkeln, was die bestimmt an sich selbst schon übungshalber oft polizeilich ausgeführt hatten, sie mußten jetzt handgreiflich werden, nachdem es zwischen Heinz und dem Direktor beinahe zu einer körperlichen Auseinandersetzung gekommen wäre, weil er ihn überzeugen hatte wollen davon, daß ein Striptease nicht immer nur in Tigerfellen, sondern zum Beispiel für seine Kunden viel erregender im Dirndl stattfände. Also auf und hinweg mit dem Kunden aus der Herrlichkeit der Schalterhalle. Und da sollte Heinz selbst nicht einmal mithelfen dürfen, etwa hopsend von einem Fuß auf den andern, nein, unerbittlich war dieser Dienst am Kunden. So wurde er verschleppt, die Eisenschuhe pietamäßig gekreuzt, die Arme, ähnlich Greifern, keine Flügel, schon eher geknickte, schwitzend, kurz vor Blut, derart die Herrlichkeit des Herrn Säufers mimend zwischen malvenfarbigen, spiegelbeschlagenen Puffwänden, hinter ihm eine verbumste Kapelle, vor welcher die auf dem Tisch das Tigerfell wieder einmal zwischen ihren Beinen durchzog, weswegen es ihm und trotz der Rückständigkeit der Inszenierung zwischen den Beinen naß geworden war, nicht ganz so wie das Tischtuch, das er mit dem Whiskey unter den silbernen Zehennägeln der Stripperin weggezogen hatte, sehr schnell, so wie er jetzt und noch viel schneller durch den Korridor gezogen wurde, wo die Einzahler und Ausgezahlten erschrocken herumstanden mit flatternden Schecks, und wo noch viele hängende Glieder nach ihm naß werden sollten, wo aber jetzt das seine trocknete, als er durch die Glastür flog, weil die Geldkaufleute ihm den letzten Schwung mit letzter Kraftanstrengung gaben, gnadenhalber, damit er einst nicht allzusehr kopfverletzt das Martyrium der steinharten Leber erleben würde können. – Ein falscher Vorschlag am falschen Platz hatte Heinz in die Freiheit befördert.

Ich nahm ihn sofort an die Leine – keine Strafe fürwahr. Aus der Feilitzschstraße nämlich kam der Umweltschützer und, mir zum Vorbild, führte er seine Demeter auf uns zu, ließ sie für ihr Geschäft den Rinnstein benützen, sprang dann mit ihr über das Seil und meinte, zufrieden mit sich: es sei recht getan, besonders auf Kinderspielplätzen, seine Lieblinge unter Kontrolle zu haben.
Kinderspielplatz? fragte Heinz.
Auch, oder nur, oder gar nicht, gab ich Auskunft. Im Augenblick ist es mir recht so. Ich werde dich führen.
Hundebesitzer, knurrte der Heinz.
Ich überhörte den Schimpf und schlenderte mit meinem Boxer zwischen Rundpanoramen, Akademien, Orgeldrehern und türkischem Honig: dem Wahrsager lauschte mein linkes Ohr, dem Lügner mein rechtes: mein dichotes Gehör mischte das falsche Leben im Hinterkopf.
So der Heinz: Was heißt hier überhaupt Platz. Das ist alles Papier. Du lügst dir was vor.
Auf diesem Papier werden keine Lügengeschichten erzählt, sagte ich, sondern vom wahren Leben wird alles ganz einfach weggelogen. Das ist sehr kompliziert. Aber lachhaft. Es darf eben deshalb und nur wirklich gelacht werden.
Ha, ha, bellte Heinz.
Lach nur, meinetwegen auch tiefsinnig, belehrte ich ihn. Trotzdem, es gibt hier keine Vertiefung, in uns schon gar nicht. Schon eher: Erweiterung.
Von dir, grollte Heinz.
Zugegeben, meinte ich. Von mir abgesehen, handelt es sich um Verflachung.
Du denkst wohl, spottete Heinz.

Der Mensch muß denken, sagte ich. Ich muß da immer an Büchner denken, dem ich die Realität nicht reichen kann.
Der U-Bahn-Schacht, Nähe Feilitzschstraße. Wir stiegen hinunter.
Schriftsteller, nörgelte Heinz. Schon wieder. Wohin bitte führst du mich?
Geradewegs in die Leere hinein, mein Lieber. Ich tue dir den Gefallen und behaupte: sie stellt sich noch immer am besten dar auf einem unbeschriebenen Blatt Papier, das noch immer der Anfang war von etwas, das kein Ende vorwegnimmt. Und bitte, du Klugscheißer, ein Schriftsteller wie ich ist ein Mensch vor einem Blatt Papier. Ich schreibe darauf. Ich pfeife auf alle Aussagen von Schriftstellern über eine gewisse Realität, da ich nur etwas über das Papier schreiben kann, solange es leer ist. Ich spreche von der Naturgeschichte der Poesie.
Keine Ahnung! So Heinz.
Die Erde wird neu, jeden Tag, wenn die Nacht aufgeht über Papier.
Waw. Heinz von Stein strammte die Leine. Weiter. Aber nicht so.
Oder so: Das Papier ist so schrecklich wie das Leben, wenn man jenes so ernst nimmt, wie dieses ernst genommen sein muß.
Wie bitte? Ich bitte um Freilauf.
Auf einem Kinderspielplatz? mahnte ich. Auf dem Papier, wo wir beide jetzt schreiben, nimmt man spaßeshalber ernst, was freilich nur lustig ist.
Klingt schon hemmungsloser. So Heinz, mich erinnernd daran, daß wir uns in der Unterwelt dieses Platzes bewegten.
Im höllischen Ernst, fuhr ich fort, schreibe ich lebend, oder lebend schreibe ich in die Schreibe Leben. Wo also keine Korrektur sein soll, dort pocht für mich dieses Leben, unkorrigierbar: im Buch.
Wenn du das nur durchhältst, maulte der Heinz.
Da wurde ich dringlicher: Nämlich, solange ist dieses Buch wie jenes Leben, als es stehen läßt, was es als Fehler im nachhinein anzeigt. Dazu bin ich fest entschlossen.
Das mußt du also, dich nämlich entschließen, kam Heinz drauf.
Das ist freilich ein Fehler, gab ich zu, und insofern, als ich mich im Leben nicht entschließen muß dazu.
Sela. So der Heinz. Schlechte Luft, hier herunten, beschwerte er sich. Und bitte, wann tut sich denn wieder etwas?
Theater? fragte ich. Bitte, der Vorhang geht auf!
Bravo. So Heinz.

Ging schon öfter auf, bitte. Entschuldige, Heinz. Der Vorhang ist selbst ein Theater.
Ich bin kein Kind mehr, trotzte der Heinz.
Meinetwegen, gab ich zu. Das Unechte hat seine Zeit noch vor dem ganz und gar und noch Unechteren.
Ich sterbe darüber, stöhnte der Heinz.
Es leben die Posen, die Gesten, rief ich. Und jedes lebendige Theater ist so echt, wie es flittert.
Genug. So der Heinz.
Ich habe ins Unreine meine Wörter gesagt, gab ich zu.
Mir wäre wohler in einem Epos, wünschte sich Heinz von Stein.
Und ich gab ihm heraus: Nur zu gut, mein Hund, weiß ich, wie wenig sich diese Deutschen ein Epos wünschen dürfen, weil sie ein solches nie lesen konnten. Aber ich weiß auch, wie episch sie zu töten verstehen.
Wenn ich das verstehe, so nur als ein Hund, als ein deutscher, kläffte mein Heinz.
Heraufsteigend aus dem U-Bahn-Schacht, trafen wir Poppers.
Ach Poppers, er beleidigt mich, mein Hund, seufzte ich. Wie bitte denkst du dir das, fragte ich ihn und blickte wieder einmal empor: Das alles hier ist doch ganz zu, ja? Oben. Du verstehst.
Falschland, ja? So kommt dir das vor. Seine Worte.
Worteland. Es war einmal.
Zirkuskuppel, so Poppers.
Spielzeughimmel, so ich.
Gewölbe und Fresken à la Tiepolo, wie hellblau und süßerrot. Noch eine Kirche.
Noch einmal die Gebrüder, wie sie nur heißen.
Asam Zimmermann. So der Poppers.
Walt, stöhnte ich. Nämlich Disney.
Wie alt bist du. Er fragte.
Wann werde ich sieben? So meine Antwort.
Ich bin fünf.
Mein Alter, so seine Datierung. Ach, mein Poppers.
Diese Wachstumssorgen. Und hier: wie hier werden, gar erwachsen?
Wo sonst, so mein Poppers. Er tröstete. Dieser Trosttänzer. Dieser Taumelheber. Mein Übersalmer. Der ganze Kerl ein Psalm. De profundis. Pfui. Ich liebe ihn.

Hörst du mich pochen? fragte ich.
Komm herein. Seine Antwort. Lasset die Kindlein zu mir kommen. Die Untermacher, die Übernehmer. Die Kleinen. Die Überzwerge und Unterriesen. Gar niemals der Ich nicht, der Er nicht, der Hund nicht: erwachsen. Mein armer Heinz, Hund.
Ein Säufer, knurrte der mich an.
Platz.
Freiheit. So sein Gebell.
Er meinte, an ihm sei schon im 12. Jahrhundert die große Kotze wahrhaftiger geworden, als er in seiner historischen Kleinheit austragen hätte können, obwohl: das Schwert des Staufers. Aber, was für ein scharfes Spielzeug. Und Rom. Und solche Sachen. Wahrlich, ein Blödsinn. Hypophantastisch. Das Kleine ins Riesige. Deutsch. Wenn nicht amerikanisch. Herr Präsident Papst. Spielereien. Ernst zwar, aber, obwohl tödlich, nicht so falsch wie unsereiner, ernsthafter. Waw. Und du, wandte er sich an mich: Mach dich selber staatlich. Zieh dir eine Nation an und belle zeremoniell. Und verteidige deinen Eigennutz. So kommst du ganz auf mich, nämlich auf den Hund.
Auf die Demokratie, sagte ich.
Staatsgrenzen, jaulte Heinz. Ich darf doch nicht einmal deine Haut überschreiten.
Ich versprach, mich, meine Nation, abzuschaffen.
Viel auf einmal, klugten sie beide.

WIR: Rosa – noch nicht wie einige von uns bis zur Unsichtbarkeit beschrieben von unserem Maskenbildner – wird hier von uns vorgestellt, und zwar sichtbar gemacht: Diese kleine Frau mit den grauen Haaren wird von uns überredet dazu, sich noch einmal auszuziehen. Und wenn sie auch jetzt den kleinen, runden Bauch vorstreckt wie eine minderjährige Traunsteinerin, so wird damit nicht und niemals gewackelt: kein Gebärmutterschrei also, obwohl das diesbezügliche Zentrum vor Lüsternheit blinzelt; oder handelt es sich vielmehr um einen einäugigen Schlafzimmerblick, der uns unter einer kleinen Bauchfalte versucht? Dieser Nabel jedenfalls verführt uns hinauf zu einem verdoppelten Einblick in Löcher, den eine gestupste Nase freigebig erlaubt. Ihr Apfelgesicht wird zwischen den runden Armen zur Trilogie: zwei Paradiesäpfel wölben sich dort aus einem Sommersprossenzelt, in welchem etwa in Herznähe ein Muttermal strahlt, als Abendstern ankündigend die dreieckige Nacht zwischen ihren Schenkeln. Ein erhabenes, frohgemutes Gesäß, sehr hoch angesetzt – keinesfalls versessen, aber doch breit –, läßt unsere Blicke sich doch eine schöne Senke höhertasten, bis sie zwischen ihren Schulterblättern das wiederzuerkennen glauben, was schon einmal mit Haaren verheimlicht wurde an ihr. Das alles steht fest auf zwei kurzen, kräftigen Beinen: ahnbar, zweimal, hinter den Kehlen, jeweils ein Koitus von Kegel und Pfanne; ein dritter wird in Bälde der mexikanischen Göttin Synovia, alias unserem Regisseur, eine weitere Vermehrung von unsereinem gestatten. – Die Rosa trägt eine Kopfbinde – die losen, braunen Schußfäden werden durch ein gewirktes Medaillon in Gobelintechnik zusammengehalten. Als wieder Bekleidete öffnet sie ihr Mündchen und zeigt ihre Milchzähnchen her. Die festen Beine stecken in weißen Strümpfen, die Füße in ausgeschnittenen Lackschuhen. Sie dreht die Hüften, um ihr buntes Röckchen zur Geltung zu bringen. Wie schön ist ihre Stirne über den langsamen Augen gebogen, niedrig und rein. Besonders die gerade Art, auf die unsere Rosa beim Schauen die Augen zusammenkneift, macht ihren eigentümlichen Charme aus. Bisweilen aber liegt ein Zug von libidinöser Unverfrorenheit in ihrem Blick. Dem respondieren wir, indem wir die Kruppe unter dem Röckchen freilegen, bevor uns ihr schnappender Hintern bestürzen kann. Ihre Kniebeuge bringt zwei nackte, spitze Knie zum Vorschein: kein Gramm Fleisch zu viel ist jeweils darauf. Auch erinnern uns ihre in dieser Lage obszön sich verhärtenden Oberschenkel an ihre stumpfe, aber feinkörnige, straffe, dennoch sehr zarte, vollständig matte Haut. Wieder im Stand wirkt sie pummelig, fast fett, und die Hüften sehen schwer aus. Die schon erwähnten Oberarme lassen erkennen, daß sie einmal wabbelig sein wird und ihr Bauch quillt etwas vor. Siehe da: sie weiß, wie man den Rist reckt, in solchen Augenblicken wird sie atemberaubend, besonders dann, wenn sie ihre Lippen wie Fischkiemen schürzt. Erstaunlich ihre plötzliche, wieder ladylike Gewandtheit, die noch plötzlicher abbrechen kann. Noch lächelt dann ihr Mund, von dem aber schon die Kontur rätselhaft abspringt zu der tiefen Schmerzensfalte über der Nasenwurzel. Dann vermögen ihre Augen schrecklich zu starren unter einem abgesprengten

Stirnberg. Ihr Nabel aber unter dem Röckchen wird – so wie wir das jetzt nur ahnen – ihr wirkliches Wesen wie hinter einem Vorhang vortanzen; wie viele Figuren? Wer hat sie gezählet? – Das ist sie. Das könnte sie scheinen.

Also gut, dachte ich, dann folgt hier ein Nachtrag:
Dann bekommt auch der Robin, dessen unwahrscheinliche Größe diese undichte Welt in ihrer Durchlässigkeit meistert, ausgehend in ihr mit dem Kot als Hut und der Pisse als Schuhe, seine Pfeife am Wunder des ewigen Knaben, artistisch, vom Hosenbund aufwärts und abwärts, schmal, gelenkig, auch noch zwischen den Beinen – dann bekommt auch er etwas Mexikanisches, nämlich einen scheibenförmigen, weißlichen Ohrpflock mit eingeritzter Vogelfigur, die am Boden seines Nasenhäuschens, welches dessen gestupste Form zur Ansicht freigibt, zweimal zur Einkehr und Nistung verführt wird.
Dann bekommt auch die Jeanne, deren Haut ich in anderer Gattung errochen und sogar vermocht, die feinkörnige Struktur festzustellen, die über ihr straff gespannt, überhaucht wurde von unsichtbarem Flaum, der dort gedichtet ein Schatten sein muß, wo ich die Zunge zu gern zur Unruh gelegt hätte – dann bekommt auch sie etwas Mexikanisches, nämlich einen Brustschmuck aus einer oblongen, ausgezackten Platte mit zwei Durchbohrungen, aus der ein menschlicher Kopf hervorragt, welcher aus dem Rachen eines Tieres mit rüsselartigem Gebilde herausschaut, also jetzt zwischen zwei Paradiesäpfeln, die sich aus einem Sommersprossenzelt wölben, in welchem etwa in Herznähe ein Muttermal strahlt: ein Abendstern ankündigend die dreieckige Nacht zwischen ihren Schenkeln.
Dann bekommt auch der Poppers, der für mein Gefühl zuzeiten nur ein kurzes Unterhemdchen trug und Ballettschuhe: dieser Bauernjunge in meiner flauen poetischen Behandlung, Lorbeer in seinem arabischen Haar – dann bekommt auch der Poppers etwas Mexikanisches, nämlich einen muschelförmigen Bartzupfer mit schmalen Schenkeln und verbreitertem Steg, den er nach reiflicher Benutzung einstecken soll in einen seiner Ballettschuhe, wobei er, sich umdrehend nach mir, einen Zug libidinöser Unverfrorenheit

in seinem Gesicht, mich auffordern darf zu einem prüfenden Blick in seinen schnappenden Hintern.

Wir: Ein Schrei der Empörung pflanzte sich von Mund zu Mund fort und blieb danach noch lange dreistimmig hörbar. Dieser Schuft von einem totalen Maskenbildner! – Nicht genug damit, daß dieser Regisseur uns wieder unkenntlich machte: er verschrieb auch noch eine Jeanne, die es zu dieser Zeit überhaupt noch nicht gab. Ganz unerhört aber dürfte es sein, daß sie von jetzt an mitreden darf. Sogar oder überhaupt: auch die Jeanne ist der Meinung. Wir sind gegen Pfusch.

Wir wollen es wissen, trotzte der Poppers.
Pause. Das bestimmte die Jeanne.
Nämlich, wer sind wir. Und insbesondere: wo kommen wir her? –
Ein kurzer Vortrag von Rosa.
Zum Beispiel du, schlug Poppers vor.
Und die Rosa schlug vor: Im Sandkasten findet das statt.
Pause, beharrte die Jeanne.
Und weil sie sich dorthin begaben, folgte ich nach.
Also, die Rosa ist dran, sagte Robin.
Aber doch bitte keine Biographie, flehte ich.
Aber freilich, lachte der Poppers. Alles, was für einen Boxer recht sein darf, muß für uns Menschen billiger werden. Rosa, wir hören.
Beginne, befahl der Robin.
Die Rosa beginnt, sagte Jeanne. Also? Wirds bald?

Die Rosa, begann die Rosa, erblickte in dieser wenig besungenen Universitätsstadt die Wände der Wurfkiste. Sie sang, als ein Kind des Dezembers, bald mit, als die Kinderlein kamen, hatte jedoch wenig Stimme, als das Leben rief. Die Würfel für eine reinrassige Zukunft waren nicht günstig gefallen. Auch hatte ihr Vater sie zunächst mit den Augen der Liebe gemustert. Er hätte sie objektiv vormustern lassen sollen. In den ersten Jahren waren ihrer Mama noch zwei hübsche Schwestern behilflich dabei, ihn zu bemuttern, diesen Rosa, der seine Laufbahn als Mann mit einem Konflikt begann: Er liebte im Kindergarten sowohl eine Schwarze als auch eine Blondine. So klein, so schlimm. Die Rosa, fuhr Rosa fort, kletterte aber dann die Erfolgsleiter derart schnell hoch, daß sie ins Hecheln kam. Ihre Mutter hatte die Volksschülerin bei einem Modeagenten losgebracht, und bald übertrafen ihre Einnahmen den Inhalt der Lohntüte ihres Vaters, der bei BMW mit einem Schraubenschlüssel hantierte. Als es allerdings ernst wurde, waren die geeigneten Plätze im Leben sämtlich besetzt. So verselbständigte sie sich in einem Supermarkt und blickte verdutzt in die Zukunft, weil sie keine sah. Ihre Eltern bewaffneten sich mit den härtesten Spruchweisheiten, um die hartnäckigsten Freier zu verjagen, für die sie zunächst aber keine aufregenden Gefühle hegte. Als sie sich dann aber doch eine Annäherung gefallen ließ und diese wesentlich förderte, indem sie ihren Schwanz zur Seite nahm, blieb das ohne Folgen. Ihr Wunsch war es sowieso: Kinder zu haben mit Frauen. Das war die Zeit, als der Rosa Brüste zu bekommen wähnte und immer öfter in einen Rock schlüpfte, um einen wenig authentisch vermuteten Mangel vor quasi seinesgleichen zu verbergen. Jedoch war das freilich nicht so ernsthaft gemeint von ihm, sondern mehr als ein Angebot zu sehen von ihm an sein Schicksal: er wollte weder das eine ganz noch das ganz andere sein, sondern mehr nichts. Das bewegte ihn dazu: Kunstgeschichte zu belegen. Kurz darauf wurde er früh geheiratet und trug auf vermeintlichen Brüsten eine Krawatte. Auch drehte er häufig am Ehering und nachts seiner Frau sein Gesäß zu. Und ob er religiös werden wollte, war ihm nicht so ganz klar. Nach der Trennung von ihrer Frau jedenfalls stand die Rosa wieder unmittelbar vor dem sozialen Paradies und entschied sich für den Apfel der Krankenfürsorge, obwohl auch die rotbackigen Früchtchen des Kindergartens lockten mit einem für sie immer noch stark bewölkten Himmel des Profits. Eigentlich hätte sie Künstlerin werden wollen, um wenigstens auch andere deprimieren zu können. Sie wurde aber selber krank und schaute – als Genesende – am Feierabend gewöhnlich ganz unwichtig aus einer Single-Wohnung und empfand nachts unter der Bettdecke Sehnsucht nach einer Freiheit, die sie derzeit ab und zu auf den Rücken legte. Ihre Unterwäsche stammte aus Sonderangeboten, bis man ihr anbot, ihr fehlendes Gehalt in Dirnismaning aufzubessern, wo sie auch ihre kostspieligen Hobbies finanzierte, also die ersehnten Sportplätze schließlich doch observieren durfte, bis ihr ganzes Glück der Erde wieder im Bauch lag. Nicht lange genug. Sie wurde Friseuse und hatte die fremden Schöpfe in dem Augenblick wieder satt, als die Entscheidung: ob Film, Show oder Photo, fällig wurde. Außerdem wollte sie umziehen, wußte aber nicht wohin und mit wem. In jeder Hinsicht war sie also das Mitglied einer Gesellschaft geworden, das um eine Zukunft nur wirbt, um auszuscheiden. Und war sie bisher schon nicht die Ruhigste gewesen, so wurde sie um diese Zeit immer unruhiger und neigte zum Streunen. Die Hitzeperioden dauerten an. Und Menschen gab es nicht, die Rosa vor den Männern schützten, die von überall kamen und mit großer Ausdauer und fabelhafter Erfindungsgabe versuchten, das Ziel ihrer Wünsche zu erreichen. Jedoch war es nicht nötig, den erhöhten Bedarf an Kalk zu befriedigen oder das Futter durch rohe Eier, mehr Leber oder Pansen verbessern zu müssen. Auf mehr Sonne und frische Luft mußte sie auch keinen Wert legen. Also lag der Gedanke nahe, seinen Eltern untergeschoben worden zu sein; die Hautfarbe sprach für ein Zigeunerleben. Ein Wohnwagen aber war zu teuer. Aber am Hasenbergl gab es Unterschlüpfe genug. Die Geschäfte entwickelten sich nicht schlecht, obwohl der Rosa keinen Wohnsitz nachweisen konnte. Um aber in Daglfing seinen Mann stehen zu können, mußte er sich unter dem Stachus ab und zu hinhalten. Mein Gott, sagte sich der Rosa damals oft: wie bedeutungslos bist du, obwohl du so mies bist. Er diente dann übergeordneten Interessen, verlor immer mehr Boden unter den Füßen, als er ihn immer weniger betrat, brachte des öfteren bei seinen verschiedenen Jobs keinen Ton heraus, stolperte sehr, wurde rot und sah den anfänglichen Elan ohne eine eigentliche Höhe abstürzen, wollte noch manches in seinem Leben realisieren, was er an Potenz mitgebracht zu haben glaubte, und wurde schneller als gedacht ausgetauscht. Und wie sehr er nach links und rechts schaute und sich mit anderen zusammenzählte, das weißt du, wieviel Sternlein stehen, Gott hat sie gezählet. Und weil seine derzeitige Partnerin Zärtlichkeiten suchte, fand er den Verkehr außerordentlich reizend, und, obwohl er schlecht im Bett war, sprach er über die Umwelt. So also begab die Rosa sich wieder privat sehr frisch unter den Mann und war selber als Frau, wie Calderon dichtet: wie ein gemalter Wüterich, und wie parteilos zwischen Kraft und Willen: tat nichts. Jedoch, sie war trotzdem innerlich stark. Und sie hätte überhaupt kein Mensch sein müssen, um alle ihre Enttäuschungen abstrakt zu verwerfen, als sie erbte und einen Stehausschank eröffnete, in dem sie nach Geschäftsschluß im Spiegel den Produktionsfaktor betrachtete und den Scheitel ihrer Modifikation betulich nachziehen konnte, um bei sich zu sein und bei sich im Mittelpunkt stehen zu können, so anziehend wie nie zuvor. Sämtliche Feierabende verwendete sie dann dazu, doppelbettbreite Patchwork-Decken für ihre Aussteuer zu sammeln. Die Discos öffneten nebenan ihre glitzernden Pforten, und in jede brachte sie ganz bestimmt eine Menge mit, und ihre Tatsachen sprachen sich auf den Tanzflächen so herum, daß es ihr wenigstens in Holland mehrmals international abgetrieben werden mußte. Hollywood kostete sehr viel weniger, nämlich im Kino. Wie notgedrungen kam es dann zu einer Wende: Der Rosa war reif für eine zweite Verbindung. Er hatte sein Selbstbewußtsein ausgebildet, versuchte immer besser zu reflektieren und unterwarf sich von Mal zu Mal immer gründlicher der Wahrheit seiner Existenz, lernte das Bellen und Gähnen, wurde wütend und sogar ängstlich und verlernte es, sich für andere Tiere zu interessieren. Das war die Zeit, in der er bereits auf Lockruf reagierte, weshalb seine Frau glaubte, mit dem Zufüttern beginnen zu dürfen. Tagsüber prüfte er sich immer öfters und wollte mehrmals neu anfangen, wurde eine begehrte Kraft in der Volkshochschule und versündigte sich nicht an seinen Idealen, als er sie endgültig aufgab. Und als Rosa endlich ein Mensch geworden war, ließ sie sich wie nebenbei zur Programmiererin ausbilden, weil das etwas Sensationelles zu werden versprach. Und einige Monate glaubte sie zur Leitung der Wirtschaft oder des Staates berufen zu sein, oder gar des Raumschiffes Erde. Sie wurde ein Fan des Buckminster Fuller. Computer fütterte sie aber dann doch nicht. Es hätten sich zu viele digitale Fehler ergeben, sagte man ihm. Darüber brauchte er sich aber nicht den Kopf zerbrechen, da es ihm ein Photogruß am Ende nicht zweimal bestätigen mußte, was sie auf einmal war. Und so schön und gut. So war sie unheimlich pünktlich und zuverlässig geworden und ist es noch heute. Und wie sie hier auf der Photographie liege, sagte die Rosa, so habe man sich ihre Phantasie vorzustellen im Kampf mit der Wirklichkeit, also wie augenscheinlich als kleines Wurm unter

Sternen, oder als Motte im Hosenfutter des Wahns. So probeweise probiere sie sich hier also selber aus vor einer sich immer mehr entfernenden Welt, oder eigentlich ganz und gar nackt auf diesem imitierten Bärenfell, auf dem er aus dieser Photographie herausgrinse, während sein rechter Unterschenkel mit ungewaschenem Fuß zierlich winke, wobei das ungemeine Gesäß gewisse Voralpenhügel darzustellen verstehe: wie Grüße aus einem Ferienland. Mit Schleiflackmöbeln im Hintergrund, ohne den kleinsten Kratzer, betonte die Rosa, zeige die Photographie sehr genau, wie ihr natürlicher Bewegungsdrang gebremst worden sei. Hier sei sie endgültig eingegangen: so grün und blau geschlagen nach kindlichem Mißverhalten, wie man es auf Chamois nicht feststellen könne, wo er eine Hand zu erwarten scheine, die sämtliche Vergnügungen verheiße, bevor er ernsthaft sein erstes Schamblatt anlegen werde. Insgesamt trete, wenn auch liegend, die Rosa auf dieser Photographie als kindliche Tatverdächtige in die allerschlimmste Erscheinung.
Das erzählte die Rosa. Sie warf uns die erste Photographie von ihr vor die Füße . . .

. . . welche der soeben in den Sandkasten springende Ritter Heinz von Stein mit seinem Gantelet aufhebt und in seinen Brustharnisch schiebt, erzählend dabei, wie er mit dem ersten Vogel dieses Tages, die Beine rückwärts noch schlimmer bogend und deshalb ausschweifend säbelig, sein Roß besprungen habe, um Regensburg verlassen zu wollen, damit er über Landshut und Moosburg sehr schnell bis Zorneding käme, weil er beim Bieringer-Bierwirt mit einem feinen Luder, was ein ganz ausgemachtes Mensch sei und die Tochter des Anwesens, handgemein werden sollte, und gewollt und getan und das Vorhaben außerrechtlich gelungen, habe er . . .
Wie Sie bemerkt haben werden, stutzte der Boxer Heinz, rasselte sehr verlegen mit seiner Rüstung, was ich insofern erklären kann, als er das Mensch zwar am selbigen Morgen nach einer schlaflosen Nacht geraubt und mit sich geführt hatte, sie aber nun anscheinend, wie er irrtümlicherweise, aber nicht grundlos annehmen mußte, auf seinem Ritt verloren hatte, da sie hier vor ihm, im Sandkasten saß, worüber er sich noch viel mehr erstaunen mußte . . .
Die, deren Bild er jetzt über der Brust trage, will er, so sagt er,

gleich mitnehmen, die Sache mit dem unterweglichen Verlust und einer trotzdemlichen Vorauskunft auch gleich vergessend. Also, was ist, wird er dringlich, sagt noch was über sein vernarbtes Gesicht und wie es ihm wohlmache, kein Entsetzen bei dem Mägdlein erregt zu haben, macht verliebte Nasenlöcher unter seiner Gugelhaube, fängt auch schon an zu sabbern und holt sich die Rosarene, so genannte von ihm, aus dem Sandkasten und schreitet mit ihr ab.

Sie sehen jetzt Rosarene, die Bieringertochter aus Zorneding, dieses niedliche Möpslein im oberbayrischen Dirndl an der Seite ihres Raubritters auf ihren Hinterläufen hüpfen, und staunen gewiß, wie zierlich sie sich aufrecht halten kann, unterwegs jetzt, mit dem Ziel Café Freiheit, weshalb sie vorüber kommen dort . . .

. . . wo getreu der Wittelsbacher Tradition, kurz nach dem Abbruch des Hauses Freiheit No. 14 – also etwa gegenüber dem baumgesäumten Freilichtschachplatz – jetzt die Klause von Les Charmettes steht, versetzt an den Rand meiner Wurfschaufel, genau zum richtigen Zeitpunkt, als nämlich Poppers und ich in diese Idylle, so versteckt und so einsam, als wäre man hundert Meilen von der Stadt entfernt, einzukehren vorhatten, gesprächshalber, wissend, wie wohnlich dieses Haus eingerichtet war. Und daselbst, kaum hatten wir zwei Stühle an den Tisch geschoben, dessen einen Fuß Jean-Jacques in eigener Person einmal an der Tischplatte befestigt hatte, fühlten wir mit einem Schlag in unseren Körpern, wie er vor Zeiten in dem seinen, einen plötzlichen und fast unbegreiflichen Aufruhr.

Bitte, begann Poppers, ich komme soeben von einer Krankengymnastin – Marschallstraße 1, 3. Stock –, die sich zur Ärztin aufrief, als sie meinen Rücken zu kneten anfing. Zur etwas voreiligen Erläuterung ihres eigenmächtigen Berufswechsels zeigte mir Poppers seine Kruppe im Profil, die sich nach oben hin verführerisch in ein tiefes Tal senkte.

Die Frau, wich der Poppers einer Berufsbezeichnung aus, unterbrach ihre Arbeit an mir und gebärdete sich ganz plötzlich außerordentlich ratlos. Sie meinte dann perfide, mein Rücken müsse gekürzt werden.

Wie das? wurde ich aufmerksamer.
Es handle sich wahrscheinlich nur um einige Zentimeter, schätzte sie, sagte Poppers. Jedenfalls so wie er sei, also nämlich zu lang, müsse sie an ihren Hund denken. Was sagst du dazu? Es kommt noch schlimmer. Sie sagte, sie müsse staunen, denn gebellt hätte ich, ihres Gehörs, in ihrer Praxis noch nicht. Oder doch? fragte sie.
Und du? fragte ich.
Ich bellte: waw waw, sagte Poppers.
Und darauf sie?
Das könne sie nicht gelten lassen, meinte sie, sagte Poppers. Dann sprach sie wissenschaftlich. Im Ernst, sagte sie. Eigentlich könnte ich schon gar nicht mehr lautmalerisch imstande sein, mich in das zu übersetzen, was ich wahrscheinlich sei, wenn es ihr, wobei ich die volle Verantwortung zu übernehmen hätte, nicht gelänge, mich in das zu verkürzen, was ich, menschliche Worte gebrauchend, soeben vorgegeben hätte zu sein, also jedenfalls noch, was hinwiederum sie nur einsatzbereit vorfinden würde – sie sprach von einer medizinischen Situation –, um eine Vollendung im Animalischen zu verhindern, der ich sozusagen zuwüchse. Bitte, meinte sie, das sei immer noch theoretisch gesprochen.
Und? fragte ich.
Das übrige kam nicht mehr vor, wie so oft im Leben.
Schön wäre es, sagte ich. Aber das verstehst du nicht ganz.
Nur so, sagte der Poppers. Das wollte ich dir erzählen. Zur Operation kam es nicht.
Du falscher Hund, sagte ich.
Er brauste auf und zeigte seine Milchzähnchen her.
Halber Hund, versuchte ich zu mildern. Und von einem jungen Hund erzählte ich ihm, der hier, in diesem Hause, der bedürfnislose Wilde zu werden begann, den er späterhin zum reinen Naturburschen ausformulierte: er ganz, du zur Hälfte, mein lieber Kyniker, schmeichelte ich.
Ist schon gut, begriff Poppers, und friedlich, uns mit einem rechten und einem linken Arm umschlingend, neigten wir uns aus dem Fenster, dessen auffliegende Läden dazumalen den Frühaufsteher Rousseau, heimkehrend vom Jogging, unermeßliche Freuden erhoffen ließen, da offenbar, wenn auch unter einem Tüchlein, die Brüste seiner Mamma bereithingen.
Daß ich von oben herab, und durch die Blätter der jungen Buchen,

bruchstückhaft die Machenschaften Heinz von Steins oder die Machenschaften Rosarenes an dem männlichen Letzteren beobachten konnte, sagte ich dem Poppers nicht ...

... weil ich nur noch für Sie da sein muß, hinweisend darauf, oder eigentlich hinüber, noch besser hinauf auf den Stein, wo im Rosengärtlein, unseligen Angedenkens, der entharnischte Ritter, als Boxer jetzt sich deutlicher darbietend, trotz Hauskleid, sich an seiner Rosarene als Voltigeur betätigt und ganz außerordentliche Leistungen zustande bringt, was Sie sicher bestätigen können, der Sie vergeblich auf einen Dialog des Liebespaares warten werden, wie ich voraussagen kann, da Rosarene ihrer gesindlichen Umgebung in möpslich schamloser Weise demonstrieren will, wie sehr sie die Brunst ihres Boxers genießt, scharschwänzelnd um ihn her und klaffkläffend wie nur ein unersättliches Hündlein, dem Gedankenaustausch wenig sagt. Also fortfahrend muß ich mit meinen Hinweisen fortfahren, von angekörten Wochen reden und diese zugleich überspringend vermelden, was Ihrer Aufmerksamkeit bestimmt nicht entgeht, wie sich nämlich im Narbengesicht Mitleid abzuzeichnen beginnt, ob der Zudringlichkeit dieses Raubgutes. Ein Grauen auch und mindestens eine Träne ist zu erkennen im Gebaren und in den Zügen der Rosarene. Und, hatte ich solches nicht angedeutet, unten, aus dem Burgtor herauskommend, können Sie jetzt den Ritter wahrnehmen, und wie er die Widerstrebende über die Leopoldstraße zerrt und, in Abkürzung eines Rückritts nach Zorneding, im Sandkasten derart derb absetzt, daß also die Freude seiner vergangenen Nächte so schnell nicht mehr hochkommt; auf das Gegenteil kann man guter Hoffnung sein.

Jetzt aber werden Sie bekannt gemacht mit der Edelkomparserie der Altkleidersammlung, die sich über den Platz theatert: große Revue, schlimm auf Heinz, diesem folgend, in Fünferreihen, Nachrassel der großen Kotze, Strumpftiger, Mohikaner, letzte, Lederstrümpfe, viel Seufzerspalten, meistens geschmollte, Pupperer, sehr viel Kalammes, Basler, auch schon Standarten, Haarsträuber, fette, Sprossenmasken, übergrinste Paletten: die Punker, ausrotzend, vorstinkend, breitsudelnd, bis die Kacheln knirschen, weil

der Raubritter die Gantelets von sich weist, daß die Brechränder nur so krachen; dann hinter ihm, je 75 zur Linken und zur Rechten, verscharren sie vor den eisernen Schranken.
Es bellt unser Boxer:
Poppers. Der Poppers. Das ist er. Der heißt so.
Dem war mitgespielt worden. Dem Poppers waren Ecke Hesseloher Straße/Freiheit Avancen gemacht, Elogen bereitet worden. Er hatte dicht am Seil gestanden, erstarrt. Das war alles zu plötzlich über ihn gekommen.
Phytobiodermisch behandelte Tollen wehten seidig im warmen Zugwind, wurden ruckartig noch freier geschüttelt, darunter: frische, nette Nachwuchslärvchen, alle ganz plötzlich heliakisch aufgegangen aus wärmsten Gemütern über weichem Kaschmir. Da räkelten sich in der feinen Avantgarde die Fliegerjacken aus Nylon, oliven. Unter weichem Futter, orangen aufgeflogen, brüsteten sich Lacoste-Hemden. Ganz so locker, so flockig erregt auf der Rolle hinter dem Seil joggte die Schar in sich selber herum: überkräuselt vom Rauch der Dunhills – blühende Goldränder da und dort, auch Schimmer, viel Chrom, Rolexuhren, jüngste Zeitangaben über jeweils schnurgerade gezogenem Seitenscheitel, kein Lärm, distinguiertes Murmeln, aus dem sich Pfropfen knallend lösten: Marke Faber, überschäumender Bock auf den schnieken Donald Duck, der seine Schwingen in höchster Einbildung flapsen ließ – gleichsam Wappentier – jedenfalls Poppers erkannte den Gruppenvogel über den Poppern. Kam ihm auch so vor, als lese derselbe im Tonio Kröger, als die Welt noch in Ordnung war, die auch klein und fein und bleich und mager auf Seilhöhe in Designer-Jeans steckte. Alle Glieder versteckt in Fiorucci und Schulz, in diesen hehren Augenblicken der Begrüßung ihres Namensvetters nicht fett mit Mädchen herummachend, weil die höchste Fête: der Poppers. Da ist er. So heißt er. Die übrige, sonstige Welt: echt Asche. Der trägt diesen Namen. Dem einzigen einen ins Malagutti-Ronco. Von Muttis gespendet, von Schülerhändchen serviert. Und Dreingaben: alle verfügbaren Terminkalender. Opfergaben. Auch angebissene Mädchen. Wenn er sie haben will. Bitte. Danke schön. Wenn nicht, auch gut. Dann eben Spruchweisheiten des großen erhabenen Vorsitzenden: Superman ist nicht weit. Oben weit, unten eng. Die Aktenköfferchen hoch, Geflötel von der Jungen Union. Was läuft denn sonst? Schöner die Haare nie flogen.

Da war er geflohen, mein Popper. Nicht mehr Poppers, wenn ich bitten darf, bat er.
Gut. Wir streichen das ›r‹, sagte ich, lieber Poppes. Zufrieden?

Da lief mir Heinz von Stein zu. Du bist mir ein Hund, begrüßte ich ihn.
Waw, respondierte derselbe.
Ich muß schon sagen, eifersüchtelte ich: wie du mit der allerneuesten Generation umzugehen verstehst, das läßt mich ergelben.
Waw. Die Antwort des Heinz.
Sozusagen, die heben dich auf ihr Schild! Das ist die Höhe. Wie stehe ich da? Und wo? Im Abseits. Ich flehe um Nähe. Von mir aus: Verständnis, tiefes, freilich auch altes. Von ihrer Seite, von seiten der Punker: Ablehnung. Bitte, das spüre ich doch.
Wahrscheinlich gar nichts zu machen, kam Heinz zu Worten.
Hilfe. Ein Seufzer aus mir.
Zur Sache, so Heinz. Ein Schriftsteller, wenn ich nicht irre, wurde er frecher, und als ein solcher auch elender noch aus der Mittelschicht, ist das richtig? Keine kleinbürgerlichen Aggressionen, wenn ich bitten darf, maßregelte er mich schlimm und fuhr fort, zusammenfassend: Als mittelständischer Schriftsteller stehst du in deinem Buch dieser Jugend gegenüber. Da muß ich schon sagen, kulturell tut sich da wenig bis nichts. Da wird nichts gemeistert. Von keiner Seite her. Fremde Punkte, kein Stand. Nämlich unterschiedliche Regeln im zwischenmenschlichen Spiel.
Zum Verzweifeln, stöhnte ich.
Freilich, das kannst du dir leisten: Angebote von Freundschaft!
Ja, schöpfte ich Hoffnung. Ja, bitte.
Deine Gesinnung: ganz non-autoritär.
Aber freilich, verhielt ich mich immer aufrichtender. Weiter so. Gut so. Tut gut.
Du gehst an die Basis.
Noch tiefer!
Setzt Techniken ein. Stellst mit denselben Beziehungen her! Holst Fremde sozusagen in dein Milieu! Lockst Signale der Ähnlichkeit hervor!

Sehr gut. Das kann ich.
Du weißt schon: Du hast Verständnis für Rock 'n' Roll!
Zumindest, rief ich.
Auch für Filme! Für Second-hand-shops!
Ich war begeistert: Da bin ich dafür! Das liegt mir.
Dann werden sie lachen, die Jungen. Sogar auslachen werden sie dich, wurde Heinz wieder grob. Diese Freaks haben nämlich auch ihre Mittel, die mobilisieren sie lustig.
So? Das war ich: ziemlich kleinlaut.
Da werden dann Witze gerissen. Du bist auch zu komisch, ich meine für sie, diese Leute. Ein Schriftsteller: abgesessen, also ein Flacharsch.
Ich muß schon bitten!
Das bist du. Nicht etwa für mich. Und blaß bist du auch. Und ein Abenteurer bestimmt nicht. Und schreibst und noch schlimmer: sprichst mit Luxusakzent. Überhaupt . . .
Was soll ich denn tun? flehte ich. Bitte.
Da gibt es zwei Möglichkeiten!
Also doch, fuhr ich auf. Die eine?
Eine Ohrfeige jedenfalls hast du erhalten.
Und?
Dann hältst du ganz einfach die andere Backe hin.
Und wenn ich die andere Wange hinhalte? Was dann?
Kategorie: Ruine.
Wie bitte?
Kategorie: Residuum.
Deutlicher bitte!
Trottel, fuhr mich der Heinz an.
Jetzt reichts.
Das bist du! Doch niemals für mich. Für die Punker oder etc.
So weit gingen die? fragte ich.
Weiter: das eskaliert. Wahrscheinlich bis armes Schwein, oder Bürgersau. Muß ich deutlicher werden?
Da muß ich schon sagen, begehrte ich auf, meine Würde verliere ich nie!
Das ist die Alternative, lachte der Heinz.
Ich meine, meinte ich: denen werde ich kommen. Drohend. Aber nicht nur! Da kennst du mich schlecht.
Die kennen dich gut. Du bist jedenfalls lokalisiert. Du bist nicht

mehr zweideutig, nein: du bist eindeutig Feind, der ihre. So etwas wie ein Pakistani, ein Inder, oder noch schlimmer: ein Jude.
Keine Chance also, brach ich zusammen. Aber du? Wie machst du es? Die laufen dir nach. Woran liegt das?
Ganz einfach, erklärte der Heinz. Ich verstehe mich mit dieser jungen Generation, weil ich ein Mensch des 12. Jahrhunderts bin. Basta.
Ein Unmensch bist du!
Das auch.
Ein Hund bist du, waw, bellte ich.

Ich betrat eines der zwei Telefonhäuschen auf der Leopoldstraße und rief den Vorschüler Hermann im anderen an, dem ich den Traum seines Lebens beibrachte, der jedenfalls März war, höchstens April – hinsichtlich seines jungen Frierens.
Ich hängte nicht auf.
Ich verließ das Häuschen und ließ den Vorschüler Hermann ein erstes Gespräch führen mit dem Kindergartenkind Dorothea. Sie durften sprechen. Zwei Scheiben gab es dazwischen. Sie durften auch klopfen. Sie schauten sich an. Erste Liebe. Allererste. Später: Hochzeit. Man kann nicht früh genug damit anfangen.
Hinaus in die beginnende Freiheit:
Was macht auf der rechten Seite der Leopoldstraße das kleine Mädchen Dorothea? Hebt warum das Röckchen und streckt sein kleines Däumchen vor sein kleines Schlitzchen? Wird er wieso zwanzig Sprünge herunter von der Oberschicht machen und konvertiert der Dorothea als Arbeiter in den verdammten Unglauben, als er Türke geworden, und das macht schon was aus, wenn wieder die Dorothea ins Seil ihres beinahe Altersgenossen Hermann springt auf der östlichen Seite der Leopoldstraße.
Da staunte der Poppes doch sehr und noch mehr, als ich dem Vorschüler Hermann einen Leiterwagen schenkte und sagte, er solle damit auf mich warten bis es Transportgüter gäbe.

Ich nahm dann den Heinz, den Boxer, Ecke Hohenzollern/Leopold an die Leine. Ich ließ den edlen Ritter um mich kreisen, bis das Leder meine Hinterbacken unter dem Taghemd genau dort erfaßte und diese zur deutlichen Ansicht anhob, wo meine starken Beine beginnen. Meinen Schwestern lächelte ich zu, sie mit meinen sanft schlagenden Wimpern beruhigend, weil sie im Anblick des bis unter das Maul Geharnischten außer sich gerieten. Ihr Argwohn war verzeihlich, da es ein ungewöhnlicher Anblick ist, einen Hund an den Hauswänden seine linke Spore heben zu sehen, wenn er seinen Geschäften nachgeht.
Ich schüttelte meine rote Perücke in den Nacken, als Heinz von Stein seine Post erledigte. Und da ihn sein breites Schwert an der Ausübung seiner Pflichten hinderte, wurde ich zeitweilig zu dessen Träger. An Ort und Stelle holte ich es aus der Scheide und prüfte die Schärfe.
Als wir Ecke Freiheit/Clemens ankamen, klärte er mich auf: Ob ich mir darüber im klaren sei, bellte er mich an, daß er im Begriff stehe, hier den ersten Bürger der Welt in Grund und Boden zu inszenieren?
Getreu der Frankfurter Schule ließ ich ihn vor Troja gewähren.

Er läßt den toten Achilleus, der am Straßenrand liegt, die von Hephaistos geschmiedete Rüstung abnehmen, sie auf die Fahrbahn bringen und dort ablegen. Das erledigen die Krieger der Griechen. Einer von ihnen muß nun ausrufen, daß man beschlossen habe, sie dem tapfersten Helden vor Troja zuzusprechen. Die Atriden wählen aus ihren Reihen ein Schiedsgericht und auf die Anweisung Heinz von Steins muß nun Odysseus das Gericht bestechen. Das soll im Flüsterton geschehen. Heinz von Stein läßt diese Szene mehrmals wiederholen. Beim siebtenmal klappt es. Die Bestechung ist perfekt. Das Gericht spricht nun die Rüstung dem Odysseus zu, verkündet die Entscheidung im Chor, woraufhin dieselbe von einem strahlenden Odysseus abgeholt wird, der sich in einem Hauseingang mit ihr zu schaffen macht. Heinz von Stein läßt es wörtlich Nacht werden und wörtlich die Sonne aufgehen. Im Morgengrauen legt er den Beißkorb ab, zieht sein Schwert und bricht auf, um die Atriden und vor allem Odysseus zu ermorden.

Vorher brüllt er aiai. Er wiederholt das Gebell. Aber in diesem mordlüsternen Augenblick läßt er Psychotherapeuten einfliegen, die landen und von Odysseus und den Atriden begeistert begrüßt werden. Jeder von ihnen muß sich in das goldene Buch der Stadt München eintragen, bevor er Heinz von Stein mit allen seinen Fachkollegen umringen darf, welcher derart seine eigene Erlösung inszeniert, indem er fordert, man solle von ihm fordern: den Urschrei und diesen noch einmal und immer wieder und immer entsetzlicher bis ganz fürchterlich, was dieser daraufhin auch erledigt. Er müsse jetzt sehr matt sein, empfiehlt Heinz von Stein sich selbst – und ist es. Trotzdem fordert er nun von den Dynamikern, daß sie von ihm fordern sollen, daß er sich selbst als sich selbst gegenüberstehend vorstellen und sich derart mit schlimmsten Schlächtereien bedrohen solle, welche üblen Aktionen er in der Folge, natürlich nur wörtlich, vollzieht, alles im Sinne der eigenen blutigen Inszenierung. So also, schreit er, würde er jetzt sich selbst zerstückeln, die Beine des weißfüßigen Widders, der er im Augenblick sei, würde er hemmungslos mit einem Strick fesseln und die Kehle desselben durchstechen, und dem Hirtenhund, der er im Augenblick sei, würde er die Wirbelsäule zerschmettern. Während der Szene, in der Heinz von Stein als Aias die Wahnsinnstaten desselben wörtlich vorführt und sein Brüllen bis zur Autorenbuchhandlung in der nördlichen Wilhelmstraße dringt, sollen auf Anweisung Heinz von Steins die Atriden und Odysseus warme Würstchen mit Senf und je einer Semmel gereicht bekommen. Sie sollen es sich schmecken lassen, bis sich Heinz von Stein als Aias so lange angebrüllt und wörtlich abgeschlachtet habe, daß es ihm unmöglich sei, noch einen Laut herauszubringen, geschweige einen Schwertstreich auszuführen, so will er es. Schließlich weist er sich selbst einen Platz im Hauseingang an, der in den Augen der Gruppendynamiker auf sein Geheiß: ein Berg zerfleischter Aiase zu sein habe, auf dem er, wie er, sich niederlassend, kundgibt, wie ein Schlächter sitzen bleibe, bis die Psychotherapeuten reihum ihre Fragen an ihn richten würden, womit sie auf sein Geheiß sofort beginnen. Wie es ihm ergehe, wie er sich jetzt fühle, ob er sich wohl spüre, wann er sich jemals so frei von Zorn auf seine vermeintlichen Peiniger, auf jene, die ihn betrogen haben sollen, seiner unmaßgeblichen Meinung nach, und ob er sich jemals so milde gestimmt auf seine Obrigkeit vorgekommen sei und ob er in den rechten Flügel der Ordnung jemals so zart seine Worte gehaucht habe, so daß dieser sich in leichtem Säuseln wieder auf den Höhenflug seiner Belegschaft einüben könne, das alles wollen sie von ihm wissen. Und Heinz von Stein, alias Aias, läßt sich selbst dieses alles wie gewünscht verneinen und bejahen, erschöpft, aber heiter, wie er sich sein läßt, und läßt seine dynamischen Erlöser wieder abfliegen, die Fortführung seiner Inszenierung kurz unterbrechend, bis jene über München-Schwabing verschwinden. Dann läßt er sich bellen. Einmal. Auf seine eigene Anweisung hin erhebt er sich, erklärt zugleich weshalb, nämlich um, was er zu gleicher Zeit vorführt, gräßlich zu fluchen und zwar auf Athene, auf alle Götter, auf alle Zehntausende da oben, auf die Auswahl drüben im Hausgang, in deren Mitte Odysseus steht, auf den insbesondere, dessen und deren Abschlachtung er, wie er interpretiert, im Sinne gehabt habe, auch nur zu gern vorgeführt haben würde, wenn ihn nicht der Einfall besser gedünkt hätte, einen von ihnen, nämlich Odysseus, dazu zu verdonnern: sich sämtliche Aufführungen, Aktionen, Reden und Manifeste während der Zeit ihres Auftritts auf der Münchner Freiheit aus nächster Nähe mitanschauen zu müssen. – So endete die sophokleische Etüde des Heinz von Stein Ecke Clemens/Freiheit. Die Zuschauer entließ er mit einem Wauwau.

WIR: Was sollen wir denken von einem Romantheaterschreiber, wenn er teils sich uns zuteilen läßt, von wem auch immer (sollte es sonst noch außer ihm einen geben, der ausgibt?), um dann anderenteils uns, wie er sagt: zu zeugen, und wie? Ein Skandal. Woraus? Hirngezeuge, um nicht von Aftergeburten zu reden. Der ist doch wahllos installiert, selber: wie er uns selber herausläßt so einfach so raus und hierher, von selber und ganz und gar aus gar nichts, bitte: Wie man da dann auch sein soll: so hierhin und besonders daher: auf diesem Platz. Also jeder von uns hält da etwas ganz etwas anderes für seinen Ausgangspunkt. Wehe uns, wenn man nur wieder sein muß, um nach vorne zurück wieder ganz zu sich selber zu werden. Das mit der Erfindung! Das mag er ja ernst meinen: aber das Fleisch. Der Tod ist doch auch eine ernstzunehmende Sache. Da heitert er uns gar nicht auf! – Wir lieben ihn ja, mehr bestimmt als er sich selbst, und so sehr, daß wir uns emanzipieren vor ihm mit der Drohung: Jetzt hab dich nicht so. Komm allein mit dir aus, wie wir mit unsereinem, wie du wissen sollst: ohne Tränen, ohne Blut; kein Mitleid von uns mit uns. Was du dir gar nicht ausdenkst (sagen wir zu ihm!): Ohne dich verderben wir heiter in der Gewißheit von deinem Fehler am Sterbeort. Vielleicht wirst du jetzt außer dir geraten, wenn du das liest? Dann ist er bei uns, sagen wir uns. Diese Welt ist buchstabentreu traurig und das Ende ist immer der springende Punkt. Punkte. Die Sterne. Der Schmerz. Die Schmerzen. Die Freude darüber. Sentiment. Nichts. Alles. Wörter, wie wir. Die mit uns vollbrachte Täuschung des vor dem Allem zerspringenden Vielen.

Aber der Inkonsequenz soll nachgedacht werden, sagte ich, und: mich dürstet. Mein Stout schäumte schon, während der Überquerung der Leopoldstraße mit Poppes, den ich dann Ecke Clemensstraße ins Turners Pub schob – nach Übersprung, zweimal sehr flottem, des Seiles. Hello, noch ein zweites Stout.

Ich bediente den Freund. Vier Ellenbogen auf dem Roundtable. Prost. Lokaler Ausdruck der Wohlgesinnung.

Warme geistige Freude des Fleisches, Vorstellungen voller beseelter Gegenstände, wahrscheinlich direkt über unseren Häuptern in weichen Gedankenblasen; nichts Gesittetes, durchaus auch Gewalttaten, jedenfalls ein blinzelndes linkes Auge, geübt, des Poppes. Meine schlimmen Antworten in meinen Augen. Die Unruhe vor der Vermehrung. Ob er sich als beteiligt an ihr erahnte? Ich dachte darüber nicht nach.

Ich denke da an ein Mädchen, sagte ich und verwirrte ihn damit.

Prost, sagte er.

Die Trinker an den Nebentischen. Das warme braune Dunkel des Ausschanks. Die leuchtenden Lager. Wir hingen in einem Schrank. Kein Luftzug. Durst. Ich wischte den Schaum ab, mit der ganzen Hand; Waschung des Kinns. Die Gläser zum Mund führen, zurücktragen, im Ausarmen absetzen. Zwei neue. Vervielfältigung.

Warum an ein Mädchen, fragte er, eine Schaumkrone über der Frage. Mich dürstet, sagte ich. Und noch eine kleine Runde, bis seine Ballettschuhe zu tänzeln begannen. Der mexikanische Bartzupfer lockerte sich. Der Poppes steckte ihn wieder tiefer.

Kerzengerade, flüsterte ich, am Glas nuckelnd, den Poppes nicht aus den Augen lassend, sogar etwas speichelnd. Dann aber ein kräftiger Schluck.
Sie? fragte er.
Von hinten englisch, o God, ich sprach von den Linien, andeutend, selber noch nicht ganz sicher. Aber sie müßten mehrmals sanft unterbrochen sein, besonders stark um die Hüften, aber nicht stark genug, um auszuladen, weil eminente Länge.
Kühl? fragte er.
Spartanisch vielleicht, meinte ich, mit der nächsten Runde an den Roundtable tretend. Äbtissisch. Die Gesäßhöhe notierte ich mit einem nassen Finger auf die Tischplatte und zeichnete ein trockenes Hohlkreuz darüber.
Der Poppes wurde fröhlich und stieß mit der rechten Faust in einen Nabel, der in etwa über dem Mittelpunkt der Scheibe sein mußte, seiner Vorführung entsprechend: er ließ seine Faust weich zurückprallen.
Trivial, schämte er sich sofort.
Unterlassen wir also das übrige, schlug ich vor.
Prost.
Sie schaut dich an, vermutete ich. Aber als ich ihn Mutter nannte und das Glück einer solchen in seinem Gesicht schon leuchten zu sehen vorgab, wurde er stutzig.
Austritt und Auftritt, meinte ich: in perfekter Façon.
Wir leerten die Gläser.
Ich führte den Poppes um den Roundtable und stellte ihn vor dem Ausschank auf. Der Mixer lag schon über der Theke. Die Penner schoben ihre bammligen Hosen auf ihren Stühlen heran.
Mein Kommando. Dann empfahl ich ein kleines Adagio. Reference. Die Lockerungsübung. Schmerzlose Geburt: Changement. So wird die Glissade schön gewechselt, kommentierte ich. Die Arme schön seitwärts. Freundlich, freundlich. Wo bleibt dein gebügeltes Gesicht?
Und wirklich, wie er das machte, gekonnt: so glitt er unglaublich behende aus der Arabeske ins Rond de jambes, zeigte sein rechtes Bein außerordentlich ausgestreckt und zog es, mit der lila Spitze, den Boden kaum berührend, herum und nach hinten heraus: da glückte ihm wieder eine Arabeske, noch viel schöner als ihre Vorgängerin, und so, mit geneigtem Oberkörper, stand er auf dem

rechten Bein, den Rücken mit dem linken Bein in der Waagrechten verlängernd.
Ich saß ihm zu Fuß. – Es war einmal. – Ich schob ihm die Jeans am rechten Bein hinauf bis über das Knie. Das ist makellos. Und ich bin die sagenhafte, alte mexikanische Göttin Synovia. Das wird allgemein so gesehen. Das ist auch sehr verständlich. Das ist so. – Und Poppes begann auf dem rechten Bein zu hopsen. Sehr komisch. Aber nicht komischer als das Ereignis, welches sonst und gemeinhin warm im Dunkeln stattfindet. Mir aber oblag es, die Schreie zu imitieren, auch deren gesteigerte Lautstärke, das Knie des Poppes reibend, mehr andeutungsweise, vielleicht um durch diese Vorführung die eigene Wichtigkeit oder gar überlegene Realität zu bedeuten, oder um das Hopsen des Poppes ins Symbolische, wenn auch nur weniger, zu verweisen. Also hier in mir, oder dort unter seinem Knie, es galt gleichviel, da es hier einfach um mehr ging, und darauf allein kam es an: der Gelenkkopf drang jedenfalls ein in die Pfanne. Und das Gehopse des Poppes sorgte für lustvolle Wiederholung. Und ich meinerseits – Göttin, auf breitem Arsch hockend, mit Beinkreuz, umsorgte die Reibung in dieser Höhle hinter springendem Meniskus. Wer hat denn hinter der blassen Kniehaut dieses Ballettänzers auch noch den Saft redundieren gesehen zu einer Zeit, die eine erfüllte genannt werden darf, weil sie es meiner Weisung nach sein mußte, die auch an den bäuchlings staunenden Mixer erging: nämlich allen Anwesenden das in den Gläsern herüberzureichen, was sie sich wünschten: ein Lager, ein Bier, einen Stout – auch Whiskey. Gespart wurde nicht. Meine Reference. Nur bäuchlings angedeutet. Und Prost. Und bitte schön: ex. Daß mir keiner! Denn wie es hineinrinnt, und zeitlich eben so lange: dauert das, was herausrinnen soll. Stille. Und keine Rührung des Knies: der Poppes war Zinn. Das große Mädchen war so entstanden – ich hatte da etwas zu tun gehabt – und sie war da: also draußen. Aber noch drinnen im Pub. Es klirrten die Gläser. Das große Mädchen war aber nackt. Das versteht sich im Anfang von selbst. Ich mußte enttäuschen. Von Frau zu Frau. Sie bekam von mir einen Klaps auf den Hintern, nicht von schlechten Eltern, muß ich und kann ich sagen, wenn ich mich ganz als Eigentümer betrachte, was ich auch tat. Nathalie war gezeugt und geboren und weg. Also hier im Pub war sie nicht mehr.

Der Poppes baute die Arabeske ruckartig ab. Er stand breit herum in der großen Enttäuschung.
Ich hatte nicht etwa mexikanische Accessoires vergessen. Hier waren dieselben nicht nötig. Das Mädchen war mexikanisch gezeugt und geboren.

Und bayrisch schwärmte der Heinz von Stein ins Salzburgische hinein unterdessen. 1196 erwuchs ihnen die einträgliche Gelegenheit, bei Urschalling sich auf die Lauer legen zu dürfen, von wegen Wallfahrtsweg zu den Gebeinen des Apostels Jakob nach Compostella in Spanien, was sehr weit weg zu sein schien, wenigstens von Böhmen aus viele goldene Geräte und Geschmeide, Geschenke aus dieser Buße heraus und hinein in den Himmel, hier halbwegs, deswegen Dank, und nichtsahnendes Verweilen, zwischen halbem April und ebenso geteiltem Mai wurden die Fellsäcke ausgeleert, also Mißgeschick und Verdächtigungen, gegenseitige in frommen Seelen auf Wall, auf Stein aber bald Feier. Heinz unterbricht, der Überschau wegen. Siehe da:

Nathalie überquerte die Leopoldstraße, aber ich weiß noch nicht als was für ein Mädchen. Nackt war sie nicht mehr. Ich mußte sie kurz vorher provisorisch bedeckt haben. Als Maskenbildner war ich im Augenblick ohne Einfall.
Sie benötigte ungewöhnlich viel Zeit, um über die Straße zu kommen. Und war sie so schön, weil sie richtungslos ging, oder umgekehrt?
Auffallen durfte sie jedenfalls jetzt noch nicht, sich selber am wenigsten. Und mir? Ich war da noch nicht entschieden. Sie war mir zu neu. Also herzeigen konnte man sie noch nicht, dieses Kind: von mir überhaupt herunter bis zum Knie meines Poppes; diese Verwandtschaft. Mein Kindeskind. Der Schreiber als Großvater, sonst noch was.
Sie tauchte jetzt ihre Hände am Forum in das Sanctuarium der Nymphen von Clanum, alias: höchstes Becken des Stufenbrunnens. Sie beugte sich über das provenzalische Nymphäum. Im Aufblick

durfte sie wahrnehmen die zwei Marien aus Pappmaché: Maria Jakobäa, die Jungfrau, und Maria Salome, die Mutter Jakobs und des Johannes – und auch noch Sarah, die Ägypterin, ihren schwarzen Leib, Altötting bis Tschenstochau. Oder: die drei Matres, wie sie aus Blut und Tränen geformt sind. Im Augenblick – nur kurz: auch in ihrem, in Nathalies Schoß, wie in den Schößen der Junones: Blumen, Früchte und Ähren als Beigaben.

Da war ich mir gar nicht im klaren, ob sie die vierte sein durfte: als Segenspenderin: meine Nathalie. Ihre Haut leuchtete bronzen, sie schwankte, weil noch ungewohnt an den Umgang mit sich, der vielleicht deshalb schon fast zum Tanz geriet. Bitte, was für ein Go-go-Girl führte sich hier auf und also in meinem Nightclub, alias Freiheit, hier, wo man über dem Brunnen, heute, wie ich es so wollte, zum Fest dieses Fallas, zu Ehren San Josés, des Patrons der Zimmerleute, auf einem globalen Universum, oder dem absoluten Bauch, in Gestalt einer sitzenden Frau mit Früchten thronen ließ, einen allerhöchsten Schirm über sich spannend, dessen Stock, ein Kultpfahl, noch einmal eine Frau zu sein hatte, die eine Frau auf dem Rücken trägt, insgesamt und dergestalt: die Astarte. Genug. Im Augenblick ruhte Nathalies gestrecktes Bein, nämlich das rechte, auf dem Brunnenrand, auf die fruchtbaren Frauen mit den Zehen zeigend, über welchen sich die rechte Hand zur Faust ballte – der Arm ruhte auf ihrem Bein, so daß ein Schulterblatt auf ihrem Rücken abgezogen wurde: ein weibliches Vorzeichen zerreißend – aber, weil sich ihr Kopf wie im Schmerz auf den Arm gelegt hatte, wies die Warze der rechten Brust in eben die Richtung, während der linke Arm, so wie die Warze der linken Brust, nach oben wies, beinahe senkrecht gestreckt, mit dem Zeigefinger der linken Hand hinauf nach Cindad Rodrigo, also über dem Schirm der dreifaltigen Astarte, zeigend auf eine andere Königin, deren Kind soeben zwischen ihren gespreizten Beinen abgeschlagen wurde: schlimme Schläge, lautlose, oder: Nathalie wollte sie nicht hören. Ich auch nicht.

Kein Kind zwischen den gespreizten Schenkeln Nathalies an diesem Brunnen. Und, obwohl die laudas de musica jetzt zu jodeln begannen: ihr Fleisch, Nathalies, dachte sich selber in diesem Stillstand. Es donnerten die Knallfrösche und die Raketen. Ich fiel mit ihr dem Schüttel anheim. Im Frost erstarren wir beide.

Hier im keltischen Clanum, wo Blut und Tränen fließen, werden die Augen der schwarzen Sarah schneeweiß. Und so gibt es dich, Nathalie. Du bist da. Dem Poppes mein Kind. Und keines mehr. Wandle dich selber.

Ich mußte hinüber zur Herzogstraße. Dort stand Hermann. Der hatte seinen Leiterwagen mitgebracht. Er wußte weshalb. Er sagte zu den Leuten, er richte die Deichsel auf Zukunft: weder nach Osten, schon gar nicht nach Westen, und von Süden kann überhaupt die Richtung nicht sein, geschweige nach Norden.

Da fragten die Leute: Also bitte entropisch?

Ja. Vielfältig. – Seine kleinen Wörter. Und: Er habe gehört, wie falsche Menschen gesagt hätten: keine totalitären Tränen in unsere Taschentücher.

Ja, aber also wohin denn? fragten die Leute.

Wenn überhaupt, meinte Hermann, dann mit der Natur. Materialismus.

Und das Ziel?

Der Hermann war überfragt und bedeutete mich.

Meine Antwort: Kein Nullpunkt, und kein Gleichgewicht. Einfach inkohärent, vielleicht phantastisch, jedenfalls falsch.

Geistig?

Also bitte, wer stellt hier die Fragen? Ich war da selbst überfragt. Sollte – aber das konnte nicht sein? Wie von ungefähr schlug ich die Augen nach oben, oder eigentlich schon wie empor.

Es wurde also gefragt: Bitte, geistig?

Ja. – Kurz respondiert.

Als Antimaterie? – Da wußte jemand Bescheid. Aber wer?

Zugegeben. Das war schon die Antwort.

Aber schrecklich aufgeregt, wie?

Weil neugierig auf die Materie, deshalb.

Schlag auf Schlag also. Na bitte!

So ganz in euch versenkt?

Diese Frage! Vorsicht! Die Inkonsequenz will gedacht sein!

Sehr gut.

Um deutlicher zu werden: Wir meinen: In euch versunken? – Es fragen also sehr viele.

Der Entropie muß nachgedacht werden.

Adieu!
Wer hatte sich da von mir und den meinen verabschiedet? Wer weiß? Und wieviele?

Das mußte schnell gehen. Man kann nicht immer so ausladend sein. Die Vorhaben häufen sich. Nathalie ließ es sich nur ungern gefallen, als ich ihr Haar aus der Stirne zog und im Nacken verknotete, mit dem Ergebnis einer runden weiblichen Stirne. Dann steckte ich sie in die Tracht einer Äbtissin. Gut. Ich meinerseits überprüfte den Rock meines Apparates, der den Augenblick zur Ausnahme machen würde. Sie, ihrerseits, sollte auf das Schiff steigen, wobei ich von einem Wikingerschiff faselte, in meiner Unkenntnis mehr Schnabel als wissender Mund. Auf meinem Jahrmarkt stünde es jedenfalls, vor dem Forum, ganz nahe am Brunnen, alias Atlantik. Wem sage ich das? An dieser Stelle sei es sehr greifend, ausgreifend sogar, nach Siegen insbesondere. Die Peitsche lieferte ich nach und forderte mein Modell auf, mit lachendem Schlachtenzorn ins Meer des Ungewissen zu stoßen, was dultmäßig der buntbemalte Schiffsschnabel wikingerhaft schon vor ihr besorgte. Also bitte! Meine Aufgabe war das lebensechte Bild, aber das Abenteuer ist, wie ich weiß, die Kunst; auch die Reproduktion, weil ich an die Vervielfältigung dachte. Und was die Kühnheit der vornehmen Rasse betraf: als Nietzsche erfaßte sie mit seiner Linken die Deichsel und wurde so toll wie absurd, oder nämlich ganz plötzlich schnauzbärtig in aller Gleichgültigkeit und Verachtung seines sehr wohl oder wahrscheinlich wehe gekleideten Leibes bis hinauf zum Stehkragen; also das war augenscheinlich alles gegen den Leib übergezogen worden und hatte nichts mit Sicherheit im Anzug und verhüllte das Leben, und behaglich schien es schon gar nicht zu sein. Aber dieses eine Zugpferd genügte mir nicht. Und gegen alle Authentizität spannte ich Marinelli vor und den D'Annunzio, beiden empfehlend, sie sollten die Weite des Meeres auf diesem Jahrmarkt andeuten mit blauen Augen, die dann der vierte, ein von mir an die Deichsel gestellter Jünger, tatsächlich zu versprechen schien, was seinen Meister hinriß, bevor meine Kamera funktionierte, zu behaupten, daß nur als ästhetisches Phänomen das Dasein der Welt gerechtfertigt sei, nämlich die roten Orchideen vor Sedan, vor Verdun und in

Stalingrad. Mir kam es im Augenblick darauf an, schon jetzt auch den Urin aus dem Himmel über der Freiheit und den Kot als Terra Nova ins Bild zu bekommen, als der Krieg sich in meinem Gruppen- und Seebild so malerisch auswirkte, und militärisch patriotisch anarchistisch meine Nathalie die schöne Idee als eine Peitsche handhabte, unter welcher nicht gestorben wurde, aber gejammert. Als ein verachtetes Weib wurde diese Nathalie derart tätig, daß mein Vierergespann resolut, sei Dank, nur davon sprach: wie das Schiff zu ziehen wäre, nämlich heroisch ins Ungeheure, ausschreitend im kühnen Schritt des Drachentöters. Ich knipste. Lou Salome lachte das alles hinter mir aus.

Sie wohnten der Aufschlitzung, einer mehrmaligen, der Äbtissinnentracht bei, bevor Nathaya, der Inhalt der ersteren, unter der Schiffswand Boden gewinnt und, die härene Unterwäsche vor Ihren Blicken, freilich beinahe erfolglos, schützend, über den Platz eilt und, weil ohne Regieanweisung, zurückkommt zum Jubelbildwerk der Astarte, am Brunnen zu Clanum, in Pappmaché aufgeführt bis in schwindelige Höhen, zwecks Festes eines Fallas, und, nach anderer Lesart: nach wilder Flucht über den Chiemsee, dort erschöpft, also an seinem Ufer, zusammensinkt, im Herzen das Blut des Ritters von Stein klopfend bis über den Hals hinauf in ein verliebtes Köpfchen, wo derselbe nur zu verführerisch aus den Zellen und gar nicht blatternnarbig steigt, sondern schön wie im ersten Teil seines Kreuzzuges. Also verschwommen, obwohl jetzt an Land, sieht sie die spanische Pracht und, wie Sie, nimmt Nathaya wahr:

Die Drei auf dem Brunnen räkeln sich in der plötzlichen Märzsonne. Pappmaché? Keines mehr? Ich beobachte das. Und neben mir Poppes. War nachgekommen. Hatte sich vollaufen lassen. Wunderte sich gar nicht. Kein Wunder: war bierschwer.
Jetzt tut sich was. Jakobäa beschirmt ihre Augen. Mit der rechten Hand zeigt sie.
Siehst du ihn, Dora, fragt Salome. Wieso aber Dora?

Wieso nicht, brummt der Poppes.
Ich sehe ihn kommen, singsangt Dora.
Sag, siehst du ihn wirklich, fragt Sarah, die Ägypterin.
Liebste Chris, ja. Er ist es. Wieso aber Chris?
Wieso nicht, brummt der Poppes.
Liebste Leli, redseligt die Chris, die Dora sagt, sie sehe ihn kommen. Das sei noch dazu wirklich!
Ists wahr, lustlockt Salome. Kann es in Wirklichkeit wahr sein, daß er so pünktlich ist. Wieso aber Leli?
Wieso nicht, brummt der Poppes.
Die Drei springen auf. Wo aber sind meine Junones? Das geht mir zu weit.
Es geht weiter, brummt der Poppes.
Du bist besoffen, beschimpfe ich ihn.
Und du schreibst, brummt er.
Die Drei aber hüpfen, sehr ungeduldig. Die Dora: Ach, wie er wieder viel Wert auf seine Klamotten gelegt hat. Die Leli: Weil er findet, gut angezogen zu sein, bringe viele Vorteile – im Berufsleben und im Freundeskreis. Chris: Und bitte, das tut er. Der kommt einfach an. Die Dora: bei uns. Die Leli: Er tut bestimmt auch gut gekleidet besser ankommen bei uns, hat ein sichereres Auftreten und ist sogar selbstsicherer. Chris: Und das tut uns gut. Dora: Im Monat verdient er 300 DM. Leli: 100 DM liefert er davon zu Hause ab. Chris: Der Rest für Klamotten. Dora: Und wir halten ihn gar nicht für schwul. Leli: Nein, überhaupt nicht. Chris: Sonst noch was! Da schiebt sich bei dem aber gar nichts. Dora: Sonst auch nichts. Leli: Obwohl er ganz fürchterlich gemein gut sein kann. Chris: Nämlich zu uns.
Poppers, brummt der Poppes.
Ach so, sage ich.
Ach du lieber Gott, wie er sich heranbuttert. Seht nur, wehseufzt die Dora. Wenn man Mädchen anschmieren will, muß man so aussehen, schmerzvögelt Leli. Um in der Clique aufgestrichen werden zu können, muß man für Geld von der Oma weich handeln, gewußt wie, naseweist Chris.
Der läßt sich aber Zeit, brummt der Poppes.
Weil mir sein Name nicht einfällt, gebe ich zu.
Die Dora: Ich habe das an, was Mammi gestern anhatte. Die Leli: Meine Klamotten sind auch noch ganz warm von der meinen.

Sogar noch ein bißchen feucht, an einer oder stellenweise, gibt Chris verschämt zu. Gekicher. Bravo. Wir sind von 14 bis 16 sogar schon aufgeklärt: aber hauptsächlich seelisch, so alle Drei.
Er war geschlendert. Er hatte Eindruck geschunden; so wie er flippiger angezogen war als alles was sonst nicht nackt herumlief, war es ein Wunder, daß er nicht angemacht worden war. Mit zwei Zahnreihen hatte er seine Umwelt geblendet. Im Sandkasten auftauchend, hatte er seinen Spielplatz übergrinst, halbgesichtig, weil frischgewaschene Haare. So rotbehemdet, Schlips schwarz, gelber Dreieckausschnitt des Pullovers, Kaschmir, links und rechts in den Hosentaschen drei Finger, je, – je einen Daumen bäuchlings, je einen Winzigfinger abgestreckt wie sonst nur an Teetassen, jetzt schenkelwärts: so karotten seine unbeweisbaren Beine im Beige, wie er ankommt und in gebürsteten Kikers vor seinen tollen Typen dasteht, total nicht abgefuckt: Heimeran Phywa.
Aha, brummt Poppes. War auch Zeit.
Heimeran, Heimeran, Heimeran. Dreimal ein Küßchen.
Gut angefeuchtet seine zwei Lippen.
Nur dafür? frage ich ungewollt.
Vielleicht stottert er, brummt Poppes.
Ich schätze ihn schnell: also ungefähr 1,68 m.
Zweites Lehrjahr, ergänzt Poppes. Wahrscheinlich Schneider.
Das gebe ich dann zu.
Und sie kreisen schon weg. Und wir laufen hinterher.
Und sie zählen schon ab. Und wir zählen mit.
Vier, brummt Poppes.
Auszählung, weiß ich es wieder besser.
Deshalb Kuh, brummt Poppes.
Esel, gebe ich zurück.
Und des Müllers Esel, der bist du, schreit die Dora. Und sofort bejammert Leli sich selber beinahe schlimmer, als sich die Chris beweint. Das geschieht: im Halbrondell Café Freiheit. Das war geübt. So meine Meinung. Wieso sonst so schnell: drei unschätzbare Popos – am dritten Baum, von Süden her abgezählt, einschauend, wenn man vom Überschaubaren ausging, wie ich, in meiner mich selber überraschenden Perspektive.
Und der Heimeran Phywa? Schon verschwunden.
Da komm ich nicht mehr mit, gebe ich zu.
Das machen die immer so, täglich, brummt der Poppes.

Und er erklärt: Jeden Feierabend. Die Vier sind berufstätig. Allerlei Lehrverhältnisse. Bei Lehrherren und -frauen, sämtliche zu gut angesehen, immerhin Durchschnitt, keiner stinkt, vielleicht zuviel Pomade, aber entsprechender Fleiß. Einfach hübsch. Vierfach, wollte ich sagen. Teilweise entsprechende Geldablieferer, heimseits. Und andererseits: harmlose Pinkler und Pisserinnen, stehend- und sitzenderweise. Täglicher Wäschewechsel. Sonst auch nur selbstverständliche Ausreden, alle so gut wie angezogen: auch ausgezogen.
Hundert, schreien die einmal meine Junones.
Dann schweifen sie aus.
So also, sage ich fraglos.
Mit seinem leisen Ja kann der Poppes das alles gut und gerne verantworten. Er will gehen.
Das lasse ich nicht zu. Bitte, beklage ich mich: da war doch ein Fehler. Oder nicht? Ich meine die Auszählung. Oder seit wann wird ein Esel gesucht?
Du hast dich vertan, brummt Poppes.
Falsch, schreie ich auf in der Not.
Also kennst du ihn doch, meint der Poppes trocken.
Den Heimeran Phywa?
Der kann nur von dir sein, süchtelt Poppes. Sein Eifer will jetzt gelöscht werden, weshalb ich ein Weißbier bestelle: in dem er sich, oder umgekehrt: beruhigt, und wenig später zugeben muß, daß selbst ein Poppers und sogar eine Spielregel umdrehen kann.
Warum hat sich der Esel versteckt? frage ich.
Kuckuck, schallt es über den Platz.

Der Hermann, der Vorschüler: diese Geduld. Er schob seinen Leiterwagen im Kreis, sprang auf, sprang ab, war durchaus beschäftigt. Ein kurzer Trost: Mir fällt schon was ein, Kleiner. Wart noch ein bißchen. Vertreib dir bis dahin die Zeit.

Jetzt stellte mich der Poppes auf der Wüste, alias Parkplatz: Habe ich das schon einmal gefragt, fragte er mich, was es zu bedeuten hat, daß unser Spielplatz sich innerhalb einer Ansiedlung befindet, was

doch sehr merkwürdig ist, da er richtig sich außerhalb einer solchen befinden müßte, wenn in ihr das Richtige oder zumindest Annäherungen an das Richtige vorgezogen würden, unser Aufenthaltsort aber dem Falschen den Vorzug gibt, was immerhin außergewöhnlich ist, weshalb er doch eigentlich außerhalb des Gewöhnlichen lokalisiert werden müßte.
Darauf gibt es nur eine Antwort, antwortete ich. Unser Aufenthaltsort ist eben falsch lokalisiert, was den Vorteil hat, daß Austritte und Eintritte falsch formuliert werden müssen. Ich meine: Wenn einer diese richtige Welt verläßt, um zu uns zu kommen, geht er nicht etwa aus dieser Welt zu uns hinaus, sondern zu uns herein. Und verläßt einer den Ort, der sich außerhalb seiner Welt befindet, so geht er hinaus in seine Welt. Es befindet sich also einer innerhalb seiner Welt, wenn er sich außerhalb seiner Welt befindet, nämlich hier bei uns, oder das Andere dieser Welt befindet sich innerhalb dieser Welt. Die eine Welt sperrt ihr Anderes in sich selber ab. Indem sie das Andere in sich einsperrt, sperrt sie sich selbst aus. So können wir sagen: Indem diese Welt ihr freies Spiel, ihre voraussetzungslosen Möglichkeiten und Entwürfe und alle spontanen Übertretungen gewöhnlicher Regeln und Gesetze in sich einsperrt, sperrt sie sich davon aus, obwohl das alles, wie schon gesagt: in ihr bleibt. So daß wir also folgern können: Wir sind drinnen, nicht draußen, damit eine klare Trennung des einen und des anderen unmöglich wird. Würde eine richtige Trennung vollzogen, käme es über kurz oder lang zu gewaltsamen Einbrüchen und Ausbrüchen, denn richtige Grenzen wirken drinnen und draußen, verführen dazu aus- oder einzubrechen, da niemand gerne aus- oder eingeschlossen sein will. Eine falsche Trennung, wie sie hier arrangiert wurde, stiftet nicht zu derart mehr oder weniger blutigen Auseinandersetzungen an. Das Falsche stiftet also schon in dieser Anordnung den Frieden. Wenn einer seine Stadt verläßt, indem er aus ihr heraus zu uns hereinkommt, verläßt er seine Stadt nicht.
Wenn das so ist, sagte der Poppes, erübrigt sich meine zweite Frage, mit der ich wissen wollte, weshalb die Absperrung nicht richtig gehandhabt wird. Ich dachte nämlich, es sei ein Fehler von dir, eine Absperrung zuzulassen und sie dann so lasch gelten oder eben eigentlich nicht gelten zu lassen.
Das ist ein sehr wichtiger Fehler, gab ich zu. Wie gut, daß er dir auffiel. Wie gut, daß er mir unterlief.

Wie gut auch in anderer Hinsicht, denn, lachte der Poppes, unsere Dult hier müßte ohne Publikum auskommen. Es ist schon wirklich gar nichts eindeutig durchgeführt hier, wurde er wieder bedenklich.

Bedenklich war inzwischen auch die Bäckerstochter Sophie geworden. Sehr. Und deshalb war sie in den vierten Stock des weißen Hauses, Nähe irischer Pub, Ecke Clemensstraße, worüber die Fassade sich jugendstilig aufwölbt, gestiegen, hatte geläutet, wurde eingelassen und von ihrem Großvater Fritz durch einen Flur zu seinem Zimmer geführt, wo er in Untermiete wohnte. Dort, vor ihm auf einem Fußschemel hockend, erzählte sie von der Eheanbahnung mit dem Ritter von Stein. Es war ihr ein Herzensbedürfnis. Die Rolle des Vaters insbesondere habe ihr in letzter Zeit Kummer gemacht, da sie ihr geheimnisumwittert geschienen, wie sie gestand. Die Gewitter und die Angst oder eigentlich Unruhe, die ihren Vater bei solchen stürmischen Wetterbedingungen erfaßte, würden, so meinte sie, wahrscheinlich den Schlüssel bergen, mit dem ihr eigenes Schicksal aufgeschlossen werden könne.
Sehr richtig, bestätigte der Großvater, welcher während ihres Berichtes gleichfalls außerordentlich unruhig geworden war.
Liebes Kind, seufzte er. Ich sehe die Zeit gekommen, dir die Wahrheit zu entdecken. Und wehmütig betrachtete er die Sophie, welche er nun vor Tatsachen stellen mußte, die tiefe Wunden in diesem Enkelkind hinterlassen sollten. Mit zunächst noch gütigen Augen schaute er sie sehr lange an. Dann fragte er sie: Sophie, liebst du den Ritter?
Ja, Großvater. Ich liebe ihn, sagte Sophie. Ich bin froh, daß ich ihn habe. Ich heirate ihn nicht wegen seiner vornehmen Herkunft, nein! Ich mag ihn aus reinem Gefühl heraus.
Mein Gott, seufzte der Großvater. Hast du denn wirkliche Liebe schon kennengelernt? Bitte, antworte nicht!
Sophie schwieg. Sie legte die Hand auf ihr Herz.
Nun gut, begann Fritz Weinzierl. Höre. Und dann brach es über die Bäckerstochter herein: Ihr Vater, erfuhr sie aus dem Munde ihres Großvaters, sei an einem 1. Mai vor genau 37 Jahren von seinem Meister, dem Bäckereibesitzer Strunsky, in Schlesien dazumalen

mit einer beträchtlichen Summe Geldes zu einer Großmühle geschickt worden, um dort eine Schuld zu begleichen, habe jedoch infolge eines hereinbrechenden Gewitters ein Gasthaus aufgesucht und sei dort dem Teufel erlegen. Ihr Vater, klagte der Großvater, sei ein ganz gemeiner Dieb geworden, habe Schlesien verlassen und sei in Norddeutschland untergetaucht. Eine kurze Notiz in einer Zeitung habe ihn aufgeklärt darüber, daß man ihn für tot hielte und nicht mehr nach ihm fahnde, und er habe sich in einem zweiten Leben eingerichtet, auch einen anderen Namen angenommen, nämlich den seines Vetters Werner, der ihm sehr ähnlich gesehen habe. Mit neuen Papieren sei er also bei Sophies Mutter in der Leopoldstraße untergetaucht. Und – na ja – sie wisse das übrige.
Mein Gott, seufzte Sophie.
Aber, was du noch nicht weißt, das ist schrecklicher.
Genug, weinte Sophie.
Du mußt nämlich wissen, fuhr der Großvater fort, daß der Bäckereibesitzer Strunsky kurz nach dem Diebstahl deines Vaters starb. Er hatte die Untat weder gefühlsmäßig noch finanziell verkraftet. Sein einziger Sohn, der Karl, mußte das Gymnasium verlassen und verschwand aus der Gegend. Sein Leben war zerstört.
Und, was nun? Ich verstehe nicht, stöhnte die Enkelin.
Tatsache ist, daß Karl – wie es die Umwege unseres Herrn so wollen – nach München kam, auf der Münchener Freiheit wohnt, Ecke Hesseloher, und als kleiner Angestellter in der Hypobank am Platz arbeitet.
Ich verstehe nicht, schluchzte die Enkelin. Ich kann nur begreifen, warum den Vater Gewitter so sehr erregen. Was aber sind seine Pläne?
Kluges Kind, klagte der Großvater. Du ahnst mehr, als du begreifen kannst: Du bist es, die Karl, den Sohn des Bäckermeisters Strunsky, entschädigen soll, ohne den Namen deines Vaters und auch den deinen zu beschmutzen.
Wie? Wie denn? Um Gotteswillen, stürmte es aus dem Mädchen.
Indem du den Ritter Heinz von Stein zum Mann nimmst und damit Geld genug hast, um eine Teufelsschuld zu begleichen.
Ich begreife, brach Sophie zusammen.
Dein Vater opfert dich, klagte der Großvater an. Das wissen nur dein Vater, deine Mutter und ich. Sonst keiner. Jetzt aber hast du davon Kunde.

Niemals, geliebter Großvater, erstarkte die Bäckerstochter Sophie auf der Stelle, soll man von einem Opfer reden dürfen. Ich liebe den Ritter Heinz von Stein. Ich fühle es hier drinnen. Sie wies mit der Hand auf ihr Herz. Und dennoch, ganz plötzlich überwältigte sie der Jammer, und sie weinte sich lange im Schoße des Großvaters aus, der ihre Bitte vorwegnahm, die sie, wie er aus langer und gründlicher Lebenserfahrung wußte, bestimmt vortragen wollte: Du möchtest mit Karl sprechen!
Ja, Großvater, schluchzte Sophie.
Das sollst du auch, Enkelin, schloß der Großvater. Du sollst ihm die Wahrheit enthüllen. Vor Gott ist das richtig, fügte er an. Dieser Weg führe wohin auch immer: er sei konsequent.

Das konnte ich nicht überhören, es war zu plötzlich eröffnet worden und nervend: dieses Geplärr; das sägte sich in die Luft und ließ sich sofort situieren: Herzogstraße. Der Hermann. Ich lief. Und da stand er auf seinem Leiterwagen und pumpte und preßte und setzte gerade wieder an ... aber japste, unterließ, was er vorgehabt, plötzlich, schluchzte und sofort war er ganz still, sehr ergeben. Und ich versprach einen baldigen, einen sehr bestimmt ganz gewiß und sogar überaus großartigen Auftritt. Ich schwor sieben Eide. Der Vorschüler trocknete seine Tränen und setzte sich in seinen Wagen.

Mir fiel die Schultafel ein: der luzide Anfang in aller Vollkommenheit. Sie strahlte noch dort, wo ich sie hineingesteckt hatte.
Karl Marx, wie gerufen, war da: die Schrift löschen ließ ich ihn nicht. Poppes und Robin halfen mir, ein von mir in Stein gehauenes Denkmal Hegels auf den Kopf des Karl Marx zu hieven, und zwar selbstverständlich mit den Füßen nach unten. Der Poppes als Stalin, sich aber verwandelnd in Chruschtschow und wenig später in Breschnew, gewann etwa 20 m Abstand von der Schultafel und schrieb auf eine entsprechende russische Tafel das Planziel im sozusagen jetzt lokalisierten Künftigen über seinem Retrospektionsstandort auf und blickte entsprechend hegelianisch fordernd zurück zu uns. Wir mußten jetzt warten, bis der Wille des Karl

Marx mit dem Denkmal des Hegel auf seinem Kopf von diesem Planziel angezogen würde. Und wie geplant, so geschah es, also gar nicht spontan, sondern prozessual – was sich im schmerzverzerrten Gesicht des ersten Marxisten ausdrückte. Er schien sehr entmutigt, als Individuum nämlich. Ulrich Sonnemann stand in der Nähe und beobachtete alles sehr genau. Karl Marx aber kämpfte sich langsam durch, indem er sich den Geboten seiner Theorie unterwarf, und brach auf halber Strecke unter Hegels Denkmal zusammen: damit seine Maxime vom Primat der Basis arg verletzend; er blutete sehr. Der Hegel lag ungerührt neben ihm auf der Wiese.
Die Entwicklungsgeschichte des Richtigen ist die Geschichte der Gewalt. Sie ist gegen jede spontane Veränderung, die nicht dem Planziel entspricht. Der richtige Endplan maßregelt nach dem Bild des künftigen Blicks, gegen die Zeit: wie geschehen. Spontan war an diesem russischen Marx nur sein Zusammenbruch. Wir ehren ihn sehr.

Und in allen Ehren ließ Sophie, die Bäckerstochter, ihren Blick schweifen vor der Hypotheken- und Wechselbank. Ihre Entwicklungsgeschichte stieg jetzt richtig zu einem Höhepunkt auf. Trotzdem: von einer spontanen Änderung ihres Lebens konnte nicht gesprochen werden; es war alles geplant. Der katholische Endplan, von einem Großvater entworfen, von katholischen Sündern unbewußt unterstützt, maßregelte das Geschehen nach dem Bild einer künftigen Erlösung: Der Karl verließ Punkt 17 h mit zwei Kollegen den Arbeitsplatz und, sehr scheu von der Bäckerstochter verfolgt, begaben sich die Drei zum Café Freiheit, wo sie sich im Freien niederließen zu einem verdienten Umtrunk. Sophie setzte sich daneben, der Abstand war anständig genug bemessen.
Karl, der jüngste von diesen drei Bankangestellten, hatte schwarzes, glänzendes Haar, breite Schultern und eine schmale Taille, wie Sophie sah, als er sich erhob und sie ansprach: Sind Sie vielleicht die junge Dame, die sich heute nachmittag in der Bank nach mir erkundigte? fragte er. Ich darf annehmen, daß Sie dieselbe sind, da man Sie mir genau beschrieb, wobei man sehr untertrieb, wenn ich das bemerken darf, in Betreff Ihres Aussehens. Was verschafft mir die Ehre einer Erregung Ihrer Aufmerksamkeit?

Dame hatte er gesagt, durchfuhr es die Sophie und sie hob ihren Blick. Ihr Herz klopfte unbarmherzig und begann sich aufregend auszudehnen. Einen Moment schwindelte ihr und ihr war, als versänke sie mit der Holzbank unter sich ins Bodenlose. Dann rang ihr Blick damit, sich von diesem schönen Mann zu lösen, was ihr kläglich mißlang. Sie tauchte geradewegs unter in seinen hellblauen schlesischen Augen, in denen sie Vergißmeinnichte blühen sah. Und zugleich wie in einem Jungfilm – entsprechend langsam also – spulte die Szene mit ihrem Großvater Fritz vor ihr ab. Sie sah sein sorgenfaltiges Gesicht. Sie hörte seine Stimme: Wie kannst du beurteilen, was wirkliche Liebe ist, wenn du sie noch nicht kennengelernt hast.

Nun wußte sie, was wirkliche Liebe ist. Das, was sie für diesen Bankangestellten Karl empfand: das war die Liebe. Dieses unübertroffene Gefühl allerhöchster Zuneigung von ganz oben herab, mit stürzendem Staunen vermischt, daß es ihr, ihr, ihr gelten konnte; es wirkte als ein diesen angebeteten Gegenstand heraufholendes, über selige Winden hochdrehendes: diesen zu einem über sie hinaufgewirbelten machend, der, endgültig in der Aufschau plaziert, anschließend gleichsam, aber innerlich wirklich, bekniet wurde von ihr.

Ich kränkte Sie doch nicht, sprach eine derart ins Außerordentliche verstoßene Stimme, also wie von ganz und gar weit weg.

Langsam, wie eine Träumende, erwachte die Sophie und entsann sich des schicksalhaften Auftrags des Großvaters, erhob sich, und stimmlos informierte sie den dennoch immer noch so sehr Unbekannten: Kommen Sie mit. Ich habe Ihnen, ach, so viel zu sagen.

Ein plötzliches Gewitter entlud sich über den beiden. Das dauerte nur drei Sekunden. Da mußte Sophie bedenken: Ist unser Schicksal immer mit Blitz und Donner verbunden? Vater? Und sich wieder abtrocknend, neben dem Alleinzigen, mußte sie an den Großvater denken, der sie besser kannte, als sie sich selber.

Sie seufzte: Ich kann den Ritter gar niemals nicht heiraten.

Sie preßte die Stirn an eine Rinde irgendeines Baumes auf dem Spielplatz der Freiheit und bemerkte das Hervorkommen der Sonne hinter den Wolken mitnichten.

Ich heiße Karl, sagte Karl. Karl Strunsky.

Ich bin die Sophie, atmete das Mädchen.

Jetzt saßen sie beide auf der Einfassung des Sandkastens. Und

Sophie öffnete ihren Mund, um ihre Beichte loszuwerden, aber kein Wort fiel heraus. Sie schaute gebannt in die hellblauen Augen, in denen sich zwei Vergißmeinnichte öffneten wie vor dem Morgentau. So wurde ihr, als schaue er direkt in ihre Herzkammern, in die übereinandergelegtesten Falten von deren abgelegensten Winkeln.

Sophie stieß hervor: Ich wollte Ihnen so viel sagen. Sie knickte ein. Er spürte ihren weißen Nacken, als er ihn berührte.

Er schonte sie wieder gleich: Schweigen Sie still. Es hat sich alles gesagt. – Das Stichwort kam ihm von der Antoinette Demsteller vom Zeitungsstand. Gleichwohl: zur richtigen Zeit am richtigen Ort. Nämlich wenn ein Herz für diesen Platz der Freiheit schlägt, kann man diese wunderrichtigen Worte genießen – inmitten einer grandiosen Verkehrung nämlich vollzieht sich dieses dramatisch und zu Herzen gehende Liebesschicksal, das ganz unvergeßlich bleibet.

Ihren honigblonden Kopf auf seine Lodenfreyhose schiebend und ihn hierauf zwischen beide Hände nehmend und ihr Gesicht zu sich heraufdrehend, geschah es in der Folge, daß er ihr den ersten Kuß gab. Sie schreckte empor, riß sich los, und wie es zu sein hatte, kam ihr der Ritter ins Gesicht. Ihr Gewissen schlug kurz. Weit weg war jedoch der Plan ihres Vaters. Und so weiter fort.

Als Heinz von Stein die Jeanne besprang, die sich derzeit auf diesem Platz in Jeans am deutlichsten auszudrücken vermochte, pfiff ich ihn zurück und vergaß ihn, als mir in ihrer Nachfolge die Anmaßung ganz und gar bewußt wurde, die mich einen Vergleich meines Hinterteiles mit denen meiner Schwestern anstellen hatte lassen, um die allgemeine Gleichheit zu propagieren, die uns Menschen, was unsere Kehrseiten angeht, lustvoll versöhnt. Wie sehr ich theoretisch, wenngleich in brüderlicher Absicht, die Entfaltung derselben und insbesondere das, was den Reiz dieser Handlungen angeht, nivellierte, das schlug wahrhaftig dem Faß den Boden aus und brachte mich hart vor ein Loch, aus dem mir die Praxis voll bitterstem Hohn mit jener Leere, derer sie sich in Augenblicken strengster Erkenntnis bedient, ins verdutzte Gesicht grinsen durfte. Das wurde mir hinterher klar und wurde bei weiterer

Nachfolge immer klarer: meine Reize hatten ihren Meister gefunden, der sich zudem nicht scheute, und zwar in schlimmster Bewegung, mich meiner wahren Bestimmung nur umso hinderlicher inne werden zu lassen. Und also gezwungen, stehen bleiben zu müssen, sah ich meiner Jeanne nach. Sie enteilte ins Forum, auf welchem sie sich ihrer Hose und ihrer Bluse entledigte, um in ein weißes Hemd schlüpfen zu können, was mich wieder in schwesterlichen Gefühlen Platz nehmen ließ in einem Text, dessen Motivation sie mir zurief:

Spielen wir ein altes Spiel
in dem ein neues Spiel gespielt wird
das ein falsches Spiel ist

In der Garderobe, alias Pennertreff, über dem Forum: ich. Meine Vorstellung: eine Krawatte, Muster, bundesrepublikanisch. Der allerfeinste Anzug von unten und von oben über das Hemd. Fertig. Das bin ich: der Aufsichtsrat.

Genossen, wie sehe ich aus, brüllte Robin. Dann hob er die Faust. Morgenrot.

Wie Stalin, schauderte Rosa und bestaunte den Poppes. Der drückte sich gerade eine Tiara in die Stirn.

Und ich bin also der Papst, sagte er. Bescheiden.

Und wie Sie bemerkt haben dürften, war unterdessen eine Äbtissin hereingeschlüpft und verharrte jetzt.

Wer bitte soll das wieder sein, fragte die Jeanne.

Wenn es recht ist, nur eine Schwester, piepste Nathaya.

Die spiele ich schon, wurde Jeanne grob. Und zu mir gewandt, fragte sie: Bitte, wer ist das? Darf die mitspielen?

Ich weiß nicht so recht.

Woher kommst du? fragte die Rosa.

Von der Fraueninsel, lispelte Nathaya.

Wie bitte?

Mit einem Wikingerschiff, gab Nathaya zu, ziemlich verlegen.

Schon wieder eine, maulte Robin.

Nathalie, bitte, was gibts? fragte ich.

Die lassen mich nicht mitmachen, anscheinend.

Weil das unser Spielplatz ist, bestand die Rosa darauf.
In einer Ecke hockte ein Boxer, aber den sah Nathaya jetzt nicht.
Wo die doch sowieso ganz anders aussieht, ab die Tracht. Ich meine, wenn ich die bloß anschau, schimpfte der Poppes, dann hab ich schon so eine Wut im Bauch. Überhaupt ist die aufgeschlitzt. Da tät ich mir ja in die Unterhosen reinlügen, wenn ich mit einer solchen überhaupt red.
Die Rosa war empört: Wo ich doch selber gar keine Rolle nicht hab. Aber bittschön, vielleicht die?
Da tät mich ja meine Mama nicht mehr lieben. Die nämlich schaut drauf, mit wem ich umgeh. Der Robin trotzte.
Jetzt habt euch nicht so, mahnte ich. Befleißigt euch eines besseren Umgangstones.
Bitte wie bitte? Die Rosa kam draus.
Wie die überhaupt dasteht, lachte der Robin.
Sie wissen schon, wo Sie hinmüssen, wurde ich sanft, und führte Nathaya auf die Freiheit hinaus.
Seine eigene Tochter nicht zu erkennen, rügte ich später den Poppes.
Wie bitte? fragte der.

Das können Sie jetzt sehr gut beobachten, wie dieses verstoßene Mädchen, das so schön ist, wie mir jetzt nicht einfällt, was gar nichts ausmacht, weil dieses nämlich nach wenigen Schritten gar keines mehr ist, oder allenfalls noch als Collie, kurz in die Hände von Punkern fällt, um, aus diesen entlassen und einem Red und einem Ivan noch Küsse, viele, zurückwerfend, händlich, wegzuhüpfen – Hinterlassenschaft: eine Äbtissinnentracht –, teils vier-, teils zweibeinig, aber letzteres immer häufiger bis ganz, und zwar – jetzt in zwei getigerten Strumpfhosen steckend, die Haare gen Berge, weil Fett in denselben, gesichtsmäßig sommersprossig, so wirkte die Larve – also, und zwar in Richtung Raubritterburg geschieht nämlich ihre gehüpfte Entfernung, wo dieses Müllkind oder Müllhündchen Einlaß begehrt und diesen vom Rummelpuff, dem Knecht des wildesten Ritters am Platz, bekommt, um – was Sie wie ich jetzt gleich sehen werden – bitte, im Augenblick von der Hochburg herab – in Ermangelung freilich ihres Kreuzfahrers –

mir zuzuwinken, der, um den wahren Aufenthalt desselben wissend, im Moment in einer vollkommen anderen Angelegenheit ansetzt:

WOLLEN WIR FÜR DIE WAHRHEIT STERBEN?

rief ich.

Sie steht im Forum,
Jeanne,
im Hemd steht sie da.
Die Zuschauer: international
auf den Stufen
im Halbrund.

Es spricht
ihr erster Erfinder,
Aufsichtsrat (westlich
atlantisch, christlich
Lateinkenntnisse):

> Calleo.
> Wenn es sein muß:
> ad majorem dei gloriam: der Ordnungspunkt:
> Geld
> Dein Name.
>
> Jeanne.
>
> Das ist ausgemacht: Sterben wirst du.
> Dazu bist du ja da.

Das freut ihren zweiten Erfinder, den Genossen. Der plant auch ein Spiel, in dem aber nicht der Westen, wie es der Aufsichtsrat plant, aus dem Einzelkampf mit dem Osten, nämlich durch Jeannes Martyrium für die westliche Wahrheit, glorreich hervorgeht, sondern der Osten durch ihr Martyrium triumphiert. Jeanne weiß Bescheid. Hier

auf dem Platz steht ein Spital. Neun Betten.
Zur Zeit sind alle besetzt. Kein Arzt. Ist
geflohen. Das Personal: zwei Schwestern und
etliche Weltliche ebenfalls. Die Ausnahme:
sie, die Tochter des Arztes. Aha. Die Stadt
liegt im Niemandsland, nämlich zwischen den
Fronten. Und da passiert schon was: Ein kleiner
Transport trifft ein: ein Gefangener. Dieser
wird zum Papst gewählt, vom Aufsichtsrat.
Der will ihn als Jeannes Verteidiger einsetzen.
Und damit ist auch der Genosse einverstanden.
Auch er will hier einen Schauprozeß abhalten,
um den vom Westen infizierten Teil des Volkes
noch vor dem Eintreffen der Armee umzuerziehen.
Waw.

Der Genosse ist dran:

Dieser, der hier den Papst spielt, war
Seelenretter im Osten, aktiv als Vorstand
verschiedener Häuser, die er mit Waisen
vollstopfte. Das Fazit: Sterblichkeits-
quote, oder westlich interpretiert: Un-
sterblichkeitsquote: sehr hoch. Nahm
Kinder nur deshalb auf, um sie taufen
zu können, bevor sie erstickten. War später
spanischer Waffenhändler. Vertrieb mechanische
Puppen, ihre Scharniere: Depots für Muni-
tion. Hat Uhren verkauft, schlugen Stunden,
jeweils die letzten. War Auspeitscher auch.
Nannte sich selbst einen Säuberer; Wasch-
mittel: Dynamit. Wusch mit Blut. Zuletzt
war Verkaufsleiter für westliche Firma.
Industrialisierte unsere Landwirtschaft
in die Wüste. Bekommt eine Tiara und alles
was er so braucht. Ist verurteilt zum Tode.

Er entwickelt die Theorie des Schauprozesses:

Kapitel 1, Pädagogik, Punkt 1: Haben wir:
eine standhafte Jungfrau des Westens: Jeanne.

Haben wir: einen gefangenen Weißen, muß
Verteidigung übernehmen. Punkt 2: Prozeß
ist Schauspiel. Der Schauplatz: der Osten.
Der Westen steht auf dem Dach. Dort oben,
der Weiße, spielt mit verurteiltem Kopf,
den er verliert, wenn er schlecht spielt,
wenn er verteidigt schlecht. So haben wir
einen Spieler, der spielt um den eigenen
Kopf. Und: weil westliche Wahrheit schlecht ist,
muß er also das Schlechte gut spielen, weil
ergeht ihm sonst schlecht, nämlich wenn er
das Schlechte schlecht spielt, was zwar
gut wäre, aber nicht gut für ihn, weil
nicht gut für Prozeß. – Punkt 3: Spiel ist
Beichte für Weißen. Macht man im Osten so:
die Sünden bekennt man, indem man sie darstellt:
Wäsche, große, kleiner Gehirne. Dialektisches
Ziel: Wenn Weißer Schlechtes gut spielt,
wird er rot.

Das wird dem Aufsichtsrat jetzt klar: Dieser Schauprozeß ist ein Trick, ein plumper, den man aber sehr leicht durchschauen kann. Er schätzt sein Publikum hoch ein. Also hat der Genosse hier Erfolg; der ist schon entwertet. Im übrigen: der Aufsichtsrat setzt auf Jeanne.

Frontbericht:
Die Stadt bald nicht mehr.
Stadt im Niemandsland.
Feinde nehmen nordwestlich
Verteidigungspositionen
zurück.

Der Genosse ist wieder dran:

Der Osten klagt an:
Jeanne, hiergeblieben, bleibt standhaft,
will zeugen mit Blut für den Westen,
und hindert den Osten auf seinem Weg
in die bessere Zukunft.

Was sagt Jeanne dazu?
Die haben sich ja beide mächtig angestrengt
ihre Erfinder.
Tun ihr fast leid.

Sie sagt:

Wieso? Ich bleibe nicht standhaft.

Wie bitte?

Ich falle natürlich ab.
Wovon eigentlich?

Wie bitte?

Wie bitte?

Kein Erfinder begreift das.

Na bitte, jetzt seid ihr gekränkt!
Tut mir leid!

Hat sie richtig gehört?
Der Genosse gibt auf:

Fatal,
müssen Schauprozeß abblasen.

Der Papst wird hysterisch:

Sauerei, Boys. Aufsteigen,
daß der Himmel sauschwarz wird.
Den lassen wir wummern
bis er herunterbummt, peng!

Aber Jeanne kann nur sagen:

Also meinetwegen braucht mich
niemand ermorden.

Die sind fertig, und zwar
der Aufsichtsrat und der
Genosse,
alle,
hier im gebastelten Osten

und auf den Stufen im Halbrund.
Waw.

Der Aufsichtsrat robbt zu ihr hin
auf dem Bauch:

Bitte?

Bestimmt!

sagt Jeanne.

Nicht nötig!

Der Genosse hat sich inzwischen erholt:

Ergänzung der Theorie des Prozesses: Fußnote 2 bringt Punkt 1 der Ergänzung. Der Test: Eine standhafte, westliche Jungfrau ist gut für Schauprozeß, aber eine abgefallene Jungfrau tut es auch. Fußnote 3 bringt Punkt 2 der Ergänzung: Will nämlich Angeklagte nicht zeugen mit Blut für den Westen, umso besser: Der Osten fordert dann von ihr zu bezeugen: den Abfall vom Westen, und standhaft zu bleiben im Abfall! Verlangt es, um, weil Zeugnis für Westen ja fehlt, Verwerfung des Westens zu hören. Eine westliche Jungfrau, die vom Westen abfällt, die ist didaktisch gesehen, vulgär ausgedrückt: unbezahlbar. Und Fußnote 4 bringt Punkt 3 der Ergänzung: der Papst muß mahnen und drohen und donnern und blitzen! Erfolg: Aktive Entfaltung der Lüge des Westens, die wir im Osten erkennen. Der abgeblasene wird, der Prozeß wird nicht abgeblasen. Es spricht jetzt der Papst!

Also der Papst:

Jeanne! Unsicherheit bringt dein Schwanken in unsere westliche Front, und wenn du weiter so taumelst, verlieren wir die Kontrolle über eine Entwicklung, die nur mit dem Einsatz des Westens gebremst werden kann. Du wirst schwach, während unsere Soldaten kämpfen für Freiheit. Totaler Sieg bedeutet den Frieden. Ich frage: Willst du, Jeanne, den Krieg, den totalen, die totale Vernichtung des Feindes. Wir haben, Gott

sei es gedankt, die Munition zur Vernichtung des
schrecklich totalen Ostens. Will sie, will Jeanne,
total sein, wenn wir total wieder werden, oder
will sie schuld sein, wenn Dinge des Westens,
Geburtsland und Heimat der Wahrheit, des Geldes,
der Waffen, des Friedens, und zwar des totalen,
will sie, will Jeanne schuld sein daran, daß wir
mit der Wahrheit verschwinden? Wehe, wer erlöst dann
die Welt?

Da kann Jeanne nur sagen:

Scheißwesten!

Applaus auf östlicher Seite.
Das westliche Publikum ist verwirrt.
Der Genosse ist begeistert.
Er brüllt:

Der Papst wird geköpft!

Große Verwirrung. Niemand weiß weiter. Nur wieder ich. Ich komme zur Sache. Zu meiner. Der Hund, der sich inzwischen mit Heinz von Stein mehr als tierisch angefreundet, ist ein Cocker-Spaniel und hört auf den Namen Demeter, was ich aus dem Munde seines Herrn erfahre, der, wie sich später herausstellte, als Beamter in Sachen Umweltschutz tätig ist. Daß sie, seine Demeter, nur eine Hündin ist, kann mir egal sein. Wer sich von meinem Heinz von Stein beschnüffeln läßt, kann gerade so gut als Mensch gelten, sich sogar als Gottheit gerieren, insofern der Ritter sich der ersteren Gattung in seiner Inszenierung mehr als natürlich genähert, und an und für sich hier Schwankungen zwischen den Gattungen zulässig sind, weshalb ich, schlimmer innerhalb einer Gattung schwankend, als es erlaubt sein dürfte, die Demeter auf ihren Rücken lege, und etwas an ihr so lange wörtlich vergrößere, bis es einfahren kann in – um hier wieder einmal keine Entscheidung zu treffen – meine Rosa. Diese reitet jetzt auf einer Demeter, die schon zu hecheln beginnt.

Frontbericht:
Die Stadt liegt nicht mehr
im Niemandsland.
Die Armee marschiert ein.

Jetzt geht der Papst in die Knie
vor dem Genossen:

Verehrter, nämlich, wenn diese Jungfrau
das Martyrium ablehnt, und zwar für unseren
Westen, bitte, in Konsequenz, damit sagt sie,
niemand sollte verlangen, daß einer stirbt
für die Wahrheit, für unsere nicht, also auch
nicht für eure. Die Propaganda, die hier
gemacht wird, die hat einen Fehler. Vielleicht
erwägt man Begnadigung seines Entdeckers.
Liebe östliche Völker, hier will euch eine
das Heiligste nehmen. Oder, Verehrter,
wir dürfen doch annehmen, daß der Osten
eine Wahrheit besitzt. Wer aber stirbt noch
freudig und tapfer für diese östliche
Wahrheit, hört er und sieht er, wie diese
Jungfrau sich aufführt. Wenn wir diesen
Völkern, den östlichen, dienen, indem wir die
dekadenten Reflexionen verwerfen, indem wir
verteidigen, was dem Osten so heilig ist
wie dem Westen, jedem nämlich die Wahrheit,
die seine, verdienen wir dann nicht die
Gnade?

Der Aufsichtsrat hüpft vor Freude.
Die Volksmenge diskutiert.
Das Publikum auf den Stufen im Halbrund
tobt.
Der Genosse ist furchtbar erregt:

An die Völker, die östlichen. Diese,
wie dieses westliche Schwein meint,
ich meine: diese westliche Schweinerei,
ist Höhepunkt aller Schweinereien des
Westens. Gilt nicht. Gilt bitte nicht.

Gilt nicht für den Osten. Wir haben
die Wahrheit, die eine, und die steht hoch,
nämlich höher, steht ganz hoch und über
den Völkern. Und Helden des Volkes, gefallen
durch Feindeshand, starben als Märtyrer
für die östliche Wahrheit, gaben ihr
Zeugnis für sie mit östlichem Blut.
Unsere Wahrheit ist, wie Wahrheit zu sein hat:
östlich, und außerhalb dieser östlichen
Wahrheit kein Heil.

Jetzt redet die männliche Demeter. Das sind aber keine menschlichen Wörter, die er sagt, drinnen in Rosa. Und diese wird davon schrecklich bewegt. Und Jeanne eilt herbei und verlängert die Figuration um ihre Figur, indem sie sich vor dem Kopf des Demeter hinkniet, sich über sein langes Gesicht beugt und Demeters zweite Rede in ihren Mund nimmt.

Jetzt ist Jeanne wieder dran.
Der Aufsichtsrat führt den Genossen
zu ihr hin. Und so meint er das:

Schau sie dir an: Mit der da
triumphiert doch nicht deine Didaktik.
Sie hat deine Didaktik verdorben.
Sie nämlich behauptet: für keine Wahrheit
sterbe ein Mensch.

Das sieht der Genosse nicht ein:

Wer diese Schweinerei hier behauptet,
muß sterben.

Und zum Volk gewandt, sagt er:

Daran ändert sie nichts:
Gibt Wahrheit. Gibt Opfer.
Für Wahrheit. Gibt Mörder.
Vor allem: gibt Mörder.
Natürlich: sind Mörder
für Wahrheit.
Gibt Wahrheit.

Der Aufsichtsrat ist am Zug:

Jeanne,
du stirbst. So oder so. Wenn so,
dann für Unsinn. Dann lieber anders,
nämlich für uns.

Um ihm antworten zu können, unterbricht Jeanne die sanfte Rede des ekstatischen Demeter, der auch hart sein kann, was Rosa zu spüren bekommt.

Jeanne sagt:

Da kann ich nur wiederholen:
Nicht nötig. Brauchts nicht.

Der Genosse:

Schluß!
Aufhängen!

Der Aufsichtsrat ist am Ende:

Hast du gehört? Also sterben mußt du!
Du stirbst jetzt für deine Wahrheit,
daß man für die Wahrheit nicht sterben soll!

Da weiß Jeanne nur:

Daß es Mörder gibt, ist mir doch klar!
In diesem Fall hier, in meinem
sind es nun einmal keine Mörder
für Wahrheit.
Tut mir leid für die Mörder.

Der Aufsichtsrat sitzt:

Jetzt sag' bitte noch das alles
ad exemplum: dem Tod, der doch
auch tötet, für seine Wahrheit!
Du lieber Tod, sag' zu ihm,
du brauchst mein Mörder nicht sein!
Ich stehe nicht ein für die Wahrheit:
zu leben!

Jeanne lacht. Sie sagt:

> Ja. Das sag' ich zu ihm. Nämlich:
> Die Jeanne lebt gar nicht. Die
> spiele ich nur. In diesem Spiel
> ist ein Mörder nicht nötig.
> Als Anfang.

Dann schreit sie:

> Ende!

Dann nimmt sie die sanfte Rede des Demeter wieder in den Mund. Der Demeter schreit seinen Schlußsatz. Das hört aber niemand, weil Jeanne diesen Schlußsatz im Mund hat. Auch Rosa ist jetzt so weit, weil der Demeter sie so weit gebracht hatte, der auch so weit ist, weshalb die Rosa schreit.

Der Aufsichtsrat schüttelt den Kopf.
Er will weiterspielen,
wird aber von der Bühne geholt.
Verwirrt geht er ab.

Der Genosse schüttelt den Kopf.
Er will weiterspielen,
wird aber von der Bühne geholt.
Verwirrt geht er ab.

Das Volk diskutiert.
Das Publikum auch.
Ein Statist trägt ein Transparent über die Bühne.
Der Text:
Es gibt keine Wahrheit.
Es gibt anscheinend keine westliche Wahrheit!
Es gibt anscheinend keine östliche Wahrheit!

Die graue Rosa lächelt immer noch überirdisch. Jeanne hebt das Hemd, und, was der Demeter ihr vorne sanft in den Mund gesagt hatte, entläßt sie jetzt hinten, und weil sie das auf zweierlei Weise tut, steht ein kleiner Regenbogen über dem kleinen Fleck Erde, der im plötzlichen Grün Ursprünglichkeit und Glückseligkeit ausstrahlt.

Frontbericht:

> Der Staatspräsident verhandelt mit einem
> Vertreter der westlichen Mächte. Der Ton:
> überaus freundlich. Das Thema:
> Zusammenarbeit, wirtschaftliche.

Das genügt dem Beamten, der in Sachen Umweltschutz tätig ist. Er eilt auf die Bühne, nimmt seine Demeter an die Leine und photographiert dann die kleine Terra Nova, beglückwünscht mich und entfernt sich dann bescheiden. Heinz von Stein folgt bestürzt und in geziemendem Abstand. Die graue Rosa streicht ihren Rock glatt. Sie verschwindet.

Nur Jeanne steht noch immer auf dieser
Bühne. Da eilt der Regisseur auf sie zu,
das bin ich,
und verbeugt sich mit ihr
vor dem Publikum auf den Stufen
im Forum.
Das Publikum im Forum ist sehr
verwirrt.
Ich erkläre:

> Das war ein altes Spiel.
> Das war ein neues Spiel
> im alten Spiel.
> Das war ein neues Spiel.
> Das ist das falsche Spiel.

Es gibt falsche Leute.
Die klatschen.

Karl und Sophie klatschten nicht. – Im allgemeinen Aufbruch der Zuschauer blieben sie sitzen auf der untersten Stufe im Forum, beide steif, aber dicht nebeneinander, bleich alle beide, nicht nur verwirrt, nein: ganz und gar zerrüttet, entsetzt, Sophie sogar angeekelt. Mein Gott, seufzte sie und fuhr sich mit ihren schlanken Fingern durch das honiggelbe Haupthaar, im Innersten auch noch

endgültig verunsichert durch die von ihr wahrgenommene Anwesenheit des Ritters Heinz von Stein auf der Szene, welche sie an ihr dem Großvater gegebenes Versprechen nur zu deutlich erinnerte und an das Opfer, das sie für den Vater nicht bringen wollte. Deshalb hatte sie während des Spiels den Mädchen Jeanne und Rosa sogar einige Augenblicke ihre volle Sympathie schenken müssen, womit sie sich jetzt in der seltsamsten und verwirrendsten Bußübung ihres Lebens zu beschäftigen hatte: das auch noch. Und alles das hatte auf das heimlichste, auf das gedanklichste zu geschehen. Ihr Nachbar auf der kalten Stufe durfte darüber nichts erfahren.
Ich bin katholisch, gestand der Karl. Aktiv, fügte er sanft hinzu.
Wie ich, auch aktiv, respondierte die Sophie, und zwar in Sankt Ludwig.
Sodomie nennt man das, glaube ich, sagte Karl und blickte empor wie sogleich auch Sophie, die davon auch schon einmal gehört haben wollte. Aber, flüsterte sie: es mitansehen zu müssen . . ., oder eigentlich nicht, denn ich . . .
Wie ich auch, flüsterte Karl ihr zu: Ich hatte wie Sie die Augen niedergeschlagen.
Bei allen Heiligen, das war zuviel. Wenn ich nur an unseren Pater Delp denke.
Nur zum Beispiel, ja, respondierte der Karl.
Ich mußte an den beiden vorbei und wurde derart strafend angeblickt, daß der Heilige Sebastian und so weiter, jedenfalls suchte ich die Flucht – gefolgt von Poppes, der seine Tiara unterm Arm nachtrug. Der Genosse Robin-Stalin war schon weg. Karl beugte sich zu Sophie. Ich glaube, es ergeht mir wie Ihnen. Die Begegnung gestern? Mir war, als hätte eine unsichtbare Hand mich zu Ihnen geführt. Heute nacht? Ich habe von Ihnen geträumt! Und so leise, daß Sophie ihn kaum verstand, setzte er hinzu: Es gibt so etwas wie Vorbestimmung im Leben. Ich glaube daran.
Ich auch, flüsterte Sophie und senkte tief den Kopf, nachdem es ihr endlich gelungen war, ihren Blick von dem seinen zu lösen.
Wie von sehr weit oben herab fiel Schweigen zwischen die beiden. Wieder dieses Schweigen.
Reden soll ich doch, mahnte sie ihr Gewissen. Dieses Schweigen tat weh. Es begann zu tönen, zu grellen, und ihr selbst unbewußt, preßte sie die Hände auf die kleinen Ohren unter dem Blond. Angst

griff sie von allen Seiten an. Die Angst vor der Wahrheit. Und sie fürchtete nur zu böse, daß sie ihm den guten Grund ihrer beider erster Begegnung nie mehr erklären konnte. Sie hätte es nicht ertragen, wenn er sie, die Tochter eben des Mannes, der ihn und seinen Vater ins Unglück gestürzt hatte, voller Abscheu und Verachtung weggeschickt hätte. Sie suchte verzweifelt nach einer Ausrede, einer Lüge. So also saß sie da, im entzückenden Strickkleidchen – schwarz, am Platz gekauft, Viktoria – und auf diesem roten Platz wurde sie, ein anderer Antonius, gequält und gefoltert von einem falschen Papst, einem teuflischen Genossen, einem weiblichen Hund mit einem männlichen Teil und einer ganz miserablen Geschlechtsgenossin, die – ja, wie sie: die Wahrheit verraten hatte. Alles verfinsterte sich.

Und Karl schien zu ahnen, was in ihr vorging. Er beugte den kräftigen Oberkörper zurück, das einfache Leuchten seiner Augen verlor an Licht. Er sagte: Ich sehe Ihnen an, daß es Ihnen schwerfällt, mir zu sagen, weswegen Sie mich gesucht haben. Er schaute auf seine Armbanduhr. Es ist kurz nach 22 Uhr, sagte er. Bleiben Sie noch ein wenig auf diesem Platz? fragte er.

Ja, hauchte sie.

Kommen Sie, bat er sie und half ihr auf.

Ich aber hatte inzwischen die Nebenaktion dieses Dramas zur Hauptaktion erklärt und sie in den Himmel über der Münchener Freiheit und zwischen die Sterne erhoben: als Sternbild, weil nicht einmalig bleiben sollte, was uns diese Terra Nova geschenkt hat, weshalb jetzt über uns Rosa auf der vergoldeten Vagina der Demeter hockte, welche Öffnung, aus gegenständlichen Blattbüscheln gebildet, in weiblichen Köpfen aufgipfelte. Am Leib der Demeter zwei gelagerte weibliche Figuren, die eine Girlande hielten. In ihren Schmalseiten konnten wir deutlich die Statuetten zweier Kardinaltugenden erkennen, nämlich der Temperantia und der Prudentia. Der Hund, dessen Kopf und Hals, Beine und herabhängender Schweif aus Achat geschnitzt waren, trug eine weißgeschmelzte Schabracke, deren Rankenmuster mit Rubinen besetzt war. Und die wunderschöne Jeanne, deren Mund die Zunge Demeters aufgenommen: schwebte kniend, mit geöffneten Beinen naturalistisch gebildet als ein lieblich goldgetriebener Drache mit zart gravierten Schuppen, jetzt in einer Scheide mit Goldranken auf hellbraunem Samt unter einer reizenden Birnperle die Speiung ihres Wassers vorerst nur versprechend. Überaus deutlich zu sehen ein riesiger Anhänger, der an dem Demeterhund festgemacht war, aus verschiedenfarbigem, geschnittenem Achat ein auf einer Chalzedonplatte zusammengesetzter Comesso mit der Inschrift: Oram mater gevit generabit filia matrem, den Kreislauf zwischen der Mutter Erde und ihrer Tochter, der Kreatur (in diesem Fall: ihrer Töchter), in einen Hexameter fassend.

Beim Himmel, seufzte Poppes, der mir bei der Arbeit zugeschaut hatte. Das ist sowieso derart kompliziert, daß es einer gründlichen Nacharbeit, vielleicht noch einmal mit Papier und Kugelschreiber, bedarf, um zu begreifen, was sich an und für sich schon dem Begreifen entziehen dürfte . . .

Wie bitte, wurde ich ungeduldig.

Ich meine, so Poppes: Zuerst veränderst du das Geschlecht der Demeter, wer kann wissen, warum, jedenfalls doch in einer Art und Umständlichkeit, die einem die Haare sträuben . . .

Na und, so ich.

Also, bitte, das überfordert doch nicht nur mich, fuhr Poppes verärgert fort. Aber damit noch nicht genug. Schau hinauf: Jetzt reitet die Rosa im Sternbild auf der Vagina dieses Demeter. Umgekehrt aber sollte sich das doch abbilden. Oder nicht? Oder interpretiere ich dieses Durcheinander etwa zu ordentlich? Oder hast du ganz einfach einen Fehler gemacht?

Ja, sagte ich.

So einfach, brauste Poppes auf. Ganz einfach ein Fehler?

Zwei Fehler träfen das Richtige, vermutete ich.

Dann mach noch einmal etwas falsch, forderte Poppes.

Das käme einer Korrektur gleich. Mache ich nicht. Ich, sehr entschieden.

Warum nicht?

Kommt Zeit, kommt Verständnis für die Aktionen auf diesem Platz. Korrigiert wird hier nicht.

Schöne Scheiße, beschimpfte mich Poppes, den mein Hinweis auf

die Terra Nova, welche er mit seinem Urteil beschreibe, nicht beruhigte.
Und was ich noch sagen wollte, beklagte er sich: Ich habe das überaus deutliche Gefühl: mit dir hier auf diesem Platz schon mehrmals, jedenfalls mindestens einmal, über etwas gesprochen zu haben, das es zum Zeitpunkt unseres Gesprächs noch gar nicht gab. Mir fällt da Tiepolo ein. Wir hatten, ich erinnere mich, emporgeblickt und sehr barock den Himmel betrachtet. Jedoch: Da gab es noch gar nichts Barockes.
Verfrühung, stellte ich fest.
Schon wieder ein Fehler, zensierte mein Lehrer.
Da wurde ich ausführlicher und sprach vom Altmeister Sue, der seine Fehler auf das natürlichste machen durfte, indem er bereits verstorbene Protagonisten ohne Kommentar an dem Geschehen teilhaben ließ in der nächsten Folge seiner Fortsetzungsgeschichten. Also, weil hier auf dieser Freiheit von Fortlauf, oder gar Ablauf, oder gar Handlung, oder gar einer, nicht gesprochen werden dürfte, sei es ganz natürlich, sozusagen, wenn Verfrühungen vorkommen würden. Mir mache das Spaß. Und meine Dankbarkeit für sozusagen natürliche Fehler sei grenzenlos. Sie beglückten mich.
Begreif dich selbst, schimpfte Poppes.
Ich bin dabei, sagte ich.
Das begreife, wer will, blieb Poppes hart.
Ich. Zum Beispiel.
Das ist es doch: Dich begreife ich nicht.
Wahrlich, sagte ich: Nur ein Wort von mir, und zwar aus dir zu mir, und du wirst alles begreifen.
Mein Poppes. Das verschlug ihm die Rede. Hatte ich Tränen in seinen Augen gesehen? Bevor er mich verließ?

Und unter dem Himmelsgewölbe saßen Karl und Sophie auf der Einfassung des höchsten Brunnens im Forum. Sie hatte, wie er, die Schuhe ausgezogen, die Strümpfe abgestreift, die nackten Füße in das Wasser geschoben, das jetzt die vier Füße der Liebenden umschmeichelte. Und ihr war, als singe ihr der Chiemsee ein Liebeslied. Sie geriet ins Träumen, wurde schweigsamer noch als bisher.

Über ihr leuchtete das Fenster des Großvaters, und wie sie, sich umdrehend, bemerkte, wurde auf der Burg des Ritters Heinz von Stein ein Fest gefeiert: Die Fenster da oben flackerten wildes Licht in das Dunkel hinaus. Und Karl legte ihr den Arm um die Schultern; sie ließ ihn gewähren. Er küßte sie weich auf die Wange, sie wandte ihm ihr Gesicht zu, und seine Lippen glitten flüchtig über ihren Mund. Ein Wonnegefühl ohnegleichen durchrieselte ihren Körper. In diesem Moment erwachte sie zur Frau.

Und unter dem Himmelsgewölbe hoben sich ihre Arme wie von Geisterhand bewegt, sie legten sich um seinen Hals und sie schmiegte das Gesicht an das seine.

Karl hielt sie fest an sich gedrückt, schaute über den Chiemsee und sagte: Mein Traum gestern nacht wird also Wirklichkeit. Und zur Ludwigskirche seine Blicke richtend, sagte er: Es gibt einen Gott, der uns den Weg weist. Ich war oft einsam und hab' auch so manches fromme Buch gelesen. Da las ich zwischen den Seiten diesen Spruch: Lieben heißt, Seele werden wollen in einem anderen. Ich habe mich danach gesehnt, es aber nie erlebt. Jetzt aber, mein Gott, hier am Chiemsee, ich möchte in dich hineinkriechen . . .

Komm, stöhnte Sophie. Sie zog ihn vom Ufer weg. Aber beide mußten kurz verharren.

Nämlich: der Poppes war unterwegs. Die Jeanne desgleichen. Auch Rosa lief an den Liebenden vorüber, hinunter ins Forum. Der Robin folgte aufgeregt hinterdrein. Ich aber schaute meinen Talmisten nach. Ich hatte etwas anderes vor, in entgegengesetzter Richtung.

Jetzt also erst konnte sich Sophie im nahe gelegenen Gebüsch, welches ein Schachbrett auf diesem Platz umwächst, verkriechen, und der Karl, wie er es so sehnsüchtig vorgehabt hatte am Ufer des Chiemsees: in seiner Sophie. Und wie ihre katholischen Ureltern, aber ungestörter, ach Gott, durften die beiden unter der von der Stadtgärtnerei angelegten grünen Andeutung die Zeit vergessen und die Welt um sich. Aber waren es zwei Fischreiher, die kreisten und schwirrten in diesem einen seligen Augenblick, der sich zeitlos dehnte? Wo immer sie silberglänzende Fische verschlangen, war Ewigkeit mit im Spiel, in der sogar Frösche quakten. Ein schmaler Mond am nachtblauen Himmel der Münchener Freiheit leuchtete zart, und hinter ihnen erschienen die Sterne und besonders ein

neues Sternbild. Aber das konnten sie nicht mehr ausmachen in ihrer Wonne, in welcher ihre Augen verschwammen.
Unter diesem Himmelsgewölbe lernte Sophie zum erstenmal die Liebe kennen, jene, bei der sich Seele und Körper gleichzeitig begegnen.
Ein weher Aufschrei im Gebüsch. Und wie es zu sein hat, wo zwei sich lieben: lacht ein Dritter. Die Besetzung dieser Rolle in diesem heiligen Augenblick: Ein Systemtheoretiker. Er verschwand, nach der pünktlichen Absolvierung seines Stichlauts.
Ich konnte nicht ahnen, daß du noch nicht . . . Du lieber Himmel, was habe ich dir angetan . . . wehklagte der Karl.
Sophie aber lächelte ihn an, so innig, so glückleidig, daß es ihm die heißen Tränen in die von der Lust noch geweiteten Augen trieb.
Ich habe es genauso wie du gewünscht, Karl. Und ich bin so, so glücklich, so selig, daß ich mich vorher bewahrt habe mit Hilfe des heiligen Ludwigs. Für dich. Ich liebe dich . . .
Er preßte sie an seine Brust, mit der frommen Rechten inzwischen das geliebte Muster ihres Strickkleides über ihren Schoß ziehend, froh darüber, daß nach diesem Fall seine Linke wissen durfte, was seine Rechte tat. Und er streichelte ihr über das honigblonde Haupthaar mit eben den Fingern beider Hände, die Geheimeres, wenn auch ähnliches Tun, schon hinter sich hatten.
Es folgten gestammelte Liebesworte. Und wie die Zeit dabei verging, entging diesen Liebenden. Und dann der Abschied, aber nicht für immer. Und dieses Wegtaumeln voneinander im Licht in Richtung Bäckerei und Hypotheken- und Wechselbank: schaurig und süß.

Im Lauf zog ich mich aus. Bei der Raubritterburg war ich schon nackt. Von Stein trug mir die Kleider nach, während ich als junger Hund mit dem Schwanz einer Dogge von Baskerville wedelte und deshalb mein entsetzliches Geheul ertönen ließ, was zur Folge hatte, daß ich den Bracke Gardevias darstellte, der nicht mehr eingefangen wird, weil mein Heinz von Stein, der Boxer, der Knabe Schionatulander nicht werden wollte, der mich im Wald dieser Leute einfangen sollte. Dir sei es geklagt, lieber Wolfram.
Da erblicke ich Jeanne. Ich wedle. Ich habe es stürmischer nie

unternommen. Als Ganzes gieße ich mich vor ihr auf das Pflaster. Die seidenumhüllte Jeanne neigt ihr Kinn. Ihr isartaler Profil hängt im Zauber böhmischer Frische über meiner demütig steigenden Schnauze, die feuchte Fäden auf den Asphalt zu ziehen beginnt, als ich unter dem Wald ihrer blonden Haare dort, wo ich germanische Knochen vermute, eines maurischen Schlüsselbeines ansichtig werde, welches der weite, großzügige Ausschnitt ihres Taghemdes sehen läßt, nicht ganz, da es von ihrem westfälischen Gold überringelt wird. Auch als Bracke bin ich mir im klaren darüber, wie deutsch sich die Brüste unter dem reinen Weiß wölben mußten. Und eine Spur Schweiß auf ihrem Busen korrespondierte auf das zarteste mit meinem Speichel. Wir Hunde riechen die Haut solcher Mädchen, und ich vermag es sogar, die feinkörnige Struktur festzustellen, die, über Jeanne straff gespannt, überhaucht wird vom unsichtbaren Flaum, der dort gedichtet ein Schatten sein mußte, wo ich die Zunge zu gern zur Unruhe gelegt hätte. Aber nun schält sie auch noch ihr Mooslächeln auf und ich schnappe danach. Der Wirbel, den ich mit mir selbst erzeuge, veranlaßt sie zu einer gar zu entzückenden Kehrtwendung, und ihr Versuch, mich zu fassen, beschenkt mich mit den rücksichtslosesten Ausbruchsversuchen ihrer Hinterbacken. Ein helles altschwäbisches Lachen sprudelt aus ihr, und ich verehre die wieder Standhafte mit einem Kuß auf ihren linken Fuß, einem feierlichen Brauch entsprechend oder vielmehr eine im Orient nicht seltene Art der Begrüßung verrichtend. Wahrscheinlich gelangte der Fußkuß unter dem Einfluß von Byzanz im 6. Jahrhundert in das päpstliche Zeremoniell, worüber ich mir im klaren bin, auch darüber, daß er in der Messe schon in der frühkarolingischen Zeit erscheint. Dem Papst wird er auch während der Messe erwiesen, das ist sehr interessant.

WIR: Dieser Hund. Jetzt war er ein solcher das erste Mal. Und er ließ es auch gleich wieder sein. Wann er eine Frau ist, oder ein Mann, ist schwer auszumachen, da er als Mann wahrscheinlich weiblicher handelt als eine Frau. Zuzeiten jedoch tritt er klar in Erscheinung. Zu plötzlich, würden wir sagen. Und wer er überhaupt ist, wenn er Ich sagt, das wird verwirrender, je selbstverständlicher er sich so namenlos gibt. Ob er drinnen oder draußen ist, das ist die Frage. Und wenn er draußen jemand sein darf, wer ist er dann drinnen? Hier erlaubt er sich selbst. Und niemand befiehlt ihm.

Niemand hatte mir befohlen, eine kleine Schaufel zu besorgen. Aber ich renne los. Ich wähle auch noch, ich lasse mir sieben Exemplare in dem Haushaltswarengeschäft Ecke Herzog/Leopold vorlegen. Dabei nestle ich zwischen Hemd und Hosenbund. Ich werde zu dick. Ich ziehe den Bauch ein. Die Haare fallen mir aus. Ich kann sie nicht mehr hinter die Ohren streifen wie die nackten Jünglinge draußen, geschweige denn aus dem Gesicht schütteln. Die Verkäuferin bringt eine grüne Schaufel und ich bin alt. Die nehme ich, sage ich. Ich bezahle auch nicht mehr so zufällig wie früher. Die Zufälle verringern sich merklich. Draußen regnet es. Ich bin sowieso feucht. Ich habe jetzt eine Schaufel und entferne mich. Das kann ich noch. Nach einer so langen, opfervollen und vielleicht sogar heroischen Entwicklung habe ich jetzt die höchste Stufe des Bewußtseins erreicht, in der bereits meine Lebensgeschichte nicht blindes Schicksal, sondern ganz und gar meine eigene Schöpfung wird. Ich habe eine Schaufel in der Hand und schon gar nicht werde ich sie fallen lassen, weil mir selbst zufällig etwas Besseres einfällt. Und schon gar nicht werde ich plötzlich entschlossen sein, wenn ich beim Metzger Murr um die Ecke gehe, mit dieser Schaufel das Leben zu verändern, wenigstens meines, als Arbeiter, der dann ausgelacht werden würde, weil heutzutage damit nur noch in Schrebergärten gearbeitet wird, was mir wahrscheinlich sowieso zusteht und was ich nur unterlasse, weil ich nicht bereit bin, zu bestätigen, daß ich die Leute zur Seite dränge auf der Freiheit wie ein alter Schrebergärtner, der es satt hat. Der nackte Jüngling, den ich stoße, der kann vielleicht aus einer Wanne in München-Ost einen Pool zaubern, wenn er mit seinen siebzehn Jahren hineinsteigt und sein Geliebter im Gemüsebeet liegt und ihm zulächelt. Für ihn sind auch die Hot-dogs unzweideutige Zeichen, gegenüber zu kaufen. Ich halte die grüne Schaufel in beiden Fäusten und kann mir alles und nichts mehr kaufen, weil ich als privater Historiker meine Vergangenheit zerstört habe, die ich augenblicklich zurücklasse, weil sie mir zu billig ist. Ich habe gelebt. Ich bin vorgeprescht. Ich habe gewählt. Ich bin wer. Ich bin der Schreiber. Ich erzähle mit meiner Schaufel. Ich könnte sagen, ich werde mich selber zuschütten mit ihr. Ich hätte dann etwas vor. Die Vollendung des Schreibers ist schon nahe. Ich spreche kalendarisch. Ich werfe mich nicht etwa auf. Ich habe zwar eine Schaufel in der Hand, aber damit werde ich meine Hoffnung auf diesem Platz von einem Platz zu einem anderen Platz tragen. Deshalb habe ich sie ja gekauft. Deshalb, und unter solchen Voraussetzungen handle ich. Und ich sträube mich. Ich bin nicht mehr dieser und jener und auswechselbar und ich vertausche mich nicht mehr. Geht zur Seite. Hier kommt wer. Hier hat einer einen eindeutigen Auftrag. Ich halte jetzt meine Schaufel wie eine Standarte über mir, grün Front, und darunter schreitet der Faschismus in meiner Hose, die immer mehr den einzigen einen, der ich werden muß, zur Gänze herausaltert. Noch einmal marschiere ich in Richtung Dreck, der sich schon immer gegen die Vollendung gesträubt hat, wie ich mich bei der Erfüllung dieser unsauberen Angelegenheit sträube gegen die Eindeutigkeit meiner Wenigkeit. Ich stehe nicht stramm vor der Terra Nova. Aber ich grüße den Umweltschützer, der seine Demeter noch an der Leine hat. Mein Heinz von Stein läuft frei. Ich pfeife ihm. Der steht dann bei Fuß, als ich die grüne Schaufel sacht unter die Neue Erde schiebe, um sie zum Erstaunen der Nahestehenden die Stufen aufwärts zu tragen im Forum, dorthin, wo sie liegen soll, auf der vorletzten nämlich. Das war meine kleine Korrektur und mein großer Auftrag. Und: ich habe das auch erzählt. Und ich bin auch einmal alt geworden und beinahe vollendet und gültig und festgelegt und ganz. Ich möchte das nie mehr werden. Ich habe das auch nur gespielt.

Freilich ist mir schon klar, daß der Poppes wahrscheinlich zu alt geworden ist, um zu verstehen, obwohl er manchesmal um die Hälfte jünger ist als ich.

Warum, so willst du wahrscheinlich beginnen, sagte ich geduldig zu ihm.

Ja. Ich hätte gern gewußt, warum du diesen Dreck von einem Platz wegnahmst und zu einem anderen brachtest.

Ich sagte: Ich muß die Materie dieser Welt in Schwung bringen.

Aber warum, wollte er wissen, hast du ihn auf dem Forum abgelegt, und zwar auf der vorletzten Stufe?

Das Schwarze muß schließlich dort sein, wo eine, die zielen wird, trifft.

Das verstehe ich nicht, sagte Poppes.
Vielleicht verstehe ich schon zu viel, um noch treffen zu können, sagte ich. Ich begann zu jammern: In mir selbst nämlich habe ich mir noch nie die Hand gegeben. Und außer mir kommt sehr wenig auf mich zu. Besonders auffallend ist, wie ich immer schiefer als gewöhnlich ins Gegenteil falle. Je weniger jedenfalls sich Unzufriedenheit ausbreitet draußen auf meinem Gesicht, desto öfter reise ich in Gedanken ab. So wie ich mir jetzt gerade herauskomme, bin ich immer noch verborgen genug. Um im Unverstand immer natürlicher zu werden, mußte ich mir ja immer gescheiter unterbleiben. Die Wahrheit ist, daß mir zu helfen ist. Weil mir aber am Treffer nichts liegt, ist mir kein Revolver zu geladen, ich erschösse mich dennoch. Aber wäre ich Scheibe, ließe ich mich tot umfallen, bevor ich erschrecken würde. Die Wahrheit ist, daß sie schießt.

Poppes: Mich hat sie getroffen
(Er kam wieder ganz als Papst die Stufen des Forums herunter und verteilte an Rosa, Robin, Jeanne und mich Sterbebildchen des Paters Delp. Wir saßen alle. Jeanne betrachtete ihr Bildchen, schluchzte, erhob sich.)

Jeanne: Dieser Mann
Ich bin peinlich berührt
Ich höre Musik
(Über das Forum wehen Klänge einer Disco-Band.)
In meiner Unperson
stellte sich das Verhalten aller Sklavenkreaturen aus
Ich sehe mich tanzen
nach den Melodien dieser Zivilisation
Als solche leiste ich meinen Bedürfnissen
Genüge
in den Grenzen der schlimmsten Rationalität
Mich hat diese neue Gesellschaft hervorgebracht
der ich bis in ihren Stuhlgang entspreche
nivellierend auch noch
das Entsetzen und die Konflikte
einer nahen Vorzeit
Der Feigheit rede ich Schlampe

das dreckigste Wort
Meine Normalität ist die Jauchegrube
des niedrigsten Niveaus
auf dem wir alle angekommen sind
(küßt das Sterbebildchen)
Dieser Mann
Wie peinlich
Ein Märtyrer
Ich wage es nicht
die Geschichte seines Martyriums zu erzählen
Ich bin rot vor Scham
Wie soll ich den Gestank meiner Durchschnittlichkeit
ertragen
wenn nicht in der Masse
Das mindeste
in meiner lamentablen Lage
scheint mit das Bekenntnis zu sein
zur Gleichheit mit meinesgleichen

Rosa: (sie streckt ihre Hände aus nach Jeanne)
Schwester
Kein Abgang deinerseits
ohne mich

Robin: Oder so
Wir trollen uns
Ganz einfach
Das lief schief

Jeanne: Würde Eure Heiligkeit so segensreich sein
mir weg von diesem Platz
und auch noch über das Seil zu helfen
dorthin
wo unsere Dürftigkeit
ihre Bedürfnisse stillen kann

Poppes: Die Wahrheit schoß
Wir sind Betroffene
(er wandte sich an mich)
Ein kurzes Spiel
ein wahres Spiel

Ich: Kein falsches Spiel
Ich höre

	Ihr redet richtige Worte wie richtige Worte geredet werden wollen Wie kann ich euch überreden zu bleiben?
Jeanne:	Streich dieses Spiel Erlaube daß wir es streichen
Ich:	Gestrichen wird nichts
Poppes:	Wir könnten aber doch korrigieren
Ich:	Das können wir nicht Keine Korrektur
Rosa:	Wir könnten doch richtigstellen was wir als falsch erkannt haben
Ich:	Wir haben falsch gespielt was wir als etwas Richtiges erkannten
Poppes:	Schon
Rosa:	Ach ja
Robin:	Zugegeben
Jeanne:	Jedoch Ich wußte noch nicht was ich jetzt erkannt habe wie schlimm ich mich auf das niedrigste Niveau der Menge begab
Ich:	Sehr schlimm Jedoch Was niemals der Sinn unserer Spiele sein kann ist etwas das vorliegt das allgemein gilt zu bestätigen
Jeanne:	Es war aber doch ganz falsch wie wir spielten
Ich:	Wir bringen immer nur Falsches zustande Richtiges könnten wir streichen Wir tun es nicht Das Falsche kann bleiben
Poppes:	Sehr richtig Du sagst es Wir haben die Meinung des schlimmsten Durchschnitts bestätigt

und zwar in einem Spiel
mit dem wir nichts bestätigen wollten
Das ist der Fehler des Spiels

Ich: Sehr richtig
Ein Fehler wird nicht korrigiert

Rosa: Wir sind aber übel Verstrickte

Jeanne: Wir haben uns ganz schlimm verheddert

Ich: Sehr falsch
Das wären wir
würden wir Fehlerlose sein wollen
Das aber wollen wir nicht
Als Richtige müßten wir unser Leben einsetzen
für das Richtige

Rosa: Wir wollen unser Leben nicht einsetzen
sondern es wegwerfen
weil wir erkannten
wie sehr wir dem Auswurf gleichen

Ich: Auch richtig
Aber das Richtige ist nichts für uns

Poppes: Wenn also in einem Spiel
in dem wir nichts bestätigen dürfen
doch
wie wir sahen
etwas bestätigt wird
so kann das kein Grund für uns sein
zu klagen
oder uns zu verstricken
sondern
ein Grund zur Freude
darüber nämlich
daß wir einen Grund haben
zu klagen und uns zu verstricken.

Ich: Was richtig wäre
weshalb wir es unterlassen

Poppes: Die Wahrheit schoß
jedenfalls
und
es hat uns ganz schlimm getroffen
Wie schlimm auch

daß wir uns einließen
auf dieses Spiel

Ich: Woher das kommt
was uns trifft
wie gleichgültig

Rosa: Da liest man etwas

Robin: Ja, da erinnert man sich

Poppes: Da kommt einer von uns auf einen Gedanken

Robin: da fällt einem von uns etwas ein

Jeanne: und das probieren wir dann aus

Ich: Wir werden immer sofort darangehen
es
in einem Sinne
der uns auch
woher auch immer
kommt
umzudrehen
oder so lange damit zu spielen
bis wir das Ganze
das Richtige
also doch auch das Umklammernde
also doch auch das Bedrängende
also doch auch das Unterdrückende
ausklammern
wegdrängen
oder zerstören
Die Ergebnisse
also das was wir bauten
uns damit befreiend
sind
ob es nun uns oder anderen gefällt
oder ob es anderen oder uns mißfällt
einfach da
und werden von uns nicht mehr gestrichen
oder verleugnet
oder korrigiert
weil sie die Befreiung dokumentieren

Poppes: Und wenn es selbst etwas Richtiges ist?

Ich: Dann bezeugt es nur

wie falsch unsere Aktion war
Rosa: Aber bitte
dann wäre es doch vielleicht besser
überhaupt nichts mehr eigenes zu unternehmen
also keine Spiele zu erfinden
Ich: Sehr richtig
Das ließe uns nämlich erst recht
ganz und gar falsch handeln
weil wir dann vorgäben
einen richtigen Standpunkt einzunehmen
Robin: Im günstigsten Fall
ertappen wir uns selber
bei der Erfindung unserer Gegenspiele bei Fehlern
wenn ich richtig verstand
Ich: Sehr gut
Sehr falsch
Da diese Fehler
unsere Sehnsucht nach dem Richtigen bezeugen
Denn
was wir auf keinen Fall zulassen dürfen
ist die Richtigkeit unserer Falschheit
Sie macht uns am schlimmsten zu schaffen
weil wir das Richtige
die Einheit
das Ganze
so lieben wie jeder Mensch
Würden wir nämlich
Falsche werden
wie man ein Richtiger wird
kämen wir nie aus dem Gegensatz heraus
der Falsche doch nur
zu Gegenrichtigen machen würde
Poppes: Nicht einmal also dagegen dürfen wir sein
Rosa: Wie das
Jeanne: Wie das nicht
Robin: Wie also
Ich: Das ist es
um eine Gegenhaltung handelt es sich nicht
wenn wir auftreten

sondern um eine nie festzulegende
nie festzuhaltende Haltung
vielmehr
um eine nie abzubrechende Unternehmung
die vorhat
dem Richtigen
sich zu entwinden
und sich deshalb dem durchaus Falschen
entwinden muß

Poppes: Viel Vergnügen
Rosa: Bitte nicht sonst noch was
Jeanne: Amen
Robin: Die Spieler staunen
Ich: Auf einem Spielplatz
an einem Ort
auf dem wir mit keiner Handlung
mit keinem Wort
zur Ruhe kommen
Überzeugt von uns zu sein
ist uns gar nicht erlaubt
Poppes: Was haben wir?
Ich: Nichts
Rosa: Diese Freude daran
nichts zu haben
Ich: Diese Freude schon gar nicht
Robin: Wo sind wir
Ich: Nirgendwo
Jeanne: Um nichts zu sehen
Ich: Versteht sich
da wir nirgendwo sind
sehen wir auch nicht solche
die irgendwo sind
Und da wir keine richtigen Gegner sein können
haben wir nicht einmal Feinde
Poppes: Sie können sich einbilden
unsere Feinde zu sein
Ich: Was keine Einbildung wäre
würden wir richtige Falsche werden
Weil wir dann gegen Richtige antreten müßten

Wir treten aber nicht an
sondern auf
und derart befreien wir uns vom Richtigen
mit allen Aktionen
die nichts sind
als eine Flucht vor seinen Vertretern
und vor uns
die auch nur das Gegenteil
in richtiger Falschheit
gegen uns ausspielen würden
Und unsere Flucht
würde uns sofort zu Richtigen machen
würde sie in der Richtung unserer Angreifer
ergriffen

Poppes: Undenkbar
Jeanne: Denk nach
Rosa: Denk nicht mehr
Robin: Nicht auszudenken
Ich: So falsch wir sein mögen
in keinem Augenblick dürfen wir daran denken
nicht mehr zu denken
Genau das tut der Richtige
Poppes: Und doch bin ich böse
Jeanne: Und doch will ich gut sein
Ich: Was mich daran denken läßt
daß uns die Zeit gar nicht bleibt
das Böse zu tun
wie ebenso wenig
obwohl sich das schlimmer auswirkt
das Gute
Poppes: Wahr ist
der Poppes ist wertlos
Ich: Die Wertlosigkeit von uns allen
ist kein Märchen
Jeanne: Was tun wir
Rosa: Nicht viel
Robin: Viel weniger
Ich: Nämlich gar nichts
Die Welt bauen wir jedenfalls nicht

Poppes: Sei vorsichtig bitte
Ich: Ich muß mich beherrschen
um am Ende nicht doch noch eindeutig zu werden
in einer Sprache
die darauf angelegt ist
und uns deshalb am schlimmsten zu überwältigen sucht
weshalb ich sie spreche
Poppes: Aha
Rosa: Ja dann
Jeanne: Nun denn
Robin: Gewußt wie

Der Sound aus der Casbah, genauer aus dem Studio 54, nördlich vom Metzger Murr – hatte jemand die Tür nicht geschlossen? – er schmolz über den Denkerstirnen meiner geliebten Freunde. Disco-hour. Unterhaltung vermattete die restlichen philosophischen Ausfälle. Sanfter Zusammensank. Eine insbesonders verjapsende Jeanne: God, God it's Friday. Waw ist das lau. Wie Handwasser. Babybad. Musik in the Arterien. Sphärenmief, elektronisch.
Die Nase zu hoch, bemerkte ich gütig. Und alsogleich verdonnerte ich unsereinen: Lau sind wir, warm sind wir. Wir werden lauwärmer werden.
Als? fragte Poppes.
Als Disco-people. Als Beispiel, zum Beispiel. Und wie ich zu donnern verstand, als ich formulierte: Kein Blutzeugnis. Nein. Mitnichten. Hier nicht. Auf diesem Platz nicht und niemals.
Mein Herr, wurde ich wieder sanfter, mich selber anredend: Sie begreifen sich nicht. Und wohin ich meine Augen, und ob ich sie auf- oder ab- oder wegschlug: wer das weiß. Also nicht einmal ich. Sie blieben, sie tanzten schon. Und wie kontrolliert. Schlafend beinahe, aber ganz in der Regel. Es schien so zu sein, als würden sich die dominierenden Gefühle der amerikanischen Gesellschaft in diesem Jahrzehnt auch hier behaupten. Es hatte sich die Disco-Welle aus den Gettos der Subkultur ganz plötzlich, besonders aber hier, in die dünne Öffentlichkeit dieses abgesperrten Platzes integriert.
Kein Problem, schluchzte Poppes.

Das wiederholt sich schmeichelhaft, interpretierte der Robin. Jeder war im Augenblick Play-Man. Die unsichtbaren Italo-Slips. Der Top-Versand spurte.
Die Mädchen joggten auch unter der Haut. Das schwellte unter dem Flitter gar seltsam richtungslos, nahm porig das Feeling auf. Einsame Spitzen, oder ähnliche Fehler in einfachsten Rechnungen. Wer zählt schon. Was zählt noch. Oder warum gibt es Menschen, die eine positive Ausstrahlung haben: unabhängig von Politik und Religion.
Wir werden das noch verschlimmern, drohte ich strahlenden Gesichts. Der wahrhaftige Hase stürzt in den Tod vor dem Selbstbewußtsein des Igels, der sich sitzend befriedigt: im Gegenüber zur Frau, versteht sich. Ordnung muß sein.
Das werden wir auch noch verschlimmern, drohte der Poppes, ganz einverstanden mit mir. Oder hatte er mich begriffen? Disco-Land, jubelte er ganz außerordentlich verhalten, wie es sich im Sound dieser Stunde von selbst versteht. Satin. Seidig glänzend. Die kuschelweiche Streckung. Die wohligste Marter. Das ausgeglichene Zeugnis. Das Fleisch bekennt sich mit der zartesten Haut: nur Muttermale erlaubt, im Gegenteil: betont, ja, sogar ganz verschmückt deutlich, bitte. Die laue Geglichenheit.
Aus.
Plötzlich Erinnerung. Aufwachen. Störung. Verstörung. Diese Mienen zum weichen Spiel. Montag.

Heinz von Stein, weiß die schmutzige Leine, wo der sich wieder herumgetrieben hatte, sprang die Stufen herunter. Kinder, bellte er, hallo, wie gehts. Was macht ihr denn für Gesichter? Stör' ich? Schulstunde, oder sowas? Belehrung bestimmt, ha?
Genau, sagte Poppes. Wir haben wieder einmal alles falsch gemacht, was wir falsch hätten machen müssen.
Er? bellte Heinz von Stein. Von ihm die Begießung? Ohne mich. Ich bin kein Pudel.
Platz, befahl ich.
Unser Spiel, in dem die Jeanne die Hauptrolle spielte, na ja, sagte die Rosa.
Falsch? fragte der Boxer.

Wir waren zu richtig danach, jammerte Robin.
Der muß reden, bellte Heinz von Stein und blickte mich von der Seite her an. Was glaubt ihr, wie richtig der unser Festival begann und zwar in seinem Spiel. Ich war doch dabei. Also, das habe ich mir doch ganz genau angehört. Davon weißt du nichts, knurrte er mich an. Ich spreche vom Seil. Ich meine, als sie dich zunächst nicht auf den Platz ließen. Ich spreche von zwei Polizisten, die mit dir sprachen. Die mit ihm sprachen, wandte sich Heinz von Stein wieder an uns. Von wegen. Die er mit sich sprechen ließ. Ich meine das wortwörtlich. Also: die ließ doch er sprechen. Das war mir doch schon bald klar. Ich begriff auch: der Staat war sozusagen anwesend in den zwei Personen der zwei Polizisten. Den Staat also griff unser Meister an, d. h. den ließ er, wie er das so macht, sich selber erledigen. Dabei half er natürlich mit. Oder das hat er so inszeniert. Um mich nicht zu überrennen, die Sache ist die: Es war ja ganz wunderbar, wie blöd sich der Staat in seinen zwei stellvertretenden Personen benahm. Aber, aufgemerkt: So benahm er sich nur, dieser Staat, weil er, dieser Meister, den Staat so reden ließ aus den Goschen von diesen zwei Vertretern des Staates: die waren erfunden? Begriffen? Von ihm. Jedes Wort erfunden, vom Meister. Offen zugegeben von ihm. Da kennt er nichts. Was sagt ihr?
Nichts, sagte der Poppes.
Falsch, bellte der Boxer. Ich meine, ihr müßtet erkennen, was der Meister für einen Fehler gemacht hat. Schon zu Beginn. Das war einfach alles zu richtig. Versteht ihr?
Nein, gab die Rosa kleinlaut zu. Und wenn schon. Laß das.
Was ist los mit euch? Ich helfe und ihr bleibt bedrückt. Nicht gut, den Lehrer kurz nach der Belehrung zu belehren?
Laß das, seufzte Jeanne.
Dann hole ich weiter aus, entschloß sich der Boxer. Es handelte sich doch schon ganz zu Anfang um ein erstes Spiel. Und wenn er dein Spiel, deine Gedanken zu deinem Spiel, liebe Jeanne, kritisiert, dann dürfen wir das doch auch. Und ich sage – in der Annahme, er habe euch getadelt, weil ihr richtig wurdet, in oder nach dem Spiel, gleichviel – in seinem falschen Spiel war er doch gleich und zu Anfang des falschesten Festivals, das jemals stattfand, der Richtigste. Ich weiß es doch. Ich habe genau zugehört. Indem er nämlich den Staat ad absurdum führte, indem er die Richtigkeit des Staates bisher zur schlimmsten Richtigkeit trieb, seinen Sinn sich bis zum

Unsinn ausarten ließ: benahm er sich sehr viel richtiger als sein Angriffsobjekt. Und das ist doch anders falsch, als wir sind oder werden wollen: das ist richtig richtig.

Machs kurz, sagte Robin.

Gefällt es euch nicht, bellte Heinz. Was ist los mit euch? Bitte, wie ihr wollt. Aber trotzdem, ich sage das noch. Der war doch, der wurde doch, den Staat in seiner Anmaßung derart entblößend, selber sein eigener Entblößer als einer, der so schlimm autoritär sich benahm, wie der Staat es gar nicht vermag, weil der zwar mit uns zu tun hat, aber uns nicht erfand. Er, dieser Erfinder, führte sich aber doch selber richtig ad absurdum, weil er den Staat so ohnmächtig sein ließ, wie es ihm in seiner Macht gefiel. Hallo, hört ihr auch zu?

Schon gut, sagte Rosa.

Nicht gut, schrie der Boxer. Die Erregung verlieh ihm menschliche Stimmbänder. Der Staat war er. Er war der Staat. Er hat bestätigt, was er vernichten wollte, in seiner Person, indem er die Polizisten vernichtete, die den Staat darzustellen hatten. Jetzt bitte sagt mir, ob das eine richtige falsche Aktion war? Und das war die erste Aktion. Das Richtige prompt kam hinten heraus, und schaute aus wie der Meister, der neben mir sitzt, wie ein Meister zu sitzen pflegt: nämlich über dem Schüler. Bitte. Was sagt ihr jetzt?

Ganz richtig, sagte der Poppes.

Na also.

Nämlich falsch, sagte Rosa.

Na also.

Nicht ganz falsch, korrigierte ich Rosa.

Wie bitte?

Also gut. Es ist gut, seufzte Jeanne.

Wir danken, war Robin gefällig.

Pause, sagte ich.

Der Boxer Heinz von Stein stolperte über seine vier Beine, abwechselnd selbstverständlich, weg. Ein jeder andere, eine jede andere mußte sich etwas die Beine vertreten. Im Augenblick waren wir uns alle im Weg. Eine ähnliche Sitzung gar hatte keiner von uns im Sinn. – Wir mußten uns aus den Augen verlieren.

Langsam, wie eine Träumende, folgte Sophie dem Rummelkunz die Stiege hinauf in das Hochschloß, ihre kalten Händchen wärmend über den warmen Semmeln ihres Vaters, dem sein Herz schon quasi geröstet wurde tief in der Hölle. Aber fern von Gott wurde es hier immer kälter, je höher hinauf sie bei zurückschreckendem Oberkörper stieg. Und sekundenlang starrte sie auf halber Höhe den in ganzer, wüster Länge liegenden Ritter an, der sowohl seine Eberzähne als auch das pockennarbige Gesicht nicht versteckte vor soviel in Angst gestürzte Unschuld. Und als die Sophie den Korb warmer Semmeln für das Frühstück der Rittersleute einem aus dem Gesinde reichte, sprudelten ihr die Worte von den Lippen. Sie log, sie mischte Wahrheit mit Lüge, auf eine Frage des von einer wunderschönen Frau teilweise umarmten Heinz hin, die mehr ein derbes Ansinnen zu sein schien, als eine morgendliche Erfreuung. Sein Fräulein Nathaya dürfe sie nicht in Abstände bringen, versetzte der Ritter die an standesamtliche Abmachung erinnernden Worte der Jungfrau. Der stauffische Adel lebe in derlei Gebräuchen, die jedenfalls eher reinigen würden, als gar beschmutzen. Und: er habe von ihrem Vater, dem Sassen, gehört, was seinem Leib zugeeignet werden solle. Von Sophiens Schönheit sprach der Ritter hinfort die heißesten Worte, während er eine ihm verabreichte Strunsky-Semmel mit seinen raubgewohnten Händen entzweibrach, und erwähnte dabei die überaus merkwürdige Tatsache ihrer gesenkten Lider, als er etwas Knuspriges zwischen die Lippen seiner Nathaya schob. Als ein liebes, allerdings anderes Kind betrachtete er sie, die Bäckerstochter, belehrte er kühn dieselbige, wobei er von Anfängen an derselben sprach, die schon jetzt zu bestürzen vermöchten. Ach, es möchte doch noch gut werden, versprachen die übersalzten Lippen Sophiens in die Steinhöhle, wo sie sich, in Anbetracht ihres Schicksals, als wahrscheinliche Frau eines hohen Herrn sehen könne, ohne vom Blitzschlag ihres Gewissens getroffen werden zu können.
Er solle die Jungfer nicht ausrutschen lassen, empfahl der Ritter dem Rummelkunz nach der allergnädigsten Entlassung der Tochter des Bäckers.

Im Schaulicht, frei auf der Freiheit: ich, Ausschreier, Tiefsichtler, Bretterwanderer, Lebensbedeuter. Die Bude ergoldete um meine Unkereien, aller depressiven Dressuren Abnormitäten wirbelten im Taifun: die Verkündigungen, mundgerecht irre Disangelien. Der Guckkasten heute der Kreißsaal. In weißen Schuhen, weißem Rock, im weißen Mantel: ich. Aus meinem Grün ist das Gesicht in der Hoffnung grinsend: Auslurien verheißend, Gemerftes, durchsichtbar bis Mankel, zurück in das Minkel, zurück wieder in das Ratzekahle. Versprecher einer Schmerzfotze, ich, für Rauner und Spencer, für insbesondere Urspringer.
Von mir aus: a Peep at Punk-Fair, wo der Hammer hängt über dem Nullentreff, aller Zirkuspferde jungheiternde Levade under the hussy, noch hinter der Budenschleppe. For this moment not anything to see. But no stuff. Diese wogende Rocker-Sub. Schaumkronen: Greenhair-Büschel. Viel Knete. Wurlende Misere herauf zum Konzepter. Der steht zu dieser Gefühlshaltungslosigkeit, strahlt aber Herbe. Herrschaften, bitte, Geduld. Augenblicke mit Netz. Faschistengruß, manikürt. Sachte, sachte, Herzmündlein, Froschlippler, rote Augenrändler, Stirnhaarverfranser. Kommt die Alternative, kommt Grün. Inzwischen: Kosmetiktips. Hello Poppers! Oder: Rauslassen kann ich nicht. No future. Nur Hiebe. Schicksals. Staatssals. Bürokratiemassig. Das bleibt doch im Kopf hängen, stürzt bestenfalls herzwärts, fuckt ab hosensäckisch, wirft sich an Speckbuckel, merkt sich das aber leidfeierlich naseweis mit der Sicherheitsnadel ein.
Im Nachwuchs: der Raubritter Heinz. Sein nacktes Boxergesicht. Tusch, hinter der Wirklichkeit. Ruhe allen Verwirklichern. Außer Haus also heute die Hausgeburt. Piratensteuer, ja bitte. Gebetsfaltung zwischen Schenkelfleisch. Alle Stupsnasen in die verlorene Generation.
O don't you think, it's a wunderfull fair. Wahre Bildung der artig und leidigen Hur: Nathamar. Wird herausgeschoben, bühnenwärts, freilichtig. Ich als meiner mache viel Flauß, lockend herbei den Pöbel. Radle auf Wortteig aus alle Gemeinplätzchen für Schotterbewohner. Meine Zunge, mein Zahnrad. Aufhören, abmetzeln! Ein statischer Ernster wird zwischenmenschlich! Aus mir knarzt die Bibel.
Als Erzählfrau muß ich von vorne anfangen. Herr Heinz von Stein auf die Bühne! Dieser, leise jaulend neben mir, tränte in Richtung

Geburtswehen. Juda, schrie ich, zeigte auf meinen Boxer, und schrie fort: dieser selbige ging hinauf mit Nathamar auf die Burg und da oben sagte er: Laß mich doch kommen zu dir, worauf sie antwortete: Was willst du mir geben, daß du zu mir kommst? Und er sprach: Ich will dir eine Schnur geben, und da gab er sie ihr und kam zu ihr; und sie ward von ihm schwanger. Und jetzt sind wir kurz vor dieser Bescherung.

Mein Kaiser, mein Papst, stöhnte Heinz.

Rummel war jetzt nicht mehr angesagt: der Rest ein Gemauschel.

Meine Damen und Herren, fuhr ich auf. Swift, no madness. Meine Schöpfe und Blondies. Als Lokalmatador bin ich heute Bombast. Sie hören mich Rufe ausstoßen, wie: Drücke, drücke, du Nathamar.

Sie können mich hierzuplatz beobachten, wie ich den rechten Hebammenärmel aufkrempele, um in die Zukunft damit zu fahren, welche ich als die Zwillinge zu erfassen imstande bin. Wer weiß aber, was die in ihren Großköpfen haben? Sie nicht. Ruhe. In Augenschein können Sie nehmen: die Hand, die ich demonstrierend erhebe, um Zukunft tropfen lassen zu können von ihr. Die Malteser stehen in der Haimhauser.

Mein Muhamed, ach, und mein Jesus, stöhnte der Heinz, als er sah, wie sich aus Nathamar eine Hand heraustat.

Meine Damen und Herren, lockte ich alle Augen zwischen die Hure. Als Wehmutter sehen Sie mich den roten Faden aufnehmen aus den Händen der Kreißenden, ein Zusammenhang, ein anfänglicher: Diesen binde ich jetzt um die Fessel, es hätte ja sein können, bitte, und spreche: No future für Söhnlein. Das müssen Sie gar nicht begreifen. Begreifen können Sie, wenn ich sage: Der wird zuerst herauskommen. Da aber, das können Sie mit Ihren Ohren erschauen, zieht einer, den wir noch nicht zu kennen die Ehre haben: seine Hand wieder ein, ich verdeutliche: nämlich hinein. Also was ich vermuten darf, ist das Innere: dort löst augenblicklich der andere Bruder, durchscheinend, für mich, den Knoten, und die Zwillinge schauen sich treuherzig an und vergessen die drückende Mama. Bitte, wäre der Knotenlöser nicht seßhaft geblieben, sondern über dem Stau, den sein Bruder einmalig gebildet, herausgeklettert ins Freie: Ich Wehmutter hätte sagen müssen: Warum hast du um deinetwillen solchen Riß gerissen, denn einen Riß hätte das doch ergeben! Um dieses Risses wegen hätte man ihn den Perez nennen müssen. Jedoch nennen wir ihn genauso, denn sein Riß geht noch tiefer. Wir werden diesen nicht zu überklüften wagen, niemals, da dieser Perez mit seinem Bruder im Ei augeneins zu bleiben vorhat, wie ich weiß, wie ich immer schon wußte, weshalb ich hier sehstelle. Bitte, wenn Nathamar keine Träne verliert, so hat das eine falsche Bewandtnis.

Ich frage vor Ihnen mit lauter Stimme:

Nathamar: Bist du glücklich?

Hören Sie?

Ein Kind bekommt keines. Danke.

Sie haben gehört. Übrigens heißt der Bruder des Perez Serah. Und dann gibt es noch einen Generalsekretär der Uno. Aber das hat gar nichts zu sagen.

Das ist eine geschlossene Gesellschaft. Woher ich das weiß? Sie sehen mich augenblicklich eine Anleihe machen an die Wissenschaft. Es ist inzwischen erschienen: der Klonologe am Platz, wie Sie beobachten konnten. Und wenn derselbe sich in dem Bauch der Nathamar zu schaffen macht, hat das den Zweck, wie Sie freilich nicht sehen können, dem Perez das Vergnügen zu schenken: 149 Serahs Grüß Gott sagen lassen zu können. Und wenn ich erläutern müßte, so würde ich sprechen von einer Erbsubstanz, nämlich der dieses Serahs, welche der Klonologe im Hand-im-Bauchumdrehen vervielfältigte. Das kann der. Wir müssen das gar nicht glauben, weil wir es einfach wissen wollen. Oder? Wenn nicht: Kein Zweifel. Nachliefern kann ich die Wissenschaft: Um ausreichende Mengen eines Gens aus einem höheren Lebewesen – wer zweifelt daran, daß Nathamars Serah das ist – zu gewinnen, überführt man dieses Gen in E. coli. So ist das. Unwahrscheinlich ist die Klonung aber geglückt, da die Bremse funktionierte: mit Perez sind unsere Zwillinge auch nicht mehr kleine Leute, als Punker in München randalieren. 150. Ja? Weiß ich Bescheid?

Sie dürfen! Sie mußten. Sie punkten. War das aber sehr schlimm.

Der Abtritt des Klonologen. Die Wissenschaft kommt nur kurz vor. Dann ist sie wieder dahinter. Wie das Leben so vorspielt.

Der Heinz aber wurde mein Tiefpunkter jetzt. Bitte sehr! Box dich näher:

Feines Gelächter hinter der Bauchwand der Nathamar. Wie aus allerschlimmster Ferne.

Sie können jetzt beob- und begutachten, wie Ihr Guru – der Sie

doch so umso besser versteht, wandte ich mich an die welkende Generation: die Zukunft in hundertundfünfzigfacher Ausführung im Bauch seiner Hure zu lesen versteht.
Hallo, Perez, rief ich. Was halten deine 149 Serahs von dem Ritter von Stein?
Sehr dünne Antwort, aber vielstimmig: Handelt es sich um den verlorenen Vater Juda, der schon vor vielen Jahrhunderten in Bayern vertrottelte?
Mein ist die Rache, sagte ich.
Das Publikum war nicht mehr nötig. Der Heinz wurde Hund. Seine Rüstung wurde entfernt. Es bildete sich für uns zwei eine Gasse.
Gassi gehen? fragte ich meinen Boxer.
Waw, bellte er.

Notizen, niedergeschrieben im 5. Stock, Freiheit 10, wo ich dieses Buch schreibe.
Im Anfang steige ich über das Seil. Ich habe das Buch »Gegenmünchen« unterm Arm. Und bevor alles beginnt, suche ich einen Platz, wo ich es ablegen kann, um es dort liegen lassen zu können, solange es dieses falsche Buch gibt. So daß man also sagen kann: Er und Sie, die schon einmal vervielfältigt wurden, können hier auf diesem Platz erst und endgültig vervielfältigt werden. Es muß auch einmal geschehen, oder es geschah schon, daß ein Zuschauer zum Leser wurde und Gegenmünchen aufschlug und so aufgeschlagen liegen ließ. Er soll die Seite 284 aufgeschlagen haben, oder er soll diese Seite in diesem falschen Buch aufschlagen. Also, wenn es noch nicht geschehen ist, erwarte ich das, obwohl ich noch nicht weiß, wo ich Gegenmünchen abgelegt habe. Aber das wird mir wieder einfallen. Ich vergaß.
Ich könnte sagen, meine Pseudos hätten vergessen, weitere kritische Beiträge in das Buch zu schreiben, wenn man, wie ich, annehmen muß, sie hätten dazu mehrmals Grund gehabt. Ihre Annahme, die sie äußern hätten können, und zwar mit Recht: Ich würde sie nur benützt haben, insofern ich meine Fehler mit ihrer Aufmerksamkeit vertuschen hätte können, könnte der Grund dafür sein, daß sie ihre Einträge unterließen. Das ist nicht der Fall. Es ist sehr

lächerlich, dies hier festzustellen. Es ist nicht nur lächerlich, sondern auch grundsätzlich falsch, wie jedermann einsehen muß. Es war aber auch falsch, vieles und reichlich Nebensächliches in Erwähnung zu bringen, um es dann ganz und gar in Vergessenheit geraten zu lassen. Die mexikanische Ausstattung meiner Lieben ist vielleicht nicht einmal so nebensächlich, wie sie erscheint. Trotzdem erscheint sie nicht mehr. Nun zu Jeanne.

Daß sie als einzige nicht gezeugt wurde, quasi – ist ein unverzeihlicher Fehler, mit dem ich gar nichts anfangen kann. Da ist es schon verzeihlicher, von einer Absperrung zu reden und dem Einsatzleiter Feilitzsch nicht einen einzigen Auftritt zu erlauben, ganz abgesehen davon, daß man sich die Leute am Seil vorstellen muß, ohne daß diese Vorstellung irgendwie gelenkt oder gefüttert wird.

Ich notiere, daß ich hier einfach und wenigstens einmal notieren muß, ob der Bäckermeister Strunsky mit dem Herrn Heinz von Stein gesprochen hat. Er hat.

Wenn der Raubritter nicht reagiert, oder genauer: sich in dieser Hinsicht nichts anmerken läßt, so ist das wahrscheinlich nicht mit seinem Zartgefühl zu erklären. Ich habe ihm aber auch sehr unzart mitgespielt, assistiert von einem Klonologen. Jedoch meinen Ausfall allein mit Generationsunterschieden, unbewältigten, meinerseits, zu erklären, wäre sicher zu kurz gegriffen, da ich beinahe sicher bin in der Annahme: es handle sich um eine Aktion meinerseits gegen das Kind an und für sich. Damit hat mein Boxer nichts zu tun. Er ist ein Hund. Wir allein können uns wie Kinder benehmen.

Und das ist schon wieder eine Notiz: Ich mache diese Notizen nämlich im fünften Stock des Hauses: Elisabethstraße 8, wo ich wohne, wozu ich allerdings bemerken muß, daß dieses Haus jetzt auf der Münchener Freiheit steht, und zwar an Stelle des Hauses Münchener Freiheit 10, und zwar verkehrt: so daß die Rückseite also zur Vorderseite wurde, mein Balkon dementsprechend über einer fensterlosen Front hängt. Wie gehabt: ein Umbau. Keine Hausbesetzung, sondern die Versetzung von Häusern.

Im fünften Stock dieses Hauses notiere ich, was ich soeben von diesem Balkon aus gesehen habe: Nähe Busstation steht ein ins Runde und Überlebensgroße entarteter »Jesuskind-komm-heraus-aus-der-Kapelle-Automat«. Und sein Besitzer mußte nichts erklären. Man wußte Bescheid. Man holte Zehnpfennigstücke aus den Börsen, jedenfalls solche Leute, die auf Schübe aus waren.

Diese kamen auch gar nicht auf den Gedanken, es gäbe hier etwas zu denken. Sie drückten ihre Münze in einen Schlitz und warteten ab. Aber alles der Reihe nach: Als einer seine Münze derart gedrückt hatte, spreizte der Kreml die Flügel des Tores und Breschnew rückte vor zur Mitte, dortselbst, oder eigentlich auf den Geleisen dorthin, einen Arm in einen Gruß zucken lassend: mit dem er derart verblieb. Wer immer das gewesen sein mochte, der, unzeitgemäß, eine zweite Münze geworfen: der Automat jedenfalls versagte den Dienst, so daß der Breschnew nicht zurückkehren konnte, wie es automatisch vorgesehen war, sondern vor dem Mittelpunkt blieb: entspannt verweilend. Die Entrüstung des Automatenbesitzers mußte in dieser Zweckentfremdung unterbleiben, weil sofort eine zweite folgte. Jesus war inzwischen auf seinem Geleise aus einer Kapelle vorgerückt, und infolge einer nachgeworfenen Münze oder auf Grund des Nachahmungstriebes eines Mitspielers: steckengeblieben, und zitterte noch lange aus vor Breschnew, im Segen dann starr verharrend. Viel Applaus und immer größere Anteilnahme an diesem Spaß. Deshalb auch keinerlei Nachforschung, sondern regellose Bedienung des automatischen Wunders, weshalb der Khomeini aus einer Moschee herauszuckelte und im Zentrum den Boden küßte, was in der Nachfolge der in dieser konfessionellen Übung noch geübtere Johannes Paul II. ihm gleichtat – er entwackelte dem Vatikan bis zur Mitte: dort im Bodenkuß wie sein östlicher Bruder verweilend. Und immer pausenloser öffneten sich die entsprechenden Tore: Aus dem Weißen Haus wurde der Cowboy Reagan auf seiner Stange in die Mitte gerüttelt, wo er, der Längste, ins Ungefähre smilete, als, freilich noch immer, der Dozier, militärisch grüßend auf seinen Schienen bis zur Mitte vorstieß und die Hacken zusammenschlug, hierorts ein letztesmal. Ich wollte die Hymne der Nato gehört haben, aber da kann ich mich täuschen, obwohl ich sie gar nicht kenne. Wie dem auch war: ein sich öffnendes Haustor, Downing Street, zeigte Maggie, die Hausfrau, im Abschied begriffen von Küche und Gatten, der ihr die Flinte reichte, welche sie unterwegs schultern mußte, um sie nach dem Gezockel vor den Herren der Welt bei Fuß abzustellen, im Augenblick, als aus dem Kanzlerbau der Schmidt sich in das Weltgeschehen regierte. Da war es schon eine Zurechtrückung ganz besonderer Art, als Charlie Rivel seine Zirkuskuppel verließ. Kann sein, daß ein Doppelversorger des

Akrobatenschlitzes sich selbst übertraf, was den Nachwurf anging, jedenfalls: der Clown blieb unterwegs schon stecken. Keine Störung der Weltpolitik.
Mehr gab der Automat nicht mehr her. Das war auch sein Ende. Oder muß ich erklären, daß auf diesem Platz nichts repariert wird? Nein.
Wirf eine Münze ein, und ist einer bis zur Mitte herausgelockt worden: so wirf eine zweite. So geht das. Für zwanzig Pfennig: eine Weltfriedenskonferenz. Also billig.
Das habe ich in Erfahrung gebracht: ein alter Wallfahrtsortbesucher, erfahren im Umgang mit Jesulein-Kapellen, hatte den Anfang damit gemacht und den rückrückungslosen Fortgang überwacht, ganz außerordentlich gläubig gerissen.
Notabene: Es soll dem Eduard Mörike gelungen sein, wenn man so naiv berichten darf, was ich erlaube: aus Cleversulzbach in die Runde der Großen vorzustoßen, sehr verärgert, das schon, aber weil aus Blech: auch beständig. Und mit ihm sei in der Mitte ganz plötzlich rundum holdes Bescheiden gewesen.

Nähe Hypobank war ein außerordentlich mißmutiger junger Mann über das Seil geflogen, was ihm die Flügelschuhe des Merkur erlaubten, und hatte sich hinter ein selbst mitgebrachtes Pult gestellt, darauf achtend, daß er im Schatten des hierorts nur Kühle spendenden, und nur insofern anwesenden August Wilhelm Schlegel stand, um alsogleich mit einer Vorlesung zu beginnen, die darin gipfelte: Es sei nicht auszuschließen, weil geradezu notwendig, daß diese falschen Leute auf ihrem Platz den Vertreter einer angelsächsisch inspirierten Sozialtechnologie auftreten lassen müßten. Er rieche das nicht nur, sondern wisse es. Und schon jetzt könne er zusammenfassend sagen: Niklas Luhmann verachte mit seiner Stoik das Subjekt und deklassiere alle emanzipatorischen Interessen zu Spezialinteressen, wobei er es ablehne, den Sinnbegriff in Bezug auf den Subjektbegriff zu definieren. Und so weiter. Davon wird hier gehandelt werden, versprach er, wenn er, wie er annehmen könne, recht behalte. Der kritische Geist, meinte er, sei allemal dem erfinderischen Geist voraus, schon weil dieser entfalte, was jener zusammenfassend erkläre, wie er in seiner Per-

son, die zwar über erst noch zu erfindende Szenen spräche, aber auf die erst noch zu erfindenden Geister, die diese Szenen schrieben, verzichten könne. Von seiner langen Nase sprach er mitnichten, weshalb ich sie ihm kurzerhand schon jetzt, in kühner Vorwegnahme, mache.
Zugegeben, ich war wutentbrannt, obwohl er noch, sich entschuldigend, vortrug, er habe immer das Falsche, wo er es richtig antraf, seiner Zeit entsprechend, entschuldigt mit der Qualität, die es auch noch im Irrtum besitze.
Im vorneherein bedankte ich mich bei meinem Vorseher herzlich.

Herzliche Begrüßung des kleinen Bucky: Die Rosa klopft seinen Po. Jeanne läßt ihn um ihr junges Karussell sausen, immer höher, läßt ihn los. Nathalie fängt ihn auf. Robin und Poppes reißen sich um das Genie. Herzen ihn und küssen ihn ab, wobei der Fuller keine kleine Miene verzieht. Also Jubel und Entzücken.
Dem mach ich ein Ende. Kommt mit, sage ich und führe den kleinen Buckminster, ihn am Händchen fassend, über den Platz.

Da steht der Vorschüler Hermann
Ecke Herzog   seine Lederhose
hängt an grünen Trägern   seine
kleine Nase   die putzt er nicht
sagt   daß er vier Jahre alt sei
und bis heute nur kleine Muster
gesehen   Fensterkreuze mit Leichen
zum Beispiel oder rosa Zwickel unter
diversen Röcken   aber

was wir sehen ist zu plötzlich
um von uns noch wahrgenommen werden
zu können bevor wir uns täuschen
also tun wir   was wir nicht erahnen
bevor wir es hinter uns haben

da steht ein Leiterwagen und

dieser Wagen ist leer
der Vorschüler klettert hinauf
reibt sich oben die Hände
negentropisch
klatscht
Norbert Wiener
steigt auf
assistiert
die Physiker laufen einwärts
der Vorschüler denkt sich aus
und Erfahrungen
werden von Strukturerkenntnissen
abgeleitet
daraus
aus diesem Komplex der noch dazu
omniinteraktiv ist
wird
auf dem Wagen erbaut und zwar etwas
das am Ende dann auch noch
gewichtlos ist
hochgeholt vom Vorschüler
Prüfung
an Ort und Stelle die
Pluralität erfaßt und
das Ergebnis
auf dem Wagen:
ganz allgemein gaffen
süßsaure
Erfahrungen aus den
Rastern
herunter auf unsere
speziellen
Handlungen
da wird dann auch gleich
die Umwelt der Säufer zur Flasche
verändert
vom Vorschüler fest verkorkt ersäuft so
mancher
im Gin den er selber beschriftet: ein

Beispiel
für Umweltverbesserung
alle Frustrationen alle
werden alle angeborenen Fähigkeiten
werden beseitigt und im Rahmen der
Zeitkontrolle und der Prioritäten
warten die Kybernetiker alle im Namen der
allgemeinen Systemtheorie
geduldig auf Rohstoffprogramme
bis der Vorschüler die lokale
Struktur der Münchener Freiheit
zur Identifikation
innerhalb des Gesamtplanes allgemeiner
Ereignisse des Systems auf den Wagen
bringen läßt
und dann
das Wort
das am Anfang war   der riesige
Werkzeugkasten ziemlich weit oben
da liegt er im Strahlenkranz
außerkörperlicher Ergänzung
der lacht
stimmt
der Intellekt
nimmt Platz
sachlich
freilich a priori
jedenfalls
genau gegenüber dem physikalischen
Universum
die Materie sitzt vis-à-vis
Metaphysik
die sich als Antimaterie vorgestellt hat und
ebenfalls seßhaft wurde ihr Versprechen:
Schlichtung
(Chaos)
Pause
ein Butterbrot (keine Wurst) eine Bitte
wer gescheit ist

keine weiteren Fragen
nur Lösungen   basta   das Fett auf die
Lederhose und
schon erkennen
die Verhaltungswissenschaftler
ihre nützliche Arbeit durch die
Umwelttransformation in Bezug auf
die ersten dreizehn Lebensjahre
im Brennpunkt aller planenden
Bemühungen
die Gehirnfunktionen der Kinder
auf seines
des Kindes
Geheiß:
die Philosophen sind dran
sie reduzieren Subjekte
wobei kein Blut fließt
ausschwärmen müssen wir
auf der Freiheit
und wo sie ihrer habhaft
werden können wird
die Industrie
letzten
Endes
lutscht der Vorschüler am Daumen
fertig
Feierabend
das totale Gemeinwohl der
Erde
aber
wie weit reicht sein dicker Vorschülerarm auf den
Reißbrettern
der Lockheed Aircraft Company
sofort dürfen Luftschiffe
starten
Faßkraft 10000 Passagiere
fliegen
in die Herzogstraße ein
sie landen

auf dem Wagen
sie werden hochkant
aufgestellt das sind dann Wolkenkratzer
und nun verschwindet endlich
die geographische Identität von München
da hört sich doch alles auf
als nämlich der Vorschüler
frohgemut mit der Kreditkarte winkt
und
die Mietservice-Industrie den letzten Bürger
der Stadt zum Weltbürger
macht
eine solche Überraschung
ausgepackt
von unserem kleinsten Genie
in der Hand eine Unzahl
Patente
selbst die Hypothese für
Arbeit
jedenfalls die Allegorie
persönlicher
Selbstdisziplinierung
gipfelnd auf dem Wagen in negentropischer Treue
entfleischt selbstverständlich mithin
vereinfacht auf seine ursprüngliche Konzeption die
intellektuell ist und war und sein wird
das wird er sein
der Komprehensivist der
daß es eine wahre Lust ist sich den
Prinzipien
die er beherrscht
hingibt
und schon jetzt ist er
durchaus rentabel
tätig
und schon gleich hat der
Mensch
auf der Freiheit mehr als ausreichend
um

damit auch noch materiellen Erfolg zu
haben
dann hat er zur gleichen Zeit auch
Befriedigung
unser
Vorschüler scheint genug zu haben er wischt sich
den jungen Schweiß
von der Stirne
bevor die Weltstadt auf den Wagen
gehievt wird
in der sich alle ökologisch erweitern
werden
wobei ihre Schritte ständig beschleunigt
werden
damit sie sich öfter treffen können
hinten
herum im Universum
das trifft sich schon jetzt
recht gut
der Treffpunkt: die Stadt
und insgesamt die Gesamtheit eine
der Welt dienende Einheit dort oben
die kleinsten Bewohner als Teile des
Seins
wobei sie sich großartig fühlen
großartig
der Wagen
ist voll
er springt ab
der Vorschüler
hilft dem Kleinen hinauf
dem Buckminster Fuller
vier Jahre alt
nicht älter als er
der sich gegen den Wagen stemmt
anschiebt
hau ruck
und ab mit dem Fuller nach

Westen
Herzogstraße   10000 Jahre
Geschichte
zurück an Kasernen
vorbei   Schwere
Reiter
und weiter
und ohne uns nämlich
wir bleiben
für uns
nie
niemals
keiner
kein Atlantik
die USA schon gar nicht
kein Fuß an Land
überhaupt nie
nicht über den Kontinent
nein
aus
Kalifornien   Schluß
da fangen wir gar nicht an
keine Rampe
sonst noch was
für Absprung
kein Sprungbrett
jedenfalls
so schon gar nicht hinaus
in das Universum

Ihr meine Lieben, seufzte ich in der Wüste, wenn ich nur alles in meinen falschen Händen behalte, wie jetzt dein Mischmaschébein, meine Rosa, und deine Ziegenlederhand, mein Robin, beliebter. Geliebte Talmisten, ihr meine Pseudos: das Herz hängt so schwer am Gehirn; sein Gewicht pendelt drohend die Zeit, diese falsche Dimension auf meinem falschen Platz in einer falschen Welt. Wie werden wir uns aufführen müssen, um Ordnungskräfte wirklich so schlafen lassen zu können, wie wir nur scheinbar schlafen. Und wahrlich, das frage ich mich, fragte ich: wann ist unser Schein gültig, oder wann wird er ein Schein sein, der scheinbar Wirkliches schluckt. Nicht daß wir jemals imstande wären, drohte ich mir selbst: Scheinbarem zu einer Wahrheit zu verhelfen, die uns schlägt. Nicht, daß wir um unseretwillen dies befürchten müßten. Nicht wahr, ihr versteht mich, bat ich und strich sanft über die aufgeleimte Echthaarperücke der ungewöhnlichen Nathalie, den hübschen Bisque-Kopf meiner Jeanne nicht vergessend, dem ich ein blaues Schlafauge zart in die Leere drückte; es füllte selbstverständlich gleich wieder die Lider. Ich liebte. Ich lag bei meinen Kindern, deren Sockelköpfe im Schlaf wackelten. Und wenn ich jetzt nicht denke, was denken die meinen, fragte ich mich laut und hörte es glucksen im Poppes. Mein Poppes. Ich wußte, er weiß. Und wenn er im Traum lacht, dann darüber. Dieser Bär. Sein Wuschelfell. Meine Hand über dem Brummer. Nur so. Mir brummt mein Poppes doch jederzeit. Da manipuliere ich nicht. Ganz unnötig ist das. Wo läge ich ohne ihn. Aber was werden wir vortanzen müssen, um richtigen Tänzern im Chaos nicht Boden zu geben für ordentliche Auftritte? Bitte, ist keiner von euch wach: zu sagen, was alles zu unterlassen sein wird, um keine Anlässe abzugeben, um keinen Motor anzulassen, der etwas Richtiges treibt. Wie allein ich sein muß, klagte ich und hörte ein Piepsen aus Nathalies Balg. Auch du, meine Tochter. Da mußte ich lachen. Im aufgestickten Gesicht meiner Rosa verzog sich das Garn in ein Grinsen. Nicht doch, wehrte ich deren Gaudium, und besänftigte den Traumplauderer, meinen Robin, indem ich Hand auflegte auf Porzellan, mit den um diese Stunde und ihretwegen zitternden Händen seine anmodellierte Frisur. Wie werden wir uns totstellen können, fragte ich wieder einmal, um im Leben nicht diesen Lebendigen ihr Leben bestätigen zu müssen. Als diese Frage mich überfiel, bewegte ich Jeannes liebes Sockelköpfchen, soweit es der eingezogene Gummi erlaubte: in der Erregung sogar im Kreis. Sie möge mir das verzeihen, stöhnte ich und polierte die Glasaugen der schlafenden Nathalie. Wie werden wir sein müssen, wollte ich wissen, um die Einsätze Richtiger nicht in Bestätigungen der großen und ganzen Ordnung entarten zu lassen? Falsch. Falsches werden wir tun müssen. Aber als ich mich umschaute: umgeben war ich von Leuten des Einsatzleiters. Am Seil wurde dringend gewartet. Ach ihr, meine Lieben, seufzte ich in der Wüste als ein Kind, das seine Bälge seinem Blut näher brachte, mit beiden Händen sein Spielzeug an die warme Haut drückend, selber wie selbiges ganz verleimt, ganz und gar versteift, ausgestopft, eine aufgemalte Ruhe im starren Gesicht, nur noch obere Zähne im halbgeöffneten Mund, unbeweglich die Zunge.

II

Rosa nahm mich jetzt bei der Hand und führte mich durch die Schaustellerstraße hinüber zur Erlöserkirche, wo ein Bretter-gerüst aufgebaut worden war. Eine riesige Leinwand darauf verdeckte die Kirche zur unteren Hälfte. Im Halbkreis davor und geöffnet zum Platz hin saßen erhöht und hinter einem Bretterverschlag sehr viele meiner Freunde, jeder gekleidet in schwarzem Ornat, bedeckt mit Allonge-Perücken.
Rosa entzog mir die weiche Hand, entschuldigte sich, sie müsse den Ablauf dieser von ihr inszenierten Aktion überwachen, und kletterte auf die Bühne. Ehe sie mich verließ, hatte sie mir das Programm zugesteckt. Ich trat ans Mikrophon und las:

Vergewaltigung
Aktion in einer Szene
Gerichtssitzung
Verlesung des Urteilsspruchs
durch den Richter (gespielt von Poppes),

welcher alle Vergewaltigungen genauestens beschreiben wird, während die jeweiligen Tatorte auf die Leinwand geworfen werden, vor denen die jeweiligen Opfer leibhaftig erscheinen, um pantomimisch, ein jedes mit seinem Täter, vorzuführen, was mit ihnen angestellt worden war, auf den verschiedensten Schauplätzen Münchens.

Poppes begann, als das erste Dia erschien: Wir sprechen folgendes Urteil: Die Opfer können zur Vergewaltigung verurteilt werden, weil diese Urteile von den Gewalttätern schon vollstreckt worden sind.
Die Begründung:
Das Mädchen sei im Nymphenburger Schloßrondell auf einer Bank gesessen, lesend, weder bemerkend, daß ihr Rock hochgerutscht war, noch seine Anwesenheit ihr gegenüber, die sie aber einmal, wenn auch nur kurz, wahrgenommen haben mußte, da sie, als sie sich gesetzt, zu ihm herübergeblickt habe. Der in der Zwischenzeit durch unwillkürliche Veränderungen ihrer Lesehaltung immer hö-

her über ihre wohlgeformten Beine hochrutschende Rock habe bald auch ihren Slip seinen Blicken freigegeben, da sie zudem die zunächst geschlossene Stellung der Beine aufgegeben habe: die entspannteste Sitzhaltung einnehmend. Die plötzliche zweite Wahrnehmung ihres Gegenübers, jedoch nicht die geringste Veränderung ihrer nur allzu bequemen Haltung, sowie ihrer Gemütsverfassung, einer gelassenen, kindlichen, völlig entspannten, habe ihn schließen lassen darauf, daß er nicht den geringsten Verdacht erregte. Er könne nicht sagen, weswegen ihn ihr Verhalten so gequält habe.

Wir sehen das so: Mit wachsender Verärgerung, die sich zur schlimmen Verstimmung und schließlich zur blanken Wut steigerte, mußte der Täter erkennen, daß er verstoßen wurde, daß diese Verstoßung aus ihrer kindlichen, arglosen Welt, allein ihr Werk war. Sie, diese Unschuld, verstieß ihn, insbesondere dann und dann aber endgültig, als plötzlich ihre Knie zu zittern anfingen, sie die Beine schloß, den Rock glatt strich, errötete und entfloh.

Er sei stadteinwärts gelaufen und in die Martiusstraße eingebogen, aus welcher sie gekommen sei, weshalb er ihr in die Beine gelaufen sei, was sie kurz, aber gar nicht überrascht, übergangen habe, ihn deutlich übersehend, zunächst. Aber plötzlich sei sie in seiner Richtung enteilt. Die langen Beine unter ihrem kurzen Rock seien aber beinahe fröhlich vor ihm gestöckelt.

Wir sehen das so: Der Täter wollte sie einholen, wollte ihr und sich etwas erklären, wovon er undeutliche Kenntnis hatte und war bald dazu übergegangen: ihr Beine zu machen, denen er nachlaufen konnte.

Er habe sie in der Widenmayerstraße angesprochen. Ihren Bauch habe er Ecke Gewürzmühlstraße auf sich zukommen sehen. Vorgehabt habe er nur, sie um Feuer zu bitten, aber als er bemerkt habe, wie sie, ohne zu zögern, seinen Wunsch habe erfüllen wollen, habe er nicht mehr als das genommen werden wollen, als was er bei ihr gegolten habe, nämlich als harmlos. –

Wir sehen das so: Ihr war sein Verlangen nicht ungewöhnlich erschienen, wahrscheinlich weil er nicht ungewöhnlich aussah. Sie übertrieb auch bestimmt in dieser Hinsicht und plauderte fröhlich und zündete ihm die Zigarette auch noch selber an. Genau das war aber zu viel des Harmlosen. Das mußte sie erkannt haben. Sie wich zurück und lief weg. Das war ungewöhnlich. Das war es.

Das Mädchen sei aufgesprungen. Sie sei davongelaufen. Er habe sie beim Schloß eingeholt. Da habe sie sich an die Mauer gelehnt. Sie sei zusammengesunken und, so gekauert unter ihm, habe zu wimmern begonnen. Dann aber habe er wie auf ihre Anweisungen gehandelt. –
Wir sehen das so: Sie gab sich nicht etwa auf. Nicht eine Bereitwilligkeit war das, schon gar keine Aufforderung zur Gewalt, aber ein deutliches Wissen in ihrem Gesicht, vielleicht sogar ein Wunsch nach Bestätigung dieses Wissens: Das ist einer, der nicht mehr aufhören, der nicht mehr zur Besinnung kommen kann. Er handelte so, wie sie das vorausgewußt hatte.
Er habe sie eingeholt, über die Königinstraße gestoßen, sie vom Brückengeländer weggerissen und in die Uferböschung unter der Brücke gezerrt. Dort habe er sie ins Gras geworfen und sie so weit an den Füßen weiter abwärts gezogen, bis ihre Beine freilagen. Sie habe sich nicht mehr bewegt. –
Wir sehen das so: Sie dachte: Er solle es über sie bringen. Er solle ihre schlimmste Erwartung bestätigen. Er solle derart dokumentieren, was für einer er sei.
Er habe sie in die Widenmayerstraße und anschließend in die Isarauen gedrängt, wo er sie auf einer Bank gewürgt habe. Sie habe sich nicht mehr ernsthaft gewehrt. –
Wir sehen das so: Sie war schon gefaßt auf das Schlimmste. Sie kontrollierte schon seine Untat. Jedenfalls sollte er unglücklich werden, was er auch wurde, wie um dem Unglück zu entsprechen, das sie ihm zeigte, indem sie es durch ihn erlitt. –
Wir sehen das so: In einem Hinterhaus in der Rosengasse, an der Mauer des Thalkirchner Friedhofs, in einer kleinen Wohnung in Neuhausen, im Olympiapark, hinter einem Lagerhaus in Moosach, in Großhadern auf einer Wiese, in Milpertshofen, in den Anlagen hinter der Glyptothek: wurden die Täter von ihren Opfern als etwas erkannt, was diese noch nicht waren. In den Augen der Opfer aber waren sie das schon: nämlich Verbrecher. Wie sie gesehen wurden, so handelten diese, ehe sie selbst es so sahen.
Wir sehen das so: Ihnen, den Gewalttätern, gaben die Opfer die Macht: sie zu beherrschen.
Wir sehen das so: Es wurden in allen Bezirken der Stadt Menschen ermächtigt dazu: Gewalt auszuüben.
Wir sehen das so: Es wurde in dieser Stadt Menschen die Macht

zuerkannt, störungsfreie Vergewaltigung ihrer Einwohner zentral zu steuern in einem System, dessen Legitimation auf einem sozialen Klima beruht, das die Anerkennung verbrecherischer Entscheidungen als Schicksal institutionalisiert.
Die Vollzugsorgane des Schicksals können also von uns nicht verurteilt werden, weil sie nicht die Schuldigen sind, sondern die Opfer ihrer Opfer, die – wie wir eingangs erklärt hatten – zu Vergewaltigungen verurteilt werden können, weil diese Urteile von den Opfern der Opfer schon vollstreckt worden sind. – Wir sehen das so.

Mit obrigkeitlicher Bewilligung und in Anwesenheit, ohne Schaustellung, des Systemtheoretikers, wird einem verehrungswürdigen Publikum bekannt gemacht, daß soeben der wilde Ritter Heinz von Stein mit seinem Gspusi Nathaya die Szene unter der Filmleinwand betritt. Und so bellt der

BOXER:

Waw. So ein Putz. Habt ihr die Power gespürt? Von unsereinem. Stolzer Krieger. Total cool. Der Stein bestimmt das Bewußtsein: sextrovertierte Randale auf den Straßen dieser Stadt der Bewegung. Ich bin noch immer ganz geil auf action, kann mir noch gar nicht genug sein. Weiter so.
Schluß damit,

bellte das Collie-Mädchen, die NATHAYA, die war einmal Äbtissin, jetzt zweimal gesteckt in Tigerstrumpfhosen, das Fell, besonders kopfaufwärts gefettet, zu Berge stehend, eine Sommersprossenlarve über der Schnauze, ganz tote Generation in Einzelausgabe.

BOXER:

Butz dich nicht so, angeschleckte Putzfrau!

NATHAYA, sich wiederbellend:

Schluß!

sich im Anschluß daran entkleidend: heraus kommt ganz außertierisch die Nathalie, sehr französisch, kostümhalber, Straß, Hackenschuhe. So etwa. So eine Masche. Die ganze Person furchtbar kitzlig.

Boxer:

Wo ist jetzt mein geschmeidiges Tier? Waw?

Nathalie:

Sofortiger Abputz, besser tiefes Vergessen eines fatalen Urlaubs auf der Hochburg des Ritters. Vorher noch: Reuetränen. Bitte. Sie sehen mich weinen. Aber auch keine Erinnerung mehr an den Chiemsee, Aufenthalt in einem Kloster, weiblich. Vergessen. Um Vergebung wird jedenfalls gebeten. Zur Sache: mit diesem wahrhaftigen Hund will ich nichts mehr zu tun haben.

Boxer:

Diese Wegputze! Waw!

Nathalie:

Nun zu dir, Jeanne. Ich habe alles gesehen, vom Rosengarten der Steinburg aus, an der Mauer dort oben verweilend, insbesondere wie du auf dem roten Platz in die fatalste Animalität gerietest, ich behaupte: geraten mußtest, also, um die Hauptsache hier herauszugreifen: wie du dich einließest auf eine Hundezunge, nämlich der oder des Demeter, schlimmzusagen, nicht zu reden von den fäkalischen Folgen.

Ich:

Die Geburt der Terra Nova!

Nathalie:

Sagte ich ja, nicht zu reden. Was weiß denn ich von den Folgen?

Jeanne:

Ich bereue. Dieses Scheißhundetheater, dieses verpißte. Entschuldigung. Aber das mußte heraus. Also Schluß mit dem Punk? Ich frage nur.

Ich:

Diese Frage an mich?

Poppes:

Da muß ich auch fragen, ob dieser Punker Heinz zu tun hat mit uns?

Ich:

Schon zu tun!

Robin:

Bitte, ich frage ja nur: sind wir Punker? Oder, bitte, wie weit sind wir solche?

Ich:

So weit wie es Heinz von Stein ist. Bitte, dieser gehört doch zu uns.

POPPES:
Wir wollen keine Punker sein, niemals.

ICH:
Sind wir doch nicht. So etwas sind wir doch nicht. Wir sind nie nämlich etwas. Das wäre ja noch richtiger, bitte!

ROBIN:
Vermute ich richtig, daß der Heinz nur ein Fehler ist?

ICH:
Richtig!

POPPES:
Weiß schon. Fehler werden nicht korrigiert.

ICH:
Verstanden. Schluß damit. Das ist uns doch allen ganz klar.
Im Augenblick gibt es eine Pause, für mich insbesonders. Ich darf mich erholen. Um mich herum wird beinahe laut gelacht, jedenfalls geräuspert, gemurrt. Dann aber wieder hart, los gehts, und wie, nämlich zuerst die

NATHALIE:
Das nächste Stichwort auf diese verwahrloste Bühne werfend, erwähne ich kurz und verletzt: die Vergewaltigung, eine multiplizierte, notabene: von Frauen.

ICH:
Selbstverständlich, wie die Natur so wütet. Andererseits empfehle ich: von Menschen zu sprechen.

JEANNE:
Der Kerl hat auf der Leinwand die Frauen geschlitzt. Ich nehme mir dieses Verbum heraus. Zur Sache!

ICH:
Wenn ich jetzt schreie, so in höchster Not: Also bitte: Gehirn. Zentrale Arbeit. Übersetzung auch eines Gleichnisses, wenn es weniger übel genommen wird: einer Parabel. Oder muß ich Sie alle an die Allgegenwart des Systemtheoretikers erinnern auf dieser Leinwand, in Bälde auch auf diesem Platz?

NATHALIE:
Übel. Sehr übel. Uns wurde mitgespielt. Uns Frauen. Das haben wir aber gar nicht mehr gern.

JEANNE:
Überhaupt nicht mehr. Nämlich: da werden wir böse. Aber sofort.

ICH:
Ein Fehler von mir, zugegeben. Das Material meines Films war veraltet. Das gebe ich zu. Aber, entschuldigen Sie: Ich stehe in einer Tradition. Und vergessen Sie nicht die Bemühung meinerseits: aus Müll etwas Neues zu machen.

NATHALIE:
Also aus Punk! Ein Punker bist du!

JEANNE:
Könnte man sagen.

ROSA:
Nur keine Übertreibung.
Die Rosa. Mein liebes, graues Mädchen. Sie lenkt ab von dem Freund. Das wird sie jedoch bereuen, sofort:

NATHALIE:
Ich rase, wenn du es wissen willst, insbesondere deshalb, weil eine der unsrigen, also eine Frau, sich hergibt dazu, einen Vergewaltigungsreigen zu inszenieren. Du Jungfilmerin, kann ich da nur sagen.

JEANNE:
Etwas Schlimmeres fällt mir jetzt auch nicht mehr ein. Nur Enttäuschung kann ich noch ausdrücken, indem ich trotzig schweige. Aber vorher noch folgendes: Ganz und gar kann ich dich nicht verwerfen, Rosa, weil ich am selben Hund mich betätigt habe, auf dem du geritten bist.

ROSA:
Na also! Geritten! Du sagst es. Was ist da Unterworfenes dran?

ICH:
Komm mit mir, liebste Rosa, sagte ich, als ich sah, wie sie trotzdem bedrängt wurde, nämlich: wie entrüstet sich Jeanne vor ihr aufstellte, ihr den Weg in eine Richtung versperrend, in die sie Nathalie ganz schrecklich derb zu stoßen begann. Ausflüchte blieben ihr keine mehr, da Robin und Poppes ihr nicht von den Seiten wichen, jetzt plötzlich Tränen lachend und sie umarmend und sie streichelnd, während Nathalie und Jeanne vor Wut heulten.
Der Vergewaltigung der Frau an und für sich in einem derart breiten und gar nicht vergoldeten Rahmen das schlimmste, weil durchaus einverstandene Wort zu reden, dieses auch noch zu steigern bis zur gemeinsten aller Rechtfertigungen, sei mehr als und überhaupt unerhört.

So die Rede der NATHALIE.

Die allgemeine Unterdrückung eines Geschlechtes auch noch insbesonders und in seiner abscheulichsten Abart noch dazu wie selbstverständlich zu bestätigen: unübertroffen abgefeimt müsse das genannt werden.

So die Rede der JEANNE.

Kommst du jetzt mit, liebste Rosa, fragte ich. Sie aber wollte wissen: Wo steckt denn der Fehler?

Ich versuchte den Sinn noch einmal, vortragend: Macht war hier Ohnmacht und Ohnmacht Macht.

Ach so, seufzte Rosa. Ach wie empfindlich Sie sind, wandte sie sich an mich. Und erkannte in der Folge: Sie joggen mit der Zeit. Und das macht Sie so fit, daß Sie den Arzt rufen müssen, wenn ein Wort stehen bleibt.

Das war zuviel.

NATHALIE:

Wie bitte. Noch so Gleichnisse?

ICH:

Ich verteidigte gar nicht die Rosa, wenn ich feststellte: ein Wortspiel. Mehr nicht.

JEANNE:

Und bitte, die Moral?

ROSA:

In etwa so: Eine Wahrheit ist für euch wie ein Thema, vor dem ihr euch in den Fernsehstuhl zurücklehnt, begierig auf die nächste Wortmeldung im jüngsten Stand einer weltweiten Diskussion. Ihr zittert nur noch existenziell auf dem Bildschirm, übertragenermaßen. Ihr seid wie gehabt, versteht ihr?

NATHALIE:

Ich bin richtig fertig.

JEANNE:

Sie macht uns.

ROSA:

So meine ich das: Ihr antwortet mit der richtigen Information, in der Hoffnung auf eine falsche Frage. Ihr seid glücklich, wenn sich Onkel und Tante empören.

Komm mit, sagte ich zu Rosa. Den Heinz von Stein hatten wir alle vergessen. Der war nicht mehr da.

Ich öffnete Rosa in der Leopoldstraße die Ladentür zur Bäckerei Strunsky, schob sie hinein, folgte nach, blieb, betäubt wie wahrscheinlich sie auch, aber nicht nur vom warmen Brotduft, sondern durch einen Aufschrei, neben ihr stehen, und vergaß den Zweck unseres hungrigen Kommens.

Sophie (sie war es, die schrie):

Und wenn sich auch Onkel und Tante empören, und du, lieber Vater und du, liebste Mutter: Ich bin nicht imstand – auch nicht mit dem Beistand des heiligen Ludwig – mich für eine von meinem Erzeuger vor langer Zeit begangene Schuld zu opfern. Nein.

Die Personen der Handlung sahen wir nicht. Das Drama vollzog sich im Wohnzimmer. Ein Hörspiel im Originalton bot sich im alltäglichen Licht unseren Ohren dar. Die Duftmarken des Ortes durften uns nicht ablenken von dem Gehalt einer anderen Wirklichkeit, die freilich nicht so ganz jenseits des Geschäftslebens lag, wie sich herausstellte, als der Vater das Wort ergriff:

Vater:

Wir stehen vor dem Ruin. Die in Plastik gesteckten Semmeln der Supermärkte vernichten die Qualitätssemmeln deines Vaters. Tochter. Bedenke! Der Ritter von Stein ganz allein, der unsere Ware seinem ganzen Burggesinde schmecken läßt, ist unser Retter, aber freilich nicht als Kunde, sondern als dein Gemahl. Und freilich nicht aus niederen, wirtschaftlichen Beweggründen gebe ich dich, liebste Tochter, an ihn hin, sondern: die Ursach ist biblisch. Schuld muß getilgt werden, die deines im Angesicht Gottes verlorenen Vaters, wenn du dich nicht vor meine schon knienden Beine wirfst, in tätiger Fürbitte, nämlich als vor dem Ritter in Zukunft liegende Gemahlin.

Mutter: weint, schluchzt, fassungslos.

Pater: St. Ludwig, SJ, im Hintergrund, murmelt.

Sophie:

Also, da kann ich nur sagen: Also meinetwegen braucht mich niemand opfern.

Und sehr trotzig:

Nicht nötig.

Ich stieß die Rosa an. Und die Rosa stieß mich an. Also sowas? Hast du da noch Worte!

Sophie:

Da kann ich nur sagen: Scheißbäckerei. Scheißschuld. – Bitte,

stöhnend:

verzeih mir, Vater.
Extochter, flüsterte ich. Die Rosa verstand mich. Exmartyr, flüsterte sie zurück. Die sich in Bäckereien verirrenden Wirkungen weltpolitischer Dramen gaben mir wieder einmal zu denken.

SOPHIE:

Der Großvater hat mir alles entdeckt. Er war es, der mich den Karl suchen ließ, den meine Liebe in Zukunft erforschen muß. Einen Ritter von Stein gibt es in meinem geraden Herzen nicht, das in Flammen steht.

VATER:

Aus bitterster Verzweiflung heraus sage ich: du pflanzt fort.

SOPHIE:

Wie bitte. Wenn ich dich bitten darf, Vater.

VATER:

Es handelt sich um die Fortpflanzung meiner Schuld.

SOPHIE:

Ach so. Na ja.

VATER:

Eine Verweigerung der Vermählung mit dem Ritter am Platz bedeutet eine Verarmung nicht nur deiner Eltern, sondern die Verelendung seiner Tochter an der Seite eines kleinen Angestellten der Hypotheken- und Wechselbank: die ich allein dann auf dem Gewissen haben werde, das sich auch ohne solch einen Lebenslauf meiner Tochter schon der Hölle zuneigt. – Aber was meine Rettung betrifft, so besteht sie in deiner Einwilligung in die Ehe mit einem Ritter, welche das Studium des von mir vernichteten Strunskysohns garantiert. Karl – ich kann ihn jetzt nennen, da du ihn nicht nur dem Anschein nach zu kennen scheinst – hängt von deiner Huld ab.

PATER:

Von Seiner Gnade.

VATER:

Und deiner Einsicht, liebste Tochter. Mit dem Geld des Ritters holst du Karl herauf zu dir in eine höhere Klasse, von unserem Handwerk einmal abgesehen, das dann wieder mindestens silbernen Boden unter sich haben dürfte.
Die Rosa stieß mich an. Ob ich nicht übertriebe, oder gar aus dem Volksstück fiele mit solchen Konjunktiven, meinte sie. Bitte. Ich versprach mich zu bessern.

Pater:

Dein Vater spricht von der Schuld. Von seiner. Ich spreche von der Schuld von uns allen. Vom Erbe. Gottes Sohn allein ... aber das ist vielleicht jetzt zu kompliziert. Diese Welt liegt darnieder. Die Schuld deines Vaters läßt jedenfalls Gutes hoffen. Wir müssen in dieser Schuld unserer Väter arbeiten. Sie ist die Voraussetzung großer Leistungen. Die deine, Tochter, steht noch aus. Dein Opfer! Alle Gnade dann deinem Karl.

Ich stieß die Rosa an und versprach ihr schnell ein anderes Drama, nicht in einem Bäckerladen: sondern in Troja.

Wie bitte, fragte Rosa zurück.

Kommt Zeit, kommen Verse, ließ ich sie wenig verstehen.

Sophie:

Ich bekenne die Liebe. Und wenn mich auch mein Karl in Nazareth erkennen wird; so soll es sein.

Sie wurde rot. Die Rosa wurde von mir angestoßen und begriff sofort.

Ich sagte: Das ist schon perfekt.

Sophie:

Dir, Vater, wird der Mund zugehalten von Gott. Oder du lieferst dich aus an einen weltlichen Richter. Ich schalte und walte im Namen einer Liebe, von der du nichts ahnst.

Sie stürmte an Rosa und mir vorbei aus dem Laden. Ein schluchzender Vater folgte ihr bis zur Auslage. Eine verweinte Mutter bediente uns etwas verlegen. Wir hatten nur zwei Hörnchen gewünscht.

Auf meinem Spaziergang in südlicher Richtung, die Schaubuden links liegenlassend, begann ich, Nähe Troja, der Rosa zunächst eine Zaara aus der Nase zu ziehen, aus deren linkem Loch. Hoppla, staunte die Rosa und staunte noch mehr, als der Zaara ein Adrian folgte aus nämlichem Loch.

Das also ist Zaara? fragte mich Rosa.

Das ist die Rose von Stanbul. Und neben ihr: das ist der Grieche Adrian, ein Christ.

Die beiden umarmten sich.

Also ein Liebespaar, wußte Rosa. Sehr friedlich.

Der Beginn einer Moritat, sagte ich. Also kein Friede. Und ich zog den Hussan aus der Nase der Rosa, aber aus dem anderen Loch.
Schon bei der Geburt eine Trennung? vermutete Rosa.
Jedoch keine endgültige Scheidung, siehe Moritat. Sonst gibt es keinen Krieg, entschied ich.
Ein Dreiecksverhältnis?
Das mußte ich der Rosa schon nicht mehr aus der Nase ziehen, das lief schon ganz von allein.
Das ist der Hussan, der Mohammedaner, Seldschuke. Der läuft der Zaara nach.
Kommt aber nicht an, lachte Rosa. Die Zaara hält ein Schild vor den Schoß. Eine Aufschrift?
Rue barrée, las ich vor.
Wir befanden uns jetzt Nähe Casbah oder Studio 54.
In diesen Keller sperrte der Hussan die Zaara ein, zusammen mit einem ausgehungerten Tiger.
Der war aber plötzlich da. Und bitte woher? wollte Rosa wissen.
Den hätte ich nur so dazuerzählt, sagte ich.
Der soll die Zaara zerreißen, ja? fragte Rosa. Sehr schrecklich, sehr traurig. Armer Adrian.
Tut er nicht – bricht den Kerker auf, rief ich, und . . .
Da kamen sie beide aus dem Studio heraus und liefen an uns vorbei in die Freiheit.
Oh Zaara, schluchzte der Hussan, oh meine Rose von Stanbul!
Armer Hussan, wenn auch so schlimmer. Aber die Liebe, begriff die Rosa. Wie weiter, fragte sie. Lädst mich zuerst zu einem Spaziergang ein, ziehst mir dann die Drei aus der Nase, vermehrst also hier, und auch noch die Übel der Welt. Erzähl' mir jetzt nicht, es käme dabei was heraus auf der Freiheit.
Es handle sich weder um diese Freiheit noch um den Rummel auf ihr, wir seien in Griechenland, sagte ich. – Wir standen über dem Forum. – Dort unten müsse sie jetzt ein Schlachtfeld sehen, das von Larissa.
Tatsache war, daß auf dem roten Platz Christen von Türken, oder umgekehrt, niedergemetzelt wurden.
Dort kämpft auch die Zaara, staunte die Rosa.
Sehr gut, zensierte ich meine Begleiterin. Und du siehst?
Die ist schon verkleidet als christliche Kreuzfahrerin, oder bitte, wie sehe ich das?

Sehr genau. Und sie kämpft augenblicklich mit Hussan. Und: Sie ist eine Rose, also in Wahrheit, trotz Stacheln, so zart, daß ihr der Tiger zu Hilfe kommen muß. Siehst du?

Wir sahen, wie dort unten dem abgewiesenen Hussan nun auch noch vom Tiger die Kehle durchgebissen wurde. Den hatte der Hussan aber kurz vorher schon tödlich verletzt.

Armer Tiger, seufzte die Rosa. Oder hast du für ihn keine Verwendung mehr?

Wir folgten dem glücklichen Paar, das unterwegs sehr beschäftigt war, weil Zaara zum christlichen Glauben überwechseln mußte. Zwischen den Stühlen des Café Freiheit dann das Schlußbild: Zaara und Adrian wurden umständehalber im Freien und nach griechisch-orthodoxer Zeremonie getraut.

Ende, seufzte Rosa. Ein glückliches aber. Nur zwei! Zwei Glückliche.

Da mußte die Rosa aber hinter sich eine Stimme vernehmen. Ich durfte, meinetwegen. Wir drehten uns um.

Ich bin und bleibe in diesem Dreiecksverhältnis der dritte, rief Hussan: so getötet wie lebendig. Es gibt mich jedenfalls noch.

Da mußte die Rosa wieder und dieses Mal zwei Stimmen hinter sich vernehmen. Ich durfte wieder, meinetwegen. Wir drehten uns um.

Ich bin also der Adrian, sagte der Adrian. Es gibt mich.

Ich bin die Zaara, sagte die Zaara, und bedankte sich herzlich dafür, daß es sie gab.

Nichts zu danken, lachte die Rosa, und auf mich weisend sagte sie: der da hat euch aus meiner Nase gezogen. Dann lief sie davon.

Ich aber hatte noch nicht genug. Die Rivalen entließ ich. Die Zaara aber bat ich, sich betrachten zu lassen.

Diese Zaara, diese urbane Diana, ein gedrehtes Horn an den Lippen, weggeneigt auf dem Standbein im faltenlosen Maillot mit Tutu. Und um sie herum ein exotisches Sujet, dieselbe erhebend, was meine Hände auf ihrem Nabel und ihrer Rückenwurzel betonten, wobei ich einen gläsernen Blick zu ihr aufschlug, präraffaelitisch, ganz ihr Opfer. Sie, ganz an sich leidende Sünde, blickte mich treuherzig an mit Gretchenaugen, welche die Heiterkeit ihrer Seele leuchteten aus ihrem tadellos gewaschenen Gesicht. Eine Lichtfee war sie, die mich durch Wunderdiaphanien fallen ließ. Niemals, so beabsichtigte ich, sollte dieses allerliebste Wesen einen der Frau widrigen Beruf ausüben, so urwüchsig sie auch vor mir zu stehen vermochte, dieses dämonische Weib; jede Idylle würde sie sprengen, das war mir klar. Und ein Nachtmahr war sie, diese Nymphe, die sich, würden wir jetzt überflutet, den Wellen überließe, ja selber zu wogenden, strömenden, unaufhörlich wiederkehrenden Wellen werden würde.

Jetzt kannst du gehen, sagte ich. Sie verließ mich.

Da sah ich ihr dunkles Haar, diesen aufgerissenen Kopf des Blaukrauts, das ähnlich wie die zarten Rosen des Blumenkohls, fein wie Korallen, erschien, wie sie der kundige Gärtner auf seinen Feldern zieht, wobei ihn wie mich jetzt die Freude des Kenners überwältigte und er, was ich nachholen werde, nicht widerstehen kann in Milbertshofen, wo er seine Pflicht erfüllt, in solche Fülle zu greifen.

Wir: Man höre und staune: In Ermangelung einer Sahira – sie liegt im Brunnen über dem Forum – entlockte unser Regisseur, nebst Hussan und Adrian, der Rosa eine Zaara, wenn auch nicht eine ägyptische Sklavin und Dienerin, später Angebetete des Heinz von Stein, so doch, beflissen im vorderasiatischen Raume verbleibend, eine Rose von Stambul, auftauchend auf dem Schlachtfeld von Larissa. Als Fortsetzung bitte, oder als was? Oder darf von Wiedergeburt gefaselt werden? Oder handelt es sich um einen Ersatz? Wie auch immer man sich das denken soll: von Manipulation darf gesprochen werden. Man erkenne und verwerfe. Unglaubliche Leichtfertigkeit muß genannt werden, wie es dieser Regisseur hier auf seinem Platz treibt.

Mein Nachtrag zu dieser Zwischenbemerkung der Meinen: Ganz unglaublich, wie sie, indem sie mir Leichtfertigkeit vorwerfen, weil ich, wie sie zu wissen vorgeben: Sahira mit Zaara ersetze, ahnungsreich, also wieder ohne zu wissen: Vergangenes aussprechen, das in meinen Ohren wie Zukunft klingen muß, indem sie schreiben: eine ägyptische Sklavin und Dienerin, später Frau des Heinz von Stein. Später! Wie bitte? Warum nicht gar später die Frau dieses Heinz? Eine prophetische Übertreibung gewiß. Ich muß es ja wissen.

Als ein letzter Mohikaner habe sie in quasi roter Not – sie glühte – meinen Lederstrumpf übersehen, gab Dora nach dem Aufprall erschrocken von sich, jedoch schnell genug, um wieder bei Verstand mein altes Gesicht literarisieren zu können.
Sie sei total ausgeflippt, looking out beinahe my back door. Tschuldigung.
Ein Baum sei ich nicht, hinter dem . . . Oder ob sie geglaubt hätte? Das wollte ich wissen. Aber da war sie überfragt. Also schon Leibes- aber nicht Geistesumfang. Wie sie dastand. Ausladung lendenseits schon, aber gar keine Taille. Umarmung meinerseits, mittlerweile: das war nicht drin. Ein beinahe Niedergestoßener paßte.
Also wohin? Meine Frage.
Zum Kuckuck, schrie Dora.
Sicher hinter dir. Meine Meinung.
Und Leli, auf ihren Stampfern, taubte sich her; mein Platz ist kein Fell. Der Heimeran, bitte, wo kann der nur sein. Sie jammerte wild.
Aber, aber, die Damen.
Der ist dir aber weiß Gott versteckt! Wir rühren den Platz um, aber nur Suppe. Beim großen Poppes, das schnaufe, wer will.
Und die Dora, ihre Ringelsocken hochziehend, meinte: Der Phy ist dir was hinter. So ein Schwänzer. Wie Phylosophie fliegt der durch Dämmer.
Großes Erstaunen über Bildung, meinerseits.
Sie sind seiner nicht angesichtig geworden? wollte die Leli wissen.
Die Dora schaute in aller Treue zurück. Vergeblich.
Nicht nirgendwo, meiner Meinung nach, sagte ich. In keinem Nichts, bestimmt.
Um ein kleines Kuckuck, ein ganz leises, wurde von beiden laut gebeten. Ihretwegen um ein gezischtes.
So geschehen Nähe Café, siehe Freiheit.
Und weg waren sie. – Noch kurz vorher, hinter einer vorgehaltenen Hand der Leli, die Information für den hinterbliebenen Vorsteher dieses Versteckspiels: Den finden wir. Aber das steht doch gleich kurz bevor, oder nicht?

Rosa mußte dort sein, wo sie meine heftige, zu plötzliche, freilich ebenso plötzlich abgelenkte Liebe erweckt oder entzündet hatte: nämlich in der Nähe der Bühne vor der Erlöserkirche. Da gab es so zahlreiches Publikum, daß ich es aufgab, sie zu suchen. Ich traf aber Poppes. Kurze Begrüßung. Dann wurde es still. Der Vortrag begann.

Am Mikrophon: Niklas Luhmann.
Sein Thema: Unser politisches System, insbesondere die Möglichkeiten kollektiven Handelns ohne Konsens.
Wir haben unendlich viele Probleme, begann er, deshalb: es gibt spezifische Strukturen in der Gesellschaft und allgemein unbegrenztes Wünschen und Fordern.
Wir müssen uns also fragen, welcher Mechanismus besonders geeignet ist für die Lösung der Probleme. Es handelt sich also um ein neues politisches System. Dieses kann seine ihm eigene Ratio nur entfalten, wenn viele Seiten des kollektiv-verbindlichen Entscheidens unterdrückt werden.
(Unruhe im Publikum)
Was wollen Sie: unterdrückt wurde auch bisher. Der Tauschmechanismus hat viele politische Entscheidungen an sich gezogen: der Marktprozeß reguliert selbst. Er übernimmt sogar die Aufgabe des Ausbaus der Kommunikationswege. Der Marxismus will diesen Tauschmechanismus ersetzen durch Veränderung der Gesellschaft. Die Systemtheorie, also unser System aber will Politik ganz und gar entfalten: als Ratio.
(erneute Unruhe, lauter, störender)
Sie wissen genauso wie ich, daß nach der marxistischen Veränderung der Gesellschaft der Staat herrscht. Das ist die Erfahrung. Das ist eine Systementfaltung, wie wir sie nicht wünschen können. Hier nämlich wird im Namen von Werten geherrscht, d. h. unterdrückt.
(schwacher Beifall)
Wir sehen die moderne Gesellschaft mit anderen Augen: Die Funktionen des Gesellschaftssystems können als Teilsysteme – durch Ausdifferenzierung und funktionale Spezifikation – viel besser und viel wirkungsvoller erfüllt werden. Und: von der Leistungsfähigkeit einzelner Teilsysteme läßt sich dann auf die hohe Leistungsfä-

higkeit der Gesellschaft im ganzen schließen. Und wenn gesagt wird, daß diese Teilsysteme zwar hohe Komplexität hervorbringen, diese Komplexitätserzeugung aber selbst tiefe Mängel aufweist, so beseitigen wir dieselben nicht etwa politisch, wie es die Marxisten tun oder vorhaben zu tun, sondern sorgen in unserem politischen System dafür, daß es selbst hohe, höchste Eigenkomplexität aufweist, also einen großen Bestand von Alternativen und Variationsmöglichkeiten verwalten kann. Dann kann es Probleme lösen. Wir müssen also nach innen differenzieren, und solche Innendifferenzierungen sind die Untersysteme unseres politischen Systems: wie etwa die Verwaltung; hier geht es um die Ausarbeitung der Problemlösungen und der Parteipolitik; hier geht es um die Beschaffung von politischer Unterstützung. Freilich, Bedingungen für die Variabilität unseres politischen Systems sind die Positivierung des Rechts und die Orientierung an Interessen statt an Wahrheiten. Es kann also kein Recht mehr geben, das sich durch lange Tradition als legitim ausweist, so wie es in Zukunft keinen allemal geltenden Wertkosmos geben darf.
(allgemeine Unruhe und wieder schwacher Beifall)
Niklas Luhmann wurde jetzt direkter. Leidenschaft in der Stimme, versuchte er zu überreden:
Lasset uns die großen Probleme der Menschheit verwalten, von oben nach unten, so wie sie von unten nach oben sich anmelden werden. Unser besonderer Dank gilt den Parteien, die uns politische Unterstützung verschaffen. Und ihnen gilt unser Dank, wenn sie in der Öffentlichkeit auf ihre Wahrheit verzichten und ganz allein interessiert sind am Interesse. Es geht um das ganze Raumschiff Erde.
Beziehen Sie unseretwegen eine beliebige Wohnung in einem beliebigen Kosmos. Das dürfen, das sollen Sie, bitte. Das schadet dem Ganzen nicht, solange es Ihre Privatwohnung sein wird, in der Sie sich wohl fühlen können.
(die Falschen schimpfen und klatschen)
Je weniger Sie öffentlich mitdenken, oder gar mithandeln wollen, umso mehr verringert sich eine Komplexität, die uns schrecklich zu schaffen macht. Bitte erleichtern Sie unserer Verwaltung die Ausarbeitung der Lösungen. Freilich: privat dürfen Sie denken und handeln wie es beliebt. Sie müssen uns da oben ganz vertrauen, damit wir umso differenzierter Ihrem Vertrauen entsprechen kön-

nen. Lassen Sie es zum allgemeinen Systemvertrauen heranreifen. Im übrigen seien Sie so sehr Besondere, daß wir Ihre Besonderheiten gar nicht mehr besonders wahrnehmen können. Werden Sie also, wenn möglich, politisch immer motivfreier, damit Sie private Motive immer freier ausleben können.
(viel Beifall, die Falschen staunen und schweigen, dann: einige Pfiffe)
Bedenken Sie doch: Sie dürfen bei den Marxisten nicht mehr handeln und denken wie es beliebt, sondern müssen denken und handeln wie das Ganze denken und handeln muß. Diese Ideologen wollen Sie zu politisch denkenden und sogar handelnden Menschen machen, nämlich zu guten, aber nicht um des allgemeinen Wohlergehens, das wir Ihnen anbieten, sondern um einer ganz bestimmten Gerechtigkeit willen. Wir wollen die ganze, die große Gerechtigkeit des guten Lebens. Jene aber wollen die große Gerechtigkeit des lebendigen Guten.
(die Falschen drehen dem Redner und den Guten ihre Kehrseiten zu. Sehr schwierig das unter Umständen.)
Noch einmal: Bedenken Sie, daß es in Zukunft für private Gedanken niemals mehr eine politische Öffentlichkeit geben wird, weder rechts, noch links, weder unten, noch oben, ja: auch nicht oben. Nämlich: Auch wenn Sie sich in der Verwaltung hinaufarbeiten, im erfolgreichsten Fall bis zur Spitze, dann werden Sie erst recht, könnte man sagen, unpersönlich arbeiten müssen an der Lösung der großen Probleme. Sie werden innerhalb der höchsten Eigenkomplexität unseres politischen Systems, also im großen Lagerbestand von Alternativen und Variationsmöglichkeiten, insbesondere in gewissen Situationen, jeweils den nächstbesten Ausweg aus Verstrickung und Not wählen müssen: immer das Wohl der ganzen Gesellschaft im Auge.
Was unser politisches System will, ist: daß die Menschheit erhalten bleibt.
Was unser politisches System will, ist: daß es der Menschheit wohlergehe.
Die Verwaltung bis hinauf zur Spitze denkt für Sie.
Die Verwaltung bis hinauf zur Spitze handelt für Sie.
Sie leben wohl. Es gibt sie: die große Gerechtigkeit, glauben Sie uns. Wenn aber die Marxisten auch gerecht sind wie wir in unserer Theorie, dann sind sie es: weil sie besser sind als wir, die Sie alle in

dieser Welt nicht zu guten Menschen machen wollen. Bei uns dürfen Sie schlecht sein wollen, wenn Sie es nicht öffentlich werden. Schluß jetzt. Leben Sie wohl.

Ich rechne mit dir, sagte ich zu Poppes und überreichte ihm feierlich meine Blätter, die Plötzlichkeit meiner Entscheidung für ihn nicht weiter entschuldigend, was er mir übelnahm.
Vergewaltigung, grollte er.
Aber keine Themaverfehlung, zensierte ich wohlwollend.
Lies, befahl ich. Ich meine: das vor. Ich meine, lies das vor, und zwar dort droben. Greif nach dem Mikrophon!
Und du? fragte er.
Ich höre zu, sagte ich.
Aber zunächst: was sah ich?
Der Poppes fiel oben – hinter dem Mikrophon – in die fünfte Position: Glissade. Und in der zartesten Folge: die Arabeske. Sein linkes Bein, dessen Knie gestreckt, gekonnt hinten höher gekommen, nicht etwa zur Seite – meisterhaft – die Pobacken hart, zum Draufhämmern, und ganz und gar hoch war das Bein gekommen, bei vorzüglich gestrecktem Rist, wobei nicht etwa sein Kopf, sondern diesem das Bein entgegengestiegen, und seine Arme darüber, vorzüglich, und an den händlichen Ausläufern ganz ungemein graziös: die Doppelspitze in Form eines Rundbogens, nicht ganz geschlossen. So, und prachtvoll in ihrer Stille, war die Figur gelungen, in der mein Poppes verharrte, so lange er las, bewegungslos, aber gar nicht erstarrt.

Wie sie   die Richtigsten   meinen könne ein politisches System
keine festen Bindungen mehr eingehen   sondern müsse verfahren
um zu bewältigen   ohne begründen zu müssen   müsse lösen
ohne Rückgriff auf Wahrheiten oder auf gemeinsame Überzeugungen
müsse entscheiden   was entscheidungsbedürftig sei   müsse Motive
der verschiedensten Art egalisieren   daß wir ihre bindenden
Entscheidungen konform akzeptieren können   die nicht individuell
oder gruppenspezifisch seien   keinen Zwang ausübten   keine
Treue forderten   nicht überzeugen würden   gar ideologisch   oder

durch Vorteilskalkül da wir nicht mehr in der Lage seien
für alle Themen Überzeugungen zu bilden weil hohe Komplexität
und hohe Entscheidungsprämissen weil Komplexität der modernen
Gesellschaft die Richtigsten meinen alle Richtigen sollten
zu Richtigsten werden indem sie sogar noch auf Richtigkeit
verzichteten und einfach das Richtigste akzeptierten das
von den Eigenarten richtiger Persönlichkeiten unabhängig sei
(und so auch richtigkeitsähnlicher!) weil einfach typisch
voraussehbar was auch immer das sei die Konformitätsbereitschaft
macht das Richtige über alles Richtige richtig wird schon
richtig sein sollen die Richtigen zu den Richtigsten sagen

Wie sie die Falschen meinen sei es die höchste Zeit für sie
Falscheste zu werden in zweierlei Hinsicht erstens indem sie
Richtige werden (erstens sei das ein Grund um zu feiern:
als Falsche begrüßten sie wieder und herzlicher als je zuvor
ihre richtigen Brüder deren richtige Verstöße sie bisher schon
wenn auch als Falsche mitgemacht hätten zweitens hätten sie
Ursache sich selber über die Schwierigkeiten ihrer Lage richtig
falsch klar zu werden) zweitens indem sie Falsches von Grund auf
richtig falsch machen müßten (erstens sei das der Grund um
mit den Blöden zu verblöden als Falsche begrüßten sie wieder
und herzlicher als je zuvor ihre unreflektierten Brüder deren
fehlende revolutionäre Einstellung sie bisher schon aber als
Reflektierte und Falsche mitgemacht hätten und zögen mit ihnen
im Dreck und gründlich bestandsgefährdende Konsequenzen indem
sie ihr Reden und Denken und Tun einstellten und sich allen
Richtigsten vorverreckten zweitens hätten sie Ursache in
diesem Betreff wie auch in jenem sich darüber klar zu werden daß nur
die Stunde sie zwinge mehr als ihnen ihr Falschsein erlaube
abzusehen davon mit den Worten der Richtigsten jedes richtigste
Maul zu stopfen)
Als die Richtigsten sich zu einem konsequenten Verzicht
auf sachliche Kriterien der Richtigkeit des Entscheidens
entschlossen um uns zu erlösen mit der Entstehung
einer einheitlichen Theorie aller rechtlich geregelten
Verfahren durch Behörden Gerichte Parlamente bei Wahlen
Planungen Rechtsanwendungen Urteilsentscheidungen usw.
da geben wir Falschen uns zu bedenken wie sehr wir
alle Richtigkeiten als Falsche beargwöhnen und staunen
und gar sehr freundlich blicken wir die Richtigsten an
die im Verzicht auf Richtigkeiten vielleicht wie wir

und ganz plötzlich auf Gewalt verzichten   diese Friedlichen
die die Einheit bringen   und zwar systematisch   die richtige
nämlich eine   die nicht einmal von Richtigen gestört
werden darf   geschweige von uns   die dieser Friede erlöst
vom Wahn   wir hätten etwas gemeinsam   die Richtigsten
und die Falschen   und die Richtigsten unterschieden sich
von den Richtigen   die richtige Einheit mit dem Verzicht
auf alle Richtigkeiten   sagen wir   ist die letzte und
die schrecklichste Ausgeburt dessen   was uns richtet
Wenn   sie   die Richtigsten sagen   Kern aller klassischen
Verfahrenslehren sei der Bezug auf die Wahrheit oder wahre
Gerechtigkeit als Ziel
wir sagen: wir sind falsch im Gegensatz zu den Richtigen
und: im Gegensatz zu den Richtigen beziehen wir uns
auch nicht auf Wahrheit   oder
auch im Bezug zur Wahrheit sind wir Falsche
wenn sie   die Richtigsten   sagen   alle Verfahren
der Richtigen kämen nicht ohne Hilfskonstruktion aus
um ihr ideales Ziel als erreichbar erscheinen zu lassen
in Wahrheit verdeckten diese Hilfskonstruktionen nur
ein mieses Verhältnis der Richtigen zum Ideal
wir sagen: wir haben kein Verhältnis zum Ideal   weshalb
wir ohne Hilfe auskommen
wenn sie   die Richtigsten   alle großen Voraussetzungen
abschaffen wollen
wir sagen: bitte   für uns sind sie abgeschafft   aber
wir führen nicht ein   was die Richtigen einführen
wenn die Richtigsten Wahrheit nicht länger nur als Wert
sondern genauer als einen sozialen Mechanismus begreifen
wir sagen: für uns wird das Falsche gelebt
bewußt wird gelebt   was allein und einzig vorhanden
das Falsche
das Leben: gelebte Unmöglichkeit des Bezuges
zum wahren Leben
bewußte

Der Robin – war ihm schlecht geworden, oder was war die wirkliche Ursache? – er jedenfalls lag im Mai-Laden (Augenoptik – Münchener Freiheit 24). Und er hatte sich selber hingelegt; wie hätte er sonst derart demonstrativ in der linken und rechten Hand jeweils ein Diarium hochhalten können. Nathalie und Jeanne begriffen sofort ihren jeweiligen Part. Die eine, Nathalie, begann zur linken Seite des, wie sie ausführte, Selbstmörders, zu lesen, und Jeanne auf der rechten Seite setzte beim gleichen Tag ein und so weiter in den Diarien. Wie sich herausstellte, handelte es sich um die Endphase eines menschlichen, männlichen Lebens, und wie uns allen bald klar wurde: eines so oder anders außergewöhnlichen. Nämlich: womit Nathalie begann, das war die Eintragung eines verzweifelten Schriftstellers, der seine ersten Erfolge so wenig verkraften konnte, daß sein menschlicher Abstieg mit seinem literarischen Aufstieg zu beginnen schien. Was aber die Jeanne vorzulesen begann, verwirrte uns deshalb so sehr, weil es mit demselben Datum versehen war wie der Eintrag, den Nathalie vorgetragen: jedoch handelte es sich um die erste Eintragung eines verzweifelten Schriftstellers, der seinen ersten wirklichen Mißerfolg so wenig verkraften konnte, daß er seinen menschlichen Abstieg mit seinem literarischen Abstieg endgültig begann. Und so weiter und so weiter auseinander. Es handelte sich nämlich links und rechts, also vorgetragen von Nathalie und Jeanne, um die Fortführung eines verzweifelten Kampfes, eines immer gleichzeitig datierten, dessen schreckliches Ende sich sowohl links als auch rechts immer deutlicher als die Niederlage des Schreibers, des Schriftstellers nämlich, abzuzeichnen begann, die sich immer deutlicher, von Tag zu Tag, von Datum zu Datum, immer gleichzeitig, zur endgültigen Niederlage entwickelte: Was mit der Stimme Nathalies laut wurde: die Verzweiflung darüber, daß dieser eine Mensch scheinbar nicht ertrug, als Schriftsteller, von Zeit zu Zeit (die Daten waren sporadisch gewählt) immer mehr gefeiert zu werden, was seine Produktivität zuerst bewässerte, um sie immer mehr zum Erlöschen zu bringen, das wurde – weil im abwechselnden, aber streng einsatzbereiten Duett vorgetragen – mit Jeanne auf der anderen Seite nicht anders laut: als Verzweiflung nämlich darüber, daß dieser Schriftsteller scheinbar nicht ertrug, als Schriftsteller kaum, und immer weniger gefeiert zu werden, was seine Produktivität immer weniger bewässerte, bis sie immer mehr verdorrte. Mit der letzten Eintragung, sowohl links als auch rechts, selbstverständlich, und am Ende, könnte man sagen, ganz und gar und letal gleichzeitig: nahm unser Schriftsteller zweimal Abschied von seiner ihm gewogenen und ihn vernachlässigenden Leserwelt, indem er einmal,

nämlich links: den Ruhm, und einmal, nämlich rechts: die Erfolglosigkeit als Ursache nannte, für den Mord, den er an sich selbst verüben werde. So geschehen an sozusagen zwei einundsovielten Tagen, oder anders gesagt, an einem zweisovielten Tag.
Wenn schon einer zweifach sein könne, rief der Robin, anscheinend den trostlosen Stoff vergessend, den er geboten, dann möchte ich hoffen, wir seien alle fähig, noch mehr aus uns zu machen. Er sprang auf.
Die Verwirrung war groß. Seine Freude hatte den Rest an Verständnisbereitschaft im Publikum ausgelöscht oder verdorrt.
Aber das ist nämlich wirklich sehr kompliziert, versuchte sich Robin bei mir zu entschuldigen, als ich seine Person der Diskussion stahl, die deshalb nicht stattfinden konnte.

Ich mußte Sie finden, sagte Heimeran Phywa zu Robin, nachdem er ihn angestupst hatte und derart aus meiner Gesellschaft entfernt, für Augenblicke.
Augenblick, bitte, bat Heimeran.
Wie bitte?
Wunderbar. Übernatürlich sind Sie oder besser: Ihr Schreiber, nicht: nämlich gefunden. Sehr ergebenst: ein Zuschauer: ich, zur Zeit ein Gesuchter.
Wie bitte!
Heimeran Phywa bedankte sich aber: Sie haben dazu gar nichts zu sagen. Und in außerordentlicher Eile, offenbar, klärte er: Diesen Schreiber findet niemand. Am liebsten würde ich auf der Stelle mein Haupt in Demut unter die Erde legen, wäre diese Geste ohne Totengräber so schnell auszuführen. Also aber: auch überirdisch, sozusagen, tönt mir das Kuckuck Ihres Schreibers allerliebst in den Ohren. Wahrhaftig: hier hat sich einer ganz und gar versteckt.
Nichts handelte davon, wurde Robin ärgerlich und blickte mir verzweifelt nach. Ich aber entging ihm.
Mein Herr, so Heimeran, Ihr Thema ist mir wurscht.
Ganz meinerseits, meinte Robin.
Allein die Gunst des Augenblicks lasse ihn so daherreden, erklärte Heimeran Phywa. Und wenn es auch Tatsache sei, daß, wie er begreifend gleichsam höre, zwei Köpfe sich stießen, und derart die

Zertrümmerung unterschiedlicher Konzepte drohe, trotzdem: er, Robin, könne seiner Vorliebe gewiß sein. Und wer könne das wissen: vielleicht habe ein Autor gerechnet damit, daß sich seine Leidenschaften so hart auf hart träfen. Man könne gut und gerne jenem überlassen: für einen glücklichen Ausgang zu sorgen. Sie, jedenfalls, wurde Heimeran frech, das ist klar: Sie sind nicht imstande dazu, zwei Gedankengänge sich überschneiden zu lassen in Ihrem Kopf, das sehe ich Ihrem Gesicht an, weshalb ich freundlich dreinblickend den meinen zurückziehen werde, zugebend, daß ich selber ein wenig betroffen bin von der Möglichkeit: außerhalb meiner Leidenschaft noch einer ebenso starken ansichtig werden zu können. Stellt Sie zufrieden, wenn ich einlenke, indem ich erkläre: nicht auf einmal zweimal entzückt sein zu wollen, weshalb ich mich jetzt entferne; auch deshalb, um nicht gefunden zu werden. Das ist ein anderes Spiel. Für Sie nicht begreifbar zu sein, bedeutet mir wenig, trotzte Heimeran Phywa.

Er wäre trotzdem umgekippt, so außerordentlich schlagkräftig war seine Enttäuschung, hätte ich ihn nicht aufgefangen. So aber konnte ich diesen Versteckspieler in die kurzen Arme Rummelpuffs legen, dem er traumverloren gestand, wie ärgerlich er an der Fehlanzeige leide, daß die Poppers nicht unbedingt alle auch Versteckspieler seien, was naheliegender sei, als man denke. Bei Rummelpuff fand er Gehör. Unterschiedliche Leidenschaften seien es, die zu entscheidenden Ganzheiten aufgeilten: so eine Glaubenswahrheit seinerseits. Bitte, betete Rummelpuff: Mein Herz, wie mein Körper, ist klein. Wollen allemal ganz im großen Ganzen sein. Das klang schon groß, wenn nicht größer.

Entweder ist man ein Verstecker, jammerte Heimeran, oder man ist ein Sucher. Aber wenn man weder das eine noch das andere und noch dazu ein Popper ist, ist man . . .

Nichts, stach Rummelpuff.

Kuckuck, rief Heimeran.

He, du, staunte Rummelpuff.

Kuckuck, rief Heimeran. Und weg war er wieder.

Ich begrüßte Herrn Daniel Ondrach; seinerseits keine Notiz. Verum enim vero: der Herr Schriftsteller. Von der Vorführung Robins war derselbe aber betroffen, oder schien so. Eigentlich mehr amüsiert war dieser Erfolggewohnte. Nickte ziemlich einverstanden, aber schüttelte sich wieder ab; die Hände lässig versteckt in seiner weißen Bundfaltenhose; Armani. Blinkende Rolex-Uhr. Kurzer Lachanfall, aber plötzlich wieder Anzeichen von Bedenken im braunen Gesicht. Positano. So rasch zurückgewiesen wie hochgeblutet; noch eine kleine Weile verschreckt dieses beinahe winzige Gesicht vor einem smarten, sauber gescheitelten Schädel: sehr hübsch – auch in der Verstörung – über dem weißen Polohemd. Allerdings: die Auflagen nicht unter Fünfzigtausend und niemals noch eine nur, einmal sogar eine siebte. Ibi jacet lepus. Pfeffer schon, aber weiß der liebe Gott warum, aber ein Hase, was diesen literarischen Selbstmörder anging: er nicht. Von wegen Erfolg. Aber doch gar nicht, überhaupt mitnichten. Jedoch trotzdem Haltsuche mindestens einer braunen Hand am Prochownick-Gürtel. Mein Gott, einfach lachhaft. De parte dei: sein Nein in dieser verzweifelten Hinsicht. Und auch noch, im Ansatz jedenfalls, ein Spitzentanz auf seinen Kelian-Schuhen. Et est unum bonum Achilles: der Kontostand. Bitte.

Mein Gott, oh Gott, die Himmel rühmen: das war aber jetzt still. Zwar gab es doch noch Seufzer, deren Herkunft aber älter waren, nicht unbedingt deshalb röchelnder, aber sehr viel mehr Ton als die primitivsten Instrumente, aus was für einer Vorzeit immer, gaben sie nicht mehr her.
Komm mit mir, liebste Rosa, sagte ich. Wir sollten jetzt ganz außerordentlich unser Seil abgehen. Mir ist nach meiner Grenze zumute. Zu diesem Rundgang sollten wir beide jetzt Lust haben.
Wie selbstverständlich hatte sie sich ganz plötzlich an meiner Seite befunden. Wer sich dort befindet, wo er in diesem Buch sein muß, versteht mich. Von anderen habe ich nie das geringste verstanden.
Und als ich in dieser Stille auch noch die Schatten der Menschen Menschen werfen sah, sagte ich, sie kräftig unterfassend: Rosa, komm, und brachte uns beide in Schwung, sie, wie ich es selber vorhatte, zum weitausschweifenden Gleichschritt bewegend.

Meine sehr liebe Rosa, wandte ich mich an diese kräftige Frau, den, der neben ihr gehe, als ihren Regisseur ausweisend, der, wie ich tastete: sie soeben träume. Sofort auch sank ich. Sie aber blieb oben. Sie schaute herunter zu mir.

Bist du würdig, zu sagen, was ich empfange? fragte ich.

Schon gut, sagte Rosa. Ich heiße nicht Gabriele.

Ich erhob mich und fand bald wieder den Gleichschritt. Einmal angenommen, fuhr ich fort: du erklärtest mir, wie glücklich es dich mache, mich aus dir selber heraus, also mit deiner Person, zu vermehren; wie glücklich machtest du damit mich.

Zum Teufel, wurde sie böse. Ich habe den Ärger über die letzte an mir vorgenommene Vermehrung noch nicht überwunden, es waren Drillinge – da kommst du mir derart einfach.

Ich ließ mich nicht ablenken. Das meine ich doch, fuhr ich fort: Wieviele Namen muß ich eigentlich noch erfinden, bis euch klar wird, daß ihr euch selbst vermehren und euch also selber neue Namen geben solltet. Beispielshalber nur habe ich mich an dir vermehrt. Die Ungeduld trieb mich dazu. Also vormachen wollte ich dir, wie es geht.

Also bitte, verbot sie sich diesen Appell. Wer schreibt hier? Wer macht dieses Buch?

Wahrhaftig, stöhnte ich, aber natürlich seid ihr nicht wirklicher als dieses Buch, das ich schreibe, aber wenn es nur euch gibt, ich meine: jeden nur einmal, dann vermehrt sich mein erster Wunsch nicht, der darin besteht: mich selbst zu vermehren. In jedem von euch sehe ich so nur meine Beschränkung vermehrt. Begreifst du?

Bist du verrückt, staunte sie.

Nicht einmal annähernd ereignet sich die Unendlichkeit meiner Vielfalt. Das trifft mich.

Du mußt verrückt sein, wurde ihr klar.

Es ist die Aussichtslosigkeit in dieser Hinsicht, die mich verrückt macht. Ich kann sie nicht wegdenken, so falsch ich auch ausweiche in Grimmsche Jacob-und-Wilhelm-Geschichten, die bestimmt auch den Zopf des Münchhausen zu Ehren kommen lassen. Sag, willst du nicht werden und machen, daß du es wirst: alles das, was du nicht bist? Ich kann mir also in dir meinen Wunsch nicht erfüllen: so erfunden zu sein, daß diese Erfindung weiter sich selber erfindet, also quasi über meine Person, die diese Expansion ja doch nur begrenzt, einmal vielmals hinaus.

Beruhige dich, sagte Rosa.
Ich aber war ganz außer mir. Es muß aber in der Erfindung mehr als den Erfinder geben, schrie ich.
Sie war gar nicht davongelaufen. Trotzdem stand ich in der Wüste allein da.

WIR: Ganz unglaublich. Nicht genug damit, daß er Personen erfindet. Seine Personen fordert er auf dazu, selber solche zu erfinden. Sie sollen sich also selber vermehren, auf eine Weise, die in ihm schon ein Ärgernis darstellt; denn: wozu sich derart vermehren und auch noch mit erfundenen Vermehrern in einer Welt, die in ihrem 1. Teil die Pille erfand, um sie dem 3. Teil anzubieten, weil es in allen drei Teilen von unsereinem schon zu viele gibt. Wäre es da nicht viel moralischer, wenigstens einige der Milliarden unbeschriebener Wesen zu beschreiben, als neue hinzuzuerfinden? Und diese neuen Personen werden von diesem Schriftsteller dann auch nicht beschrieben, oder nur derart fragmentarisch, daß kein wirklicher Mensch sich so einen erfundenen Menschen vorstellen kann. Aber das macht die Unmoral unseres Romantheaterschreibers noch nicht in ihrer Gänze aus: er beschreibt seine erfundenen Leute ja bis zur Unsichtbarkeit. Wir schrieben es schon: das scheint ihm Spaß zu machen. Der Kerl hat doch einfach seinen Spaß daran. Weil er mit seinem Glied auf einer Materie schreiben muß, die kein Loch hat, aus dem seine Ausgeburten in eine Welt schlüpfen könnten, die sie ein Leben lang wahrhaftig beschreiben würden, bis es sie nicht mehr gibt, fängt er mit einer Beschreibung gar nicht erst an, oder vernichtet dieselbe von Anfang an schon; so denken wir uns: denkt er. Freilich müssen wir viel eher vermuten, daß er nicht beschreiben kann. Darüber schreibt er wahrscheinlich.

Kleine Erde, begann der Poppes. Er hatte sich hingekniet vor ihr. Und weil er die Augen zu ihr niederschlug, durfte er sich Regenbögen dazudenken. Er fuhr fort: Kleiner Dreck, von mir also mußt du dich wahrnehmen lassen, nämlich von einem, dessen Charakter so wenig ausgeprägt ist wie seine ganze Person, weshalb sie so vielfältig verwendbar sein dürfte. Und bin ich wörtlich nur eine von vielen Möglichkeiten des einen, den es gibt, so auch nur in den Arten und Weisen meines Gerierens. Die poppesche Weise seiner Aufführungen bin ich vor dir: kleine Erde. Und wenn ich wenig oder keine Seele vorzeige, so deshalb auch, weil er nicht vorhat, von ihr auf diesem Platz, wo du in seinem Widerspruch liegst, mehr als unumgänglich Gebrauch zu machen. Er, den es gibt: tritt hier auf auch als Poppes, den es nicht gibt. Im Augenblick steht er nicht, er kniet, er ist hingerissen von dir, vielleicht gebündelt, verschlungen, in sich, oder weniger ekstatisch: in sich gekrümmt; keine Kurve zur Weitschweifigkeit entlassend an meinem Körper: ganz eingelenkt, oder wie man das noch lallen müßte. Sein Versuch runde sich in meinem Gelingen. Sein Fleisch denkt sich eine quasi absolute Lokalisation auf Papier. Ich kann da auf Revisionen verzichten, weil das jenseits der Sprache niemand sehen kann. Und das ist gut so. Ich bin übertrieben. Er übertrieb mich. Das ist auch grotesk. Es gibt in der Außenwelt jenseits des Seiles keine Analogie mehr von dem, was ich darstelle. Hier wird an mir verzerrt, und zwar wenigstens. O bitte, stöhnte der Poppes, man beachte mein karikaturales Unwesen. Es wurde zu viel weggelassen und zu wenig zugelassen in mir. Und so und dergestalt und derart auftrittsmäßig freilich nur, bete ich dich an: kleine Scheiße, wahrlich kein Gesamtüberschaubild oder gar etwas Substantielles, das den Kern seiner selbst auch noch außerordentlich in sich trüge oder überhaupt suchen könnte in seiner Sich-Gleichheit oder sonstwas Festem und deshalb Beständigem. Da bist du wie ich also eine relativ doch sehr große Scheiße. Bestimmt auch eine kleine Verzweiflung. Die Kongruenz von Verzweiflung und Hoffnung: in dir ist sie als Verdautes eine Tatsache geworden. Ich bin also ganz der deine. Als solcher feiere ich sämtliche deiner Geburtstage, um dich nicht etwa nur im papierenen Leben, sondern hinfort auch an deinen Todesgedenktagen zu feiern. Aber du warst, du bist, du wirst sein. Es ist nichts von allem so gewiß. Ich bin natürlich kein kritischer Geist. Ich glaube aber auch an gar nichts. Aber du. Dich gibt es. Du bleibst hier. Freilich, anderen Ortes spült man dich weg, heutzutage. Aber immer wieder geschieht es, wie hier insbesondere: daß du unglaublich viel länger wahrgenommen wirst als in den staunenden Augenblicken in Toiletten. Und es wird ein einziger Wohlgeruch sein, den man unterzubringen hat: und nicht nur in einer

Nase. Die meine riecht dich schon. Du überschreitest meinen Geruchssinn: du Allerliebste. Laß es schön sein. Ich schließe. Ich kann dich verhalten. Auch die Hymne hat einen Muskel.
Ach Poppes, sagte ich. Du sagst es.

Mir stinkt es, sagte Karl. Mein Leben ist wie dieser Haufen Kot. – Sie hatten sich bei der Terra Nova getroffen.
Ich verstehe dich nicht, log Sophie. Und um die Wahrheit zu sagen: diesen kleinen Dreck verstehe ich überhaupt nicht. Bitte: Terra Nova. Was soll das bedeuten. Ich komme mir einfach komisch vor: vor so einem Dreck.
Vielleicht soll es ein Denkdreck sein, wurde Karl überheblich.
Ach Liebster, seufzte Sophie. Wie ist dir?
Liebste, begann der Karl, du mußt wissen, mein Vater war reich. Das war er in Schlesien. Da ist unsere Familie gar kein Einzelschicksal. Aber insbesondere ich wurde betrogen um meinen Lebenslauf. Ein veruntreuender Mitschlesier betrog vor Jahrzehnten meinen Vater, der seinen Sohn, nämlich mich, schon bis zur 5. Klasse des Gymnasiums hatte klettern lassen. Dann aber war Schluß. Konkurs. Herztod des Vaters. Sein Sohn, nämlich ich: außer Land fliehend.
Mein armer Karl, schluchzte Sophie und fiel ihrem Geliebten um seinen Hals.
Was wäre ich alles geworden, heulte Karl mit der Geliebten am Körper.
Mein Geliebter, tröstete sie.
Was für ein Dasein, stöhnte Karl: ein kleiner Angestellter. Nicht einmal Mittlere Reife. Botengänger, bestenfalls, jetzt auf diesem Platz stehend vor einer Bäckerstochter. Da kann ich nur auf diesen Haufen schauen wie auf mein Schicksal. Dreck. Mir stinkt das, wenn du es wissen willst.
Ich will. Ich muß. Ich verzweifle, stöhnte Sophie. Ich liebe dich, Karl.
Also werde ich vom Dreck weg eilen zu deinen Eltern und um deine Hand anhalten.
Der Sophie blieb die Luft weg. Ihr Karl. Dieser begabte Mensch. Was der für eine Sprache im Mund führte, wenn es darauf ankam.

Und noch nie war ihr die Schuld ihres Vaters so bewußt. Vielleicht sogar einen Dichter hätte man aus ihrem Geliebten herausbilden können, wäre das nötige Geld vorhanden gewesen, welches ... Sophie schluchzte in Karls bereitgehobenen Armen zusammen.
Ich tu's, beschloß Karl. Ich halte an bei dem Bäcker.
Tu's nicht, heulte die Sophie, und im dichten Schleier ihrer Tränen erschaute sie den Heinz von Stein, den Ritter, in voller Rüstung, Turniergarnitur, also Chiemseer Farben und Traunsteinisches Wappen und viel Weiß und viel Blau von wegen Himmel bewölkt und Himmel unbewölkt auf der Freiheit, Nähe Café, stehend, nein vielmehr standhaft, oder gar standbildhaftig, was ihr Gewissen in der Beziehung zu ihrem Bankangestellten schlagen ließ wie alle Ludwigsglocken, nämlich am Sonntag, vor der Messe und vor allem vor der Predigt für alle Intellektuellen der Stadt.

Heinz von Stein konnte aber wieder als Boxer herkommen. Ich mußte nur rufen: Komm! Da sprang er auf und lief los. Mein zweiter Befehl: Bei Fuß! Er setzte sich und gab mir die Pfote. Ich stand beim Forum, neben dem Brunnen. Neben mir standen die Meinen. Es handle sich um das Pärchen, erklärte ich.
Ich, als Hundehalter, brachte im Augenblick Heinz von Stein auf die Duftspur. Er schnupperte im Gras, lief los, hielt an, schnupperte wieder, lief weiter, fand bald die erste und wenig später die zweite Beute und stieß die Kleinen bis zu uns her.
Und jetzt? fragte der Vorschüler. Was nun? fragte das Mädchen. Ich wußte es: die Kinderlust, ein Spektakel in der Scheune. Und als diese uns und viel Publikum aufgenommen unter ihrem Dach, entzückte uns, wie sich die beiden Kinder gegenseitig und auf durchaus praktische Art und Weise in die Geheimnisse des Geschlechtslebens einweihten. Dorothea erblickte ihr Däumchen unter dem Bauch des von seiner Lederhose befreiten Hermann, das zwar bis zum Schlitzchen reichte, aber noch keine Münze einwerfen konnte, weshalb er mit seinen zehn Fingern dasselbe abzutasten begann, was uns Übrige reizte, selbiges auch zu kitzeln und auf gut balinesisch die Worte »schön, schön, schön« zu rufen, während Rosa Hermanns Börse zupfte, zog, schnippte und beklopfte, was

uns übrige ermahnte, selbige auch sanft zu schlagen, indem wir ausriefen: »hübsch, hübsch, hübsch«.
So hübsch ist die Liebe? staunte der Hermann.
Schön ist die Liebe, seufzte Dorothea.

Herr Dekan, begrüßte der Robin im Forum den Poppes. Du sollst nämlich jetzt ein Dekan sein, sagte er.
Und deshalb mußt du die Robe tragen und bekommst einen gelehrten Hut auf dein Haupt, erklärte die Nathalie.
Jetzt lies vor, was ich dir auf die Betonkanzel gelegt habe, das soll nämlich vorgetragen werden von dir! sagte Rosa.
Wir sind alle fürchterlich beschäftigt gewesen, damit du ordentlich auftreten kannst, sagten sie alle drei.
Meine Damen und Herren, sprach der Poppes seine Zuhörer an. Ich soll eine Vorlesung halten und Sie sollen meine Studenten sein. Sie sollen wissen, daß ich vorhabe, über das Abseitige eine Vorlesung abzuhalten.

Manche sprechen von den Rändern des politischen Spektrums. Es gibt das Abseitige und diese Ränder, also Abseitige und Randexistenzen, solange es Menschen gibt, die nicht nur politisch über den Tag hinaus denken, sondern über sich selbst als Inhalt eines Denkens hinausgehen, das ihnen im Rahmen von Ordnung und Recht, also im Rahmen des Staates, allein die Ausübung eines privaten Lebens und die Erfüllung eines Quasi-Glücks verspricht, allein deshalb: um den Ablauf des Lebens in einem geordneten Rahmen zu garantieren. Man spricht in vielen sogenannten großen Häusern, und zwar von rechts nach links, von der Notwendigkeit der Herrschaft des Volkes in seinen Erwählten, einmal auf Grund der Unvollkommenheit des Menschen, der bewacht werden muß, der Allgemeinheit wegen, bis hin zu kleinen Schritten, die diese Bewachung lockern, dieser die Penetranz nehmen, also auch verbesserungswürdig erachten, was den Inhalt ihrer Bemühungen darstellt, aber dies alles doch im Sinne eines hier einerseits verbesserten, andererseits entsprechend verschwierigten Ablaufs, und zu schlechter Letzt haben wir es zu tun mit Vorschlägen eines sehr guten, aber entsprechend vereinfachten Ablaufs. Wir haben es mit Politik zu tun. Wir haben es mit der Bewahrung des Ablaufs zu tun. Und die Herrscher über den Ablauf haben es damit zu tun, als Beherrscher des Ablaufs zu gelten. Und sie gelten als solche nur in einem Rahmen, der sie gewähren läßt. Seis drum. Es gibt sie. Aber es gibt auch uns. Das, was uns trennt von beherrschten Beherrschern und von allen Beherrschten, ist, daß wir das Wort Glück nicht nur selten aussprechen, sondern wahrscheinlich gar nicht verstehen. Glück muß mit der Funktion der Beherrscher zu tun haben, also mit der Beherrschung des Ablaufs, also mit dem Glück der Abläufer. Wo aber könnten wir, wo Glück dieser Inhalt ist, sein? Doch nur im Abseits. Wo anders? Wir laufen nicht ab. Und wenn wir sagen, gar nicht bescheiden: schon dieses Abseits sei, wenn auch kein Ort, doch ein Strich, so wollen wir damit sagen: dieser Strich ist unsere Lust. Und lustig gehen wir auf diesen Strich: Münchener Freiheit.

Schön und gut, sagte der Robin. – Das klang aber nicht sehr freundlich.

Was hast du? fragte der Poppes.

Ach, weil du immer erklärst, maulte Robin.

Das Blöde ist nur, schimpfte Nathalie, der sagt immer alles so deutlich.

Zu ausführlich, meinte die Rosa.

Das hättest du besser ausgelassen, meinte der Robin.

Ja, wenn du geschwiegen hättest. Das wäre schon besser gewesen, schlug Nathalie zu spät vor.

Wie bitte? grollte der Poppes.

Ich habe das doch nicht aufgeschrieben, damit es fehlerlos vorgetragen wird und noch dazu ganz, erklärte die Rosa. Es ist oft überhaupt nur das Gegenteil, was wirkt, meinte sie noch.

Und die Robe? sprach Poppes sich feierlich ins Recht.

Es ist nur, meinte die Jeanne, weil wir so lange zuhören mußten und weil es so fürchterlich stimmte, was diese Rosa doch aber nur deshalb aufgeschrieben haben muß, um sich über eine Vorlesung ihres Textes zu empören, womit sie ihren guten Geschmack bewies.

Ihr spinnt ja, rief Poppes. Ihr spinnt ja alle zusammen. Ja, ihr seid doch die Spinner am Platz, steigerte er sich ins Gebrüll und machte den Mund immer weiter auf, bis . . .

Aber da lud ich ihn ein:
So komm doch, lieber Poppes, sagte ich. Wir sollten ein Bier trinken gehen. Dazu sollst du jetzt Lust haben. Wir sollten uns jetzt in einem kühlen Schatten gedanklich ergehen, etwas freier, gelöster, sagte ich freundlich und brachte uns beide in Schwung, ihn kräftig unterfassend, zum weitausschwingenden Gleichschritt bewegend, seine Robe ins Flattern bringend, um so ein Bild wehender Gelehrsamkeit an die erstaunten Blicke der ratlos Herumstehenden abzugeben. Und wenig später saßen wir unter den Bäumen des Cafés Münchener Freiheit.

Mein sehr lieber Freund, wandte ich mich so bedeutsam wie liebenswürdig an Poppes, der sich sehr bemüht zeigte in der Absicht, mir die Front seiner Erscheinung und sich die bequemste Haltung in diesem Biergarten auf der Freiheit zu gönnen, wobei er nicht vergaß, wie mir schien, sich ganz außerordentlich hinzugeben an das, was ich vortrug, indem ich fortfuhr: Wer vor dir sitzt, ist dein Regisseur, der jetzt nichts inszeniert; aber schon gar nicht läßt sich dieser Regisseur im Augenblick ein auf eine Frage deinerseits, weil er die Abwesenheit jeder nur möglichen Reaktion insofern genießen will, als sie seinem Wunsche ganz entspricht: alles was er jemals gedacht, hier und jetzt zu denken, um seine Anwesenheit als Gegenwart eines sein eigenes Denken darstellenden Menschen definieren zu können, wobei sich, wie sich versteht, aus all dem von ihm Gedachten das noch Denkbare aus ihm bereitstellt in einer undenkbar dringenden Erwartung. Deshalb, sagte ich, trage ich Sorge, während ich mit dir spreche, es könnte eine Frage von dir mich dazu verleiten, in einen Zusammenhang mit dir zu geraten, da ich als Antwortender der von dir Bestimmte werden müßte und also im Augenblick als etwas bestimmt werden würde, das ich auch noch bin. Du verstehst mich ganz und gar, wenn dir einleuchtet, wie die vielen Reaktionen auf die vielen Gedanken, die von anderen gedacht worden sind, die mich also jeweils bestimmten, die mich also zu einem jeweils Bestimmten gemacht haben, mich in der von deinem Regisseur gewünschten, umfassenden Darstellung seines Denkens im Augenblick und also jetzt vor dir: zu einem vielfältig Bestimmbaren machen. Deshalb, mein Poppes, habe ich dich gebeten, mich mit keiner Frage zu unterbrechen, damit ich wenigstens einmal die Abwesenheit jeder eindeutigen Bestimmung genießen kann, welche jedoch, wie ich vermute, nichts anderes ist als das immer schon Erwünschte: nämlich das Gegenteil einer eindeutigen Richtigkeit, worüber ich mit dir, ohne dir ein Wort zu erlauben, die ganze Zeit spreche: nämlich nicht über deinen Regisseur, sondern über sein Buch.

Er stelle keine Fragen, sagte Poppes, er stelle nur fest, daß sein Regisseur jetzt und hier wünsche: unbestimmbar zu sein, was dieser erreiche, indem er, Poppes, keine Frage stelle, aber doch nur augenblicklich. Im ganzen erreiche sein Regisseur diese Unbestimmbarkeit durch sein Buch. Ich schwieg. Es gab keine Frage.

Zwei Helle standen vor uns. Wir hoben die Gläser und tranken. Der Poppes stellte das seine ab und schwieg, wie ich, als ich das meine abgestellt hatte. Der Poppes fröstelte im Kälteeinbruch einer Fair at Moscow. Und oben, der Himmel, bimmelte als ein Hanswurst.

Der Rummel, sagte ich leise.

Ja, begriff Poppes.

Der Augenblick war die Pluderhose voll trockener Luft, aus der wir zwei uns die schmetterndsten Suizide holten. Unzählige Einzelbilder auf diesem verdammten Föhn, ein Ensemble, aus dem wir die Schrecken der Musik wählen mußten.

Hörst du, Poppes? fragte ich.

Ich höre.

Ein plötzlicher Regen spuckte jedem Rummler in sein Vergnügen. The snow kills the day and afterwards dresses him in the Skin of a Bettvorleger, auf dem unsere Füße naß wurden. Sonst nichts: Der Sonnenschirm schützte.

Ein Wetter wie in Büchern, was? fragte ich.

Genau, sagte er.

Und wirklich waren die Wetterstürze spezialiter privilegiert, uns zu stören. Die Grenzen der Ausübung ihrer Professionen waren trotzdem identisch mit den Rändern von Seiten wie dieser. Cicero und Demosthenes können sich keiner solchen Wortgewalt rühmen, wie uns hier von einem Sturm dreingeredet wurde.

Schlimm?
Schlimm!
Drüben, sein Castelet auf der Schulter, die Puppen im Handkorb, erregte, Nähe Metzger Murr, der Orkan die Gemüter, die auf vielen Gesichtern zu glühen begannen wie vor der Premiere der Atmosphäre, kurz nach der Geburt eines jeden von ihnen. Diese Opera dei Pupi des Himmels widmete sich wahrhaftig heute der Legendenwelt windigster Engel.
Heiß?
Wird es, ja, sagte Poppes.
Im Biergarten musizierte eine derart blinde Hitze zum Spiel eines venezianischen Duftes, daß es uns stank. Das juckte uns zum Taschenspiel mit unseren Eiern. So mußten wir denn die physiognomischen Studien eines altbayerischen Lüftlmalers, Gott hab' ihn selig, auf unserer Haut erleiden wie eine Tätowierung, Gott sei es geklagt.
Prost! Alle Wetter!
Prost!
Ist es denn die Möglichkeit, daß die an einer Schnur aufgereihten, verzappelten Divergenzen einer Wetterlage in diesem Sommer, als der November dumpfe Dudelsackmusik arrangierte, uns einen Beobachter auf einem Satelliten verfluchen läßt, der einen um sein atmosphärisches Knie geschlungenen Faden strafft oder lockert, wie es uns in alle Ewigkeit nie gefallen kann. Und jetzt auch noch so ein Frühling, der in diesem Planchette-Theater den ganzen Platz zur Schäferlandschaft verdudelte.
Prost! Alle Wetter!
Prost!
Es war nichts zu machen: dieser Tag war an seiner Orgel ein verrückter: der drehte die Wolken wie schlimm. Die Achse: bestimmt im Hirn des Unbekannten Festbesuchers, der schließlich alles dies zu verantworten hatte. Wahrhaftig ein Tag: printed by Himmel und Hölle. Eine Luft, die jedem braven Mann den Körpergeruch unter der Wäsche wegstahl.
Lähmt!
Sehr!
Ce spectacle ambulant, mit dem der Säuselwind über uns stationierte! Bitte, zu sehen auf dem Dach der Raubritterburg: die altdeutsche Sonne kurz vor dem humoristischen Schneefall. Und

einfach alles hier war, wie es nun einmal zu sein hatte: ein Trattenimento popolare, über dem ein Mond im Kindesalter seine Laufbahn begann.

Ich habe keine Frage gestellt, sagte Poppes.

Ich dankte. Ich sagte: Komm mit.

Schluß. Wir haben nichts mehr zu sagen, sagte ich zu Poppes, den ich auf einer spanischen Treppe hochjagte, die mir im Augenblick einfiel, wahrscheinlich südlich vom irischen Pub, so daß wir also ins Leere gleichsam hochirrten über dem Platz. Und in dieser Vorwegnahme geriet ich ganz und gar aus dem Zusammenhang, und also oben – wo? – angekommen, beschluchzte ich das Fehlen eines Schutzes vor dem Absolutismus der Wirklichkeit – und zugleich lachte ich uns beide aus und die Szene und die schlimme Bedeutung. Oder was nachgekommen sei bis dato, begrinste ich, unsicher sogar kichernd. Unsereinem könne das gestohlen bleiben, wie wir uns hier auf diesem Platz ins heterogenste Material zerstreuten. Nicht nur ein offenes System ergäbe sich deshalb, sondern die Offenheit selber sei als Tatsache so heilsam, daß sie uns keinen Trost mehr schenken müsse. Oder gäbe es einen Satz zwischen uns, der es bis zu einem Gesetz bringen könne? Der Auflösung sprächen wir das Wort, der Entropie, und mithin so hinaus aus dieser großen und gar nicht ganzen Expansion der zufälligen Zerfälle und der Zerfälle in die allerschlimmsten, weil kaum mehr zählbaren Zufälligkeiten. Er überblicke von hier oben, erklärte ich Poppes: die Auseinanderfassung eines Schreies nach einem Totum, das hinter der Überzahl unzählbarer Fehler aus unserem Todeskampf dämmere, bis es sich zur Nacht erklären könne in einem Buch, das sich als Platz allegorisch geriere, bepudert und beperückt und bereifrockt: in falschester Heiterkeit. Derart leichtfertig und in nachlässigster Arbeit am Mythos, aufgreifend, was dieser Lustbarkeit gefällt, oder gefallen muß, deshalb fallen lassend alles solches – hätten wir uns einer Beliebigkeit ganz und gar ergeben, die sich mit einer Beiläufigkeit sondergleichen schmücke, wie: das vergleiche, wer wolle. Jedenfalls sei hier etwas, das noch nie ernstgenommen worden sei: Anlaß für Tränen, endgültig solchen eines schlimmsten Gelächters. Aber, wenn man das Ganze als Person denken wolle, was noch immer geschehe, so laute mein Spruchungeheuer: Zu sein, ohne eigenen Wunsch aus dir. Und diesen Spruch solle der Poppes sich denken. Es handle sich um einen ersten Geburtsspruch. Also um einen Schrei. Und so sähe das ja dann aus, sagte ich. Der Poppes solle sich das einmal anschauen von hier oben. Richtig sei, sagte ich, ruhiger werdend, die Umkehrung dieses Spruchungeheuers in einen domestizierten Satz, der laute: Sterbend, an dem eigenen Wunsch ohne dich. Wen immer so einer anspräche in seinem Todeskampf, dem dämmere jedenfalls das Totum in den Morgen des Absoluten.

Wo wir aber schrien, erklärte ich dem Poppes, würde nach den Noten des Schreckens getanzt, und die Nacht habe Blitze, wonach wir unsere Promenaden einfälschen würden. Das Ungeheure läge aber hinter uns. Da seien wir also: hier. Und richtungslos risse sich die Sehnsucht aus uns los ins Woher, davon abgestoßen, wieder wunschlos in dieses ganze Heute. Ob er das Totum fühle, fragte ich, wie es uns gar nicht sehr beenge. Daß es ein falsches Totum sei, das sei keine Frage, beantwortete ich sein Gesicht, das eine ganze Frage sein mußte in seinem Augenblick.

Ob er enttäuscht sei, fragte ich ihn. Und wie begreift er die Frage. Sein Zorn. Meine Freude.

Ich weiß, wer sie dort im Sandkasten auf der Spielwiese niedergelegt hatte (oder hatte sie sich selber ausgelegt – oder will ich nicht sagen, wer es getan hatte?). Vor einer Stadtmauer lag sie – so wie. Sie lag da wie liegengelassen, so wie die Brüder der Antigone liegengelassen worden waren vor langer Zeit, vor Theben, vor den Toren der Stadt. Keine Bestattung. Preisgegeben den Hunden.

So wurde, was französisch an ihr gewesen, ihr von den Hunden entrissen. So flogen andere Eigenschaften, nicht nur europäischer Herkunft, durch die Luft und ein gräßlicher Streit entstand um die Adjektive dieser Frau, die von den Rasenden auf den Bauch gerollt wurde, damit man auch noch die englische Rückenlinie, von den sanften Lenden nur ein wenig unterbrochen, zerbrechen konnte und mit den scharfen Zähnen zerschneiden. Die Nonne, die Zierde eines Eros-Centers, wurde in heiligem Zorn zerfetzt. Und in die Nutte, Vorbild eines Klosters, hackten die schlimmen Gebisse.

Und was sie unter ihrer hohen Person ein Leben lang angemerkt hatte, alles das, was läufige Männer erlitten, wo immer sie vor ihnen gewandelt war, jetzt stritten sich Hunde um diese arroganten Zeilen und blätterten in den Seiten ihres Gesichts und zerrissen unter boshaftem Gekläffe die geographischen Texte ihrer Träume. So wurde ihr auch noch ein uralter Balitext entwendet. Aus einer Haarwelle glitt eine Blüte. Sie leuchtete in dem Umfeld der Frau, die so zerstreut worden war.
Verwandlung. Metamorphose. Die Akteure wurden Zuschauer, restlos erschüttert.
Warum, fragte der Poppes.
Frag sie doch selber, empfahl ich.
Nathalie erhob sich, und wie im Traum entwandelte sie.
Wir sahen noch, wie sie Monsieur Bataille zuwinkte, der ihr jenseits des Seiles eine Kußhand zuwarf.

Ich ließ mich von Heinz von Stein ziehen. Ich ahnte noch nicht, wohin es gehen sollte. Seine Aufforderung, ihm zu folgen, hatte keinen Widerspruch erlaubt: Als habe er in mir einen Rivalen erkannt (obgleich ich weder als Hund und schon gar nicht als Rüde von ihm angetroffen worden war), hatte er sich vor mir versteift, die Rute ragen lassen und war so, die letzten Meter, seine Leine im Maul, auf mich zugestelzt, und hatte sie mir mit zurückgezogenen Lefzen, das Gebiß schrecklich frei, in die Hand gestoßen. Jetzt lief ich hinter ihm her und, wie ich bald erkennen mußte: zurück.
Muß das sein, keuchte ich. Guten Tag, sagte ich schließlich, als wir vor meinen zwei Polizisten standen.
Sie wandten sich etwas verlegen um und erwiderten meinen Gruß nicht freundlich.
Irgendwo muß man schließlich anfangen, meinte ich.
Das hast du gewußt. Das Seil wird im Kreis um den Teil der Stadt gespannt, in dem die Ereignisse stattfinden, die du erfindest, und derart, daß sie diese Absperrung verdienen.
So ist es, sagte ich.
Du hast die übrige Stadt, alles andere hast du verlassen!
Allerdings.
Um Verbotenes zu tun. Hier.

Könnte man sagen.
Wie noch?
Um das andere zu tun.
Also etwas, was man jenseits der Absperrung nicht tut.
So etwa.
Warum so unbestimmt? knurrte von Stein mich an.
Da riß mir die Geduld und ich deutete mit der Leine eine Bestrafung an. Dann entschloß ich mich aber zu einer Erklärung und sagte: Wo wir stehen, da ist das eben so. Entschiedenes ist hier selten. Eindeutig sind wir hier nicht.
Die Polizisten sind aber sehr eindeutige Beamte, nichtwahr?
Das ist weniger gut, gab ich zu. Aber sie stehen ja eigentlich nicht auf unserer Seite.
Na ja, gab auch von Stein etwas nach, konnte es sich jedoch nicht verkneifen, auf gewisse Manipulationen meinerseits hinzuweisen, welche diese zwei Masken doch mehr oder weniger diesseits des Seiles lokalisiere.
Meinetwegen, was soll das? fragte ich ungeduldig.
Erhoffst du dir Nachfolger, wollte sagen: Nachsteiger?
Ich bitte dich, werde doch nicht geschmacklos.
Zier dich doch nicht so, Schreiber, du bist schon errochen. Wir befinden uns doch am Anfang dieses Buches. Ich zitiere: Ich darf dieses Buch nicht schreiben, sagtest du. Und lesen? Ich meine, darf man es lesen?
Ich zuckte die Achseln.
Na, siehst du? Der Heinz von Stein wedelte mit dem Schwanz. Ist das denn nicht bedeutend? Ich habe dich nur an den Anfang deines Buches gezogen, um dir die Bedeutung dieses Eingangs zu bedeuten. Bitte, wie springt es mit dem Ausgang?
Am Ende, sagte ich.
Ist es hier? wurde er spitzfindig.
Ach so, wurde ich klüger.
Hast du mich also, knurrte er zufrieden. Und hinein und hinaus, wie ist es damit? wollte er wissen.
Wer schreibt hier? fragte ich scharf.
Ich bin hier ein anderer Hund. Also, wenn du in deiner Welt mit mir reden willst, dann frag diese zwei Polizisten, ob sie uns beide aus diesem Buch ein und aus lassen.
Laß gut sein, gab ich nach.

Ich bin dir doch nicht böse, wenn du dich so gewöhnlich kultiviert benimmst, weil ich doch weiß, daß du draußen sitzt, ich meine in eurer Welt. Ich belle hier herinnen, wo du mir jetzt schriftlich einen Klaps versetzen darfst, wenn du die Leine losläßt, die ich dir gab, um dich auf Gedanken zu bringen.

Karl und Sophie sahen den Ritter Heinz von Stein gar prächtig heraufschreiten vom Siegestor nach Norden, und neben ihm ab und zu, meistens aber hinterdreinlaufend: mich.
Das wäre ein Anhalter für dich, sagte Karl zu Sophie, deren Herz auf der Stelle, nämlich vor der Bäckerei ihrer Eltern, zerbrach. Noch nicht ganz. Umso schlimmer. Und Sophie spürte, wie ein bitterer Geschmack sich auf ihre Zunge legte, bevor sie gebrochen antwortete: Wie ahnungsvoll ahnungslos du Vielgeliebter sprichst. Diese Worte überhörend, verfolgte der Bankangestellte den Vorbeischritt des edlen Schwimmers, der einen Barbarossa, zwar tot, aber trotzdem als seinen Kaiser den Fluten entrissen. Das Staufferschwert, ein Nachlaß desselben wahrscheinlich: klimperte an der schlachtengewohnten Hüfte des Kreuzfahrers. Schau nur, Sophie, entzückte sich der Botengänger der Hypo mit der schönen Taille und den breiten Schultern: Wäre ich dieser, wie fröhlich wehte die Bäckerschürze deines Erzeugers mir aus seiner Backstube entgegen. So aber habe ich zu befürchten, daß das Blech seiner Zwetschgendatschis das angestellte Haupt vom Rumpf meiner Firma trennt. Ach, seufzte Karl: Erniedrigung, eine, eines Angestellten. Vor dir, du honigsüße Braut. Ich habe es nicht zu etwas gebracht. Ich stehe zwar hier, in Wahrheit aber, was meinen Lebenslauf angeht: stolpere ich solchem Glanz dieser Welt nach wie jener, der diesem gewaltigen Ritter das Eisen nicht reichen kann. Bitte, sieh doch!
Das war der Augenblick, als Sophie mich sah. In ihrem barmherzigen Kopf kam sie mit keinem Gedanken auf mich, so sehr sie sich auch bemühte. Gesehen muß sie mich haben. Aber sie hatte zu schöne Augen. Und ich schlich zu wehleidig hinter meinem Ritter her. Oder: sie war, trotz Herzeleid, zu gesund, oder gerade deswegen, um einen kranken Schreiber wahrnehmen zu können, der es

besonders mit seinem Gehirn zu tun hatte. Solche Beschwerden gingen ihr nicht zu Herzen, wo allein ihre Leiden hausten.
Vorüber.
Das wars. Für mich. Nicht für Karl. Oder auch?
Noch im Laden, nach dem schnellen Eintritt des Paares, folgte nach der langen Rede des Karl eine kurze Antwort des Bäckers:
Nein. Niemals.

Es sei ihm ein Bedürfnis gewesen, einmal das Seil abzugehen, meinte Poppes, als er mich traf. Er habe allerdings feststellen müssen, daß in den Uniformen der Absperrer Pädagogen steckten, und freilich nicht nur, sondern auch noch Psychiater da und dort; sogar Priester habe er angetroffen und Philosophen. Auf dem Platz abgestellte Naturwissenschaftler sämtlicher Fakultäten habe er entdecken können. Und alle diese Uniformierten seien auffallend freundlich zu ihm gewesen. Die Aufgabe der Selektion und der Isolierung habe sie alle keinesfalls unmenschlich werden lassen. Man habe von menschlicher Ordnung, von ihrer Notwendigkeit gesprochen, sehr liebenswürdig. Auch von Reinheit, von Sauberkeit sei die gerechte Rede gewesen. Das sei ihm aufgefallen. Das habe ihm zu denken gegeben.
Du hast genau hingesehen, sagte ich und verließ ihn mit der Empfehlung: die Gabe zu untersuchen.

Und die Kraft und die Freude. Da hatten sie sich aufgestellt zwischen den Schaustellern: Ondrach, der Daniel; Veit Hanau, der Freund; dieser neben dem Kohlweißling seiner Schmetterlingssammlung, freilich, auch was die Begleitung betraf. Aber er selber schon, Veit, ganz außerordentlich bunt, sehr dekorativ; in Tuchfühlung mit dem Gestern, seine Verkleidung betreffend; seine Begleitung allerdings mehr von morgen. Die flinderte um denselben, vielleicht aber nur deshalb: der kam doch direkt aus dem Victoria-and-Albert-Museum; wahrscheinlich Fahnder nach Sammelstücken. Bestimmt aber erfolgreich. Ein nicht zur Ruhe kommender Schnauzer über sehr Witziges plaudernden Lippen. Auch

überaus kräftige Lacher. Der ganze Riesen-Kerl im schrecklichsten Schüttel.
Hello, Dani. Was ist dir?
Bitte, so Dani, was soll mir sein? Gut nutriert. Von keiner Sorge befahren.
Hello, Bibi! So Veit.
Und derselbe, aus einem Wickeltrick strahlend unter allen Ansatzdauerwellen dieser Schwabinger Stunde.
Joop, joop, japste sie. Die Bibi.
Meine Schönste zum Nulltarif, erklärte der Veit seinem Dani, der Mühe hatte, die Fans von der Tombola abzuwehren: kein Glückstreffer jedenfalls aus seinem Mund für die Mädchen. Gezwitscher. Ins Schweben gebrachte Röcke: und ganz ohne Zweifel waren hier Strumpfbeine, oder gar Strapse an Superbeinen über hochhackigen Absätzen Blickfänge.
Ein Potlatsch, ob er wisse, was das sei, fragte Dani.
Erkläre, brüllte der Veit. Oder besser ein Beispiel! Um besser hören zu können, zog er deshalb die Hosen über den Bauch? Also bitte.
Der Chor, schwabingisch maunzend: der Potlatsch, wenn wir bitten dürften.
Es war einmal . . .
Au fein! So die Bibi. Wie bei Oma.
Da hatte ein erfolgreicher Schriftsteller eine erfolgversprechende Freundin.
Prinzessin?
Freundin, blieb Dani up to date.
Und der Freund dieses erfolgreichen Schriftstellers hatte auch eine erfolgversprechende Freundin.
Beruf? Das wollte wieder die Bibi wissen.
Schriftsteller, so der Dani.
Ein literarisches Beispiel, wußte die Freundin der Bibi, die schon einmal im Herkulessaal die Neunte gehört haben soll. Bitte: Potlatsch! Latschen sie alle: bitte.
Ich muß doch sehr bitten, gab der Dani zu Gehör, wie beinahe verstimmt er war.
Der Veit: Ihr haltet das Maul. Sonst.
Sonst? fragte Bibi. Und sie hielt etwas hin und sagte: Sonst kriegen wir was auf den Arsch?
Genau, so der Veit.

Um es kurz zu machen, sagte der Dani drohend. – Stille, sofort. – Der erfolgreiche Schriftsteller lud seinen Freund, den erfolgreichen Schriftsteller, ein. Treffpunkt: Jagdhütte. Dazu muß man wissen, daß der Fiskus damals auch vor den Freundinnen von erfolgreichen pornographischen Schriftstellern nicht halt machte. Jedes Geschlechtsmerkmal, das in Form von Lust dem pornographischen Schriftsteller zufloß, mußte dazumalen versteuert werden. Nur gab es freilich einen quasi mittelalterlichen Trick, wie man die Steuerzahlung erheblich verringern, wenn nicht in diesem Betreff durchaus umgehen konnte.
Schweigen. So viele Ohren. Die meinen mitgerechnet.
Nämlich den Potlatsch, erzählte der Dani.
Dazu muß man wissen, daß für diesen erfolgreichen Schriftsteller seine Freundin den höchsten, den erlesensten, den jüngsten, den somit besten: insgesamt also den Besitz schlechthin darstellte.
Und? So Veit. Nur zum Beispiel?
Um es kurz zu machen, gab Dani nach: Der Wortverkäufer schichtete Holzscheite auf, zog die Freundin aus – man bedenke: sie trug ein Saint-Laurent-Modell, mit der Unterwäsche gar nicht zu rechnen.
Also nackt? wurde Veit jetzt noch dringender.
Zog sie also nackt aus, setzte sie auf den Holzstoß, den er anzündete, und verbrannte seine Liebe vor den Augen des Freundes.
Man darf den Gebrauch von Morphium annehmen, also bitte. Aber eigentlich keine Details. Also nämlich: zur Sache.
Wie bitte? So kleinlaut seufzte die Bibi.
Zur Sache kam einen Tag später der erfolgreiche Schriftstellerfreund des erfolgreichen Schriftstellers, allerdings in der zweiten Jagdhütte, nämlich der seinen, wo er, in Anbetracht der Tatsache, daß er – sei es, daß er noch erfolgreicher war als sein erfolgreicher Freund – seine zwei erfolgversprechendsten Freundinnen auf einem Holzstoß verbrannte. Dazu muß man wissen: bei ihm, diesem Potlatsch zweiten Grades sozusagen, welcher sich in einer höheren Progressionsstufe des Steuersystems befand: hätte der Fiskus das Doppelte geschluckt. Hat er nicht. Wie geschehen.
Schweigen.
Der Veit fand wieder unter dem Schrecken einen Lacher. Den brachte er aber ganz groß heraus. Und sogar für die Fortsetzung dieses Potlatsches konnte er sorgen: und so weiter. Drei Freundin-

nen. Und so weiter. Oder: noch ein erfolgreicher Schriftsteller. Und vier und fünf. Warum eigentlich nicht alle? Vor die Tugend setzen den Schweiß die unsterblichen Götter, dröhnte er Cicero. Gelernt ist geschult.
Das ist der Potlatsch. Zum Beispiel. – Daniel Ondrach fragte die Bibi, ob ihr warm geworden sei?
Mich friert, seufzte Bibi.

Ich schlenderte wieder einmal zwischen den Rundpanoramen hin und her, zwischen Akademien, dem Orgeldreher und dem türkischen Honig. Dem Wahrsager lauschte mein linkes Ohr, dem Lügner mein rechtes: mein dichotes Gehör mischte sich das falsche Leben im Hinterkopf. Aber mein Herz wurde von mir nach Handwerkers Art in der Brust abgehängt. Ich wußte, daß ich sein Metzger bin.
Dieser Hund. Der meine. Der Heinz von Stein. Diese Erniedrigung des Schreibers.
Aber die Wurfschaufel. Ich überblickte meinen Schauplatz in diesem Augenblick mit feuchten Augen, ließ mir die zwei Schultafeln einfallen, kam wenig später aus dem U-Bahn-Schacht heraus, gedachte noch der immer noch rauchenden Bombe, als ich auf dem roten Platz vorüberging an meiner Terra Nova, das Wikingerschiff übersehend, kaum den gefallenen Hegel wahrnehmend, aber der Zerreißprobe Nathalies sehr wohl gedenkend beim Sandkasten.
Ich war ein Mann. Ich konnte nicht gehen. Ich stellte meinen Körper nicht aus, nicht meinen Gang zur Schau. Die Vorübergehenden starrten mir nicht ins Gesicht, ihre Blicke glitten nicht über meine ganze Figur. Magnetische Felder bildeten sich nicht, wo ich vorbeikam. Ich wußte. Dieser Hund, der meine. Der Heinz von Stein. Diese Erniedrigung des Schreibers. Ich wußte das ganz genau. Ich nahm auch keine Schwingungen wahr, die von Frauen ausgingen. Ich polarisierte sie überhaupt nicht. Ich war nicht groß. Ich war auch nicht ungefähr dreißig. Ich kam nicht im Pilotenlook daher. Ich hatte auch keinen Diplomatenkoffer in der Hand. Ich schritt bestimmt nicht. Ich schritt auch bestimmt nicht schnell aus. Ich war kein sportlicher Mann. Ich war einer, der aus und ein ging. Ich war nicht richtig hier und nicht richtig da. Den Leuten wich ich

aus. In dieser Budenstadt nahm ich nichts gelegentlich mit. Nicht mit gewohnter Leichtigkeit holte ich aus der Hose die Börse und warf auch nicht mit Münzen um mich. Ich ging nur einfach so. Ich sehnte mich nach einem Stuhl, auf dem ich mich sitzen lassen konnte. Diese Erniedrigung. Dieser Hund. Der meine. Heinz von Stein. Wo war er? Ich bin ein Schreiber. Auf keinen Fall verzauberte meine Schuhnummer diesen unwahrscheinlichen Trip. Und nur so berührt hatte ich hier noch gar nichts. Ich stand drauf. Dann lief ich weiter. Die Frauen sah ich mir an. Und als konkordanter Rechtsäuger entdeckte ich meistens halbe Ohren, die unglaublich gering hinter diesen interessanten Profilen erschienen. Über die Trommel, an die ich mich lehnte, glitten sehr schlanke Hände mit überaus zarten Gelenken. Aber die Wallung geriet mir gar nicht gut genug, als ich aufblickte und mir das sanfte Wiegen der Brüste unter den Pullovern der Mädchen vorstellte. Die aber wichen dann schlimm zurück. Die Geschmeidigkeit ihrer Hüften galt bestimmt nicht mir, als sie enteilten. Von einer anderen Versuchung hörte ich die Sage, als ich Herrn Rummelpuff entdeckte, der Lose verkaufte, aber damit nur bis zu den jeweiligen Anschlägen hochreichte, wo das Glück stecken bleiben mußte, wenn es wirklich eingetroffen ist.

Ich begriff. Dieser Hund. Der meine. Diese Erniedrigung des Schreibers.

Im Augenblick gelang es mir einfach vorzusehen: diesen Sade, dem ich in Gedanken, aber was macht das auf diesem Platz schon aus: eine Leiter aufstellte auf der Wiese, wo er alle Sprossen hinauffallen konnte, als richtiger Negativer, gar nicht als Schlimmer, der das sah. Das Böse war wahrscheinlich hier auf diesem Platz nur eine Anmerkung, wie notiert.

Nein. Ich würde der Versuchung nicht nachgeben. Kein Wald. Kein Sinn. Kein angeblicher Zusammenhang. Nicht das Grauen der Anderen. Kein Entsetzen, in dessen germanischer Sturmhöhle ich ruhiger werden könnte. Aber trotzdem: diese Erniedrigung. Die meine. Dieser Hund. Der meine. Und ich: dieser einsame Schreiber. Kein Ernstfall. Kein Vertrauen auf die endgültige Katastrophe, aus der und so weiter wie Phönix oder gar reines Blut. Mein falsches Herz klopfte schlimm.

Ob ihm klar sei, fragte ich Rummelpuff, was wir hier aufführten, und ob er von der Gewalt dieser Utopie erfaßt werde, die von hier aus die Welt mit unser aller Falschheit überfallen werde, fragte ich

ihn, und ob er die Lust dieser Situation empfinde, in der wir in der Zeit stünden, die in der Zukunft werde, was sie jetzt hier schon sei, fragte ich ihn, und ob er die Kopfaufschwünge mitmachen wolle, die uns dann in einem einzigen Salto mortale, unter Hinterlassung der Natur, in die Übernatur, bei Überwindung des Richtigen (bei welchem Gott, was riß mich so blödsinnig hin!), drehe und zwar dorthin, wo wir unser aller Fehler, auch den seinen, insbesondere den seiner Mickrigkeit (von der meinen schwieg ich, erniedrigt, dieser Hund, dieser Heinz von Stein) im Angesicht unserer aller Hinfälligkeit und Ergänzungsbedürftigkeit liebten, ob er? Ich fragte ihn das; ich, in dieser Discoszene; was mich noch mehr außer mir geraten ließ, hoffnungslos überaltert, in Gedanken an die Unerheblichkeit sogar jetzt eines preußischen Staatsbürgers in der konkreten Utopie eines Hegel, die als Beliebigkeit noch den Sprengstoff des erniedrigten Details in sich hatte, das sich gegen ein für wahr gehaltenes Ganzes mit den Wahrheiten des Partikularen ausspielen konnte. Also, ich fragte ihn das, im Angesicht unserer Systemtheoretiker, die eine noch schlimmere Beliebigkeit an uns delegierten, an uns und an unsere privaten mickrigen Erscheinungen, die nicht mehr von Wahrheit eingeschlossen würden, weshalb es uns schwer fallen dürfte, wie ich schlimm meinte: unsere privaten Wahrheiten dagegenzusetzen, weil sie nicht mehr die Wahrheit eines Satzes in Form eines Gesetzes erleiden: weshalb sie sich nicht mehr an der Lust des Widerspruchs erfreuen könnten. Das sagte ich. Und so fragte ich ihn. Ob er? Ob ihm das klar sei! Ob er wisse, daß ihn dies ein Erniedrigter frage, fragte ich ihn.
Wer ich bin, sagte Herr von Rummelpuff, der Liliputaner, zu mir, das sehen Sie nicht nur, sondern das wissen Sie auch. Mein Herz ist klein, mein Wunsch ist groß, meine Beine sind kurz. Und wie zart ich denke, das drückt mein kolossaler Brustkorb aus. Aber die Größe meines Kopfes sagt wenig über mein Gemüt aus, auf dem die erstbeste Armee von Engeln Platz nehmen könnte. In Anbetracht aber dieser hohen und allerhöchsten Beine, zwischen denen ich das Glück dieser Welt verkaufe, und vor allen zarten und weniger zarten Schlegeln, die mir den Allerkleinsten in meiner Hose bis zur Größe des gewaltigsten Kitzlers in einer dieser Hosen, die mich umstehen, entwickeln, muß ich gestehen: Der Anlaß ist nicht gering, der uns hier zusammenbringt. Die Idee ist gewaltig. Ich ehre in Ihnen einen, wenn nicht den einzigen Urheber. Trotz-

dem: Ich pfiffe auf alles, könnte ich der großgewachsene Folterknecht sein, der in Chile sein Ehrenamt ausübt. Für Normalität, vor der alle erahnten Slips fallen, stecke ich Ihnen jede Idee in Ihre verdammte Hose zurück, aber nicht bevor ich darauf schiß. Hätten wir uns hier im Jahre 68 getroffen, hätte ich geschwärmt davon, meine kleine Person mit einem normalen Bomberpiloten tauschen zu können, der dann über Hanoi abgestürzt wäre.

Ich küßte den kleinen Herrn von Rummelpuff und ertrug die Faszination in einem Kabinett, in dem ich als einfacher Mann die Großen und Mächtigen dieser Welt betrachten durfte. Die Illusion der Teilhabe am Weltgeschehen hatte mich wieder. Die furchtvolle Devotion bis zum baren Gruseln erreichte auch den kleinsten Schlupfwinkel in meiner Person, die – wieder im Freien – erfuhr, was paßte, was zusammenpaßte, was gesteckt war auf was weiß ich für einer biologischen Pinnwand. Ich schleppte meine Geisteskrankheit in vollstem Unbehagen meiner psychischen Störungen durch alle Wucherungen meines Pseudolebens. Ich sah mir diese Leute an. Ich stach auf diesem Platz der Freiheit mit was für Nadeln weiß der unangenehmste Wahnsinn die Paare in mein von der Vollendung befallenes Herz: damit sie alle in mir die besten Hinterteile mit den wohlgeformtesten Händen streicheln können vor allen formlosen Ärschen, die ich alle mit dem meinen am äußersten Pol der Verzweiflung stellvertrete, damit sie lebhaft und gelenkig im Bewußtsein ihrer formvollendeten Geschmeidigkeit vor meiner Ungelenkigkeit auftreten können; damit sie ihre fehlerlosen Körper zur Schau stellen können bis der Entzug ihrer Kleider die Harmonie ihrer Glieder öffentlich fugt; damit sie die maximale Übereinstimmung über diesen tausend Zwängen als wahres Leben in intensivster Zuneigung, zwecks Darstellung des Glücks, jenen vorführen können, deren Stellvertreter ich war – hier auf dem Platz – ich, in halber Freude, weiß Gott, weiß der Teufel in halber Sehnsucht, wissen es beide? in halber Trauer, lebenshalber, todeshalber; meine Lebensfreude hatte den Diplomatenkoffer nicht in der Hand, den ein Dreißigjähriger an mir vorbeitrug, der seinen Körper aus seinem Körper heraus in einen anderen Körper hineintragen durfte, weil er kein Folterknecht in Chile werden mußte, um als Bomberpilot über Hanoi abstürzen zu müssen, nur um sagen zu können: er sei normal gewesen, und sei es auch nur auf diesem Platz hier, auf der Münchener Freiheit.

Niemand hatte dem Poppes befohlen, im Haushaltswarengeschäft Ecke Herzog-/Leopoldstraße einen Kübel zu kaufen. Unterwegs zur Wiese auf der Freiheit bemerkte ich ihn, blieb stehen und beobachtete staunend, wie er mit ihm im Blumengeschäft auf der Leopoldstraße verschwand und ein wenig später mit dampfendem Wasser an mir vorbeieilte, in die Richtung, die ich selber eingeschlagen hatte. Er schien mir sagen zu wollen: hier hat einer einen eindeutigen Auftrag. Auf meine Frage, was das bedeute, erklärte er mir, weitereilend, er müsse das Wasser dieser Welt in Wallung bringen. Das führte er überdeutlich vor, indem er es überschwappen ließ. Ich schien trotzdem nicht zu begreifen und folgte ihm nach. Auf der Wiese, in der Nähe des Sandkastens, stellte er seinen Kübel dann ab. Meine Fragen, weshalb, wozu und wieso gerade hier, ließen ihn leicht erröten.

Wir: Von einer Verwendung des Rummelpuff als Kunz in Diensten des Heinz von Stein bemerken wir nichts. Unserem Vorschlag wurde nicht widersprochen, jedoch: tatsächliche Folgen unterblieben. Rummelpuff weiß selber nichts von einem Rummelkunz. So handelt unser Regisseur, nämlich überhaupt nicht demokratisch. Dem folgt in Bälde eine entsprechende Untersuchung.

Wie würdest du das alles auf einmal sehen? fragte mich Poppes. Ich meine: siehst du einen Zusammenhang hier auf dem Platz?
Eine Einheit jedenfalls nicht, sagte ich.
Keine Einheit?
Viele Einheiten, jedenfalls die.
Einheiten, wovon? fragte Poppes.
Von vielen Abläufen, ja.
Und die beginnen?
Da fragst du mich zu viel. Einige vor unserer Zeit, einige nach unserer Zeit.
Und während unserer Zeit?
Sehr viele.
Die interessieren mich am meisten.

Von diesen weiß ich weder ihren Beginn, wenn sie hier beginnen, noch ihr Ende, wenn sie hier enden.
Gerade von diesen weißt du am wenigsten?
Sie sind geschehen oder sie geschehen noch, aber ihr Anfang und wohl auch ihr Ende ist plötzlich und . . . ich vergaß das Wichtigste.
Sie sind das Wichtigste?
Ich denke schon. Sie sind mir nicht bewußt.
Da läuft also viel ab, sagte Poppes.
Ja. Das Bedeutendste plötzlich und dunkel.
Und wir bringen das auf keinen Nenner?
Du meinst: wir bringen sie nicht unter?
Genau.
Du meinst: sie sind nicht zu integrieren?
Sehr geschickt. Sehr falsch.
Dann lassen wir das.
Wie vorschnell. Wie richtig.
Verzeih. Also doch. Auf einmal bringen wir sie dann doch unter.
Nicht auf einmal. Sehr oft.
Kein Konzept also. Ich meine, wenn wir noch daran arbeiten: sie unterzubringen.
Nein. Aber Konzepte. Und wir arbeiten nicht an der Unterbringung, sondern an den Konzepten.
Wie gehabt?
Wie gehabt.
Dann habe ich dich wieder einmal verstanden?
Hast du mich aber begriffen?
Das letzte Konzept von wie vielen jedenfalls: das habe ich begriffen. Ich warte auf das nächste?
Kommt Zeit, kommen neue Konzepte. Wieviel Uhr ist es jetzt, fragte ich Poppes.
Auf der Uhr der Erlöserkirche ist es 10 Uhr.
Dann haben wir noch Zeit bis 9 Uhr. Eine Stunde.
Also abgesehen von uns, die Uhr der Erlöserkirche geht falsch.
Genau. Sie geht richtig. Dein Gehirn geht hoffentlich falsch.
Mein Gehirn?
Oder der Grashalm, den du soeben unterdrückst.
Viele Uhren, lachte der Poppes.
Dich muß ich nicht nachstellen.
Mich?

Verglichen mit mir gehst du falsch, auch verglichen mit der richtigen Zeit.
Ist es heute, fragte er kleinlaut.
Das ist jetzt die Frage, sagte ich.
Wir gingen in Richtung Forum, stiegen dort hinunter und sahen oben, über dem Blumengeschäft, eingefügt in die Balustrade, den roten Platz überragend, ohne Zypressen, nicht beschirmt von Zedern, nackt also: die Kapelle »Dominus flevit«, diesen braunen Kuppellappen, dessen vier Zungen an vasenbekrönten Pfeilern leckten.
Und als er näher kam und die Stadt sah, zitierte ich, weinte er über sie.
Auch das noch, auch noch der Ölberg, geriet der Poppes aus einer Fassung, die er noch gar nicht recht wiedergewonnen, als wir im auch nur angedeuteten, vorgeländerten Hin und Her östlich höherstiegen.
Siehe, unser Platz, sagte ich, als wir auf der Bank vor der Kapelle saßen.

Das Seil geht zu Boden. Rush-hour. Feilitzsch, der Einsatzleiter, drüben in der Haimhauser; in Betreff: Verkehr, wie lange schon keine besonderen Vorkommnisse. Dieser Stau: seine und seiner Ordnungskräfte Sehnsucht nach der Bewährung im Ernstfall. Steven Spielberg zündet ein Feuerwerk auf dem Ziehbrunnenberg. Klappe: Szene: die Katastrophe, urban. Drehbeginn, schreit der Einsatzleiter. Lorimar filmt auf der Raubritterburg. Auch Feller is here, feuert sein Team an. Der Senatorfilm: Standort Hypotheken- und Wechselbank, Penthouse. Vor dem Pub, Ecke Clemens, postiert sich die Neue Constantin. Bernd Eichinger am Megaphon. Und Feilitzsch überall, gleichzeitig. Ins Katastrophenhorn stößt der Müller, und neben dem Generaldirektor der Warner Columbia bringt Sam Waynberg, Chef der Scótia, Power in seine Kameras. Aber ganz und gar dreht Oskar Schlöndorff durch, auf der Wüste, mit den Worten: Mit dem Kino geht es wieder aufwärts, seit Deutschland erwacht ist. Der Strom ist unterbrochen. Auf der Schaufel jubeln die Motoren hoch. Der Crash-Circus begrüßt Sie, grüße ich, meine Damen und Herren. Grand prix? fragt der Poppes.

Der große Dreh. Der Antriebsräder gewaltiger Durchdreh. Der Ausdreh. Wunschrichtung: Feierabend. Aller rechten Füße Stoßrichtung in die Karambolage. Verstaut wird, wer nicht vorne liegt. Warnsignale, Hupen, Trompeten. Großes Orchester: Kühlhauben stehen senkrecht zur Freiheit. Die Ampeln stehen auf Rot. Der Verkehr bricht zusammen. Einsatz von Hundertschaften: Feilitzsch jagt sie hinein in das Chaos. Tränengas. Schlagstöcke. Vom Siegestor her die Sirene, eingeschleust aus der Ettstraße. Irrfahrer verstopfen sich die Ohren: treiben ihre Träume nach Ithaka, Heimfahrt, Heim, eigener Herd. Der Reißverschluß der Ungererstraße platzt. Parkuhren stürzen. Zeitzungen versinken in automatischen Kehlen. Piepsende Geräte in Overalls. Und darüber nach Steilstarts: die Helicopter sirren zwischen den Sternbildern, als unten die Bolzenapparate mit lautem Knall in die Hecks schießen: zerstörte Gehirne. Wagen mit Lenker rutschen aus Tötungsbuchten. Großer Einsatz der Ausnehmer. Schlachtmeister Feilitzsch leitet den Einsatz der Spalter. Motorensägen gehen in Stellung. Abgesackte Wagen werden zu Kuttlern befördert. Die Enthäuter stehen bereit. An den Bändern warten die Aufmacher. In den Zufahrtsstraßen: stinkende Darmschleimereien.

Darüber das Luftrettungsnetz ist noch immer intakt. Die Landeplätze befinden sich auf der Wüste. Infusionen zur Schockbekämpfung. Und alles klappt ausgezeichnet. Ausrotierende Blätter der Rotoren, rollende Tragen. Sirrende Kameras. Blutspritzer. Platzwunden. Abtransporte. Farbfilme bringen die Feuerwehr ins Bild. Einfach phantastisch: Auch die Malteser, beinahe wie unglaublich auf Inseln zur Stelle. Mehr Retter als Opfer, obwohl die Staus schon vielspurig werden. Und das bei solchen Teilnehmern der Katastrophe: sämtliche jenseits von Aufklärung und gesundem Menschenverstand. Wie erhofft. Alles Kamele, also auch nicht eher durch Nadelöhre: Von Einfädelung kann die Rede nicht sein, wenngleich sehr auffallend viele ins Jenseits. Wunderbar, jubelt Feilitzsch, als er bei Poppes und mir vor der Dominus-flevit-Kapelle auftaucht. Das nenne ich eine Übersicht, schreit er. Und als wir ihn bemitleiden wollen: Wo denken Sie hin? Wir liegen goldrichtig. Von Überraschung kann kein Muckser sein. Das muß man doch sehen. Der Einsatzleitung war bekannt, Zitat aus einer geheimen Drucksache: Polizist, Übergangener im Beförderungsplan, legt diesen Platz, probehalber, siehe Manöver, lahm, natürlich mit

Unartgenossen. Umfunktionierung meinerseits: Von mir erfolgte der Anstoß, der letzte, nicht öffentlich freilich. Also: die Katastrophe kann geprobt werden. Höchster Einsatz der Ordnungskräfte. Begriffen? Fast beinahe der Ernstfall, was insbesondere motiviert. Ich muß doch nicht interpretieren; was dieses Chaos zu einem besonderen macht: die ursächliche Verbindung mit der Ordnung nämlich, also beinahe; das ist aber hinreichend qualifiziert.
Bravo, rufe ich.
Und wie außerordentlich geglückt: des Poppes Reference über dem Forum im keuschen Trikot.
Sein Vortrag: Diese Bewegungskultur, diese festliche, überkommen von Spanien über Italien. Arabeske. Dann tanzt er hinunter: mein Tänzer.
Die Füße gehen vom Gas weg. Also wie er das macht: Grand plié. Das Ergebnis seines Stangentrainings. Am Prospekt dieser Katastrophe stößt er sich ab und bereitet die Mitte als Heil vor, kunstreich: Ruhe, Beruhigung.
Pantomime im ausgeblendeten Hupenkonzert, jetzt, wie einst in Anwesenheit übel riechender Damen und Herren bei Hofe. Poesie auf der Tour zum Duft. Die Auferstehung der Toten, und Blut, das zurückfließt in die entsprechenden Gruppen.
Und dieses getanzt und vorgetragen, drüben, Leopold-Clemens: Und also ganz einmalig wurde solches von Baltasarini komponiert und wird von der Königin, nebst Prinzessinnen und der gesamten Hofgesellschaft getanzt in der beginnenden Neuzeit, also Galileo ... Entkeilte Wagen. Sanfte Entklammerung. Ganze Drehungen um die Achsen, wobei sich die Fahrzeuge en pointe erheben dürfen. Auch so mancher Pas de deux von Spur zu Spur, in reizenden Ansätzen noch immer auf der Stelle, freilich.
Feilitzsch schluchzt in meinem Schoß: Was hat er gemacht, dieser Poppes, aus meinem polizeilichen Leben?
Der Tanz, ihn dozierend, behauptet der Poppes von ihm: Als die strengste Form ist er jedem dramatischen Geschehen untergeordnet: nur nicht dem Tumult; keine Schäden also. Weder Wunden noch Dellen. Gar keine Schocks. Also seinetwegen schon Flüge, keine Stürze jedoch: höchstenfalls in heiler Gestalt auf dem Boden der Tatsachen. So der Poppes, Nähe Erlöserkirche. Und weiter im Vortrag: Die Tauglichkeit aller Mitglieder von Tanzakademien kann nicht in Zweifel gezogen werden.

Entspannte Arbeitsatmosphäre. Schon noch Bewegungsabläufe, aber nicht geübte, frei nach Poppes. Die Klavierbegleitung über dem Platz zeigt gutes Gespür für den Meister. Es surrt keine Kamera.
Was hast du gemacht aus meinem Einsatz, schluchzt Feilitzsch in meinem Schoß.
Und von ebenso hervorragender Bedeutung, ab 1730, so Poppes, Ecke Marstall: die Tänzerinnen. Also derart in formalistischem Schematismus erstarren auch die Tänzer. – Das bewältigte Standbein des Poppes. Ruhe. En pointe. Endgültig. Sur les pointes.
Das erweckt den Eindruck der Schwerelosigkeit. Verharren in Balance.
Als im 11. Jahrhundert das Ballett von seiner künstlerischen Höhe herabsank und mit seinen Unfällen zwischen blutbespritzten Dekorationen zu einem durch das Massenaufgebot der Blechspielzeugindustrie besonders wirksamen Ausstattungsstück wurde, wie gehabt, dozierte Poppes: da wirbelt die Pawlowa über die Freiheit, und wie gesagt im Forum: der Tänzerin und des Poppes Pas de deux.
Verworrene Chronik, will ich tadeln, aber ich muß staunend sehen: Sämtliche Ausfallstraßen bekommen ihr Grün, freilich geregelt. Der Platz leert sich und abgeflogen wird darüber. Das alles geschieht in einer absoluten Stille.
Feilitzsch trocknet die Tränen. Er verläßt mich.
Das Seil wird wieder gehoben.

Johann Wolfgang, meinte Carl Schmitt, als sich Poppes wieder auf die Bank vor der Dominus-flevit-Kapelle setzte. Besänftigung der Unnatur, nicht wahr, oder? Eine dramatische Fußnote unter die Novelle.
Ich wollte ihn schon vom Platz weisen, als er schon wieder vom Ernstfall sprach. Aber Poppes ließ das nicht zu.
Eine Katastrophe kommt hier nicht vor, sagte ich. Und ihre Propheten haben hier nichts zu suchen.
Ich auch nicht? fragte Jesus.
Dominus flevit, sagte ich. Das ist deine Kapelle.

Er meint nur, meinte Poppes: das sei die schlechteste aller Welten.
Jesus schwieg.
Es ist die falscheste aller Welten, sagte ich. Sein Schweigen übersetze ich damit nicht. Und weil Leibniz nicht zugegen war, folgerte ich: Deshalb ist sie die beste aller Welten.
Wo ist Christus? fragte mich Poppes.
Weg ist er wieder, sagte ich.
Und bitte, woher kommt es, daß wir nicht traurig sein können, sagte der Poppes und weinte.
Du weinst doch, sagte ich.
Aber ich bin nicht traurig, sagte der Poppes.

Was hast du gegen diese Eschatologiker, bitte, fragte mich Poppes.
Und ich staunte darob, und sehr: Ob er in ihrer Hinsicht bedürftig sei, wollte ich wissen.
In Hinsicht auf Katastrophen? wollte der Poppes wissen, weil er mich zu verstehen wünschte. Was ich verstand, weshalb ich seine Frage so kurz wie nur möglich zusammenfaßte mit einer fordernden Konjunktion, also: Und?
Katastrophen seien doch gut, besonders wenn es sich um weltweite handeln würde, meinte der Poppes, diskussionshalber besonders ruhig, beinahe geradezu ausgleichend.
So? Meine Zurückhaltung. Keine Vorsicht, die nicht, mehr Abwartung. Doch hatte allem Anschein nach Poppes abgewartet, bis Luhmann ankam und Platz nahm. Insonah war er mir über gewesen, als Wartender, und jetzt als pünktlicher Fragensteller: Oder, verfügte der Poppes sich wortwörtlich in die Ohren des Theoretikers: seien, wie er anzunehmen gewillt sei: große Katastrophen nicht wie eine Wohltat?
In welchem Verhältnis? fragte Luhmann.
Im Verhältnis der persönlichen Furcht zum allgemeinen Entsetzen.
Er könne damit nicht dienen, vermeldete Luhmann. Von einem Luxus sei da die Rede, welcher im allgemeinen nicht vorkomme, also nicht mehr, zur Zeit. Jetzt jedenfalls nicht.
Das allgemeine Entsetzen als Luxus? stellte ich fest.
Es sei von vergangenen Zeiten die Rede, wurde ich belehrt: im

Gleichgewicht des Schreckens würde diese exklusive Ausgabe der Angst verramscht, tagtäglich, oder eigentlich schon jahrjährlich. Also Leute wie Jünger, Moinelli, und, um den Stammdichter dieser Ausgabe, den Nietzsche zu nennen, seien nicht mehr gefragt, allenfalls in Billigmärkten. Und meine Frage: Und Poppes?
Der wußte aber selber sein Stichwort: Bestens, nämlich, käme ihm diese Auskunft zu seinem Behufe. Und wenn er altertümle, deshalb: den Luhmann habe er nur erwartet, um dessen Meinung zum Katapult zu benutzen für seinen Absprung ins Private. Oder ob, meinte er, nicht mehr als besonders erregt, Katastrophen ins Private abgedrängt worden seien von seinesgleichen; den Luhmann demonstrierte er freundlich.
Sehr wohl. So die geduldige Meinung aus einem System heraus, dessen Meister er sich nennen konnte: der Luhmann.
Also, ob ich des Theoretikers Meinung gelten ließe; diese Frage des Poppes an mich.
Zugegeben, vermutete ich, wenn also derzeit als wahr angenommen werden kann, was dieser Professor sagt, so sei in etwa gar nicht so schlecht diese Zeit, in der wir lebten.
Daß er große Katastrophen nicht sehen könne, wandte sich Poppes an Luhmann: beruhige ihn nicht, also einen, der allenfalls in großen Katastrophen zur Ruhe und wenn auch zur ewigen kommen würde, hängte der Poppes seiner Absage an, die ich jedenfalls als eine merkwürdige zu bezeichnen unternahm, schlimmerdings.
Der Poppes fuhr hoch. Da geriet dieser doch jedenfalls außer sich: uns allen von einer kleineren Katastrophe berichtend, der er keinerlei Ruhe abzugewinnen imstande sei. Nämlich im Gegenteil. Ich darf mich doch fürchten? fragte er Luhmann.
Derselbe lächelte. Ein Lächeln wie ein Ja.
Es darf mir auch grauen? Die nächste Frage des Poppes.
Noch freundlicher: Luhmann.
Im Grauen darf ich wohl auch erschrecken? Der Poppes drohte.
Dürfe er. Die Auskunft des Luhmann.
Im Erschrecken sei ihm erlaubt, schrie der Poppes: sich zu entsetzen?
Wenn es Vergnügen macht, ja, gab Luhmann zu. Das sei Sache des Poppes. Dazu habe er vielleicht sogar ein Recht, wenn es besonders schlimm zugehe in seiner Figur.
In meiner Person, verbesserte Poppes.

In Ihrer alten Vorstellung von einer solchen, aber freilich, erlaubte der Luhmann, welcher nach der Ansicht des Poppes, die er schrie, sein von der Soziologie gegerbtes Raumschiffergesicht dem Sturm der planetarischen Umlaufbahn preisgebe, ohne die geringsten Anzeichen von Unsicherheit; wahrhaftig ein Steuermann! Als Mathematiker der Katastrophe berechne er, Poppes: je kleiner, desto entsetzlicher, bitte.

Der Luhmann sprach jetzt von der Dichtung; sogar von der Oper. Er stehe nicht an, ein Freibillett dankend entgegenzunehmen: Soziologen erholen sich auch, sagte er.

Das dürfen Sie, Wissenschaftler, brüllte der Poppes. Erholen Sie sich in meinem privaten Entsetzen. Und dieses ist weltweit, insofern, als es privat ist. Nämlich das meine.

Und zu mir hingeschrien, verfertigte er seine Prophetie: Also wenn ich dran bin. Dann aber. Dann habe ich das private Vergnügen: zu verrecken. Und dann das Dessert: Vergnügungsbetrieb allerseits, Las Vegas in allen Gassen, wenn so ein Hansdampf sich abläßt. Mein Dankeschön. Schöner die Frauen und Männer nicht verblühen.

Von der Geschmacklosigkeit wußte Luhmann zu berichten. Und ob man das nicht in aller Stille abmachen sollte, wie drücke man sich privat aus: mit sich selber.

Ich drückte mein Entsetzen aus. Aber stellvertretend für Poppes.

Der Katastrophen-Jesus weinte. Und weder Poppes noch ich erkundigten sich: über wen. Das wußten wir. Ihn kannten wir. Auf ihn hofften wir nicht. Jedoch.

Also weißt du, sagte der Poppes zu mir und faltete seine Hände – nicht zum Gebet – zu einer Schale; die hielt er so schief, daß sie ausgeronnen wäre, wenn. Also weißt du, ich habe, sagte der Poppes, oder, sagte er: ich halte in meinen zwei Händen eine ganz kleine Katastrophe. Sie ist die größte. Und das größte Entsetzen erfaßt mich. Und Barmherzigkeit übt über meine Erkenntnis allein eine größere aus, oder einer, der von einer größeren kündet. So bin ich.

So falsch, sagte ich und umarmte den Poppes mit meiner Frage: ob er die größere wünsche.

Natürlich nicht, brüllte er. Also für Diskussionen war der Poppes nicht zuständig. Es ginge ihm nur, dachte er schon wieder weiter und weiter weg: um die Definition von Entsetzen. Also, wenn ich

es durchaus wissen wolle: ein Weltuntergang sei ihm da schon am liebsten.
Da sei Luhmann vor, sagte Luhmann.
Ich hätte mit Poppes diesen Platz, wo solches gesprochen worden war, verlassen, wäre er nicht mit Jesus weggegangen. Ich hatte das Nachdenken wieder. Sela.

Wo führten wir dieses Gespräch, ein erregendes?
Mir wird schwindelig! bekannte der Poppes.
Sofort auch bekannte ich mich mit seinen aufgeregten Worten zu seinem Schwindelgefühl: Mir auch, mir wird auch ganz schwindelig!
Zeitlich? fragte mich Poppes.
Was, bitte, noch außerdem?
Ich könnte mir dein Schwindelgefühl weiterdenken, erkühnte sich mein ganz von mir erwählter Denker. Ich meine ganz einfach: Du schwindelst dich doch hinüber? Oder?
Um drüben was? Kurz, bündig. Soll er doch antworten? Oder hat er überhaupt gefragt?
In meinem Schwindel, sagte Poppes, sage ich schwindelfrei heraus: Ganz einfach, du denkst, der ganze Schwindel ist drüben dann auch und erst recht absolut.
Ehre dem Absoluten, versuchte ich mich.
Bitte, schrie Poppes. Dann bist du dafür?
Für ein rechtschaffenes Jenseits? Ich? Gott behüte! So ich.
Voltigeur, wurde ich sofort auch beschimpft.
Die Verteidigung, meine: Das Universum habe ich nicht über meinen Kopf gebracht, bitte, bestimmt nicht. Erst recht nicht: den Geist.
Wirf keine Attrappen! Es wäre nicht nur, sondern alles ist falsch?
In aller heiligen Unsachlichkeit, so ist es.
Mir wird schwindelig, beendete der Poppes mich, der ich an die Möglichkeit eines einzigen allumfassenden Schwindels dachte, der den Tod nur als Ausrede benutzte, um die Wahrheit des Schwindels konkurrenzfähig zu machen im universellen Geschäft der enttäuschten Liebe. Sela.
Ich kaufe dich, sagte Poppes. Jetzt. Und immerdar.

Mein lieber immer Falscher, seufzte ich. Dann durfte ich auch noch sagen: Du mein Grenzenloser. Ja. Weder, noch, gibt es. Nur einfach alles. Und alles ist so falsch wie alles. Und nichts wird enttäuscht werden, in alle Ewigkeit nicht. Ach, Poppes.
Wo führten wir dieses Gespräch, also eines, das immer erregender werden wird?

Die Pensionsvorsteherin ließ die Oberammergauer Adresse der jungen Leute gelten, führte sie hinauf in ihrer Nummer 23, Freiheit. Ein Doppelzimmer. Und fühlen Sie sich aber recht wohl. – Eine tödliche Stille folgte ihren gutgemeinten Worten. Wie kraftlos rutschten Sophies Hände von ihren Jackettaufschlägen. Und langsam trat das junge Fräulein zwei Schritte zurück. Ihr Gesicht war todbleich. Ihre Augen aber glühten wie die einer Wahnsinnigen.
Danke, kam es tonlos von ihren Lippen.
Der junge Mann stellte auf der Schwelle einen untätigen Vulkan dar. So wollte es der Vorsteherin vorkommen. Irgendwie auch wollte es ihr schon bewußt werden, daß hier Ahnung platznehmen sollte in einem Gemüt, welches zur Zeit allerdings mehr am Mangel an Kunden litt, weshalb sie nur ein freundliches Lächeln aufsetzte.
Erst das Aufbrüllen eines Motors unten auf der Freiheit erweckte den Karl aus seiner Erstarrung. Sehr schön, gab er noch tonloser als seine ihm Geweihte von sich. Er unterbrach mehrmals verlegen sein Stürzen zum Fenster, bis er die Gardinen dann doch in einer Aufwallung aufreißen mußte, welcher Außergewöhnlichkeit er, sich umblickend, jede Veranlassung zu verstörten Annahmen nahm, und zwar mit den treuherzigen Augen eines zufriedenen Mieters.
Unwirsch war nun insbesondere Sophie mitnichten. So konnte alles gut bis sehr gut werden. Sehr hübsch, sagte sie, das treffendste Wort wählend also nach diesen beinahe zu auffallenden Brüchen des Vertrauens.
Es dauerte dann auch nicht mehr lange, mit Unterstützung eines praktischen Hinweises des Karl, bis die Vorsteherin den Entschluß faßte, sich wieder in ihre Welt des Alltags zurückzuziehen. Der junge Mann hatte die Doppelfenster gelobt, ohne welche man in Schwabing des Nachts kein Auge zubringen könne.

Garni, seufzte sie noch. Sie müssen das wissen.
Von einem Gelübde sprach dann der Karl. Und Sophie von zu bestehenden Anfechtungen inmitten der Großstadt.
Besonders dem heiligen Ludwig seien sie beide verpflichtet, meinte der Karl, und er setze auf ihr Verständnis in derlei religiösen Ausnahmesituationen. So deute er seinen Wunsch an nach störungsfreien Exerzitien, quasi. Im Oberland habe man Übung in dergleichen Wünschen.
München sei da in ihrer Person jedenfalls keine Ausnahme, wurde ihm von einer sich schon auf der Treppe befindlichen Kirchgängerin versichert.
Wenn wir jetzt nichts mehr sagen, so ist das nichts weniger als der Beginn einer Prüfung, in der sie, führte Karl aus, bestimmt eine fromme Rolle zu übernehmen imstande sein werde.
Aber gewiß doch, verschüchterte sich die Vorsteherin in das Untergeschoß, wo sie die Eintragungen überlas:

Karl Strunsky, Bankangestellter
Sophie, Bäckerstochter

Vergelts Gott, seufzte die Vorsteherin. Die Vorausbezahlung war ungefähr zehn Seelenmessen wert. Meine letzte Beichte, gestand sie, war vor neun Monaten. Ich bekenne meine Sünden.

Hier bin ich, hörte ich ein hohes Stimmchen rechts unter mir piepsen. Ich hatte mich soeben an einen Tisch vor dem Café Freiheit gesetzt und die Bedienung gerufen.
Buckminster, du? Ich dachte . . .
Ich bin an der Stadtgrenze abgesprungen und zurückgelaufen. Auf der Leopoldstraße schlüpfte ich zwischen zwei Polizisten unter dem Seil durch.
Dann bist du allerdings ordentlich hier und wie ich sehe: nicht allein. –
Er habe einen Gemini-Astronauten mitgebracht, welcher seinen eigenen Lebenslauf, der sich über 5 000 000 Kilometer erstrecke, in einer einzigen Woche übertroffen habe, als er die Erde umkreiste. In dem unermeßlichen Grenzbereich der Technologie, des Geschäftslebens und der Politik würden derartige Lebensläufe der

Durchschnitt für immer mehr Millionen Menschen sein, die Verantwortung tragen in einer rasch sich entwickelnden Weltstadt.
Ich betrachtete Buckminster. Er schielte nicht mehr nach innen. Ich durfte also annehmen, daß er, den sein Spielkostümchen reizend kleidete, mich – und zwar mit allen Einzelheiten an mir – wahrnahm, welche Beobachtung er aber trotzdem nur sehr oberflächlich übte: die Anhaltspunkte auf mir galten offenbar zu kleinen Mustern. Sein Desinteresse äußerte er aber sehr spielerisch, indem er seinen geodätischen Spielball in die Luft warf und wieder auffing.
Der Astronaut trat verlegen von einem Fuß auf den anderen.
Beim Röhrenblick und Flugzeugdonner, schimpfte Buckminster plötzlich los. Was macht ihr hier eigentlich? Und es hagelte Vorwürfe. Nachdem wir seine Weltstadt auf den Wagen gehievt und diesen nach Westen abgeschoben hätten, so habe er sich sagen lassen, seien unsere Bewegungen immer diffuser geworden, hätte der Spießer im Bordell die Hure und der Kleinbürger an seinem Fenster die Geranien begossen. Sogar von Frau Holle im Wolkenhaus habe er schlimme Dinge vernommen. Da sei doch alles ins Märchen gerutscht, das alte ehrliche Handwerk gelobt und solcher Unsinn noch mehr getrieben worden. Was für ein Rückfall in vergangene Zeiten, tobte Buckminster. Beim Gesetz von der Zunahme des Zufallselements, daran bist du schuld, fuhr er mich an, du Entropiker mit dem Bierkrug in der Hand. Hier also verharrt dein Körper in seinem Zustand der Ruhe, wie schon Isaak Newton erkannte, obwohl er niemals in München war.
Moment mal, ich wollte mich verteidigen. Aber er wollte davon nichts hören. Ich sprach von einem Vorspiel mit gewissen kleinbürgerlichen Auswüchsen, sämtliche nur zu sehen als Reaktionen auf seine technokratischen Entwürfe. Inzwischen sei der Platz abgesperrt worden: wobei das Kleinbürgertum in der Hauptsache ausgesperrt worden sei. – Das half mir nicht viel. Er hörte nicht zu.
Du stehst auf einem Spielplatz, rief er.
Bitte, wollte er wissen, wo ist hier der Parameter zur Einrichtung des Welt-Spiels initiiert?
Nathalie streichelte ihm über die Löckchen. – Alle meine Freunde waren inzwischen zugelaufen. – Schau einmal dort hinauf, sagte Nathalie. Aus einem Fenster im ersten Stock des Cafés grinste Poppes herunter. Dort oben, sagte sie, befindet sich ein wichtiger Mitspieler.

Dort oben! Hast du gehört? empörte sich Buckminster. Er stieß seinen Astronauten an. Gib es ihnen!
Als wir auf der Umlaufbahn über China waren, erzählte der Weltraummensch, sagte ein Wissenschaftler in der Bodenstation von Texas zu uns: Na, wie stehts denn heute da oben, Jungs? Meine Damen und Herren: als dieser Wissenschaftler sprach, befanden wir Jungs uns in der Richtung seiner Füße.
Buckminster applaudierte. Dieser Unsinn muß aufgegeben werden, damit die Menschheit sich selbst neu organisieren kann. Lernmaschinen werden es leichter machen, experimentell zu entdecken, was in der Natur wirklich vor sich geht, so daß die Jugend nicht weiter soviel Unsinn auf Grund des Glaubens an Axiome hinnehmen muß. Ihr seid alle falsch konditioniert.
Er lockt uns, bemerkte der Robin.
Du simultaner Simpel, wurde er dafür beschimpft.
Mein lieber Herr Generalist, das war wirklich im Rahmen unseres Spieles ein großes Lob für uns, sagte ich.
Ihr Spießer im Bezugsrahmen der Siebentagewoche, fuhr er uns an, denkt doch einmal nach. Bekommt es doch endlich einmal mit Verzögerung, Winkel und mit Frequenz zu tun. – Die Bedienung brachte mein Bier.
Der Poppes mußte laut niesen. Das erregte den Buckminster noch einmal mehr. Bitte, rief er hinauf: Würde dieser Kleinbürger in meinem Dymaxion-Haus wohnen, so könnte er mit dem Flugzeug in eine wärmere Gegend transportiert werden, um seinen Schnupfen und den seiner Mitbewohner, die er in Kürze anstecken wird, oder schon angesteckt hat, auszuheilen. Die vollständige, weltumfassende Industrialisierung des Wohnservice-Gewerbes – wurde er wieder allgemeiner –, in dem meine geodätische Kuppel derartige Ortswechsel stadtteilweise ermöglicht, wird epidemische Ausbreitungen des Schnupfens verhindern.
Gesundheit, rief ich zu Poppes hinauf.
Das mußte ich büßen.
Du bleibst ein Ignorant, beschimpfte Buckminster mich, obwohl du schon erkannt hast, daß weder die Zunge noch deine Hände dir so schnell die Flüssigkeit zuführen können wie dein Bierkrug. – Da hatte ich es und schon wieder.
Prost, wünschte mir Jeanne. Das hätte sie besser sein gelassen.
Diese Göre, beschwerte sich Buckminster. Aber mit seiner Bemer-

kung, ihre Lebenserwartung sei höher als die ihres Vorredners, wurde eigentlich wiederum ich bestraft.
Hör zu, sagte ich. Auf diesem Platz hier wird viel gedacht.
Der Poppes ergänzte: Wir wollen hier vielleicht sogar alles durchdenken. Total!
Alles? lachte Buckminster Fuller. Alle wissenschaftlichen Informationen, alle Erkenntnisse der komplizierten, regenerativen und lebenserhaltenden Bedingungen auf der Erde werden in Kürze in den Mechanismus und Inhalt einer kleinen black box übersetzt werden, die etwa 500 Pfund wiegt und nur jährlich ergänzt werden muß. Da kann man von einem totalen Wissen sprechen.
Ja, dann, staunte der Poppes.
Erst dann werden so wertlose Experimente und Konzepte überwunden, wie ihr sie hier vorführt und womit ihr euch selber frustriert. Verlaßt diesen Platz!
Oft ist es hier aber sehr gemütlich, meinte die Zaara.
Typisch Isar, tadelte Buckminster. Beim Mississippi, Ohio, Missouri und Illinois, wandert doch aus!
Warum, half ich der Zaara, zum Beispiel: ich liebe meine Wohnung im fünften Stock.
Mit all ihren Fehlerquellen an allen Ecken und Enden, das liebst du? Was ist dagegen meine wissenschaftliche Wohnung.
Wie bitte, staunte Adrian.
Ja, du hast schon richtig gehört. Sie wurde von der Raketenkapsel abgeleitet. Mit einem integrierten Regenerator für chemische Energie, der für alle sanitären und von Energie abhängigen Bedürfnisse der Familie sorgt, können die Menschen fast ohne Schwierigkeiten zu den entferntesten Gegenden auf der Erde ausschwärmen. Sie können dies vermittels geodätischer, verschlossener Wohnmaschinen, in denen sie mit dem Hubschrauber und dem Fernseher als einzige Kommunikationsbasen auf luxuriös vereinfachtem Lebensstandard leben.
Und wenn wir das gar nicht wollen? fragte die Rosa.
Und wenn wir lieber entwerfen? fragte die Jeanne.
Und wenn es uns Spaß macht, wenn uns wieder etwas Neues einfällt? fragte die Nathalie.
Wozu, wurde Buckminster zornig. Wenn euch etwas Neues einfällt, dann entwerft ihr es, um es stehen zu lassen. Ihr baut, ohne den Bau zu bewohnen. Noch schlimmer: ihr erkennt, ohne nach diesen

Erkenntnissen zu leben. Jede negentropische Hummel ist besser als du! Dieser Seitenhieb galt mir. Ihr seid einfach gegen jede Funktion. Dabei geht es einzig und allein um das Funktionieren der Welt. Sie muß zum Funktionieren gebracht werden!
Warum? fragte der Poppes von seinem Fenster herunter.
Der Mensch soll alle seine künftigen Bedürfnisse erfüllen können, rief Buckminster zu Poppes hinauf.
Warum, fragte der Poppes noch immer von seinem Fenster herunter. Man bedenke: herunter.
Solange es nicht genug zum Leben für die ganze Menschheit gibt, damit sie die Erde ganz und gar genießen können, wird es Kriege geben! rief Buckminster Fuller hinauf. Man bedenke: hinauf.
Was müssen wir tun, lieber Buckminster Fuller, damit dein Reich zu uns kommt, schrie die Rosa begeistert.
Dies kann nur durch eine planungswissenschaftliche Revolution der spontan koordinierten Jugend im Universitätsalter realisiert werden, predigte der kleine Meister.
Da erschien plötzlich auch der Poppes auf dem Platz und winkte dem Robin und beide schulterten den Komprehensivisten.
Wir sind nicht gegen ihn. Wir sind sehr lieb zu ihm. Er ist ja auch so lieb zu uns. Er will uns ja auch nichts Böses. Er will uns ganz einfach nur Gutes, stammelte Poppes, der mit Robin Buckminster davontrug. Und plötzlich lief auch der Niklas Luhmann hinterdrein und dann kamen die anderen alle und als letzter lief ich ihnen nach.

Und ich betete vor:
Der Buckminster muß ja recht haben.
Meine Vorläufer beteten nach.
Und ich betete vor:
Wehe, wenn er recht bekommt
und so weiter:
Sonst stehen wir schief auf der Weltkugel.
Wehe, wenn wir nicht mehr schief stehen können.
Sonst bringen wir ja die Welt nicht zum Funktionieren.
Wehe, wenn wir sie zum Funktionieren bringen.
Sonst werden wir gar keine Weltbürger.
Wehe, wenn wir Weltbürger werden.

Der Poppes und Robin setzten den Buckminster Fuller in unserem Sandkasten ab und wir stellten uns alle rundherum auf.

Jetzt betete Poppes vor:
Sonst wird es immer wieder Politik geben.
Wir beteten nach.
Und Poppes fuhr fort:
Sonst wird es immer wieder Kriege geben.
Wir beteten nach.
Und der Poppes wollte wieder vorbeten,
aber das unterließ er dann.

Was ist los, fragte er verlegen.
Was hat das alles mit uns zu tun? fragte ich.
Das hat wahrscheinlich gar nichts zu tun mit uns, begriff der Poppes.
Also, Bedürfnisse habe ich schon, sagte Nathalie, aber gar nicht so viele.
Eigentlich immer weniger, meinte die Jeanne.
Die wenigen, die ich habe, möchte ich gerne verringern, sagte der Poppes.
Um sehr viel Zeit zu haben für uns, meinte der Robin.
Dann hat das alles mit uns wenig bis gar nichts zu tun, sagte die Rosa.
Und das ist falsch, sagte ich.
Warum, fragte der Poppes.
Weil wir Falsche sind hier auf dem Platz.
Du meinst, wir haben dann gar nichts zu sagen, fragte der Poppes.
Ja, sagte ich, weil wir hier nur Falsches dazu sagen können.
Inzwischen hatte der kleine Buckminster im Sandkasten ein schmales Spruchbändchen entrollt:

Die Welt kann zugunsten aller funktionieren
und wir wissen, wie man das zustande bringt.

Der Gemini-Astronaut hatte das vorgelesen, wahrscheinlich, um sich in Erinnerung zu bringen.

Wir: Das muß gesagt werden: Unser Großprojektor – oder wie will er eigentlich genannt sein – also, erzählen kann er nicht – hat sich und uns verteidigt, als dieser Komprehensivist uns Kleinbürger nannte. Mit Recht. Wir hatten reagiert. Das waren bestimmt nur Auswüchse. Er denkt deshalb aber an keine Reue. Wir auch nicht. Aber er war so großzügig, was dieser Buckminster Fuller nicht goutierte, zuzugestehen, daß wir voreilig gehandelt hatten, als wir ihn wirklich samt und sonders schon zu Anfang aus dieser Stadt vertrieben, mit Hermann als unserem Hauptakteur an der Spitze dieser Aktion. Das war falsch, wie vieles, was wir tun. Aber verbessern können wir nicht.

Himmel, die Kinder, erschrak ich. Zwar laufend, gelang es mir dennoch, freilich stolpernd, meine zwei weißen Söckchen aus den Riemen meiner Sandalen die Beine hochzuziehen. Der weite Rock sollte so flattern wie in etwa die Angst um meine mir anvertrauten Lieben. Die erwachende Fürsorge hatte mich plötzlich auch mit zwei jungen Brüsten begabt – wie die Bluse sich spannte. Ich wurde weltliche Schwester, sogenannt: Erzieherin des progressivsten Gartens, welcher derzeit, wer weiß wo, zu blühen verstand, während ich in nur einem einzigen Knoten die Ausreißer auf meinem Kopf unter die Nadeln brachte, derart aufs Haar genau die Ordnung vorwegnehmend, die ich hauptsächlich im Sinn hatte. Im Forum, auf dem roten Platz, also natürlich wieder einmal unter der Öffentlichkeit, ertappten meine zwei Mädchenaugen die sich Verstrickenden dabei, wie sie unglaublich umeinandertappten, Blinden gleich, die eine am Höschen des anderen, und der andere am Schürzchen der dritten sich haltend und so fort sich verfangend, bis der Drang einer besonderen Nummer zur Freiheit stieg über nahezu sämtliche Nächste. Im Widerstreit der Lust, sie gefunden zu haben und des Zornes auf sie, wogten die Bälle, obwohl unter einer männlichen Haut versammelt. Es wußte eine meiner Hände nichts Besseres zu tun, als sich meiner Schwesterlichkeit von unten bis nach oben zu versichern. Ihr Schlimmen, entfuhr es mir noch, während mein Rock die Stufen niederrauschte. Und: Faßt eure Händchen, flötete ich. Und ich schubste jene, die das Ganze am frühesten entäußert hatten, ins Ganze zurück und wollte es sogar zu zweit haben und dachte es mir noch dazu hintereinander und setzte mich, wo der Verstand sich nicht bis zwei aufmachte, durch, und zählte von vorne bis hinten ab und versprach eine trockene

Hose dort und zog ein abgezogenes Höschen hier hoch und schob mir zur rechten Zeit ein Kinderlied zwischen die Lippen und blies sie damit alle mehr als ich sang aus dem Forum heraus.
Was ist mit dir los, schimpfte der Poppes. Marschordnung? Sonst noch was?
Jetzt war es zu spät. Das ist mir nur so passiert, gab ich zu.
Ein Fehler!

So entschloß ich mich zu einem Rundgang mit meinen Leuten, immer dem Seil entlang, und ließ sie und mich mit Schmutz bewerfen, und nahm es auf mich, bespien und beschimpft zu werden, und hatte mein Vergnügen daran, als die Rosa ihre gebräunte Gesundheit aus einem alpinen Dirndl herausschauen ließ, sich vor diesem Publikum nicht entwickeln wollte, höchstens ab und zu und jeweils nach einem bescheidenen Seitensprung mehrmals sich hinaufheiratete in eine immer weniger billige Heimat. Da überflog als erster Liebesgruß ein Gamsbart das Seil. Und als Robin zum Mann dieser Grenze wurde und seinen vorbestimmten Weg immer gewaltiger ausschreitend ging, wobei er durchaus deutlich er selber blieb und mit Indianern und Büffeln kurzen Prozeß machte, wurde gegrölt und sich schrecklich realistisch aufgeführt, und sogar Meinungen wurden gebildet und sogar einige gute über uns. Zwar wurde noch ab und zu über Kindsköpfe geurteilt, und die hätten wir auf, aber einige mildernde Umstände streichelten uns, als der Poppes äußerlich immer mehr den Menschen jenseits des Seiles zu gleichen schien, und, am Seil entlang ratternd, den genügsamsten und noch dazu meinen ergebensten Diener darstellend, in seiner Space opera, zunächst die gigantische Denkmaschine zum Wohle der Menschheit verkündend, schließlich von seiner Verurteilung zur ewigen Güte sprach: durch Isaak Asimov. Verurteilt wurden wir alle dennoch von einer lebenspraktischen Mehrheit: zu einem Leben nach der Hochzeit, in der unsere Füße, wie man sich sportlich ausdrückte, schon noch in die Startlöcher gesteckt würden für den Steeple-chase-Wettlauf mit dem Leben. Hussan als Superman patriotierte am Seil entlang, daß es für etliche Faschisten eine wahre Lust sein mußte, wie an einigen Masten steigende Fahnen signalisierten. Demokratische Buhrufe gab es wenige, die aber zu niedlich blieben, als daß einem wahren Demokraten die Hose naß werden hätte können. Wahrscheinlich sparte man allgemein am Urin, als man nämlich erkennen mußte, wie abgestoßen mein Hussan von seiner eigenen Männlichkeit war. Es flogen die Eier. Der Verwirrungen gibt es im Trivialen so viele wie in der hohen Literatur, verteidigte ich diesen Umzug. Jedenfalls, wie Adrian über das Seil recht ungezogen nach dem rechten Ohr des Altfilmers Herzog Archontos griff und seinen eigenen Glauben an teuflische Mächte läuten ließ nach der Feuerwehr, die den Blutdurst löschen sollte, das war im Vorüberschreiten ein Gleichnis, das Staunen bewirkte. Diese Verwirrung war günstig. Von einem glatten Erfolg aber konnte man reden, als Jeanne als Cat Woman, als männermordende Tierfrau, die den Genuß der Verbrennung bei lebendigem Leibe versprach, bei beiden Geschlechtern noch prächtiger ankam. Es flogen vereinzelte Rosen. Es hieß, man könne von Lebensnähe sprechen und derart realistisch seien wir jenseits des Seiles noch nie gewesen. Wir schienen anzukommen. Und so weiter. Und da konnte die Nathalie, ihren Weißmüller auf der Brust, ganz einfach erfunden, zu Jane werden, und ihn und mich gegen die Weißen verteidigen, gegen die Welt des Unglaubens, der Waren, der Klassenkämpfe. Der Beifall begann jetzt zu rauschen. Die Drohgebärden entkrampften sich. Sich den Zuschauern hinter dem Seil ab und zu und wenn, dann frontal zuwendend, und sich diesen zugleich verweigernd, den Wicki mit meisterhaft unpathetischen Gebärden über die dumpfe Welt hinaushebend wie in eine vom Thomas von Aquin gesegnete Klugheit germanischen Ursprungs, ging sehr beständig die Kräuterfrau Rosa am Seil entlang weiter an meiner immer grüner werdenden Seite als ein sehr vernünftiges Bauernkind, als selbst die Wiese der Münchener Freiheit zu »Grün ist die Heide« wurde und sie selber: die Rosel vom Kirchsee. Wir mußten das wiederholen. Das war unser Durchbruch. Man muß den Jubel und den Beifall ertragen wie ich, an den mein Robin aufschloß, aktiv und Suspense verabreichend die Hülle und Fülle und immer diesseits vom Fortschritt und jenseits von Demokratie, ein Fremder, wie er daherkam, ein in seinem Colt wiegender Mensch, der schon wieder einmal mit John Wayne schwanger ging und, den breiten Gürtel von Schritt zu Schritt weiter lochend, Heidi so hoch emporhob, daß sie über allen Dächern die Heimat der Berge oder die Berge der Heimat er-

schauen konnte, an deren Grenzen der Poppes diesseits des Seiles stramm, die ewige Regression verehrend, mit knarrendem Stechschritt paradierte und in der kurzen Pause der Unterhaltungsindustrie einen seiner verchromten Arme, ganz aus Stahl, zärtlich und liebevoll, ganz Weltraumkind, um meine Schultern legte: dieser vorzügliche, direkte Progressive, mein und unser aller besonderer Feind aller Dialektiker. Und wessen Geistes Kind er war, erwies sich, als er sich weder der Frauen noch der Männer jenseits des Seiles erwehren konnte. Sie verlangten nach ihm. Er war der Traum ihrer Täler. Seine stählernen Haare jedoch standen zu Berge. Sein harter Finger zeigte auf Collodi aus Holz, als Adrian zur Entmachtung der Zukunft schritt, am Pfahl in der Brust jedoch rapide verfallend, als Jeanne aus der Sündenkammer kam in unser öffentliches Spektakel und der Hussan noch einmal so stark wie eine Heuschrecke wurde und deren Muskeln zu verpflanzen versprach in einen einzigen Menschen, was die Lösung verspräche, wie er selbstsicher kundgab und selber sogar hier einmal vorführte – die Standarte an Nathalie übergebend – die, sogleich über einem Beifall, der ohnegleichen donnerte, und über alle Abgründe diesseits und jenseits des Seiles hinwegflog und, gleichgültig wo auch immer, weitermarschierte in unsere Nachwelt, gefolgt von japanischen Ameisen, aber immer auf Blut und Boden.
Schluß, befahl ich. Und ich begrüßte Robert Desnos, der über das Seil sprang und zu mir sagte: Wo es doch so schön ist, sich von dem blödsinnigen Wind, der einen beseelt, fortreißen zu lassen.
Mein Hütchen fliegt schon, schrie der Rummelpuff, oder besser: mein Helm sitzt fest. Es zittern die morschen Knochen und so weiter ins Massengrab. Darüber der Wald. Mir rauscht er im Garten. Es geht um den Raum. Der blonde Superman wird sich vermehren bis nach Wladiwostock. Die Stille Nacht hat ein Arier komponiert. Juda verrecke. Nämlich zur Tiefe habe ich eine Nächstenliebe, in der ihr euch vorsehen müßt. Stillgestanden. Abzählen. Die Neunte darf singen bis zu den Sternen hinauf: wo ein großer Führer wohnen muß.
Jetzt ist es aber genug, drohte der Poppes. Wo ist denn der Robin, fragte er. Keine Auskunft.
So etwas, staunte Jeanne.
Das war noch nicht bedrohlich. Ich befürchtete aber.
Kein Drama, bat ich.

Der ist aber auch klein, wenn auch anders, stellte Nathalie fest.
Nicht ernst zu nehmen, meinte ich. Das ist der Rummelpuff und er gehört hier dazu.
Bitte, nein danke, verwahrte sich Poppes.
Bei uns kommt er vor, sagte ich. Aber das soll schon was sein.

Komm mit, sagte Rosa zu mir. Ich folgte ihr über die Wiese. Uns beiden folgte der Poppes.
Wir kamen an, als Robin am Fuße des Ziehbrunnenberges, südlich, vor zahlreichem Publikum sich seines linken Schuhs und der Socke entledigte, den nackten Fuß in einen Kübel steckte und predigte: Wahrlich, ich sage euch, wer von euch einen Fuß in ein heißes Wasser steckt . . . Wahrlich, ich sage euch, wer von euch einen Fuß in ein kaltes Wasser steckt – jenen und diesen spucke ich an mit lauwarmem Wasser, in dem jetzt mein linker Fuß steckt. Und so verkehrt wie mein Gleichnis ist diese Spucke, die nicht beleidigen, sondern reinigen soll von der Reinheit der schlimmen Extreme. Werdet lau, sagte Robin, und steckt eure linken Füße nach mir in den Kübel. Amen.
Vor Scham wagte ich nicht mehr aufzublicken. So sah ich nur noch enteilende Füße. O Gott, seufzte ich. Was für ein Blödsinn.
Da stieß mich der Poppes an und ich blickte in ein bedeutendes Antlitz.
Deshalb? fragte ich kleinlaut.
Deshalb, sagte der Poppes.
Also bitte, der Fuß des Robin soll also der Pfeil sein, der ins Schwarze traf?
Nicht? fragte der Poppes.
Ich weiß nicht, worüber ihr redet, sagte der Robin. Ich weiß nur, daß mein Fuß nicht wert ist, in diesem Kübel zu stecken.
Welcher denn? fragte ich.
Fragst du, sagte Robin. Und indem du so fragst, beweist du doch nur, daß dein Fuß in das laue Wasser gehört. Du entscheidest dich nicht. Ich jedenfalls habe bewußt diesen Blödsinn gemacht, und wahrscheinlich nur, um dich lachen zu hören. Bestimmt aber deshalb, um dir sagen zu können, daß du über deinen eigenen Blödsinn gelacht hast. Das muß ich dir nicht erklären. Ich bitte dich aber,

dich jetzt nicht wieder einmal ganz fürchterlich aufzuregen über die Tatsache, daß du mit erfundenen Leuten umgehen mußt. Du Armer. Hör auf, dich vor uns, gerade vor uns, dauernd zu bemitleiden. Hör auf, dich in diese von dir selber gewünschte Verwicklung zu verwickeln. Wenn schon, dann laß uns so reden, wie du uns reden lassen willst, und Schluß. Keine Reflexionen. Das sagst du dir ja auch selber. Stimmts?

Ja, gab ich kleinlaut zu.

Warum verfällst du dann immer wieder in deinen Fehler? Es ist doch einfach zu blöd, uns Blödsinn sagen zu lassen und sich dann auch noch darüber lustig zu machen. Am schlimmsten jedoch und am blödsten ist es, darüber dann auch noch Reue zu empfinden und jammernd zu reflektieren. Dazu jedenfalls ließ ich es jetzt nicht kommen. Warum?

Weil ich es so will, sagte ich.

Dann frag dich bitte mit mir: warum immer wieder diese falsche Haltung?

Weil ich ein falsches Buch schreibe, sagte ich traurig.

Jetzt ist das klar. Und das ist ja auch ganz schön schlimm falsch. Schluß damit, ja?

Ja, versprach ich.

Tut es weh? fragte mich Poppes.

Warum fragst du mich, fragte ich.

Habe ich ins Schwarze getroffen? fragte mich Poppes.

Ja, sagte ich. Jetzt weiß ich eigentlich nicht mehr weiter, sagte ich. Ich weiß auch gar nicht, ob ich das überhaupt noch will, wenn alles so falsch läuft. Das ist doch ein Pfusch!

Hast du das gehört? fragte Robin den Poppes.

Der gibt nicht auf, sagte Robin.

Wie meinst du das? fragte der Poppes.

So und so.

WIR: Das hatten wir erkannt: Wenn er sich verwickelte und wenn auch so schlimm wie hier: er machte weiter. Die Brüche machten ihm anscheinend nichts aus. Im Gegenteil, es hatte den Anschein, als liebte er sie, und wenn auch nur deshalb, weil er mit seinen Zusammenbrüchen eine gewisse Gerechtigkeit walten lassen konnte; auch er konnte sich von uns belehren lassen, so wie er uns belehrt hatte und noch oft belehren wird; auch ihm konnte von uns weitergeholfen werden, so wie er uns weiterhalf und gewiß weiterhelfen wird.

Während wir das hier anmerken, ist uns bewußt, wie bewußt ihm sein muß, daß alles hier falsch ist, auch deshalb, weil er das Falsche erkennt, es sogar herausstellt und verdeutlicht, aber trotzdem nicht abbricht. Er setzt fort und hinterläßt die Brüche. Dabei muß ihm doch klar sein, daß mit dieser Fortsetzung ein großer und ganzer Zusammenbruch endgültig werden wird.

Um die kleinen, aber immer größer werdenden Brüche in Vergessenheit geraten zu lassen, deshalb auch könnte er es zu einem größeren Zusammenbruch kommen lassen, oder, was ihm dasselbe bedeuten dürfte: um das Brüchige nur um so deutlicher vorzeigen zu können; deshalb: weil er mit der Erkenntnis seiner Verwicklungen, Abbrüche, Bruchstellen und eigensinnigen Fortsetzungen seine Wahrheit zu finden glaubt?

Wir versammeln uns heute um das erste Grab auf der Münchener
Freiheit
beginne ich
es wurde ausgehoben im Parterre des Forums
unter freiem Himmel
fahre ich fort
anwesend sind die nächsten Angehörigen, meine Freunde
und Fremde
ich grüße
neben mir steht Niklas Luhmann
ich grüße
ich fahre fort:
hier und heute wird der letzte Wunsch der siebzehnjährigen
Sophie erfüllt
das Mädchen und ihr zwanzigjähriger Freund Karl
werden gemeinsam beigesetzt,
Sie hören jetzt Niklas Luhmann

als Individuelle

bemerkt er leise

ich stelle fest:
nun stehen Sophies Eltern am Grab ihres
toten Kindes

wir ordnen das traurige Geschehen dem Bereich
der Familie zu
so Luhmann

so ich:
und nehmen Abschied
und so weiter mit meinen Worten:
Liebe
das Liebespaar hat sich vor sechs Tagen
nach dreiwöchiger Flucht
in seinem Hotelzimmer vergiftet

individuelle Passion: Liebe
wir verstehen, verordnete Luhmann
und ordnete zu, nämlich:
die komplexe Gesellschaft muß in ihren Teilsystemen
hohe Beliebigkeit institutionalisieren
man denke nur an die Passionierung der Liebe
als bloße intersubjektive Übertragbarkeit
von Sinn
als Basis

das Hotelzimmer
erinnere ich
sechs Tage

mit keiner intersubjektiven Unterbrechung
unterbricht mich Niklas Luhmann

Sophie und Karl
werde ich lauter:
die Eltern des Mädchens waren gegen die Heirat
mit dem angehenden Angestellten

dem Karl

die Liebe
behauptet Luhmann:
ist psychisch ausfüllbar
wir können viel individueller sein als wir sind
wir können leiden
allerdings:
hohe Beliebigkeit

höchste Zeit, so ich
uns die beiden zu vergegenwärtigen
sein: ich liebe dich
diese warme Wolke Zeit sechs Tage
als Sophie ihre kleinen Hände
in das Hotelzimmer steckt
die Taste drückt
sich umschaut
kein zufälliges Chanson
das alles der Karl
alles
alles
Karl
und sie Sinn
seiner

intersubjektive Übertragbarkeit
so Niklas Luhmann

Liebe
rufe ich
eine zufällige Zigarette
von ihr angeraucht
nicht zufällig weitergeraucht von ihm
kein Rauch
der Traum
seiner
der ihre
jeder zwölf Ringe

sechs Tage

und Luhmann:
die Liebe
sie kann als Basis gelten für individuelle
verschieden erlebte konkrete Nachwelten

als Basis für das Bett
das Bett als Basis
in diesem Hotelzimmer
predige ich

dieses Bett als Basis
für konkrete Nachwelten
wird Luhmann jetzt dringlich

von ihrem Vornamen bis zu seinem Ende
kaum Zeit
zwischen seiner Zunge und ihrer
so ich und weiter:
und jeder geht dem anderen aus dem Wort
von ihrer Haut bis zu seiner angehenden Laufbahn:
Abschied

bitte
so Luhmann:
von der Gesellschaft wird weit mehr Raum
für Personalität bereitgestellt
als psychisch ausfüllbar ist
wir verstehen Liebe als Passion
die Gesellschaft verzichtet auf soziale Kontrolle
hohe Beliebigkeit
Definition der Wahrheit
der Liebe
der beiden
als bloße intersubjektive Übertragbarkeit von Sinn

als Sophie zum Fenster hinausschaut
bitte

so ich:
das alles der Karl
seine Jahreszeit
die schmerzende Nähe
ihr letzter Wunsch
gemeinsam mit ihm im Sarg zu liegen
und wenn sie sich umdreht
der Karl
die Person Karl
ihre Person Sophie

die Person kann als individuelle institutionalisiert werden
so Luhmann

sie sterben
sage ich leise
die letzten Minuten sehr breit
keine Länge mehr gemeinsam
ein breiter Sarg

das schließt nicht aus
denkt Luhmann laut
das macht es vielmehr geradezu möglich
beide in bestimmten Erwartungszusammenhängen
zu benutzen
bitte:
gemeinsam im Bett
gemeinsam im Sarg
gemeinsam
durchgängig die gewisse Unbedingtheit etc.
auch dies aber nur in begrenzten
darauf angewiesenen Funktionszusammenhängen
Teilsystem Liebe
die Passion

herhören
schreie ich
bitte:
als er plötzlich auf die Uhr schaut

seine Nachwelt abliest
von seinem erschlafften Glied
bis zu ihrer unbedingten Entschlossenheit
ihre Hand am Schalter bis Schluß
Karl
seine nackten Füße
ihr totes Gesicht Blumen
Blumen
der Betreff: Liebe

die Vergangenheit ist jetzt abgeschlossen
drängt Niklas Luhmann

und ich:
jetzt stehen Sophies Eltern
am Grab
und nehmen für immer Abschied von ihrem
toten Kind

als erledigt vorstellbar
empfiehlt Niklas Luhmann:
die Vergangenheit wird nicht mehr in der Form
des Miterlebens der Toten vergegenwärtigt

begraben
gemeinsam
so oder so oder so oder nur ein Sarg
oder breit
hohe Beliebigkeit
ich

er schließt: bitte
die Mühe, die wir modernen Darstellungskünstler auf die Erzeugung von Sinnlosigkeiten verwenden, gilt im Grunde nur der zunehmend schwierigen Herstellung von Erstaunlichkeiten.
Ich bat den hochgeschätzten Bielefelder Gelehrten, mir zu verzeihen, daß ich ihn hier in diesem Buch zum Darstellungskünstler mache, als welcher er stellvertretend für die heutige Wissenschaft

spricht: sich selbst zitierend, aber auch von mir sehr frei bis sehr falsch zitiert.

Wir stiegen aus dem Forum hinaus. Zunächst sahen wir nur seine Füße, dann seine Knie, seine Lendenbinde, den faltigen Bauch, die graubehaarte Brust und endlich: den Kopf, sein weißes Haar, das herunterhing, wie einer Vermischung mit grünem Gras entgegenwachsend, wahrhaftig tausendfädig.
Das ist doch Petrus, sein Fels, sagte ich.
Und Petrus sagte: »Hierüber sagt der Herr im Geheimen, wenn ihr nicht das Rechte nehmt als das Linke und das Oberste als das Unterste, werdet ihr das Reich nicht erkennen.«
Und einer von uns, wer das war, ging nicht vorbei am Kreuz, trat hinzu, wer das war, der mit zwei Fingern die Nähnadel aus dem Querbalken riß, der sie vor sein Gesicht hielt, neben uns hergehend, wer das war, aber schneller, weshalb er uns überholte, als die Sonne unterging, der Platz sehr rot, niederkniete, so daß wir stehen blieben, als er zu sprechen begann, wer, das wußten wir nicht, aber wir setzten uns und wir hörten zu, wem, das wußten wir nicht.
Noch habe ich keine Biographie, sagte er. Wer? Ich gab keine Auskunft. Ich sagte: Hört zu.
Kein Wohnort. Er lachte. Ich prüfte: keine Polizei in der Nähe. Ohne Adresse. Er kannte sich aus. Kein Beruf. Kein Arbeitgeber. Sehr schlimm.
Weder modisch noch unmodern. Trotzdem nicht auffallend nackt, flüsterte Rosa.
Sehe ich, obwohl ich keine Brillenträgerin bin, gab Jeanne zu.
Natürlich weder freistaatlich noch bundes . . . Wir trauten unseren Ohren nicht. Trotzdem existent?
Weder dafür noch dagegen und auch nicht beides oder schon.
Das gibt es nicht, pfiff es aus Nathalie.
Geduld, sagte er.
Was heißt hier Geduld, motzte der Poppes. Den kann es doch gar nicht geben. Etwa du? fragte er.
Wer weiß, sagte ich.
Bestimmt ein Exemplum, vermutete Robin. Machs kurz.

Kürzeres gibt es nicht, wurde ihm geantwortet.
Es wurde die Nadel gehoben. Es war das Öhr zu sehen. Er glitt so leichthin hindurch und war weg.
Und ich konnte sagen: Das war das Kamel. Ihr meine Reichen erhebt Euch und kommt.
Wo ist die Nadel, rief Nathalie.
Bete zum heiligen Antonius, empfahl ich ihr, vielleicht findest du sie.
Das haben wir aber ganz schnell vergessen, freute sich der Poppes, als wir zusammen über die Wiese gingen und uns nicht mehr fragten, was.

Ich nicht, sagte Heimeran Phywa.
Du was nicht? fragte ich ihn.
Nicht schnell vergessen, im Gegenteil: ganz langsam erinnert: nämlich als einer, der vorher schon kaum zu finden war, hinter dem Öhr ist er jetzt ganz unerfindlich. Wahrhaftig: der Versteckte schlechthin. Schlimme Sprache. Ich bediene mich nur.
Ruhig, still, besänftigte ich.
Also über die Maßen bin ich sozusagen außerordentlich laut, sagte Heimeran Phywa merkwürdigerweise ganz leise, als hätte er es gar nicht mehr nötig zu schreien. Das ist es nicht, sagte er. Und er schwächte seine Meinung nicht ab, als er hinzufügte: nämlich wahrscheinlich. Nämlich ganz im Gegenteil.
Ein so kleiner Eingang in ein so großes Versteck für ein umso größeres Kamel, mein Gott, ich glaube dir, seufzte Heimeran Phywa und jetzt derart leise, daß es sogar mir schwerfiel, dem nachzudenken. Magus in Norden, seufzte ich. Du bist nicht da, wie ich weiß, aber wer weiß? Dein Stil soll schwerfällig sein, wie Spätere schrieben und schreiben. Dein Stil ist wahrscheinlich das Kamel, das durch ein Nadelöhr schreibt. Aber wo war mein Heimeran Phywa?
Kuckuck?

Hier bin ich, schrie Jünger, der Vorgespannte. Und hinter ihm, in gemeiner Standhaftigkeit: das Wikingerschiff.
Der Krieg, erinnerte er. Und weil derselbe die Summe aller Gefahr darstelle, bedeute er seiner Meinung nach auch: die letzte Steigerung der Sensation des Erlebens.
Sonst noch was, brauste aber beinahe der Chor; also das waren wir.
Die Liebe, erinnerte er.
Bitte sehr, meinte ich. Wir haben sie nicht vergessen!
Und der Krieg, tobte er.
Und was ist damit? wollte Poppes schnell wissen. Jetzt hatten wir wirklich keine Zeit mehr. An uns mußten wir allerhand ergänzen und sogar ganz aufrichtend sollte da so Verschiedenes unternommen werden mit uns. Also bitte?
Die Liebe und den Krieg kann der Mensch nicht werten und messen!
Wer will das? fragte der Poppes mich.
Mich vergiß, stellte ich da wieder klar.
Aber der Jünger: Er selber ist es, der Mensch!
Ganz allein, sagte ich.
Und der Poppes sagte: er selber.
Er ist es selbst, der an ihnen gemessen und gewertet wird.
Bitte, woran? So der Poppes.
Ich, auffahrend, ziemlich pädagogisch: Ich muß doch sehr bitten, mehr Aufmerksamkeit, wenn ich bitten darf:
Also? Woran, bitte?
An der Liebe!
Ja, bitte.
Und am Krieg!
Nein, danke.
Wir verließen alle diese Musterung in Richtung Hertie, weil die Rosa das vorschlug.

Und jetzt zum Friseur, Grüß Gott. Bedienungsstühle. Du sitzt. Du wirst hochgehievt, Poppes. Schau dich an. Dein Gesicht wird geschürzt. Dein Kopf wird abgeschnitten.
Was kostet das Haupt des Täufers? Zur Zeit 25 DM. Und du

bekommst dich auf der Schüssel der Salome und selber trägst du dich aus dem Laden. Wir übrigen summen Responsorien von deiner Unbeliebigkeit.
Und als Besonderer triffst du auf Nathalie, als diese in der Backwarenabteilung unter Wecken und Laibern zunächst sich für eine Brotrinde entscheidet, dann aber doch die Hostie wählt, die du ihr an Ort und Stelle auf die Zunge legst.
Und weiter im Kaufhaus Hertie. Du, Hermann, du strahlst. Und das wird dann in der Kopfbedeckungsabteilung vollendet, als sie dir dort die Tiara aufsetzen, deinen letzten Schrei von deiner Unfehlbarkeit in diesem privaten Augenblick.
Du kommst aus der Kosmetikabteilung, Rosa: über den Schultern das Haupt der Medusa. Jeanne folgt dir auf den Klauen einer Sirene. Die zufälligen Stimmungen eures Gemütes in diesem Haus: außerordentlich aufgeschminkt.
Dann wünschst du zwischen Wurstringen, Suppenknochen und Fett, liebste Dorothea: Sein Fleisch, das er an dich hingegeben hat zwischen Aufschnittmaschine und Fleischwolf. Du zahlst. Private Passion. Heute. Am soundsovielten.
Nur so, als private Folge des Einfalls, des deinen, Robin, begibst du dich in die Textilabteilung, wo du ein Hemd kaufst, als Basis für Bauch und Rückenflügel eines Meßgewandes. Also derart ausgestattet bis zur höchsten Unbeliebigkeit, schlank und rank wie der Geist und noch dazu zölibatär, trittst du, Robin, in die Menge heraus und vieldeutig kannst du segnen, bevor ich dich auffange, einen Außerordentlichen, der nicht weiß, wie ihm geschieht. Und so wie du bist, in der Getränkeabteilung, verlangst du Blut, und zwar deines, also genauer deinen besonderen Saft, den du, wie du des längeren ausführst, verehrst.
Und so weiter bis ihr euch alle als das vorkommt, was ihr im Augenblick seid, aus Zufällen heraus ganz plötzlich geschaffen, aber die Umkreise, eure, und zwar alle, auch die entlegensten, mit euch beeinflussend: sie, oder ihre Linien also ins Wellen drängend.
Jetzt kommt schließlich noch Nathalie aus einer Abteilung der Hygiene, in den Armen ein Buch, riesig, hölzern. Poppes und Robin, ihr helft ihr tragen, was du, lieber Poppes, mit der linken Hand ausführst, weil du in der Rauchwarenabteilung aus dem Feuerzeugangebot eine Totenkerze, brennend, gewählt hast, so wie dir danach war, augenblicklich. Das war dir, wie den anderen das

ihre, einfach so eingefallen zu einer Zeit, die das Besondere religiös oder nekrologisch anmeldete, nur so, nicht etwa beschränkend: es hätte auch ethnologisch sein dürfen. Aber das Neuguineische ist euch nicht eingefallen und eine Tiara liegt näher als ein Turban. Der Islam liegt ferner als eure von euch verlassene Kirche in diesem Karneval: der ganz verwegen mit dem Ewigen umgeht, wenn es sich darum handelt: eure Beiläufigkeit anzuhalten, bis sie sich am Besonderen staut.

Ein Theater. Ihr steigt im Kaufhaus empor. Ihr solltet kein solches Theater machen, wird euch zugerufen, von echten Leuten, die euch so wünschen, wie ihr auf dieser Bühne nie werden könnt. Und wie zur Rampe vortretend versprach ich in das Dunkel der echten Wirklichkeit: es sei ein Stück von euch selbst. Ihr hättet das oben aufgeführt. Und unten würde das zugelebt. Es seien die Bretter und ihr würdet nur bedeuten. Es ergäbe so etwas wie das Leben, wenn zusammengespielt würde, von unten nach oben, oder umgekehrt. Und aus dem Holz werde allemal das Papier. Kein schriftliches Wort gehe darüber hinaus. So sei es heute, obwohl freilich Gestern viel mehr von Morgen habe. Ihr sagt das: Wir glauben auf eine Weise, die den Wissenden das Wort nur deshalb nimmt, damit es nicht mehr verschwiegen werden kann. So wie die Sprache stolpert ihr also ins Feuer. So wie die Zunge plappert ihr also ins Wasser. So wie der Leib verfault ihr also in die Erde. So wallt ihr eure Füße in die Luft.

Ihr seid oben. Ihr geht ein in das Terrassencafé und tretet an die Scheiben. Ihr drückt eure Nasen daran platt und schaut auf das frische Doppelgrab von Karl und Sophie hinunter. Es wird ein unermeßlicher Raum für Personalität hier oben bereitgestellt, und zwar von euch selber, und, in aller Bescheidenheit, insbesondere auch von mir. Also: Tiefe Beliebigkeit empfindet ihr, als ihr von hier aus hinunterschaut. Hohe Unbeliebigkeit aber erfüllt euch. Und als Individuelle könnt ihr, dank meiner Kontrolle, niemals institutionalisiert werden. Eure gewisse Unbedingtheit ereignet sich in keinen begrenzten Funktionszusammenhängen. Es handelt sich nicht um Teilsysteme. Eure Passionen sind erstaunlich wirksam, trotz zunehmend leichterer Herstellbarkeit des Gewöhnlichen. – Das Selbstlob ließ mich rot werden. So kam es mir gelegen: als Nathalie ihr mächtiges Buch aufsperrte und aufklappte und ihr von Poppes' Totenkerze auf den Stuhl geleuchtet wurde, der sich offenbart hatte, worauf sie den ihren in Gang brachte, der prophetisch abging, und zwar der Zukunft entsprechend: golden.

Da verschwinden ja schon wieder welche, ich meine: sehr viele, staunte der Poppes. Jetzt bin ich aber sehr erstaunt, sagte er, weil ich von einer Wiederholung spreche, oder hast du etwa geträumt oder mir deinen Traum erzählt?

Ich war gemeint. Aber ich war sprachlos. Und unter mir flatterten die Jahre der Bewegung aus allen Fenstern, während welcher wir zwei auf der Dachterrasse des Hertieblockes standen, wenn auf die Uhren Verlaß ist. Wir waren zu zweit.

Und genau diese beiden Kardinäle, auf die es jetzt ankam, hingen dort, wo man aus höchster Distanz auf Hamanns Wurfschaufel hinunterblicken konnte, weshalb wir uns zwischen beiden durchdrücken mußten, um uns vor beiden, mit dem Rücken zum allerniedrigsten Geschehen, niederhocken zu können.

Da durchblutete sich meine in diesem Anbetracht verdorrte Zunge, und ich sagte: Sie werden im Osten verschwinden. Es handelt sich um einen Abtransport. Meine Mundhöhle schämte sich für ihr lebendigstes Glied.

Mir das linke Kostüm, wünschte sich Poppes. Aber womit bring' ich es in Bewegung, mit meiner Linken oder mit meiner Rechten?

Mit deiner römischen Hand, entschied ich.

In Rom, sagte der Kardinal, als der Poppes ihn römisch bewegte, da hatte man mich angezündet im Jahre 37 und ich prasselte bald meinen Entwurf für die Enzyklika: mit brennender Sorge.

Wie ich dem Poppes empfohlen, verschwand auch die römische Hand meiner eigenen Person unter dem zweiten Kostüm.

Es ist aussichtslos, hier etwas zu tun, sagte Bertram und schaute hinunter. Der Bischof von Osnabrück, der Berning, hat deswegen Schritte ohne jedes Ergebnis unternommen.

Bist du römisch handgreiflich, bin ich es ebenso römisch, zischte ich den enttäuschten Poppes an. Römischer als römisch geht nicht.

Es mußte der Zeigefinger des Poppes sein, der mir den bayrischen, römischen Bäckerssohnkopf zudrehte. Der sagte: Wie Sie wissen, habe ich mich am 13. November 41 an Sie mit der Frage gewandt,

was man angesichts des Abtransports der Juden nach dem Osten unternehmen solle.
In römisch-katholischer Routine ließ ich den Breslauer korrespondieren: Wir müssen unterbleiben.
Ein Zucken des Kardinalbäckerssohnkopfes. Mein Poppes war in Konditorhochform: Schauen Sie doch hinunter, lamentierte der Münchner. Ich schließe mich diesem Abtransport aber erleichtert an (wiegende Adlernasenbewegung, sehr gut: Poppes. Knochenharte Verfeinerungen eines Enkels, der seine Kenntnisse televisionär empfangen), im christlichen Glauben daran, wir könnten wenigstens sagen, das Episkopat habe einen Versuch gemacht, Milderung für die christlichen Nichtarier zu erwirken.
Deine Hand bleibt im römischen Kostüm, schrie ich Poppes an, der hier exhibitionieren wollte. Zurück unter den Rock, befahl ich seinen nackten fünf Fingern.
Bitte, brüllte er: das hast du doch gehört; es geht um die Nichtarier, die als Christen umgebracht werden. Ich meine ...
Ich weiß, sagte ich, was du meinst. Wir bewegen die Vergangenheit. Wir bleiben also unter den Männerröcken!
Bitte, da muß ich doch dazwischenfragen mit jugendlichem Leichtsinn: was sieht meine Handpuppe?
Hör doch zu, brüllte ich.
Ich entsinne mich, stammelte Faulhaber, den Finger unreifster Objektivität in seinem Holzkopf: Milderung erwirkt zu haben für die arischen Klosterschulen.
Die Jugend und das Theater. Eine Katastrophe, stöhnte ich. Der Poppes wollte wissen, was sich abspiele.
Der Abtransport der Juden nach Osten, sagte ich.
Opa, schrie der Poppes die Puppe an, die er führte. Streng dich an.
Dieser Terror, weinte der Faulhaber. Die arischen Konfessionsschulen sind doch praktisch im Aussterben begriffen.
Waw, staunte der Poppes. Das habe ich vom Studienprogramm des bayrischen Fernsehens gelernt: es geht doch bitte um die Juden, nicht um die Christen.
Es geht um die Menschen, die vergast worden sind, schrie ich, außer mir.
O du lieber Augustin, in Freising ist die Hochschule hin, ließ der Poppes seinen Faulhaber singen, als unten diese Menschen, Juden genannt, ihrer Angst keinen rechten Glauben schenken wollten,

weshalb einer von ihnen heraufläche1te bis zur Terrasse des Hertieblocks, uns versichernd: es sei bestimmt kein Mensch so heiß, wie er im Ofen verbrannt werden würde.
Und mit äußersten Kräften protestierte der Kardinal am Zeigefinger des Poppes, angesichts des insbesonders größtenteils seiner Meinung nach nicht-jüdischen Leides, gegen die Beseitigung der Kruzifixe und die Abschaffung des katholischen Schulgebets.
Ich meine einfach, sagte der sehr junge Poppes – das Interesse an der Führung seiner Puppe verlierend, weshalb sie auch sofort wegsackte, wie übrigens die meine auch, weil ich meinen Zeigefinger für zukünftige Aufgaben freihalten mußte – ich meine, man sollte einmal einen fragen, der an sowas genagelt wurde. Wie heißt der doch gleich? fragte er mich. Du hast doch noch Religionsunterricht gehabt.

Ich wies auf den Fidus. Der Poppes war mir aufs Dach des Hertieblockes gefolgt. Ich hatte höher hinaus gewollt. Hohe Unbeliebigkeit. Oder ich weiß nicht. Das allerhöchste Unbeliebige, oder das Streben nach ihm, hatte mich ins Freie verführt, hier herauf, wo ich das Einmalige vermuten mußte, weiß der Luzifer meiner Kleinbürgerseele weshalb, also bestimmt einer falschen Regung meiner Wirrwelt folgend. Mein Zeigefinger, noch warm vom Purpur eines Kardinals, bedeutete den schlanken, fast hageren, jugendlichen, überaus blonden, nordisch-germanischen Herren der Erde, stehend inmitten eines Wasserbeckens, oder eigentlich aufragend dort im Zentrum des kubischen Tempels, dem wir uns, nicht etwa schreitend, sondern rasend durch Säle und Hallen, Schulungen unterlassend, auch Reinigung sämtlicher Sinne, näherten – eine Farbabfolge abhakend, die von Schwefelgelb über Gelbgrün und Grün, über Blaugrün und Blau und schließlich von Goldgelb bis Goldrot zu Rot und über dieses ins reinste Licht – bis wir, so nackt wie Fidus, weil kleiderlassend unterwegs gewesen ins Geheimnis, vor diesem standen, jeder ein linkes Fingerkörbchen über seinem Geschlecht. Und sofort auch äußerte sich ganz unwillkürlich die arische Seele des Fidus und schwärmte mündlich in Neuem, bestimmt für die ganze Menschheit, als er zugleich sich gar nicht, wie wir feststellen konnten, antisemitisch benahm, obwohl er, bei er-

hobenen Armen in Sonnenradrichtung, einen altrassischen Geisteshochmut an Juden feststöhnte und, scharrend als Herr der Erde in ebenderselben: Verächteleien dieser Rasse aufzudecken versprach und einen unguten Führungsanspruch.
Ich vergaß meine Schamhaltung und tischte ihm Presse, Kunstkritik, Kunsthandel und Museen auf. Und der Poppes bediente ihn, ebenso schamlos gestikulierend, mit weiterem Unrat der Tschandalawelt. Und der Fidus sprach einen kommenden Führer aus, der jenseits der Kammer des Schweigens im Heiligtum mit eherner Hand Ordnung, Recht und wahre Freiheit schuf – was wir zwei auf Wochenschauen zu sehen bekamen.
Poppes kommentierte: Man kann deutlich sehen, wie uns Adolf Hitler von unseren äußeren Erdroßlern befreit.
Und, was das Ergreifendste ist, kommentierte ich die Erscheinung und den Untergang unter derselben: nämlich, daß volksfremde Geister dem Irrtum aufsitzen, daß dieses Heil von unten, von der Masse, wie überhaupt von den Allesbesserwissern, nämlich von ihrem Intellekt kommt.
Fidus, betete: Wir atmen die großen Schicksalsfügungen durch Übermenschen, siehe!
Heil Hitler, grüßte der nachgeborene, aber hauptschulbelehrte Poppes auf dem Hertieblock, auf seinem Dach, auf dem der Tempel des Fidus erbaut worden ist, in dem die Persönlichkeit nicht individualistisch denkt, sondern volkisch.
Sauerei, gab Poppes mir zu bedenken; wolltest du deshalb hier heraus?
Wie's unbeliebt, sagte ich. Und wende mich an Sie, die Sie inzwischen bemerkt haben werden, daß Heinz von Stein sein Raubritternest vor wenigen Minuten verlassen, um jetzt dort unten am Seil seine Punker zu versammeln, um alsogleich, nämlich als dieses geschehen, im Hundetheater, also als Boxer, sein Visier anhebend über den Kinnreff heraufzubrüllen:

HEINZ – ausstattungsfertig, beregt, schon sehr, sogar murksrassig:

Du Nackedei, du nordisches, da oben, Feind aller drallen Putten, niedriggeschossener Hagerich, hallo: Laß deinen Führer herabkommen auf unser Inflationspflaster, nämlich den Schwertträger, andenkenshalber für Sammler, nur so als Herleiher! Deine hier versammelten Entgegengreifer, lauter Wasübrighaber für Müll, meine Punker, dieser ganze Helferkreis in die Verschrottung und die Vernichtung, wünscht sich Eigenwerk von Blutrasslern und Gipfelmenschen zur Beschmückung ihrer Hemdsärmeleien und Brustunglücklichkeiten, zwecks Nichtkraftspielereien bis hinterwärts über Tathosenböden. Sei so gut, wenn wir gar so schön aufspielen als Schrammler auf Voreltернärschen, bejudendiene uns mit Erbhofglück und sonstiger Bodentreue, möglichst afterkulturgestalterisch, als Fachmensch für Wahrschaften, Werkheime und Sinneskost. Eine kleine Zusteuer an Lichtorden und Heilspangen bitte für meine Band, die mit einer Lichtnadel an das Zeitgeschehen geheftet wurde, insbesondere an dem Werkeltag, aus dem du uns märchenfeierlich wegrüsten könntest. Ganz doppelselig wirst du den Heinz von Stein machen, wenn du die Punkerausstattung stoffsachlich antarnst an unsere Altkleidersammlung.

Soweit der Heinz.

Was Sie nicht sehen können, weil geheim hier heroben: die Verweigerung des Herrn dieser Erde. Der Fidus ist verstimmt.

Sein Kommentar: Leinwandfüller.

Hast du das noch im Griff, fragte mich Poppes.

Im Augenblick: meine Verstimmung.

Was Sie wiederum sehr gut beobachten können: nämlich die Verstimmung des Kunz, des Knechtes von Heinz, also Rummelpuffs. Scheißhundetheater, schimpft er und entfernt sich aus dieser nicht mehr ganz faschistischen Szene.

Und jetzt entzündet der Ritter Heinz von Stein ein Kienholz, mitgebracht aus der Burg, und betritt derart pyromanisch das Kaufhaus.

Hast du das wirklich noch im Griff, fragte mich Poppes noch einmal, dringlicher.

Nein, brüllte ich sehr enttäuscht.

Da gibt es Vorbilder, wußte mein Mustermensch.

Schreib, brüllte ich. Etwas kleinlauter sagte ich: Ich wollte sagen, das steht nur geschrieben.

Jenes auch, blieb der Poppes vorlaut.

Kommt Zeit, kommt etwas andres heraus, versprach ich ihm sicher. Jedenfalls raus jetzt, schrie Poppes. Und er verbesserte diesen Notschrei in der Tat, und in der Folge durchlief ich hinter ihm diese rettende Verbesserung, in den Höfen und Sälen, wie er ein Kleidersammler, und wir beide hinunterwärts Schambedecker bis vollständig Angezogene. Hinein in den Abzug. Druckknopf: Erde. Herauskommend, herrenlos, schossen wir zum Ausgang, und – den Robin einlassend, ganz gewissenlos: stürzten wir ins Freie.

Robin war ins Kaufhaus geeilt, weil er wußte, daß er

DIE TRIEBKATASTROPHE DER ERHALTUNG

spielen sollte, oder

DIE ERHALTUNGSKATASTROPHE DES TRIEBES

oder

DIE TRIEBERHALTUNG DER KATASTROPHE

oder

DIE SELBSTERHALTUNG
DER TRIEBKATASTROPHE

Er fragte:

UND JETZT? WAS SOLL ICH TUN?	Er soll sich im Kaufhaus aufhalten er soll umhergehen
SONST NICHTS?	Er soll dieses Kaufhaus zu seinem Kaufhaus machen in dem er sich auskennt So verschafft er sich einen Überblick über das was er haben will
ICH WILL ETWAS KAUFEN EINEN SPIEGEL	Was er kaufen will das soll er kaufen Das kann er dann mitnehmen
KANN ICH DAS KAUFHAUS	

JETZT
VERLASSEN?

Er soll es verlassen wollen
er soll es aber nicht können
Es brennt
Es gibt eine Panik

SOLL ICH
VERBRENNEN?

Er soll sich diese Panik
durch den Kopf gehen lassen
Er soll diese Panik zu seiner
Panik machen in der er
sich auskennt

DAS IST ABER
EINE
KATASTROPHE!

Er soll diese Katastrophe
zu seiner Katastrophe machen
in der er sich auskennt

WARUM?

So verschafft er sich einen Überblick
über das, was ihn haben will
und was ihn jetzt kauft:
er wird so erkannt
wie er sich selbst erkennt
im Spiegel
Er hat einen Spiegel gekauft
ihn hat eine Katastrophe gekauft

BITTE WER VER-
LÄSST
DIESES BREN-
NENDE
KAUFHAUS?

Am Ende kommt nur eine
Katastrophe heraus

MIT WEM?

Mit ihm. Sie hatte ihn gekauft

NUR MIT
MIR?

Und mit seinem Spiegel

WIE LANGE DARF
ICH
VON DIESER
KATASTROPHE
ERZÄHLEN?

Er soll noch vierzig Jahre lang
erzählen dürfen davon
wie eine Katastrophe herauskam

UND ICH?
UND ICH?

Er soll noch vierzig Jahre lang
erzählen dürfen davon
wie er mit der Katastrophe
herauskam

UND MEIN
SPIEGEL?

Er soll noch vierzig Jahre lang
erzählen dürfen davon
wie auch sein Spiegel mit der Katastrophe
herauskam

DURFTE ICH
IN MEINEN
SPIEGEL
SCHAUEN?

Er soll noch vierzig Jahre
erzählen dürfen davon
wie er vierzig Jahre lang
in seinen Spiegel schauen durfte
und sehen durfte
wie er alt wurde
und vierzig Jahre später noch so jung war
wie an jenem Tag vor vierzig Jahren
an dem er vor dem Kaufhaus verkohlte.

Schau hin, sagte Poppes zu mir. Schon wieder. Da verschwinden ja schon wieder welche.
Sie werden im Osten verschwinden, sagte ich und blickte zu Fidus empor. Der blickte jedoch nicht herunter. Es handelt sich um einen Abtransport.

Einer winkte uns heran. Es war der Jude Wiesenthal. Er sagte: Ich bin vor vierzig Jahren gestorben.
Sie leben, rief Poppes. Sie leben, bei Gott.
Schweig, befahl ich dem Poppes.
Aber er lebt doch, blieb er dabei. Der Wiesenthal war mit den anderen verschwunden.
Er hatte nichts mehr gesagt.
Ich schwieg.
Auch der Poppes. Aber nicht lange. Er mußte es sagen: Das Kaufhaus. Geschmacklos. Und Katastrophen – das ist wohl nicht das richtige Wort, was?
Es ist falsch, wie alles hier. Ich habe keinen guten Geschmack.

Das war doch nur ein Spiel. Das sollte doch nur so sein. Du solltest doch nur sterben. Du bist doch nicht tot, redete ich auf Robin ein, der vor dem Kaufhaus Hertie saß und schluchzte.
Du hast doch noch vierzig Jahre gelebt, tröstete Nathalie und lachte.
Ich bin vielleicht doch schon vor vierzig Jahren gestorben, jammerte Robin.
Doch nur so, versuchte sich Hussan. Es waren inzwischen alle näher getreten. Sie redeten auf Robin ein. Die Zuschauer schienen verwirrt. Geht es nicht weiter? fragte einer.
Ich will aber nicht tot sein, klagte Robin.
Du hast dich aber doch ganz schön erhalten, spottete Poppes. Vierzig Jahre lang! Selbsterhalter, rief er.
Wir wußten wirklich nicht weiter. Das sollte uns noch öfter passieren. Wie auch weitermachen, wenn es keinen Anfang gegeben hatte. Wer arbeitet, tut sich da leichter. Eine Arbeit beginnt. Mit der Geschichte ist das noch etwas anderes. Man tut so, als wüßte man weiter. Man entwickelt da einfach. Aber was, das weiß man dann auch erst hinterher. Wir jedenfalls wissen, daß sich bei uns nichts entwickelt. Wir machen keine Geschichte.
Scheißrolle, schimpfte Robin in sich hinein. Jetzt bin ich tot.
Jetzt bist du endlich still, warnte ich.
Wir möchten vielleicht heimgehen, vermutete Rosa. Das ist doch

langweilig. Heute fällt uns nichts mehr ein. Sie löste die Schleife ihrer Schürze und band sie neu. Sie blickte sehr trotzig.
Jetzt setzen wir uns alle im Kreis und schließen die Augen, befahl ich.
Das begriff Nathalie nicht. Warum? fragte sie.
Wir denken nach, sagte ich.
Wir sollen uns wahrscheinlich etwas Neues ausdenken, wußte Adrian.
Selbsterhalter, neckte Poppes schon wieder den Robin.
Selber Selbsterhalter, maulte Robin.
Toter Selbsterhalter, lachte Poppes.
Habt ihr alle die Augen geschlossen, fragte ich.
Einer für immer, stellte Poppes fest.
Der Poppes soll jetzt still sein, weil es weitergehen soll, erklärte ich.
Wir haben die Augen geschlossen. Und weiter? fragte Nathalie.
Wir sind so lange still, bis einer weiterweiß, sagte ich. Wir kommen schon drauf. Bestimmt. Man muß nur die Augen schließen und denken, dann kommt es. Man muß nur wollen. Und wenn man still ist, und wenn man die Augen geschlossen hat, dann kommt man auf etwas ganz Besonderes. Auf etwas, das es noch nicht gab. Nämlich: was wir bald spielen werden, haben wir bestimmt noch nie gespielt. Vielleicht ist es nicht nur etwas Besonderes, sondern das einzige, oder überhaupt das Schlimmste, ich meine: Das ist dann so schön wie nie, oder das wird es vielleicht gar nie geben, so außergewöhnlich ist es, was wir gefunden haben werden, wenn wir jetzt nachdenken. Habt ihr die Augen auch fest geschlossen?
Weißt du es schon? wollte Nathalie wissen.
Jetzt sei doch keine Spielverderberin, rügte ich sie. Verlasse dich auf dich selber.
Aber bestimmt weißt du es schon? fing sie schon wieder an.
Nein, brüllte ich. Etwas sanfter belehrte ich sie, daß ich dann meine Augen doch geöffnet hätte. Wer etwas weiß, macht sie auf, sagte ich leise, und die Hoffnung prickelte in mir wie die Kohlensäure dort drüben auf den Tischen des Biergartens. Und wenn es nach mir gegangen wäre, das muß ich zugeben, säßen wir noch heute oder bestimmt bis gestern dort vor dem Kaufhaus, also eigentlich immer: weil ich so gerne mit geschlossenen Augen sitze, wenn alle anderen auch die Augen geschlossen haben und keiner weiterweiß. Ich weiß gar nicht, was die wollen, wenn das doch schon das Beste

ist, was es nach der Erlösung noch geben kann: nämlich vor dem Ereignis, das vielleicht kommt, einfach so dasitzen und auch nicht warten zu müssen, weil es ganz unbestimmt ist, ob es nicht doch kommt und ob es nicht gar, was keiner überhaupt wissen kann, so schrecklich schön sein wird wie nichts. – Nur die Zuschauer schauten. Ich wußte das. Wir aber werden sehend werden, verkündete ich mir selber. Und es wird das Selbstverständliche sein, das ganz plötzlich diese außerordentliche Enthüllung an sich selber vornimmt, damit es gilt. Das ganz unerwartete Einfache wird da sein wie etwas, das von weit her kommen muß, weil es immer schon auf uns gewartet hat. Und meinetwegen könnte es bleiben, wo es schon immer bei uns ist, weil ich so gerne denke wie ich erwarte.
Ich will aber nicht tot sein, schluchzte Robin.
Wir alle hatten es das erste Mal mit geschlossenen Augen gehört.
So wahr es ist, begann ich, daß eine Frau, die du einmal heiraten wirst, lieber Robin, eines Tages mit ihrem Ehemann, der der Ehemann deiner Schwiegermutter sein wird, dich ins Bett bringen und mit ihr gemeinsam für dich ein Schlaflied singen wird, so wahr ist, daß du nie sterben wirst, weil du in einem Versteckspiel, das wir jetzt spielen werden, nicht nur dir selber beweisen sollst, daß du nicht stirbst, sondern uns allen. Wir machen also jetzt einem Spiel, in dem du gestorben bist, den Prozeß. Wir bauen den Todesversteckspielturm. Wir öffnen die Augen! Es geht weiter, schrie ich.
Wo? fragte Nathalie und rieb sich die Augen.
Mitten in der Leopoldstraße, genau gegenüber der Erlöserkirche, empfahl ich. Und du, lieber Robin, sagte ich, wirst niemand sterben sehen in diesem Spiel und deshalb nicht sterben.
Wie gut, daß dir etwas eingefallen ist, sagte Robin.
Sie waren alle sofort dabei. Ich mußte zwar Anweisungen ausgeben, und die Sache hatte ihre Haken, aber das bewältigten wir, weil wir sprechen können. Unsere Situation: Wir sollten uns alle im gleichen Versteck verstecken, nur ich nicht.
Von anderen und zwar wirklichen Schwierigkeiten abgesehen, bereitet die Lektüre unseres Turmes die größte, obwohl man doch in einem Turm ganz einfach von unten nach oben steigt, für gewöhnlich.

Ich hatte damit gerechnet, Heimeran, sagte ich. Guten Tag.
Das klingt, als hätten Sie mit mir gerechnet, sagte derselbe.
Du spielst in meinem Kopf . Meine Entschuldigung.
Keine Ursache. So der Heimeran.
Todes, fuhr ich ihn an.
Aber: Versteckspielhirn, lachte er. Also nicht ohne meinen Augenschein.
Und Dora, und Leli und Chris?
Kuckuck, sagte er sehr zufrieden, blieb aber.

Warum baut Ihr nicht einfach einen Turm? rief einer aus der Zuschauermenge.
Tun wir doch, rief ich.
Ich meine einen besonderen, kam es zurück.
Das haben wir doch vor.
Sie können doch nicht einfach so herumsitzen und nichts tun.
Wir saßen herum, wurde ich ärgerlich. Und jetzt tun wir etwas. Und wir sind so herumgesessen, um herauszufinden, was wir tun könnten. Und es hat so lange gedauert, weil wir etwas Besonderes finden wollten.
Einen Turm? gab er sich nicht zufrieden.
Ja. Und einen besonderen.
Gut. Fangen Sie endlich an damit.
Hätten wir schon, würden Sie nicht das fordern, was wir schon vorgehabt hatten.
Er war still.
Es ging los.

VORBEREITUNGEN:

POPPES WIRD DER ERSTE SEIN
DER SICH IM TURM VERSTECKT
ER ERFÄHRT VON MIR
ALSO VOM REGISSEUR
WAS ER WISSEN MUSS
NÄMLICH
DASS ER IN DIESEM VERSTECK
DER ERSTE TOTE SEIN WIRD
UND ZWAR EINER
DER DEN TOD NICHT SEHEN MUSS
UM AN IHN ZU GLAUBEN
ER WEISS

NACH DEN REGELN
DIE IM TURM GELTEN
IST DAS EIN FEHLER
DIESER FEHLER IST NOTWENDIG
OHNE DIESEN FEHLER
KOMMEN DIE REGELN IM TURM
NICHT ZUR GELTUNG

ÜBER DIESEN FEHLER KANN
ABER MUSS NICHT
NACHGEDACHT WERDEN

NATHALIE
JEANNE
ROSA
NEHMEN AN DIESEM
VERSTECKSPIEL TEIL
DAS SIND
SEHR WENIGE SPIELER
IM TODESVERSTECKSPIELTURM
WIRD RIGOROS VERKÜRZT

DAS WIRD KLAR
ALS ROBIN ERFÄHRT
DASS ER DER LETZTE SEIN WIRD
DER SICH IM TURM VERSTECKT
ROBIN WIRD ERST SPÄTER
AN DIESEM VERSTECKSPIEL
TEILNEHMEN

ICH WERDE IHM SAGEN
WANN ER SICH VERSTECKEN
DARF
ICH WERDE IHM AUCH
ERKLÄREN
WAS ER ZU SAGEN UND
ZU TUN HAT
ICH WERDE IHM DAS ERST SAGEN
WENN WIR ALLEIN SIND

DIE GRUNDREGELN IM TODESVERSTECKSPIELTURM

NUR WER DEN TOD
EINES ANDEREN SIEHT
KANN SELBER STERBEN
ER GLAUBT NÄMLICH DANN
AN SEINEN EIGENEN TOD

MAN VERSTECKT SICH
IM TURM
INDEM MAN SICH
ÜBER EINEM VERSTECKTEN
VERSTECKT

IM
TODESVERSTECKSPIELTURM
KANN EINER
DER SICH ÜBER EINEM
ANDEREN VERSTECKT
NUR HINUNTERSCHAUEN
NIEMALS HINAUF

SO IST DAS
SO EIN VERSTECKTER
KANN ÜBERBLICKEN

WEIL WIR UNS IN EINEM
TODESVERSTECKSPIELTURM
BEFINDEN
IST EIN GEFUNDENER VERSTECKER
ALS EIN VERSTECKTER FINDER
EIN WIRKLICH TOTER
ER HAT DEN TOD GEFUNDEN
ER IST EIN VERSTECKTER TOTER
WEIL ER EINEN VERSTECKTEN
TOTEN FAND
ER WURDE ALS TOTER GEFUNDEN

UNSERE SITUATION

JEDER MUSS VON EINEM
DER SICH UNTER IHM
VERSTECKT
BESTÄTIGT BEKOMMEN
DASS ER SELBER SICH
IN EINEM VERSTECK
BEFINDET
IN DEM ER SICH
ENDGÜLTIG
VERSTECKTE

EIN DERART
BESTÄTIGTER TOD
KANN DEN TOD
EINES VERSTECKTEN
BESTÄTIGEN
DER SICH ÜBER IHM
VERSTECKT

WIR GLAUBEN
AN DEN TOD
WEIL WIR
TOTE SEHEN

UNSER VERSTECK
IST HIERARCHISCH

DER TOD
IST HIERARCHISCH

als Nathalie
die sich über der Jeanne
versteckt
kann ich glauben daran
daß ich tot bin
weil unter mir die Jeanne
daran glauben kann
daß sie tot ist

die Jeanne
die sich über mir versteckt
kann glauben daran
daß sie tot ist
als ich als Rosa
daran glauben kann
weil unter mir der Poppes
nicht daran glauben muß
daß er tot ist
der weiß es

als Poppes bin ich
der erste Tote
hier im Versteckspielturm
ich bin der einzige
der an den Tod
nicht glauben muß
ich weiß
daß ich tot bin

UNSERE SITUATION

GLAUBT DER ROBIN
NICHT
DASS ER OBEN IST

GLAUBT DER ROBIN
NICHT
DASS ER DEN TOD
ÜBERBLICKT

GLAUBT DER ROBIN
NICHT
DASS ER TOT IST

IST DER TOD
ALSO NICHT FERTIG

IST DAS SPIEL
ALSO NICHT AUS

als Robin könnte ich sagen
der letzte Spieler wäre hier
heroben
er hätte sich über Nathalie
versteckt
der Überblick über ihren Tod
würde ihm die ewige Ruhe
schenken

als Nathalie
verstecke ich mich über Jeanne
um ihren Tod zu überblicken
der Überblick schenkt mir
die ewige Ruhe
weil Jeanne die ewige Ruhe
überblickt

die Jeanne
die mich überblickt
kann also ganz grabesruhig
überblicken
wie ich molekular abgebaut werde
als mir als Rosa
der Überblick über den Tod
geschenkt wird
weil unter mir der Poppes
gar nichts überblicken muß
weil der doch weiß
daß er tot ist

als Poppes
der als erster Toter allen
den Überblick über den Tod
verschafft
könnte ich jetzt sagen
es ist geschafft
der Tod ist fertig
der Letzte versteckte sich
ganz oben im Turm
aber

KEINE SITUATION

so spricht der Robin
oben im Turm

ALSO
OB WIR WAS SAGEN
DAZU
ODER
OB WIR SCHWEIGEN
DAZU
DAS IST
BESONDERS
WENN ES
UM UNS
GEHT
UND WENN ES
BESONDERS
GUT UM UNS
GEHEN SOLL
BESONDERS
SCHLIMM

das macht der Regisseur
er dreht den Todesversteckspielturm um
ganz einfach

da schweigt der Poppes
unten im Turm

WIR WERDEN
NICHT NUR
DROHEN
IN EINER
ANDEREN
SITUATION

	Als Poppes muß ich schon schreien
	diese 180° waren schlimm
	so eine schlimme Verdrehung
	ich bin nicht mehr unten
	hier bin ich
	ich bin hier heroben
WIR FRAGEN	die Rosa ruft jetzt den Poppes
	wo bist du
WARUM	du bist nicht mehr unter mir
HAT DER REGISSEUR	bitte
DEN TURM	was soll das
UMGEDREHT	
	da staunt jetzt die Jeanne
	die Rosa ist über mir
	also sowas
BITTE	was soll das bedeuten
	hier bin ich
WARUM HAT ER	
DAS GETAN	aber wo ist die Jeanne
	als Nathalie schaue ich
	ganz vergeblich hinunter
	also über mir bist du
	und ich bin darunter
	und unter mir ist der Robin
	und ist das schlimm
	der Robin muß lachen

UNSERE SITUATION

KÖNNEN WIR
NACH DER UMDREHUNG
NOCH GLAUBEN
WIE BISHER
DASS WIR TOT SIND

ALSO WIE BISHER
VON OBEN
NACH UNTEN

ODER
WIRD UNS
DIESER GLAUBE
NOCH GESCHENKT
VON UNTEN
NACH OBEN

ODER
STIMMT DA
ETWAS NICHT

ODER
STIMMT
NICHTS
MEHR

als Poppes kann ich nur sagen
als erster Toter in diesem Turm
vielleicht wurde der Fehler beseitigt
daß ich weiß, daß ich tot bin
ich darf also auch daran glauben

der Poppes
der sich über mir versteckt
kann daran glauben
daß er tot ist
als ich
die Rosa
daran glauben kann
weil unter mir die Jeanne
daran glaubt
daß sie tot ist

die Jeanne
die sich über mir versteckt
kann daran glauben
daß sie tot ist
als ich
die Nathalie
daran glauben kann
weil unter mir der Robin
oder nicht
oder bitte

oder kann die Nathalie
daran glauben
daß sie tot ist
oder daran
daß ich
der Robin
einen Toten sehen will
bitte

	ich widerrufe
UNSERE SITUATION	weil ich als Poppes
	für die Erhaltung des Todes bin
DA GLAUBT MAN	ich sage
AN DEN	ich muß nicht daran glauben
TOD	daß ich tot bin
ABER	ich weiß es
LEIDER	
	dann bin ich als Rosa
	zwar über der Jeanne
	aber nur
	um zu überblicken
	aus meinem Versteck heraus
MAN HAT SICH	wie die Jeanne
AN DEN UNTERSTEN	aus ihrem Versteck heraus
SO GEWÖHNT	den Tod nicht überblickt
DASS MAN	
AN DIE	dann bin ich als Jeanne
WAHRHEIT	zwar über der Nathalie
DES HÖCHSTEN	aber nur
NICHT MEHR	um zu überblicken
GLAUBEN KANN	aus meinem Versteck heraus
	wie die Nathalie
	aus ihrem Versteck heraus
	den Tod nicht überblickt
	dann bin ich als Nathalie
	zwar über dem Robin
	aber nur
WENN DER LETZTE	um zu überblicken
NICHT MEHR	aus meinem Versteck heraus
STERBEN KANN	wie der Robin
WAS IST DANN	aus seinem Versteck heraus
MIT UNS	überhaupt nichts überblickt
	schon gar nicht den Tod
DER SIEHT	
KEINEN TOTEN	wenn ich als der Letzte
	hier unten im Turm
	sagen muß
	unter mir wird sich
	niemand mehr verstecken

UNSERE SITUATION

TROTZ
EIN
GERECHTER

WENN AUCH TÜRME
UMGEDREHT WERDEN
MÜSSEN
REGELN NIE

DA BLEIBEN WIR
ABER BRAV
IN DER ALTEN
HIERARCHIE

DA SIND WIR
KONSERVATIV

Als Poppes
der für die Erhaltung des Todes ist
drehe ich hier
im umgedrehten Turm
ganz einfach den Überblick um
also:
weil ich in meinem Versteck
über Rosa
weiß, daß ich tot bin
kann Rosa
mich von unten herauf überblickend
an ihren Tod wieder glauben
und so weiter hinunter

die Jeanne
die unter mir im Versteck ist
denkt nicht mehr daran zu glauben
daß sie tot ist
weil es mir
der Rosa
gar nicht mehr einfällt
daran zu glauben
denn
weder muß der Poppes an den Tod glauben
noch dürfte er sicher wissen
daß er tot ist
besonders als Umdreher ist er
unglaubwürdig

Als Nathalie
die unter der Jeanne versteckt ist
will ich auch nicht mehr daran glauben
daß ich tot bin

da kann ich als Robin
nur lachen:
der Letzte im Turm
sagt dem Ersten
es wird nichts mehr umgedreht
im umgedrehten Turm

WIR SIND
IM TODESVERSTECKSPIELTURM
NICHT MEHR VERSTECKT

WIR FINDEN
IM VERSTECKSPIELTURM
NICHT MEHR
DEN TOD

WIR SPIELEN
IM TURM
NICHT MEHR
DEN TOD

ES GIBT
KEINEN TOD

Da kann ich als Poppes nur sagen
bitte nicht
der einzige Tote im Turm
der will ich nicht sein

na also
kann ich als Rosa nur seufzen
endlich

aber als Jeanne muß ich fragen
ob wir das glauben
daß der Poppes nicht tot ist
da habe ich Zweifel

das müssen wir glauben
das muß ich als Nathalie
leider sagen

als Robin glaube ich nicht
an den Tod
daran kann ich nicht glauben
wenn aber der Poppes glaubt
daß er weiß
daß er tot ist
dann er ganz allein
wir wissen
den Tod gibt es nicht

UNSERE SITUATION

IST EINE
ECHT
WUNDERBARE
SITUATION

DER EINE
GIBT ES
DEM ANDEREN
UND BEIDE
BESCHENKEN
UNS

DER TOD
WAR ZWAR
FRIEDLICH
DAS LEBEN
IST ABER
AUCH
EIN STREIT

WER DAS SPIEL
VERLÄSST

Der Poppes
der gar nicht tot ist
der also nicht mehr
der erste Tote im Turm sein kann
was er einsieht
der meint
daß der Letzte im Turm
nur der bisher Letzte sein kann

man muß den Poppes verstehen
der meint
wenn er schon nicht der erste Mensch
sein darf
der an den Tod nicht nur glaubt
weil er weiß
daß es ihn gibt
so ist der Robin nicht der letzte Mensch
der nicht an den Tod glauben wird

vielleicht versteht man den Poppes besser
wenn er zugibt
ein Poppes, der nicht an den Tod
glauben muß
weil er weiß
daß es ihn gibt
der war ein Fehler
der wurde aber doch korrigiert

der Gehilfe seines Lehrers
der Robin
der glaubt aber vielleicht immer noch
daß er der letzte Mensch ist
oder ist sogar stolz darauf

da kann der Poppes nur sagen
das hätte er doch nur sein können
als letzter Toter
was er aber doch nicht sein konnte
weshalb er aber schon gar nicht
als letzter Toter der erste Lebendige ist
wo es doch den Tod gar nicht gibt

wenn der Poppes sich hier verbietet
weiterzuscherzen

VERLÄSST AUCH
DEN ERNST
WIR BEGREIFEN

JETZT DARF
NICHTS MEHR
UMGEDREHT
WERDEN

WENN DER
ROBIN
JETZT
NICHT MEHR
DENKT
SOLL ER SICH
NICHTS DABEI
DENKEN

begreife das bitte wer will

der Poppes sagt nur noch
das Leben geht weiter
der einmal letzte Mensch
wird ein Fehler sein
freilich

der heutige letzte Mensch
nämlich der Robin
der muß korrigiert werden
ja

der Poppes ist hier noch einmal
der Erste
der hier zuletzt lacht

als Robin sage ich
ich bin der letzte Mensch

Warum habt ihr diesen Turm gebaut? rief er wieder aus der Zuschauermenge.
Wir können doch nicht einfach so herumsitzen und nichts tun, gab ich zurück.
Sie tun einfach etwas, kam es zurück.
Etwas Besonderes. Wir haben einen besonderen Turm gebaut.
Warum einen besonderen? Warum bauen. Wozu? Ist es nicht besser, nichts zu bauen und ganz gut, keinen besonderen Turm zu bauen.
Ich sah, wie er sich abwandte und durch die Menge wegging.
Ich habe Sie erkannt, schrie ich ihm nach.
Ich verstehe nicht, sagte die Rosa.
Ich habe Sie verstanden, schrie ich ihm nach.
Was hast du verstanden, fragte die Rosa.
Ich habe ihn erkannt, sagte ich und ließ sie stehen.

Er steht mir noch, wenn Sie verstehen. Nein, sowas. Einfach großartig, stöhnte Heimeran Phywa.
Na also, meinte ich.
Also der Tod als Versteck für alle Lebendigen, Spitze! Ganz gemein gut. Das macht mich ungemein an.
Ich verstehe. Und du, schon gefunden?
Noch nicht.
Also fröhlich?
Das schon. Jedoch Kummer. Erstens: die Punker. Da gibt es auch schon Versteckspieler. Schlecht. Noch abschlaffender aber für mich: nicht alle Poppers schließen sich meiner Bewegung an. Es gibt da noch immer Spielverderber. Ich sehne mich nach der Einheit meiner Versteckspielbewegung, wenn du verstehst. Im Vertrauen: ich arbeite an einer Theorie des Versteckspiels: an einer Sammlung aller Versteckspielregeln, sozusagen. Freizeitbeschäftigung, selbstverständlich. Der Mensch lebt nicht vom Brot allein. Kuckuck.
Da stand er nicht mehr. – Weg war er ganz.
Da tauchte nämlich die Chris auf.
Das ist der Ivan Deck, rief sie mir schon von weitem zu. Und bei mir angekommen, zerrte sie ein purpurhaariges Individuum vor mein Angesicht, sozusagen. Und plärrte die Vorstellung: 16 Jahre alt, gebürtiger Engländer, kommt direkt aus London, war schon von Anfang an in der Punk-Scene, seit etwa vier Jahren also. Ist in etwa der hundertfünfzigste hier in München. Beschwert sich, daß der Zusammenhalt hier nicht so gut sei wie auf der Insel. Fühlt sich auch verdammt einsam. Schaut wahrscheinlich bald aus dieser Stadt. Vorhaben: Gründung einer Band. Sehen Sie: die Klamotten aus der großbritannischen Metropole. Der Pulli ungefähr acht Grüne. Spricht nur gebrochen Deutsch. Im Augenblick gar nichts, weil er ein mieses Gefühl unterm Muster hat; nämlich, der macht, Tschuldigung: mit Scheiße an. Ich will sagen: Der rotzt die Visage bei mir ab und bei der Dora und Leli, und nur weil wir spielen, insbesondere mimisch für ihn: Verstecken. Prankt auch schon manchmal, der üble Tiger. Nach mehrfachem Farbwechsel leider im Augenblick abgeblaßt: sämtliche Flecken davon, alle erst einmal blau. Auch blinzelnah. Wie Sie bemerken, übersetze ich augenblicklich in seine Punkersprache. Zwecks Drastik. In meiner Sprache, zu Ihnen gesagt: ist ein ganz böser Schmutzbengel, der. Na und? fragte sie.

Na ja, meinte ich und ging weg.

Ich bin der letzte Mensch! Nach mir gibt es keinen mehr, weil es keinen mehr geben darf, schrie Robin, als er über den Platz lief. Verstehst du denn nicht, erklärte er dem Poppes, der sich ihm in den Weg gestellt hatte: Wenn ich nicht der letzte Mensch bin, müssen wir alle sterben. Ich aber habe es vollbracht. Ich bin der Unterste. Ich darf niemand mehr unter mir sterben sehen. Ich muß der Unterste bleiben. Schluß. Aus. Ende!
Den hat es erwischt, resignierte der Poppes.
Du wirst alt, sagte ich zu ihm und ließ ihn stehen. Er blickte mir lange nach, sehr verlegen.

Gut gespielt, meinte Nathalie.
Gut? fragte Hussan. Ich meine, erklärte er, ist der Entwurf gut? Mehr als ein Entwurf ist doch dieses Spiel nicht.
Wir entwerfen immer nur, sagte ich.
Ulrich Sonnemann rief vom Seil herüber: Eure Entwürfe sind gut, wenn sie ihren Umschlag in Praxis nicht vorsehen, sondern diese schon sind.
Wenn sie also dieser Umschlag schon sind, dann sind unsere Entwürfe gut, dachte der Hussan nach.
Sie sind unsere Praxis, verstand Nathalie schon viel schneller. Einer vorgesehenen Praxis enthalten wir uns. Das ist klar. Das war aber auch bisher unser Kummer. Was verändern wir schon?
Diese Welt jedenfalls verändern wir nicht, klagte Hussan. In die Geschichte greifen wir anscheinend nicht ein!
Ihr spielt, sagte Sonnemann. – Er hatte das Seil überstiegen. – Ihr entwerft eure Spiele. Das ist es. Auf solche Weise, nämlich indem ihr derart entwerft, verändert ihr das Gesetz selbst, das Gesetz dieser Geschichte. Die Änderung erfolgt je schon gegenwärtig, als sich durchsetzende Ausbreitung, von vielen Quellpunkten her, eines anderen Verhaltens. Spielt weiter. Spielend verhaltet ihr euch selbst in diesen Spielen nach Maßgabe eurer Ideen von euch selbst.

Zum Beispiel heulte Hussan sich selber in ein solches und als solches heulendes Beispiel packte er ganz unbarmherzig den Adrian an dessen Nase, welche derbe Handlungsweise diesen ebenfalls im Schmerz als Beispiel aufheulen ließ, so daß sie im Augenblick zum Duett wurden, von dem gesagt werden konnte, es drücke ganz außerordentlich aus: den ergreifenden Angriff und das ergriffene Leiden. Ergreifend gelitten wurde aber von beiden: sie liebten hier auf dem Platz beispielsweise beide die Zaara. So war das schon immer geplant und es durfte sich immer wieder einmal, so auch jetzt: dramatisch entwickeln.

Bitte, die Lösung.

Ich werde gar nicht gefragt, meinte die Zaara. Sie sagte das auch nur zum Beispiel: als solches spielte sie kaum eine Rolle.

Es gibt nichts in dem Spiel, womit sich das Problem zweier Männer lösen ließe, die sich in dasselbe Mädchen verlieben, stellte Buckminster Fuller fest, als er hier wieder einmal zur Stelle war: wo seine Auskünfte als mehr oder weniger richtungweisend wirken konnten – hier leider, aber doch zweckmäßig – weniger.

Von einer Lösung schienen die beiden Liebestollen gar nichts wissen zu wollen. Sie rückten aus, nicht ohne das geliebte Mädchen zu entführen. Und – um im Beispiel zu bleiben – sie verloren unterwegs den Gegenstand ihrer Liebe und kurz darauf auch noch aus den Augen, als sie in der Wüste (alias Parkplatz) ihren Baum fanden, genauer: den Schatten, den er warf. Und aus diesem Schatten versuchten sie nun sich gegenseitig zu werfen. Es schien so, als seien sie beide in denselben Schatten verliebt, den dieser von ihnen beiden gewählte und also ganz bestimmte Baum warf. Und es schien nicht so, als wolle sich einer von diesen beiden mit dem Schatten eines anderen, ebenso verlockenden Baumes begnügen zu wollen, nein: dieser mußte es sein. Beispielshalber.

Es gibt nichts in dem Spiel, erklärte Buckminster Fuller, der zunächst den dreien, später den zweien gefolgt war, wie übrigens wir alle, freilich ausschließlich als Zuschauer: es gibt nichts, womit sich das Problem zweier Männer lösen ließe, die sich in denselben Schatten unter einem ganz bestimmten Baum verlieben. Und einige werden sich vielleicht gegenseitig die Nasen einschlagen, meinte er, was die beiden beispielsweise sofort, aber nur versuchten. So streng genommen wurde von ihnen dieses Beispiel nun auch wieder nicht.

Hier wurde offenbar – den Ernst der Situation untertreibend –

etwas vorgeführt, was kein Spaß sein sollte. So etwas kommt hier vor. Für Katastrophen gibt es hier kein Bedürfnis. Wenn unsere Beispiele etwas abgewirtschaftet wirken, so sollen sie das. Die Schwäche unserer Überzeugungen ist ihre Kraft.

Den Buckminster störte das überhaupt nicht. Nämlich, wandte er sich an mich, die Probleme können auch in metaphysischer Hinsicht verwirrend und fesselnd sein, wie es die Probleme sind, denen sich die Philosophen, die Künstler und die Dichter gegenübersehen. Durch das große Weltspiel müssen jedoch Mittel und Wege gefunden werden, wie man jeden mit vielen wunderbaren schattigen Bäumen versorgen kann. Beispielsweise hüpfte der Buckminster an der Baumreihe entlang und meldete plötzlich von Baum zu Baum einen wirklichen Schatten. Seine Patschhände luden die beiden sehr heftig zum jeweiligen Genuß der jeweiligen Schatten ein. Vergeblich.

Das hat wenig Zweck, meinte ich.

Das bedeutet, schrie Buckminster Fuller, materiellen und wirtschaftlichen Überfluß, der für alle ausreicht.

Darum geht es hier nicht, glaubte ich.

Das kann etwas dauern, schränkte der Buckminster ein. Das wird viele Wartelisten erfordern!

Darauf warten wir nicht, wußte ich.

Der Buckminster aber überschrie sich: mit fortschreitender Zeit und wenn weltweite Informationen zugänglich werden, kann man die Gipfel und Täler der Gesamtzeit der Menschen immer besser ausgleichen.

Beispielsweise verließ er im Augenblick dieses Beispiel: Umfassende Koordination der Informationen über Buchungen, Reserven und Unterlassungsmöglichkeiten wird bald einen weltweiten 24-Stunden-Gesichtspunkt der Gesellschaft zuwege bringen. Der Buckminster lobte im Glück. Das große Glück, die Beglückung, schrie er.

Die zwei, wollte ich sagen.

Die Menschheit, brüllte er.

Ihre Situation, ganz individuell, versuchte ich auszuführen.

Vergeblich.

Der notwendige Parameter, seufzte er.

Inzwischen hatten sich der Hussan und der Adrian ununterbrochen sehr schlimm behandelt. Jetzt saß der kleine Buckminster auf dem

Kies. Er war gekippt. Er war enttäuscht. Er verließ seine eigenen Beispiele, als er die beiden jammernd beschimpfte, indem er ausführte, unter Umständen müsse entweder der Hussan oder der Adrian als Junggeselle sterben, ganz plötzlich, hoffentlich; sein Ärger war schuld, zufallsungemäß. In diesem undurchsichtigen Leben packte ihn die Wut, die auf ihre Weise manches durchsichtig macht, nämlich: sogar mit dem Anfang der 5. Symphonie kam er jetzt heraus lauthals, also beinahe orchestral: Schicksal! Dreimal. – Noch nicht genug. Er verdammte sie alle zwei: Zwei platte Gesichter, schrie er, sind am Ende die Lösung. Die Schönheit schaue doch darauf, von welcher Nase sie justiert worden sei. Wo aber keine mehr rage, fehle in der Liebe die Kimme. Das sei die Lösung für solche Hunde.

Das war das Stichwort. Beispielsweise war die Zaara inzwischen wieder aufgetaucht und auf eben diese Weise hob sie den kleinen Knaben hoch und trug ihn zu ihren Liebhabern in den Schatten des ganz bestimmten Baumes, der für sie stellvertretend verlockend geworden, und Hussan und Adrian herzten und küßten den Kleinen ein um das andere Mal, beispielsweise, so also wie man Beglücker herzt und küßt, die es schlimm aber gut meinten. Und sie gingen damit so unbeliebig vor wie nur möglich, indem sie ihn als quasi Zaaras Kind adoptierten in eine Ehe zu dritt. Das Kind ihres dreifaltigen aber einmaligen Unglücks nannten sie ihn: von einem unbeliebigen Schatten, nämlich dem einzigen einen, den sie beide liebten: geboren. Beispielsweise.

So hat noch kein Adoptivkind geplärrt. Und: so ist auch noch kein Adoptivkind entlaufen. So kurz war auch noch kein familiäres Glück gewesen, wahrscheinlich.

Wie haben wir diesem Buckminster mitgespielt, mit seinen eigenen Worten.

Jetzt war es die Zeit. Die Zaara mit ihren beiden Geliebten, eingehängt alle drei, gingen uns voraus. Wir folgten. Wir weihten das Denkmal für Vater Freud ein, in der Wüste.

Der Poppes zog das Tuch herunter. Gut getroffen.

Hier also stand es: das Ziel der Herstellung einer Einheit aus den menschlichen Individuen. Hier also stand bei weitem die Hauptsache. Das Ziel der Beglückung bestand zwar auch noch, aber es war in den Hintergrund gedrängt worden, für uns alle hier beinahe unsichtbar.

Fast schien es so: Die Schöpfung einer großen menschlichen Gemeinschaft würde am besten gelingen, wenn man sich um das Glück des einzelnen nicht zu kümmern brauchte.
In diesem Schein war uns vieles erlaubt, wie wir alle zu hören glaubten: Der Entwicklungsprozeß des einzelnen darf also seine besonderen Züge haben, die sich im Kulturprozeß der Menschen nicht wiederfinden.
Mein Gott, wie wir uns für diese Erlaubnis bedankten. Wir durften. Wir dankten. Wir durften die besonderen Züge haben. Wie haben wir uns bedankt. Was machte es uns da schon aus, nicht wahr, daß diese Züge nicht ankamen. Der große Bahnhof, nicht für uns, kein roter Teppich. Hab Dank. Vater unser. Ohne uns. Lieber Vater aus Stein. Du steiniger Vater. Ohne mich. Ohne dich. Ohne alle. Unser tägliches Brot, besonderes Nichts gib uns heute.
Da also standen wir dicht geschart um einen unserer großen, deutschsprachigen Väter.
Es muß der Poppes gewesen sein, der in sich gegangen zu sein schien und murmelte:
Die Schöpfung einer kleinen menschlichen Anzahl von Menschen würde hier am Platz, meinte er, am besten gelingen, wenn man sich um das Glück der großen menschlichen Gemeinschaft nicht zu kümmern brauche.
War das der Foucault, der am Seil, Nähe Ungererstraße, gelacht hatte?
Ich mußte das in etwas Liebenswürdiges übersetzen:
Der Entwicklungsprozeß der Kultur darf seine allgemeinen Züge haben, die sich aber in unseren besonderen Zügen nicht wiederfinden.
Der Poppes begriff nicht. Er sagte: Züge müssen nicht unbedingt ankommen, hier auf diesem Platz schon gar nicht. Beispielsweise.
Nur zum Beispiel, respondierte ich.
Das muß der Buckminster gewesen sein, der am leuchtenden Rock der Zaara gezupft hatte, nur dreimal. Sie jedenfalls war beglückt. Sie strahlte. Sie sagte auch noch was: Gutes Kind, sagte sie. – Immerhin, es hatte ihr nicht einmal unter den Rock geschaut, ganz gewiß ohne Absicht, bei dieser Gelegenheit an einer Einzahl von Orten. Vielleicht auch nur deshalb.

Falsch, sagte ich, das sind wir

unrealisierbar
im Widerspruch zur Realität

keine Interpretation der Welt
keine Rationalisierung
keine Legitimierung von Herrschaft

eine Wahnidee
ohne objektive Gestalt

nicht auf der Ebene kultureller Überlieferung
nicht überführbar in institutionalisierte Formen
nicht sanktionierbar

pathologisch

unsereiner:
ausgeschlossen aus den kollektiven Wunschphantasien
die für die Kulturverzichte entschädigen
die zur Interpretation der Welt ausgebaut
und als Rationalisierungen der Herrschaft in Dienst genommen
sich unterscheiden von den pathologischen Erscheinungen
durch ihre objektive Gestalt
durch ihren komplizierten Aufbau als Illusion
die nicht notwendig falsch, d. h. unrealisierbar
oder im Widerspruch mit der Realität sein müssen,

unsereiner:
das überschießende Potential der inneren Natur als Phantasie
der Vorentwurf einer gewünschten Veränderung,
der Vorentwurf
nicht institutionalisierbar,

unsereiner bleibt das Besondere
das sich im Allgemeinen als Widerspruch anmeldet,

unsereiner radikalisiert das Besondere zum Widerspruch schlechthin

unsereiner vollzieht nicht,
übernimmt keine Rolle in den Parallelaktionen der Illusion
die ritualisiert

den gesellschaftlichen Zwangssituationen
und gesellschaftlichen Notwendigkeiten
ihren Legitimationen dienen
indem sie selbst die Wunschwelt so spielen
daß diese den Vollzug der Selbsterhaltung nicht nur nicht mehr stört
sondern diesen Widerspruch als gespielten anpassen
an die historische Notwendigkeit der Zeit
und an die gegebene Herrschaft.

Ich schloß:
unser Widerspruch zur Herrschaft
dient nicht ihrer Legitimation.

Auf dem Balkon der Konditorei der Freiheit: der Poppes Blätterteig mit Sahne, ich eine Schwarzwälderkirsch vor mir. Also da lag unser Platz unter uns unter einer riesigen Wolke aus Schlagrahm. Die Bepflanzung: Baumkuchen. Und wie wir löffelten. Die Cappuccinos milchten uns an, heiß. Kräuseldampf. Nur die schwarzen Popos der Kellnerinnen wie fremde Verheißungen in diesem oralen Paradies. Zum Analwerden, dachten wir, also jedenfalls bestimmt einer von uns. Darunter der grüne Zuckerguß, besetzt mit den leckeren Bäckereien der Freiheit, süßer verrummelt als der Süßstoff erlaubt. Die ganze Inkohärenz mit Rosinen in sämtlichen Köpfen. Ein Candidfrüchte-Markt, bewegend unterbrochen von gestärkten Hauben in schrecklichstem Weiß. Also lirum, larum, die Löffel dirigieren den Schaum, wie die Ohren den Schall und die Nasen den Rauch. Erkenntnisse in ihrer jüngsten Konsistenz auf Tellerchen, die auf dem großen und ganzen Tisch serviert werden. Das große Konditormesser, Schärfe kaum gefragt, teilt uns die Stücke zu von der großen und ganzen Torte. Erinnerungen an Geburts- und im nachhinein: Muttertage. Und die Hochzeitsportionen, die nicht zu vergessen, als sie über den Geschlechtern die Zeugung vereiteln im Bauch, rechtens verabreicht nach Beerdigungen bis Feuer. Was feiern wir heute? Wofür wird gelöffelt? Was muß geschenkt werden? Was zergeht auf der Zunge? Süße Vergänglichkeit. Die Architektur im Schmelzen. Die unanerkannteste Kunst auf dem verunsicherten Boden der Geschmacksnerven der Zunge. Der streckt sie mir aus dem Hals her, der Poppes, dieser mein oralster Ballettänzer. Wie bitte, verdaut er das alles? Oder, wie bitte, verdaut diese Welt diesen Platz? Wird es Schwierigkeiten geben insonah? Zur Seite über den Balkon von mir gesprochen, denn eine Aufführung findet statt: Wir werden von Düften hören und den Gestank zu riechen bekommen: so jung wie dieser wird keiner einer gewesen sein.

Haben wir da etwas erkannt? fragte der Poppes und wischte seinen Mund ab.

Wir haben erkannt? sagte ich.

Wir haben erkannt, äffte er nach. Er schleckte noch. Du schleckst mich. Du legst mich rein, schäumte er.

Wo kommt deine Erkenntnis heraus? unterbrach ich ihn ruhig.

Bring die Löcher nicht durcheinander, schrie er mich an.

Wo rollt sich deine Erkenntnis zum architektonisch gegliederten Haufen? fragte ich ihn. Wo streiten sich die Natur und die Konditorei um die Urheberrechte? Dagegen: der Mund ist gewöhnlich ein Loch ohne Kunst, weil zu plötzlich, auf einmal nämlich klatscht unser Wissen auf das Pflaster.

Also, fragte der Poppes aus seinem Blätterteig heraus, diese rundgelegte, zum Turm erhöhte Erkenntnis, wohin mit ihr?

Spül sie weg, riet ich ihm. Oder dreh dich um, schau sie an: deine Erkenntnis. Halte deine Nase zu, so dicht vor deiner figurierten Wahrheit!

Ich will leben, schrie Poppes, in seinen Teig einbrechend.

Dann steck deine Nase hinein und lebe.

Ich will losgehen, abmarschieren. Ich will was draus machen!

Dann wisch deine Nase nicht ab, und folge deinem Gestank.

Ich muß doch das tun, was ich erkannt habe, meinte der Poppes.

Du mußt doch erleben, was du ausgedrückt hast, äffte ich nach. Nicht?

Nicht. Ganz einfach nicht. Nichts mußt du tun. Das Erkannte schon gar nicht. Löffle. Und schweig.

Das macht aber doch am meisten Spaß. Ich bin immer so gierig!

Ich verderbe ihn dir, und stoße dich auf deine Erkenntnis zurück. Wie sitzt du jetzt auf deinem Dreck?

Jetzt ist er wahrhaftig ein solcher.

Du hast ihn bestätigt. Sehr gut.

Erlaubst du mir, ihn abzuwischen? fragte der Poppes, ein wenig amüsiert.
Wisch dcinc Erkenntnis ab, lieber Poppes, ja.
Und womit?
Mit Papier. Womit sonst. Mit sehr viel Papier. Bitte, mach es wie ich.
Da kennst du dich aus, was?
Es steht alles geschrieben, sagte ich: das Wahre, das Gute, das Schöne, sogar die Liebe, am meisten die Kunst.
Wir verließen zu zweit, Bauch an Bauch, die Konditorei. Soviel Sahne, so alles. So einfach. So Schatten. Hinter uns her der Schall, und über uns weg nach oben: der Rauch.

Wir: Also einer von uns hatte das gesagt, nämlich: keine Zeit hätten wir, oder von dieser Zeit nur einen Augenblick. Zeit zum Denken. Keine Zeit, etwas zu tun. Der Vergangenheit sei von uns aus nichts Faktisches abzugeben. Nicht, daß sie von uns Gehandeltes wüßte. Wenn das kein Betrug ist? Ganz anders jedenfalls kommen wir alle uns vor. Jedoch: Etwas Richtiges scheint daran schon zu sein. Also ganz von uns aus darf bitte wahrscheinlich nichts tatsächlich werden, es sei denn: wir wären nicht dabei. So bewegst du alle Glieder im Kopf, und unter dem Hals tut sich nichts! Bitte sehr: Immerhin ist das sehr bedenklich. Und über Bewegungen läßt sich da doch nur reden. Und so redet man über sie nur in der redlichen Unterlassung. Wir pfeifen allerdings unnatürlich darauf, was freilich wie Verführung gerügt werden muß. Wer ein Buch nicht mehr schließen kann, um zu leben, ist kein Leser, sagte am Platz dieser Ulrich Sonnemann, der uns lieben muß. So nämlich stehen wir alle geschrieben. Dem Schreiber lese er das in die Ohren: auch er muß uns zuklappen: um selber leben zu können.

Wenn ich mich nicht irre, traten Sie selber schon einmal als Hund auf, sprach mich ein Zirkuspferd an; dies, in Betreff: geschnitzter Haarkamm, sonst nicht so vergleichbar, nämlich heruntergekommen, mehr Mähre. Ganz und gar pfui.
Fehlt nur noch das Halfter, meinte ich.

Reddy Terrer, stellte Heimeran Phywa vor. Er tauchte wieder unter. Wogende Zuschauermenge.

Ein Punker, vorgestellt von einem Popper. Zeichen und Wunder. Geschehen: heute. Ich staunte. Und ja, gab ich zu: als Hund, als was für einer denn gleich? Vergessen. Nachlesbar. Bitte. Damit hatte ich es zu tun: mit einem Hauptschüler. Kurze Beschreibung seinerseits: Werfe in Bälde das Handtuch. Sei schon immer ein Penner gewesen. Einfall: Als Hund hätte ich kotzig gut ausgesehen. Bestimmt. Zum Liebhaben bis Rasur.

Schwierigkeiten? Interview meinerseits. Von wegen Zirkuspferd, wie ich meinte? Beiderseits rasiert, schläfenaufwärts? Deswegen?

Nein. Nicht jedenfalls in der Schule. Deutlicher Leistungsabfall, das schon. Reingejagte Noten, schlechte, ja, ja. Seinetwegen. Wolle später gar nichts mehr tun, nur gammeln. Von den Eltern aufgegeben, schimmeliger Stunk. Vorübergehende Sache. Bildverschiebungen.

Wie bitte? Ich. Diese Bildung.

Angeschmissene Gymnasiastenscheiße. Klamotten aber vom Flohmarkt, Altkleidersammlung, Second-hand-Läden, allenfalls. Trample sich Taschengeld her, allerseits. Er wolle zur Sache.

Komm, lockte ich. Gute Vorstellung, meine Note.

Alles Schlamm: diese Einstufungen. Vorsicht: Wahnsinnszorn, eventuell.

Immer mit der Ruhe. Schön im Kreis. Schön im runden Scheißauslauf. Meinetwegen auch Äpfel. So ich. So prunkte ich meinerseits.

Ganz schön geputzt, motzte er. Er meine das hier, einfach alles. Nur manchmal ein wenig verelendet. Dann vielleicht anpissend. Wärmlich. Bißchen Kotfarben im bunten Treiben.

Kritik? Ich höre! Aus welcher Ecke?

Ich käme ihm philosophisch, aber da sei er unterprivilegiert. Schon ein wenig professorale Berührungen. Schmutzfinken. Insofern sei er schon angedacht worden. Habe aber auch zurückstoßen müssen. Behaviorismus. Sowas Aufgeschnapptes. Sogar Parallele zu Dandys, die Krawattennadel allerdings in der Nase. Wies frommt.

Ein Glücksfall. Mir fiel ein: der Gruß hinauf zu Fidus. Dieser noch immer auf dem Hertieblock, die Arme geöffnet. Luzifer, sagte ich.

Ja, sagte Reddy, der sei selber ein Hauptschüler: nämlich wissensohne.

Nur beweglicher, so ich.

Genau. Sein Lob. Auch du, mein Sohn Brutus, fummelte er in der Geschichte. Vom Hörensagen, entschuldigte er sich. Er meine: Schon so ein Hund sei ich im Bilderverschieben. Symbolchen her, Symbolchen hin, Symbolchen rundherum. So ein Verdreher, wie soeben. Das habe er schon kapiert. Nicht ganz angepißt, das. Stinke ihn schon an. Zugegeben. Ob ich nicht doch noch was drin hätte in meinen Sachen. Vielleicht also, ob ich da Inhalte sähe. Nur so. Fiele auf. Er nicht. Ihn mache sein Hirn nicht mehr an, oder gar: onaniere den Sinn.

Also, wo bin ich gut? fragte ich direkt.

Wenn du gar nichts meinst, meinte er. Das komme aber zu selten vor.

Ich meine Falsches, meinte ich.

Falsch, urteilte er. Eben: das tust du zu oft. Ein Punker wird jedenfalls nicht aus dir.

Freilich.

Es sei sinnlos, mit mir zu reden, meinte er. Ich sei noch nicht sinnlos genug.

Schlampige Einstufung, wehrte ich mich. Also Note 6. Schlimm. Kaum zu glauben, Herr Lehrer Punker Reddy Terrer.

Wurscht, gab er zu. Es gibt nur Symbole. Schön, schön. Möglichst viele. Bewegung. Verschiebung. Dazu müssen sie aber leer sein.

Und die Bezüge? So ich.

Keine. Da bist du mir eben nicht sauber genug.

Oder nicht dreckig genug.

Das läuft auf das gleiche hinaus.

Nicht richtig, urteilte ich.

Genau.

Also falsch.

Bestimmt.

Verschwinden Sie, schrie ich. Bitte, verlassen Sie diesen Platz. Auf der Stelle. Augenblicklich.

Damit hatte ich aber bestimmt nicht gerechnet: der folgte nämlich aufs Wort. Nähe Clemensstraße sprang er über das Seil.

Ein Platzverweis? staunte Poppes.

Du hier? fragte ich. Soll das heißen, du hättest alles gehört?

Habe ich, meinte Poppes. Wenn das nur gut geht. Ein Platzverweis. Sowas.

Das sagen wir uns über den Tisch, im Café Freiheit: der Poppes und ich. Der Garten ist voll, die Kastanien hängen schwer über uns. Aber die leichten Köpfe der Toten.
Es gibt zweimal das Ende, sagte ich, als dein Augenblick, Poppes, vorbei ist. Die Zeit ist jetzt an dem Ende, das wir Vergangenheit nennen. In diesem Ende beginnt sie. Sie hat ihr Ende im Anfang.
Das halten wir fest, sagte Poppes.
Wir halten diesen Augenblick fest, sagte ich, der vorbei ist, um sagen zu können: es gibt noch ein zweites Ende, genau vor der Zukunft. In diesem Ende beginnt sie.
Das halten wir fest, sagte Poppes.
Wir halten diesen Augenblick fest, sagte ich, der vorbei ist, um sagen zu können: es gibt zwei Enden des Augenblicks. In diesen zwei Enden beginnen die Vergangenheit und die Zukunft. Im Ende des Augenblicks, in dem die Zukunft beginnt, hat dieses Ende seinen endlosen Anfang.
Wir müßten den Augenblick festhalten können.
Wir tun das, sagte ich.
Mit Bier, lachte Poppes: damit schieben wir das zukünftige Ende des Augenblicks hinaus.
Zurückschauend, sagte ich, schauen wir über das Ende des Augenblicks in die gelebte Zeit.
So redeten wir über den Tisch.
Und vorausschauend? fragte mich Poppes.
Da schauen wir über das Ende des Augenblicks in die noch nicht gelebte Zeit.
Und? fragte Poppes.
Also: tot kann man die gelebte Zeit doch nicht nennen, oder?
Tot nicht, sagte Poppes. Und: Sie lebt noch in uns.
Also: tot kann man die ungelebte Zeit doch nicht nennen, oder? fragte ich Poppes.
Also tot schon gar nicht. Wir haben das festgehalten: sie beginnt erst zu leben. Ich hoffe: mit uns. Auch. Gut so?
Ich hob wieder mein Glas. Also Poppes: Der Beginn der Vergangenheit am einen Ende des Augenblicks, den wir hier festhalten: hat gar kein Ende, weil er selbst der Anfang ist dieses Augenblicks, der an seinem Ende, als Beginn der Zukunft, kein Ende hat, weil er selbst das Ende ist.
Einen Anfang willst du dieses Ende also nicht mehr nennen? fragte Poppes.

Ich sagte: Ein Anfang ist das Ende, das wir Vergangenheit nennen. Nach diesem Ende, das wir Vergangenheit nennen, beginnt der nächste Augenblick, nämlich dann, wenn der Augenblick endet. Dann beginnt doch der nächste. Das Ende, das die Vergangenheit beginnt, beginnt auch den nächsten Augenblick. Das sagten wir schon: das Ende, das die Vergangenheit beginnt, hat ihr Ende im Anfang.
Und? fragte Poppes: das Ende, das am Ende des Augenblicks dieses Endes ist?
Das nennen wir auch den Beginn der Zukunft. So ist es.
Dann ist, sagte Poppes: das Ende, das die Vergangenheit beginnt: auch das Ende, das die Zukunft beginnt.
Du sagst es, sagte ich.
Oder hast du nur ausgetauscht? So Poppes.
Es ist so. Ich hatte da nichts auszutauschen, sagte ich. Es gibt eben doch nicht zwei Enden und zwei Anfänge. Es gibt einen Anfang und ein Ende.
Dann gibt es aber doch keinen Anfang und kein Ende, sagte der Poppes. Also wovon und warum überhaupt haben wir zwei geredet. Und: Warum haben wir einen einzigen Augenblick festgehalten, der zwei Enden haben sollte?
Um in dieser nur festgehaltenen Vorstellung, mein Poppes: eine Vorstellung von uns zu vernichten.
Und wir haben eine unserer Vorstellungen vernichtet, weshalb?
Um, sagte ich: die Toten nicht tot sein zu lassen.
Wie das?
Um die Toten, die wir uns in der Vergangenheit denken: in der Zukunft denken zu können.
Dann wären sie ungelebte!
Nach unseren Vorstellungen können wir das nicht behaupten: aber nachdem wir unsere Vorstellung von Vergangenheit und von Zukunft vernichtet haben, können wir sagen: die Toten leben in der Zukunft.
Aber doch ungelebt. So Poppes.
Wie wir, lieber Poppes, sagte ich.
Mit dem Unterschied: daß sie starben.
Mit diesem Unterschied, ja.
Und noch eine Frage, so Poppes: Dann wäre doch die Vergangenheit leer?

Ich stelle mir vor, sagte ich, daß sie leer ist. Oder: sie hat Zukunft. Ich sage das auch nur so.

Im 5. Stock, Freiheit 10, sitze ich an meinem Schreibtisch, notiere: Ich werde, südlich angrenzend an mein irisches Pub, die spanische Treppe hochführen: um dort oben, vor dem Kirchenportal, einen Platz zu haben auf diesem Platz, wo über das Falsche gesprochen werden kann, also in Rom. Und es wird sich ein Fehler ganz außerordentlich zeigen, nämlich dahinter: da wird einem der sieben Hügel der ewigen Stadt die zweite Hälfte fehlen: in einem Hinterhof der ersetzten Häuser der Freiheit fällt dieser Hügel nämlich senkrecht ab; er kann nicht fortgesetzt werden; er ist schlimm beschnitten. Das gibt viel Schatten. Das stört hier den organischen Zusammenhang der Stadtlandschaft. Da werden Kinder tätig gewesen sein, die eine Treppe hochführen wollten, wobei sie nur frontal tätig gewesen werden sein. Der Ansicht werden sie immer sein wollen. Das kommt im Sandkasten vor und hier in der Wirklichkeit. Sie werden sich also etwas ausdenken, aber nur so weit, wie es notwendig ist, wo nicht mehr: werden sie das abbrechen. Das wird ein Bruch sein. Die Vorderansicht wird das sein und ein Dahinter wird fehlen. Wie bei ihren Gedanken. Beim Denken werden sie deshalb nie dahinterschauen. Im Spiel wird nicht umgeschaut. Das ist die Regel. Dazugedacht wird nichts werden müssen. Auch nicht weggedacht. –
Ich merke an dieser Stelle an: So sieht eine Treppe auf diesem falschen Platz aus. Und ich weiß: Hier besonders wird es keine Flucht geben. Es wird hinuntergehen wie hinauf. Sie werden wie hinauf auch wieder hinuntersteigen müssen.
Und wenn Poppes und ich die Treppe hinaufsteigen werden als zwei Weiber, so wird die Rosa uns beiden nachrufen, daß die archimedischen Sechsundneunzig Ecken das runde Weib nie und niemals ergeben werden. Sehr schlimm wird das für zwei Transvestiten sein, obwohl doch ein jeder im anderen die andere Vollkommenheit wähnen wird. Aber kein Wedernoch-Wahnfried. Und das Lachen der Rosa.
So rotieren wir, aber auch anders vergeblich. Und es kommt mir so

vor, als hätten wir alle Sechs je ein Gewissen, welches jedoch nie ausschlaggebend sein würde, weil es unhörbar werden müsse: in der Geschwindigkeit seines Rotierens. Aber es gibt dieses Gewissen, aber nur deshalb, und so wollen wir das, also gar keine Entscheidung für dieses oder jenes: weil es so schnell ja gesagt haben muß wie es beinahe noch schneller nein sagte: so daß es weder ja eigentlich noch gar eigentlich nein sagte, obwohl man nie sagen wird können, es hätte sich nicht geäußert. Nicht jedenfalls gibt es dieses Gewissen nicht. Und sowohl als auch hat es nie geschlagen. Eher schon wie ganz nicht und dieses schon gar nicht, aber für Garnichts keinesfalls. Eine Absage kann sich so wenig etablieren wie eine Zusage: so schnell wird gedacht, und deshalb eigentlich nie gehandelt, aber sehr froh gespielt. So daß man sagen kann, vor einem rotierenden Gewissen geht alles zwar einfach zugrunde, aber gar nichts bleibt; aber am wenigsten bleibt eben Garnichts; auf Grund des Rotierens. Vielleicht ist das Gewissen in seine utopische Phase getreten. So könnten wir sagen, gäbe es in uns diesen Ausschlag. Vielleicht hörten wir aber nicht. Es geht alles zu schnell.

Es soll auch schon einen Mitspieler geben – wir wissen noch nicht, wie er heißt –, der inzwischen zum Leser wurde, und zwar einem solchen, der ganz unaufhörlich in diesem Buch liest, d. h., auch wenn er mit einer Frau schläft, oder wenn sie – auch das kann der Fall sein: von einem Mann beschlafen wird, jedenfalls: über der Frau liegend, den Normalfall angenommen, oder günstigstenfalls auf einem solchen reitênd, soll er oder sie in dem höchsten Augenblick des Orgasmus: den Satz angestrichen haben oder noch anstreichen, seitlich, der als Lektüre gleichzeitig unter die Augen fiel. Es muß diesen Mitspieler geben, weil solche wahrhaftig sprachlosen Notationen von unschätzbarem Wert für uns sind, denn eine Vermehrung des Zufalls mit, aller Wahrscheinlichkeit nach, unwichtigsten Stellen, ergäbe in der Summe den nebensächlichsten Text, der auch noch Unverständlichkeit für sich sprechen lassen könnte: Das Unbedeutende würde somit Ereignis. Beinahe ein Wunder der Undeutigkeit aus dem Ungeist der Lust und insgesamt: ihre entkrampfte Erklärung. Sie streicht, worüber sie will.

Das stelle fest, wer Feilitzsch heißt. Aber der kommt doch ganz einfach zu wenig vor. Vielleicht sitzt der Heimeran in diesem unauffindbaren Strichbuch.

Man könnte freilich auch die Leute hinter dem Seil interviewen. Ob sie vielleicht wüßten. Aber, wer weiß, wo sie stehen? Geschrieben stehen sie.
Dora und Leli suchen schon. Aber nur den Kuckuck. Die sind schon beschäftigt. Von meinem Balkon aus kann ich sie laufen sehen, wenn ich mich über das Gitter lehne, nicht, um stürzen zu wollen. Nur, um Luft zu schnappen.
Ich weiß nicht, wieviele rote Fäden. Ich jedenfalls sehe sie liegen, wenn ich die wortlose Überschau wage. Jedenfalls mehr als Muster. Ich habe mir aber sagen lassen, daß vieles ins Leere hänge, könnte man sagen, wenn man vergißt, daß mein Platz einen Boden hat. Und das alles hängt an mir. Das sage ich mir selber. Immer noch in der Hoffnung auf viele Schreiber. In aller Bescheidenheit längst zufrieden mit einigen Lesern: die spinnen. In allem Ernst. Ich bin kein Gott unter Göttern. Da wäre mir insofern wohler: als es eine Lust sein dürfte: nicht ernsthaft erschienen zu sein, wo ich als Mensch mich seitdem herumtreibe.
Ich muß das Buch Gegenmünchen mitgebracht haben. Aber wo wurde es von einer solchen beinahe gewissenlosen Person abgelegt? Mein Gedächtnis ist in die Zukunft befördert worden von mir. Das mag für Menschen, weil sie sterben, gut sein: an ein Buch aber erinnert man sich insoweitweg nur schwach, bis überhaupt nicht. Die Dora und die Leli suchen. Aber kein Buch.
Das muß ich notieren: Vorhänge. Es handelt sich hier leider um das schnellste Theater. Immer neue Augenniederschläge. Oder vielleicht nie Ausschlaggebendes. Also viel Zeit, geradezu romanhafte, jedoch ganz kurzgeschichtenhaftes Husten. Der plötzliche Einakter! Die unauffällige Posse, besonders, wenn nicht gelacht wird. Viel Gestärktes. Steifes Auftreten. Rasch ungemütlich. Weiche Knie der Darsteller. Barmherziger Eiserner. Kurz zwar noch die Bühne als Öse. Mindestens ein Kamel. Ich. Aber vom Durchgang keine Rede. Das Lesen aber ist immer das Zurückeilen in den deutlichsten Traum, der am Morgen so unwirklich ankommt, wie man das Leben begann. Da tun Wörter gut. Man würde mit ihnen tanzen, wäre man dazu auch imstande. Oder fiele man nicht sogleich? Es muß das Messer nicht sein; bis zum Ende aber kein Ende der Aufregung mehr: Theater. Wasser. Jesus. Was wir ausschwitzen, als wir schon totgesagt wurden. Womit man uns totsagt. Nasse Betten sind die Schwimmbecken der tödlichen Zukunft, aus wel-

cher die Vergangenheit ihren Durst löscht. Und ist er gestillt, muß ihr Vorhang aufgehen. Und wer dann auftritt?
Es rauscht zwar kein Beifall, aber der Vorhang geht auf. Wir selber rauschen wieder herbei.

Le petit glorieux, also groß, ganz groß: der Poppes, rechte Hand in der Hose, Kinn auf der Schulter, der rechten, darüber seine schlimme Gosche und rollende Drohaugen. Ein Fürchtsichnicht stand auf dem Schnabel des Sandkastens, ganz impertinentisch. Nur so.
Deshalb hatte die Rosa ein winziges Lächeln im Mund, als sie ankam. Wartend im Kasten auf Überraschungen, verzog sich das Garn in ihrem aufgestickten Gesicht in ein Grinsen. Darüber: die graue Schlagsahne ihres Haares, im Luftzug etwas verweht. Und weil nichts passierte, flatterten ihre Lider als Allegorie eines inneren Zwistes. Nur so.
Da wühlte sich Robin durch die Menge, und – Epigone des Vortänzers Poppes – jagte mit einem Fuß seinen zweiten, als er aus einem Plié in den Sand sprang. Ganz Umfrage. Und? Dieser knäbische Hood. So feierlich? Frack. Freilich hochzuknöpfender Vorderlatz, aber weiter oben weißer Streifenpiqué auf Leinen, Schöße weich gerundet, Ärmel: Façon, und die unten engerwerdende Hose ganz auf Passé. Ein Uhrentäschchen mit Inhalt, dasselbe nach Zeit gezogen. Pünktlich gekommen! Also, und wenn man sich jetzt beschwert? Nur so.
Nathalie, inzwischen angekommen, legte das chalzedonische Weiß einer ihrer Hände auf die anmodellierte Frisur des Robin, diesen beruhigend, sein Porzellanköpfchen drückend an eine einäugige Brust. Sie wurde aber mit ihren schuppigen Ärmeln ausgreifender, als sie nach Sensationen schlängelte. Also wenn man bitten dürfte: wohin aus diesem Spielplatz auf den Spielplatz hinaus, wenn klar, aber sofort auch: weshalb. Nämlich: Ungeduld. Nur so.
Und nach ihr, im Sand, in denselben vielleicht geflogen, reckte sich Jeannes Sockelköpfchen, soweit es der eingezogene Gummi erlaubte, hoch zu einer Frage, die sie derart erregte, daß unter goldgelichtetem Mantel ihr weißes Untergewand als eine siderische Sommerwiese erschien. Jedoch sehr unwohl mimten ihre Hände

wahrscheinlich weggedachte Attribute eines engelhaften Ungestüms. Bedrohliche Leere. Was man habe, geschweige denn bitte nicht nur nach. Nur so.
Keiner wußte. Nur Treff und Punkt. Sonst aber durchaus alle überfragt. Also in Zumaßung einer schon animalischen Geduld, ersichtlich: die von Träumen berutschte Schlaflarve einer sich selber besänftigenden Nathalie, aus welcher aristische Lächeleien purzelten über und unter ihrer zügellosen Nase; auch ein beinahe juristischer Vergleich der Mimik: nämlich in Jeannes vulgärem, rotbäckigem Gesicht mit jener tieferen ihres selenischen Bauchnabels – bei erhobenem Hemd; notabene.
Ersichtlich: über hochgefärbten Purpurlippen ein Kleeblick ins Glück, der Rosa; des Robin erblindetes Lächeln, des Poppes erstabte Waage von einem sichtbaren Fingernagel bis zum verleimten Nagel der großen Zeh' im Satin.
Einen Augenblick später: Die Pirouette desselben im Kopf des Vogels, und gleich daneben eine hellenische Schmollippe, der Jeanne, zwei aufgeregte Frisuren über zwei blitzenden Augen der Rosa, sich trotzig reimend in ihrem Gesicht; schrecklich weit aufgerissen in der kleinen Gesellschaft das Paradies ihres Mundes, der Nathalie; und das blinzelnde Larifari der volksnahen Augen des Robin.
Es wurde dann sehr gelacht, für die Mütter. Meine Lieben hatten sich ihren Spaß bei den Patriarchen besorgt. Nur so. Vom Himmel hoch da kommen sie her.
Dann wieder heraldische Attitüde. Wangenknochen, sehr elfenhaft. Allerseits ausgehängte Ohren. Abwarten. Abhang. Und fünfmal eine zarte Mädchengruppe. Vulgäres Gemauschel. Wird noch was draus?
Aber plötzlich in einem Gesicht wurde schmäler der Mund, bis ganz. Bis Degen. Die Blutrinne feucht. Bildung von Schaum.
Mein Auftritt. Ad sum. Es geht wieder weiter.

Rosa war es, die mich erinnerte: Ich hätte vor der Beerdigung Sophies und Karls davon gesprochen, daß es sich um die erste Grabstätte auf dem Friedhof Münchener Freiheit handle. Wenn ich also damit ein größeres Projekt angesprochen hätte, so falle ihr

Vorschlag, dieses erste Grab, aber auch den Todesversteckspielturm, jetzt endgültig auf der Wüste, alias Parkplatz, zu lokalisieren, vielleicht auf fruchtbaren Boden, was freilich in diesem Zusammenhang nicht zynisch gemeint sei.
Der Todesversteckspielturm steht also in der nord-östlichen Ecke der Wüste und nahebei befindet sich das Grab des Liebespaares, verfügte ich.
Wir waren inzwischen dort angekommen. Die Rosa bedankte sich herzlich. Jedoch der Robin, kurz vorher bei uns angekommen und schnell informiert, steigerte sich in Wut und redete etwas von: Nachbarschaft mit ausschließender Architektur. Ob man vergessen habe, daß er einmal als letzter Sterbender quasi im Turm untergeschlüpft sei, weshalb von Tod keine Rede mehr sein könne hier auf dem Platz. Er müsse doch hier nicht referieren. Man könne ja sehen oder lesen. Schon der Tod der beiden Liebenden, viel schlimmer: ihr Grab gleich daneben: sei doch die Aufhebung des großen Spruches oder des quasi endlos aufragenden Turmes.
Auch Jeanne und Nathalie hatten sich eingestellt. Sie gaben beide dem Robin recht.
Der Poppes stieß mich an.
Ich wies auf die in Reih und Glied gleichsam angetretenen Kreuze des Kriegerfriedhofs im westlichen Drittel der Wüste. Mein Hinweis: die Toten des letzten Krieges befänden sich kurz vor ihrer erneuten Ausquartierung, schon bald also könne man in dieser Hinsicht von einer Friedhofsruine sprechen, verwirrte die Meinen. Endgültig verwirrten sie aber meine Andeutungen, in welchen die Rede war von weiteren, wahrscheinlich zahlreichen zivilen Niederlassungen im angesprochenen Sinne, deren Ausführungen in baulicher und geistiger Art und Weise noch ganz in vagen Vorstellungen steckten, obgleich von einer gewissen Anschauung meinerseits, nämlich derselben, schon gesprochen werden könne; preisgegeben könne dies jedoch noch nicht werden, wenn überhaupt jemals. Eine Notwendigkeit gäbe es jetzt nicht oder werde es dafür nie geben, wahrscheinlich. Es war auch die Rede von einer gewissen Nähe zu Kitsch und feierlicher Konkretion. Dabei gerierte ich mich jedoch wie einer, der sehr genau sah, was er doch soeben als unbedeutendes und unzureichendes Bildmaterial ausgegeben. Überaus deutlich also betonte ich mit meiner entsprechend sich aufführenden Person: die feierlichste Betroffenheit auf einem Platz

des Friedens, auf dem sich Ungewöhnliches tue. Ja. So war das, oder so oder so ähnlich sollte das sein.
Was den Einwand Robins angehe, verfügte ich, mich wörtlich an alle wendend: Lassen wir das. Also keine Entscheidung.
Und damit ließ ich sie stehen.

WIR: Niemand entwickelt uns. Es gibt keine Story, in der wir auftreten könnten als Personen. Persönliche Berufungen gehen uns ab. Um diese Zeit schon wurde uns klar: Hier ist kein Erzähler am Werk. Mehr oder weniger sind wir nur Träger. Als Hunde insbesondere sind wir Pisser, Bepisser. Von diesen Abscheulichkeiten abgesehen, tragen wir Namen. Er gab sie uns wahllos. Und außerdem tragen wir uns so herum. Und unsereiner trägt auch noch dazu vieles andere bei. Aber keiner trägt Schicksal. Ein Liebesbrief von ihm allerdings steckt in jedem von uns. Sind wir Briefkästen? Wir fragen ja nur. Solche Fragen scheinen uns Pausen zu sein: im Spiel. Wo ist der Altar? Beim Dante, wo sind die Gesänge? Wo bleibt der Sinn der Geschichte, die man beginnt? Oder haben wir den Eindruck, wenigstens einer von uns würde durch vier Bücher der Sohn sein, den Nietzsche im Leben nicht zeugte? Zarathustra? Mitnichten. Wir fragen: Wo ist der Sinn, ein neuer? Wie käme er zustande mit uns? Ach Ovid, erzguter, sollten wir, der du von diesem Erzähler geliebt wirst, weder einen Sinn haben noch ihn tragen dürfen? Unsinn, wir trügen nur Unsinn.

Es war der falsche Augenblick am falschen Ort hier in diesem falschen Buch – da alles in bestem Einvernehmen zu sein schien –, in dem ich schreibe, daß ich die Tür öffnete, das Haus Nr. 1, Ecke Freiheit/Marschall, betrat, in den 5. Stock hinaufstieg, dort eine Wohnungstür aufsperrte, durch ein Vorzimmer ging und schließlich, ein großes Zimmer betretend, mich derart schreibend, wie gewohnt, bis zu ihm hin bewegte, der dort hinter einem breiten Tisch sitzend, der ihm den Überblick über den ganzen Platz erlaubte, schrieb. Ich las:
Der Autor gibt im Augenblick ein Vorhaben auf, das ihn, hätte er

durchgehalten, am Ende ganz und gar lächerlich gemacht haben würde, was er jetzt zwar auch ist, aber in Grenzen. Er wird also seinen Leuten nicht, nachdem sie gehandelt haben, also am Ende von allem, sein Buch übergeben, mit der Aufforderung: sich mit Zwischentexten zu behaupten. Was in dieser Hinsicht schon vorhanden ist, nämlich geschrieben, unterbleibt also in Zukunft. Und insofern es in Zukunft unterbleibt: sind die vorhandenen Texte durchaus falsch und wo immer sie stehen: falsch am Platz. Als einmal, nämlich im Augenblick aufgegebene Bestandteile, hängen sie wo auch immer und nicht einmal in der Luft. Von Unsinn kann nicht mehr gesprochen werden, wo im nachhinein, nämlich jetzt: das alles trotz sinnvollstem Inhalt, ganz einfach zu blöd verbleibt. Gerade ihr triftiger Einsatz reizt die Freude am Schaden, den sie am Ganzen ausrichten durch den Fehlpaß, den sie in aller Deutlichkeit weisen.

Es ist noch einmal gut gegangen, obwohl der Fehler, als eingestandener, nicht mehr schrecklicher augenfällig werden kann. Das ist aber seine Sache und damit findet er sich ab, wie man weiß, wenn man ihn kennt. Und wie ich ihn kenne, wird er nicht etwa in Hinsicht auf die jetzt besseren Bedingungen für das Gelingen seines Vorhabens von Glück sprechen, sondern, deshalb, weil es so offensichtlich mißglückte. Der Bruch macht ihm Freude. Insofern ist ihm im wahrsten Sinne des Wortes nicht zu helfen, da er als seine Wahrheit erkennt, daß ihm zu helfen ist. Es muß trotzdem und in aller Härte festgehalten werden, daß er sich in seiner Einsamkeit auf diesem Platz dort unten vorgemacht hat, es mit wirklichen Personen zu tun zu haben. Und wer seine Einsamkeit kennt, muß rechnen damit, daß er zwar jetzt von einem durchschaubaren Trick ihrer Überwindung abläßt, aber sich selber dennoch nicht mit eben der Härte, mit der wir ihn beurteilen, als singuläre Existenz sieht. Was wir sagen wollen: Als Autor wird er sich auch weiterhin etwas vormachen. Anders ausgedrückt: über derartige Fehler, die ihm, wie gehabt, unterlaufen, glaubt er sicher sich selber nur umso schlimmer versichern zu können: es müsse einfach geben, was so ganz und gar und immer noch weniger auf Wahrheit und Wirklichkeit pochen könne. Es hat also auch immer weniger Sinn, ihn auf immer mehr Unsinn aufmerksam zu machen.

Um von mir zu sprechen, so bin ich als Inspektor fehl am Platz – schon an und für sich, aus leicht durchschaubaren Gründen – aber

insbesondere deshalb: weil ich Gelegenheit gebe und geben werde: ausdrücklich zu verwerfen, was ihm gut und gerne vorgeworfen wird. Der Vorwurf bleibt. Ich wüßte nicht, wozu dieser Überblick gut sein soll, den ich von hier oben genieße.
Als neuer Trick, der ich offenbar selber bin, spricht alles aus mir gegen ihn. Und lacht er über mich, so weint er auch in mir über sich selbst, wenn ich ihn auslachen werde, was ich vorhabe. Ich bilde mir das jedenfalls ein. Insofern gibt es wenigstens zwei, wie ich glaube, die schreiben, so schrecklich ich daran zweifeln muß in dieser geschriebenen Welt: daß mehr als einer schreibt. Aber zur Welt kommt in der Sprache schließlich alles nur aus dem Unglauben an einen einzigen Schreiber.
Gut. Es sei. Ich verberge vor ihm, so gut ich es in ihm kann, meine fiktive Existenz und notiere: Er sollte mich jedenfalls nicht benützen, am wenigsten als Rechtfertiger seines Vorgehens. Unterläßt er jede Rechtfertigung aus mir heraus, bin ich ihm so gut in ihm selbst, wie ich mich in ihm ungut auswirken werde.

Vielleicht mir noch in etwa geneigter Leser: ich weiß, wie sehr geneigt Sie sein müssen als Leser nach so vielen Brüchen, auch dieses letzten Bruches, brechen Sie bitte nicht ab.
Es ist auch ein Bruch, wenn ich Sie jetzt als Leser anspreche, das ist mir schon sehr bewußt.
Vielleicht ist das ganz bestimmt sogar ein Ausbruch aus diesem Buch, lieber Leser. Und wenn das bestimmt vielleicht der Fall sein sollte, verspreche ich keine Wiederholung.
Und daß ich es gestehe, verzeihender Leser: den meinen Wunsch nach mehreren Schreibern nicht weiter nährend, weil der Erfüllung als schreibende Person mißtrauend, also zufrieden in diesem Betreff mit geäußerten Forderungen, oder eben ganz einfach noch immer unsicher, was meine unpersönliche, ungeschlossene Vielfältigkeit angeht, also aus solchen mit meiner Leibhaftigkeit leider zusammenhängenden Gründen heraus, muß ich Sie bitten, wenn möglich, dieses von mir hier ausgebreitete Bewußtsein durch Ihres, das noch dazu nicht schriftlich, also viel außerordentlicher geräumig in Ihnen und durch Sie vorliegt, zu ergänzen und also einem Wunsch zu entsprechen, den ich schon an eine Figur dieses Buches, aber

eben nur dieses Buches, und deshalb unerfüllbar, nämlich an Rosa gerichtet habe: sich selber, in diesem Falle zunächst Sie selbst, zu diesem Buch hinzuzuerfinden, und damit übernatürlich selbstverständlich nicht nur Sie selber, in aufschließender Ansehung also Ihrer geschlossenen Person. Keine Frage, ich denke da an eine Vermehrung, wenn ich nicht nur an Sie, und nicht einmal nur an Ihre offene Vielfältigkeit denke. Aber lassen wir das hier, ich möchte Ihre Zuneigung nicht schon wieder verlieren, angenommen ich hätte sie jemals gewonnen.

Um diesem Ausbruch, von dem hier die Rede ist, und den Sie hier vorliegen haben, nur etwas von seiner Unmittelbarkeit zu nehmen, komme ich hier im Anschluß daran auf die in Ihnen vielleicht enttäuschte Hoffnung zu sprechen, Handlungen in diesem Buch vorgeführt zu bekommen, die unter den Bedingungen der Wirklichkeit stattfinden. Ich lüge Ihnen aber nichts vor, wenn ich mich damit entschuldige, daß ich Ihnen nichts vorlügen will, da es sich doch ausschließlich um Schriftliches handeln würde, auch wenn ich Wirkliches Wirklichem entwendet hätte, was doch ein Widerspruch wäre.

Wirklich ist hier, geneigter Leser, allein die Tatsache: daß dieses Buch insgesamt einen Widerspruch darstellt zu Wirklichem. Und vermißten Sie eine scheinbare Spannung nach scheinbaren Bedingungen der Wirklichkeit, so biete ich Ihnen dafür die wirkliche Spannung des Buches zur Wirklichkeit und geben Ihnen Ihr Denken zu bedenken.

Ich danke.

III

Im fünften Stock, Ecke Marschallstraße, auf der Terrasse, mußte ich lesen:
Kindlich ist es, in Wahrheit kindlich: Vergangenheit und Zukunft auszutauschen. Wenn auch Temporalia, wie Heidegger sagt, Nichtseiende sind, so ist es dilettantisch: die Toten in der Zukunft anzusiedeln, sie damit aus einem Zustand des Nicht-Mehr in einen solchen des Noch-Nicht zu bringen.
Obwohl es sich dabei nicht um Verwandlung in Übermenschliches handelt, halten wir es für laienhaft: so eine Nichtigkeitserklärung der Vernichtung erreichen zu wollen. Von Liebe zwar ist die Rede, in deren Namen man alles tun dürfe, auch schwindeln; und einleuchtend in Ihre Augen erscheint uns die Nichtigkeitserklärung eines von den drei Zeitmomenten. Jedoch: der Schwindel einer Vertauschung scheint wirklich unwirksam.
Lachhaft: die Zukunft nicht mehr absolut zu setzen. Man drehe und wende. Und man faselt: Tote seien ergänzungsbedürftig. Noch dazu: Keine Korrektur. Überhaupt nur Abschweifungen, Ablenkungen – und noch dazu ungerechte. Gott sei bei uns. Oder eben nicht. Zitate. Zitatenunwesen. Unwissenschaftlich gar: unsicherlich, gewissenlos und brutaliter auch, im Namen der Liebe; die stellt sich dann auch derart an. Als ob die Toten einer Vermehrung bedürften? Und in diesem toten Betreff auch noch grenzenlos. Also wer die Toten mit anderen lebendigen Möglichkeiten versorgt, oder die totgesagten anderen Möglichkeiten in ihnen verwirklichen will: glaubt überhaupt nicht an Schuld, Reue, Buße. Und das Urteil bricht also dann keinen Stab mehr. Es bricht selbst . . .
Ich küßte meinen Inspektor auf seine Denkerstirne und verließ ihn.

In der Casbah, Domizil von Casablanca, arabisch, Freiheit, Westseite, nahe Ecke Herzog, Abstieg zum Schacht, hoch darüber: Ich hocke vor dem Mischpult, produziere, im Hinterkopf den Cantus firmus, davor rauchverschleierte Augen, Dunhill, verstocke mich, löse mich, lebe, will ewig leben, bin der Dreiverstockte, immer noch: Leib Seele Geist, spiele, habe fast alle Spielregeln vergessen. Und meinen Stuhl mache ich zu warm, deshalb: die Fortbewegung springt mir im Sound fort, und die Einsichten fallen ohne mich musikalisch durch. Es geht um den Hit: Buch. Falsch. Was bin ich heute? Verkäufer von Tränensalz. Das ist aus mir geworden und neben einer guten Meinung von mir. Stimmung. Chi. Schick, aber bitte schicklich. Was zusammenhängt. Womit man sich in diesen 70er Jahren aufführen kann in vielen Stellungen, mit Messer und Gabel und Löffel vor einem vollen Teller, dem Allernächsten überhängend: schneidend, rührend und stechend darin. Disco-Trip. Grüß Gott New York. Jesus Christus. Das Alte Testament. Sein Trend. Das Neue. Ich bin schon da, sagt Jesus. Im Märchen: der Igel. Der schnellste Sound kommt zu spät. Oder Ornithologie: In das Nest der ordentlichen Feierabendregel mein Kuckucksei gelegt: das Falsche. In der Casbah. Mit dem richtigen Falschen in die Zukunft des falschen Falschen, oder umgekehrt. Oder unbefriedigt. Oder unbefriedigend. Oder vielleicht höre ich jetzt alle, die nicht ganz zu sich kommen können. Oder nachplappernde Labien. Auch Zangengeburten. Konkurrenzen. Hinter meinem Mischpult: meine Anstrengungen, milde geworden; aus einem Choral heraus bin ich verrenkt, aber kontrolliert, in aller Sanftmut als dunkler Alt ausgreifend, musiziere die Musik. Empfange die dumpfen Klänge, die einen höher bringen: taumele sehr genau. Schlage musikalisch die Augen auf und begrüße mich am Wochenende in einer künstlichen Morgenfrische. Für uns. Für wen sonst. Es kreist schon alles vorgekreist. Es wird bestimmt noch öfter abgekreist. Für alles gibt es eine Hose voll mit Emotionen: in der das abgelaufen wird, was stillsteht. Aber wie mir. Das wird. Das läuft das Was noch über. Diesen. Dieser Sound. O freuet. Laßt uns. Überm. Muß ein. Ein klarer Kopf ist wie der klare Kopf Marc Simons, meines Chefs. Das Haupt der Casbah. Seine Beine tanzen einen Boogie. Er und ich. Zu zweit. In allem. Aller Sorgen Ende, wenn das anfängt einen Begriff von allem zu bekommen. Der Sound des Sounds. Die allzeitigen Sounds des Sounds, des einen Sounders, der sie alle gehört hat und die schlechten in sein Kröpfchen und die guten in sein Plattentellerchen wirft.

Marc Simon entrückt sich mit Jeanne. Ich grüße Kenn Friedman, den Spitzenpromoter der Casablanca Records. Hallo, New York,

55. Straße! We are here. Da ist er ja. Weg ist er wieder. Es geht um 100 Millionen Dollar Umsatz pro Jahr. Ja dann. Servus Kenn. Gruß an Cannes. Never Can Say Good-by. In Gloria Gaynors verwandle ich schnell noch den Samba. Dann runter ins Studio 54. Dem Chef und der Jeanne hinterher auf zynischen Wellen, träg nach der Arbeitswoche, sogar ungesund, weggewandt von Brot im Schweiß, falsch tränend, etwas anstoßend, etwas noch zerbrechend, ein bißchen selber zerbrochen, heute ganz oben, gestern höher tief, vorgestern high an einem ganz bestimmten Tag, der ganz erfunden sein wird und Friday heißt – Thank God, It's Friday – mit dem ganz großen Erfolg bis über meine zwei allerwirklichsten Ohren: verwundert, versinke ich, nur noch superblaue Tränenschleier übers Gesicht ziehend, der dem Grauen, dem Schrecken, der Trauer die Säure nimmt. Und so im sanftfinsteren Wohlverhalten auch noch der gröbsten Hoffnung ein Wohlbefinden abwringend, verfahre ich hinunter mit meiner Figur, aus allem gemacht, was es derzeit gibt, auf der ich mir unser aller Erniedrigung noch sanfter einrichten werde und origineller möblieren, als es erlaubt ist: indem ich flitternd veraltere. Ich Thor. Wo blieb mein Hammer. So frage ich Ymir. Grüß Gott Herr Reger. Ach Max. Wer versteht uns?

Von einem Erklärer bis zum anderen Glauben ist es so weit weg wie unsere Geschichte. Und von dem neuesten Sound bis zu seinen Tänzern ist es zum Tod. Aber wer erklärt uns die Lunge im Zusammenhang mit der Auferstehung des Fleisches? Mit Flügeln? Bestimmt ist das Dunkel unserer Vernunft so hell wie die lichtere Hälfte unseres Dunkels.

Ich frage mich, tretend, tänzelnd schließlich ins Studio 54, dort ganz genau springend: Hat es die Liebe so außer sich, daß sie die Fragen noch schlimmer vergißt als die Antworten? Dann ist also das Vergessen die schönste Liebe in ihrer Erinnerung? Ich bin da. Und es ist so. Die Liebe ist die Erinnerung an das Vergessen.

Mich schüttelt die Sanftmut im Zwitter, dort wo wir uns Ruhe verordnen müssen, die aus uns springt: um zu zittern. Die Luft ist hier unten am Ende unter dem Licht doch noch alles, was keiner wegbleiben läßt, in einem Keller, wo die Wirklichkeit nicht vorne herein gelassen wird, weil hier die Untersuchung der Freude stattfindet. Jeanne. Marc Simon. Ich komme vom Mischpult. Ich fabrizierte. Ich überflute mich jetzt selber. Jetzt bin ich das unbekannte

Gestade. Mein Sound überrascht gleichermaßen den Produzenten und den meinen Ich in mir: allesamt zwei Musikanten; mitnichten bin ich zur Marktforschung aufgelegt. Sela. Der Trend. Das Alte Testament. Das Neue Testament. O mein Jesus. Das wahre falsche Falsche Unrichtige Igelhafte: Ich bin schon da – mit den zwei Kreisen in der einen Ziffer, nicht ohne Null.

A propos: Null. Das bin ich. 5 Tage. Mein Hit. 5 Akte. Oder die gleiche Anzahl Phasen. Was soll das? Moses. Schöpfung. Die Arbeitswoche. Es geht um das Ende. Um Freizeit. Nicht einmal nur um den Sonntag. Der wurde erweitert. Wem sage ich das? Oder, meine falsche Hoffnung: Sollte ich singen: Fucky Weekend von Monday to Sunday, damit ich nie mehr singen muß: I just can't wait for Saturday. Also deshalb hätte ich mich so geirrt? Ich bitte um Verzeihung. Ich gratuliere mir, also: Ich bin so klein, mein Herz ist klein, möchte immer frei sein. Amen. Wo macht die Zeit frei?

Rosagrau. Schöngräuchen. Grauhildchen. Dein Spaßwalt, dein Achselschwitzer is here. Wo sind unsere Kinder: die Zaara, der Hussan und der Adrian. Sie schwitzen schon auch kollektiv. Das Wohlbefinden im Keller. Ich schaue. Ich sehe. Ich blicke durch. Ich sehe noch viele. Komm Schwester, tanz mit mir, mach einen lieben Vater aus mir. Ymir.

Als die zwölf Flüsse, strömend einst weit hinweg von ihren Quellen hier heute in diesem Tanzschuppen ankamen und so weiter, und aus ihnen entstehe jetzt einfach einmal ich: wild und auch wiederum ganz schrecklich sanft, aber unaufhörlich herumtanzend. Mit Graurosalein bin ich schweißgebadet. Da zeugt doch wahrhaftig augenblicklich ein mein Bein mit dem anderen mein Bein sechs behauptete Söhne: Eschi, Johnny, Toni, Timy, Hammed und den Leila, die Village People aus Greenwich. Die Wikinger haben als erste Amerika entdeckt. Also, das stimmt. Bitte. Dann: Rosa, die Droge unser flattert das Licht. Das ist ja nichts zum Denken. Und wenn auch der Rosa von Praunheim jetzt nicht mehr allein ist, so hören wir die Erkennungsmelodie besonders befriedigt: unsere schönsten Notenblätter haben alle ein Loch. Macho. Leder, Trägerhose, Indianer, Cowboy und so weiter, natürlich nicht bis zu dir.

Die Kontrolle. Die kontrollierte Entwicklung. Die entrückte Befriedigung, künstlich, energetisch: der Sound, der in die Schwingungen walzt, der uns unterschuppt, aus dem wir uns eingeschlechtlich kartoffeln, gekellert: in Seide und Glacé, unterirdisch

heliakisch, oliven. Lacoste Hemden, naß, aber duftend. Schnieker Vorrat in sanfter Bewegung. Knollen mit Goldrand. Gefaßte Gemüter.
Das Studio. Die sonstige Welt: echt Asche. Und fett angemacht: die Mamma, die Jackie Onassis: unser aller kostspieligste Mater dolorosa im Quaaludes-Garten: 54.
Der umgibt nicht das Thema streng mit wechselnden Kontrapunkten, der Poppes; den Cantus firmus, den unterwirft er nämlich, verändert ihn mit einem langsamen Dreher. Kommt auf Nathalie zu, steigert zum Wirbeltanz: So wollen wir nämlich lobpreisen und lösen die Braut aus dem heulenden Motor des Alltags.
Als zum gewöhnlichsten Treffpunkt heute die glitzernden Schmeißfliegen brechen lassen die hyperbolischen Augen, singt der Eschi. Der Johnny tanzt seine süßeren Pupillen nie faulender in die Träume der Jeanne und läßt aller empfindsamen Stimmungsbilder Deutungsmöglichkeiten ganz offen. Zwar gibt es sozusagen geistige Extreme hier im flüchtigen Nebeneinander, aber im Transquillo glätten sich die übrigen Saturday-faces. Des Hammed sattes Geflötel. Und was da der Timy aus seinem Körper formt und wie da der Leila nicht zur Einladung einlädt: das schmeißen die sich so an. I was here: Oscar Wilde.
Das Zwanzigste bekommt hier im Keller seine gewöhnliche Gesichtsrose und doch einen Kuß. Bitte, warum denn gleich Geist, wenn es anders auch düngt. Die Bee Gees. Grüß Gott, die Gebrüder Gibb. Und lirum, larum, Löffel, der Stiel dirigiert, Rhythmus, deine Suppe im Lebenslauf rinnt. Dort tanzt der Poppes ein angebissenes Mädchen herum, das sich in die Ursache unserer Heiterkeit verliebt, weil diese die Verzweiflung darüber ist, daß wir so lustig sind. Und sind wir verreist gewesen nach allen Werktagen, ohne roten Teppich sind wir wieder angekommen, schön blau. Monday. Und trotzdem hauen wir nicht ab, und zwar erhalten wir uns in uns selber weiter weg von uns. Und wenn wir wiederkommen, für uns selber sind wir gar nicht so allein wie wir denken, wenn wir aufgehört haben damit.
Und jetzt das Besinnliche: Hermann und Dorothea, in denen nichts ausschweift. Aber mit allen fünf Sinnen wird praktisch gefiebert. Vier Lippen, zwei Ist-Gleich-Zeichen, geblasen wird immer die Eins. Die Ejakulationen der Sehnsucht, abgelesen von eingeschlagenen Wolken. Und alte Fabeln der Paarung, bepinselt mit der

Musik. Auch der Traum hat zwölf Ringe: aber er schießt zurück. In diesem Keller, der ein Studio ist, sind wir alle die Letzten von Nichts. Warum? Darum ist doch kein Ausweg. Karriere macht nur der Sound. Saturday. Süffig. Chi Schick, aber schicklich. Substitute. Wir nehmen das Feeling auf. Wir fühlen uns wohl, kollektiv. Hetero. Austrudeln lassen. Kunstvolle Schnörkel. Die Maus als Ende ist ihr längster Schwanz an der Kürze.
Vieldeutig rätselhaft weint Nathalie. Ganz widerspruchsvoll. Aber ihr eigener Sinn macht noch immer Musik. Sie rollt ihre Möse auf eine Traumwalze. Bitte!
Er habe seine durchgeistigte Linearität exaltiert, bestürzt sich der Poppes. Aber sein Witz in kleiner Marschordnung zieht aus, ein Lied auf den Lippen.
Ich Treppenträumer, schluchzt sich der Robin aus der Casbah hinaus. Und draußen: sein Ernst unterm Helm.
Da ich mystisch versunken war, schwemmt es mich schwermütig wieder ans Ufer, melodiert die Rosa. An Land macht sie ihre Freude ganz naß. Bitte, schon wieder.
Und Jeanne: aus dem Klangrausch inbrünstig steigend, redet sich ins Freie bis zum Wetter hinaus. Wie so ungünstig.
Und also der Eschi, der Johnny, der Toni, der Leila, der Timy, der Hammed. Und ich. Schluß. Quasi Monday. So stehe ich draußen vor uns da: der Mangel an melodischer Empfindung, nervöse Kurzatmigkeit, drängende Fülle eigenartigster Einfälle, die sich unaufhörlich aus unscheinbaren Keimzellen entwickeln und wuchern, Absolutes und Programmatisches, Eklektisches und beinahe in die Zukunft Weisendes vorweisend. Dort oben mein Mischpult hinter dem Fenster der Càsbah: Hallo Simon. Jetzt gehen wir wieder in unseren Wörtern uns ganz aus der Sonne, bis wir uns ganz aus den Wörtern gehen können. Oder wir sperren uns in unserer Freiheit ein. Sie hat keine Wände, auf die wir die Jahreszeiten unserer Freuden einschreiben könnten. Und zu uns sagte ich auf dem Platz: Bis hierher und nicht weniger, das sind wir, das sind wir und nicht weiter. So hoch könnten wir dennoch, wie jeder höchstens, wenn nicht sogar höher, bloß nicht wenigstens mit uns. Schluß.
Das war er, sagte ich.
Wer oder was? fragte Poppes.
Unser Disco-Trip.

Zaara, Hussan und Adrian klatschten.

Hallo Falscher, rief mich der Heimeran an.
Na, Versteckspieler?
Ist er nicht, ist er gar nicht, der Pfuscher, schrie Dora schon von weitem und bei uns angekommen, mit Leli, die ebenso schimpfte und jammerte, meinte sie: Ich habe ihn gefunden. Bestimmt. Und zwar auf dem Baum da drüben, neben dem Pub, Clemensstraße, in der Einfahrt. Aber, was macht er? Ich klettere zu ihm hinauf, ziemlich hoch, da nimmt er mich in die Arme, eigentlich auf den Arm, und schluchzt. Ich muß still sitzen, auf dem Ast, auf seinem Schoß. Und dann plötzlich stößt er mich weg. Ich wäre beinahe gefallen. Schluß. Das sagte er. Aus. Kein Versteckspiel mehr. Nicht mit uns. Oder so ähnlich.
Will plötzlich aufhören, mit uns Verstecken zu spielen, klagte Leli. Das ist ein Jammer.
Kein richtiger Versteckspieler mehr? fragte ich Heimeran.
Nicht mehr, kam es zurück. Jetzt bin ich ganz richtig, aber anders.
Und deine Versteckspielgemeinde, das poppersche Ganze in einem großen Spiel? Was ist damit?
Falsche Träume, sagte Heimeran. Ich träume jetzt ganz und gar und ganz und gar richtig. Ich weiß jetzt.
Ja, was denn?
Alles, sagte der Heimeran. Oder, was das gleiche sein muß: etwas, das niemand weiß. Etwa so.
Wo ist eigentlich Chris, rief Leli.
Die sucht ihn wahrscheinlich noch immer, meinte die Dora.
Da läuft er weg, schrie Leli.
Die beiden liefen ihm nach.
Da stand ich. Mein Herz randvoll. Zum Überlaufen das alles. Zum selber Richtigwerden. Das hatte ich mir doch vorgespielt. Dieser einzige Augenblick Richtigkeit. Johann Wolfgang Faust. Ach, ein einziger richtiger Augenblick und ich will sterben. Todtraurig mein Seufzer: Vergeblich, ich habe alles falsch gemacht und ich werde noch alles falsch machen. Mir ist nicht zu helfen. Der Aufschrei de profundis. Nachbarin, Ihr Fläschchen.

Jeanne stand wieder im Hemd da. Wie schon einmal, sagte sie, als dieser Sound das erste Mal über den Platz wehte. Widerlich. Das war, als ich es abgelehnt hatte für die Wahrheit zu sterben, sogar für die Wahrheit des Todes.
Weil es dich gar nicht gibt, sagtest du, sagte ich. Weshalb es mir leicht fällt, dich so stehen zu lassen, im Hemd, aber nicht etwa wieder einmal.
Widerlich, wiederholte sie. Ich war gezwungen worden. Nach meinem Exzeß erkannte ich mich im Disco-Sound wieder: er war so hohl, so oberflächlich wie meine Aktion.
Ich stand am Mischpult, sagte ich. Und stehe dort eigentlich immer.
Ich schämte mich, sagte Jeanne. Diese kleinbürgerlichen Sehnsüchte. Mein mieses Herz. Ich habe das alles erkannt.
Das erkennst du jetzt, sagte ich. Das erkennst du nicht etwa wieder einmal. Hör zu: Wir haben uns soeben deine Klagen über eine Rolle anhören müssen. Du hast noch das Sterbebildchen des Pater Delp in der Hand.
Ja, wieso, sagte sie. Sie begriff nicht.
Er blättert zurück, schrie Poppes. Begreif doch. Das kann er.
Ich hieß ihn schweigen. Die Jeanne aber ließ ich nicht begreifen. Ich ließ sie weggehen.
Jener aber, welcher dem Mädchen Jeanne ein Bräuroß entgegengeführt hatte, hielt sie an – es war Aias, der Held – und wie er es wünschte, setzte sie sich auf die höchste Stufe des Forums, spreizte die langen Beine, hob das Hemd, ließ sich die Röhren anlegen, ihre Oberschenkel mit Drechlingen beschirmen, den weißen Bauch bereifen, die Brüste bestücken, die Arme unter Eisen verbergen und schließlich auch noch den Kopf behelmen. Das Hemd blieb sichtbar als Schurz. Und Heinz von Stein streckte die Hand aus, die ihre zu ergreifen. Er zog sie hoch. Und nachdem er den breitesten Widerstand unter dem Bauchreifen gefunden, hob er sie auf das Roß, welches er hinterherzog. Um die Zuschauer zu verscheuchen, bellte der Boxer und klirrte mit seiner Rüstung, als er sein Bräuroß eine Runde über den ganzen Platz klappern ließ. Die Ritterin auf dem Bräuroß erkletterte dasselbe endgültig, kniete nieder auf ihm, neigte den Rücken, bellte, raffte das Märtyrerhemdchen hinten und hob ein geharnischtes Bein, das linke, und bespritzte vereinzelte Zuschauer. Und also kamen sie beide zum Café Freiheit auf dem

Platz, wo die Windhündin vom Bräuroß sprang, von ihrem Boxer besprungen wurde, und eine Wiederholung zugelassen hätte, wären sie beide nicht an ihren Schwänzen in das Restaurant gezogen worden, und zwar Jeanne von Nathalie und Heinz von Stein von Poppes. Nathalie und Poppes hatten zwei Plätze freigehalten. Für jeden stand schon eine frische Maß Bier bereit. Sie prosteten sich zu.

Auch der unauffällig gekleidete Herr in der Ecke des Lokals hob sein Glas. Er trank. Er wollte vergessen, was man ihm noch vor wenigen Stunden angetan hatte. Den Anblick seines hündischen Peinigers vermied er, verfolgte jedoch, wie der buschige Schwanz unter dem Hemdchen Jeannes wegschrumpfte und sich auch unter dem Leinen verringerte – was er ganz aus der Nähe mitansehen wollte – wie nämlich dieser langsam verschwand, was ihm das prüfende Händchen des geharnischten Mädchens bestätigte, vor dem er jetzt stand, weshalb er genau überprüfen konnte, was das Mädchen sich nach sorgfältigster Prüfung zu bestätigen schien.
Ich gedenke meines Aufenthaltes an jenem Orte am Ende der Welt, von dem jener Er, der Sohn des Armenios, im letzten Buch des »Staates« erzählt, erzählte er, und sehe sie noch jetzt alle vor mir, diese sämtlichen Muster der Lebensweisen, die ich dort vor mir liegen gesehen, in dieser großen Anzahl ganz vergeblich für mich gesammelt, da ich nur noch das Leben eines von Staatsgeschäften entfernten Privatmannes wählen wollte, das ich dann ja auch führte. Es gab solche, die sich sträubten, wieder ein Mensch zu werden. Sie wählten andere Lebensweisen, wenigstens zeitweise. Darf ich fragen, ob jener, der Sie, liebe Jeanne, derart vulgär hierher gebracht hat, der Hund bleibt, der er ist?
Fragen Sie ihn doch selbst, sagte Jeanne.
Aber, beschwerte Odysseus sich über die Köpfe hinweg, ob es und wenn, um welche Verkörperungen es sich gehandelt hatte, was meine zurückliegende Zukunft angeht, bleibe dahingestellt, vielleicht erschließen Sie die Wiederholungen aus dem Anzug von der Stange, in dem ich vor Ihnen stehe. Immerhin war ich es, der wählte. Ich befand mich nämlich nicht an einem so gewöhnlichen Orte wie Sie, sondern im Tal der Verwandlung. Wie ich erleide, verwandelte sich dieses in Literatur.

In ihr kann niemand seine Verkörperungen frei wählen, sagt Kott, sagt Nathalie. Sie fügte hinzu: Sie zitieren sehr genau.
Was man von Ihrem Boxer nicht behaupten kann, meinte er.
Sind Sie tot? fragte dieser.
In etwa.
Dann hätte selbst Kant nichts dagegen, Sie als Mittel zu gebrauchen, bellte der Boxer, und fügte hinzu: und den Zweck, der Sie selbst einmal waren, zu vernachlässigen.
Wer bin ich? fragte Nathalie.
Eine schöne Frau, sagte Odysseus.
Und in Kürze die Verkörperung der Antigone, sagte Nathalie. Darf ich jetzt schon, fragte sie, als diese Verkörperung, Fragen an Sie stellen, der Sie, wie ich annehmen muß, nichts anderes sind als eine Verkörperung des Odysseus.
Allerdings eine, sagte Odysseus, die sich im Namen des toten Odysseus beschwert über die Unfreiwilligkeit seines – und was eigentlich für eines – Weiterlebens.
Setzen Sie sich, sagte Nathalie. Sie erhob sich. Odysseus nahm ihren Platz ein.
Sie erlauben, sagte Nathalie und setzte sich auf seinen Schoß. Jetzt hören Sie zu, sagte sie. Bin ich tot? fragte sie.
Ja, Antigone, Sie sind tot, sagte Odysseus. Sie küßte ihn auf den Mund und meinte: Deshalb begreifen Sie so schnell. Sie fragte: Wo sind wir? Nicht wahr, an jenem wunderbaren Ort am Ende der Welt gewiß nicht. Der hat sich verwandelt. Sie sagten es schon. Das sagt eine Tote. Das sagt Antigone, die ich verkörpere. Und sie sagt: Ich bin in meiner Zukunft. In ihr will ich nicht tot sein. Als ich noch lebte, litt ich, wenn man den Körper quälte, den ich besaß. Ich litt, als man mich als Mittel gebrauchte. Ich litt, als man den Zweck, der ich als diese Jungfrau war, verleugnete. Ich litt, als man mich tötete. Als tote Antigone leide ich aber nicht mehr, wenn man den Zweck, der ich war, mißachtet. Das freut mich. Nichts mehr liegt mir an einer freien Auswahl meines Wesens. Ich will mich nicht wählen. Ich wünsche sogar, daß ich falsch zitiert werde, verstehen Sie. Das ungerechteste Zitat meiner Person ist mir das liebste. Ich bitte darum. Man drehe mir meine Worte im Mund um. Man drehe mich selbst um. Oder soll ich als abgeschlossenes Wesen die Voraussetzung sein für das gegenwärtige Leben von Leuten wie Sie. Das brächte mir doch nur die Schelte aller Luhmänner ein, die

mich beim Wort nähmen, um dann erwarten zu können, was sie wünschen, nämlich ihr sogenanntes Zukünftiges, ungestört von uns Toten. Im Gegenteil dazu bin ich der störenden Ansicht: sie bekämen es bestimmt mit uns zu tun, nicht etwa mit unserer Vergangenheit, vor der sie keinen Respekt zeigen, sondern mit unserer Zukunft, in der sie gegenwärtig herumpfuschen. Warum glauben Sie, starb ich, wenn nicht, um Lebenden die Möglichkeit geben zu können, mich noch einmal zu töten – aber jetzt nicht nur meinen Körper, sondern den Geist, der Antigone heißt. Zerlegen Sie ihn, zerreißen Sie ihn, zerstreuen Sie ihn in alle Winde, denn so weit und also überall hin möchte ich kommen, um alles zu sein. Ich pfeife auf Ihre Erinnerung, wenn sie nicht falsch ist und wenn sie mich nicht befreit aus der Biographie, die ich jenseits vom Traum in einer Wirklichkeit wählte, die mich getötet hat bis auf den Rest, der geschrieben steht.

Sehr interessant, sagte Odysseus.

Ich will Sie nicht in Verlegenheit bringen, sagte Nathalie. Es war sehr bequem auf der Verkörperung, die Sie nicht freiwillig wählten.

Odysseus prüfte die beschädigte Hosenfalte und schaute weg.

Jetzt ist die Antigone dran, rief der Poppes. Die drehen wir um.

Ich verließ als letzter das Café Freiheit, blieb aber stehen, als ich die Leli auf mich zukommen sah; die Meinen wanderten in Richtung Wüste weg. Also ganz bestimmt nicht dick hüpfte die Leli über den Platz, gar nicht so wie sonst, jetzt beinahe elegant, wobei der fehlende Rest entschuldigt werden kann von ungelebten Damenjahren. So wie aufgerissen erschien sie mir, das schon, aber gewiß nicht von einem Popper, schon eher von einem Punker, wahrscheinlich aber von einer Tatsache, einem Fall, einem harmlosen nicht. Da stand sie vor mir. Zwar grinsend, aber aus ihrem Schrecken heraus, die Haartolle naß über dem bleichen Lärvchen. Keinesfalls wollte sie Eindruck schinden, auch nicht mit ihrem Entsetzen. Ihr Auftritt als Rasende war glaubhaft wie ihr Bericht. Ich staunte. Und staunend wiederholte ich: Also die Chris. Moment mal. Kein Zweifel möglich? Tot. Blutüberströmt? Nicht nur sie? Ein Punker? Der auch? Neben ihr liegend? Also ein Paar? Romeo, Julia? Getrennte Welten in beiden vereint: im Tode. Im Hinterhof

von Les Charmettes. Die Chris also? Armes Mädchen. Tote Versteckspielerin.
Ja, seufzte Leli. Das Spiel ist aus.
Noch ein Seufzer aus meinem Mund, dann mein Hinweis auf Feilitzsch, den Einsatzleiter, der Ecke Marschallstraße am Seil stand. – Leli begriff, der war zuständig. Und ich war sie los.

Nathalie war bei mir geblieben, oder vielmehr, ohne daß ich es bemerkt hatte: zurückgekommen. Jetzt nannte sie Leli Salome. Die Arme, seufzte sie. Dann ging sie den anderen nach.
Ich streichelte Aros, den weißen Spartanerhund des Odysseus, den nicht einmal ich bisher einer Erwähnung für wert erachtete, was ich aber jetzt nachhole, während ich den Spielern nachstolpere auf die Freiheit zu. Nathalie nicht aus den Augen lassend, diese spartanische Nonne, der man in jedem Eros-Center die Fürstensuite geräumt hätte. Sie schlug ihr Gesicht wie eine Seite um, was mir die Lektüre eines uralten Balitextes erlaubte, in dem auch noch eine Blüte in einer schwarzen Haarwelle steckte. So weiß wie die Rücken der Schinken von Benediktbeuern war ihr Gesicht über ihrer Figur auf der Leiter der Freiheit: mich mit dem Standard der reinen Sünde befleckend, mir die Wonnen einer Besichtigung ihres verlängerten Rückens unter ihrem Plisseerock verheißend, dessen Weiß südlich des Kochelsees und östlich der Loisach vertausendfacht auf Rückenansichten von theologischem Gedankengut leuchtet und mit der Bahn München-Kochel zu erreichen ist, obwohl das Kloster 1803 säkularisiert worden ist und lange Zeit Staatsgut und Versorgungsanstalt war, was mir schon auch bewußt ist. Antigone stieg auf der Leiter hinauf, und der Poppes als Kreon, der schon oben war auf seiner Säule, begann:

DIE UMDREHUNG DER ANTIGONE

nach Sophokles, Antigone, zweiter Akt, erste Szene,
übersetzt von Friedrich Hölderlin

KREON

Du also, die zur Erde neigt das Haupt,
sagst oder leugnest du, daß dus getan habst?

ANTIGONE

Ich sage, daß ichs tat, und leugn es nicht.

KREON

Du, gehe du, wohin du willst, hinaus,
von schwerer Schuld befreit; sag aber du mir,
nicht lange, sondern kurz, ist dir bekannt,
wie ausgerufen ward, daß solches nicht zu tun ist?

ANTIGONE

Ich wußte das. Wie nicht? Es war ja deutlich.

KREON

Was wagtest du, ein solch Gesetz zu brechen?

ANTIGONE

Darum. Mein Zeus berichtete mirs nicht.
Wie Hölderlin von mir sagt: In Gottes Sinne
verhält sich einer wie gegen Gott, erkennt
den Geist des Höchsten gesetzlos, so daß das eine –
hier meint er mich – vorzüglich darum verlieret,
weil es anfängt, und – hier meint er dich – das andere
gewinnet, weil es nachfolgt. Ich meine das
wie Mao sagt: Wir sagen oft: Das Neue
löst das Alte ab. Das ist ein allgemeines und
unumstößliches Gesetz des Weltalls. Der Prozeß
der Ablösung des Alten durch das Neue vollzieht
sich durch den Sprung. Das Neue wächst vom Kleinen
zum Großen und gewinnt die beherrschende Position.

KREON

Während das Alte vom Großen zum Kleinen schrumpft
und seinem Untergang entgegengeht wie ich.

ANTIGONE

So ist es. Und wie Hölderlin sagt:
In einer solchen Veränderung ist alles bloß
Notwendige parteiisch und zwar für die
Veränderung. Ich bin ein Partisan.

KREON

Woher kommt aber, frage mit Schickel ich,
das Wort?

ANTIGONE

Es heißt Parteigänger, erklärt Carl Schmitt.

KREON

Partei, so meint er, ist plötzlich sozusagen
das Totale. Der Partisan ist jener,
der Partei ergriffen hat.

ANTIGONE

Wie ich.
Ich stelle mich, wie Schmitt sagt, als der Teil
über das Ganze, um sozusagen das wahre
oder umgreifende Ganze, um die neue
Einheit zu verwirklichen. In dem Augenblick,
sagt Schmitt, da der dialektische Widerspruch
des Besonderen richtig im Sinne des Zeitgemäßen,
des An-der-Zeit-Seins wird, ist die Totalität
beim Besonderen, bei mir, und nicht mehr
beim bisherigen Allgemeinen, so daß jedes,
wie Hölderlin auch von mir sagt, als von unendlicher
Umkehr ergriffen und erschüttert in unendlicher
Form sich fühlt, in der es erschüttert ist.

KREON

Was die Entstehung eines neuen Prozesses
bedeutet.

ANTIGONE

Ich leugn es nicht.

KREON

Ist dir bekannt
das Gesetz des Weltalls, das Mao so erkennt:

Wenn eine alte Einheit und die sich bildenden
Gegensätze also einer neuen
Einheit und den sich bildenden Gegensätzen
Platz machen, dann entsteht ein neuer
Prozeß, der deine, der den alten ablöst.

ANTIGONE

Ich wußte das. Wie nicht? Es war ja deutlich.

KREON

Der neue Prozeß enthält also neue Widersprüche?
Ja?

ANTIGONE

Ja doch! Na ja!

KREON

Und Hans Heinz Holz,
der Mao interpretiert, sagt dazu: Es vollzieht
sich das Weltgeschehen immer als Aufhebung bestehender
Widersprüche. In jeder widerspruchsvollen
Situation ist die Wiederherstellung der Harmonie
die Aufgabe des Menschen.

ANTIGONE

Harmonie
in Einheit, ja, ach ja, mein liebstes Wort.

KREON

Bedenkst du auch die Gefahr, wie Schickel warnt,
daß die Partei, die bis dahin total war, sich
institutionalisiert und enttotalisiert, und, wie Schmitt
ergänzt, sich regularisiert und bürokratisiert.
Und Legalität erweist sich nach ihm nicht als eine
kleine, nebensächliche Formalität,
sondern hat sich in entscheidenden Fällen als
das Stärkere herausgestellt. Legalität
ist ein Funktionsmodus der Bürokratie.

ANTIGONE

Genug. Was wagst du!
(Antigone wechselt während der folgenden Auseinandersetzung mit Kreon die Kleider)

KREON

Das ist kein Scherz, keiner
der billigen Witze über die Bürokratie
und den Amtsschimmel und die Zöpfe, die man abschneiden müßte.

ANTIGONE

Still. Du wagst zu viel!

KREON

Das heißt etwas.
Es ist eine fürchterliche Realität
und, wie Adorno sagt: Soweit beschreibt
das Bild des Kreises sich richtig. Ich sage: Das Schlechte
am richtigen Neuen ist seine Totalität,
die eine Bürokratie nur ablöst, um selber
in der eigenen einmal total sich aufzulösen.
Das Neue als Einheit, was ist das? Ich sage:
die Schlange, die sich mit ihren Zähnen, die jeweils
neu sind, altbewährt in den eigenen Schwanz beißt.
So denke ich. So werd ich gesehn und schuldig gefunden.

ANTIGONE

Du also, der zur Erde neigt das Haupt,
sagst oder leugnest du, daß dus gesagt habst?

KREON

Ich sage, daß ichs sagte, und leugn es nicht.

ANTIGONE

Ist dir bekannt, daß solches nicht zu sagen ist?

KREON

Ich wußte das. Wie nicht? Es war ja deutlich.

ANTIGONE

Was wagtest du, ein solch Gesetz zu brechen?

KREON

Darum. Mein Kopf berichtete mirs nicht.

Man muß hier unterbrechen. Bataille – in der Feilitzschstraße stand er am Seil – unterbrach uns nämlich. Er wollte uns darauf hinweisen, daß hier etwas ausgelassen worden war. Es gehört sich, ihn reden zu lassen:
Der Tote muß für jene, rief Bataille, deren Kamerad er zu Lebzeiten war, auch als Leiche immer noch ein Gegenstand des Interesses sein, und wir dürfen annehmen, daß seine Angehörigen ihn, der das Opfer von Gewalttätigkeiten wurde, vor neuerlichen Gewalttätigkeiten bewahren wollten. Die Bestattung drückte zweifellos von den frühesten Zeiten an den Wunsch jener, die bestatteten, aus, die Toten vor der Gefräßigkeit der Tiere zu schützen.
Sehr interessant, Monsieur Bataille, rief Nathalie. Ich will Ihnen antworten. Ihre Hauptsache war im Spiel für uns nicht einmal eine Nebensache, zugegeben. Aber, was wir hier auslassen, ist immer hauptsächlich. Fragen Sie doch Odysseus, was ich ihm auf seine Einwände und Klagen geantwortet habe, dann haben Sie in der Hauptsache begriffen, daß unsere Hauptsache so gut lief, wie sie nur laufen sollte, indem wir Ihre Hauptsache ausließen. Auch von den Hunden, und davon werden Sie noch genug zu sehen bekommen auf diesem Platz, wobei wir die Gattungen nicht zoologisch begreifen, dürfen unsere Toten, also unsere Brüder, zerrissen werden, und im Widerspruch zu meiner guten Gesinnung behaupte ich: sie müssen zerrissen werden, weil sie es selber wünschen.

Hatte ich zuviel gewagt? Jedenfalls zur Erde neigte sich mein Haupt. Ich lief, oder eigentlich rückwärts drängelte ich mich aus der Menge heraus, in mir den heißen Konflikt, ob ich zugeben oder ableugnen sollte, daß ich sie so reden hatte lassen. Wie hatte sie mich auch angeblitzt von ihrer Litfaßsäule herunter, diese Nathalie. Ganz Bali brannte lichterloh in ihrem schwarzen Haar. Oder hatte sie mich in einer gereizten Kehrtwendung, Vorhang auf: geblendet mit strahlendstem Weiß? Ich weiß nicht. Ich wußte das nicht mehr. Die Haustür fiel zu. Oh Nathalie, meine schlimme Antigone. Da war mir wirklich nur der Fluchtweg zu Jeanne geblieben.
Jetzt stieg ich hinauf im Nachbarhaus von Les Charmettes, also quasi in dieser grünen Oase bis zum ersten Stock. Und zuerst gab es die Tür und zwar neben dem Briefkasten. Ich warf meine

Liebeserklärung hinein. Nach der Glocke öffnete sich ein Flügel und mit zwei Flügeln, so schien es mir, flatterte Jeanne zurück. Das ließ mich nachstolpernd altern, oder ich wurde alt an ihrer Jugend; kaum Brüste; noch nie von mir so richtig bemerkt. Aber fiel ich etwa in die Traufe? Diese Erzürnung. Errötung meinerseits. Hallo. Ich bin es. Lasset uns zu den Kindern kommen, verdrehte ich meinen Messias, bestimmt in der größten Not. Ich bereue. Ich erweckte auch Buße, als mir der Eintritt in den Salon gewinkt wurde von diesem Wesen, das aus seinem Rücken heraus meine Nachfolge erwirkte. Schau mich doch an! –

War es mein Abfall von dieser ätherischen Weise ihrer Anwesenheit oder schon eigentlich der Ausfall, und nicht nur ein von ihr angedeuteter: ihres überirdischen Daseins? Es sei wie es sein sollte: Vor einer Voralpenlandschaft, einer also scheinbar sanften, also von Wasser und Wetter mehr als weniger gekuppelten, mußte ich mir, bereits in die Knie gegangen, anhören – also der Deutlichkeit halber und um ihrem Allerdeutlichsten zu entsprechen, sei es genau gesagt: selbiges Hemd, in dem ich sozusagen verknüpfungsweise ihre erste Rolle mit ihr noch einmal besetzt hatte, also dieses hob sie hinten hoch – ihren Text: Das Gesicht der Jeanne d'Arc hat einen Sprung bekommen. Du siehst. Du kannst lesen: wie ein heiliges Mädchen von dir in die Gegenwart zitiert wurde. Die Disco-Zunge zwischen meinen Beinen erzählt dir jetzt, wie entrückt befriedigt in einer Zeit des Konkurrenzdenkens, der Entfremdung und der Isolation ein heiliges Mädchen sein kann, das seinem Vater Freud vorheult, wie die Bedürftigen ihr analytisches Begehren auszutragen haben. Der soziale Aspekt dürfte dir zwischen meinen leidlich geschwollenen Feigheiten einsichtig werden. Mein linker Hintern ist ein analphabetischer Freitag, mein rechter ein konvertierter Sabbat. Der bläuliche Sonntag dazwischen öffnet sich vor einem Montag, der ganz und gar blau gemacht wird. Da hast du deinen Teenager. Funky Weekend. Sela.

Ich schrubbte bereits. Und je mehr ich ins Weibliche hinüberalterte, und insofern sehr endgültig, also auch krank, umso kühner schuf ich gesunde Sauberkeit in dieser Wohnung. Sie lag, was mich jetzt aber nicht mehr bestürzte, als eine Nymphe auf einem Kanapee, wobei sie alles Unwichtige, wie sie es selber einschätzte, hinter sehr harten Wörtern trotzig vorzuzeigen gewillt war: besonders die Fußsohlen. Getreten wurde ich nicht. Ich saugte den Staub. Ich

verlumpte die restliche Dreckschicht. Derweilen ließ sie sehr gut ihre rechte Hand zart über der niedrigen, aber sehr deutlichen Stirne stehen, schwebend nämlich, was sich einem, der im Ahnen kommender Zornesausbrüche, derzeit insbesonders, geübt war, einprägte. Aber streifenfrei war ich tätig. Ich war die bestbezahlte Putze für alle glatten Flächen. Mit mir sorgte ich hier für die Frische. Ich spritzte mich in das Spülbecken in der Küche. Kein Sound mehr. So trocknete ihre Bühnenarbeiterin für sie ab. Und als Allzweckreinigerin glaubte ich schon Brahms lieben zu können und zwar in flagranti: hier, wo sie immer noch aufmüpfiger wurde, als sie mich reinigungsaktive Substanz mit der allerreinsten Kinderzimmerbeschreibung zu übertreffen versuchte, indem sie, auf ihre sich doch nur zart abzeichnenden Brüste verweisend, die Bitte vorbrachte: das untere Drittel ihres Babyasyls hochzuklappen, damit die Knie ihrer geschlechtslosen Puppen sich zu runden Brüsten vervielfältigen könnten, die einst, zweimal wenigstens, ihre eigenen sein würden. Und einst einmal, schrie sie mich an, sei sie das dann gewöhnlich, was von innen heraus langsam aufgewölbt würde. Das mir. Ich klappte und wischte.
Ich sprühte mich auf das Mahagoni. Ich wringte mich durch den Damast. Ich wurde stählern. Ich desinfizierte. Mit mir wurde alles porentief durchdrungen. So wurde ich außerordentlich kalkentfernend in allen Heißwasserbereichen und geriet am Ende auch noch an sie selbst als eine im sauren Bereich gepufferte medizinische Öl-in-Wasser-Emulsion für eine Ganzkörperpflege. Fertig. Sie konnte ihre Gäste empfangen. Mein Stammeln war mir voraus: die Stufen hinunter. Eine deutlichere Beschreibung kann ich von diesem Abtritt nicht geben, den man in aller Deutlichkeit mir zwischen meine Beine geschrieben, mit einem zierlichen Mädchenfuß, der meinen verlebten Mangel nicht zu erwecken verstand.

Ich hatte geputzt. Ich war alt geworden. Wer weiß, warum ich, die Haare hochgesteckt wie Antoinette, an einer zu oft polierten Klinke vorbei in die Münchener Freiheit hineinschlich, das zu viel herumgekommene Gesicht, das nicht mehr stören darf, hinter den Händen versteckend, wie die Brust, diese zwei schlaffen Säcke, unter dem Textil – gemustert, Jugendstil, die Büffelamulette des

alten Häuptlings der Cheyennes darüber – um nicht Anstoß zu erregen, nicht an die Vergänglichkeit des Spaßes zu erinnern, um denen nicht die Spaziergänge zu verderben, welchen das Leben noch seine Versprechungen hält. Warum erhob ich draußen in dieser Öffentlichkeit, aber innerlich die Hände, breitete sie geistlich aus und segnete die weiten Kriegspfade meiner Möse, die mir die Pioniere der neuen Generation vertraglich entwendet hatten. Ich hatte unterschrieben. Ich war in der Mitte meiner Generation gesessen, bis ich aufgab. Meine Lust war abgezogen. Ich folgte auf meinen zwei Rappen. In den zugewiesenen Jagdgründen fing ich jetzt Pommes frites im ›Picnic‹, zwischen den harten Stämmen der jungen Männer. Mein Tascherl, wo das Kleingeld in dem Haufen Staub vergraben ist, in den ich bald gelegt werde, baumelte wieder jenseits vom Fleisch am Welken. Nur Sehnen. Überhaupt nur noch Sehnen. Ein Dackel, mit dem Bauch im Kot der Straße: so bin ich unterwegs. Weil ich mich bewegen muß. Mein Tierarzt kotzt in das Waschbecken, wenn er mich sieht. Mein Wille zur Macht lodert auf meinem entblätterten Scheitel. Meine falschen Steine blitzen mich. Meine Löcher haben keinen Schliff mehr.
Aber Rosa von Praunheim stand drüben vor dem Vinzenz Murr und winkte mir. Sein weißer Schwanz und seine vollen Hoden wackelten mir ein Ständchen. Und als der Richard seinen Parsifal an der Hand vorbeiführte und ihm den Türkischen Honig kaufte, bestellte ich mir drei Noagerl, für die ich meinen Staub nicht aufwirbeln mußte. Ich habe einmal die dicke Königshand von dem Ludwig geküßt, weswegen ich mir jetzt überlegen mußte, ob meine Schnauze in den Spiritus kommt. Ich bin schon der Dod, so wie man ihn nicht gerne anschaut. Ich krieg auch kein Zuckerl mehr, wenn ich am Randstein stehen bleib und den Kopf sinken laß. So stand ich da und hatte plötzlich das Gefühl, daß mir aus dem Bauch eine zweite Person wuchs, was ich noch gar nie erlebt hatte, wahrscheinlich eine Zangengeburt, die noch dazu strampelte. Das ist wahrscheinlich einer, der in mir stecken geblieben ist, aber im Nabel, zur Erinnerung. Mein Hals brach auch nicht ab, soviel ich ihn verdrehte: wo taucht über dem Horizont das Feuerwasser auf? Gerade mir täte die Wärme so gut. Und obwohl ich den Kant nie geliebt habe, ging der steife Hegel an mir vorüber und erinnerte mich daran, daß ich meine Küche nicht aufgeräumt habe. Und der Sinn und der Zweck? Jedenfalls keine Mittel. Und der Nietzsche

schob mir seine Tragödie unter die trockene Achsel. Seine Ehrfurcht vor meinem Alter erwartete sich immer noch das ganz Andere vom nächsten Jahrtausend. Das sage ich aber meiner Milchfrau nicht. Das frage ich aber eine Bibliothekarin, bis sie mir die Stelle zeigt, wo ich stehe. Vielleicht bin ich auch nur angemerkt. Soll mich freuen. In meinem Absterben gibt es doch noch viele Heimatländer, die meine Lüftlmaler erfunden haben müssen draußen, wo der Streit nie aufhört. Nur zweimal habe ich mich im Dunkeln ausgezogen, obwohl nicht einmal der Zweite Ludwig im Schlafzimmer anwesend war. Aber jetzt kriegte da drüben der Parsifal seine Kundry doch noch und jeder eine Maß Bier. Jedenfalls meine Hand, die kein Ludwig geküßt hat, wird deshalb auch nicht im Spiritus liegen. Wir erhalten eben nichts, obwohl da wieder einmal die Musik das Schönste ist, was wir zu hören bekommen. Und erst der Gesang. Und besonders die Harmoniker. Und am besten war schon immer der Carlos Kleiber, der am meisten abbekommt, weil der wieder einmal besser als der Beethoven ist, der heute überhaupt nicht vorbeikommt. Vielleicht kann der zu stolz sein. Ich kann das auf mich nie.

Wahrscheinlich bin ich in Vollendung begriffen, so schaust du aus, sagte ich zu Praunheim.

Mann, was soll das, fragte er mich.

Ich dachte, man könne nicht das bleiben, was man ist, wenn man liebt.

Wen liebst du?

Old Rosagrau.

Als alte Frau? staunte er. What's behind the scene?

Up-front sex, violence and exhibitionism, sagte ich.

Und über den Hautlappen mit den gesunkenen Spitzen bedrohte uns das Gesicht von old Rosagrau, die ihre Wintersprossen im radical chic numeriert bis Unendlich. And she brought the Punk of Nichts to her own neighbourhood, die wir ihr waren hier, wobei sich die Säfte in mir schon wieder steigender benahmen. Auch hatte ich wieder etwas dazwischen. Das stand. Oben hingen freilich noch Brüste, wie der Ovid es verzögert hatte. So liebte ich sie – Punk music makers lauschend. Der Praunheim blieb neben mir der, der er immer schon war, als old Rosagrau ihre schwarzen Zähne bleckte in meine plötzliche Auferstehung. Und als ich sie umdrehte, hob sie den Vorhang über einer Kerbe, die anfangsbuchstabenlos

sagte von vielen Frühlingen Liebender. I belong to the blank generation, and I can take it or leave it each time, rauschte sie.
Das ehrt dich, Rosagrau, sagte ich, wie dich ziert, was dem ausgedientesten Bauch zwei Tücher im Namen der Verwesung anhängen. Die Zeit, welcher wir – the Punk motto – alles drangeben, hat dich – if I talk to the inside Punkers – gedehnt und erweitert zum plötzlichen Schrecken, in dem man eines Morgens aufwacht.
Der meine ist keiner für ein Nadelöhr, erklärte der Praunheim.
Ich liebe dich, old Rosagrau, sagte ich.
Und zu zweit faßten wir Männer old Rosagrau zusammen, indem wir sagten: Wir beten dich an. Amen.

Schluß, sagte Rosa. Jetzt reichts. Wovor hast du Angst?
Vor Nathalie, gab ich zu. Die Jeanne hat mich alt gemacht. Bei dir bin ich jung.
Mich hast du verlebt, sagte sie. Danke.
Als alte Frau, die selber Mitleid erregt, war ich kein Mensch, der Mitleid empfindet für eine alte Frau, sagte ich. Das war soeben die Liebe.
Dieses Theater? fragte Rosa.
Diese Metamorphosen, beim Ovid, verbesserte ich. Wir können nicht das bleiben, was wir sind, wenn wir lieben.
Wenn wir Angst haben, sagte die Rosa. Schluß jetzt.
Da fing ich sie wieder an und war soeben zu ihrer vollen Blüte gekommen, als mir einfiel, daß es die höchste Zeit war, uns wieder einzustellen auf der Wüste, in der Menge, unter den Litfaßsäulen.
Zu spät, sagte Rosa.
Genug, sagte ich. Du bist nicht meine Uhr. Ich bin mir selber keine.
Wir kommen aber bestimmt zu spät, jammerte Rosa.
Da mußte ich ihr erklären, daß es sich sowieso um eine, aber eigentlich um keine Wiederholung handle. Wir kämen bestimmt nicht zu spät, es handelt sich nämlich schon wieder, sagte ich: um etwas anderes.
Aber . . .
Genug, sagte ich.

Genug, was wagtest du, hatte Antigone ausgerufen auf der Wiese, stehend auf der zweiten abgeschälten Litfaßsäule, wo sie ihren Part in dieser Szene spielte, hatte die Seidenbluse aufgeknöpft und ausgezogen, während Kreon, auf der ersten Säule stehend, sich seiner Smokingjacke entledigte, sie zwischen die Knie klemmte, um aus dem Rüschenhemd schlüpfen zu können, nachdem er vorher die Schleifen aufgebunden hatte. Und als er nun Schleife und Hemd und Smokingjacke zu ihr hinüberwarf, warf sie ihm ihre Bluse herüber und sie schlüpfte in sein Hemd und band sich seine Schleife und schlüpfte auch noch in die Smokingjacke, und er zwängte sich in ihre Bluse und knöpfte sie zu. Solange seine Brust nackt gewesen war, hatte die Menge geschrien und man wies mit Fingern auf ihn. Jetzt ließen Kreon die Hose und Antigone ihren Plisseerock fallen, und Antigone benötigte nur wenige Augenblicke länger, um ihren Strumpfhalter aufzuhaken und ihre schwarzen Nylonstrümpfe abzustreifen, als Kreon, der seinen Slip auszog und die Strümpfe. Bei jenem Teil der Menge, der Kreons Geschlecht vor Augen hatte, wurden nur vereinzelte Schreie gehört, während im andern Teil, dem er sein Gesäß zuwandte, viele Männer außer sich gerieten und brüllten, aber nur kurz, denn Antigone schlüpfte jetzt aus dem Slip. Die Menge schwieg. Der Kleidertausch nahm seine Fortsetzung, indem Antigone ihren Slip herüber zu Kreon und Kreon seinen Slip hinüber zu Antigone warf. Zur Hälfte wieder bekleidet, warfen sie sich das übrige zu, in der umgekehrten Reihenfolge, so daß Antigone sich Zeit lassen konnte, als sie die weiße Smokinghose anzog, Kreon jedoch mit einiger Hast und offenbar noch ungeübt, die Strümpfe Antigones über seinen Beinen hochzog und den Strumpfhalter über die Hüften legte, um ihn dann festzuhaken. Erst jetzt stieg er in den Plisseerock, hob ihn auf und hakte ihn im Rücken zu, was ohne Schwierigkeiten gelang. Die Menge diskutierte. Antigone war längst fertig. Sie lächelte. Die Menge begriff. Es war still auf dem Platz.

Die Szene wurde zu Ende gespielt.

Rosa half Nathalie, als jene auf der Leiter herunterstieg, und Robin hielt die Leiter, auf welcher der Poppes abtrat. Wir umringten die beiden und führten sie über den Platz. Hier gelang es der Menge nicht, bis zur halbschlächtigen Mitte durchzustoßen. Die Glumberei wurde von uns beschützt. Und als Nathalie die Hosenbeine

hochzog, konnte niemand ihre Kalkbeine sehen. Poppes hob zwar den Rock hoch, aber wir ließen keinen Passanten die Silberstreifen am Horizont sehen und schon gar nicht, was unsere Masseuse mit Rosa aufführte. Hier bediente sich Poppes aus der Ledertasche seiner antiken Gegnerin, aber für Kunden blieb sein Parfümladen geschlossen. Wir verschwanden im Haus Freiheit 16.
Im dritten Stock öffnete unsere kleine Jeanne. Wir traten ein. Es waren schon viele Freunde versammelt. Sie saßen im englischen Stil, vor dunklem Mahagoni, vor blasser Seide. Auf einem damastbezogenen Sofa in der Mitte des großen Raumes nahmen Nathalie und Poppes Platz. Jeanne ließ Gheorghe Zamfir die Syrinx blasen. Poppes begann mit einem Vortrag über die Wirkung des Urins von trächtigen Stuten, und während er die Ärmel der Bluse hochstreifte, erklärte er den allmählichen Ausfall der Körperbehaarung, tätschelte sein volles, rosiges Gesicht, knöpfte die Bluse auf, zeigte die reine Epidermis der Achseln, erwähnte das Hinschwinden des maskulinen Leders, als er seine Haut streichelte, und überließ es Nathalie, seine Ausführungen zu ergänzen. Diese war inzwischen aus dem Rüschenhemd geschlüpft und forderte uns nun auf, ihre kleinen, festen Brüste mit den kleinen, festen Brüsten Poppes' zu vergleichen. Und sie war es auch, die mehr ihm als uns erklärte, daß er – und deshalb erhob er sich und tänzelte durch den Raum – so beschwingt, so federnd verstünde zu gehen, wie nur die Frauen das könnten und, als er auf dem Saum des Teppichs entlang eilte, ohne zur Seite zu treten, nun balancieren und auch Blumen ansprechen und alle Genitalien hier im Raum, auch ihre feinen Unterschiede feststellen könne, wobei sie die kleine Nase hob, diese Demonstration unterbrechend, indem sie uns Männer aufforderte, unsere Meinungen zu äußern, was wir willkürlich der Reihe nach taten, von plötzlichen Ausbrüchen Poppes' unterbrochen oder aber von seinen sanften Einverständnissen mit dieser und jener Meinung dieses und jenes. Ob er wie sie nicht etwa den Inhalten, sondern beinahe nur dem Vortrag des jeweiligen Sprechers gelauscht habe, und dessen Stimme und deren rhythmischen Schwingungen das entnommen habe, dem er zustimme, oder das er ablehne, fragte sie Poppes, der ihr zunickte, als sie ihre Frage selbst beantwortete, indem sie sagte, sie, nämlich alle Frauen, entnähmen die wahren Meinungen der Teilnehmer hauptsächlich physischen Qualitäten derselben. Sie öffnete seinen Rock, und langsam enthüllte sie vor

uns die weichen Hüften des Poppes, an dessen überschmale Taille wir uns schon gewöhnt hatten. Aber als seine großen, ausschwingenden, weißen Lenden und das ganze wohlgeformte Gesäß zum Vorschein kamen, konnten jene, die der Szene am Forum nicht beigewohnt hatten, ihr Staunen nicht mehr verbergen. Sie stöhnten. Die Schenkel, von Nathalie behutsam entblößt, so unbehaart wie alles übrige an diesem Mann, konnten nicht nur leidlich in einen Wettstreit mit den Schenkeln seiner Demonstrantin treten, die inzwischen das geistige Bild einer glänzenden Rhetorikerin mit dem leiblichen Bild einer blendenden Erscheinung ergänzt hatte. Nackt wie Poppes verbarg sie Penis und Hoden desselben zwischen den Schenkeln desselben, preßte die Schenkel desselben zusammen und stellte sich neben ihm auf. Wir sahen zwei Hügel. Sie ging in die Knie. Dem Anblick ihres vollendeten Gesäßes konnten wir uns nicht ungestört hingeben, da sie mit einem Stück Kreide ein Pantakel auf den roten Teppich zeichnete, das sie umständlich zu erklären begann:

zwei Buben
Zwei Säcke
Sack
an Sack
die Symmetrie
ihrer Eier
nach oben
nach unten
weisend
jeweils
ein Schwanz

Ein Trumpf, der nicht sticht, flüsterte sie, zog Jeanne zu sich herunter und zog sie schnell aus. Dann mußte das Mädchen auf dem Pantakel Platz nehmen, und zwar gemäß ihren Anweisungen: nämlich liegend, genau vor den gespreizten Beinen der Hierophantin. Diese ließ sich nach vorne fallen, stützte sich auf ihre Ellenbogen, öffnete mit den Fingern die Lippen des Mädchens und suchte und fand mit der Zunge den Kitzler. Poppes, der unbeachtet von uns erigiert hatte, trat jetzt hinter Nathalie, öffnete ihre Lenden und stieß seinen Penis in ihren Anus. Er schrie zur gleichen Zeit auf wie Jeanne. Stute Selbdritt 79. Nathalie seufzte. Die Stute Selbdritt aber wurde insgesamt langsam angehoben und schwebte vor unseren Augen zum Fenster hinaus. Ich begab mich auf die Münchener Freiheit zurück.

Wir könnten selbstverständlich hier umständlich die Arbeit unseres Chefmaschinisten beschreiben, was wir aber ganz einfach unterlassen.

Zurückgekehrt in die Zuschauermenge auf dem Platz, suchte ich mir einen Standpunkt, auf dem ich ungestört und ungestoßen das Gesicht zum Himmel erheben konnte. Die Stute Selbdritt schwebte genau über mir – ich stand in der Mitte des Platzes – und um sie herum schwebten dicke, puttenbesetzte Wolkenballen, die anscheinend der Regie des Vorschülers Hermann anvertraut worden waren, weil derselbe mit kleiner Stimme in die Convexitas des blauen Himmels hinaufrief, die wohlgenährten Corpora mögen sich ernsthaft gerieren, nicht etwa schlenkern, keinesfalls watscheln, und wer da oben zu schurigeln vorhabe, dem ziehe er nach dem Auftritt einen Schwanz aus dem feisten Hintern.

Über dem bayerischen und dem lothringischen Wappen mit ihren Darstellungen der vier Jahreszeiten, der vier Elemente und sämtlichem Emblemschmuck, an dessen Schmalseiten die Monogramme Maximilians I. und seiner Gemahlin Elisabeth von Lothringen zu lesen waren, deren hehre Namen die Zucht und Sitte und Ordnung in dieser Stadt seither garantieren, labte sich Nathalies Zunge an dem Mund, den ihr Jeanne zwischen ihren Beinen darbot, und wurde wieder, aber jetzt erhöht in den Münchner Himmel, in ihrem neutralsten Loch durchbohrt von dem beinahe weiblichen Poppes, dessen Fleisch, ebenso wie das Blau des bayerischen Himmels, wie von einer dünnen Lasur überzogen waren, welche nicht nur seine, sondern auch die Glieder der beiden Mädchen ganz fabelhaft plastisch in die Luft modellierten, so daß die Stute Selbdritt sowohl ein Lichterlebnis ersten Ranges darstellte, wobei sie die uterale Sehnsucht des Mannes ausließ und das Mysterium der Mutterschaft nur zu deutlich durchstrich, als auch mit Füllhörnern voll mit blühendsten Blumen und dem Goldpelz der freigearbeiteten Manteldraperien, die von sämtlichen Armen herabhingen, die genitale Sehnsucht der Frau in glänzendsten Mißkredit brachte. Und Beifall rauschte auf, als aus dem einzigen, von unten sichtbaren Geschlecht, nämlich aus der Scheide der Hierophantin Nathalie, Wasser herniederzutröpfeln begann, um schließlich herniederzuschießen in weitem Bogen, der die kleine Terra Nova auf der vorletzten Stufe im Forum traf und bewässerte. Der inzwischen vom Wasser der Hunde genährte Regenbogen erweiterte sich und stand groß über der Freiheit, ganz groß.

Ach, begriff Poppes. Jetzt begreife ich. Er wies auf die Terra Nova. Das Ziel muß dort sein, wo getroffen wird.

Sie saßen alle im Sandkasten, auf der Kontur des Vogelkopfes. Als ich dort ankam, schlug Nathalie hin. Ein hysterischer Anfall. Ich warf ihr ein Hemd zu. Sie begann sich im Sand zu wälzen, sie raste, sie schrie und zugleich, sehr ordentlich, sehr gewandt, schlüpfte sie in das antike Kostüm.
Ob sie uns etwas zu sagen habe, fragte ich sie.
Sie habe, schrie sie.
Und wer sie sei, fragte ich sie.
Sie sei Antigone, schrie sie, aber wie von sehr weit her, zeitlich. Sie sei das immer noch, wimmerte sie: auch als Zerrissene, als eine, die wir verstümmelt hätten. Freilich, seufzte sie wie von sehr lange her: Tote müßten träumen, weil die Lebendigen sie nur schlafen ließen in ähnlicher Weise wie sie selber schliefen, nämlich als Wache. Als solche krümme sie sich aus ihrem verkehrten Wesen heraus, keuchte sie und kam mit ihrem Hinterteil immer höher, wobei sie ihr Gesicht in den Sand steckte. Stille. Wir waren betroffen. Der Poppes war abwesend da.
Anthalie verhalf uns mit ihrer Hände Arbeit an dem antiken Kostüm zu dem Anblick ihres Hinterteils, dieser Charaktermaske, erklärte sie schreiend. – Der Polizeichef erschien, der alte Feilitzsch. Er sprang in den Sandkasten.
Ich sehe Euch, höhnte Anthalie, mein staatsgewaltiges Gesicht in Euren zufriedenen Augenschein nehmen.
Sie umfing mit ihrem linken Arm die Beine des Feilitzsch und dozierte: So umfängt die zur Partei gewordene Partisanerei in

meiner Person, nämlich der Gewalt des Neuen: das Alte, und wie die Bilder sich gleichen bis zu seiner Fotze hinauf. Wer setzt mir den zeitlosen Helm auf mein Gesäß und erfindet ihm ein Kinn für die Bänder? Wer schnallt sie?
Aiai, stöhnte Antigone. Das riß uns empor. Wir standen. – Nur Poppes nicht; weltverloren saß er ganz weit weg von uns.
Standfigur, schrie Anthalie:
mit tropfendem Lochschweiß
(Inventur: Sparta, München, Freiheit)
Artikel 38 Absatz 3. Ich bin die
auf das Postament geschmelzte
Polizei
mein After ist abgerichtet, klaffend, siehe
PAG 6
scheißt nachweisbar seit Katalog
von Beck Hilfs-Vollz-Me
(Wehe dir, Kreon, Revoluzzer!) Zwangsmittel
der körperlichen Gewalt, die keiner
dienstlichen Zulassung bedürfen des Ständers
der aus meiner Klitoris zu vollstrecken ist (sie zog
sie aus, die Anthalie, mit ihrer
Rechten (mit der Rechten) auch das Blut schoß
ein (die Wärme des neuen, gerechten Zeitalters)
Fesseln in meinen Händen
Fassung: Pratzen (niederbayerische Blutkammer)
Das neue Alte ist wie das alte Neue (Schluchzen
im Standbild) Sein Arsch: mein Hinterkopf
Urintränen: Wasserwerfer. Möse gefriesgeziert, nämlich:
teutonische Sperren:
Wolfshunde.
Ich mache mich fertig, verkündete Anthalie:
Auf dem Postament:
in Konkavbögen
geschweiftes Abdrängen
durch Dienstpferde: brüllender Menge. Erstarrt
zum Standbild geworden,
im Sandkasten auf der Freiheit.
Wie so lebendig der alte Feilitzsch. Der Chef. Im Begriff, auf der Stelle zu tanzen, wortwörtlich, vor unseren Augen.

Das sagte er dann. So begann er mit Polizei: Polizei, sagte er, ist für den Begriff der Polizei da.
Anthalie grinste durch die Beine. Ihr Mund: beinahe des Höchste an ihrem Geist. Ihr Wille nämlich stützte die Fotze.
Der Begriff der Polizei ist für seine Polizisten da. So der Feilitzsch. Die Polizei hat die Aufgabe, Störungen des Begriffes der Polizei zu unterbinden und die Aufrechterhaltung des Begriffes der Polizei zu gewährleisten. Und so weiter: Die Polizei steht im Begriff der Polizei und muß sich von allen, die im Begriff sind, das nicht zu begreifen, bestätigen lassen, daß der Begriff der Polizei auch als ein unbegriffener zu bestätigen ist.
Ihr plötzlicher Handstand! Also, die Anthalie auf den Händen, ließ, den Kopf unterm Hemd, die Beine laufen zurück, zurück, Partisan: in das Paradies der Gewalt: diesen Garten, von dem wir keine Grenzen genauer kennen. Der Poppes schluchzte: Akrobat, schöööön.
Der Feilitzsch führte sich auf: Es müßte, meinte er, bitte, es muß, bezweifelte er das nicht mehr: den Begriff der Polizei einfach geben, weil er nämlich ein Begriff ist. Das lernt man. Wenn es nicht vordringlich ist, wurde er deutlicher: den Begriff der Polizei zu verteidigen, kann der Polizist auch anderen Verletzten Beistand leisten. – Ein Seufzer aus dem Hinterteil Anthalies. Wir hörten. Seine Ausführungen aber: Durch andere Begriffe zugewiesene Aufgaben können übernommen werden, wenn sie dienen: nämlich dem Begreifen des Begriffes der Polizei.
In ihrem Handstand, bis zur Kehle nackt, stellte Anthalie vor uns allen und besonders mit ihren zwei außerordentlich langen Beinen: die geschlossene Front der Polizei dar und trug sie um den Polizeichef herum.
Schöne Beine, wahrlich, und das Dreieck wie eine Phalanx aufwärts gegen die Ewigkeit, träumte der Poppes laut vor sich hin. Kein Kommentar. Seine Glossatur verwirrte uns sinnlich.
Die Polizei wird immer dann gut dienen, entzückte sich der höchste Polizist außerordentlich, wenn sie im Falle einer Zuweisung von Zielscheiben durch andere Begriffe, die im Begriff der Polizei vorgesehenen Zielscheiben trifft. Polizei im Sinne dieses Begriffes der Polizei sind die im Vollzugsdienst dieses Begriffes tätigen Dienstkräfte der Polizei. Nämlich: aus den Schwächen im Begriff der Polizei wachsen die übermenschlichen Kräfte des Begriffes der

Polizei. Er war im Begriff Atem zu holen, der Feilitzsch. Das ist menschlich. Übergriffe des Begriffes der Polizei durch einzelne Polizisten sind das Menschliche im Begriff der Polizei. Im übermenschlichen Begriff der Polizei ist alles Menschliche seiner Polizisten inbegriffen, stöhnte der Polizist.
Dachte ich mirs, seufzte Poppes, der derzeit Ästhet, als Anthalie, noch immer im Handstand, ihren übermenschlichen Spagat auf der Luft der Freiheit aufsetzte.
Das Menschliche der Polizisten, wußte der Feilitzsch, hält im Begriff der Polizei ganz zusammen. – Wer hatte Anthalie geheißen, die Beine wieder zu schließen, und wieder oben nach oben. – Der Feilitzsch wußte jedenfalls weiter: Der Begriff der Polizei, sang er mehr als er redete, kann alles Menschliche in sich verstehen. Der Begriff, der für alle da sein muß, ist über den Menschen da. – Siehe, die Anthalie, wie sie begann, die Beine zu öffnen, schon wieder! – Ein Begriff, triumphierte Feilitzsch, der für alle Menschen da sein muß, ist über den Menschen da.
Nur ein wenig, aber wie sie sich öffnet, glossierte der Poppes. – Dieser Unverstand. Diese Anthalie aber!
Mich gibt es, schrie sie aus einem verkehrten Gesicht unter dem Hemd heraus. Das Neue fällt bald auf die Füße. Kurz vorher aber furzt mein Hinterteil die Bestätigung aus.
Es gibt Polizei, sagte Feilitzsch, umrundet von dem V Anthalies, das ihn stärkte. Aus voller Brust also konnte er sagen: Es muß die Polizei geben, weil es den Begriff der Polizei gibt.
Und wie sie zusammenbrach, die Anthalie, und wie sie sich unter ihrem Hemd versteckte. Und wie sie es naß machte, mit Tränen. Und wie dieses große Mädchen sich mit ihrer Reue verkleidete: dieses war so erniedrigend wie es immer kleiner auch größer wurde. Und ich zog es an mein Herz.
Feilitzsch verließ uns.

Feilitzsch. Freilich. Wie konnte ich nur vergessen. Ich wollte ihm nachlaufen, aber der wußte ja schon Bescheid.
Nein. Das war ein Fall für Auguste Dupin, das analytische Genie, den Amateurdetektiv.
Der Zufall wollte es, daß derselbe im Augenblick vorbeiging, in

analytischen Gedanken, wie sich versteht, aus welchen ich ihn reißen mußte. Tat mir leid.

Monsieur, sprach ich ihn an und erklärte: ich bin gezwungen, Ihr geruhsames Leben als Privatgelehrter zu unterbrechen. Die Sache ist die . . .

Ich wiederholte nun Lelis Worte, wie ich ihre Reportage schon einmal wiederholt hatte, freilich nicht mehr in Fragesätzen. Und wie durch ein Wunder war er sofort bereit, und, wie er umständlich ausführte, auch als einziger imstande dazu: den Mordfall Chris und Ivan Deck – inzwischen war mir der Name des toten Punkers eingefallen – zu übernehmen. Er kenne den Einsatzleiter Feilitzsch sehr gut, oder besser, derselbe kenne ihn noch besser. Es werde demnach keine Schwierigkeiten geben, von jenem die Erlaubnis zur Mitarbeit, besser freilich zur Hauptarbeit, zu erhalten. Und um sofort mit der Untersuchung zu beginnen, meinte er, müsse er, was er ja bereits tue, bei mir vorstellig werden, um die Frage anbringen zu können, was ich, wie er nur beobachten habe können, mit dem Punker Ivan Deck gesprochen habe?

Wir sprachen über den Lebenslauf eines Punkers, sagte ich.

Nichts weiter. Ich referierte.

Gut. An die Arbeit. Damit ließ er mich frei.

Der Fall lag bestimmt in den genialsten Händen. Ich sprang zurück in den Sandkasten.

Als habe er gar nicht zugehört und nichts gesehen, der Taube, der Blinde, wiederholte der Poppes: Jetzt begreife ich: Das Ziel muß dort sein, wo getroffen wird. Wir sehen und können sagen: es ist ganz gut, trumpfte Poppes auf. Und er legte seine Arme um die Hüften Jeannes und Nathalies, wirbelte sie um seine erleuchtete Person, die allfältig werden könne, wie er uns allen versprach, und nicht nur die seine, wie sich verstehe, und deshalb: Natur sei von uns allen nicht bestätigt worden. So führte er sich auf und schließlich stemmte er sich auf den Schultern der Mädchen hoch, wie er gleichzeitig ausführte: in den Himmel: wo diese zwei Mädchen und seine Wenigkeit als Sterne ein Bild leuchten ließen, wie es so falsche Leute, wie wir nun einmal alle werden sollten, oder schon seien, nur wünschen könnten. Dann ließ er sich fallen und saß.

Er blieb sitzen. Nämlich der Robin hatte geseufzt: Schön und gut, aber eine Nebenfiguration, weil entstanden aus einer Nebenaktion.
Und die Hauptsache? fragte der Poppes.
Kreon, höhnte der Robin. Der bestätigt.
Der Poppes schrie auf. Um Himmelswillen, das darfst du nicht sagen. Das ist uns doch einfach großartig gelungen. Wir haben die Antigone umgedreht, daß es eine wahre Lust ist. Wir weigerten uns zu bestätigen, daß der Teil über dem Ganzen steht, um eine neue Einheit zu verwirklichen. Wir weigerten uns, diese Einheit zu bestätigen, weil wir die Einheit nie bestätigen werden. Deshalb verweigerten wir uns der Totalität, die beim Besonderen ist, weil wir die Totalität nie bestätigen werden. Ganz einfach! Das Richtige lehnen wir ab. Das alte und das neue. Also bitte, was bestätigten wir?
Das Schicksal, sagte Robin leise. Ganz einfach.
Als Kreon? fragte Poppes vorsichtig.
Als Carl Schmitt-Kreon, wenn du so willst, sagte Robin.
Das sagst du? schrie Poppes.
Nicht nur ich, sagte Robin und zeigte auf einen Mann, der jenseits des Seiles stand und sein Einverständnis mit dem Urteil Robins erklärte, kopfnickend, weil der Abstand zu groß war.
Wer ist das? fragte Poppes.
Ulrich Sonnemann, sagte Robin. Ein Saboteur ebendieses Schicksals, das wir bestätigten. Schlimm.
Ich verstehe kein Wort, jammerte Poppes.
Wir bitten um Lossprechung, spottete Nathalie und streichelte ihren Kreon.
Mein lieber Carl-Max-Schmitt-Weber-Kreon, begann der Robin, so nämlich heißt du, lieber Poppes, indem du bestätigst, was der erste vom zweiten gelernt hat, nämlich: Die Bürokratie ist das Schicksal.
Der Poppes blieb still. Ich beobachtete Robin. Ich konnte feststellen, daß er nicht triumphierte. Nathalie und Jeanne hatten begriffen. Das sah ich. Die Rosa war ziemlich verstört. Auch Zaara, und Hussan und Adrian schienen verstanden zu haben.
Aber, schluchzte der Poppes, dem Odysseus wollten wir zeigen, wie wir so glänzend falsch zu zitieren verstehen, das war es doch. Deshalb.
Schon gut, winkte Robin ab.

Immerhin, die Stute, das Sternbild ...
Nicht schlecht, sagte Robin.
Weil sie einen nicht falsch sein lassen, grollte der Poppes.
Werde nicht kindisch, rügte der Robin.
Da schluchzte der Poppes. Die Nathalie holte ein Taschentuch aus der Schürze. Sie saßen jetzt alle. Sehr merkwürdig. Die Gesichter verschwanden hinter den Händen.
Das geht nicht. Nichts geht. Überhaupt nichts, weinte die Nathalie los und machte ihr eigenes Tüchlein naß.
Das Falsche ist sowieso falsch und immer, erkannte die Rosa und rückte zu den Mädchen auf.
Genug, sagte ich.
Nicht genug, schrie der Poppes. Ich habe Lust, mich zu rechtfertigen. Ich habe den Kreon gespielt. Man vergißt das.
Wir haben Fehler gemacht, sagte ich.
Noch schlimmer: wir haben Richtiges hergestellt, trotzte Poppes.
Das kommt vor, sagte ich. Beruhige dich.
Das muß weg, schrie er zornig.
Das bleibt. Und: keine Rechtfertigung. Hier nicht. Auf dieser Freiheit nicht. Zum Beispiel. Wir spielen. Wir machen Fehler. Wem das nicht paßt, der soll sich verdrücken. Zuschauen muß man hier nicht.
Ich habe aber Lust zu widerrufen, plärrte der Poppes. Gestrichen. Kommando zurück, oder wie sagt man?
Halt, sagte ich.
Wie bitte, fragte der Poppes beleidigt.
Nicht weiter, ich meine in dieser Richtung, empfahl ich.
Vorwärts in die andere Richtung, ja, brüllte der Poppes.
Halt, sagte ich.
Wie bitte?
Nicht weiter, ich meine in die andere Richtung.
Wir bitten um Buße, spottete Nathalie.
Im Ernst?
Ja bitte.
Gut. Die Buße: keine Reue. Deshalb auch keine Lossprechung. Sondern: schlimme Laune zum falschen Spiel.

Oder: Im Anfang klatschte die Spucke des Gipfelmenschen Fidus als Eigenwerk seiner magischen Wortlichthöhle blaublond auf die Terra Nova: schlimme Kotspritzer; davon betroffen so mancher Arschschmaler des Ringes deutscher Jugend, die ihren Ehrenhochmeister trotzdem mit Heilrufen grüßten, lichtempor. Und von dem Dreck hatte auch der Umweltschützer, der Grüne, samt Demeter, seinen Teil abbekommen, wahrlichtig wegen seiner verkommenen, weil liberalen Bodenreform. Mich selber hätte der nasse Abstoßungsbrief treffen sollen. Traf aber nicht. Ein Regenbogen fuhr auch nicht über den Himmel hinauf, nur meine niederrassige Frage: Warum? Also bitte?
Da wußte der Rummelpuff einen wilden, deutschen Bescheid: Beim Luzifer, tobte er, über der dreckigen Mitte dieses falschen Universums steht selbstbewußt, mit einer arischen Gebärde sein Haar, die wallenden Wolken zurückwerfend und streichend: der Würmtaler Sendling, breitbeinig: ein gewaltiger Ringer, innerhalb der Hohlwelt, selber so massiv wie einst die Kirche gegen den weltheimatflüchtigen Bruno, als tibetanischer Thor, ein Auswanderer aus der arischen Wüste Gobi, das Hakenkreuz wie einmal noch 194zig und wann auch zack aufgepflanzt, fahnenartig, auf dem Elbros, in der standartischen Rechten, ganz erzkonservativ hörbigerlich, ganz als Flamme: emporreckend über der Eiszeit des Intellekts, einer Energiegesellschaft jenseits von OPEC, würmseeischer Götterbote und medialer Braunauer und des Geistes gegen Materie entrasselter Trommler, direkt aus der magischen Zentrale: also der Thuler, der Vriler, der auf dem Rosenberg als Hindu haushofernde, biologische Mutant, der Dynamos, der größte antihumane Fürsprecher des Numinosen im Weltallphantom, der kommt aus dem Reich Agarthi ins Shampullah, wo er der Zeitenwender ist und war und sein wird.
Und? fragte ich.
Atemlos und etwas weniger laut, aber umso gereizter meinte der Rummelpuff: Mir geht es, wie dem vielleicht überhaupt nicht Toten, um einen in seiner Raumzeit unnivellierbaren Menschen. Um einen Über, wenn du verstehst. Geist gegen Materie. Unterwelt gegen Westen und Osten. Genie gegen Mittelmäßigkeit. Feuer gegen Eis. Sinn gegen Luhmann. Höchste Unbeliebigkeit gegen die Provinz des Beliebigen.
Ich wurde blaß.

Er überschrie sich: Ja, Hölle gegen Fortschritt, gegen die Gleichheit der Menschen, gegen die Wissenschaft, gegen Buckminster Fuller, der kleine Wohnungen zuweist im Kosmos, bequeme und kalte Eisschränke. Bitte?
Ich erstarrte.
Aber er machte sich Hoffnung, der Rummelpuff, als er den Goebbels zitierte. Der habe doch gesagt, es sei ein Gedanke, eine ganze Weltanschauung, die hier unterliege. Die geistigen Kräfte würden zunichte gemacht. Das habe 45 so den Anschein erweckt. Schon in Nürnberg habe die Geschichte die Deutschen eines Besseren belehrt: das große Medium aber stünde wieder auf. Er, seinerseits, wiese aber diese Rolle bescheiden von sich. Geduld und Vorbereitung. Und probehalber würden schon wieder im schwarzen Herrensinn Untermenschen vertilgt.
Ach, seufzte ich, mein Rummelkunz!
Als solcher dürfte er jedenfalls auf die reine Seele seines Herrn Heinz hinweisen, meinte er. Seine Punker würden mit ihrem Zirkusgestank nur die Dressur dieser materiellen Sinnlosigkeit vorstellen. Insofern könne er ihnen dienen.
Aber da hatte er keine Anhängerschaft. Reddy Terrer sagte dem Raubritter etwas ins Ohr: und die Burschen zogen sich sehr weit zurück.
Meine Freunde, zwitscherte Gertrud Prellwitz, möchten wir alle die heilige Verantwortung fühlen, in unseren Herzen diese Reinheitskraft zu erzeugen für Deutschland, für die Welt, so würde unser Leben davon blühen. Wir wollen sie holen aus dem Urborn der Reinheit und sie hineinwirken lassen in alles, was wir berühren.
Ganz unberührbar tanzten unten im Forum die zarten, elfenbeinhaften Nacktkinder des Geistrettungsdiktators Fidus: diese schämig in ihrer Körperblöße bewegten blondhaarumflossenen Mägdlein, und die von wunderbar gesträhltem Haupt- und Barthaar umwallten, kopfhalber aus leer-großen Augen machtvoll blickenden Körper der Grundschmücker und Lichtbildner.
Der Bloßkünstler Reigen über der Freiheitsschlucht wollte sich einmal wieder nicht drehn. Blonde Schöpfe statt Lendenschürze richteten bei ihnen nichts aus. Diese Galeriegeschöpfe aus Schacher und Zivilisation unterstanden sich, ungrüßend zu verbleiben und unbewegt. Lange nicht waren die langen Glieder der Hockney-

Jünglinge derart passiv gewesen in diesem optischen Pinselspiel des völkischen Faunmenschen oben in seinem Tempel über der Freiheit, dessen Spucke die Terra Nova inzwischen geschluckt hatte.

Oben, bei meinem Inspektor, las ich: Dieser Rummelpuff scheint dem Autor wahrer nahegetreten zu sein, oder in sein scheinbares Sein, als . . . Also, wie fühlt er sich, nach dem? Nämlich nach Rummel. Bitte? Ist er gerne beliebig? Ist er als Nivellierter in diesem Jammertal des Zwanzigsten: zufrieden? Oder gestellt? Gar aufgestellt? Giert er als Gerierer mindestens großer Tatsachen nicht überaus? Nach was? Nach Weltläufigkeit doch aber bestimmt nicht: westlich, östlich? Siehe: Nach wohin von was weg? Hört, hört. Geist. Gutes Wort, was? Ausverkauf. Schon schlechter. Sinntrubel? Religiöser Tumult? Als Ersatz? Zufrieden? Ja? Er? Mit seinem anarchischen Herzen pocht er doch die höheren Ordnungen ins Leben? Soll ich deutlicher werden?

Zum Hundetheater: Das auch noch. Als der Heinz jetzt kommt, hergestampft, von Westen, aus seiner Hochburg, wo er gesoffen hatte, weise ich auf ihn hin, der unter dem Hertiehaus abprotzt, augenblicklich, aus seiner Person heraus, liderverschminkt, schwarz, eine Gebhardhose schwenkend, weil in eine solche nicht schlüpfen könnend von wegen der Drechlinge und der Beinröhren. Und der Rummelpuff, sein Knecht Kunz, also Vorname, fängt eiserne Kreuze mit einer Küchenschürze auf und hintereinander, sehr gekonnt: Parteiabzeichen und Orden von anderen Siebzigerjahren, anfänglichen, also Sedanglorioien und Brienneremembleme und Pariser, auch Kriegermösen aus abgezählten Weltkriegen, nämlich von militärischen Huren und selbstverständlich Ritterkreuze alias Pour le mérite und auch noch Verwundetenabzeichen und Bänder und Spangen, zweckdienlichen, zusammenfassenden: also Blut- und Tränen- und Blutorden auch, ziemlich teuer, letztere insbesonders.
Fidus, auf dem Hertieblock, ist der Abwerfer, der Zuschutzer,

selber strahlende Nacktheit, sonnenradzugewandte in diesem Augenblick, da der dialektische Widerspruch des Besonderen richtig im Sinne des Zeitgemäßen, des An-der-Zeit-Seins wird, wo die Totalität beim besonderen Ritter von Stein ist. Dem wird an das Bruststück, auch an die Vorderflügel geheftet, was in der Küchenwäsche schebbert. Auch eine gestärkte SS-Mütze grinst über der Helmglocke aus zahnlosem Maul. Also wie Sie sich jetzt vorzustellen haben, steht dieser Ausgezeichnete mit jeweils einem Bärlatsch auf jeweils einem Moränenhügel, die Gegenden: Karlsberg, bei Mühltal, und Roitberg, bei Tölz oder Nähe Holzkirchen. Ein reißender Föhn trocknet den Schwabinger Slip unter dem Panzerschurz. Zerfetzte Cumuli belämmern darüber die heroische Szene. Aber Walther von der Vogelweide zupft und singt von der Hochburg herunter und balkt und stropht und verst die Präsenz seines Gastgebers weg aus dem historischen Ernst, hat viel Mitleid, trotz eigener Power für diesen Stein, der heute das Bewußtsein bestimmt, also irgendwohin, spielt selber die Leere auf für den Boxer, mit eigener nachhelfend, freilich sehr nasser, nämlich Tränen, und weist es dort oben von sich, hier diesen Auftritt von einer Person zu verweisen: in Anbetracht dieses Mülls, desselben der eigenen Zeit gedenkend, als Sänger sowieso sehr abnorm. Auf Traunstein kommt er heut' nicht, aber geschmacklos war nicht nur Wagner. Jedoch, was meine Zustimmung ganz und gar hat: Bestätigen kann er nicht. Das nadelte schon das Grammophon. Aber Zuaschaugn. Na bitte, der Österreicher hat seinen finsteren Spaß an der Sach. Und derselbe von Stein rasselt sein Dankschön mit dem ganzen Schrott, der ihm anhängt; der Reddy und die Punker besorgen diese Musik noch viel lauter. Der Behämmerte strahlt aus Boxeraugen über die keltische Landschaft und schanzt sich schön langsam im Sandkasten ein, noch vor dem Verschwinden die Sturmstaffelmütze über der Alarmglocke verschiebend bis nichts mehr Besonderes geschieht und allgemein eine ganz schlimme Randale fortgesetzt werden kann, besonders im Leeren, also dort: wo es allgemein westlicher wird, immer mehr bis gar nicht: Null Bock. Diese gewalttätige Ruhe, dieser vergewaltigte Lärm. Diese Vergewaltigung. Schluß.

Valete ergo et plaudite, rief Daniel Ondrach. Dann waren es offenbar die Kniehosen der Bibi Dumpfer, die ihn einluden dazu: einen Klaps auf ihren Po zu notieren mit seiner Schriftstellerhand. Seine Unterlage kreischte und knüllte den Baumwollsatin über dem Treffer. Veit Hanau mußte lachen. Und unterwegs zum Café Freiheit – es war die Zeit für ein Weißbier – beklopfte Daniel seine Freizeitbrust über dem Pulli, während sich Veit, den nun folgenden Ausführungen Daniels aufmerksam lauschend, über der frontalen Wölbung seiner Uomo-Hose zu schaffen machte. Nämlich, was die Vergewaltigungshysterie angehe, habe er, Daniel, so seine eigenen Ansichten, die man allerdings nur gelassen aufnehmen könne, wenn man sozusagen natürlich zu voltigieren verstehe, also freilich über die bürgerliche Moral und mitten hinein in die feuchte Natur der Sache.

Ich folgte den Dreien. Mir folgten die Rosa, die Jeanne und die Nathalie, deren Ausführungen über die Tunikabluse der Bibi ich meine Nachsicht angedeihen ließ. Die Aufmerksamkeit meiner Drei konzentrierte sich streng auf die Schlitze derselben, welche, was betulich angemerkt wurde: geschärpt worden waren, und zwar überaus stilgerecht. Geteilter Meinung allerdings war man, was die flauschige Hülle des Bibigesäßes betraf. Da mußte sich Jeanne ganz schrecklich erregen; sie sprach von Verunstaltung, was immer sie da im Blick haben mochte.

Die Sache ist die, sagte Daniel Ondrach nach der Bestellung des Biers, also um einmal nicht tamquam sponsus zu reden, was macht man da eigentlich groß daher, wenn ich bitten darf.

Wie bitte, erkundigte sich die Bibi.

Halts Maul, zischte Veit.

Wir vier hatten Platz genommen. Wir saßen am Nebentisch. Meine Jeanne mußte ich augenblicklich verwarnen: Kein lautes Wort, wenn ich bitten darf!

Er müsse schon bitten, sein Cerebro jedenfalls bedanke sich schönstens, meinte der Ondrach. Warum, fragte er, das kleine Haupt kühn erhoben, setzte man feminin gegebenenfalls auf Widerstand. Da gäbe es illustere Beispiele. Aber er setze entsprechende Kenntnisse, aus Journalen gewonnene, voraus.

Von einer angemessenen Umsicht wollte der Veit jetzt reden, warnungshalber. Aber vergeblich.

Daniel Ondrach erkannte etwas, was er noch nicht geschrieben hatte: entsprechend plötzlich entleerte er sich in die Umwelt. Die Gegenwart Bibis konnte ihn nicht zum heilsamen Takt bringen. Was wird sich die Bibi schon dabei denken, wenn sie überhaupt, meinte er. Oder ganz im Gegenteil: diese Sache verlange sozusagen nach der Schirmherrschaft einer Frau, oder dürfe er, wie er schmunzelnd herausgab: an Monika denken? Er denke da nämlich an Augustinus, De Ordine. Die Fehlanzeige in den zwei angesprochenen Gesichtern belehrte ihn aber eines Besseren und – ergo cluc, stöhnte er – also lassen wir das.

Im Volksmund Veits klang das so: Meine Bibi, du hast es gehört! Du darfst bleiben.

Hihi. Das war der Beitrag des Fräulein Dumpfer.

Um es kurz zu machen, schloß Daniel Ondrach vorläufig: Also die Sache ist eine natürliche. Eine Überfallene hat im Falle des unsittlichen Falles nichts anderes zu tun: als ihr Höschen auszuziehen und am Ort dieser Niederlassung: die Beine zu spreizen. Und zwar deshalb, dozierte Daniel Ondrach, seine Stimme mit dem angenommenen Ernstfall färbend, weil der Überfaller von seinem Trieb überfallen worden sei, weshalb die Überfallene der Natur gemäß handle: wenn sie diesem Trieb seinen natürlichen Lauf ließe, indem sie darunterfalle. Oder und bitte, so Ondrach, und wenn so, warum dann auch nicht? Oder sei sie nicht selber Natur? Man bedenke, wie oft jede Frau, also einmal täglich bestimmt: darniederliege und Triebhaftes über sich wünsche?

Wie bitte? fragte die Bibi.

Nur theoretisch, wiegelte Veit jetzt ab. Also bitte nur quasi. Hier auf dem Platz wie auf dem Papier. Der Dani ist doch ein Schreiber.

Wahrscheinlich aber ein bißchen ekelhaft, meinte die Bibi ein bißchen kleinlaut.

Das sind mir nur gar so revolutionäre Gedanken, flinderte Daniel Ondrach. Man macht sich da nur Direktes und Brutales vor. Obwohl: Gibraltar wird durchfahren, tagtäglich. Wer rede heutzutage noch von einem Sibyllen-Loch? Soviel nur zum Verkehr.

Sehr menschlich, stimmte Veit zu, etwas unsicher, aber immerhin.

Die Natur der Sache, schloß Dani wieder einmal, ist die Natur.

Mein ganz lieber Tauti, lachte der Veit. Der meinte das aber nicht ernsthaft.

Nicht daß er Vorangegangenes durch die Asche gezogen hätte,

verwahrte sich Daniel Ondrach. Also, da ist mir nicht etwa die Phantasie durchgegangen.
Jeanne war es, sie selber.
Weg ist sie, meinte Nathalie.
Die Rosa lachte.
Nicht möglich, staunte ich.
Ego quidem sic argumentor, stellte sich Daniel Ondrach, oder, jedenfalls intellektuell.
Es gab dann noch Fußnoten, als da sind: Im Falle, es suche so ein überfallenes Fräulein ihr Zuhause auf, also mit – so nur, um zivilisierter die natürlichste Sache der Welt abzumachen; keinesfalls, um die Polizei anzurufen.
Veits Kommentar zu der Fußnote: Allenfalls zur Bewachung des Ablaufs, dieses natürlichen.
Erstaunlich: das hatte den Beifall der Dumpfer. Sie sperrte den Schnabel auf wie eine Singdrossel. Freilich kein Lied. Nur ein Juchzen.
Zugegeben: in dieser Schnöde war auch ich kein ernstzunehmender Zuhörer, freilich in diesem polizeilichen Betreff. Entsprechende Laute aus meinem Mund wurden mir von Nathalie heimgezahlt, die mich sehr gespitzt zu stoßen begann und erst nachließ damit, um in Richtung Herzogstraße zu zeigen, wo sich ein Stoßtrupp zu formieren begann.
Von Rosa wurde ich aufgeklärt, daß nämlich südlich der Casbah der Artverein der Feministinnen dieser Stadt lokalisiert worden sei.
Ich erinnerte mich an mein Vorhaben: den feministischen Unterschlupf von der Gabelsbergerstraße auf die Freiheit zu verlegen, und zwar genau dorthin.
Nicht möglich, tat ich erstaunt, oder war ich es wirklich? Es sollte schon geschehen sein? Ich meinte den Umzug, schneckenhaft freilich: also mit Haus.
Mein Schrecken hatte sich – ich bitte hier um Verständnis – gefährlich verspätet: Heinz, rief ich. Bei Fuß!
Mein Quietscher war mir aber sofort an der Stelle. Man hört es: in seiner Rüstung.
Wo der Hammer hänge, ob er das jetzt empfinde, fragte ich ihn. Und wenn er doch so gut sein wolle, wünschte ich mir: hier den Schamgrenzer zu machen, möglichst nicht ganz allein. Und wie es dieser Bombaster so versteht: zwischen dem Stoßtrupp der Frauen

aus dem Feministentreff und einer revolutionären Meinung baute der Ritter aus sämtlichen Punkern am Platz eine Absperrung auf.
Auf meinem schlechten Gewissen trommelte wie von schmerzgefähr die schöne Nathalie herum. Ich inzwischen suchte an mir eine Stelle, worüber ich meine Hände falten durfte, jedenfalls unzweideutig. Und tief verstimmt und hochentrüstet erhoben sich Daniel Ondrach und Veit. Und Bibi, diese mehr vieldeutig jammernd.
Ich faselte etwas von freier Meinungsäußerung, oder von der Freiheit der Faselei, als ich abwartend hocken blieb, bis sich die Drei verduften ließen. Und um nicht in dem Geruch sitzen bleiben zu müssen: ein einziges Wort des Dani habe mir zugesagt, wartete ich auf dem Biertisch die Verwehung ab, die natürlichste. Dann jedoch, so schlimm wie beleidigt, blies ich den Alarm meines Raubritters ab.
Hast du den Vortrag mit Dias gesehen: ich spreche von dem viktimen Opfertheater, hatte Daniel Ondrach den Veit gefragt, bevor sie verschwanden.
Ich habe, hatte Veit geantwortet.
So ein Blödsinn, hatte Daniel Ondrach noch kurz bemerken können.
Jetzt schaute ich die Rosa an. Sie mußte es bemerkt haben. Wir gingen zu dieser Zeit schon über den Platz in Richtung Sandkasten. Dort allerdings war der Teufel los. Oder besser in weiblicher Mehrzahl: die Hexen.

Die Mädchen trotzten; keine schlimme Laune, gar keine. Ich wurde übersehen. Der Poppes warf Sand in die Luft. Der Robin gähnte. Hussan und Adrian machten dumme Gesichter. Krise.
Mir stinkt das, bemerkte Nathalie.
Blöde Aufgaben, schimpfte Rosa.
Dumme Rollen, zensierte mich Jeanne.
Die Nathalie: Mit uns kann man das ja machen.
Die Rosa: Das hat er, der Regisseur, ein schlechtes Gewissen, deshalb buhlte er.
Die Jeanne: Disco-Girl. Sonst noch was. Einfach mies.
Und du beschwerst dich nicht einmal, reizte Nathalie. Keine wirkliche Wut, liebste Rosa.

Das gebe ich zu, sagte Rosa. Jetzt widerrufe ich aber.
Na endlich, seufzte Jeanne. Wachst du auf?
Die Nathalie wurde deutlicher: Von wegen nur bildlich, da waren doch wir gemeint. Oder?
Die Rosa verteidigte sich: Das hatte ich auch so gesehen.
Die Jeanne griff an: Aber was tust du? Mit seiner Meinung überzeugtest du uns.
Uns Frauen, schrie Nathalie.
Ich bereue, gab Rosa zu.
Höchste Zeit, triumphierte die Jeanne.
Vergewaltigung!
Männer!
Klar!
Etwa umgekehrt!
Nie gelesen!
Und wenn auch!
Bestens!
Ganz meiner Meinung!
Die Hosen herunter!
Das muß doch einmal richtiggestellt werden, behauptete Nathalie.
Ist auch falsch gedeutet worden, erklärte die Rosa.
Und du verkündest diese Deutung auch noch, klagte Jeanne.
Die Nathalie: Jetzt denkt er, der Dichter.
Die Rosa: Der Denker, den trifft das.
Die Jeanne: Ob der sich das jetzt interpretiert, dieser Interpret?
Der hat uns doch in seiner Hose, vermutete Nathalie. Aber wahrscheinlich falsch.
Bestimmt kann der gar nicht richtig das sein, verfügte die Rosa über mich: was wir sind.
Wenn einer so vergewaltigen lassen kann, schloß die Jeanne, ist der am Ende auch in weiblicher Ausgabe doch nur ein Mann.
Die Nathalie rief die Rosa: Rosa, jetzt sag schon.
Die Rosa mußte die Rosa gar nicht rufen: Schon gut.
Die Jeanne gab der Rosa keinen Aufschub: Sofort, jetzt gleich: Gib es ihm!
Sei als Frau nicht seinesgleichen, schrie Nathalie
Ich bin nicht er als Frau, ich bin ich, schrie Rosa
Sei du selber: ganz Frau ohne ihn, schrie Jeanne
Dann sind wir das eben!

Dann hexen wir hier
dann sind wir so falsche Hexen!
Verstehen den Wind der Stimme
Verwandeln den Wein in Wasser
die Wahrheit in Karten
Und dröhnen hohl
Und stürmen den Flug
Unsere Liebe ist für die Rache
Kein Eisenhut
Kein Schierling
Kein Stechapfel
Kein Bilsenkraut
Kein Mutterkorn
und keine Alraune
dem Gauner
zum Verderben
dem Erz
keine Salben
da fliegt sich nichts ab
Der muß hängen
muß flattern
die Hinrichtungsstätte
die bleibe besetzt
Weil wir auch einmal falsch sein können, sagte die Nathalie.
Deshalb sind wir als Hexen für Urteil, versicherte Rosa.

Wir fordern das Hohe Gericht, rief die Jeanne.
Der Zufall wollte es so, wie ich es mir wünschte. Barabas kam vorbei.
Die Nathalie: Da ist er.
Die Rosa: Der Mann, derselbe.
Die Jeanne: Kreuziget ihn!
Das ging schneller, als ich im Sinn hatte. Da schau: Sie führten ihn ab. Auch der Poppes, der Robin, der Hussan und der Adrian. Die Zaara lief mit. Sie wußte nicht, was sie tat.
Ich bin sowieso Polizei, schrie die Nathalie. Jetzt werde ich tätig.

Ich mache das wieder gut, lobte Rosa, was ich schlecht gemacht habe.
Mich begeistert der Ungeist, versicherte Jeanne.
Ich folgte. Ich traf Niklas Luhmann. Ich besprach mit ihm seinen Pilatus. Und wie es der Zufall so wollte, wie ich es mir wünschte: der Jesus folgte uns nach. Da war schon etwas verkehrt. Nicht mehr zu ändern. Falsch gelaufen. So läuft das. So liefen wir. Das Hohe Gericht: Der erste Stock, der Balkon. Hypotheken- und Wechselbank.

Das beginnt, als von oben herab
der Pilatus zu schreiben anfängt

Barabas	*Pilatus*
	zwei Verfahren stehen geschrieben Jesus und Barabas Letzterer bitte geboren gestorben gelebt von bis gemordet diesen und jenen
gemordet	
	kommt vor geht vorbei geschehen am wievielten wieviele
sehr viele	
	schon gut schon schlecht schon schlimm
Blut floß	
	sehr unschön sehr schwarz getrocknet verzeichnet eingetragen schon fertig

ich dachte

du denkst?
darfst du
Zeit hast du

ich bin

was warst du?

ein Mörder

das bist du gewesen
die alte Geschichte
der Nächste

ein Beispiel

die Einzelheiten sind uns bekannt
wir können schreiben
das steht schon geschrieben

aber ich bin

wir sind dies
unter anderem das
sogar Mörder

der Mörder
der Barabas
der

nicht der erste
der letzte auch nicht
also kein Punkt
es wird weitergeschrieben
damit es geschrieben steht
solange es Leser gibt
die andere sind
solange sie andere sind

doch ich fühle

dein Stoff liegt uns vor
du selber sitzt ein
wofür wir einstehen müssen
im übrigen läuft es

sie laufen nicht mehr

es gibt noch mehr Mörder
leider genug
ansonsten wird schon gestorben
so oder so

der kommt vor
dieser Tod
ansonsten: das Leben
geht weiter

ich machte Schluß

Mord
nicht erlaubt
wo kämen wir hin
aber nicht zu verhindern
endgültig
kommt vor im Großen
und Ganzen
das uns über die Köpfe wächst

das Ganze soll enden

das Ganze ist leer

das war meine
Hoffnung

sie wird dir erfüllt
schon heute

ich bin verzweifelt

laß alle Verzweiflung fahren
vor mir
der das Ganze vertritt
der Nächste

noch eine Frage

hier wird nichts beantwortet
hier wird nicht getötet
hier wird kein Leben gerettet
hier wird so wichtig genommen
so einer wie du wie einer wie ich
sich wichtig nimmt aus Gewohnheit
zu wichtig bist du aber auch nicht
und einer wie ich im Vertrauen
ist es ebensowenig   das Ganze
nämlich ist wichtig   das ist
alles
Stoff für die Leser wie gesagt
du mordest
wir schreiben

sie lesen
wir alle stehen geschrieben
um vergessen zu werden
der Nächste

Jesus

wer bist du

sie sagen
der König der Juden

du aber sagst wahrscheinlich
dein Reich sei nicht von dieser Welt
wenn ich richtig begreife   weil ich
zu lesen verstehe

wahrlich

wahrscheinlich weise ich dich dort
ein
wo Lachen und Prusten sein wird

Sie hätten den Luhmann beschimpfen müssen. Das unterließen sie aber. Etwa: waren sie überfordert? Mich beschimpften sie auch nicht. Auch deshalb. Nathalie hatte sich inzwischen erholt. Sie war wieder schön. Und die Rosa? Vielleicht war es ihr recht? Wer das weiß? Klein-Jeanne maulte nur so in die abgesperrte Umgebung. Der Poppes war sehr beschäftigt mit sich. Wahrscheinlich traute er sich eben zu: mich zu durchschauen. Sich selber durchschauen ließ er im Augenblick nicht. Er wiegte sein blondes Haupt. So hin und so her. Der Robin hatte bisher zu selten außerordentlich nachgedacht, warum jetzt? Der Hussan und der Adrian stritten sich um die Zaara. Aber auch nur so. Und meine behaupteten Söhne, also alle sechse, verloren sich in der Menge. Keiner, und um die Wahrheit zu sagen, ich auch nicht, hatte Lust zu denken. So wird das schon richtig sein, wie der Luhmann das gemacht hat, sagte wer zu wem, ich weiß nicht. Das Aufgebot an Zorn war verrauscht in den wenigen Bäumen der Freiheit. Dachte ich.
Wer hatte die Türen des Studio 54 geöffnet? Jetzt wehte der Sound einer Disco-Band über den Platz, wahrscheinlich die Bee Gees.
Mir gefällt das, bemerkte Jeanne.

Dir auch? fragte Rosa wie aufwachend.
Wie mir, begann jetzt die Nathalie wieder zu denken.
Die Jeanne: Da fühlen wir uns wohl.
Die Rosa: Das schläfert uns ein.
Die Nathalie: Das entrückt uns.
Keine Konflikte, spottete Jeanne, gemordet, dann eben. Ist so.
Ist so, meinte die Rosa, kommt vor. Wird verurteilt.
Ihn gibt es, den Mörder, sagte die Nathalie. Aber eigentlich wie nicht.
Die Jeanne wurde dringlicher: Er wurde verurteilt, aber bitte wie!
Die Rosa setzte hier ein: Kein Wort über sein Motiv. Ganz unwichtig das.
Die Nathalie: Wahrscheinlich privat. Von keinem Interesse.
So richtet ein Systemtheoretiker, wagte ich einzuwerfen.
Themaverfehlung, kam Jeanne plötzlich drauf.
Das stimmt, bekräftigte Rosa.
Von Vergewaltigung war nicht die Rede, klärte die Nathalie auf.
Hinters Licht geführt!
Genarrt!
Um unseren gerechten Zorn betrogen!
Von Frauen keine Rede.
Von uns.
Weshalb wir uns aufregten!
Das hat er bewußt so gedreht, warf mir Jeanne vor.
Er weiß auch, warum, drohte Rosa.
Weil der sein Spiel von der Systemtheorie retten wollte, rief Nathalie.
Die Jeanne: Abgelenkt hat er.
Die Rosa: Verändert hat er das Ganze.
Die Nathalie: Den Zusammenhang hat er zerrissen.
Ich: Wie wir das immer so machen auf diesem Platz hier.
Lassen wir das, meinte Jeanne. Wir sind großzügig, oder nicht?
Sein Spiel, distanzierte sich Rosa. Soll er es treiben.
Ein oberflächliches Spiel kam heraus, sagte Nathalie. Ein Spiel mit dem Menschen, sogar mit dem Mörder.
Gerichtet hat Luhmann, alias der Pilatus, erklärte ich. Ich hörte mir das mit euch an.
Das kann jeder sagen, lachte die Jeanne.
Jeder, der schreibt, ergänzte die Rosa.

Der ein falsches Buch schreibt, verbesserte Nathalie.
Ich gebe das zu, sagte ich.
Warum keine Achtung?
Auch vor einem Mörder?
Warum diese Gleichgültigkeit?
Das ist doch alles beliebig!
Von überhaupt keinem Interesse!
Weder diesseits noch jenseits!
Der Mörder ist eben ein Mörder.
Sein Mord ist eben ein Mord.
Ein Mord muß verurteilt werden, nur so.
Warum?
Weshalb?
Einfach so.
Nicht ernst genommen!
Nicht persönlich erfaßt!
Außerordentlich äußerlich!
Für Disco-Gäste das richtige!
Richtig für die Samstagsausgabe!
Ein Mord für Bild-Leser. Bitte.
Armer Barabas.
Armer Mörder.
Von der Unschuld gar nicht zu reden.
Armer König.
Ganz armer Jesus.
Weder hier noch dort: Konsequenz.
Ohne Folgen: die Tat und die Untat.
Gleichgültig: Jesus, Barabas.
Oder gegen das Ganze.
Oder für das Ganze.
Oder eben für gar nichts.
Studio 54.
Xenon.
Mudd Club.
If our friends could see us now.
I will survive.
Thank God, it's Friday.
Linda Clifford.
Gloria Gaynors.

John Travolta.
Flitterglanz,
der Zynismus
und die träge Ironie.
Die 70er Jahre: Systemtheorie und Disco-Sound.
Und wir? fragte Jeanne.
Wir in uns? fragte die Rosa.
Wir in dir? fragte Nathalie.
Wir in diesem Jahrzehnt darüber hinaus in das nächste, sagte ich.
Die Jeanne: Darüber hinaus?
Die Rosa: Weiter, aber nicht so?
Die Nathalie: Und wie anders?
Ich: In allen anderen, so wie sie! Aber möchtet ihr bitte jetzt Schluß machen.
Dieses Hohe Gericht, stöhnte Jeanne. Wir leiden.
Diese großen Passionen, klagte Rosa, aber wahrscheinlich nur privat.
Diese Beliebigkeit, wurde Nathalie am Ende untröstlich. Dieser Luhmann.
Diesen seinen Auftritt, sagte ich, werden wir ihm heimzahlen. Schluß.

Höchste Zeit, dem Leviathan eine Angel in die Nase zu haken, um ihn in unser Gespräch ziehen zu können. Robin assistierte mir: Den Hiob unter uns soll er wegniesen.
Bestimmt, Ernst Bloch wird sich abwenden, dachte ich, noch immer erstaunt über diese schnelle, nur allzu hurtige Fortsetzung meiner Gedanken.
Da sprang er selbst, so tot wie jung, über das Seil. Es fehlt noch der ausgebildete Schambegriff, dozierte er, der ungeheuerliche Sündenbock Jachwes, auf den die gesamte Ungeratenheit des Daseins zu laden war und ist.
Ich schlug vor: Herr Professor, in aller Bescheidenheit, bitte, wir wollen vielleicht jetzt einmal in einem Kopf denken, den wir uns selber ausgedacht haben, in dem das Böse vom Guten noch nicht unterschieden ist. Sela.
Nicht schlechter, erlaubte uns Bloch dieses Vorhaben.

Genau, schrie der Poppes und noch dazu vorlaut: Das wollen wir tun: die Worte des Jachwe wollen wir verdrehen und sagen, das hätten wir gesagt.
Dem Schüler das Résumé, dachte ich ... Heutzutage spricht der Jüngste mit und nicht weniger besser.
Es kam aber noch viel jünger. Ach bitte, Herr Professor Bloch, ich meine ja nur, zwitscherte Dorothea, ganz bestimmt sind Sie sich vielleicht im klaren darüber, daß wir die gesamte Ungeratenheit des Daseins um keine kleine Richtigkeit weniger ungeraten machen wollen.
Mein Gott, geriet ich in dieser Anrufung über den Professor hinaus. Ist wirklich noch etwas unmöglich? Sie spricht! Und wie? Und wenn ich jetzt Sätze machen sollte, lispelte diese Allerkleinste, so in der Hauptsache rogativ. Was dann? – Das war Gymnasium und zwar bayrisches. Dieses Südlicht. Sie fragte: Bitte, ist es denn wirklich so, daß der Sinn des Daseins zu ergründen sein muß, indem man das Dasein als fehlerhaftes oder schuldiges, oder gar sündiges ausgibt, vielleicht sogar als etwas Ungerechtes, frage ich, fragte sie, als eine zukünftige Frau, deren Scham jetzt noch mehr nackte Wulst ist als Wahrheit?
Ging das noch zu? Ich meine: mit rechten Dingen? – Mir entfiel die Rechtfertigkeit derart, plauderte diese allerjüngste Pythia über ihre Kindheit drauflos, wie mir nie der Apfel der Welt entfallen wird, da ich ihn nie in der linken Hand hielt, sage ich, sagte sie, deren Klitoris nicht der Rede wert ist.
Die Fragen? Ich wartete nicht vergeblich! – Und ob ich anklage, das weiß ich nie, verhüllte sie jetzt dieselben. Und ob ich erlöse, das habe ich vorher nie gewußt, wurde sie dichter als dunkel. Ich habe so wenig Gewissen wie ein schlechtes, sage ich, sagte sie, deren Wahrheit ja doch unter Haaren verborgen sein wird, wie ich ahne. – Ich schluchzte, aber auch sie; sie aber viel pünktlicher. – Wer das weiß, wie unglücklich ich bin, den gibt es vorerst nicht. – Das war eine Ohrfeige. Bestimmt. Und sie war noch nicht fertig. – Und der Name Hegel ist mir so bekannt, wie ich der Times. Gelten die Uhren? Ich meine: weiß man, wie spät es ist? Wenn ich etwas verneine, dann ... Wenn es jetzt weitergeht, dann kommen wir auf die Idee: noch so eine Universität zu gründen, vielleicht Straubing, oder so irgendwo: Pilsting?
Wenn ich etwas nicht mag, vollendete sie sich, so ist das die Milch-

flasche, die mir ein Schopenhauer gewärmt hat. – Es gibt sie, die Kleine. Sogar in München.
Dort wo ich sitze, nämlich auf der Freiheit, verantworte ich so viel wie nichts und als kleinste Interpretin der Welt will ich nicht Herr werden, sondern eine Frau. Das jubelte sie. Ja. Die Dorothea. Die Kindfrau, die Frau des Hermann. Der Arme.
Da konnte ich doch nur noch einfacher werden und unkompliziert empfehlen: Ein jeder stecke den Zeigefinger der linken Hand in den Anus seines Linken oder seiner Linken und auf mein Wort hebe jeder die rechte hohle Faust und werde zum Bläser im Turm der Erlöserkirche. Trara.

Könnt ihr uns   wenn wir jetzt als Falsche
        in der Richtigkeit   vor ihrem Gesetz
als Leviathan mitten unter euch uns legen
        herausziehen mit eurer Hoffnung
und unsere falschen Zungen schnüren
        mit Richtigkeit   an die ihr immer noch
glaubt   aber wir nicht wie ihr
        könnt ihr uns unseren Gestank etwa
treten in unsere Nasen und
        mit eurem Stachel uns die mit schlechten
Worten aufgeblähten Backen durchbohren
        meint ihr   wir würden euch viel
Kniefälle heucheln   oder meint ihr
        daß wir einen Bund mit euch machen werden
daß ihr uns immer zu Knechten eurer
        richtigen Aufgaben machen würdet
will man Macht   so sind wir zu mächtig
        will man Recht   wer wird euer Zeuge sein
wir sind falsch   darum sagen wir
        wir unterscheiden nicht zwischen Guten und Bösen
und der Richter Antlitz verhüllen wir
        könnt ihr mit uns spielen wie mit
Stimmen   die ihr für eure Paradiese
        einfangt   damit sie Gesetze zwitschern
oder könnt ihr uns für eure richtigen Weiber

anbinden damit es seine Richtigkeit hat
wenn hier gedeckt werden soll oder meint ihr
ihr Genossen werdet uns zerschneiden
daß ihr uns unter euch gerecht verteilen könnt
wir werden uns tauchen in Kot und unsere Kleider
werden uns greulich anstehen und zu uns
gehören alle die irren und die
zum Widerspruch verführen wir führen
die Eindeutigen wie einen Raub mit
und machen die Richter toll und
wir entziehen die Sprache den Bewährten
und wir nehmen weg den Verstand den Weisen
siehe die Hoffnung wird jedem von euch fehlen
schon wenn er unser ansichtig wird
wird er verzweifeln denn wir öffnen
die finsteren Gründe und bringen das Dunkel
heraus an das Licht denn das Böse
wird erhalten von uns in diesen Tagen
des Verderbens und in diesen Tagen des Grauens
wird es bleiben und wer von euch
will uns sagen was wir verdienen und wer
kann uns das Kleid aufdecken und wer
darf es wagen uns zwischen die falschen Zähne
zu greifen unsere Herzen sind so hart
wie ein Stein und wenn man wie ihr zu uns will
so regen wir uns nicht aber wir machen
daß die Zeit siedet und rühren ihr Böses
und ihr Gutes ineinander wie man
eine Salbe mengt die alle Wunden heilt
die richtige Gute und richtige Böse geschlagen
und auch noch die Wunde der Wunden die
die Trennung von Gut und Böse schlug nach uns
leuchtet der Weg er macht die Gerechtigkeit
grau wir verachten alles was gut
oder böse ist denn wir sind keine solchen
denen ihr antworten könntet so daß ihr
und wir vor Gericht zusammentreten könnten
denn es ist kein Schiedsmann zwischen uns
und es soll keiner sein zwischen allem

wir verachten alles was scheidet
was baut was trennt und was richtet
was aufrichtet aufteilt und ganz ist
als Teil und als Ganzes denn unter uns
sind scharfe Scherben und wir fahren
wie mit einem Dreschflegel über den Schlamm

Hierauf geschah es, daß wir uns im Sandkasten versammelten, dort, wo er den Schnabel eines Vogels abbildet. Und beinahe alle waren wir sehr bedrückt. Ich war es noch mehr. Als eine finstere Wolke hing, was ein Tollmut gewesen, jetzt schwer über uns.

Und POPPES tat seinen Mund auf und klagte mich an: Dir ist das eingefallen und damit ist dir richtig Gutes eingefallen. Wie du siehst, hast du uns verwirrt. Man könnte sagen, was wir da in alle vier Himmelsrichtungen geblasen, sei ein starkes Stück; es ist in Wahrheit aber ein schwaches.

ICH antwortete ihm und sprach: Ich weiß. Aber was ich nicht weiß, ist: wie es dazu kam, daß wir mit Jachwes Worten wüteten gegen Richtige. Daß Falsche die Wut auf Richtige dazu hinreißt: despotisch, tyrannisch, in mancher Hinsicht theokratisch, auf alle Fälle aber vor-jesuanisch zu plärren: wie konnte es dazu kommen.

Ganz einfach, hob POPPES wieder an und sagte: Es wurde hier übersetzt. Wenn Jachwe jenseits von Gut und Böse wie ein Wettersturm redet, so wir: jenseits von Richtig und Falsch und das auch noch wie ein Wettersturm.

ICH antwortete ihm und sprach: Aber wenn wir so wüteten, wie du mit Recht sagst, so jenseits von Richtig und Falsch, welcher Gegensatz von den Richtigen aufgerichtet wurde und noch immer wird. Sie urteilen über uns, und sie wissen, was richtig ist und was falsch ist, denn sie sind die Richter. Und unser Zornesausbruch – und nichts anderes war es, was wir vorbrachten, wenngleich es auch eine Übersetzung aus dem Buche Hiob war – wollte diese Einteilung verwüsten. Der Zorn hatte uns übermannt.

Schlimm, sprach POPPES sein Urteil.

Und DOROTHEA, das kleine Mädchen, echote piepsend, lächelte aber überaus liebenswürdig, beinahe frech.

Und POPPES begann mit der Begründung seiner Urteilsverkündung, indem er seine Stimme erhob: Bitte, wer derart dämonisch über Leute, die wir die Richtigen nennen, herfällt: handelt mit seiner Zornrede richtiger als jeder Richtige, nämlich am allerrichtigsten. Bitte. Die Rede jedwedes Richtigen, den unsereiner, ein Falscher, zum Exzeß treibt, übertrifft unsere Rede noch einmal. Und wenn also ein Richtiger, so redend, von einem heiligen Zorn glaubt reden zu dürfen, der ihn hinreiße, umso viel mehr und schlimmer wir. Wenn aber wir unsere Rede heiligen, ist sie nicht mehr die Rede von Falschen. Oder? Sakrales dürfte uns doch sehr fremd sein? Ein Sakrum ist das Falsche doch bestimmt nicht. Als Falsche führten wir aber ein solches auf.

Zu mir gewandt, forderte ER: Verteidige dich.

Und ICH hob an: Wie recht du hast, liebster Poppes. Bedenke aber, daß es sich, wie mir jetzt dünkt, bei dieser Übersetzung eines Textes aus dem Buch Hiob um eine Umdrehung handeln könnte. Diesen Text memorierend, komme ich darauf, daß es uns in ihm doch allein darum geht: die Despotie der Richtigen zu vernichten: nämlich ihre rücksichtslose Trennung der Guten von den Bösen, wobei in echter tyrannischer Art und Weise das als böse gilt, was nicht so ist, wie sie selber: nämlich richtig. Das Richtige ist für sie auch das Gute. Das Böse ist das Falsche für sie. Sie trennen. Sie scheiden. Wir trennen und scheiden nicht. Wir lieben den Frieden. Sie hetzen zum Krieg. Und wenn wir despotisch mit ihnen wie Jachwe mit Hiob umgehen, so deshalb: In Umdrehung deiner Anklage ließe sich vielleicht behaupten: gerade damit machen wir einen Fehler, was uns doch zusteht, nämlich als Falsche. Und bitte, wenn das stimmt, was ich hier behaupte, zugegeben: in höchster Not, so dürfen wir uns jetzt auslachen. Was aber, frage ich dich, ist das für ein schrecklicher Despot, der über sich selber lachen muß? Ich behaupte aber, daß wir es darauf anlegten in diesem Text, am Ende lachen zu müssen über uns. Nämlich hätten wir richtig gesprochen mit Richtigen, also so, wie sie nicht sprechen mit uns: wir hätten uns nicht ins Unrecht gesetzt. Wir hätten keinen Fehler gemacht. Es gäbe dann auch nichts zu lachen.

Ich war erschöpft. Mir drehte sich meine Rede im Kopf herum. Ich drehte mich auch im Kreis. Es wurde jedoch nicht gelacht. Ich wollte schon aufgeben, als plötzlich Dorothea zu lachen anfing. Mein kleines Mädchen. Sie lachte hell auf.

Sophistik, brummte der POPPES. Du hast keine Argumente, deshalb peitschst du die schlimme Sache wie einen Kreis vor unseren schweren Gedanken.

Da stand ICH also, verlassen von beinahe allen meinen Lieben im Sandkasten, der auf meinem Platz liegt, den ich meine Wurfschaufel nenne, immer so nennen werde. Und mir war so, als vernähme ich Worte. Es kam mir etwas zu Ohren. Aber keiner meiner Lieben redete. Sie schwiegen. Die Rede war aber doch von einer Wurfschaufel, ja, von Weizen und Spreu, und wie diese Wurfschaufel trenne, aber am Ende der Tage, nicht vorher, nicht jetzt. Und ich sah ihn, aber nur kurz, bevor er in der Menge verschwand.

Da tat ICH meinen Mund auf und sagte: Er war es. Er hat geredet. Er hat die Trennung von Gut und Böse verworfen. Er hat auf meiner Wurfschaufel, die mir Hamann schenkte, von seiner Wurfschaufel gesprochen. Heute und hier wird nichts getrennt auf ihr – erst am Ende der Tage.

Da lachte der POPPES. Aber böse. Er zieh mich der Zauberei. Ihr verfiele ich jetzt also auch noch. Und auch dies in Ermangelung wirklicher Argumente.

Da schrie ICH auf in der höchsten Not und flehte sie an, meine Liebsten. Dann nehmt es doch so: ein einziges Mal auf diesem Platz sind wir zornig geworden, haben wir uns gehen lassen, geschah es, daß wir außer uns gerieten. Bitte, was ist los mit euch? Ich frage, hat es nicht gut getan? War das nicht nötig? Was sind das für Leute, müßte man denken über uns, hätten wir uns nicht wenigstens einmal hinreißen lassen dazu, ganz schrecklich und bestimmt auch ganz ohne Vernunft zu wüten, zu donnern, besonders aber zu wettern. Ja, sehr dämonisch. Freilich sehr meteorologisch. Durchaus also natürlich. Insofern überhaupt nicht human. Sogar sakral, also gar nicht erbaulich, sondern scheußlich, mahlströmig, auch indisch oder vorkanaitisch, blutnächtig, das insbesondere, fürchterlich mystisch. Das mußte doch kommen. Das passiert einfach. Das ist vielleicht aber verzeihlich. Das muß es bestimmt sein. Der Mensch ganz allein kann unmenschlich werden.

Jetzt wird er schwach, urteilte POPPES und bat mich, es gut sein zu lassen, bevor ich noch schwächer würde.

Mir zitterten wahrhaftig die Knie. Und ICH gab auf. Mit einem Seufzer beendete ich meine Verteidigung, dann schwindelte mich, ich wankte. Ich wäre gestürzt, hätte mir nicht meine Kleine, die Dorothea, mit ihrer niedlichen Figur Halt geboten, den ich erfaßte.

So stand ich also, gestützt auf eine schmale Schulter des Mädchens. Wer sagt, hob dasselbe an zu reden, der Text, von dem hier die Rede geht, sei entworfen worden von diesem da? Wer sagt das? Sie zeigte auf mich. Und sie redete weiter und sagte: Ich habe gesagt, als kleinste Interpretin der Welt, wolle ich nicht Herr werden, sondern eine Frau. Als die Frau aber, die ich werden will, mußte ich mich einmal für immer wie ein Herr aufführen, ohne doch am Ende ein Herr zu sein. Das war ich! Ich habe den Text entworfen. Ich habe Teile des Buches Hiob übersetzt. Ihr habt sie mit mir in alle Himmelsrichtungen geblasen. Bitte, nehmt mich und meine Arbeitsweise als das, was sie ist: die Arbeitsweise einer Frau dieser Zeit. Ganz außerordentlich patriarchalisch, bis zur Dämonie einer solchen Verhaltensweise, verhielt ich mich. Ich habe verdreht. Ich habe das Verdrehte auch noch einmal verdreht. Ich müßte doch keine Frau sein, wenn das anders herausgekommen wäre als so, wie es herauskam. Die Worte Jachwes wurden von mir allein deshalb verwendet, damit aus einer ehrlichen Wut eine richtige wird gegen Richtige, die uns Falsche ins Unrecht setzt. Das Ergebnis: die Lähmung. Als zukünftige Frau also trieb ich es herrschaftlich, um die maskulinen Zorneswallungen ganz blödsinnig verebben lassen zu können. Unser Regisseur interpretierte mich, als er von der Lächerlichkeit dieser despotischen Rede sprach. Sein Irrtum war nur, daß er glaubte, er müsse sich verteidigen. Die wirkliche Urheberin dieser schlimmen Aufführung verteidigt sich nicht. Im übrigen, wie gesagt: als Interpret meiner Intention war er gut, sogar sehr gut. Dem ist nichts hinzuzufügen, mit Ausnahme einer Kleinigkeit: Es dürfte besonders falsch sein, aus einem Text der Weltliteratur dies und das herauszuklauben und auch noch in anderem Zusammenhang zu verwenden, so wie es uns eben gefällt. Ich spreche von uns, weil das doch nicht von mir allein und schon gar nicht zum ersten Mal getan wurde, ich meine auf diesem Platz hier. Das ist doch beinahe hier die Regel. Eine wahrhaftig falsche. Ich bitte euch, wo jemals waren wir hier als Wissenschaftler tätig, gar als strenge, oder wer von euch kann sich einen Exegeten nennen oder sonst etwas Vertrauenswürdiges. Und wer mich geschmacklos schimpft, der lobt mich. Ich jedenfalls werde euch beschimpfen, wenn ihr mir guten Geschmack nachsagt, deshalb: dann nämlich habt ihr bei diesem Mann nichts zu suchen. Sie schlang ihre Ärmchen um meine Beine; das war möglich, weil ich inzwischen wieder einen festen Standpunkt gefunden hatte; sie mußte mir nicht mehr als Halt dienen. Sie war mehr jetzt: sie war meine einzige Dorothea.

Und ein letztes Mal in dieser schlimmen Angelegenheit tat Ich den Mund auf und sprach: Poppes, küsse Frau Dorothea.

Diese aber holte sich selber den Kuß. Ich will gar nicht so sein, hatte Poppes noch sagen können, bevor geschah, was als Abschluß gesehen wurde von allen übrigen, die, so wie sie beinahe alle dabeigesessen waren, die Szene verließen: schweigend.

Da konnte ich nicht umhin, und also hob ich meine Bläser über dem Turm der Erlöserkirche in den Himmel, so wie sie im Kreise geblasen und freilich immer noch bliesen: ein jeder und eine jede den Zeigefinger der linken Hand im Anus seines linken Nachbarn oder seiner Nachbarin, wobei sämtliche rechten Hände zu hohlen Fäusten geformt waren, die ich befestigte an einem tiefen, runden Gefäß, aus dessem zentralen Loch das Wasser des himmlischen Vaters über der Freiheit in den Mund eines Mädchenkopfes schoß, der zu der Andeutung eines geflügelten Mädchenkörpers gehörte, welcher in zwei gespreizten Fischschwänzen endete, so daß die Nereide ihr Wasser lassen konnte, nämlich zielgerecht in die Richtung der Terra Nova. Und Dorothea – es handelte sich um mein überaus kluges Mädchen – traf, wie sie es herrschaftlich getrieben bei der Übersetzung des patriarchalischen Textes, durchaus männlich strahlend, unsere Neue Erde, die kleine.

Wer weiß, warum ich schon wieder am Anfang stehe und mir die Analgesichter meiner zwei Polizisten anschauen muß, sagte ich. Ob er das veranlaßt habe, fragte ich Poppes.

Er habe, sagte er.

Gut oder schlecht, sagte ich. Das Seil sei vielleicht mein Gürtel, der immer höher rutsche. Ob er mich damit zu erdrosseln vorhabe?

Mit erfundenen Händen? fragte er unschuldig.

Nur so ein Gedanke, gab ich zu. Ich bin doch sehr allein. Die Entwicklungsgeschichte des Falschen ist die Verwicklungsge-

schichte in diesem Buch, schmachtete ich. O Kunst. Nachbarin, Ihr Fläschchen.
Da sei nur er, sagte Poppes. Stütz dich auf mich. Das wird dir sowieso zur Gewohnheit.
Beklagte er sich? Ob er sich beklage, wollte ich wissen.
Nicht doch, meinte Poppes.
Der abgesperrte Teil hinter uns ist der sehr viel kleinere Teil der Abgrenzung, das wissen wir nur zu gut, sagte der Polizist, nämlich der eine.
Je weniger einer sich bewegen kann, desto besser, sagte der Polizist, nämlich der andere.
Also, sagte ich zu Poppes, bewegen wir uns in dieser Wenigkeit.
Fangen wir wieder damit an, meinte er. Du willst mich doch etwas fragen, ja?
Ob er sich im klaren darüber sei, daß wir uns hier, auf dieser Freiheit, außerhalb der Gesellschaft befänden, befragte ich ihn, und fuhr fort – ihn unterhakend und ihn mit mir nehmend, mit ihm ausschweifend in diesem Revier – ihn zu fragen, ob er inzwischen schon erkannt habe, daß wir uns nach draußen begeben hätten, indem wir uns hier drinnen bewegten?
Aus der Gesellschaft hinaus und eingeschlossen von ihr, dachte er laut.
Es handle sich um einen Exodus, ob er sich erinnere? fragte ich ihn.
Ein Exodus in diese Stadt hinein wie aus ihr hinaus, meinte Poppes.
Wieso er so ruhig antworten könne, fragte ich ihn, hier, auf einem Platz, auf dem er sich schrecklich draußen befände als ein Eingeschlossener, und auf dem er sich ganz und gar anders verhalte, als man sich jenseits des Seiles verhielte.
Das wisse er sehr wohl, meinte Poppes, und er fühle es schrecklich deutlich, wie sich hier die Verwirrung in ihm ausbreite und er immer weniger Halt fände, aber handle im Vertrauen auf einen Sinn seines Verhaltens, und hoffe, ihn nicht zu verlieren. Er spräche das auch für alle anderen aus, die – wie er wisse – sich ähnlich verhielten.
Und wenn es eine Versuchung für ihn gäbe, wie würde er sie formulieren? fragte ich ihn.
Ohne Zweifel so, meinte Poppes, er sei versucht dazu, im Augenblick und auf einmal alles auf diesem Platz ins Gewöhnliche zu verrücken, zu streichen, zu korrigieren, von einem erhöhten über-

täglichen Standort aus, der Überblick gewähre: Ordnung zu schaffen, oder besser: die Unordnung abzuschaffen mit jedem Mittel, und jedes sei ihm dann recht dazu: wenn es bewirke, die normalen Abwässer eines Tages in dieser Stadt wieder über diesen Platz rinnen zu lassen. So etwa.

Und warum diese Versuchung? fragte ich ihn.

Das könne er so einfach sagen, wie er es ununterbrochen ganz einfach empfinde, meinte Poppes. Hier käme nichts an sein Ende, und wo etwas anfange, sei schwer auszumachen und um was es sich eigentlich handle, habe er bei der Fülle von Vorhaben noch nicht erkennen können, und er zweifle sehr daran, daß es darum ginge, Ordnung in diese Vorhaben zu bringen.

Es scheine ihm also, fragte ich Poppes, dies die auffallendste Eigenschaft dieser ausgesparten Welt, in der wir spielten, zu sein.

Ja, sagte Poppes.

Ich sagte: Dann scheint unsere Aufgabe auf diesem Platz in der Hauptsache darin zu bestehen: diese Unordnung hier auszuhalten, als ein Beispiel.

Das scheint so zu sein, sagte Poppes.

Kannst du noch lachen? fragte ich ihn.

Ich kann nicht, ich muß, sagte Poppes und lachte.

Jetzt muß ich Sie schon einmal fragen, bestürmte mich der Einsatzleiter Feilitzsch: Wieso, obwohl das Seil nach der freiheitlichen Münchener Art, wie Sie sie verfügen, jedem zu Füßen liegen würde, der es zu überschreiten vorhabe, doch keiner, geschweige die nachdrängende Menge, in eindeutig gewalttätiger Absicht: stürmte? So etwas sei ihm noch nicht untergekommen, vermeldete er.

Deshalb, verkürzte ich meine Antwort auf seinen Unsinn.

Aber dieser, auf längere Ausführungen gefaßte Beamte, paßte.

Olympia 72, erinnerte ich.

Das waren noch Zeiten, sagte er treuherzig.

Hier sportelt ja nicht friedlich die Jugend der Welt, wurde ich länger. Kein Ausschluß, weder des Alters noch der Palästinenser. Also kein Mord. Keine Selektion. Kein Blut. Ob er das begreife?

Schwer, sagte er. Es fiele ihm sehr gewichtig.

Nichts Richtiges komme hier vor, meinte ich. Wozu also Maschinengewehre? Noch nie sei Falsches in die Garben von irgendwelchen Magazinen geraten, die doch nur Geratenes löchern. Das Ungeratene behielte sein Leben, und wenn es hoch käme, bis in die achtziger Jahre.

Ja, dann, staunte Feilitzsch und rechnete es dem Fortschritt der Münchener Polizei zu und ihrer Psychologie, was die Behandlung außerordentlicher Fälle, wie dieser einer sei, beträfe. – Na dann.

Jetzt waren wir dran. Stegreif. Ganz unten im Forum. Das Publikum: Feilitzsch. Und abgesperrt wurde dieser vormals rote Platz von uns; Olympia 72. Das Material: Drahtzaun, Marke Dachau. Die Rosa, die Jeanne, Nathalie: im Sportdreß. Der Poppes und so weiter bis Leila: ebenso: Sportler. Die zweigeschlechtliche Mannschaft respondierend. Ich, man nehme den Willi Daume an: vorstellungshalber: Schnell, schneller. Auch leicht herstellbar, bitte: Environment. Keine Fisematenten. Aktion! Noch leichter: wortwörtlich. Kein Bühnenbild. Jedenfalls nicht erstellt. Nur vor. So ihrer Überkleider plötzlich beraubt, brach beinahe eine zivile Scham aus in dieser Mannschaft. Zum Beispiel die Rosa prüfte die Schenkel. Auch braun. Man staune. Sogar rundherum und besonders da drinnen: gestählt. Nur der Poppes half noch mit selbstbräunendem Balsam; da staunt ein Zimmermensch, was? Die Fanfaren: dazugedacht. Schon wird geblasen. Die Friedenstauben: schon steigen sie hoch. Die oberbayrischen Schnalzer: schon sind sie am Schnalzen. Der Präsident, Bundes: schon hat er gesprochen. Wo? Wurscht. Der blaue Himmel des Ferienlandes macht tapfer mit. Sogar eine ungeheure Menge. Das auch noch! Aber nur dazugedacht. Miniart. Oder falsch vorgesetzte Ferngläser. Gleichviel. Aber keine Wiederholung. Das nicht. Sondern mythisch. Jetzt erst recht. Rekonstruktialisation. Quasi: heute. Wie sowieso alles heute, quasi. Was macht das schon aus oder uns. Diese Jeanne: mehr für Seidenstrümpfe geschenkelt als für trotzige Socken gewadelt vor einem Hochseil. Aber auch die Nathalie hat Beine, womit man vor jedem Ziel, aber bei keinem Start davonlaufen muß. Von Poppes gar nicht zu aschen. Da bahnt sich nichts an. Der haucht in jedem Marathon aus. Ich habe einfach das Material nicht. Ich will es nicht haben. Verwandeln soll das ein anderer: Zum Reden sind sie mir bestimmt gut genug. Es war einmal jetzt. Auch unsereiner ist im Zurückstellen der Zeiger oft noch zu ungeübt. Also freilich: wenn ich meinen weißen Leib anschaue, für Woodstock hätte er bestimmt auch getaugt: hier bestimmt nicht. Also im Trainingsanzug und nur wie so gleichsam trippelnd, beginne ich, immer wortwörtlich trainiert:

Horch, was kommt von draußen rein?

Das Wahre
das Gute
das Schöne (glockenhell: Nathalie)

When the saints go marching in
in flotten Rhythmen (frohlockt die Rosa)
schreibt das Startkontrollsystem
die neuen Zeichen der Zeit

Und draußen muß bleiben (das fordert die Zaara)

die Lüge
das Böse
das Häßliche das muß draußen bleiben

Das wird nicht gestartet: das Andere nur
das Eine
das Richtige (so der Poppes gerecht)
nicht das Falsche

Wer startet?

Der Computer (so der Robin) und zwar
zum Wettlauf mit der Freude
Er bricht die Schnelligkeitsrekorde der finsteren
Trauer
der Angst

Keine Verzweiflung? Hier nicht? Kein Hunger?
Wahrscheinlich schon gar nicht Afrika
Indien?

Nein (schreit der Hussan)
denn optische und akustische Signale
steuern den echten Countdown der Hoffnung
auf Frieden

(der Adrian) also daß diese Spiele Fröhlichkeit
großen Sport (er gerät außer Atem)
und Spannung schenken möchten vielleicht auch
dann und wann Rührung und Würde

Südafrika? Nur zum Beispiel?
(keine Antwort geschweige)

Die Fanfaren erklingen (kommentiert das Erklingen
der Fanfaren: die Nathalie)
der Schrei der wimmelnden Termiten, der Masse
des Friedens (erklärt sie) die Friedensmasse

auf dem Schuttberg (ein Kommentar
des Massendoktors ehrenhalber Elias Canetti)
buchstäblich auf der von 66 Luftangriffen zerbombten
Stadt

Ich frage: das unwahrscheinliche Münchener Glück
funktioniert es? Und wo?

In hypopneumatischen Systemen oder
(so Rosa) in elektrooptischen
jubelt die exakte Ergebnisfindung

Da stört nicht etwa auch etwas anderes
z. B. Faschismus? (keine Antwort –
ist auch etwas Rechtes – soll etwas Rechtes
sein) Soll? Ja?

So richtig (so Jeanne) in Blut und Boden gesteckte
Prismenreflektoren
eröffnen die neue Ordnung

Und ganz bestimmt darf ich nicht reden
von Griechenland und von Spanien (nein
ich werde ins Schweigen gezischt)

(der Poppes erklärt das) weil nämlich

es erscheinen auf der Anzeigentafel
die reinen Gefühle der Brüderlichkeit
der nämlich einen
der richtigen nämlich nicht etwa
der falschen
die andere gibt es gar nicht

Wer bestimmt das? Ich frage

Die einen (so Robin) nicht etwa
die anderen die schon gar nicht

Und bitte das stimmt?

Das muß stimmen (der Hussan)
das wurde errechnet (der Adrian – beide in dieser
Rolle besonders komisch)

(die Nathalie meldet Zweifel an) wenn auch
vieles nicht stimmt z. B. 5^{03}
da kommt eine erste telefonische Meldung:
es wird geschossen

(die Rosa ist nicht erschüttert) die Quarznormale
löscht die Ungenauigkeiten unter
dem weißblauen Himmel

Man sieht dann von Palästina gar nichts mehr
(so überredet uns Jeanne) also die zwei Israelis
in Bau 31
die sieht man bestimmt nicht ganz bestimmt
nicht

weil (so der Poppes ausdrücklich) man hat das:
man hat die Vision von einer besseren Welt
auf diesem Gelände Olympia. Wo die Besseren
gut beisammen sind wie das schön wahr zu sein
hat

Man hat eben alles Richtige beisammen (der Robin
assistiert)

Und alles Richtige das böse ist? Bitte. Ich frage
nur? Ich frage gar nicht warum?

Warum es böse ist

(Aber Hussan schien es zu ahnen, natürlich) Vielleicht
(so seine Vermutung) das Richtige das vielleicht böse
wird wird böse vielleicht weil es auch so eine
Vision hat
so eine von einer besseren Welt

Das ist vielleicht überhaupt so mit diesen Visionen
(spricht Adrian schon von mehreren – sehr gefährlich
und noch gefährlicher wird es damit:) das ist
das Böse vielleicht am Bösen: die andere Vision
die nicht die unsere ist weil sie einfach anders ist
das ist böse (seine Konklusion)

Vielleicht sind also solche Visionen gar nicht gut
vermute ich
(ich werde ins Schweigen gezischt)
Ich erlaube mir doch zu vermuten: Vielleicht ist
besonders die Vision nicht gut die die Guten
haben
Ich werde härter: Bestimmt ist die Vision die die Anderen
haben besser
als die Vision der Einen: sie haben nämlich
die erste Vision. Die erste bessere Welt ist vielleicht
viel schlechter als die zweite. Jedenfalls beide sind
richtig.

Falsch! zensiert mich Nathalie. Gib es zu:
du hast keine Vision

Richtig sage ich. Von den zwei verblutenden Israelis
in Bau 31
gar nicht zu reden. Obwohl sage ich dazu ist vieles
zu sagen

Man hat eine Vision aber einfach zu haben (verordnet
Rosa)

(und Jeanne weiß visionär außerordentlich Bescheid)
vom 364. und so weiter rangigen Himmel bis
zum erstrangigen Himmel gestiftet

im Reigen der Fahnen und Dirndl
von den sieben subalternen Gottheiten
das Gute schlechthin (schließt Jeanne)

das andere Gute (begreift jetzt die Zaara)
9 Geiseln und 8 bewaffnete Täter (sie
liest aus der Süddeutschen vor: Herbst 80!)

Magazin Beirut: der krebskranke Fuad Chemali
beauftragt die Elissar seine Frau die Operation
durchzuführen München Olympia 72 abgereist
am selbigen Tag

Begriffen? frage ich

(Nicht begriffen. Es redet Poppes, mein Poppes) Ja
(die Jeanne übertreffend) gespeichert im größten
Datensystem dieser Welt
dem Golym
da erscheint die absolute Ziffer der Zeit
sie nennt uns einmal beim Namen
pater innatus
das Pleroma

Was haben wir? frage ich. Da haben wir es
bitte:

aus den Gefühlen der Brüderlichkeit
der Terroristen (so Robin)
und (so Poppes) der Ordnung des Schreckens
erwächst (so der Hussan) in Fürstenfeldbruck
endlich (so Adrian) der Schrecken des Todes
nicht nur (so Nathalie) als Möglichkeit
(so Rosa) sondern als Wirklichkeit (so Jeanne)
in den Tagen des schwarzen Septembers
(so Zaara)

Und Reddy Terrer? fragte Poppes. Ich meine ja nur: am heutigen schwarzen Tag, oder wann auch immer, wies dir beliebt: Jedenfalls schwarz.

Schluß wollte ich wieder. Und das war es dann auch. Also wieder einmal. Mein Gewissen. Ein schlimmer Drummer.

Feilitzsch ist nicht mehr da. Nicht gepfiffen. Wer, wenn er Polizist ist, pfeift schon, wenn der Begriff sportelt, oder der Friede. Heil, ihr Idealisten.
Vorbei. Vorbei. Elias Canetti hatte sogar von der Friedensmasse gesprochen.
Sela. 72.
Beerdigungen finden hinter dem Ausgang der Zeit statt. Sela. Vergangen. Vergangen. Nichts hat gestimmt. Und wenn schon.
Ich habe mit meiner Mannschaft das Lied von der Reinheit gesprungen. Weder Sport noch Schiller, schon gar nicht Beethoven.
Schluß. Aus. Ende.
Einen Kuß dem Loch dieser Welt. Wie hatte meine Zunge zu tun.

In der Nachfolge wessen geschah sein Ausstrich aus der Runde; erst noch zwischen den Dultständen hickelnd und hampelnd: dann aber, auf der Wüste, stakste der Poppes wie ambulare cum stelzia, die Schokoladenzigarre mit dem Mund zum Himmel erhoben, senkrecht, mit fächernden Armen Hüte und Mützen von Köpfen fegend. Sehr übermutwillig. – Und auf was für ein Zeichen schliefte die Jeanne ab in Richtung Studio 54, wonderful performing gedachte bunte Cockatoos, selber ganz bunt ausstaffiert: hautenges Trikot, akrobatisch, schottelte sie ihren Purpurpopo in den Gassen, die sich für diese Manegenprinzessin bildeten. Jetzt war der Robin an der Reihe, warum – und warum als Fuchs, aus was für einem Comic wuselte er durch die Menge, sein Waldhütchen ziehend nach links und nach rechts, da ein Volkskind beklapsend, dort eine Dame der Schwabinger Oberschicht. – Die Rosa entmiederte die Augen ihrer Brüste, hob den Saum ihres Gutachtaler Trachtenrocks, zachselte los in Richtung Friedenstor. Und wer hat sie gerufen? Und in der Nachfolge wessen abbrevierte die Nathalie den Weg in das eingebildete Ziel, jetzt nackt, nachdem sie als letzte dagestanden und also allein sich an Ort und Stelle enthüllt hatte.

Und augenblicklich führte sie sich vor, durch die Zuschauer auf anmodellierten grünen Stiefeletten laufstegend, ihr giftgrünes Seidenkleid, das schwarze Fichu und die Handarbeitswäsche mit reichem Spitzenbesatz als Packen unter dem linken Arm. Großes Staunen über ihr, dank einer außerordentlich straffen Haut, enganliegendes Fleisch. Scharfe Pfiffe.
Dann aber sah man die Fünf auf eine Art und Weise tätig oder sogar geschäftig, die Verwirrung stiften mußte. Nämlich, sie kamen wieder zurück, aber jeder offenbar richtungslos, querplatzein. Also der Poppes schutzte sich durch das Publikum, unterbrach dort die Prüfung eines Kaufartikels, indem er denselben in die Luft wirbelte und führte scherzhalber hier einen Käufer ab, polizeilich, freilich nur wenige Meter. Die Rosa irritierte die Städter mit ihrem zweiten Gesicht, dessen Profil sie handlich zu verändern verstand, sehr gewagt. Auch die Jeanne provozierte: sie faltete fremde Hände und stieg über ihnen auf Schultern, im Glücksfall mit einem Toupet am Turnschuh triumphierend über einer trachtenrockverhüllten Glatze. Schonung und Frivolität. Oder umgekehrt. Siehe und wahrlich, ich sage – damit wurden die Ordnungswidrigkeiten begonnen. Von allen. Auch von dem Fuchs. Der taschenspielte sich als Vermögensverteiler durch die Menge. Und Nathalie übte sich als Stripperin in der Umkehr der nachtbarlichen Sache, indem sie insbesondere Herrenhüte als Feigenblätter auf ihren Intimitäten verfremdete.
Verkündigung, oder ihr Lauf, oder ihr freilich wenig heilsames Zickzack: das sollte es sein. Wohl. Oder unwohl. In Nachfolge, sicher. Aber in was für einer? Das Unentwegte, das Stelldichein, das Weiterso, das Bleibnichtanortundstelle, das Überallgleichzeitig, hier fünffach, wahrhaftig erschreckend, toll, dreist. Also auftauchend über dem Haarspiegel des Publikums: ein glänzendes Kinn, das des Poppes; auch stramme Ohren, der Nathalie, oder drüben, Nähe Haimhauser ganz plötzlich das artistische Grinsen der Jeanne. Stoßende Puppenköpfe. Überwirkliches Porzellan auf den Wogen. Mein Vater aber im Himmel. Darum, ich sage. Von dannen gewichen die Gliederpuppen. Wer aber ein Ärgernis gibt einem dieser Kleinen, die an mich glauben, dem wäre besser, daß ein Mühlstein an seinem Hals gehängt und er ersäuft würde in der Isar, wo sie am seichtesten ist. Kinderei. Ausgeartet. In der Nachfolge fröhlich, vulgär. Keine Kompromißperiode. Nur Dreinschlag. Also quasi

schon kriminell. Ohne Schuldgefühle. Gespenstische Vorschularbeit. Ohne Aufsicht. In Freiheit geboren, rechtlos, weil unterjährig, deshalb so unbedingt. Jedoch zufällig und durchaus unbestimmt. Am Ende jeder Ratio die Haarschleife in der Minderheitensuppe. Und in aller Wuselei ganz rotapfelbacken, früh erregt. Sprunghaft: Jeté. Positionen ganz selten. Auch sehr ätherisch, besonders seraphisch. – Und er sah sie aus ihren Augen umher an mit Zorn und ward betrübt über ihr verstocktes Herz und sprach.

Und Schluß. Und auf die Schultern des Poppes sprang Robin. Der Fuchs klemmte die Beine der hochgekletterten Rosa unter die nassen Achseln. Ein Weibernacken, gewärmt vom feuchtwarmen Purpur; die Jeanne ruhte oben in artistischer Krätsche, ihrer Aorta eine pochende Vulva besorgend, der Nathalie ihre. Siehe: eine kindische Rieserei. Also wahrlich. Ich sage. Dann über der Menge das einfache Schweigen. Spiel aus. Atemstöße. Gekeuche. Kein Wort mehr. Ein hohes Kind mit dem verdoppelten Nigrum seiner Pupillen starrend aus bleiweißer Erschöpfung.

Wer aber sprach zu ihnen: Es ist genug?

Der Leiter Feilitzsch zog seinen Einsatzzylinder und trocknete mit einem vornehmen Hadern Stirne und Haupthaar. Im Rahmen seines Polizeiaufgabengesetzes begann er mit einer weinerlichen Erklärung des öffentlichen Notstandes seiner Maßnahmen, der auf das kläglichste dargestellt wurde von sämtlichen Hütern des Gesetzes: Da stehen sie herum, stöhnte er, und hängen selber nicht weniger durch als das Seil, das als Absperrung mehr gedacht zu sein scheint; tatsächlichen Zwang, oder gar unmittelbaren, übt es hier doch nicht aus. Und warum?

Ja, warum, fragte ich.

Im Namen des Gesetzes sind wir angetreten hier, das Handeln, Dulden oder Unterlassen zu überwachen, aber wessen. Bitte? Es fehlen auch Weisungen, vor allem ist die Richtung nicht klar, in die ich sie geben könnte. Ich bin mir da ganz und klar im unklaren. Der ganze Einsatz scheint sich verdreht zu haben oder schlimmer noch: dreht durch.

Seit wann? fragte ich.

Um ehrlich zu sein: von Anfang an, wenn ich auch lange Zeit in

Treu und Wissen an eine insofern ruhige Aktion geglaubt habe.
Bitte, hier stimmt doch etwas nicht!
Sollte etwas hier falsch sein?
Gehen Sie mir mit Ihrem Falschen. Ich habe genug gehört davon. In der Regel reden Sie ja von nichts anderem.
Und vom Richtigen, sagte ich.
Das kommt hier zu selten vor auf diesem Platz, schimpfte Feilitzsch. Aber jenseits des Seils befindet es sich.
Und bitte wie dicht und wie weit also jenseits?
Ach was, darum geht es mir nicht. Das ist mir Wurscht. In der Hauptsache wird mir nur klar, daß ich also die ganze Stadt bewache und also zu verhindern habe, daß von diesem Platz aus eingebrochen wird in die Stadt. Oder muß ich das nicht? Als Gesetzeshüter muß ich das doch? Wenn das Richtige sich nämlich jenseits des Seiles befindet, ist es richtig, daß ich alles Richtige bewache.
Vor wem?
Das ist es ja, brüllte Feilitzsch los. Ich sehe den polizeilichen Zweck nicht mehr; insofern lösen sich meine zwei Netzhäute auf. Ich stürze durch die Vollzugsvorschriften ins Leere. Wo oder wann nämlich habe ich Sie und Ihre Pseudos daran hindern müssen, den Platz zu verlassen, ernsthaft? Kein Wunder, wenn meine Leute eingeschlafen sind im Vollzug. Weil Sie auch überhaupt in dieser Hinsicht ohne jeden Mumm sind.
Wir wären so gar keine Störer?
Wer sagt mir denn, ob Sie nicht schon drin sind, horchte mich Feilitzsch aus.
Wo drin?
Im Gesetz! Also geben Sie das doch zu, verlor er seine Geduld. Also anders kann ich mir das doch nicht vorstellen, obwohl mich gerade diese klare Vorstellung besonders verwirrt. Bitte. Auf frischer Tat jedenfalls kann ich Sie jetzt doch nicht mehr ertappen, nachdem ich so lange Zeit – und, wie bitte, begann es – zugesehen habe, wie Sie hier aufführen, was hier nicht aufgeführt werden darf, wenn stimmt, was ich nur einmal annehme, nur annehmen darf, weil das sichere Wissen mich auffordern würde dazu, mit dem Seil etwas abzusperren, also zu bewachen, was ununterbrochen immer wieder ausartet in Unsinn, Tumult, in Falsches, in Schlimmes, in Unbefugtes. Wo, bitte, hatte sich jemals die Polizei die Aufgabe gestellt: den reibungslosen Ablauf gesetzlosen Treibens zu bewa-

chen? Mein Gott, wo denke ich hin. Und wenn ich dorthin denke: wozu dann das Seil? Oder hätte ich Sie von diesem Platz entfernen sollen, ganz rabiat-rigoros? Was hätte es dann für einen Sinn haben sollen: ein Seil überhaupt erst zu spannen? Das war aber doch die erste Weisung, der ich als Einsatzleiter gehorchen mußte. Nein. Das ist ordnungskräftig undenkbar. Das auch. Ganz abgesehen davon, daß es im Ernst keinem Richtigen bisher einfiel: einzubrechen über das Seil, um Ihre Spielereien ernsthaft zu stören. Bitte! Ist es da ein Wunder, auch in diesem Betreff: das Seil in so abgeschlafftem Zustand anzutreffen, rundherum. Die Polizei ist doch nicht blöd. Ihre Maßnahmen dürfen schließlich nicht erkennbar außer Verhältnis zu dem beabsichtigten Erfolg stehen. Die Schlafsucht meiner Gesetzeshüter brach also ganz und gar im Rahmen des Aufgabengesetzes aus; einmal abgesehen von dem fehlenden Umkehrbruch eines Gesetzes, oder eben keines Gesetzes, oder hätten meine Leute Gesetzestreue daran hindern sollen: Gesetzlose zu stören? Mir dreht sich alles im Kopf. Und wenn Sie das vielleicht sehen können: meine Person erblaßt ganz schlimm im Rahmen gestellter Aufgaben. Es ist mir nicht mehr erlaubt: mich zu verhalten. Muß ich mir selber denn eine Dienstaufsichtsbeschwerde zuschreiben? Ist es soweit schon?

Hatte der kleine Bucky gelacht?

Rollte ein Zylinder im Forum? Wo? Auf einem infiniten oder finiten Platz?

Stand der Poppes in tiefe Gedanken versunken?

Waw, bellte Heinz. Schluchzte er derart in Reue?

Oder wie sollte ich mir das auslegen, als er jetzt aufsprang und loslief in Richtung Friedenstor und dort zwei Polizisten aus ihrem Schlaf bellte.

Es hatte nicht nur den Anschein: wir verloren wirklich Platz. Nämlich, von allen Seiten drängte man uns mit dem Seil zusammen, also zur Mitte, was den Vorteil hatte: ich mußte in dieser Heimsuchung die Meinen nicht suchen. Das Publikum sprang oder schlüpfte ins Freie.

So also löste Feilitzsch den eigenen Fall in Verwirrung. Die aufgeregten Ordnungsmächte schritten gegen uns ein: sich selber bestätigend stießen sie uns in die Enge. Und hinter der runden Front

gewann der Einsatzleiter Platz und nutzte ihn mit gestiefeltem Auslauf, einem besonders sprunghaften; verständlich nach buchhalblangem Frust.
Wir kamen arg ins Gedränge. Und es wurde so manches pseudal gehaucht und talmisch gestottert.
Ich übersetzte die allgemeine Not, fragend: Wer findet da noch die Worte? Daß mir das passieren muß, stellte ich fest, insogedanken allein. Zwar sprang mein Poppes gekonnt auf seinen Ballettschuhen, und manchmal überaus hoch, jedoch: wie der Vogel kommt Kunst immer wieder darnieder; die Erde hat beide am Ende doch.
Der Zustand des Seiles war lächerlich, nämlich im mangelnden Zuge dieser Aktion sehr geleiert, wenn nicht ganz aus; jedoch unser Anblick war es noch mehr; verknäult war hier alles. Zum Lachen war nichts.
Ob dies das Ende sei, wollte der Poppes im Robin wissen, als man an mir die Jeanne, die Rosa und Nathalie nicht mehr zu unterscheiden vermochte.
Kurz und klein bis nirgendwohin, schrie Feilitzsch; wie recht er beinahe hatte in dieser Voraussicht aus Wut. Denn am Ende, also wie es im Enden so zu sein pflegt: nämlich noch lange nicht ganz Schluß, gab es immer noch mich, allerdings nur.
Und dies brachte ich da noch heraus: Also bitte, da muß ich doch einmal überhaupt nicht aufgepaßt haben. Und das war dann auch schon wahrlich die letzte wahre Aussage meinerseits. Aber ich durfte immer noch hoffen, meine letzte Aussage sei doch falsch, insbesondere in ihrer Ausschließlichkeit; deshalb nachfolgendes Stöhnen in trotziger Absicht: ich müsse doch sehr bitten, aber, aber. Jedoch die Hoffnung, meine Aussage sei falsch, würde bestimmt, wie ich hoffte, übertroffen von der Behauptung, die von mir auch sofort gewagt wurde – allerdings nur in Gedanken: sie sei eine Leerstelle in diesem wahrhaftigen Unglück, die mit mir zu füllen mir augenblicklich glücken mußte: als dem einzigen noch Sichtbaren in der lebendigsten Lösungsmenge am Platz. – Verrückt, aber wahr, aber leider nur gedacht, also vergeblich.
Mich also verabschiedend, drohte ich sehr. Schon aber war mein Finger als Drohung Papier. Er stand zwar, aber nur nachblätternd würde man ihn so erhoben vorfinden können, nämlich hier, wo er geschrieben steht.
Poppes, ach mein Poppes. So stand es geschrieben in einem Buch,

das im Zentrum des Platzes auf dem Boden lag: abgesperrt, ganz und gar.

Und als ich im Buch schrieb: Wir würden uns lesen können, lasen wir uns, augenblicklich. Also, was das Schreiben betraf: eine Unterbrechung gab es da nicht. Und schmerzlich war eigentlich nur, daß die Polizei nicht zu lesen verstand, an und für sich schon mangelhaft, insbesondere dieses Buch aber ganz und gar nicht, das sie doch so treffend abzusperren verstand.

Was ich also im stillen weiterschrieb, wurde im stillen von uns gelesen. So war das.

Schreib, schrieb der Poppes im Buch in das Buch. Wir schreiben in der Mitte des Buches. Wir schreiben anno Mitte, nicht vorher, nicht nachher, sondern quasi: ante-post.

Worauf es ankommt, ist zwischen den Deckeln, höhnte mich schreibend die Rosa.

Und wer schlägt uns auf? schrieb die Jeanne.

Vielleicht, gab ich schreibend zu bedenken: lernt die Polizei jetzt das Lesen. Ein Buch hat sie abgesperrt. Und Not macht Lesen, vielleicht. Oder hat sich der Feilitzsch jetzt nicht in die schlimmste Lage gebracht, als er, uns absperrend, nur noch das falsche Buch liegen sieht auf dem Platz. Gelesen jedoch will es sein.

Gelesen wollen wir werden, schrieb Poppes.

Das ist vielleicht schon das Ende in der Mitte des Buches, schrieb Jeanne.

Sie schreibt im Entsetzen nur Unsinn, schrieb Rosa.

Bestimmt ist es wahrscheinlich jetzt aber aus mit uns, oder nicht? schrieb Nathalie.

Warum schreibst du nicht? schrieb der Robin.

Schreib weiter, schrieb Poppes.

Wer schreibt hier? schrieb ich.

Nur du, schrieben sie alle. Und Jeanne schrieb dazu: Schreib uns wieder zurück.

Oder schreib' uns heraus, schrieb die Rosa.

Ganz einfach, beschreibe uns wieder den Platz und uns alle auf ihm.

Bitte, Freiheit! schrieb Poppes.

Also gut, schrieb ich. Und: Es war einmal: da gab es uns Sechs auf der Münchener Freiheit. Und diese Freiheit war abgesperrt.

Die Rosa, die Jeanne und die Nathalie verließen mich. Ihnen folgte der Robin.

Nur Poppes blieb bei mir stehen und fragte: Und das Buch? Ich meine: das falsche?
Ich werde es dir zeigen. Soweit aber ist es noch nicht.
Versprochen?
Versprochen!
Der Poppes verließ mich.
Wenig später stellte ich Feilitzsch. Ich fragte: Na und?
Was bitte? Und bitte was heißt hier: Und?
Was ist jetzt? fragte ich Feilitzsch.
Was soll schon sein, sagte er.
Lieben Sie Bücher? fragte ich ihn.
Nicht, daß ich wollte, meinte der Feilitzsch.
Aber vielleicht sogar falsche? wollte ich wissen.
Also wissen Sie, lachte der Einsatzleiter, jetzt überfordern Sie mich.
Und noch eine Frage: Würden Sie solche falschen Bücher absperren?
Für literarischen Schwindel bin ich nicht zuständig, meinte der Feilitzsch.
Na also! Das ist beruhigend, meinte ich. Also lassen wir das.

Was ich über dieses falsche Buch sagen könne, fragte mich mein Inspektor, oben, auf der Terrasse, Ecke Marschallstraße, er gebe sich einmal dazu her, mein Diktat aufzunehmen in seinen Text.
Ob ich etwas über das Falsche sagen sollte, wollte ich wissen und gab zu bedenken: Aus einer falschen Welt heraus als Autor eines falschen Buches sich auf eine Interpretation des Falschen einzulassen, würde bedeuten: hier zusammenfassen zu müssen, wie in diesem falschen Buch aus allen Gegensätzen und vor allem dem des Richtigen und des Falschen herauszugelangen sei, was allenfalls richtig herauskommen könnte, damit aber gar nichts bedeuten würde.
Bedeuten sollte es also etwas? wurde ich gefragt.
Es sollte nichts bedeuten.
Er lachte.
Er solle ruhig lachen, über mein Bemühen um das Unmögliche, meinte ich. Ich rede, sagte ich und deshalb: um aus der Rede herauszugelangen.

Er hielt sich den Bauch vor Lachen. Also bitte, weiter so. Das wird meine beste Kritik an dem Autor des falschen Buches.
Den Titel müsse ich stehen lassen, fuhr ich fort, und über einem Buch, das gelesen werden könne, wenn ich es nicht fertig brächte, wie es richtig zu sein hätte.
So viel also ließe sich schon sagen. Oder noch etwas?
In dem, was schon vorliegt, gibt es wenig Tatsachen, nackte, obwohl es viele nackte Tatsachen gibt.
Beileibe. Du sagst es.
Und wenn ich behaupte, der Schauplatz allen Geschehens im Buch sei die Münchener Freiheit . . .
Ja, bitte, was folgt daraus?
So ist das nur kartographisch richtig . . .
Also doch richtig!
Insofern aber auch falsch, als dieser Platz einerseits durch Veränderungen meinerseits sich selber nicht mehr gleicht . . .
Und andererseits?
Andere Schauplätze auf ihm ihn ersetzen.
Sehr genau, wurde ich zensiert. Genauigkeit im Pfusch. Bitte, jetzt ein Wort über diese Absperrung, die eine solche nur zu sein scheint.
Sehr richtig, gab ich zu. Die Feststellung, es werde hier ein Seil um einen Jahrmarkt gespannt, er sei also abgesperrt, diese Feststellung stimmt nicht.
Warum auch!
Deshalb, da sämtliche Schaubuden und Aktionen der Schausteller dieses Buches auf einem wirklichen Jahrmarkt falsch am Platze wären, und mit diesem Seil nichts wirklich abgesperrt wird . . .
Sehr richtig!
Und dieses, das Seil nämlich, auch nicht wirklich gespannt ist, sondern liegt.
Eindeutig?
Freilich nicht nur!
Weder, doch.
Festgelegt ist hier nichts. Oder etwa du? Deshalb könnte ich nicht behaupten, die Aktionisten dieses Buches seien Kinder . . .
Vielleicht aber du?
Obwohl ich es möchte. Sie sehen jedoch wie Erwachsene aus.
Laß dich anschauen!
Sind aber wahrscheinlich Hunde.

Waw.
Zumindest Kyniker, jedoch nur halbe . . .
Zum Glück!
Also nicht richtige.
Freilich, das wäre ein richtiger Fehler.
Das Richtige kommt hier nicht vor . . .
Sehr vermessen. Wenn du da nur keinen Fehler machst.
Höchstens als Fehler!
Es kommt also vor!
Ja, du sagst es: So wie es in einem falschen Buch zu sein hat, sagte ich und verließ ihn.

Und ich dachte, meinte Poppes.
Habe ich es mir doch gedacht, daß du dachtest. Wie bitte, was?
Also hoffentlich zureichend genau: wie es kommt, daß sich Leute, die sich auf diesem Platz ununterbrochen heraushalten wollen aus Richtigem, die darin in der Hauptsache ihre kindische Aufgabe sehen, weil lebendig, also beweglich, auch warm bleiben solle, was, richtig geworden, auch sofort erstarren würde – also, wie solche Leute, die außerordentlich von dir vertreten werden, unwidersprochen lassen müssen, was die Polizei, ordentlich vertreten von Feilitzsch, behauptet, nämlich: Wir hätten uns nicht nur nicht herausgehalten aus dem Richtigen, sondern seien eingedrungen in dasselbe und spielten unsere Spiele mitten in ihm?
Wäre dem doch so, beklagte ich mich.
Ist nicht? fragte mich Poppes erstaunt. Er vergaß, die Fehlanzeige zu rügen. Oder war ihm das Antwort genug?
Das steht geschrieben. Nur. Oder wo fragst du?
Unausdenkbar jämmerlich, stöhnte Poppes.
Oder bescheiden, meinte ich traurig. Und deshalb von unbescheidenen Maßen. Von unermeßlichen Folgen. Von umstürzlerischen Wirkungen. Poesie. Eben. Das ist mehr als alles und doch nur.
Und würde es werden, was es nicht ist? Oder anders gefragt, fragte Poppes: Wie erlange ich den Stand dieser Tat?
Möglicherweise als Leser; als deiner.
Also als ein Leser der Fragen des Poppes?
Wenn er an meine Antworten nicht glaubt als Leser Poppes', der kein Poet ist.

Poppes schwieg.
Und wenn er mich jetzt gefragt hätte – also mich, einen Leser, nicht seinen Gesprächspartner nur –, was er gar nicht kann: ich hätte auch schweigen müssen, aber nie, niemals dürfen.

Der Dani überfliegt die Geschichte, blättert, poliert seine Fingernägel auf der Ginocchiettihose. Ihr Name war ihm entfallen. Ein Titelblatt liegt nicht auf. Auch kein Adressenstempel, wie heutzutage üblich. Die Folge, nur kurz: nur leicht drückende Unsicherheit gegen die Haut, warm oder kalt, jedenfalls von innen her, freilich in Wellen. Ist ihm unangenehm: eine Gedächtnislücke; muß er plombieren mit Namen von Schriftstellerinnen, die einen haben, als solche. Kennt sie, zum Teil, was ihn angenehm berührt. Sie ist leidlich belesen. Ihre Gedichte überzeugen durch sparsame Wortwahl; sehr kleine, harte Körper, die sanfte Schläge austeilen; feministisch, ja, aber mit eleganten Nuancen, freilich in zeitgemäßer Unart. Da ist er empfindlich, nicht etwa als Mann, mehr als Schreiber, weshalb er das Manuskript nervös auf den Knien zusammenstößt, wenn ihm da und dort etwas unter die Haut zu gehen droht, weil doch sehr aggressiv, was er aber vermuteten prämenstruellen Anfechtungen zuschreibt. Man kennt das ja. Ein kurzer Aufblick bestätigt ihm die erste Wahrnehmung umfangreicher Brüste, über welche sich ganz bestimmt nur unter Aufbietung äußerster Selbstbeherrschung kühle Strophen aufs Blatt schieben lassen, wenn man den monatlichen Spannungsschmerz derselben in Betracht zieht. Das wird er freilich für sich behalten müssen, obwohl sie sich Schriftstellerin nennen wird wollen, als solche also ihren Intimbereich in Zukunft trächtiglich ins Öffentliche erweitern wird müssen. Aber da will er nicht vorgreifen. – So kurz vor einem ersten Gesamteindruck und seiner Formulierung, rutscht er behaglich auf seinem übergesäßweiten Nubuk. Vielleicht wird er gar nicht viel sagen.

Sie: auf ihrem Sitzmöbel: Hoffentlich laden Sie mich nicht zu bald wieder aus. Wenn ich mich hier etwas einlümmle, müssen Sie das verzeihen: Warum machen Sie es einem auch so bequem.

Er: Sie fühlen sich wohl?

Sie: Ich bitte Sie. Hand aufs Herz: Sie verleugnen doch den Zauberer nicht, der hier wirkte? Diese Stimmung.

Er: An welche Jahreszeit denken Sie? Schnell. Nicht nachdenken!

Sie: Das ist der Sommer. Gar keine Frage.

Er: Den habe ich bestellt.

Sie: Sie sind zu bescheiden. Ich darf doch vermuten, daß Sie Einfluß nehmen auf die Gestaltung Ihrer Umgebung? Es sähe Ihnen gar nicht gleich, wenn Sie da zurückstehen würden. Das Ergebnis ist Urlaub.

Er: Ich arbeite hart.

Sie: Ich habe mich hinreißen lassen. Pardon.

Er: Ihr guter Geschmack bewegte Sie dazu. Das muß ich verzeihen.

Sie: Das macht mich froh.

Er: Liebes Fräulein.

Sie: Frau.

Er: Pardon.

Ihre Beine kommen jetzt auf das Leder, das weiche. Ich helfe da nach. Damit die Lümmelei sich vollendet, wenn man so hochtrabend sprechen darf in einer Regieanweisung. Jedenfalls deutlich zu sehen jetzt die Knie unter einem Ballonröckchen aus Taft: fein geschnitten, nicht zu spitz: Dieser erlesene Stoff raschelt Dani noch einmal in diesen Blickfang. Ich darf einfach annehmen, daß er in dieser Hinsicht schon als befangen gelten muß.

In einer Gesprächspause überquert er in schnellen Gedanken die kurze Distanz und läßt seine schmalen Schreiberhände auf diesen niedlichen Scheiben ruhen, um sie dann des breiteren über die Anfänge brauner Schenkel höher zu schieben, was ihm der Glockenrock erleichtert, und mich zu der Bemerkung hinreißt: Zwei Schreibtischtänzer verschwänden augenblicklich hinter einem Vorhang, der noch immer die süßesten Auftritte allein in den Gedanken der Zuschauer sich ereignen lassen sollte, vorausgesetzt: sie wollten der Handlung folgen und sie könnten das auch. Man handelt auf dieser verhängten Bühne Rätsel ab; freilich längst gelöste. Hinter einem solchen Vorhang herrscht immer ein Quizmaster.

Sie: Was für ein Sommer in Marokko! Das kann ich Ihnen gar nicht verheimlichen, nicht wahr? Da bin ich doch wahrhaftig drei Wochen lang im Sand gelegen. Ohne irgendwas, aber freilich. Mein Gott, oder besser bei Allah, diese wohlige Ŵärme auf dem Bauch, unvorscheinbar! Da sind wir ja wirklich eigen, wenn Sie bitte verstehen wollen. Also, das müssen Sie nicht. Um Himmelswillen, wie sollten Sie auch. Oder ganz im Gegenteil, wenn ich bedenke, daß Ihr Handwerk – um es einmal so vulgär zu bezeichnen – sich in jedem Geschlecht zurechtfinden muß, vielleicht sogar kann. Aber freilich. Aber da will ich nichts vorschreiben. Ich, für meinen Teil, habe schon auch Männer beschrieben und nicht nur äußerlich. Als Anfängerin allerdings. Seis drum. Bitte, Sie sind sehr blaß.

Er: Arbeit. Ein Drehbuch.

Sieht man, denkt Dodo. Ob da ein Urlaub noch helfen kann, oder überhaupt? Starke psychophysische Ermüdung. Und vielleicht nur deshalb dieser verhängte Blick: weil Abstand? Zwei Möglichkeiten: Entweder ist er blasiert, oder er lebt aus dem Innen heraus und wieder schnell zurück.

Dachte ich es mir, denkt Dani. Große Augen. Optische Bezogenheit auf Welt. Auf der Suche nach angenehmen Erlebnissen? Ziemlich sicher.

Er: Jedenfalls nicht übel. Calepinus recensui. In der Schnelle.

Sie: Sie sprechen von meinen Gedichten?

Sehr gut. Diese Dodo als eine direkte. Hier schüchtert sie jedenfalls gar nichts ein: auch dieser Mann nicht: ein Kontrolleur erlesenster Kultur. Jedoch, an sicheren Geschmack ist sie gewöhnt dank meiner architektonischen Umsicht, die weder vor Fleisch noch gar vor der Seele haltmacht. Also wie sie sich räkelt in der Behaglichkeit seines Heims, spricht für eine ähnliche Umgebung, aus der ich sie kommen ließ.

Er: Was fasziniert Sie an Marokko?

Sie: Meine Antwort wird Sie vielleicht überraschen.

Er: Aber bitte. Und wenn schon!

Sie: Nur ein Beispiel. Nämlich das ist doch das einzige Land, in dem sich ein Gastgeber bei einem Diner nicht mit an den Tisch setzt, sondern von einem Gast zum anderen geht, um Speisen anzubieten und Getränke und sich mit jedem zu unterhalten.

Er: Aha.

Ein Schluck Whisky. Da hat er sie aber vergessen. Aber da holt er auch nichts nach.

Sie: Ich trinke nicht. Auch sonst wenig. Selten Durst.

Er: Ach so. Aber zum Winter haben Sie enge Beziehungen. Ihr roter Pulli gefällt mir.

Sie: Finden Sie?

Er: Aber das fanden doch Sie.

Sie darf lächeln. Und er darf. Ein erstes gemeinsames Lächeln.

Sie: Kein Wort mehr vom Winter, ich bitte Sie, hic!

Er: Sie sprechen französisch?

Sie: Magisterarbeit.

Er: Hat die Regierung Giscard d'Estaing Einfluß auf die Politik des Club Méditerranée?

Sie: Davon verstehe ich zu wenig.

Er: Pardon. Aber können Sie glauben, daß der Geist des Clubs in Richtung internationale Freundschaft weiterentwickelt wird?

Sie: Aber bitte, das ist mit dem Sport immer so. Der ist doch das Schreiten zur Verständigung zwischen den Menschen. Denken Sie nur an Griechenland, an die Olympischen Spiele.

Er: Auf der Münchener Freiheit? Ich darf doch annehmen . . .

Sie: Ganz abscheulich.

Er: Sie finden das auch?

Sie: Kein Wort habe ich da unten verstanden!

Er: Also haben Sie zugeschaut?

Sie: Sie auch. Ich konnte Sie sehen, freilich noch nicht erkennen. Der 5. Stock. Sie verstehen. Sie beugten sich auch herunter?

Er: Hören konnte ich nichts.

Er muß jetzt die Wohnungstür aufsperren. Gut so. Man sieht ihn kurz im Flur.

Er: Lassen Sie sich nicht stören.

Sie: Wo bitte? Hier nie?

Dann schaut er herein. Alle da. – Nicht alle. Das sage ich: zu ihm. Und das verwirrt meinen Poppes. Aber wie vorgesehen, macht er sich draußen zu schaffen. Eine Anmeldung ist hier nicht nötig.

Er: Und?

Sie: Versäumt haben Sie da bestimmt nichts.

Er: Das geht schon eine Weile so, da unten. Nur wenn ich einholen gehe, muß ich durch.

Sie: Sie sind nicht verheiratet?

Er: Doch! Oder beinahe.

Sie: Pardon. Also da ist die Place Djemáa-el-Tua in Marrakesch schon ein ganz anderes Welttheater. Es gibt kaum etwas Lebendigeres als diesen Ort in den letzten Strahlen der Nachmittagssonne: Gaukler und Geschichtenerzähler, Schlangenbeschwörer und Schreiber von Briefen, Feuerschlucker und Friseure. Ich habe mich wieder einmal hinreißen lassen.

Er: Aber bitte, erzählen Sie.

Sie: Ich stand da nur im bequemen Burnus. Und wenn man so aufgewärmt ist, wie ich es da unten immer war: schenkt er Kühle, wenn Sie das verstehen. Also hier ist es wie in Marokko.

Und ob er das verstand. Umstände nämlich erlitt er nur ungern, wegen der sich zur Freisicht hin, wenn dieselbe sich verzögerte, einstellenden Rücksichtnahmen seinerseits, die zu Rückzügen nur zu oft ausarteten und mitten im Geschehen dasselbe zu einem Ausgangspunkt zurückprellten, wo es dann wahrhaftig ganz und gar als ungeschehen gedeutet werden mußte. Es gab einfach keine erschütterteren Hände als die seinen, die dann fassungslos, freilich nicht ebenso über Papier, verflatterten, auf dem sie gewohnt waren, jedenfalls eine von ihnen: mit Festigkeit herbeizuschreiben gerade das Kühnste, also das Nackteste, was ihm in den Sinn kommen wollte.

Diese Autorin. Ich nenne sie Dodo. Und Dani lasse ich diese Dodo sich vorstellen, wie sie von Araberjungen umringt wurde: also flatternde, blütenweiße Djellabahs um eine Europäerin, geboren in München, Gartenvorstadt. Harlaching.

Er: Kein Gedicht? Ein arabisches?

Sie: Noch nicht weit genug ausgebeutet, wenn Sie verstehen. Also bitte, mißverstehen Sie das nicht. Mir ist schon klar, daß eine Autorin nicht ohne weiteres ihren Körper ins literarische Bild drängen darf, noch dazu vor einem Autor. Darüber sollte man sich gegebenenfalls noch Gedanken machen. Zum Beispiel bin ich beinahe 28. Sagen Sie Dodo zu mir, ach bitte.

Er: Haben Sie gesurft, liebe Dodo?

Sie: Wie bitte? Nein. Zu patschig.

Er: Freilich. Aber doch Tennis?

Sie: Freilich.

Er: Und Yoga?

Sie: Sicher. Aber sicher.

Er: Und Ihr Mann?

Die Dodo. Ein Lächeln. Dem schließt er sich an. Das zweite Mal. Bitte.

Er: Einen Sherry?

Sie: Jetzt, wenn ich bitten darf, ja. Also finden Sie . . . Ich meine.

Er: Sehr interessant.

Das sagt er sachlich. Aus einer Distanz von etwa 15 Metern. Von seiner Bar her. Und dann auch noch ein erster Witz, als er den Luftbefeuchter betätigt.

Er: Marokko. Sie verstehen. Trockenheit in der Wüste. Lesen Sie Arthur Rimbaud?

Sie: Im Original.

Er: Auf die Poesie! Pröstchen. Auf die Ihre. – Was ich noch fragen wollte: Araber, vermummt, das ist nicht Ihr Fall?

Sie: Wie bitte?

Er: Mit Maschinengewehren?

Der Poppes schaut herein. Nur so. Sein Freund Dani winkt ab. Wie ich annehmen darf, hat er mich gesucht. Nicht gefunden. Nimmt mit Dani vorlieb. Grüßt sehr freundlich: Hello. Alles in Ordnung? Weiß schon. Geh schon. Ciao.

Sie: Was die meine betrifft. Ich meine. Ich darf doch hoffen?

Sie darf. Sie meint, ihm dafür ein erstes Küßchen schenken zu müssen. In allen Ehren freilich, wie sie noch dazu meint. Er meint das auch. Und insofern waren sie einer Meinung im Penthouse, wo der ewige Sommer herrschte. Und wenn er gewußt hätte, meinte er auch noch weiter, wie weit weg sie ihr Gespräch führen würde, hätte er für eine Diffa gesorgt mit mindestens sechs Gängen.

Er: Am Ende würde ich Ihnen auch noch eine Farce aus Taubenfleisch geboten haben.

Sie: Ach bitte, ja? Darauf habe ich nie verzichtet. Heißt das etwa: Wir schließen Frieden?

Er: Nach welchem Krieg, liebe Dodo? Oder wenn schon Friedensverhandlungen, dann mit einem Verlag. Zufrieden?

Die Tür fällt ins Schloß. Das war Poppes. Also schnell hinterher.

Jetzt komm schon, lieber Poppes, sagte ich. Wir sollten uns in das Claustrum begeben und also in der Ecke Leopold-/Herzogstraße mitten in Barcelona sprechen. Dazu solltest du jetzt Lust haben. Wir sollten uns im kühlen Schatten des Umgangs gedanklich ergehen, sehr frei, sehr gelöst, sagte ich freundlich und brachte uns dorthin in Schwung, ihn kräftig unterfassend, zum weitausschweifenden Gleichschritt bewegend.

Dort angekommen, verführte mich das Geschnatter der Gänse am Brunnen dazu, zuzugeben, wie geschwätzig mich dieser Augenblick mache, wie sehr mich alles hier verführe, von meinen Erfahrungen auf dem Boden unseres Platzes zu quasseln, also davon, wie wenig wir auf ihm den Halt verlieren könnten, da wir ja ununterbrochen stürzten. Das führte ich aus: Das könne niemand außerhalb unseres Platzes begreifen, der noch nie etwas anderes erfahren habe, als dies, daß man ins Leere greife, wenn man sich an Richtigem festhalte, weil allein das Falsche fest sei, indem es einen Halt nicht nur nicht verspreche, und nicht nur nicht vortäusche, sondern ganz außerordentlich verleugne. Ob es nicht doch so sein müsse, daß, wo so viel falsch sei, ein richtiger Sturz gar nicht vorkommen könne, höchstens ein falscher Sturz, aber das wäre eben keiner, nämlich kein richtiger? Wer nämlich richtig sein wolle, könne auch richtig abstürzen, wenn er im Richtigen etwas falsch mache. Wer aber ein Falscher sei, könne nur richtig abstürzen, wenn er nicht nur etwas richtig mache, sondern dieses Richtige auch zum Dogma erhebe. Das komme aber bei Falschen nur sehr selten vor, weshalb man von Falschen, die von einem zum Dogma erhobenen Richtigen abstürzten, nur in dummen Ausnahmefällen sprechen könne. Zum Beispiel: Wo alles falsch sei, könne nur das Dogma, daß alles falsch sei: den Halt verlieren lassen, weil man da ins richtige Leere gegriffen habe, nachdem man das Falsche so etabliert habe, daß es das einzig Richtige sein müsse. Aber keiner von uns hielte das Falsche für richtig, weshalb keiner von uns sich an derlei Gedanken festhielte und also den Halt verlieren könne. Ich sagte: Kein feste Burg sei unser Falsches. Und unsere falsche Welt sei zum Beispiel im Gegensatz zu der richtigen, objektiven Gegenstandswelt der exakten Wissenschaften, die auf Null geht, nicht der Fels, auf den wir bauen könnten. Bitte, rief ich aus: selbst wenn eine falsche Welt stürze, sei eben nur eine falsche Welt gestürzt und wir Falsche könnten dann erstaunt begreifen: wie wenig richtig oder richtig falsch wir gewesen sein mußten, da wir nicht mit dieser falschen Welt abgestürzt seien; wir nämlich seien immer etwas weniger richtig oder etwas weniger richtig falsch. Und wenn das Richtige auch wirklich sei und wenn das Wirkliche auch richtig zum Ende kommen wolle, so würden wir allemal in aller Bescheidenheit allen unseren Vorstellungen noch einen kleinen Fehler anmerken, als wirkliche Falsche, die die Unwirklichkeit alles Wirklichen besser für sich behielten, also verschweigen würden. In uns aber stürze diese richtige Welt nicht ab, denn sie habe von Anfang an den Fehler gemacht: als wirklich gelten zu wollen. Wir jedenfalls stünden für jeden Fehler ein, auch für einen, der diese Welt anderswo als in dieser Wirklichkeit wiedererscheinen ließe, was ja das gleiche sei, wie wenn wir gleich hier nicht alles und ganz und auf einmal richtig wirklich wünschten.

Ob ich endlich fertig sei, fragte der Poppes.

Ich würde glauben, sagte ich.

Das bringt mich auf zwei Fragen, entschuldige, sagte Poppes: Also erstens: ob du vielleicht an und für sich dumm bist und deshalb so geistreich im Falschen, weil dir dort oder eigentlich hier: alles daneben gehen kann und du dich auch noch entschuldigen darfst, wenn dir ab und zu etwas Richtiges gelingt; und zweitens, ob du vielleicht an und für sich und nur deshalb einer Wahrheit den Weg freilegen willst, indem du alles für falsch erklärst und alles Richtige also deshalb ablehnst: damit du von dieser alleinzigen Wahrheit eigentlich selbst heimgesucht werden kannst, was wiederum gar nicht so dumm wäre.

Wahrscheinlich liebe ich dich, sagte ich.

Mich an Sie wendend, weise ich daraufhin, wie ich jetzt, das Claustrum verlassend, weggeschnattert von seinen spanischen Gänsen, auf den Platz herauskomme, um mir hier die Freiheit herauszunehmen, das geehrte Publikum aufmerksam zu machen darauf, daß Heinz von Stein, der Boxer, wieder einmal die Ehre hatte, mit seinen betriebsamen Kriegern, als ihr Hauptmann, selbst so ein Räuber, auf den Platz herauszukommen und das Bewußtsein der Seinen zu bestimmen als Stein.

Hören Sie selbst:
Heinz: Wir sind nicht gewalttätig, sondern militaristisch. Unsere Herzen sind cool und zart. Wir nässen die Betten und schwitzen im Angriff. Wir heben die Röcke und verschleppen sie zwecks Beinfreiheit im Nahkampf. Und denken tun wir nur vor den Knüppeln der Bullen. Die Angst sitzt uns in der Magengrube; sie kommt auf der Freiheit zu Wort, wenn wir mit unseren Revuekörpern die Schande des Menschengeschlechtes abhocken. Sonst aber schreiben wir Reliefs. Unsere Feldzüge werden gefriest. Jeder als Lederstrumpf ist auch ein Schnellfurzer. Wir alle sind so, wie uns ein Schreiber gemacht hat.
Sie sehen: Die großen Vereinfacher gehen ans Werk, wobei ich mich vor dem verehrten Publikum vielleicht dazuzählen darf, bitte Abstimmung.
Freizeit 81, schrie Heinz von Stein.
Ich habe das Jahrzehnt nicht einhalten können, wie Sie hören. Verzeihung. Ein Fehler mehr.
Dieser Boxer, mein Hund, dieser Hund, mein Ritter: diese Abschweifung; der wedelt mich durch. Wo habe ich nur meine Leine? Ein klares Buch für einen einzigen Faden.
Dieser Hund, wie Sie jetzt zu hören bekommen, zu seinem Herrn: Also kommst du jetzt mit oder nicht?
Mein inkohärentes Gemüt. Meine schon veraltete Verlorenheit, die also noch weniger zu verlieren hat als diese arbeitslosen Statisten. Als Edelkomparse, zugegraut, trete ich die Nachfolge an eines verletzten Gemütes des 12. Jahrhunderts, der in der Hauptstadt dieses von der Eiszeit geformten Bayerns seiner Rache freien Lauf läßt, was mir mein Herz wärmt, zugegebenermaßen. Geil auf action sind alle fünf Finger meiner rechten Hand, deren erstere drei sich auf die kissenbildenden letzten zwei verlassen können, wenn es hart zugeht und rücksichtslos: den Schreiber nicht zu vergessen, der verführt werden will und eine anarchistische Zunge haben muß, soll er zeitlicher sein als ihm unrecht sein kann.
Stichedunkel seichte ich hinterher, in dieser Mittagsstunde die Nacht schreibend hier, wo der Geist Freiheit heißt. Unecht zur Stelle im Text also, strömt mir in diesem Hundetheater aus der Burg Trostberg der Duft von gebratenem Wildschwein, von gebackenen Fasanen und gesottenen Fischen entgegen und Geschrei

und Gekreisch von Mägden, die von den Rattenhunden oder den Hundepunkern betastet wurden an den schlimmsten Stellen und dort auch gezwickt.

Irrtum, so der Heinz. Sie hören ihn reden mit seinem Regisseur. Das ist nicht der Trostberg, sondern das Vollmondhaus. Wie bitte? Ich habe mir erlaubt, so der Heinz, in Nachfolge Ludwigs I., oder der deinen – welche Ehre, so kleinlaut ich – neben das Café Freiheit ein Haus aus der Schleißheimer Straße zu setzen, wortwörtlich. Das gehört ganz einfach hierher. Aus Zeitersparnisgründen örtlich verlegt.

Sehr quer gedacht, aber gut stadtplanerisch, wie ich zugeben mußte.

Es handelt sich also um das Vollmondhaus, erklärte der Heinz. Schau hinauf.

Ich konnte den Vollmond erkennen, von Wolken über- und unterrahmt. Ein mildes Gesicht. Und merkwürdigerweise also nicht vermummt, vielleicht polizeivorschriftliches Verhalten eines Gestirns. Jedenfalls, Feilitzsch bekundete Achtung vor so viel Bewußtsein der Kunst am Bau.

Also drinnen, wie Sie einsehen können, sah man keine zwei Ellen weit. Da lagen aber schon etwelche unter Spielautomaten. Und einer drehte sich gerade zu einer Pechnase hin und erbrach sich hinein. Von einer entblätterten Magd war alles zu sehen.

Der Heinz von Stein griff sich Gero mit der beharnischten Linken und mit der gleichgekleideten Rechten: den Bauernbub Lorenz.

Ihr habt mir das Weib mit Ratten umgebracht, tobte er. Ihr sollt bei Euren Ratten verleben, verurteilte er.

Damit mußten andere Ratten gemeint sein, dachte ich mir. Hund her, Ratten hin. So handelt die Rache. Auch mir schmolz sie im warmen, greuellosen Mund wie Zucker. Aber was heißt hier talmisch: auch? Aber so einfach nur, das wäre zu kurz geschleckt.

Dies, von wegen meiner Sahira, erinnerte Heinz. Wie Sie hören können. Und wenn Sie den Überblick immer noch haben, dann muß Ihnen ein kurzer Blick in den Brunnen über dem Forum genügen. Dort ruht sie im Chiemsee: vom Wasser weggekleidet: seine Sahira: mit auseinandergetriebenen Schenkeln von der Gewalt dieses bayrischen Meeres.

Private Querelen beseitigt, bellte Heinz von Stein. Dieses Haus steht für dich zur Besichtigung frei.

Wir stiegen hinauf.

Wir ließen uns Zeit. Auf seine Frage nämlich, ob ich mich gerne, gar lustvoll im Vulgären bewegte, erklärte ich ihm, daß es meine Aufgabe sei, das Triviale in Schwung zu bringen, wie sonst überhaupt die Materie, warum also nicht auch die Gesellschaft, und zwar, sie aufwirbelnd, vielleicht aber deshalb, um sie am Ende dann doch, als verwandelte quasi, einem höheren Zweck zuzuführen, hier auf dem Platz. Und solches wurde von mir, auf Treppen hochsteigend mit ihm, zwei Tage nach Frühlingsbeginn, geäußert, also zu einem Zeitpunkt, der den Deutschen heilig sein müßte in Anbetracht des Todestages ihres größten Sohnes, nämlich des Hundertfünfzigsten.
Waw, meinte Heinz. Und, in aller Bescheidenheit merkte er an, es könne wohl keine Rede davon sein, daß also die Rede nur ginge von seiner Räuberpistole.
Mitnichten nur von diesem Nichtigen, sondern auch noch von einer Grosche, von Science-fiction, von einem Boulevard-Theater, insbesondere von Krimis und so weiter, könnte die Rede gehen, oder könnten Aktionen handeln.
Er danke für das Vertrauen, meinte Heinz. Diese Einweihung ehre ihn sehr und er wünsche – Vertrauen gegen Vertrauen – im Augenblick und vor mir: die wahrscheinliche Existenz eines Sohnes, nämlich des seinen, in Erwähnung zu bringen, von dem er mehr ahne als wisse, wobei er allerdings Komplikationen befürchte, ganz widerstrindbergische freilich: was die Mutter desselben beträfe, da er nicht eine, sondern mindestens zwei in prophetischen Augenschein nehmen müsse.
Da solle er sich um dieses Buches wegen doch keine Sorgen machen, tröstete ich meinen Ritter. Im Widernatürlichen sei ich doch sozusagen ein Gelernter. Daß Strindberg in diesem Betreff außer Frage stünde, mache mir Spaß. Also, er dürfe mich getrost flicken lassen. Verpfuschte Genealogien fänden in mir ihren Liebhaber.
Heinz von Stein holte im ersten Stock Luft, erstens, also nicht nur: weil er ein Stockwerk genommen, zweitens, weil der verwickelten Angelegenheit ein gelöster Zustand zu folgen blühte und drittens,

und wahrscheinlich nur deshalb, weil er einen schlimmen Schachtelsatz durchgehalten hatte, als einer, der ansonsten hauptsächlich kläffte.
Das tat er.

Wir waren im ersten Stock angelangt: Abteilung: Kriegsgräberfürsorge.
Sie sehen mich augenblicklich aus einem Fenster hinunterschauen auf die Wüste, alias Parkplatz, die – womit ich überrascht wurde von meinem Boxer – im östlichen Teil zu einer Kriegsgräberweihestätte zweckentfremdet werden konnte, dank scheppernder Sammelbüchsen Münchner Grund- und Hauptschüler, die jetzt, trotz unerlaubter Kinderarbeit, in diesem Büro hier heroben beschäftigt wurden damit, unter sporadischer Aufsicht Heinz von Steins: die sondierten und archivierten Knochen junger Krieger postwendend wieder dorthin zu versenden, wo Russinnen, Französinnen, Jugoslawinnen, Griechinnen und Polinnen und also auserwählte europäische Frauen, sehr alte, wie sich in diesem Büro von selbst versteht, welche als junge Frauen gefallene, feindliche Krieger beweinten und begruben und in den vergangenen Jahren wieder beweinen mußten: als diese von bundesrepublikanischen Kriegsveteranen aus ihren Gräbern geholt wurden. Mit Baggern waren die Heldenhügel aufgebrochen worden. Knochenfachleute hatten die Krieger listenreich ausgemustert. Die Frauen also standen vor geleerten Gräbern, denen ihre ganze weibliche, also internationale Liebe gehörte. Von diesem Büro aus wurden aber jetzt die Gegenstände überregionaler Liebe zurückgeführt an den Ort ihres sinnlosen Todes. In einem Büro also befinde ich mich: für falsche Plätze der Liebe. – Ich küßte den Heinz.
Bescheiden meinte der Ritter, er schaffe nur Parkplätze für diese patriotischen Irren, die hier am Platz ihre Plastiksärge in die Kofferräume verstauen müßten.
Mit Volksliedern auf den jungen Lippen überrannten die Volksschüler ihre idealistischen Junglehrer, die auf der Strecke blieben – aber nur Rippenbrüche und gebrochene Zeigefinger – als von diesen Übereifrigen Anweisungen, Ausweisungen und Ortsangaben ausgeteilt wurden an die Kriegsfriedhofgründer. Von meinem Fenster aus konnte ich die Aktion beobachten.

Im zweiten Stock wurden die Arschlöcher dieser Stadt registriert. Ich stieg aber weiter in den dritten. Was befindet sich dort, fragte ich.
Das Standesamt, sagte Heinz.
Kommt Zeit, kommt Bedarf, sagte ich.
Ich trat ans Fenster, schaute hinunter und sah Empedokles liegen auf dem Friedhof, alias Wüste, alias Parkplatz.

Warum er hier liege, wurde er gefragt und ob er jener des Hölderlin sei. Er bejahte. Er läge hier nach seinem Sturz als ein Toter, der einen Toten und zwei Lebendige frage: Wie könne sein Dichter tot sein wollen, dieser, der zukünftig war und noch ist. Wer erlaube Foucault zu behaupten: sein Dichter sei das Ende des Unendlichen auf der Erde – und seines Dichters Erfahrung sei gebunden an Manifestationen der Endlichkeit, von denen der Tod die bedrohlichste aber auch die vollkommenste sei. Und was ihn selber angehe, so behaupte Foucault von ihm: Sein Feuersturz hinterlasse die geschlossene Form der Individualität im Tode. – Er, Empedokles, spreche als einer, der heute mit Luhmann sage: Nicht Geschichte habe den unbedingten Primat über die Gegenwart, sondern die Zukunft. Nicht aber erlaube er jenem zu sagen: die Toten seien vorgestellt als erledigt. Er sage: Er sei nicht gestürzt in das Feuer, wie man sehen könne: er läge tot inmitten dieser Gesellschaft und lebe in ihr und spreche für sie, wenn er sage: Wie die Toten, so würden die Lebendigen, wenn sie gestorben seien, nicht mehr bedeutsam sein als Träger einer Geschichte im Sinne einer Aufgabe künftiger Forschung, wie Luhmann behaupte, und wie dieser würde er auch behaupten: Die Toten seien nicht dem Zwang der Tradition unterworfen. Aber dies nur deshalb, wie er behaupte: unabgeschlossen, als andere Möglichkeiten, die sie anböten, würden die Toten bleiben: als ein Bewirken von Wirkungen. Die Lebendigen, die ihre Toten abschlössen, sperrten sich mit diesen Toten in die Vergangenheit ein, und der Zwang der Tradition würde abgelöst vom Zwang der Zukunft: diese sei schon jetzt ein Gefängnis. In seine Mauern ritzten Lebendige nur wieder die Hoffnung ein auf den Tod, eine alte Geschichte. Das müsse ein Toter Lebendigen sagen, vor welchen sich verberge, was Zeit sei, wie die Soziologie mit Luhmann seufze. Der Dichter, der seine, riefe:

Neue Welt
o wann, wann.
Schon öffnet sie sich
die Flut über der Dürre.
Aber wo ist er?
Daß er beschwöre den lebendigen Geist

Er antworte hier. Aber hier beschwöre nicht nur einer. Hier würden die Lebendigen und die Toten den Lebendigen Geist beschwören. Der Dichter riefe sie alle.

Ich träume. Ich sitze im Forum. Ich soll aufstehen. Da gibt es niemand. Da gibt es eine Menge Leute, aber niemand ist da, der will, daß ich aufstehe. Der ist nicht da, der das will, nicht als einer. Wahrscheinlich ist das alles da und will, daß ich aufstehe, oder das alles will das. Ich nicht. Im Traum. Mittendrin. Wie immer. Auch nachts. Das macht keinen Unterschied. Wieder eine Situation oder sowas. Keine Ahnung wieso, nicht einmal Müdigkeit. Mehr abgesetzt. Sitzengeblieben. Vielleicht eine eindeutige Geschichte, vergessen: nur noch ihr Ende. Schluß. Und: hier kannst du auch nicht bleiben. Hier mußt du wieder weg. Auf dieser Bank kannst du nicht sitzen bleiben. Und da muß ich mir das vorstellen und ich mache auch allerhand Anstalten, mir vorzustellen: wie ich doch bleiben könnte. Man versichert sich, ich mit den Händen, gepreßt auf das klebrige Grün, links, rechts. Oben gibt es nichts, woran ich mich nach unten pressen könnte. So einfach ist das nie. Ich weiß. Damit rechne ich. Darum versuche ich es mit dem Gegenteil, auch im Traum. Eben mit dem, was mir übrigbleibt. Große Freiheit, wenig Auswahl. Das ist auch immer so. Da macht man sich dann schwer, ohne zu wissen, wie das zu bewerkstelligen sei, aber man macht es. Was fehlt, und sei es alles, das stellt man sich einfach vor. Und vor allem bleibt mir das Reden. Ich sage: Ich bleibe. Ich erinnere mich: Ich esse die Suppe nicht. Und Gedanken: Die ganze Geschichte, die mich auf dieser Bank sitzen läßt, die kann mir gestohlen bleiben. Ihr Ende aber gehört mir. Hier mache ich Schluß. Jetzt bin ich dran. Ende, aus, mittendrin. Den archimedischen Punkt einer

überwältigenden Geschichte finden, um sie aus dem Erzählfluß zu heben. Soll sie abtropfen. Keine Mundbeatmung. Keine Stricknadel durch ihre plappernde Zunge. Soll sie in den Schlund zurückfallen, dort wo sie dramatisch sein wird, und ihr eigenes retardierendes Moment verstopfen. Soll sie. Auf keinen Fall zieh ich sie nackt aus. Mich reizt nur ihr Erstickungstod. Ich will sie nicht haben. Sie hat mich. Genug. Ich bleibe sitzen. Ich stehe nicht auf. Ich behalte den Platz. Mir bleibt diese zweite Bank im Forum. Schluß.
Ich wache auf, ohne Forum. Das gibt es nicht mehr. Mich auch nicht, ich meine: dort auf der Steinbank. Und diese Geschichte, die bis zur Bank auf dem Forum mit mir erzählt worden ist, die auch nicht mehr. Ich habe mich durchgesetzt. Ich bin nicht aufgestanden. Da ist das alles vergangen.

Als Archimedes bestieg ich also den Musikwagen. Oben empfing mich der Hermann und blätterte mit mir seine aktuellen Schilder durch, lauter wahre Begebenheiten, die wirklich passieren können. Die Singorgel aus Wildkirch spielte die »Leise Abendglocke«. Die Hälfte des Publikums grüßte mit erhobener Hand. Der Hermann auf meinem Schoß hob das Stäbchen, demonstrierte die Begebnisse des ersten Schildes und begann mit dem Sprechgesang:

Der wo jetzt, als er am lichten Morgen am Gärtnerplatz neben dem anderen seiner Ehefrau aufwacht, herumschaut in denen ihrem Schlafzimmer, wo sie gerade die Augen aufschlägt, seine und die ihre Lage als das gefährliche Beisammensein trotz friedlichster Welt, die um diese Zeit, also vor sieben Uhr, noch in Ordnung ist, singend erklärt und wie ihr Herz jetzt unter ihrer nackten Brust heftiger pochen müßte in dieser Operette ihr mit vollem Orchester vorschreibt, sich auch, und wie auf alles gefaßt der andere, der wo die Ehe gebrochen, sein müsse. Der ist es,

den erwischt der Ehemann, der die Wohnungstür zu laut aufgesperrt hat, aber deshalb nicht aus dem Bett neben seiner Frau, sondern zieht seinen Nebenbuhler im Westfriedhof unter demselben hervor, wonach bläst ihm den Staub von dem nackten Körper.

Aber die Frau läßt, schon auf der Matratze steht sie, ihr Hemd fallen, und wie es dem Ehemann einfällt, muß sie am Kopfende des noch warmen Lagers das blühende Leben in diesem Mysterienspiel darstellen, denn sie hebt sogar leicht ihre weißen Hände der Sonne entgegen, weil er nämlich vorhat, den ehemaligen Ehebrecher vom Tode zu erwecken, wie er jetzt brüllend verkündet und zuschlagen tut er jetzt auch, so daß der Nackte aufspringt und das blühende Leben umarmt, und jetzt muß, wie es der Ehemann vorschreibt, das blühende Leben, sie,

die ihren Ehemann schnell entkleidet, sie setzt sich zwischen die beiden, damit sie ihre Arme um die zwei Nacken schlingen kann, und ihr Freund soll fahren, wie sie es haben will, in Richtung Schwabing. Möglichst nämlich schnell wollen sie, wie sie es vorhat, auf der Leopoldstraße ihren roten Citroën herzeigen und kräftig exhibitionieren am schönen schon angebrochenen Vormittag. Sagt sie: Szene vom Film, wo Junge drehen, soll zeigen, wie Jugend, blühende, Alter, welkes, überfährt auf der Farbfilmfahrt in die rosiggrünweiße Zukunft. Deshalb der Schock, weil Ecke Franz-Joseph trifft es den Alten, der vor dem Kühler liegt hinterher, wie sie das inszeniert, und Großaufnahme und Abdankung, blutige, der vergangenen Zeit, in Person des Alten,

der mit zwoa brochane Haxn unta da schmierign Ledernen hochkimmt. Auf geht's de Wadlstrümpf über de Brüch und für de drei Nackatn drei kurze Hemadn, himmlische, wölkisch kreislte, Flügerl, draufgnahte, Haferlschua, feste, and Fiaß und a so miaßns außifliagn aus dem Nikolausschlittn und drinna im Platzl muaß de weibliche Besetzung schuaplattln und er ganz alloa derf se ois a Abkratzer hikniagln und den transzedentn Orsch oschaugn, immer wenn der vorbeiblitzt an seine brechatn Aigerln, bis es das himmlische Maderl umhaut, und er, der des Volkstanzerl ois a Sterbenda eistudiert hat, an Arzt ruaft,

der ein Mensch ist und sich für die Frau engagiert, die er in Gestalt von drei roten Rüben auf der Bühne in der Turnhalle des MTV Haselbergstraße 17 hinaufhebt, wo diese zu schreien anheben, und verzweifelt maskiert, den Arzt seinem sterbenden Übeltäter entreißen und auf das Opfer der männlichen Gesellschaft hinstoßen, das mit gehobenem Rock die Abtreibung ihres Kindes verlangt, das sie von diesen dreien nicht empfangen habe gewollt, zuletzt von dem Alten, der sie noch so kurz vor seinem Tode begehrt. Der Arzt, aus eigenem Willen heraus die letzte Hilfe, wofür er gerufen wurde, versäumend, inszeniert vor der tobenden Women-Power seine eigene Angst vor dem Paragraphen und aller männlicher Mitglieder der Gesellschaft schändliches Versagen und, entlarvt von eigener Hand, ergreift er mit derselben die Hand des Opfers und dieses die Hand des Ehemannes, der die Hand des Freundes des Opfers ergreift, die eine Hand aller sich an den Händen fassenden roten Rüben ergreift, so daß sie sich alle vor der versammelten Women-Power verbeugen können auf der Seite der Frau, die sie, wie der Arzt sich das vorstellt, auf ihre schmalen Schultern heben und im Triumphzug aus dem Turnsaal hinaustragen sollen. Aber das Opfer,

das sich die schwarze Robe, wo Professorinnen tragen, bei besonderen Anlässen, überwirft, weil sie in der Kommune 6 in der Schraudolphstraße, im siebten Streifen der Serie, den Gruppensex demonstrieren will als Zukunft der Lust, die ja schon begonnen hat, wie sie vorlesend aus einem schweinsledergebundenem Manuskript doziert, während nach ihren folgenden Aussagen die Männer und Frauen ihre Augen verbinden, um ungezwungener nach den vorhandenen Geschlechtsteilen greifen zu können, was sie, wie ihr Drehbuch es will, zuerst zaghaft versuchen, um schließlich immer mutiger alle Hindernisse auf dem Wege dorthin zu beseitigen, bis sie bis auf die Augen ganz nackt jeweils mit einer Hand fremder gehen als mit der anderen und wo sie sich vergriffen dann auch noch bei fallender Augenbinde plötzlich ansehen müssen und sich zu einem Knäuel aus Fleisch verschiedentlich und im ganzen vereinigt erkennen, wonach das einzige Kind der Kommune das Spielzimmer seiner Bezugspersonen betritt und der geschlechtlichen Aufklärung letzter Teil beginnen soll, als nämlich das Kind,

das klatscht in die Hände im Zirkus Krone und wie auf seinen Befehl oder ganz gewiß nur auf diesen wie auf Kommando wird in jede silberne Strumpfhose eingeschlüpft, sich je nach Körperbau, unten ganz stark und immer nach oben schmäler schwach, auf die

Schultern gestiegen, bis die Pyramide, aus menschlichen Leibern gebildet, bis unter die Kuppel gewachsen ist und vom Kind erklettert unter Beifall, oben gekrönt dann von demselben, welches auf den Direktor hinunterzeigt, der hinter dem Vorhang hervorkommt und jetzt, wie das silberne Stimmchen des Kindes verkündet, die nächste Sensation ankündigen wird. Also der Direktor,

der sich zentralistisch unter der Pyramide aufstellt, stellt in der Reisingerstraße 5 vor jubelnden Genossen der übrigen Bevölkerung hiermit den sozialistischen Solidaritätsbegriff dar als den Anspruch des Kollektivs an den Einzelnen, sich dem Kampfverband oder der Klasse zum Zwecke der Erzielung des angestrebten Erfolges unterzuordnen bis zu dem Zeitpunkt, da der Erfolg erzielt sei, und ruft jeden auf, sich seiner Darstellung einzugliedern, auch den kleinsten Mann,

der wo jetzt, als er bei schönem bayrischen Mittag dahergerannt kommt auf der Lazarettstraße mit einem ganz großen Kopf, wo er so klein ist, weil er deshalb oft hinfällt und aufsteht, denn er hat nicht das kleinste Gleichgewicht, das er halten kann. Und wenn auch als erstes niemand da war, die rennen auf einmal herbei, wenn sie nicht sofort zurückgedrängt worden sind vor dem bewußten Haus, wo der Kleine die untersten Beine der kollektiven Darstellung wegzieht und jeweils heruntergekommene, bodensuchende Beine den Boden nicht finden läßt, bis aus der purzelnden Solidarität eine im Dreck liegende geworden, deren einzelne Glieder, deren Kommunikation er auch noch im vollendeten Zusammenbruch unterbindet, er einzeln vom Platz schleppt oder davon verweist, jedenfalls bis auf eines, und das ist die ursprüngliche Ehefrau, vor der er im Handstand erklärt, daß er der liebe Gott sei. Und wie es der liebe Gott und der gewisse Teil der Bevölkerung Münchens will, orientiert sich die Ehefrau ganz nach dem göttlichen Wesen und siehe da, diese christlich-soziale Orientierung vor ihr auf das Jenseits wird für die an allen jetzt ordentlich bekleideten Gliedern Zitternde die unerläßliche Voraussetzung dafür, daß sie sich, was ihre Identität und damit ihre Würde als Münchner Hausfrau anbetrifft, ungefährdet wieder in die Bindung der Gemeinschaft begeben kann, ohne daß sie, wie der liebe Gott ihr verspricht, von den guten Leuten auf der Lazarettstraße voll in Besitz genommen werden kann, wie zum Beispiel auch nicht von dem feinen Mann aus der Au, ihrem ursprünglichen Ehemann, dem er sie liebevoll zuführt,

die sich in der Giesinger Volksschule von einer katholischen Lehrerin unter den Rock greifen läßt, was ihr bis unter die strohblonden Haare hinauf kitzelt, als sie ihren Herrn aus der Au ihren Kasperl nennt und die lebendigen Grundschüler fragt, ob sie dem Kasperl die Pretsche wieder geben soll, obwohl der nichts anderes sinnlich hätte, als sie damit zu verprügeln. Da plärrt ein einziger Kindermund das züchtende Einverständnis und begierig entblößt sie die pädagogische Frauenhand und der

feine Herr aus der Au entpuppt sich als Systemtheoretiker, der diesen richtungweisenden Körperteil an einem Faden befestigt und drüben in der Blumenstraße als einen schimmernden Mond auf das Panorama von München herabsenkt mit seinen legitimierten Händen, damit er die Bestandserhaltung des Schlafes erleuchte.

Die Singorgel aus Waldkirch spielte die leise Abendglocke sanft zu Ende. Hermann rutschte von meinem Schoß. Ich lauschte und war zufrieden mit mir und dachte an keine Fortsetzung, als der Hermann plötzlich in die Zuschauermenge deutete und ausrief: Da ist er ja.
Da stand er: der Luhmann. Er winkte. Wir winkten auch. Anstandshalber.
Sie wünschen, fragten wir ihn, als er unter dem Wagen ankam. Sehr interessant, was Sie da machen, meinte Luhmann. Weder wird hier kollektiv-verbindlich entschieden, noch stören diese liebwerten Machenschaften die Entfaltung einer eigenen Ratio des politischen Systems. Sie müssen demnach nicht unterdrückt werden.
Sehr freundlich, bedankte ich mich.
Wir haben jetzt wenig Zeit, lieber Herr Luhmann, entschuldigte sich der Hermann. Ich nickte zustimmend.
Sie sind sehr beschäftigt, wie ich sehe, meinte Luhmann zuvorkommend.
Ich muß für meinen nächsten Auftritt noch tüchtig wachsen, er-

klärte Hermann sehr eifrig. Ich soll nämlich wirklich bald sehr viel älter sein. Sie verstehen?
Aber selbstverständlich, sagte Luhmann. Orientiere dich ganz und gar nach den Interessen deiner Freunde und vernachlässige jede Wahrheit, und sei es eine biologische. Das ist mein Rat. Er lächelte. Er winkte. Dann entfernte er sich. Ich sprang vom Wagen und folgte ihm nach, auch die Meinen.
Wohin so schnell, fragte Luhmann die graue Rosa, als sie sich plötzlich verabschiedete.
Zum Musikwagen, rief Rosa.
Wozu?
Ich soll nämlich die christliche Hausfrau aus dem Schild unseres kleinen Vorschülers holen, weil sie weiter verwendet wird, und zwar im Bayrischen Polizeiaufgabengesetz.
So einfach, staunte Luhmann.
Wie wir das machen hier, sagte Rosa erstaunt.
Recht so, befand Niklas Luhmann. Spielen Sie, liebes, kräftiges Kind. Meinetwegen auch mit dem Polizeiaufgabengesetz. Wir werden es, wenn nötig, gebrauchen.
Und dann brauch ich noch ein Beil, das muß ich im Haushaltswarengeschäft in der Herzog besorgen. Das ist nötig für eine Handlung.
Und weil wir nicht nur denken, lachte Herr Luhmann, sondern auch zu handeln verstehen, haben wir es gerne, wenn man, wie hier, so eifrig damit beschäftigt ist: Handlungen zu erfinden. Viel Spaß!
Die Rosa schaute mich sehr verdutzt an und machte den Vogel. Wir gingen weiter, Richtung Sandkasten. Wir kamen jedoch sehr langsam voran. Es herrschte großer Betrieb.
Ein Gascogner, monströs, blieb vor uns stehen und grüßte mich. Er ist unterwegs zur Schaubude des Meisters Montaigne, erklärte ich Luhmann.
Mein Gott, erschrak Robin. Das hatte ich ganz vergessen.
Ich winkte ab.
Ja, sagte der Gascogner, und es gelang ihm nur schwer, seine Begeisterung zu unterdrücken. Sie müssen nämlich wissen, daß ich einen zweiten Kopf bekommen soll. Aber wer ihn mir schenken wird, das weiß ich noch nicht.
Viel Glück, wünschte Luhmann. Ich sehe, Sie gehören dazu. Das ist ein Vorteil. Als Mitglied einer Interessengruppe erringen auch

Sie eine Gleichheit, insofern alle Gruppen prinzipiell gleichwertig sein werden, bald. Und sich da nicht wundernd, meinte er: Selbstverständlich bringen weder das Außerordentliche noch das außerordentlich Normale einen Vorteil.

Sprachen Sie vom außerordentlich Normalen? rief Robin erregt. Das bringt mich noch einmal darauf, daß ich hier meine Zeit verschwende.

Du bleibst noch, bitte, bat ich ihn.

Ihr Monster, meinte Luhmann, ist außerhalb des politischen Systems verrückt, und dort soll und darf es so bleiben.

Zu gütig, bedankte ich mich.

Ich muß fort, drängte jetzt Robin sehr bestimmt: Wo bekomme ich so schnell fünf Frauen und fünf Männer her, die außerordentlich normal sind?

Lassen Sie sich nicht aufhalten, junger Mann, sagte Luhmann. Aber ein Wort noch: Die Harmonisierungsformel zu finden, die einen Einbau in die Persönlichkeit unter Erhaltung Ihrer Identität ermöglicht, bleibt der Phantasie und der Gestaltungskraft des einzelnen überlassen, auch der Ihren.

Was für ein Einbau? staunte Robin. Ich verstehe nicht.

Ich spreche vom Einbau neuer Erwartungsstrukturen in die alte, identisch bleibende Persönlichkeit. Ich spreche vom Neuen Normalen. Aber später mehr.

Der Robin verließ uns mit offenem Mund.

Ach Kinder, seufzte Herr Luhmann und segnete Nathalie, die den kleinen Herrn führte.

Tut mir leid, entschuldigte sie sich bei mir: Die Regression läßt noch zu wünschen übrig. Aber bis es soweit sein wird, wird bestimmt ein Wickelkind draus geworden sein.

Wie gehabt, nur umgekehrt, seis drum, also vor und zurück, einfach köstlich, vergnügte sich Luhmann. Aber im Ernst: es geht um die Regression jeder Protesthaltung, jedes Widerstandes, jeder enttäuschten Erwartung. Jedoch, was wir brauchen: das ist Anerkennung allgemein getroffener Entscheidungen.

Ich muß fort, drängte Nathalie. Wer anders als ich kümmert sich um das Häuschen im Sandkasten für die Verlobungsfeier? Da suche ich auch noch immer jemand, der Hamlet spielen kann. Eine Hosenrolle ist vorgesehen. Wo aber befindet sich dieses Mädchen? Ich muß auch noch Obst und Gemüse einkaufen für Klytämnestra

und die Gertrude! – Weg war sie, samt Kinderwagen und unserem Herrn, dem Kleinen.
Ein Unternehmungsgeist ist das, rief Niklas Luhmann aus. Ach Kinder, seufzte er dann. Es sei euch alles erlaubt. Ja, wirklich. Das alles dürft ihr doch machen. Das sollt ihr dürfen.
Danke, sagte ich scharf.
Jetzt sind Sie doch nicht gleich beleidigt, beruhigte Luhmann mich wieder. Es kommt mir wahrhaftig aus dem Herzen. Er lachte. Bestimmt. Es kommt aus dem Herzen des Systems, das kommen wird und es ist schon da.
Wo bekomme ich Schaufeln? fragte mich Jeanne. Du weißt schon. Es handelt sich um das wichtigste Loch.
In der Herzog, gab ich gelangweilt Auskunft. Das solltest du eigentlich wissen.
Ich will ja eigentlich nur ganz schnell weg, gab Jeanne zu.
Dann verschwinde, lachte ich.
Arbeitsdienst? fragte Luhmann erfreut. Das ist immer noch besser, als sich den Schorf von seinen Wunden zu kratzen und Hilfe und Zustimmung gegen die Entscheidungen des Systems zu organisieren.
Von Arbeit ist hier keine Rede, bemerkte ich ungeduldig.
Auch gut, meinte Luhmann. Ihrer Bagatellisierung steht nichts im Wege. Auch Faulheit kann eine Anlehnung bedeuten an neue Umwelten. Gut so.
Auf Wiedersehen, grüßte die Dorothea. Wer kümmert sich sonst um die Aufstellung des Kasperltheaters vor dem Café Freiheit. Ich muß mir auch ein Verlobungskostüm besorgen.
Vielleicht Viktoria-Strickmoden, empfahl ich. Das ist in!
Ich weiß nicht so recht. Mal sehen. Und weg war sie.
Und Lacan? Wo finde ich ihn, meinte Poppes. Und die Freaks. Mein Gott. Ich dachte an unsere Garderobe, über dem Forum, alias Penner-Treffpunkt. Jedenfalls, ich habe zu tun, adieu. Er verließ uns.
Da hatten ganz plötzlich der Eschi, der Johnny, der Toni, der Hammed, der Timy und der Leila die größten Sorgen, wie sie in Kürze die ganze Lederszene, die Altschwestern, Objekt-Homos, Narzissen und Pädes und so weiter aufsammeln könnten. Von mir aus: kein Ratschlag. Sie sollten selber sehen. Adieu.
Und Sie, fragte mich Luhmann. Nichts zu tun?

Im Augenblick memoriere ich Bibelstellen, nämlich Matth. 22,15 bis 22, Luk. 20,20 und Mark. 11, 13-17.
Ich hoffe, Sie deuten die Vergangenheit um, sagte Luhmann. Sie wissen schon: ich spreche vom Einbau neuer Erwartungsstrukturen.
Sonst immer. In diesem Fall muß ich passen, versetzte ich ganz entschieden. Im übrigen arbeite ich an einem Aufsatz für ein Lexikon: Buchstabe F = Falsche.
Wie dem auch sei, begütigte Luhmann. In etwa verstehen wir uns. Wenn ich Obst und Gemüse im Zusammenhang mit Hamlet nennen höre, bin ich besonders gespannt. Das nur nebenbei. Und er hob die Hände und segnete frohen Herzens den greisen Dichter aus Argentinien, der mit beiden Händen seinen Weg durch die Menge ertastete.
Freilich darf man auch blind sein, meinte Luhmann sehr ernst.
Ach ja? fragte ich in die Luft. Der will sich aber verirren. Er kann es schon nicht mehr erwarten. Kein Fall für Sie, was?
Wieso denn, begehrte Niklas Luhmann freundlich auf. Ach Kinder, seufzte er dann. Ihr könnt das alles noch gar nicht ganz verstehen, weshalb ihr auch immer zweifeln müßt. Er hob dann wieder die Hände, und im Geiste umfing er uns alle, das war klar. Er segnete wieder. Sehr merkwürdig. Aber dann auch wieder nicht. Ich blieb stehen. Er bemerkte es nicht. Er wallte durch die Menge, die sich teilte, wo er erschien. Ach Kinder, hörte ich ihn rufen, habt keine Angst vor einer gerechteren Welt, die kommen wird und sie ist schon da.

Es könnte sein, daß es sich um eine Auseinandersetzung gehandelt habe, zwischen Punkern und Poppers, meinte Dupin. Immerhin, ein weiblicher Popper liege neben einem männlichen Punker im Hinterhof von Les Charmettes; und dieser zeige noch als Toter mit dem entsprechenden Finger der rechten Hand auf – ja, also: da denke er, jedenfalls im Augenblick noch: auf die Gesuchte, oder chronologisch ordentlich: auf die Gefundene. Erstes Ergebnis. Nur so. Und nur so einfach laut dahergedacht. Und wieder in seinen Gedanken, verließ mich der große Analytiker.

Der Platz ist abgesperrt, meinte Buckminster Fuller wie nebenbei. Das gab ich zu. Ich hatte den Kleinen im Sandkasten getroffen.
Die Absperrung zieht Linien und bildet Bögen, stellte er fest.
Tatsächlich, sagte ich.
Du wirst mir also erklären, die gesamte Fläche außerhalb dieser Absperrung sei unendlich und unbegrenzt, und folglich unkontrollierbar und letzten Endes chaotisch und unverläßlich.
Du beschreibst diesen Platz, sagte ich trocken.
Der Elementarunterricht in griechischer ebener Geometrie muß dich zu dem Vorurteil verführen, nur eine Seite der Linie sei exklusiv und nur die innere Fläche, die dieser Platz ist, stelle eine finite Fläche dar.
Du beschreibst die gesamte Fläche außerhalb dieses Platzes, sagte ich.
Moment mal, wurde er zornig. Das stimmt zwar, aber du drehst die Dinge um und überhaupt: Wie denkst du dir das? – Er warf seine geodätische Kugel in die Luft und fing sie wieder auf.
Ganz einfach: nur außerhalb dieses Platzes ist alles endlich, begrenzt und folglich kontrollierbar und letztlich nicht chaotisch und ganz und gar verläßlich.
Damned, wovon redest du? Immerhin, du redest mit Buckminster Fuller.
Ich rede auf einem Platz, der abgesperrt ist, mit dir, der die griechische ebene Geometrie verwirft und Vorurteile abbauen will, wo sie nicht bestehen.
Ich hab' dich, schrie Buckminster Fuller. Dieser Platz ist nicht finit? Ja? Kein finites System?
Ja.
So einfach?
So einfach ist das. Ja.
Du denkst dir das so.
Genau. So denke ich mir das. Ich denke mir das ganz einfach aus. Schluß.
Aha!
Schluß mit der Geometrie und mit der Physik, mit der du bitte nicht anfangen solltest, bat ich ihn.
Ich denke, du hast dir selber etwas erklärt, nicht uns. Ist dir das klar? fragte Buckminster.

Ja, sagte ich.
Hier soll sich ein Systemtheoretiker aufhalten. Stimmt das?
Gerade war er noch hier.
Da dieser Platz für mich finit ist, lachte Buckminster, treff' ich ihn bald.

Der Poppes lag im Sandkasten neben der Rosa, die schlief.
Schläfst du? fragte ich ihn.
Nein, sagte er.
Träumst du? fragte ich ihn.
Ja, sagte er. Ich habe geträumt, daß ich eingeschlafen bin, neben der Rosa.
Schlaf weiter, sagte ich leise und kam dann im Traum der Rosa vor. Nämlich: da war es wieder so weit. Der Himmel war voll davon. Und sie zogen über uns weg. Und wie die brummten. Inzwischen weiß auch beinahe jeder, wie die Piloten in ihren Cockpits sitzen. Aber wie wir beide wußten: die wollten herunter. Oder das mit den Sterntalern, jedenfalls hatte die Rosa nur ein Unterhemd an, oder ich? Sie entschied sich da nicht. Nackte Beine hatten wir jedenfalls beide. Mein Gott, ist das schrecklich, wie man bei solchen Gelegenheiten so sagt, seufzte die Rosa.
Das konnte ich außerhalb ihres Traumes genauso deutlich verstehen, wie drinnen, wo sie überaus sehr erstaunt war, als die Flieger sehr bunt wurden und im Sonnenschein immer kleiner bis überaus klein und sehr kundig zur Landung ansetzten, und zwar zwischen meinen, bis sie unter den ihren standen: den stämmigen Beinen. Das war dann wie selbstverständlich alles aus Papier und besonders still. Also da gab es gar keinen Krach. Und kurz vorher hatte sie sich auch entschieden: sie ganz allein stand im Unterhemd da. Aber aufzufangen gab es da gar nichts. Sie mußte nur aufpassen, daß sie nichts zertrat. Dabei halfen ihr aber die Burschen auf sämtlichen Flügeln, die alle zusammen zur Vorsicht mahnten. Also bitte: zwar nicht zerbrechlich, aber zerknitterbar, freilich auch nur: worauf die Vorsicht geschrieben steht.
Du kommst vor, wie verwegen, versuchte die Rosa zu ahnen.
Ich aber wußte, weswegen. Ich wußte dann auch noch, warum sie so träumte, oder, im Augenblick, der sich in ihrem Traum auf-

schlug: warum sie um so tätiger wurde, je sprachloser sie sich empfand. Mein schlechtes Gewissen wahrscheinlich aber hat sie gar nicht geträumt. Insofern träumte sie da nicht durch: was mich betraf, also nämlich den Zweck, der ihren Traum heiligen sollte. Wir beide, sie auch, sie so beflissen wie ich, ließen im Anschluß an diese lyrische Traumbegegnung in ihr (oder doch nur in mir?) den Zirkusdirektor aus den Schildern einsteigen in das Papier, und die roten Rüben, die auch; auch den Arzt und das Kind, das im Zirkus auftrat. Und so ungefähr weiter. Und fertig. Also die höchste Zeit. Die Rosa rührte sich schon. Die Startbahn war auf der Münchener Freiheit unter den nackten Beinen dieser Träumerin nämlich so frei: Abflug.

Die Rosa lag im Sandkasten neben dem Poppes, der schlief.

Träumst du? fragte ich sie.

Nein, sagte sie.

Schläfst du, fragte ich sie.

Ja, sagte sie.

Schlaf weiter, sagte ich leise und seufzte: Wozu doch die Träume gut sind. Sie fliegen das Überflüssige weg. Man wacht auf der dünnsten Erde auf: das Papier war auch in dieser Nacht beständig.

Valete ergo et plaudite, dachte ich – und Dani sagt es, und Dodo holt ihre Hände, die über dem linken Oberschenkel, zur Schale gefaltet, das rechte, übergeschlagene Bein weich gehalten hatten, unter demselben hervor, um zu klatschen, was Dani zu wiederholten, ganz offenbar verulkten Verneinungen hinreißt: das Unwahrscheinliche des soeben Gehörten, ihm Zugemaßten, halslaut unterstreichend.

Dodo: Das kann Ihre Mona doch nicht im Ernst so gemeint haben, wie sie es sagte? Sie kennt mich doch noch gar nicht. Dani denkt nach.

Er: Sie sind heute zum zweitenmal bei mir.

Dodo: Betörend: der Charme Ihrer Mona.

Dani: Eine beinahe unzulängliche Beurteilung, bitte.

Dodo: Sie denken an Faszination?

Dani: Das ist beinahe nicht zu viel gesagt. Freilich: ihr unterliege ich. Nicht daß ich in Ihrer Gegenwart von Monas Sexappeal sprechen möchte.

Dodo: Aber bitte!

Dani: Zu plump.

Dodo: Einverstanden, verum enim vero.

Pause. Dani denkt angestrengt nach. Dann . . .

Dani: Es handelt sich mehr um ein Fluidum, wenn Sie mich recht verstehen wollen.

Dodo: Ich will.

Dani: Sie redet und handelt in dieser Verrauschung: es geht aber durchaus unabsichtlich, unbewußt von Ihrer Person aus.

Dodo: Nicht etwa zielend auf eine Verführung.

Stark. Beinahe gallig. Er zuckt zusammen.

Dani: So? Meinen Sie?

Dodo schaut zu. Jetzt sieht sie ihn arbeiten. Das also ist, denkt sie: das Schöpferische, immer einsatzbereit, die Person des Schöpfers abziehend ohne Übergang aus der Situation, hier aus einer verdoppelten: eine dritte wahrnehmend, offensichtlich. Da will sie nicht stören. Davon kann sie nur lernen. Wenn sie sich sonst auch anstoßen läßt zur Erfindung, hier wird vor ihren Augen gezeigt, wie man angestoßen wird von ihr, ganz unzeitgemäß, also überhaupt nicht situationsgerecht.

Dani: Ich denke da an eine sportliche Sinnlichkeit.

Dodo: Wenn Sie an Mona denken?

Dani: Ja, aber an die Verarbeitung Ihrer Person. Das führe ich aus, um Ihnen Handreichungen geben zu können. Wahrscheinlich müssen Sie einfach in die Prosa hinein, oder bestimmt – um einmal die Wünsche der Verleger zu formulieren. Bei mir ist das augenblicklich: Dialog, also Theater, um es noch näher zu bezeichnen: Boulevard.

Dodo: Ach neindoch!

Dani: Gewißdoch: die vulgäre Gattung jedoch wieder sprengend, sozusagen.

Dodo: Rechnen Sie bitte mit meiner Neugier.

Dani: Jedenfalls: Namengleichheit im Sujet mit meiner gegebenen Umgebung. Deshalb der Entwurf einer sportlichen Sinnlichkeit, die in einer zweiten Mona vorherrscht, wobei dieselbe nicht so sehr das Geschlechtliche meint, oder besser: nicht nur. Von einer allerschönsten Unbefangenheit rede ich, das Arglose unbefangen meinend, schön, nämlich freilich auch im Bett – oder deutlicher häßlichend: in allen Betten. Ibi jacet lepus: Vernichtung – bei großem Lustgewinn, siehe: Zuschauer – jedweder Anwandlung von Eifersucht, ihre prasselnde Löschung; wenn sie ein Brand genannt werden darf.

Dodo: So soll man sie nennen, weiß der Lichterloh.

Dani: Sie begreifen disangelisch.

Dodo: Sie sprachen von einem Drehbuch.

Dani: Passé. Schon geliefert. Bavaria.

Große, aber fröhlich zappelnde Unruhe. Der Hausherr: flindernd, die Hände jeweils auf einer weißen Hinterbacke, den Autorenleib ins Kreuz drückend, bandscheibenhalber; liebgewonnene Gegenstände wiederfindend in seiner Behausung, sucht er nach Worten, bringt aber nur Schweigen zustande, erhebt sich, trägt eine Vase herbei, trägt sie wieder zurück. Überquert die kurze Distanz zu Dodo beinahe lautlos und läßt seine schmalen Schreiberhände auf ihren zwei niedlichen Kniescheiben ruhen, schaut als Kniender auf zu ihr, ringt absichtlich mit sich, und dann . . .

Dani: Aber nein, aber nein, sowas!

Sagt, Mona sorge für sich, wenn sie für ihn sorgen ließe. Oder? Sei seine Mnemosyne ihm treu?

Ihn durchaus verstehend, meint Dodo, aber wissend, wie wenig ihr wenn auch volles Verständnis hinreiche, habe sie ganz und gar Verständnis für eine Ergänzung, die ihre, Dodos Person, die sie schnell als recht stimmig erachtet, sein könne, oder eigentlich müsse.

Dodo: Unverschämt liebenswürdig, wenn ich das sagen darf.

Dani: Mein Gott, so ist sie. Weiter so, wenn ich bitten darf. Setzen Sie fort.

Dodo: Also: von meinen zwei Ohren hat sie gesprochen. Mit den ihren zusammengezählt, ergäben das vier. Unzureichend für Sie, möchte ich sagen.

Dani: Von einer Voraussetzung sprach sie.

Dodo: Von einer Schriftstellerin. Von mir. Also von uns, als Kollegen. Das habe nicht etwa ich gesagt. Sie hätten das aber einfach nötig. Ihr fehle es an der nötigen Fassungskraft, oder von einem viel zu kleinen Echo hat sie gesprochen. Sehr freigebig, muß ich schon sagen.

Jetzt schiebt er seine Schriftstellerhände über die feinen Scheibenanfänge brauner Schenkel höher, was ihm ihr Glockenrock erleichtert und mich zu der Bemerkung an meine Zuhörer hinreißt: zwei Schreibtischtänzer verschwänden augenblicklich hinter einem Vorhang, der noch immer die süßesten Auftritte allein in den Gedanken etwaiger Zuschauer sich ereignen lassen müsse, vorausgesetzt: diese wollten der Handlung folgen und sie könnten das auch.

Dodo: Ach!

Dodo seufzt. Sie kuschelt sich in ihrem Nubuk zurück.

Dodo: Ach. Oh.

Und als es wieder einmal still wird, fingert er an ihrem Höschen und dehnt den Zwickel aus, bringt ihn dann sehr entschieden zur Seite, um anderhand vorzufühlen und allerhand auszumachen, was auf dieser Bühne für sämtliche Zuschauer in Rätseln abgehandelt wird; freilich längst gelöste. Hinter diesem Vorhang herrscht immer der Quizmaster. Der stellt keine Fangfragen als Plumperdingsda.

Dani: Diese Großzügigkeit. Diese sportliche Fairness. Ich bitte Sie, was soll ich mir denken dabei? Das ist doch auf eine Art unbefangen, die aufdenken läßt. Das heißt doch: das Arglose übel übertreiben, nicht wahr? Ibi jacet lepus: Unlust verabreichend. Oder wenn das keinen Frust zuteilt? Das Geschlechtliche kann sie bei Gott so nicht meinen, oder? Ich spreche von mir: als dem anderen, bitte, Schmachlieb ist das, wenn Sie begreifen.

Dodo: Was du für blutwarme Hände hast – und wie lieb sie in ihrem Quartier liegen bleiben, sehr umsichtig. Du hast keine Absicht, du Schlimmer.

Dani: Wie bitte? Ach so. Ja. Das tut gut. Das gibt mir zweimal den materiellen Halt, den ich jetzt auf einmal zerebral verliere, wenn ich bedenke, was Mona zumutet. Sie – Pardon – du verstehst mich halt, um folkloristisch zu rühmen.

Dodo: Da hat deine Mona doch gar nicht so unrecht, ja?

Dani: Richtig warm und wahrscheinlich bestimmt auch braun, beinahe schwarz, wie nicht? Marokko.

Dodo: Ohne irgendwas. Erinnerst du?

Dani: Club Méditerranée, ja?

Dodo: Genau. Wie erstaunlich gut du memorierst.

Dani: Du erinnerst dich?

Dodo: Dodo.

Dani: Dodo.

Dodo: Das erstemal Dodo. Das merke ich mir, Dani.

Dani: Dani!

Dani: Das erstemal Dani. Das werde ich mir merken. Aber klar kann dir meine Situation erst werden, wenn du die Unterbrechung richtig einzuschätzen lernst, die unser Gespräch zu dritt erlitt. Das Telefon. Arbeite bitte jetzt mit. Der Anruf. Wenn ich ihn umfassend beurteile, so wurde Monas Großzügigkeit, was unsere Beziehung betrifft: zur Großaufnahme. Hinter der Kamera, sozusagen, stand, das muß ich jetzt sagen: ein gewisser Norman. Und wenn sie früher, als vielleicht vorgehabt, abrauschte, dann doch zu diesem Großkaufmann. Das war ein Date. Ohne Zweifel: et est unum bonum Achilles. Von meiner Ferse nicht zu reden. Sie macht ja soeben den Mund auf, unvergleichbarerweise, aber meinetwegen schlecht. Schlecht, wiederhole ich. Sehr schlecht.

Dodo: Das ist beinahe, wäre fast überaus schlecht, wirklich, ach, du Armer. Oder, du Lieber. Aber, bist du doch nicht, aber sprichst wie ein solcher: tamquam sponsus.

Dani: Bitte, das hätte sie so nicht verbinden dürfen, oder!

Dodo: Beinahe intrigant. Obwohl sie ja eigentlich unbefangener ist als man für gewöhnlich arglos argumentiert. Was sie freilich nicht wissen dürfte, weil ihre sportliche Einstellung de parte terrae, also gemeinhin naiv zu nennen sein dürfte.

Dani, handlich immer noch unter dem Glockenrock, seufzt. Der Poppes sperrt die Tür auf. Ein aufrechter Dani schiebt seine warmen Hände in die Hosentaschen und blickt zur Decke empor. Der Poppes ist im Flur zu sehen. Schaut auch gleich herein. Sieht mich wieder nicht. Macht sich draußen zu schaffen. Eine Anmeldung ist hier wieder nicht nötig. Bestimmt überhaupt nie.

Dani: Unübertrefflich das Boulevard-Theater zu übertreffen, es aufzuwerten und schließlich hinein in die Zukunft: Es kann nur darum gehen. Und du kommst vor. Ich werde eine Dodo darin überarbeiten, bis sie zur Gänze als starkes Glied erscheinen kann des einen Leibes, der in der Minimisierung nur zu deutlich makrohumane Maßstäbe setzt. Keine Wohngemeinschaft. Nichts Vorläufiges. Das ist nur modern, ergo cluc. Die Zerstörung des Paares. So etwas schwebt vor mir her. Aber die Schwerkraft.

Dodo, mammeliter, was Dani jetzt wieder ganz in seine Erwägungen einbringt: ist seiner Erfindungsgabe ein doppeltes Kissen. Jetzt darf er sich kreativ ausseufzen – der Poppes ist wieder weg – und durchaus Überindividuelles darf er kauen, wenngleich es mit dem Schlucken noch hapert. Aber kommt Novität, kommt Erfahrung. Und weil es bei der freien Liebe ebenso reizvoll ist, wissender Lehrer und tauber Schüler zu sein, wirkt die verführerische Dodo wie ein weicher Mann. Nichts reizt des Dani Phantasie mehr, obwohl, oder gerade weil es sich im gewöhnlichen Umgang um viele Vorurteile handelt, die Frauen, oder umgekehrt: die Männer über, oder umgekehrt: über Frauen in Umlauf gesetzt haben.

Also, beim Abschied:

Dani: Vielleicht ist die Mona gar nicht so!

Dodo: So bestimmt nicht. Küsse sie bitte von mir.

Es wird Zeit, also wieder hinauf zum Inspektor, Ecke Marschallstraße.

Höchste, so sein Empfang. Wieso wird?

Oder wurde. So ich.

Zur Sache also, befahl er.

Also zur Zeit, meine ich.

Das Präsens. Warum auch?

Als Großaufnahme. Ganz übersetzlich. Ich war schon einmal im Kino. Leider. Ich bitte um Lossprechung. Die Buße war die Tat.

Und das Präteritum, bitte. Soll bedeuten?
Normale Kameraeinstellung.
Bei weniger wichtigem?
Ja.
Gut. Sehr gut.
Sehr schlecht: weil durcheinandergeraten.
Aber doch ein System!
Aber nicht durchgehalten.
Sie können doch denken!
Ich muß. Als Mensch muß ich denken, aber deshalb meistens danach. Ich könnte aber mich freisprechen mit der Frage: Wer weiß schon, was wirklich wichtig ist?
Seine Antwort als Inspektor: Niemand. Weshalb eine Entscheidung das wichtigste gewesen wäre, nämlich: entweder Präsens oder Präteritum.
Zu spät, seufze ich. Sei Dank, freute ich mich. Sonst hätte ich einen Fehler weniger gemacht. Weil ich auch falsch sein muß, seufzte ich.

Ich mußte zur Verlobung. Sie warteten schon auf der Wiese: der Poppes und der Robin, in ihrer Mitte der Hermann im Matrosenanzug. Und Dorothea? – Freilich: die Prozession! Ich lief ihr entgegen. Wer hatte ihr einen Bart wachsen lassen, dieser Puppe? Und warum schwankte sie auf der Höhe Hohenzollernstraße? In der Luft die Blechmusik. Sie ging in die Knie. Sie stützte sich einen Augenblick auf den borstigen Rücken einer Sau, kam wieder hoch, raffte ihr Kleidchen. Die eingeschlechtliche Vermehrung polterte ihr voraus. Sie verlor schon wieder das Gleichgewicht. The best booth in the fair: wahrscheinlich ein antisystemtheoretischer Virtuose fidelte auf ihrem Haar. Hussan fidelte auf dem Hintern von Nathalie, die der Kleinen die aufrechte Haltung zurückgab, sie auf dem Platz abstellte, sie schließlich weiterstieß. Wo die Herrschaften sich international um den fahrbaren Guckkasten drängten, der in Zusammenfassung das Leid der Welt barg, dort prallte die Kleine zurück. Der kostümierte Affe auf ihm fing das Stückchen Zucker, das ihm Robin über Nathalies Rücken zuwarf. Diese falschen Gedanken! Sie brach zusammen. Und viele schöne Falschheiten noch ließ man sie sehen, und sie stellte sich wieder gerade auf, um erneut zur Närrin gehalten zu werden. Sie versuchte, die Erklärungen, die vor ihren kleinen Ohren abgesungen wurden, in ihre sprachlosen Mädchengedichte zu übersetzen. Von Nathalie wurde ihr ans Herz gelegt, dem fremden Meister ihre Aufmerksamkeit zu schenken, dessen Gesicht sich mittels angebrachter Zugschnur in das Grinsen eines Notzüchters, in den Triumph eines Pyromanen und in die Unschuld eines Kriegsdienstverweigerers verwandeln konnte. Sie aber ließ ihre Unlust steckenbleiben im Hals und beantwortete die Darstellungen aller Außenseiter mit dem endgültigsten Schweigen, dessen sie fähig war im Augenblick, als dieser Auswurf an ihr vorüberzog in der Art eines Lehrbeispiels ohnegleichen. Die Füße trugen sie nicht mehr. Der Schwindel erfaßte sie wieder, als die enzyklopädische Bestandsaufnahme des unwahrscheinlichen Geschwätzes in aller Unwirklichkeit des Todes an ihr vorbeigetragen wurde und begoß dieses liber cronicarium mit den geradlinigsten Tränen, deren ihre Mädchenaugen fähig waren. Die wurden aber gebrochen im heißen Luftzug, den ein schauerlicher Zug von Hexen, angeführt von der grauen Rosa, ausströmte. Und als, vor dem gelben Hintergrund, das untreueste Ehepaar der Welt, ordensgeschmückt, in großer Garderobe, präsentierte, wirbelte sie auf der Stelle in die Ohnmacht vor dem ausgestopften Leichnam des Kindes dieser verdorbenen Eltern, mit dem die Wärter des anatomischen Museums hinterherliefen. Ihr einfacher Sinn geriet in die feenhafte Beleuchtung von Reflektoren, was sie sofort aufwachen ließ und jammern: Ach, wie so bewegt, schief, verwinkelt und falsch zieht alles dahin, Vater, das ist unerträglich. Oh Mutter, schnurrte sie kätzisch und sprang auf den Schoß des Mädchens Jeanne, die ihre Regiearbeit am Schreibtisch vor der Metzgerei Murr unterbrach, um zuzuhören, wie die kleine Katze mit dem großen Bart gestand: Mir wird nämlich schwindelig hier, wo alle Linien schief ausfallen. Zu lange hat mich ein Forscherteam in eine vergrößerte Mausefalle eingesperrt, die durchaus vertikal durchliniert war. Oh E. T. A. Hoffmann, gestand sie, es war einmal mehrmals die Welt ganz gerade an allen vier Grenzen.

Der Zug bewegte sich weiter in Richtung Ungererstraße. Die Rosa, die Jeanne, die Nathalie und der Hussan blieben bei uns.

Mein Kätzchen, schmeichelte ich, wo bist du gewesen?

Zu Hause, schnurrte sie. Da komme ich her. Bei Vater und Mutter bin ich gewesen. Ich bin in die Mausefalle gegangen.

Und jetzt, fragte ich. Versuch es. Kannst du wieder stehen, ohne zu schwanken?
Ich glaube schon, hauchte Dorothea. Ich bin sicher bei euch.

Dann komm mit, sagte ich. Und wir führten sie über die Wiese zum Sandkasten. Der Robin und der Poppes erwarteten uns. Adrian schien sehr beschäftigt. Die Zaara war sehr nervös.
»Verlobung«, verkündete Jeanne.
Ich stimmte den Himmel an. Der Robin fiel mit bayrischen Wolken ein. Nathalie summte die Blumen in das nur angedeutete Puppenhaus und Heinz von Stein bellte den Sinn in die kleine Gesellschaft: die Vorankündigung einer Paarung. Und etwas verlegen saß Dorothea auf der Diwangarnitur mit Plüschbezug und Vertiko, ihre Schlafaugen richtend auf ihren Nachbarn, den Hermann, und indem sie sich in die Mohairhaare fuhr, sehr sanft, ordnungshalber, nahmen ihre zwei Strahlenirisse den Auserwählten in den Liebesblick, den jener in der Hauptsache mit den Metallknöpfen auf seinem Matrosenanzug zurückblinkte. Der Poppes verkündete gesanglich: Die Welt ist schön. Voller Träume, ergänzte Zaara. In der Zukunft, raunte die dunkelhäutige Rosa, und: Herz, Träne, Wind, was für Sorgen bringe ich euch zwei beiden noch bei?
Wie verleimt schien die Dorothea mir in diesem klebrigen Augenblick und auch noch gesteift. Und der Hermann war unfähig eines Wortes; er saß vor uns wie ausgestopft. Sein Lächeln schien mir auch ein wenig zu sorgfältig ausgearbeitet. Die Dorothea aber zeigte schon im halbgeöffneten Mündchen 23 kleine Zähnchen.
Es sei, wie wenn ein Boot in die See sticht, vermutete Odysseus etwas verstimmt. Um in die fernsten Sinnprovinzen aufzubrechen, interpretierte ich schnell, wo die Widersprüche der Welt auf ein Mindestmaß reduziert sein werden. Dem entsprach das Ausgehensemble der kleinen Dorothea, den Eindruck von Samt in unser aller staunenden Augen hinterlassend und insbesondere meine Gedanken besetzend mit ihren reinlichen Spitzen. Ihre leichte Rückenbetonung, die uns alle entzückte, als sie sich ihrem Verlobten zuneigte, sollte uns noch lange in Erinnerung bleiben, so wie die Offenbarung ihrer Ringelstrümpfe, die uns schamhaft an ihren

Beinen heruntergleiten ließ bis dorthin, wo sich schwarz auf grün die reizenden Stiefelchen abzusetzen begannen.
Es lebe das Brautpaar, rief der Adrian. Dem Hussan aber fiel gar nichts ein.
Kauf dir einen falschen Luftballon, forderte Hermann von seiner Verlobten. Sein Glacélederköpfchen lief dabei rosa an. Am Tag, als der Regen kommt, meinte etwas weinerlich seine Dorothea, während Nathalie in der angedeuteten Küche nebenan am offenen Herd stand, der mit Rost, Glutpfanne und Geschirr ausgerüstet war. Auch Jeanne betätigte sich zwischen Bronzemörsern und handgearbeiteten Messingmodellen, bewegte sich eifrig zwischen den Glasschränken und dem charakteristischen Brotschrank hin und her, wobei sie des öfteren der Zaara im Wege war, die gepunzte Breitrandteller bereitstellte.
Es gab Austern aus Sand.
Zur Verlobung gibt es nur Vorspeisen, entschuldigte sich die Rosa, die solche in den Salon trug. Sie kippte grüne Förmchen. Das anschließende Süppchen wurde von Nathalie in ein Puppenservice gepißt und auf dem Tischchen aus frischer Laubsägearbeit, die in Mitteleiche gebeizt war, von Jeanne abgestellt.
Klein, aber mein, wurde der Hermann zu deutlich und ließ seine Metallscharniergelenke hören. Seine starren Glasaugen musterten die süße Verlobte. Die Liebe wird immer gewaltiger, vertröstete diese. Und sie verriet, sie sei einer Bausparkasse beigetreten, mit dem Ziel eines Grundstücks durch Erbpacht auf 99 Jahre, wobei sie beide 4000 DM sparen könnten, wenn sie monatlich 96 DM zahlen würden, nach Einzug.
Du sollst die Meine sein, sagte der Hermann stolz.
Ein Schiff wird kommen, hoffte die Dorothea und wurde von ihrem Hermann umarmt, der seine geliebte Marotte in der Folge als Schlenkerpuppe gebrauchte, bis Nathalie ihm noch eine Sandauster zwischen die aufgesprungenen Lippen schob. Und mit vollem Mund sprach er von einem Katzenjammer, von dem er gehört haben wollte.
Ich für meine Person versuche erst gar nicht, das Unerträgliche der Wirklichkeit zu leugnen, jammerte Dorothea und warf ihr Mohairhaar zurück.
Du meine größer werdende Hoffnung, die sich immer mehr entwickeln wird, feierte der Hermann die Stunde.

Deinem Loch, schrie die Rosa, wird in der Zukunft ein Korken am Damm der Erkenntnis wachsen, der Wunden zu schließen weiß. Ihre Auskunft war mir als einzigem klar. Ich wurde doch nicht schon wieder alt? Dagegen mußte ich etwas unternehmen, und sei es nur, um mir meine Vitalität zu beweisen. Oder war ich noch immer zu wenig zahlreich? Das immer. Mein Schmerz. Insofern, mein Trost: zum einen Ohr hinein, zum anderen heraus. Oder schwäbisch vielleicht? Wenigstens einmal? Die guten Nachbarn. Also zur Hälfte ein alemannisches Erzeugnis? Bitte. Die andere Hälfte dann wieder ganz bayrisch. Gerecht. Kirmes.

Ich hatte mich schon aufgerichtet, als meine Linke den schwarzen Vorhang zur Seite schlug, also: die Muschel frei an der linken Seite der Tochter des Poppes. Die Zeugung hat ihre Umstände, auch für gewöhnlich, freilich nicht immer: hier verrutschte jedenfalls ein wenig die Blüte aus Bali auf samtener Schwärze. Der Text dafür, ich meine für alles, was hier geschah: Nacht, keine Lichtquellen, oder zuviele, gleichviel, und aufregend ungemein das Profil Nathalies – also wenn ich mich nicht schon hätte, nämlich aufgerichtet, jetzt endgültig, aber hatte mich schon – und als der Schalmey-Pfeiffer vom Stürzen-Krug, einfach so auf Gedeih, also schwäbisch auf einer bayrischen Kirchweih, blies ich der Nathalie meinen Siemandel und die Amanda in das eine Ohr, also fürchterlich mußt ich schon blasen, denn wann i mit meir Schalmey zu blaßa nur fang an im gantza Dorff koin Kneacht koin Dirn meah drescha kann. Aber sie merkt sich das nicht, wie sollte sie auch, wenn sie so schön ist, wie sie das ist in der Hoheit des Schönen als häuptlicher Tunnel für die Schrecken der Unförmigkeit. Also zum anderen Ohr wieder hinaus. Duccina, quae resonant sane res peramoena colonis, summam laetitiam mens temulenta capit: mit diesen ehrwürdig fröhlichen Worten verließ der Zwiffelwitsch an seinem nullten Geburtstag das rechte Ohr Nathalies und war schon im großen und ganzen er selber, wie noch viel ungeheuerlicher nach ihm das Vierzehnzentnerweib sie selber wurde.

Das hatten alle weniger gesehen, mehr der Poppes. Beinahe hatte derselbe das auch noch verstanden, aber sei Dank auch schon nicht ganz begriffen.

Ich mache hier mit, rief Amanda, das Vierzehnzentnerweib. Wenn ich nämlich zu euch hereinkomme, bin ich nicht drinnen, sondern draußen.

Wie gespaltet seid ihr? meinte Siemandel Zwiffelwitsch, als er auftrat.
Warum seid ihr genau so Falsche, fragte die Amanda. Oder sind wir das, weil wir keine richtige Theorie von der einzig richtigen Harmonie haben, die auf Genauigkeit ganz und gar verzichtet?
Weil wir genau das Genaue schon sind, und deshalb Ungenaues zurücklassen können auf unserem Heilsweg, sagte Poppes.
Warum möchte ich dann falsch sein?
Ich gab zu bedenken, wie sehr sich in unserem Gelage die Voraussetzungen des Aufbruchs entfernt voneinander hätten, so daß offenbar würde, wo wir hineinwollen und schon immer wollten.
Wir sind uns so Anarchisten, aber solche ohne den heimlichen Traum, also ohne Gewalt, obwohl wir zuschlagen, aber in keiner Hinsicht auf die Sachen, die die Sachen darstellen, jubilierte ganz aus seinen Muskeln: Siemandel Zwiffelwitsch mit den großen Drüsen, und meinte, er sei so etwas wie ein Vermesser. Also nicht richtig zuschlagen tun wir, vermutete er, sondern unrichtig, weil nämlich falsch, deshalb möchte ich mitschlagen mit euch und überhaupt in die Luft!
Ich habe nichts zu sagen, sagte Amanda, das Vierzehnzentnerweib, mein Gewicht spricht für mich! Sie ließ sich dann fallen. Es waren noch angekommen: der Eschi, der vorlas, was ihm der Poppes, sein bester Freund, diktiert hatte, nämlich: Realisten sind wir im Traum, mit träumerischen Realien gegen realistische Träumereien, also so eine Wut, bei so sanften Wörtern, bei so wenig radikaler Inkonsequenz, bitte – dies letztere sprach er frei: Das trifft doch ins Blaue. Dann stellte er vor:
den Johnny, der Platz nahm,
den Hammed, der warf ein halbes Auge auf unsere Verlobte,
und den Toni, der nichts von sich gab,
was der Timy nachahmte, dem Leila als Hintermann folgte. Aus jedem Loch, brachte dieser hervor, will ich wieder hinein. Womit wir bei dem Erhabensten sind, das hinein will, beendete ich die Feier.
Ich meine halt, sagte Rosa ganz leise: So tief das Loch auch ist, wie anders könnte es oben ein Loch sein: als ein zu Durchdenkendes, tiefer, als es uns lieber sein könnte. So gebe ich weiter, meinte sie, an die Verlobte. Sie vermutete ein Lächeln auf diesem Gesicht, das aber in jedem Sinne ganz unterblieb.

Nein, rief die Dorothea: Jesus, de Maria und Josef, ein Denkloch will ich nicht sein.
Ein Denkspiel, rief Poppes. Und wer spielt mit?
Siemandel Zwiffelwitsch mit den großen Drüsen, rief ich.
Hier. Er meldete sich.
Du spielst den Verlobten! – Ich gab ihm die Rolle.
Die Verlobte spielt Amanda, das Vierzehnzentnerweib. Auch sie bekam ihre Rolle.

Wie soll ich mich verhalten? las Zwiffelwitsch vor.
Das wußte Amanda.

Amanda:	Er soll trocken werden weil er Feuer fangen soll Er soll einsam werden weil er zweisam werden muß Deshalb soll er sich halb vorkommen weil er ganz werden muß Er soll sich verlieben Also muß er sich eine Frau suchen Er soll auf sie herunterschauen können damit sie aufblicken kann zu ihm Er soll zu ihr aufblicken können damit sie zu ihm herunterschauen kann
Zwiffelwitsch:	Sie soll auf ihn herunterschauen können Damit viele zu ihr aufblicken können
Amanda:	Damit er auf viele herunterschauen kann
Zwiffelwitsch:	Proportionen dürfen etwas verrutscht sein an ihr jedoch nicht so schlimm daß dadurch ein tiefes Gespräch unterwegs gestört wird
Amanda:	Jedenfalls sollte er sich nicht mit ihr vor sich selber verstecken müssen nachts unter der Decke im Bett
Zwiffelwitsch:	Sie sollte so weit über dem Durchschnitt schön sein daß er noch neben ihr bestehen kann sie also bei ihm bleiben wird Grundsätzlich bitte: ihr Gesicht

darf nicht so schön sein daß ihre
Figur nicht mehr auffällt deshalb
ist es viel besser ihre Figur
ist so schön daß ihr Gesicht
nicht mehr auffällt
Sie darf freilich auch gescheit sein
Ihr IQ allerdings sollte den Q
ihrer Schönheit nicht übertreffen
Jünger sollte sie sein als er
damit er jung mit den Jungen
sein kann bei denen er reifer
wirkt als er ist
Ihr Gesäß: es sollte von ihm
so viel in die Augen fallen
daß andere sich von ihm nicht nur
Wärme und Heimat versprechen
die er besitzt   sowieso
Sie soll kein Geschenk sein
das käme ihm teuer zu stehen
er soll sie so lieben
als hätte er sie gekauft
Und reden muß sie nicht können
sie spricht als solche für ihn
Also vieles an ihr sollte sehr schön
und manches nicht häßlich sein
Je mehr an ihr nicht gerade häßlich ist
desto mehr darf sie selber für sich
etwas vorhaben

Amanda: Das schon   im übrigen aber
wird er doch nicht nur umsonst
etwas Halbes nämlich doch nur
um mit ihr etwas Ganzes zu sein

Zwiffelwitsch: Ihr Kleid   der Soma   der hellgelbe Saft
über der afrikanischen Haut   gärend
für ihn bis Wein   was wie Zeiger ihre
Hände über der feuchten Möse beuhren
Auf einem Teppich von Krügel
soll sie ihm bieten das Gebäck
ihrer Glieder ihrer Brüste

Reiskugeln Milch und Butter
der Schenkel
Und also dahingeflázt erwarte sie
daß er
etwa so: hier mein Fleisch
wo die Kohlen
Sein Kochopfer sei sie auf allen
drei vedischen Feuern sei sie
ausgekocht: sie seine für ihn
do ut des
So prall ihre Brüste
so schlaff sein Herz
Noch süßer fordere ihr
ihm geopferter Körper:
leiste was dann wirste
was behalten
nämlich mich
Insofern sei sie schon mystisch
gehorsam dem alten Prinzip:
wer sich prinzipiell gibt
der auch kein Schaden
ohne Nutzen
Sein liebstes sei sie ihn erfreuend
durch die härtesten Brüste (Kehrseite)
den wuchtigsten Arsch (und frontal)
den wärmsten Bauch (in medias res)
der in der kühnsten Proportion
den vollendetsten Nabel hat über
dem zartesten Schlitz der zwischen
den längsten Beinen gerade
der süßeste Herrgottswinkel ist der ihn
einwohnen läßt der sie zum Wohnraum
werden läßt   dem junghintersten für seine
männlichen Dimensionen
Bitte: ihr außerordentliches Fleisch
blühe als vaterländischer Flor
unter ihm
denn für ihn soll sie getreidet sein
dem Erntedank

In all ihren Wäldern Knospen
und Knochen raune sie still
als Mutter ihm so Wort
so Laut
so wird sie dann auch Blut und Boden sein
für ihren Volk

Amanda: Mit Stolz seine Uniform füllen
in der er antritt bevor er
die Muskeln ablegt bei ihr
Aber: um das ihre zu retten sei auch Blut
nötig das soll sie ihm immer wieder
zu bedenken geben als einem den sie
aussauge
Als solcher ist er (bitte
sie soll das mit sich unterliegen)
mit einer gewissen männlichen
Würde

befruchtet
(gezeichnet)

Amanda, das Vierzehnzentnerweib schloß zärtlich: die Deine

Gut gespielt, lobte ich.
Es gab wieder Austern aus Sand: Nathalie füllte die Tassen des Puppenservices. Es wurde getrunken. Die Freude im Vorschein. Das vorgesehene Paar ergötzte sich linkisch. Die Feier hatte staunende Freunde. Wir Kinder, seufzte so manch einer. Ich belobigte derlei Behauptungen, obwohl ich auch die Schadenfreude genoß. Kinder der Liebe sind wir alle auf der Welt, tröstete der Poppes sich selber.
Mein Hermann gehört zu mir, wie ein Name an der Wohnungstür, schluchzte Dorothea.
Es weinte so manch eine mit.
Der Blick in die Zukunft, befahl ich. Die Zuschauer wichen zurück, wo der kleine Zug erschien. Wir reihten uns alle ein. Ich führte Hermann und Dorothea. Und Rosa führte uns bis zur Ecke Haimhauser/Leopold, wo sich hinter dem Seil die Kommandozentrale der Bayrischen Einsatzpolizei befand. Dort angekommen,

redete Rosa über das Seil mit Graf Max von Feilitzsch, der an der Leine den Heuchelhund hatte, über den sich die Menschen viel vorgelogen und vorlügen haben lassen, und übergab ihm eine Liste, auf welcher sie verschiedene Artikel des Bayrischen Polizeiaufgabengesetzes notiert hatte, und bat ihn, die entsprechenden Vollzugsvorschriften laut vorzulesen, was dieser, die Gelegenheit zur Unterweisung der Münchner Bevölkerung beflissen ergreifend, sofort unternahm. Der christlichen Hausfrau wurde von Rosa ein Myrtenkranz mit Schleier in das Haar gedrückt. Ihr Ehemann bekam von Rosa ihre Übersetzungen der Artikel, die dieser, von Rosa entsprechend unterrichtet, jeweils nach der Verlesung eines Artikels durch den Einsatzleiter, laut vortrug. Sein Text:

Art. 17$_2$ Meine Frau ließ ihre begehrenswerte Person zur Rettung
aus damaliger Gefahr für Leib und Leben von mir
in Gewahrsam nehmen da sie als eine gefährdete Frau
sich erkennbar in einem die freie Willensbildung
ausschließenden Zustand befand

Art. 33$_1$ meine Frau war der bräutlichen Ansicht ich
ihr Bräutigam könne ihre reizende Person durchsuchen
da bestimmte Tatsachen vorlagen
aus denen zu schließen war
daß dabei Gegenstände aufgefunden würden
die der Sicherstellung unterlagen

Art. 39$_2$ sie war dankbar dafür daß von mir unmittelbarer Zwang
wenn die Umstände es zuließen
unmittelbar vorher angedroht wurde

Art. 38a neue Kleider durften gegen meine Frau
jederzeit eingesetzt werden
wenn körperliche Gewalt keinen Erfolg versprach
oder untunlich war
und wenn dadurch die Anwendung von harten Worten
vermieden werden konnte

Art. 11 meine Frau gestand mir das Recht zu
Gefahren und Störungen unseres Wohlbefindens selbst
oder durch Urlaub im Süden etc. zu beseitigen
wenn sie einer an sie gerichteten Aufforderung
zur Beseitigung der Gefahr oder der Störung
nicht nachkam und ich als ihr Ehemann

die Befolgung der Aufforderung zur ehelichen Liebe
nicht erzwingen konnte oder nicht durfte
nach dem Grundsatz der Verhältnismäßigkeit

Art. 13₂ gewöhnlich wurden Anordnungen meinerseits
von ihr schriftlich   mündlich oder geschlechtlich
entgegengenommen

Art. 2 also ruht meine Frau im Wissen   ihr Gatte   ich
habe die Aufgabe
als Vollzugsorgan familiärer Verwaltung
und als Hilfsorgan des Staates
bei der Aufrechterhaltung privater Sicherheit und Ordnung
durch Abwehr von Gefahren und durch Unterbindung
und Beseitigung von Störungen innerhalb der Ehe zu wirken

Diese Aktion sollte nun auf den Wunsch Rosas vom Einsatzleiter wiederholt werden. Der christlichen Hausfrau hing sie ein für Hauptschulen genehmigtes Wandbild, das den weiblichen Körper darstellte, um den Hals, nachdem ich ihr Myrtenkranz und Schleier abgenommen hatte, und ließ es über Brust, Bauch und Beinen der christlichen Hausfrau abrollen. Jetzt bekamen die Kommunarden aus der Schraudolphstraße Abzüge ihrer Übersetzungen der betreffenden Artikel. Der Einsatzleiter verlas die Artikel und die Kommunarden sprachen im Chor die Übersetzungen. Ihr Text:

Art. 17_2 Unsere Kommunardin ließ ihr weibliches Individuum
zur Rettung aus repressiver Gefahr für Leib und Leben
von uns   ihren Kommunarden   in Gewahrsam nehmen
da sie als eine private Frau sich erkennbar in einem
die freie Willensbildung ausschließenden Zustand befand

Art. 33_1 unsere Kommunardin war sehr bald der kollektivistischen
Ansicht   ihre Kommunarden   wir
könnten ihren begehrenswerten Körper durchsuchen
da bestimmte Tatsachen vorlagen
aus denen zu schließen war
daß dabei Gegenstände aufgefunden würden
die der Sicherstellung unterlagen

Art. 39_2 sie war dankbar dafür daß von uns Kommunarden

unmittelbarer Zwang wenn die Umstände es zuließen
unmittelbar vorher angedroht wurde

Art. 38a Kritik ihrer Lebensweise durfte gegen sie eingesetzt
werden
wenn körperliche Gewalt keinen Erfolg versprach
oder untunlich war
und wenn dadurch die Anwendung der Inquisition
vermieden werden konnte

Art. 11 sie gestand uns Kommunarden das Recht zu
Gefahren und Störungen der gesellschaftlichen
Revolution
durch Sonderaufträge etc. zu beseitigen
wenn sie einer an sie gerichteten Aufforderung
zur Beseitigung der Gefahr oder der Störung
nicht nachkam und ihre Kommunarden wir
die Befolgung der Aufforderung zur Promiskuität
nicht erzwingen konnten oder nicht durften
nach dem Grundsatz der Verhältnismäßigkeit

Art. 13$_2$ gewöhnlich wurden die Anordnungen ihrer
Kommunarden
von ihr schriftlich mündlich oder geschlechtlich
entgegengenommen

Art. 2 also ruht sie im Wissen ihre Kommunarden hätten die
Aufgabe
als Vollzugsorgan der Zukunft der Menschheit
und als Hilfsorgan der Linken
bei der Aufrechterhaltung des kollektiven Lustgewinns
und durch Unterbindung und Beseitigung von Störungen
innerhalb der Kommune zu wirken.

Die Aktion wurde ein drittes Mal wiederholt, nachdem Rosa die christliche Hausfrau in einen Sarg gebettet und allen männlichen Chargen der Moritaten-Schilder Hermanns Abzüge ihrer Übersetzungen der Vollzugsvorschriften übergeben hatte. Der Text:

Art. 17$_2$ Unsere liebe Tote ließ ihre begehrenswerte Person
zur Rettung aus zukünftiger Gefahr für ihre Seele
vom Tod in Gewahrsam nehmen
da sie als eine lebendige Frau sich absolut in einem

die freie Willenserklärung ausschließenden Zustand be-
fand
Art. 33$_1$ unsere liebe Tote war der Ansicht
jeder Wurm könne ihre gärende Person durchsuchen
da bestimmte Tatsachen vorlagen
aus denen zu schließen war
daß dabei Gegenstände aufgefunden würden
die der Sicherstellung unterlagen
Art. 39$_2$ sie war dankbar dafür daß die Umstände es zuließen
daß ihr unmittelbare Bedrohung unmittelbar
aufgezwungen wurde
Art. 38a der Tod durfte eintreten da körperliche Gewalt
Erfolg versprach und tunlich war
weil dadurch die Anwendung von schlimmeren Lebens-
läufen
vermieden werden konnte
Art. 11 unsere liebe Tote gestand dem Tode das Recht zu
Gefahren und Störungen eines ewigen Schlafes
für immer zu beseitigen
indem sie selbst einer an sie gerichteten Aufforderung
des Todes nachkam
und die Befolgung der Aufforderung zur Autolyse
nicht erzwungen werden mußte
Art. 2 also ruht sie im Wissen der Tod habe die Aufgabe
als Vollzugsorgan eines höheren Willens
bei der Aufrechterhaltung natürlicher Ordnung
durch Abwehr von Leiden
und durch Unterbindung und Beseitigung des Überflüssi-
gen
in der Natur zu wirken.

Wir mußten die kleine Dorothea stützen, der Hermann zur Linken, ich zur Rechten. So schritten wir voran. Die kleine Verlobungsgesellschaft folgte uns in Richtung Troja über den Platz. Ich hatte sehr unwohl bemerkt, daß Rosa, Jeanne und Nathalie sich auf halbem Wege wegstahlen. In größerem Abstand verfolgte sie Poppes. Ich hängte die Dorothea ganz und gar bei ihrem Verlobten ein,

um selber nach dem Unrechten sehen zu können, das sich da aushob.
Der Poppes hatte zugesehen, als Rosa südlich vom Ziehbrunnen auf der Wiese Schaufeln an die Frauen verteilte und sie bat, mit ihr, und zwar genau unter dem Sternbild der Stute Selbdritt, ein Loch zu graben. Der Poppes hatte auch keine Fragen gestellt, als sie gruben. Er saß im Gras. Er stellte sich auch nicht die Frage, ob Rosa und die anderen wüßten, was sie getan hatten, als Rosa die Schaufeln wieder einsammelte und mit den Frauen wegeilte, zurück zur Verlobungsgesellschaft. Zu klar schien ihm, wie sehr sie bei der Sache gewesen, ohne eine Ahnung davon zu haben, was sie bezweckten. Es gab jetzt ein Loch. Eines mehr. Keine Frage.
Keine Frage: Darüber hätte er fröhlich sein müssen. Er fragte sich auch nicht, warum er traurig wurde. Er würde gar keine Antwort darauf wissen, warum er sich das fragen hätte sollen, wußte er.
Ich bin ratlos, antwortete Poppes, als ich ihn fragte, was ihm durch den Kopf ginge.
Bleib so, sagte ich.
Aber das stürzt mich ja in die größte Verwirrung, stammelte Poppes.
Nur wenn du nicht so bleibst, sagte ich.
Auch ein Ratloser darf ich nicht bleiben? begehrte er auf.
Was willst du denn werden? fragte ich ihn.
Was soll ich denn wollen, als einer, der nichts Bestimmtes ist?
Seine Klage. Und diese Klage immer wieder.
Ein Ehemann sollst du werden wollen, sagte ich.
Und er: Sonst noch was?
Das ist das Bestimmteste für dich, sagte ich. Das war hart.
Da bring ich kein Jawort heraus, verkündete er.
Mußt du nicht. Schon geschehen. Und: du stellst auch nur dar. Du bewegst dich kaum als ein solcher.
Noch ganz schlimmer, jammerte er. Wie heißt sie?
Rosa.
Das also, vermutete er.
Abbreviatur, wie gehabt. Er begriff. Die kürzeste Sprache sprach er. Dann also:
Zurück zur Gesellschaft. Zur Verlobung. Zur Fortsetzung dieser Verlobungsfeier. Der nächste Schauplatz: das heckenumstandene Schachbrett im Freien auf dieser Freiheit.

Ihr macht mich doch fertig, jammerte Dorothea, die Zuschauerin auf dem Ehrenplatz neben dem Zuschauer Hermann. Dahinter und rundherum wir und das Publikum. Ich versäumte es nicht, das rechte Händchen der Dorothea mit Mehl zu bestäuben. Das Böckchen Hermann besänftigte ich mit Märchengaben aus meinem Wortschatz. Auch an die Mama erinnerte ich ihn, insofern von keinem sicheren Wissen inspiriert; also einfach nur so gemeinhin. Die Rosa bekam auf dem Schachfeld einen Stuhl, und der Poppes bekam einen Sessel. Wie versprochen. Das alles sollte doch auf dem Schachfeld stattfinden.
Wie entsetzlich, ahnte die Dorothea.
Ihr macht euch da wieder so viel Mühe, erklärte das Böckchen Hermann. Dabei war er noch gar nicht im Uhrengehäuse verschwunden. Jetzt war es nämlich noch gar nicht so weit und so schlimm. Wir wissen sogar, sagte ich, wie unlieb wir sein können. Wir sparen an keinem Grauen. Wir verschwenden den Schrecken. Und meine rechte Hand ihr, der süßen Verlobten, als eine Klinke reichend, mit welcher man die Tür zur Zukunft aufmachen kann, also nämlich mit weißer Pfote: eröffnete ich so indirekt über Dorothea hinweg die Szene. Und Robin meinte gekonnt: So bieten wir alle Ängste auf.
Und der Ulk kann uns gar nicht gewagt genug sein! Das sagte die Nathalie in rüstiger Ahnung und ließ im seßhaften Schneidersitz ihren Rock einmal auf-, einmal abflattern und wieder dasselbe von vorne; auch von hinten, versteht sich.
Also, wenn ich mich nicht irre, sitzen die Darsteller sich in den Kalkalpen gegenüber, bis zu den ehelichen Köpfen schneeverhüllt: das Ragende aber ganz Eis, kommentierte die Jeanne und wiegte ihren Kopf sehr bedenklich.
Der Hermann, der ahnungslos war und ist und sein wird, meinte: Das ist ganz gemütlich.
Mir fehlte wieder einmal ein Assistent. Deshalb fragte ich selbst: Und wo ist Odysseus? Der muß nämlich immer dabei sein. Die Toten sind noch viel wichtiger.
Bin ich, grollte der schlaue Ithaker.
Gut. Von wegen Biographien, entschuldigte ich mich bei allen und rief die Zensur also aus und herum: Gut. Sehr gut.
Also: Wir beginnen jetzt die kurze, die blutige Geschichte von dem Biographen, der ein Ehemann ist und von seiner Ehefrau, deren

Biograph er ist und die er totsagen will, was sie sich nicht gesagt sein läßt. Es handelt sich also um einen mißlungenen Nachruf. Bitte! Es stellen dar: die Rosa und der Poppes, so wie sie meine Dramaturgie zufällig zum Schicksalsbund macht. So machen wir das, also ganz wie üblich: Der Sinn stellt sich hinterher ein, oder auch nicht, gleichviel, auch Sinn nämlich, immer Sinn. Notabene: da kommen wir auch nicht heraus, so wenig wie wir da hinein wollten, oder überhaupt doch. Sinnlos wäre nämlich zu schön, und wir sind das nur bis herunter zu weniger und bis zu häßlich: das ist dann das alles ganz Erklärbare bis in jeder Beziehung.
Der Poppes, in schlechtester Laune, aber sehr deutlich:
(es respondiert Rosa; das nur zur besseren Perzeption.)

Was soll ich tun?

Er soll ihr ihre Biographie vorlesen. Er soll ihr vorlesen, wie sie bis zu ihrem Ende an seiner Seite die Gutmütigkeit selber gewesen sei und wie sie alle schönsten Jahre des Lebens nicht zuviele Probleme miteinander gehabt hätten, weil sie bei langfristigen Anschaffungen stets sparsam und weil sie groß und schlank gewesen sei, auch weich und sanft und still, und Gutmütigkeit sei die auffallendste Eigenschaft dieser stillen, sanften, weichen Frau gewesen.

Was soll ich tun, während er mir aus meiner Biographie vorliest, deren Abfassung ich ihm vorgeschlagen habe, auch deshalb, um mir seine Bosheiten einmal auf einmal anhören zu können, fragte die Rosa.

Sie soll die Zeitung holen, sie aufschlagen und daraus vorlesen: Wieder hat eine Frau wie Frau Zet, deren Fall wir ein letztes Mal in allen Einzelheiten schildern werden, einen schrecklichen Gewaltakt verübt. Vor einiger Zeit war in unserer Stadt ein Gewaltakt verübt worden, und zwar aus friedlichster Stimmung heraus: Frau Beth holte damals die Zeitung, schlug sie auf und las Herrn Beth den Bericht über einen Gewaltakt vor, der von Frau Alpha an Herrn Alpha verübt worden war, als dieser spaßeshalber angenommen hatte, sie sei schon gestorben, und er stünde an ihrem Grab

und müsse eine Grabrede halten. Zunächst hatte Frau Alpha lächeln müssen, was Herr Alpha bemerkt hatte. Frau Beth unterbrach damals die Lesung des Zeitungsberichtes und lachte, was Herr Beth nicht bemerkte, oder nicht bemerken wollte, der sich von seinem Einfall und dessen Ausführung nicht abbringen ließ: zum bleibenden Angedenken an seine Frau einen Nachruf zu verfassen.
Sie soll die Lesung des Zeitungsberichtes unterbrechen und sich wie Frau Zet verhalten: Sie soll brüllen vor Lachen. Dann soll sie die entsprechende Stelle aus dem Bericht über Frau Zet vorlesen.

Wie soll ich mich verhalten?

Er soll sich davon nicht stören lassen und fortfahren damit, ihr ihre Biographie vorzulesen, in diese einfügend, und zwar zugleich sprechend und schreibend, daß sie einmal neben ihm einen Zeitungsbericht vorgelesen und plötzlich gebrüllt habe vor Lachen. Dies sei das einzige Mal gewesen, daß diese stille, sanfte, weiche Frau gebrüllt habe vor Lachen, sie, die alle schönsten Jahre des Lebens sich mit XY gewaschen habe und deshalb so begehrenswert gewesen sei, auch weil sie blond und blauäugig gewesen sei, auch weich und sanft und still, und Gutmütigkeit sei die auffallendste Eigenschaft dieser stillen, sanften, weichen Frau gewesen.

Wie soll ich darauf reagieren?

Sie soll die Lesung des Zeitungsberichtes fortsetzen:
Als Frau Beth damals die Lesung des Zeitungsberichtes fortsetzte und vorlas, daß Frau Alpha es nicht länger ertragen hatte, von Herrn Alpha in dessen Grabrede als die reinlichste und deshalb begehrenswerteste Frau geschildert zu werden und deshalb den Mülleimer geholt und diesen vor ihren Füßen ausgeleert hatte, unterbrach Frau Beth die Lesung des Zeitungsberichtes, weil Herr Beth in seinem Nachruf soeben von ihrer unvergleichlichen Sauberkeit sprach, die sie für ihn so begehrenswert gemacht habe, holte den Mülleimer und leerte ihn über ihrem Kopf aus. Sie soll die Lesung des Zeitungsberichtes unterbrechen und sich wie Frau Zet verhalten: Sie soll ein faules Ei aufschlagen und sich damit Gesicht,

Brust und Beine einreiben. Dann soll sie die entsprechende Stelle aus dem Bericht über Frau Zet vorlesen.

Was soll ich dazu sagen?

Er soll sich davon nicht stören lassen. Er soll fortfahren damit, ihr ihre Biographie vorzulesen, in diese einfügend, und zwar zugleich sprechend und schreibend, daß sie sich in ihrem ganzen Leben nur einmal beschmutzt habe, und daß dies das einzige Mal gewesen sei, daß diese stille, sanfte, weiche Frau so etwas getan habe, sie, die alle schönsten Jahre des Lebens infolge seiner Erziehungsmaßnahmen und auf Grund seiner Stellung zwischen Mittel- und Oberklasse zwar ihren Wunsch nach Nacktheit beim Koitus so oft geäußert habe, bis er die Erfüllung gewährt habe, niemals jedoch untertags auf den Gedanken gekommen sei, aktiv und in eindeutiger Absicht, sich vor ihm nackt auszuziehen, weil sie weich und sanft und still gewesen sei und schwere, runde Brüste gehabt habe, auch runde Hüften, auch warm sei sie gewesen, auch weich und sanft und still, und Gutmütigkeit sei die auffallendste Eigenschaft dieser stillen, sanften, weichen Frau gewesen.

Soll ich mir das gefallen lassen?

Sie soll die Lesung des Zeitungsberichtes fortsetzen:
Als Frau Beth damals die Lesung des Zeitungsberichtes fortsetzte und vorlas, daß Frau Alpha es nicht länger ertragen hatte, von Herrn Alpha in dessen Grabrede als eine Frau geschildert zu werden, die sich am Tage nie ohne die zwei nötigsten Kleidungsstücke für die einschlägigsten Stellen habe sehen lassen, geschweige denn Geschlechtliches im Tageslicht und im nackten Zustand ausgeübt habe, und deshalb Frau Alpha mit der Linken den Rock gehoben und mit der Rechten das Höschen abgestreift hatte, unterbrach Frau Beth die Lesung des Zeitungsberichtes, weil Herr Beth in seinem Nachruf von ihrer gleichsam jungfräulichen Scheu sprach, hob den Rock, zog das Höschen herunter und zeigte Herrn Beth ihr nacktes Gesäß.
Sie soll die Lesung des Zeitungsberichtes unterbrechen und sich wie Frau Zet verhalten: Sie soll sich nackt ausziehen und sich vor ihm – die aufgeschlagene Zeitung in den Händen – auf den Teppich

legen und die Beine spreizen. Dann soll sie die entsprechende Stelle aus dem Bericht über Frau Zet vorlesen.

Wie soll ich da ruhig bleiben?

Er soll sehr kühl damit fortfahren, ihr ihre Biographie vorzulesen, in diese einfügend, und zwar zugleich sprechend und schreibend, daß sie sich einmal in ihrem Leben untertags nackt ausgezogen habe, daß dies aber das einzige Mal gewesen sei, daß diese stille, sanfte, weiche Frau so etwas unternommen habe, sie, die alle schönsten Jahre des Lebens dank seines intellektuellen Übergewichtes und ihrer dankbaren Einsicht in ihre unverdiente Arbeitslosigkeit und daraus folgender Abhängigkeit von ihm niemals als Sexualobjekt zu wahrer Autonomie aufgestiegen sei. Ihr Geschlecht sei von besonderer Zartheit und Hingabefähigkeit gewesen, auch weich und sanft und still, und Gutmütigkeit sei die auffallendste Eigenschaft dieser stillen, sanften, weichen Frau gewesen.

Und jetzt? Was tun?

Sie soll die Lesung des Zeitungsberichtes fortsetzen:
Als Frau Beth damals die Lesung des Zeitungsberichtes fortsetzte und vorlas, daß Frau Alpha, während Herr Alpha sie in seiner Grabrede ein geduldiges Sexualobjekt nannte, seine Hose geöffnet und seinen Penis herausgeholt hatte, unterbrach Frau Beth die Lesung des Zeitungsberichtes, näherte sich Herrn Beth, holte seinen Penis aus der Hose – weil Herr Beth in seinem Nachruf ihre Passivität auf sexuellem Gebiet beschrieb, setzte die Lesung des Zeitungsberichtes fort und las vor, daß Frau Alpha dem Herrn Alpha dann ihre Autonomie geblasen hatte, unterbrach ihre Lesung wieder, um dem Herrn Beth ebenfalls ihre Autonomie in den Penis blasen zu können, was sie durch Bisse in denselben schmerzhaft bekräftigte, und setzte – während Herr Beth seine Grabrede fortsetzte, die Lesung des Zeitungsberichtes fort und las vor, daß Herr Alpha, während Frau Alpha sich wie beschrieben an diesem betätigte, die Vorlesung seines Nachrufes fortgesetzt hatte.
Sie soll die Lesung des Zeitungsberichtes unterbrechen und sich wie Frau Zet verhalten. Sie soll sich ihrem Ehemann nähern, seinen

Penis aus der Hose holen und ihn so lange bearbeiten, bis er das geeignete Objekt ist, mit dem sie, auf seinen Oberschenkeln, die aufgeschlagene Zeitung in den Händen, aktiv und autonom werden kann. Dann soll sie die entsprechende Stelle aus dem Bericht über Frau Zet vorlesen.

Das soll ich alles mit mir geschehen lassen?

Ja. Er soll das Ende der Biographie vorlesen, also von ihrem Ende berichten.

Und ich?

Sie soll die Lesung des Zeitungsberichtes fortsetzen:
Wir sprachen schon davon, daß eine Frau wie Frau Zet, deren Fall wir schon einmal und heute wieder beschrieben, vorging, nämlich so ähnlich wie Frau Beth, die den Fall von Frau Alpha nachahmte. Sie erinnern sich: Frau Zet holte ein Beil, wie Frau Beth damals eines holte, weil sie damals las, daß Frau Alpha eines geholt habe, und erschlug damit ihren Ehemann, ebenso kaltblütig, wie Frau Beth und Frau Alpha ihre Ehemänner erschlagen hatten. Die Nachahmerin der Frau Zet ahmte den Fall der Frau Zet deshalb so genau nach, um ihren Ehemann nicht nur – wie sie es tat – mit dem Beil zu töten, sondern ihm vorher auch noch den Zeitungsbericht über seine Ermordung vorlesen zu können, ihn also – so wie er sie mit der Vorlesung seiner Biographie zu den Toten zählte, mit diesem Zeitungsbericht für tot erklären zu können.

Soll ich sie auf den Fehler hinweisen?

Er soll ihr erklären, was die Nachahmerin der Frau Zet vergessen habe: daß nämlich im Zeitungsbericht nicht ihr eigener Name, sondern eben der Name der Frau Zet stehe –, sie also ihre Absicht, ihm, ihrem Ehemann, den makellosen Zeitungsbericht von seiner Ermordung vorlesen zu können, nicht verwirklicht habe.

Und jetzt?

Sie soll die letzten Zeilen des Zeitungsberichtes vorlesen:

Diese schreckliche Tat der Nachahmerin der Frau Zet ist inzwischen, wie wir leider – allerdings nicht in dieser Ausführlichkeit – melden mußten, mehrmals nachgeahmt worden. Und wieder hat eine Frau, wir nennen sie X., auf diese Weise – indem sie ihrem Ehemann den Bericht über seine Ermordung noch vor derselben vorlas – ermordet. Aber wir gehen mit keinem weiteren Wort mehr auf den Fall ein. Die Berichterstattung über diese Mordserie wird hiermit eingestellt, und zwar in allen Zeitungen, da die Redaktionen derselben nicht mitschuldig werden wollen.

Und?

Das Beil!

Das war ein Krimi. Mit dieser unschlauen Bemerkung stupste mich der Heimeran an, Gehör erbittend. Nur kurz, versprach er. Eine Frage von Ihnen nach meinem Ergehen?
Wie?
Gut. Außerordentlich. Ich sehe so dies wie dieses hier und ich sehe nicht nur das.
Nicht nur? fragte ich.
Aber alles, was keiner sieht, Sie schon gar nicht.
Ich rügte die Übertreibung.
Aber, fortfahrend, sprach er von seinem überaus Wohlergehen. Nämlich, meinte er, seiner Meinung nach, toll: Ich bin der, der weiß. Und außer mir gibt es in dieser einen Hinsicht keinen mehr. Aber diese eine Hinsicht gibt mir nicht nur beinahe alles. So steht es um mich; wie ich sagen kann, dank der von mir erbetenen Nachfrage Ihrerseits. Wer etwas weiß, was niemand weiß, weiß quasi alles. So bilde ich mir das ein. Sie sind auch eingebildet. Wir müßten uns zusammentun. Es gäbe bald nichts mehr, was jemand wissen kann, also hier, nämlich.
Das lehnte ich ab.
Sie tun ungut daran, meinte Heimeran Phywa.
Eine Frage, wagte ich mich in sein Wohlgefallen: Verstecken spielen Sie nicht mehr?
Es war einmal, johlte er beinahe.

Arme Gebrüder. So hat euch noch keiner begonnen, derart trivial. Das Wissen will jeder finden. Aber wer weiß, es wird vielleicht überhaupt nicht gesucht, rätselte dieser Heimeran sich wieder weg von mir.
Hallo, rief ich.
Kuckuck, kam es zurück.

Die graue Rosa zog sich wieder an. Sie lieferte das Beil ab. Dann war Pause. Wir gingen mit ihr in den Biergarten, rückten zwei Tische zusammen und tranken Weißbier. Sie ruhte sich aus, sie lag an der Brust ihres Poppes, flüsterte: Scheißrolle, war noch außer sich, kam auch nicht zurück. Er sah, wie sich ihr Bauch wölbte. Er schaute uns fragend an, aber wir hatten auch keine Erklärung. Wir besprachen das nächste Spiel und sahen, wie er blaß wurde und wie er sie kläglich aufzog. Dabei prüfte er ihre Leibesfülle. Seine Hände zitterten. Wir prosteten den beiden zu. Sie warf ihren Kopf nach hinten. Sie war schön. Sie war korpulent. Wir stellten das fest. Wir kannten sie nicht so. Aber wir waren einverstanden. Poppes war verwirrt. Ihr grünes Kleid spannte sich über ihren Brüsten. Das Haar leuchtete. Sie wurde ihrem Poppes zu schwer. Sie erdrückte ihn. Auf seiner Stirn sahen wir Schweißtropfen. Jetzt zogen wir ihn auf. Er schien uns nicht zu verstehen. Wir hatten die graue Rosa noch nie richtig angeschaut. Das war uns nicht aufgefallen: was für ein gewaltiges Mädchen das war. Aber schön war sie. Die Leute an den Nebentischen schauten herüber. Wir mußten ihnen klein vorkommen. Unser Mädchen paßte nicht zu uns. Wir waren lächerlich. Das erkannten wir. Wir zogen uns auf. Einer fing an, und plötzlich waren alle dabei. Männer, sagten wir, und lachten. Sie nicht. – Es war nicht zu übersehen, daß ihr Kleid vom Gürtel abwärts dunkel wurde. Poppes hatte es als erster gesehen, jetzt schaute er weg. Die Kellnerin blieb stehen, fassungslos. Sie starrte auf die graue Rosa und wich dann entsetzt zurück. Ein Glas zersplitterte. Ich hob das meine. Ich trank. Wie ich, wollte es keiner wahrhaben. Die graue Rosa schien es nicht zu bemerken. Als die erste schwarze Wolke an der Tischkante hochkam und vor unseren Augen zerfloß, griff Robin danach. Wir lachten verlegen. Jetzt sahen wir, wie sich Leute von den Nachbartischen erhoben und näher traten. Eine zweite schwarze Wolke breitete sich unter dem Tisch aus. Unsere Füße verschwanden darin. Sie bildete einen Kranz um unsere Runde und stieg hoch. Wir wurden rücksichtslos und schauten nach, wir schauten unter den Tisch. Da sahen wir, wie unter ihrem Kleid in kurzen Abständen schwarze Wolken hervordrängten. Als ich sie anschaute, war sie wahrscheinlich ungeheuer groß geworden. Jedenfalls drückte Poppes sie weg. Es gelang ihm. Er war frei. Sie aber saß auf einem Kinderstuhl. Ihre Arme, als sie die Haare zurückstrich, waren entsetzlich stark, ganz weiß zwischen zwei Rauchwolken, die sie immer weniger sichtbar sein ließen. Wir glaubten ihr nicht, als sie ganz ruhig erklärte, sie habe vor, wegzugehen. Zu laufen. Das klang zu vernünftig. Was das anging, waren wir schon beraubt. Sie war weg. – Und Poppes kam zurück. Wir tranken. Wir redeten nicht. Sie sei, sagte er, vor ihm hergeschritten, groß, breit, keine Wegstrecke geradeaus, und habe einen Flügel des Kirchenportals der Erlöserkirche ausgehängt. Anmaßend sei das gewesen, wie sie ihr grünes Kleid Nähe Clemensstraße vom Saum aufwärts mehrmals aufgerissen habe, so daß er ihre mächtigen Schenkel habe leuchten gesehen und einmal ihr entsetzlich schwappendes Hinterteil. Er konnte anscheinend nicht umhin, es das Ärgste zu nennen, was er jemals vor seinen Augen gehabt. Wahrscheinlich erwartete er, daß wir grölten. Sie sei dann in die Mitte des Platzes gelaufen. Dort habe sie unsere Mädchen gerufen, habe Maschinenpistolen an sie verteilt, die sie alle vor dem Loch, das sie vor kurzem geschaufelt hatten, hüfteten. Wenig später hätten sich sämtliche Magazine ratternd in dieses Loch hinein entleert. Die Rosa aber sei weggelaufen. Nähe Eros-Center habe sie ihm eine Möse gezeigt, die ihn in die Knie gedrückt habe. Auf denselben sei er ihr dann gefolgt, bis er sie aus den Augen verloren habe, als sie im Adria verschwunden sei, nicht ohne ihm ihren riesigen Leib bloß dargeboten zu haben, wie etwas, worüber er nur, so drückte er sich aus, als Zappelnder und bar jeder Begierde cineastisch hinwegflimmern hätte müssen, wäre er, was er nicht war, noch dazu imstande gewesen, was er nie sein werde, so verschwor er sich vor uns und warf die Fetzen des grünen Kleides zwischen die Biergläser.

Ich ging. Der Poppes mußte mit. Der Robin folgte freiwillig nach. Im Friedhof auf der Wüste, alias Parkplatz, erwartete uns Jeanne. Nathalie stand ganz in der Nähe. Wir warteten vor einem offenen Grab, oder einer kleinen Felsenhöhle, oder . . . Ich war da gar nicht entschieden. Mit einem Hinweis auf den Kriegerfriedhof im Westen, verkürzte ich uns die Zeit. Man bestätigte den ruinösen Zustand desselben: geleerte Gräber, nur noch Löcher in Reih und Glied. Wie vorausgesehen, von mir. Die Rosa kam an: sehr gesittet, in frischem Kostüm, wenig auffallend dieses, ganz brav. Den Freunden war freilich aufgefallen, daß Nathalie im Smoking Kreons steckte, sehr smart, sehr verführerisch: aber keine Bemerkung. Poppes trug keinen Plisseerock; also keine Entsprechung. Das war hier nicht nötig.

Weshalb? fragte Poppes.

Warum? fragte Robin.

Die Nathalie begebe sich in das Felsengrab, oder: in das Loch, alias aufgeschüttetes Grab, oder . . ., befahl ich. Gleichviel, sagte ich. Ich sei hier wieder nicht entschieden. Ich bäte aber jetzt um eine freilich nur angedeutete Wiederholung des Nachrufs auf Frau Alpha, durch Poppes, allerdings in Richtung Antigone, also entsprechend verändert.

Wie bitte? fragte Poppes. Was soll ich tun?

Er solle der Antigone das Ende ihrer Biographie vorlesen, sagte ich. Er solle ihr vorlesen, wie sie gegen Kreons Verbot den im Zuge der Sieben gegen Theben gefallenen Bruder Polyneikes bestattete und deswegen durch Kreon verurteilt worden sei, lebendig begraben zu werden, also dem Menschengebot zum Trotz ihr Leben hingab, um die von den Göttern gewollte Pflicht gegen die Toten zu erfüllen.

Der Poppes befolgte die Anweisung und las die Biographie der Antigone vor.

Nicht schon wieder, schluchzte die Rosa. Sie wolle von einer Abschlachtung des Poppes mit Hilfe eines Beiles nichts mehr hören und wissen.

Du spielst hier keine Rolle, erklärte ich Rosa. Die Biographie, gesprochen von Poppes, lokalisiere nur die Grabstätte der Antigone.

Keine Felsenhöhle, kein aufgeschüttetes Grab, also kein Loch, und sonst auch nur so Unbestimmtes, und jetzt auch noch ein Text, also

bitte, wo steht Antigone denn? Als Nathalie steht sie vor mir. Sie steht in der Zukunft, das ist gewiß, sagte ich.
Der Poppes verbesserte: In der Vergangenheit, also bitte!
Ein Blitz erhellte die Nacht. Es könnte auch Tag gewesen sein. Da war ich nicht ganz entschieden.
Wir haben das ausgetauscht, sagte ich. Erinnere dich. Wie alle Toten wartet auch Antigone in der Zukunft auf uns.
Ach so, seufzte Poppes. Meinetwegen, erlaubte er diesen Tausch.
Antigone sei jetzt dran, meinte ich. Ob sie in der Zukunft imstande sei, ihre Grabstätte, alias ihre Biographie zu zerstören, fragte ich Nathalie. Und weil sie verwirrt schien, half ich ihr, indem ich sie an antike Biographien erinnerte, hoffend, wie ich sagte: bei ihr das entsprechende Bildungsgut voraussetzen zu dürfen. – Sie enttäuschte mich nicht.
Ich lobe mir Jon von Chios, begann sie, der in einem Dithyrambos behauptete, ich sei mit Ismene von Laodamas in einem Heratempel verbrannt worden, nachdem ich mich dorthin geflüchtet. Freilich, noch mehr muß ich Äschylos Hept. loben, der mich fliehen läßt mit meinem Vater in die Verbannung. Euripides Phoin. veränderte meinen Lebenslauf und die Jungfrau, die ich war; nicht nämlich bin ich nach ihm die Verweigerin des Gehorsams vor Menschen im Namen der Götter, sondern: ein eigensinniges Mädchen, das rein bleiben will, nicht befleckt durch den Mann. Eine Vermählung mit Haimon lehnte ich ab und floh mit dem Vater. Euripides Phoin. muß ich sehr loben, und Sophokles insbesondere: die widerspenstige Jungfrau nämlich scheine ich nie gewesen zu sein, wie sonst hätte ich mit Haimon einen Sohn haben können, den Maion. Sogar eine glückliche Ehefrau und Mutter bin ich gewesen. Oder das auch. Oder so oder anders. Und eigentlich war es vielleicht auch die Wahrheit, die Euripides vermutete, weshalb ich denselben sehr loben muß. Nämlich nach ihm wurde Haimon von Kreon beauftragt, das Todesurteil an mir zu vollstrecken. Er freilich meldete nur die Ausführung dieses Befehls, in Wirklichkeit hat er mich bei Hirten untergebracht und mit mir Maion gezeugt, mit bösen Folgen: da unser Sohn sehr viel später von Kreon erkannt worden war. Er mußte sterben, und Haimon und ich folgten ihm nach in den Tod: als Betrügerin starb ich mit meinem geliebten Betrüger. Freilich bin ich wahrscheinlich nur ein eitles Weib gewesen, die sich wegen ihres schönen Haares der Hera gleichstellte. Also war ich

bestimmt wahrscheinlich der Storch, in den mich die Göttin verwandelte, oder aber Ovid, dem ich von Herzen dankbar sein muß, nämlich, wenn auch als Tier: ein Mann war ich sicherlich auch. – Die Nathalie fragte: Und wie bitte weiter?
Wie hast du zu Odysseus gesprochen? rief ich. Ein zweiter Blitz erhellte die Nacht. Oder: ob es wirklich Nacht war, das war auch jetzt nicht ganz klar. Der Ithaker jedenfalls fehlte hier. Gleichviel, sag es zu uns, rief ich.
Das sagt eine Tote, begann Nathalie. Das sagt Antigone. Ich bin tot in der Zukunft. In ihr, in Wahrheit aber: bin ich nicht tot. Das bin ich nicht, weil ich überhaupt noch nicht fertig bin mit meinem ganzen Leben. Das werde ich niemals werden. Ich und mein Leben wollen immer wieder und neu und anders erzählt werden. Beispiele erzählte ich schon, oder von solchen Erzählungen über meine Person und mein Leben ging doch die Rede. Gerechtigkeit, wenn ich bitten darf, spielt keine Rolle. Ganz im Gegenteil: Also, man drehe mein Leben um, und verdrehe meine Person und die Worte in ihrem Mund. Oder soll ich in meinem abgeschlossenen Wesen gefangen bleiben hier in der Zukunft, aus der ich zurückrufe: Zerlegt die Antigone, zerreißt sie, zerstreut sie in alle Winde, denn so weit und also überall hin möchte ich kommen, um alles zu sein. Auf die redliche Erinnerung pfeife ich. Und ein gutes Gedächtnis bringt mich in Rage. Denn, bitte, was soll mir hier eine richtige Meinung über mich? Nach falschen Meinungen dürstet mich. – Ob es so gut sei, fragte mich Nathalie.
Es wird immer besser, zensierte ich. Weiter so.
Immer noch weiter? fragte die Nathalie.
Wenn ich bitten darf, ja. Und vergiß meinetwegen Antigone. Rede, sag selber, was du zu sagen hast.
Das sagt eine Tote, rief Nathalie: das sage ich. Die Biographie ist das Grab. Nur Biographien können mich daraus befreien. Das eine Leben mit einer Geburt und einem Tod ist der Tod. Ich habe mich selber in meinem einzigen Leben so oft und immer öfters ganz anders erzählt, daß ich glauben konnte: ich hätte viele Leben, oder ich sei nicht nur eine Person, sondern viele. Mein Tod, so scheint es: beendete dieses Spiel. Es scheint so zu sein, wenn keiner weiter erzählt, wenn niemand mehr fortsetzt: was ich im Leben erzählte, von mir, über mich. Was haben die Lebenden denn Wichtigeres zu tun, als uns Tote neu und anders und freilich also falsch zu erzählen,

so wie sie sich selber im Leben neu und anders und freilich also falsch erzählen müssen: um am Leben zu bleiben, an einem, das Leben genannt werden darf und nicht nur ein Lebensstrich ist, unter dem die tote Summe des Lebens gezogen wird. – Ich weiß nicht mehr weiter, stöhnte Nathalie. Also, als Tote zu schreien, ist fürchterlich anstrengend. Oder jedenfalls bin ich drausgekommen. Der Text ist wie weg.

Sehr gut, rief ich. Ausgezeichnet: dieser Schluß. Und ich dachte schon. Aber bestens.

Ein dritter Blitz erhellte die Nacht. Oder: Jetzt war es nicht weiter wichtig: ob Tag oder Nacht als Zeit. Auf den Blitz hätte ich verzichten können, das auch noch. Keine Szene mehr, nämlich. Nur noch eine kurze Erläuterung: Also, von Frauen und Männern, von Schwierigkeiten, entsprechend zwischengeschlechtlichen war nie so eigentlich die Rede gewesen. Ganz und gar überflüssig aber war jede Hexerei, sagte ich. Ist das klar?

Sie blieben alle stumm. Schlecht, oder gar nicht so wichtig.

Der Versteckspielkünstler begleite den künstlichen Vermehrer, wenn es demselben recht sei.

Es sei, sagte ich. In der Nachfolge wurde mir von Heimeran Phywa das Interesse erklärt, das er habe an einem Leben, welches nur deshalb gelebt werde, um sich je immer neu erzählen zu können. Das hatte er also verstanden und er dachte sich in der Sache weiter, indem er von einem erzählten Leben sprach, das in Wahrheit geführt werden müsse, wenn sich eine Person in viele vermehren wolle, was mir doch vorschwebe, angenommen: er verstünde den Erzähler da richtig. Ein solcher, wie ich einer sei, erzähle doch nur: wie er sich in seinen Personen und diese in sich selbst und aus sich heraus erzählten, aus jeweiligen Situationen in ihrem Leben oder in ihrem Rollenspiel erzähle er sich, abspringend in neue Personen. Klar sei ihm geworden, wie wenig es um ein jeweiliges Leben ginge oder um ein einziges Rollenspiel, da dieses nur den Background für immer neue Aufführungen immer anderer Personen dieser einen Person abgeben würde. Als Versteckspielkünstler, als welcher er sich nun einmal sehen dürfe, sähe er, ja müsse er sehen, wie eine solche erzählerische Vermehrung allein zu dem Zweck stattfände:

um als Person nicht mehr gefunden werden zu können. Wer nämliche viele Personen sei, könne als eine nicht mehr gestellt werden. Nicht wahr? Die Frage sei allerdings, wurde ich von Heimeran Phywa gestellt: vor wem ich und meine Personen sich versteckten? Und diese Frage verlöre ihren Sinn auch dann nicht, wenn man so weit gehen wolle, jede Person sich so vielfältig erzählen zu lassen, bis sie allfältig geworden sei. Denn in diesem universellen Fall könne man immer noch sagen: eine Person verstecke sich in allen Personen vor sich selber. Also wie dem auch sei: Er, Heimeran Phywa, könne ohne weiteres von Jubel über eine oder von Verwerfung einer solchen Theorie absehen, da eine künstliche Vermehrung ausschließlich den Versteckspielkünstler in ihm interessiere, weshalb er augenblicklich dabei sei: meine Vervielfältigungstheorie als außerordentlich interessante Versteckspielvariante in seine Versteckspielregeln aufzunehmen.
Ich verstecke mich vielleicht nicht mehr, schloß Heimeran Phywa. Aber ich liebe immer noch das Versteckspiel. Aber, warum verstecken Sie sich?
Ich schwieg. Er wollte also doch verwerfen.
Warum? Ich bitte Sie, warum erzählen Sie, wie sich Ihre Personen verstecken in immer neuen Erzählungen, in denen Sie sich verstecken?
Keine Antwort.
Warum gibt Ihnen das Leben nur Anlässe, um es zu vervielfältigen, damit Sie in den vielen Personen nicht mehr auffindbar sind? Also bitte, antworten Sie!
Kuckuck, rief ich und ließ ihn stehen.

Es gibt sowohl Anzeichen dafür, daß der Regisseur immer tollkühner die Vernichtung des Paares betreibt, als auch dafür, daß er die künstliche Vermehrung seiner und damit aller seiner Personen vorantreibt – las ich oben, auf der Terrasse, Ecke Marschallstraße, mich über die Schulter meines Inspektors beugend.
Was folgern Sie? wollte ich wissen. Schreiben Sie.
Und er schrieb: Das Dritte soll ausgeschaltet werden.
Nicht Jesus, sagte ich, der als Dritter das Dritte entbehrlich macht: den Staat, die Wissenschaft und den Tod.

Ich führe Dodo ins Penthouse. Im Flur klippe ich ihr eine Mondsichel ins Ohr. Die Wohnlandschaft Danis ist lunargerecht beleuchtet: eine Porzellan-Funzel in Form einer Mann-im-Mond-Sichel spendet falsches Licht. Das Mondmädchen wird von mir aufgelegt; der Duke-Sound rieselt. Der bleiche Mann liegt auf dem Ledersofa, zu Neck nachgegerbt, weiß, matt. Er im Hausmantel, schwarz. Dodo beobachtet mild. Sie menstruiert im Vollmond; sie ist Yang. Heute im Neumond ist sie bereit, männlich, sehr ruhig. Sie setzt sich zu ihm. Sie kann warten.

Dani: Sie hat mich verlassen.

Dodo: Ruhig, ruhig.

Dani: Das Boulevardstück ist von mir umgedreht worden. Ich sprengte. Jetzt ist die Gemeinschaft perfekt, vorführbar, umwerfend. Heureka. Bitte, das glaube ich. Das habe ich vor meiner Mona entwickelt: Szenen mit richtiger Masturbation, gemeinschaftlicher Erforschung der jeweils eigenen Körper, sanfteste Einweihung in das Jenseits von der Eifersucht. – Da sprach sie von ihrem Wunsch nach Ehe. – Ich entkonditionierte meine kleine Gesellschaft von dem Wunsch nach Sicherheit, kultiviertester Partnertausch, wenn du verstehst, was ich meine: heilignüchterne Wahl, Wirkursache: die Liebe, grenzenlose, über alle Häute hinweg. Abgewöhnung des einen, der einen. Kühne Beobachtungsgabe für die vorgeführte Entwendung liebgewordener Körperbereiche. Das reißt mich immer sehr hin. Auch gestern war das so. – Mona entschied für uns zwei Ort und Zeit der Handlung: das Standesamt Freiheit. Was ich überhörte. Ganz einfach: es war nur der Background für die Strukturprobleme meines Theaterstücks. Aber, wahrhaftig: sie lauschte. Ließ mich reden. Fragte sogar nach, als ich die Liebe als Haß definierte. – Von ihrer Gefährlichkeit sprach ich. Von ihrer Gegenwart in meiner Gemeinschaft auf der Bühne: als soziales Faktum, ungestört von Leidenschaft, nämlich regelrecht. Bitte, in einer Szene kommt das großartig heraus, kanonisch: alle sprechen ihre Wahrheit aus, jeder die seine. – Mein Fiat unterbrach meine Mona mit wichtigen Details der Schließung: Blumen, Gäste, Garderobe. – Die Unterstützung eines jeden durch jeden in seiner freilich geringen Fähigkeit, sich selber hinreichend zu lieben, führte ich vor – habe ich vorgeführt im Spiel – wiederholte ich, aber vor Mona: diese Einweihung ins Körperinnere bis hinunter zur Darmmuskulatur. Da mußt du wissen, daß eines der Mädchen das urethrale Tröpfeln in ihrer Blase kommentiert, wonach sich alle an dieses Geräusch in ihren eigenen Körpern hingeben: eine Szene rücksichtslosester Offenbarung der Selbste. Das sind nur Beispiele. Davon gibt es viele. – Ich zählte sie Mona auf. Ich hörte sie reden. Ich hörte nicht zu. Ich glaube, mich jetzt erinnern zu können, daß sie die Hochzeitsreise konzipierte. Sie hat dann lange und ausführlich durchgerechnet, wie sich dieses Ereignis einordnen läßt in unsere Terminpläne. Davon weiß ich jetzt, nicht wußte ich das gestern nacht. – Da habe ich im Erzählen versucht, neue Einfälle einzuordnen in den Zusammenhang aus höchster Freiheit in engster Körpernähe: Die Zerreißprobe kam mir vor die Gedanken, nämlich der Selbstliebe und wahrer Ungebundenheit in der Bindung an die Wahrheit der Gemeinschaft. Ich denke jetzt noch an einen ähnlichen Titel. – Mit meiner Wahl ihres Namens für die weibliche Hauptfigur wünschte ich: sie zu beglücken. Ich hätte es wissen müssen: respice personam. Heute morgen entdeckte ich, daß Mona ausgezogen war. Also während ich schlief.

Er schließt die Augen. Dodo streicht ihm sanft über die Stirne, auf der sie die Zukunft seiner Gedanken voraussagen hätte können, aber nicht seines Lebens.

Der Poppes muß jetzt die Wohnungstür aufsperren. Gut so. Man sieht ihn kurz im Flur. Dann macht er sich in der Küche zu schaffen. Und Dodo erschrickt, als Dani aufspringt, hinauseilt und Poppes begrüßt. Das sind dann dieselben Informationen, lakonischer freilich, die sie mithört. Unbegreiflich allerdings, was dieser Poppes, von dem sie gar nichts weiß, meint, als er von einer Liebe spricht, die ganz und gar unfreiwillig sei; nur eine solche würde der junge Mann akzeptieren. Treue erübrige sich. Der Liebende sei gezwungen zu lieben. Trennung gäbe es nie; also kein Ende, weil eigentlich auch keinen Anfang. Sehr hochgespannt, muß die Dodo denken.

Dann, als Dani auf sie zukommt, Shakespeare zitierend, situationsgerecht, hohe Kultur bei so viel persönlicher Misere demonstrierend: stellt sie sich ins lunare Licht, auf den Hacken hochaufgerichtet.

Dani: Das hat wahrhaftig nur der Mond verschuldet.

Dodo: Othello.

Dani: Ach du.

Jetzt kann sie sich beglückwünschen dazu, daß sie sonst gar nichts anhaben muß, als einen Burnus, nicht etwa nur so etws Ähnliches, sondern den richtigen, durchaus arabischen.

Dani: Ach, Marokko. Siehe da.

Sei es, wie es sei, denkt die Dodo. Sie hatte sicher gewählt.

Dani: Ich leide, wenn du verstehst.

Sie versteht.

Dani: Ich verstehe die Mona nicht.

Sie versteht die Mona auch nicht.

Dodo: Ich verstehe sie überhaupt nicht. Wie konnte sie. Einmal angenommen, was mir einleuchtet: sie verstehe dich.

Dani: Sie versteht mich doch. Und wie gut.

Dodo: Sagte ich doch.

Dani: Du verstehst mich.

Dodo: Ich auch. Also noch eine. Als zweite. Als andere. Wahrscheinlich hast du noch mehr nötig.

Dani: Eigentlich nur sie, wenn du verstehst.

Dodo: Aber ich verstehe dich doch.

Dani: Sehr schön.

Er prüft ihr Kostüm. Das unternimmt er mit seinen geprüften Händen, die sonst zeitgemäß ins Leere greifen. Hier freilich nicht. Hier begreifen sie eigentlich mehr als dieses Kostüm, was die Dodo mit Schaudern erfahren muß.

Dani: Du zitterst?

Dodo: Ich friere nicht, was du wahrscheinlich gar nicht annimmst.

Dani: Dort unten ist es ja so heiß, daß man am liebsten nur einen Burnus überwirft.

Dodo: Dort unten. Richtig. Nur.

Dani: Also, was sagst du?

Dodo: Empört bin ich. Unverzeihlich hat sie gehandelt.

Dani: Ich habe den richtigen Zeitpunkt versäumt. Mein Engel klopfte, ich habe nicht aufgetan. Und wenn ich an Norman denke, ich könnte werweiß was tun.

Dodo: Sich so zu versichern, beinahe abgefeimt.

Dani: Bitte, wie meinst du das?

Dodo: Expressis.

Jetzt hat sie grün.

Dani: Aber nein.

Dodo: Aber ja. Das ist es doch. Du hast ihr geholfen bei ihrer Entscheidung. In Not ist sie gewesen. Wußte nicht hin zu dir und nicht weg zu Norman.

Dani: Oh Gott. Du vernichtest mich.

Dodo: Aber das ist eben so abscheulich: jetzt wirft sie sich in die Arme dieses Fabrikanten und darf noch dazu glauben, dir nicht wehe zu tun. Oder vielleicht wollte sie das oder nicht?

Dani: Das wollte sie. Jetzt sehe ich klar.

Jetzt hilft Dodo nach, weil er doch allein nicht zurechtkommt und also sind vier Hände bei ihrer Enthüllung tätig, was beiden, insbesondere ihm nur recht sein kann, da er Umstände nur ungern erleidet, von wegen der sich zur Freisicht oft, wenn dieselbe sich verzögert: einstellenden Rücksichtnahmen seinerseits, die zu Rückzügen nur zu oft ausarten und mitten im Geschehen dasselbe zu einen Ausgangspunkt zurückprellen, wo es wahrhaftig ganz und gar als ungeschehen gedeutet werden muß. Hier und heute und jetzt aber nicht. In Sekundenschnelle nämlich ist Dodo nackt. Obwohl er es geahnt, bei der Prüfung ihres Kostüms sogar gespürt haben muß, steht er vor dieser vollendeten Tatsache ziemlich fassungslos da, wenngleich auch wieder überglücklich, in Anbetracht keines einzigen Kleidungsstückes an ihr, oder keines Auswegs, freilich in etwa irritiert, da es also auch keine erschütterten Hände geben wird, die dann fassungslos sind zwar, aber über Papier nicht verflattern, auf dem sie gewohnt sind, jedenfalls eine von ihnen: herbeizuschreiben das Kühnste, also das Nackteste, was ihm in den Sinn kommen mochte. Aber dem ist jetzt nicht so, weil sie nur mit diesem Burnus bekleidet zu ihm gekommen war. Er brachte sie überaus gekonnt neben sich auf das Sofa.

Dani: Ich will jetzt die nackten Tatsachen erkennen, wenn du verstehst, was ich meine.

Dodo: Ich meine schon. daß ich verstehe.

Dani: Da war ich also schon drinnen. Sie hat mich aber an die Luft gesetzt.

Dodo: Wo bist du jetzt? Ich meine: Wo warst du?

Dani: Im siebten Haus! Freilich nur siderisch.

Dodo: Ach so, lieber Dichter.

Da mußte sie ihn umarmen. So konnte nur Dani das ausdrücken in modo et figura, dieser heute ganz in Schwarz sich ergebende Autor.

Dani: Diese Person!

Dodo: Diese Personata.

Dani: Und wenn schon: diese Pflanze. Pardon. Aber wenn ich botanisch werde, so sind es nur diese Aufwürfe, derart irden, daß mir ein Maul wächst.

Dodo: Was dich blessiert, ist die plötzliche Leere.

Dani: Natura abhorret vacuo. Da steh ich doch da. Und wenn ich bedenke, wie sie jetzt in seinen Armen liegt, begreife ich mehr de natura animali! Kann es sein, daß sie nackt, ich meine nur?

Dodo: Das läßt sich denken.

Dani: Und bitte, sein Scheiß-Niphleseth dürfte, er dürfte –

Dodo: Der deine glaubt, daß er darf.

Dani: Du glaubst, sie glaube, sie dürfe ihm das erlauben?

Dodo: Ich glaubte.

Dani: Was glaubtest du?

Dodo: Der deine glaube.

Jetzt muß die Dodo aber lachen. Das tut sie aber im Rahmen lunarer Stimmung: nicht so hell also wie in Marokko, im Sand. – Das Mondmädchen kreißt wieder. Daran bin ich schuld. Der Duke-Sound rieselt. Der Dani spielt mit der Mondsichel an ihrem Ohr. Seine Liebe aber hat keines für Dodo. Zwar schon etwelche Finger, kann eine ganze Hand sein: ein Auge überhaupt nicht. Also eigentlich nur dieses Glied. Aber ungerichtet ist dieses.

Dodo: Sei jedenfalls aufrichtig, Dani, ich bitte dich.

Dani: Wohin. Ich bitte dich auch! Seit Stunden, wenn ich das sagen darf, onaniert mein Herz in die Leere.

Dodo: Wahrscheinlich ist Mona gut. Aber was sie dir antut ist schlecht. Ich sehe doch, wie du leidest.

Dani: Der Gedanke, sie könnte sich zeigen vor Norman, so wie sie ist – der macht mich verrückt.

Dodo: Wie zeigen?

Dani: Nackt, wenn du mich verstehst.

Dodo: So weit wird sie nicht gehen. Da denke ich besser von ihr. Ich denke da überschreitet sie nicht sich selber. Das wäre ja noch schlimmer.

Dani: Der Totentrompeter bin ich.

Dodo: Jetzt übertreib bitte nicht.

Freilich ist der Dani jetzt außerordentlich abwesend, quasi in Hyperdulia, in einer solchen tastend wie nach Brot nach ihren Brüsten. Oder warum knetet er diese? Das kann er aber erläutern:

Dani: Jeder Halt ist mir ein solcher, auch der weichste Grund erstarrt für Hoffnung. Ich hänge, wenn du das verstehst.

Das war allerdings mehr ein Strudeln über dem Abgrund, wovon er nichts wissen konnte.

Dani: Mein Schicksal, mein Rhypographus.

Dodo: Ich staune. Auch Griechisch? Nicht nur Latein.

Dani: In der Not. Ich bitte dich. Die Sprachen sind Nothelfer. Vierzehn hätte ich nötig. Ich habe nur zwei alte, zwei neue, und italienisch zur Not: das wären mir allerdings fünf Kerzen, die Pythagoras anzünden konnte. Aber: ich habe die Hochzeit ausgeblasen. So ist es. Dabei bewohnte ich schon das siebente Haus. Bin ich noch zu retten?

Dodo: Mich hast du vergessen.

Dani: Du? Die Ehefrau?

Als diese wieder verhüllt werden muß, sind nur Danis Hände tätig. Und nur, weil ihn das offenbar noch schlimmer erregt, werden die Qualitätsverluste von Dodo nicht im einzelnen aufgeführt, also keine Rede von botanischen, tierischen oder gar menschlichen Rhypographien. Das Mondmädchen rieselt auch nicht mehr. An eine Wiederholung dachte ich nicht. Vale, Duke. Der Poppes ist aber im Flur. Dann soll er hereinkommen, sagen:

Poppes: Herr Daniel Ondrach, weil es doch komisch ist, daß wir nichts dürfen, deshalb, wenn ich bitten darf. Gnädige Frau. Guten Abend.

Dodo: Aber bitte.

Dani: Sie dürfen.

Poppes: An Gott dürfen wir aber nicht glauben. Oder?

Dani: Kaum!

Poppes: Und unverzeihlich blöd ist: in das Jenseits voltigieren zu wollen.

Dani: Allerdings.

Poppes: Weinen, weil das eine Scheiße ist, dürfen wir auch nicht. Oder?

Dani: Dürfen schon.

Poppes: Blöd sein dürfen wir also? Jetzt fällt mir gar nicht mehr ein, was wir gar nicht sein dürfen, vielleicht, weil wir uns Einfälle abgewöhnen dürfen.

Dani: Das dürfen wir, ja.

Poppes: Das dürfen wir wissen. Nun liebe ich Jesus. Wie steht es damit?

Dani: Ach der?

Poppes: Den kennt man also besser nicht.

Dani: Ja, am besten.

Poppes: Und lieben? Und lieben?

Dani: Sie müssen sich selbst lieben.

Poppes: Sie begreifen mich. Wußte ich. Deshalb komme ich hier herauf. Das dürfen wir also? Aber dürfen wir uns sogar richten lassen?

Dani: Geschmacklos.

Poppes: Meine Frage?

Dani: Die Sache.

Ich hatte das erwartet. Ich bin auch nicht erstaunt, als Poppes fragt:

Poppes: Wer sind Sie?

Dani: Aber Poppes.

Poppes: Ist schon gut. Sie sind Schriftsteller.

Dani: Wie bitte, was soll das.

Poppes: Nur so.

Pause. Da warte ich.

Dani: Dodo!

Pause. Ich weiß schon.

Dani: Mona!

Die Edith zeigt Taille; der Macher: Lagerfeld. Also, bestimmt auf einem Miedergürtel flatterte ihr glockiger Rock vor der Casbah. Sie drehte sich: und dann dieser Schwung aus den Falten. Und über dem barocken Oberteil: ihr Kennerblick.
Der Auftritt des Kenn. Zwei Küßchen. Und der Spitzen-Promoter verschwand. Heute allerdings nicht mit Ziel: Tonkabine.
Ich nannte dem Poppes: die Summer, die Donna. In kniefreiem Zeltkleid, mit kleinen Volants an den Kanten, hatte sie Zutritt. Der Poppes vermutete: wegen der Kritzeldessins. Aber gleich wieder wurde er sachlich: Es könne sich kaum um einen gewöhnlichen Discodreh handeln; siehe die Vornehmheit des Tages. Er sprach von einem gemäßigten Überschwang dieses Alltags.
Nur Spitzen, kommentierte ich. Oder ob ihm das jetzt schon auffalle?
Im Augenblick wurde ein Durchschnitt näsig von Edith zurückgewiesen; eher noch freundlicher.
Aber die Gaynor, die Gloria: sophisticated und außerordentlich eigenwillig im Sinne Gianfranco Ferré kostümiert: für sie ein breiter Durchlaß.
Applaus.
Marc Simon, selbstverständlich: beklatschter Einlaß. Weg war er. Der Roger gleich hinterdrein. Und Sehnsuchtstränen, nachfließend aus Realschüleraugen.
Edwige im Lurexgestreif, auch wieder kniefrei, gewickelt wie in einen Sarong. Viele Hochs. Heiße Handflächen. Ihr Superblick zurück in dieses Gemeine. Dann schillerte sie aber ab.
Und immer zeigefingerreicher die Menge: Da ist sie, die Clifford. Auch du, meine Linda. Und derart korrekt, sogar überzeugend im noch einmal kürzeren Rock, besonders im spitzen Wickel der Bluse. Du süße Edith! Darf ich?
Sie mußte verschwinden. Sonst durfte das niemand. Also heute hier nicht. Geschlossene Gesellschaft.
Warum? fragte Poppes.
Darum, sagte ich und erklärte ihm Alex, der heute ganz weiß bis auf einen Fuchsschwanz als Fliege die Szene puderte. Wie im Kelch

verschwand er: Was für ein Nektar wurde in der Casbah geboten?
Erklärung, forderte Poppes.
Keine, nullte ich vor mich hin.
Wen der Marode mitbringe, wollte der Poppes jetzt wissen und zählte die Gorillas ab, sehr außerordentlich merkwürdig: bitte, nur solche Hang-overs und gräßliche Muskeln darunter.
Fünf, kam der Poppes unzufrieden in die Summe. Oder, bitte, das waren doch fünf? Und wieso?
Ich sprach von fünf Mitbringseln des Georgio.
Aber da warf sich schon endgültig die Edith in ihre Hüften. Ihre Hand wurde absolut.
Ausgezählt, flüsterte ich.
Vollzählig, verkündete die letale Freundin Kenn Friedmans. Und: Sperre. Sozusagen: die Hitliste gänzlich. Sie wünsche trotzdem kollektives Wohlbefinden, so Edith. Und Kaufwünsche anderenorts jederzeit.
Die Millionendinger ganz unter sich? wollte Poppes noch wissen.
Frag die Marktforschung, riet ich dem Poppes.
Die Casbah wurde geschlossen. Ein Schild an der Tür: I just can't wait for Dead.

Sehet, siehe da, schauet und freuet euch, schrie sich der Poppes das noch gar nicht so ganz falsche Herz aus dem falschesten Leib. Und ganz unwirklich, aus dem Süden bestimmt, jedenfalls unter dem schnellstens gebildeten Seilbogen durch (die Pfeiler: die meinen zwei anfangsreichen Polizisten), eilte, und zwar selbstverständlich rückwärts (wie immer die Liebe!), von einer nachfolgenden Menge zu diesem regressiven Fortschritt gedrängt: der Oberammergauer Jesus, umgekehrt frontal seine Gaben ausstreuend, den Boul herauf, ganz ersichtlich immer mehr der Gottessohn, den man ihm abverlangte, werdend – also etwa auf unserer Höhe war er dieser schon beinahe ganz – und als solcher versprach er allen und allem seinen liebenden Vater und immer liebender deutlich, und entsprach damit immer mehr ganz und gar den Wünschen der flehenden Menge, die ihn noch schlimmer verfolgte, so etwa von Nazareth bis Tempel Jerusalem, welche Abbreviatur sich geradlinig an uns vorbei bewegte, bis seine immer noch höher herunterverspro-

chene Vaterliebe von oben verheißenermaßen, etwa auf der Höhe Raubritterburg, unermeßlich tiefer wurde, wahrscheinlich Gethsemane und Kelch und noch solche Notbehelfer.
In der Erlöserkirche steht schließlich und endlich das Kreuz. Schluß.
Unser aller Erstaunen begann aber damit, daß wir den Poppes vor dem Tor hockend antrafen, den von Rosa ausgehängten Flügel wie eine Zudecke über sich stemmend, umschart von Glaubenden.
Er hänge da drinnen, erklärte der Poppes fromm. Und er erklärte auch noch, daß sich also wenig geändert habe. Der hinge nämlich schon lange. Es handle sich aber jetzt um ihn, um Poppes. Er antichambriere. Nämlich: die Audienz, die sein Vorgänger auf dem Kreuz dort drinnen immer noch zu erzwingen gesonnen sei: bis heute sei diese ihm nicht gewährt worden, weshalb er selber, Poppes, sich zu dieser Audienz bei seines und ihrer aller Vater angemeldet habe, halb erdrückt von der Hälfte des Tores einer Kirche, in der ein lieber Vater wohnen darf (deutsch: muß). Er antichambriere. Das Los seines Vorgängers nehme ihm weder Mut noch Ausdauer, schon gar nicht den Sinn unter seinem Torflügel, da es sich bei ihm, bei Poppes, um Eigensinn handle.
Was ist los mit dir, fragte ich.
Ich bin heilig, sagte der Poppes. Das ist vor dem Tod in diesem Leben das Einfachste, und besonders mir bei dir, also ohne Geburt, fällt gar nichts mehr Triftigeres ein. Ich werde ein ganz und gar Kind. Und mein Vater muß etwas sagen.
Wer bitte, fragte ich Poppes.
Ganz einfach der, unter dem sein Sohn starb. Der muß eines Tages reden. Das ist das Einfachste von der Welt. Ich antichambriere. Mich wärmt mein halbes Kirchenportal wie meine bessere Hälfte.
Es wurde als Segen mißverstanden, als ich in die Menge hinein energisch abwinkte. Sinngemäß vergeblich. Deshalb verließ ich den seltsamsten Heiligen der einfachsten Wartezeit in Richtung Café Freiheit.
Auf dem Wege dorthin ereilte mich die Beschwerde des Pastors von Oberammergau, einen Jesus gestohlen zu haben, was mich zunächst zur Behauptung: er hinge nun einmal in der evangelischen Apsis (nie überprüft!), und in der Folge auch noch zu der Entschuldigung hinriß: ein bayrischer Sohn könne so herausfordernd sein im Namen der Liebe wie gut und gerne jeder andere Mensch. Und

da der Pastor aus Sufferloh stammte, befriedigte ihn diese Auskunft.

Da stand ich und war froh, den Heiligen und seinen Jesus losgeworden zu sein, von beider Gottvater gar nicht zu frohlocken.
Da stand ich, aber nicht lange allein. Ein Mensch trat herzu. Noch einer, d. h., aber egal. – Nicht egal: Ein Richtiger, sagte er, sei er.
Was Wunder: da tauchte der Luhmann auf.
Seine Frage (des Menschen): Ist es recht, daß wir dem Richtigsten unser Leben geben?
Was Wunder? Mir war zu neutestamentarisch zumute, um nicht zu fragen: Zeige mir dein Leben. Was für ein Leben ist es?
So er: Ein öffentliches und ein lebendiges!
Mich muß der liebe Gott geritten haben, denn ich sagte: So gib den Richtigsten, was der Richtigsten ist: dein öffentliches Leben, und den Falschen, was der Falschen ist: dein lebendiges Leben. – So sprach ich und ich verschämte mich rot. Und der Poppes bekommt bestimmt seine Hiebe, von wegen Emporschweifung. Ja.
Der Luhmann kam näher bis ganz. Hör zu, bemerkte ich bibelfest: Also Matth. 22, 15-22; Luk. 20, 20; Mark. 11, 13-17. Ich bin zu weit geflogen, jammerte es in mir.
Dem Menschen aber rief ich nach: Gebt den Luhmännern, was der Luhmänner ist. Zum Teufel, mit deinesgleichen.
Der Luhmann verließ mich. Ich war wieder allein. Vielleicht aber bin ich nur falsch.

Ich mußte in den 5. Stock hinauf. Mein Gefühl sagte mir, daß dort Post für mich lag.
Wie recht ich hatte. Ich las:
Der Autor scheut sich nicht, Wissenschaftler beim Namen zu nennen. Er läßt sie auch reden. Er unterhält sich mit ihnen. Er ist naiv. Das ist gefährlich. Besonders für ihn.
Ich halte hier fest: Wenn sich – und ich habe hier, hoffentlich nicht in Bezug auf diesen Autor: ein Vorwissen, gewonnen aus strengster Lektüre – in Luhmanns Überlegungen ein Trend ausspricht, vielleicht sogar ein terrestrischer, müßte der Autor, gemäß seiner Strategie des Falschen, mit seinen lachenden und öfters lächer-

lichen Worten diesen, innerhalb dessen Trend, und selbstverständlich diesen überschreitend, überholen.
Sein Poppes, den er so über alle Maßen zu lieben scheint, müßte jenseits des Trends lachen und rufen: Hier bin ich schon. Und wieder jenseits des Trends müßte seine graue Rosa lachen, wenn der Luhmann gerannt kommt, und rufen: Ich bin schon da.
Über diesen Trend hinweg müßten sie beide, der Poppes und die Rosa, korrespondieren.
Hallo, Rosa, ich bin ein Igel.
Selber Igel! So Rosa.
Und? erregte ich mich. Wer schreibt hier? Etwa du? Ich muß dich hart kritisieren: Hier schreibe ich. Ist das klar?
Es war schon einmal anders zu lesen, muckte der Schreiber auf. Aber bitte.
Ich schreibe, sagte ich und schrieb:
Der Hase stürzte und er war tot.
Nur du wirst stürzen, sagte der Schreiber trocken und schrieb das auf.

Monsieur Dupin, offenbar mit Nachdenken beschäftigt, ganz in Einklang mit seinen stillen Meditationen, stand da. Einen Augenblick später jedoch: er staunte, gründlich. Ganz herausgerissen. Tat einen Schritt vorwärts. Wurde dann steif, ganz Baum, seine Aufmerksamkeit ausbreitend.
In seinem Schatten: der Heimeran Phywa. Schon Umblicke, mehr Überblicke, deshalb: seine Haartolle flog. Das Gesicht modisch, wie immer: weiches, gefälliges, faltenloses, selbstverständlich Grinsen; verunstaltet nur durch einen Pickel; Grenzmarke: 16 Jahre. Ganz außerordentliche Lustgefühle, offenbar, alle unter seiner frischen Frisur, für ein lustiges Durcheinander hinter der unsichtbaren, aber bestimmt hohen Stirne.
Kuckuck.
Das war es. Im Gedankendickicht: dieser Sportruf, freilich jetzt nur zum Spaß. Ganz lässig überallhin. Auch unplanmäßig. Also gar nicht spielgerecht. Das mußte, das sollte sogar auffallen. Und es fiel auf. Dupin vermerkte sofort: Die plötzliche zweifache Ankunft der Mädchen. Beide tränennaß: unpopperhafte Lärvchen: nämlich verschmierte, trotzdem sehr süß, bestrickend, das auch. Ganz

außerordentliche Unlustgefühle, alle unter feuchten, verdorbenen Frisuren. Auffallend schwerfällige Unterkörper, die Fußspitzen beiderleibs eingekehrt, zur Tollpatschigkeit entartet. Unsorgfältig behandelte Figuren. Irgendwann ausgeschwungen, ganz trostlos vor den Heimeran hingestellt. Aus, scheinbar, mit Niedlichkeit und Fesche; der ganze Karottenhosenfrohsinn abgestakst; hohe Stöckel, aber Buttergangart, bevor sie so standen, wie sie bestimmt nie vorher vorgehabt hatten, vor einem Jungen zu stehen; sogar unter den soliden Blusen keine Regung. Die Schultern hatten jetzt das Wort, oder fielen sich selbst vierfach in den üblichen Choral von Aufkraft und Lebensvorfreude.

Na ja, lispelte Heimeran. Die Chris.

Der Privatgelehrte dachte, sein Ohr habe sich bewegt, eines von seinen zweien. Natürlich nicht. Aber bestimmt nicht nur eingebildete Aufmerksamkeit seinerseits. Immerhin beinahe inkommodiert, lippenhalber: Dieser Kuckuckklein, notierte der Detektiv.

Ja, nämlich tot, stellte Dora fest. Ganz einfach tot, verstärkte sie eine Tatsache, die als weiblicher Mensch bestimmt nicht mehr atmete.

Ausgehaucht, so die Leli, viel Salz in der Stimme.

Nun habt euch nicht so, ernüchterte Heimeran seine Spielkameradinnen. – Das war stark.

Ein Lachen brach aus diesem Jungen. Dora beschrieb es auch gleich so.

Mehr ausgerutscht, aus Verlegenheit, meinte Leli, ihre Tränen nicht trocknend.

Der gibt sich nur so, urteilte Dora.

Da müssen wir ihm schon eine Vorgabe geben, auf Grund von menschlicher Verhaltensweise, so Leli.

Meinst du? zweifelte Dora. Vielleicht ist er doch bestimmt beinahe lustig. Und was er dann derart schlimm ist, ist er nach einem abgebrochenen Versteckspiel, was vielleicht schon böse genannt werden darf.

Dabei muß man wissen, was Doras Ausdruckskraft und sprachliche Wendigkeit betraf, daß sie kurz vor der mittleren Reife lebte und dachte. Die Verkäuferin Leli hatte da jedenfalls die größere Erfahrung. Sie räumte ein: Unter Umständen ist dieser Mitmensch und Mitspieler Heimeran so lustig, weil ihn das gar nicht betrifft.

Lieber Heimeran? forschte Dora. Einmal angenommen, du seist

unglücklich, weil ich dich fand, warum reißt es dich gleichzeitig beinahe hin bis zum Glück.

War mir klar, wie hoch die Stirne sich unter der Haartolle Heimerans wölbte?

Klar: Sie hat mich gefunden, sagte er, unlispelnd hart, nämlich die Dora. Davon weißt du nichts, oder du scheinst nichts zu wissen, Leli.

Tränen, gesichts Leli. Sturzbäche: Schlußstück und Ende der Chris. Schluß, sagte der Heimeran Phywa.

Du Esel, nimm dich zusammen, Leli, beschimpfte und richtete zugleich die Dora die Leli auf, was den Heimeran sehr zu stören schien, der immer noch soviel Versteckspieler war, daß er eine Verwechslung im Tierreich nicht zulassen konnte. Die Leli ist eine Kuh. Und das ist keine Beleidigung, wie man weiß, stellte er ernsthaft fest. Aber andererseits schon wieder mußte er lachen.

Du Esel, gab die Dora zurück, die im Reglement blieb, was ihr von Heimeran hochangerechnet wurde.

Entweder man hat sich für einen Abzählvers entschieden, oder – jedenfalls als Versteckspieler – scheidet man im vorneherein schon aus. So seine, Heimerans, entschiedene Meinung.

Abgemacht werden wir, trotzte die Leli. Wer das nicht bemerke – Dupin dachte angestrengt – sei eben doch ein Esel, blieb die Leli bei dieser Gattung. Und sie erweiterte ihre Meinung, sprachlich im Umgang mit Hertiekunden geschult, indem sie des näheren ausführte, daß dieser Oberspieler oder sogar Haupt-, weder in Zukunft suchen, noch jemals gefunden werden wolle. Dora würde das einfach nicht begreifen.

Ich aber stellte nun wieder meine Ohren auf; der Privatdozent seinerseits, wie ich hoffte, wenigstens eines der vorhandenen zwei. Die Dora, Realschülerin, mußte sich das anhören, wie die Verkäuferin Leli schrie: Der macht uns doch ab. Sie wußte auch noch, daß sie sich wiederholte und ihre Hauptschulbildung ließ es nicht zu, das nicht zu vermerken.

Liebste aller Lelis, feimte der Heimeran, wie so sehr Unrecht du nicht hast, triumphierte er, ohne in etwa einen Klassenunterschied zu machen, was er auch gar nicht nötig hatte, denn darüber genau stand er doch.

Ich weiß, was ich weiß, sagte Heimeran diesen Spruch auf, der allemal den enthebt, der ihn spricht – und sofort auch muß er die

Spiele trennen, wenn er oben bleiben will. Also oben wollte der Heimeran bleiben, weshalb er die Spiele auch trennte. Ich bin in einem anderen Spiel der Gesuchte. Das sagte er nicht etwa, sondern, wie es sich gehört: das verkündigte er. Das sagte der Gymnasiast Heimeran. Jede Klasse hat ihre Sprache: und er also sofort und ohne Umschweife die seine.
Dupin hatte begriffen. Aber er griff noch nicht zu.
Die Dora weinte. Der Leli fiel nichts anderes ein. Dem Heimeran war außerordentlich nochmals zum Lachen zumute. Mir oblag es, aus der Ferne zu urteilen. Und wie gewöhnlich unterließ ich dieses.
Dupin schritt beiseite. Es gab aber keine Kulissen. Hätte es welche gegeben: ohne uns noch ein Wort über seine entwirrenden Gedanken gesagt zu haben, wäre dieser großmaulige Entknäuler menschlicher Dummheiten nicht abgetreten.

Das Kasperltheater war im Halbkreis der Tische vor dem Café Freiheit aufgebaut worden. Die Vorstellung begann, als ich dort ankam. Der Vorhang teilte sich. Die Kinder schrien.
Ach Kasperl, rette mich, jammerte der Hermann in seinem Käfig in Richtung Unterwelt. Aber er wurde nicht erhört, denn dort unten herrschte allein der Herr. Ich wollte das so. Und was in dem Holzkopf des Hänsel vorging, sollte unter seiner nur angedeuteten Knabenhose allein dieser kleine Herr wissen dürfen, der dort mit dem Mittelfinger seiner rechten Hand die Demutshaltung zustande brachte, die Hänsel, alias Hermann, in diesem bodenlosen Theater vormachen mußte. In Ermangelung einer dritten Hand mußte der Herr Dorothea als Gretel hängen lassen über die Rampe. Nämlich: seine linke Hand, unter dem Mädchenrock Rosas, der Hexe, steckend, ließ jetzt mit Daumen und Mittelfinger deren böse Holzpfoten eine Schere öffnen, während sie dem Hermann, alias Hänsel, befahl (also wirklich mit Rosas Stimme!): einen Finger aus dem Käfig zu strecken. Und dieser arme Hänsel, alias Hermann, mußte es leiden, daß der Ringfinger des kleinen Herrn, der Finger also der ehelichen Treue, und dies vor allen diesen Kindern, durch seinen Hosenschlitz und zwischen zwei Gitterstäben zum Käfig hinaus erigierte (also wirklich mit goldenem Ring!). Das durfte der kleine Herr, oder: so mußte er spielen: als Herr dieses Kasperltheaters.

Und über und unter diesem Finger: die schneidigen Schenkel der Schere, die mußte er zuschnappen lassen, was die Holzpfoten Rosas, der Hexe, alias Daumen und Mittelfinger seiner linken Hand aufs blutigste besorgten. Es wurde viel geschrien. Nur Hermanns Aufschrei ward nicht vernommen. Aber der Hänsel warf seinen Käfig durch das Bühnenbild, sehr schmerzensreich, bevor sich der Vorhang wieder schloß.

Kurz und blutig, zensierte mich Poppes, während die Zuschauer flohen, der kleine Herr hinterdrein, mit der Hexe den Hänsel umarmend. Und Arm in Arm verließen Hermann und Dorothea dieses Theater.

Verdammter Verkürzer, beschimpfte mich Poppes.

Ich sagte: Das Leben spielt allerdings auf längeren Brettern. Sie bedeuten aber immer viel zu wenig Welt. Und die Gigantomachien unserer Bühnen verlängern das Leben so schlimm, bis es überhaupt nur noch abgesessen wird. Die kürzesten Bretter stehen nur noch geschrieben. Sie sind bestenfalls auch noch angesägt, zwecks Durchfall, wie gehabt, damit es im Sturzumdrehen wirklicher wird: als wirklich. Freilich: das macht dann die Freude an der Angst aus. Schluß. Lesen ist wie: den Tod ganz erweitern bis in das Leben.

Da stand sie aber schon vor uns, die Rosa, in Lebensgröße, bekleidet wieder wie gewöhnlich.

Scheißrollen, schimpfte sie. Zweimal eine Hexe und auch noch so eine märchenhafte. Ich bin erschöpft. Ich habe es satt. Sie warf den Ringfinger auf den Tisch. Sie fragte: Wohin damit?

Der Hermann suchte und fand in seiner Hose, was ihm in diesem Leben das wichtigste war. Dorothea, blaß wie eine Lilie, ließ sich von ihrem Bräutigam versichern: Nicht ernst gemeint! Bestimmt nicht!

Rosa brachte mich auf den Gedanken, den Ringfinger des kleinen Herrn unterzubringen in meiner Prosa, was ich versprach, obwohl ich im Augenblick überfordert war. Trotzdem mein Vorschlag: aus diesem Ring, der im Blut golden glänzte, zwei für die Hochzeit gießen zu lassen. Er wurde mit wenig Begeisterung aufgenommen. Ich bin das gewöhnt.

Abgeschnitten hast jedenfalls du, sang Nathalie, mich vertonend, etwa für Nonnen?

Ich weiß, wer in der Hose steckte, verteidigte sich die Rosa.
Aber auch sie wurde wenig begriffen. Zu ergriffen waren sie alle von diesem Schauspiel, das sie zwischen den Beinen ergriff.
Obwohl man es bei mir nicht abschneiden kann, meinte Jeanne, ein ganz schlimmes Stück!
Nur der Poppes, weil Jeanne vielleicht so ausdrücklich wurde, lachte. Aber nicht sehr. Auch zu kurz. – Auch er, mein Sohn Poppes?
Der Robin war befangen. Der zählte nämlich immer wieder bis elf. Ein Fehler durfte ihm da nicht unterlaufen.
Dorothea beklagte sich sehr: Verlobung! Das soll eine sein. Ich bin in der falschen Gesellschaft, sagte sie laut. Und sie schluchzte.
Na, du Hexe? spottete Poppes.
Biograph, fuhr ihn die Rosa an.
Hexe, schrie Poppes. Das bist du!
Du Idiot, wurde er von Rosa zensiert, sehr kurz und sehr bündig.
Etwa nicht, fragte der Poppes. Und das Beil? Und die Schere? Etwa keine Hexe?

Nein, sagte Rosa sanft und zog sich aus. Und sie drückte ihre Brüste an seine Brust. Bist du doch nicht nur, sagte sie und zog ihn aus und steckte einen Finger der linken Hand in seinen Anus und einen Finger der rechten Hand in seinen Mund. Und ich bin nicht nur eine Frau, sagte sie. Und er drang in sie ein. Und er steckte einen Finger seiner linken Hand in ihren Anus und einen Finger der rechten Hand in ihren Mund. Weil ich einmal mehr geöffnet bin, bist du einmal mehr imstande, in mich zu kommen, sagte sie. Und es hatte den Anschein, als genüge ihr das noch nicht. Sie stöhnte. Ihr Blick suchte mich.
Ich sagte: Geschrieben steht hier: Es geschah, daß die Frau mit ihren übrigen Fingern auch noch in das Gehirn des Mannes eindrang, in sein Herz, in seine Lunge, in seinen Magen, in seine Leber, in seine Nieren, in sein Gedärm und in seine Blase. Es geschah, daß der Mann mit seinen übrigen Fingern auch noch in das Gehirn der Frau eindrang, in ihr Herz, in ihre Lunge, in ihren Magen, in ihre Leber, in ihre Nieren, in ihr Gedärm und in ihre Blase.

Demnach, sagte Rosa zu Poppes, und sie lachte, hast du einen Finger mehr, der uns endgültig verbindet, aber das ist nur möglich, weil ich ein Loch mehr habe, womit du dich endgültig verbinden kannst mit mir.
Liebe Rosa, sagte der Poppes, also wurdest du nicht zur Hexe, weil ich ein Mann bin?
Nein, liebster Poppes, sagte die Rosa.

Im Bayrischen Wald, besonders in der Glashütte Zwiesel, entstand diese durchsichtige Figuration einer zufälligen Liebschaft, die ich so außerordentlich verknüpft hatte. Wahrscheinlich hatten zwei Bläser aus zwei verschiedenen Richtungen alles zusammengeblasen, und wir bliesen anschließend diese Komposition in die Höhe, sie bescheiden als Sternbild ausgebend, und noch nicht recht wissend, verwirrungshalber, woraus die Flüssigkeit kommen sollte, deren unsere Terra Nova so sehr bedarf, auch etwas gehemmt, von wegen der himmlischen Paarung. Aber das Loch, das uns tropft, wird gefunden werden: der Spund wird sich öffnen. Jetzt hoffen wir noch, aber bald über jeden Glauben hinweg werden wir ganz exakt wissen: woher uns die nötige Nässe kommen wird.

Die Dodo mußte Dani stützen, so sehr war er im Aufblick entrückt, drohte nach hinten zu fallen, hielt sein Gesicht beinahe waagrecht, stammelte, hatte kehlig etwas gegen den Bayrischen Wald, insbesondere Zwiesel, hätte venezianisches Glas lieber gehabt, aber schien selber Glas zu blasen, nämlich ein Herz, das seine, welches zerspringe, was Dodo im Schrecken keuchen ließ, bis ihr Mitleid nur noch jammerte. Unter den leuchtenden Pumphosen zitterten ihr die Beine. Aber ausschließlich der zweite Knopf am Hemd des Dani sprang ab: ein marinefarbenes Halstuch ins Freie entlassend, nämlich in beinahe unterer Ausführung: also als Zipfel des weichgeschlungenen Knotens, während der insonah etwas Verunstaltete den Namen seiner Braut, wie er vorgriff, in die Luft dieser Freiheit husten mußte, was er genauso, sich mehrmals verschluckend, also sein Gesicht wieder, aber nur kurz, vertikal einstellend, interpre-

tierte, mit der schon angedeuteten Folge eines schlimmen Hustenanfalls, den er gezwungenermaßen in sehr gebeugter Haltung überstand.
Von einer schlimmen Unterbrechung, wollte jetzt Dodo wissen. Dies aber wies Dani von sich, derartige Zwischenfälle remoram beneficiam nennend, in Anbetracht seines sonst ununterbrochenen Leidens an der Abwesenheit seiner Wunschfrau. Er wolle das einmal so nominalisieren in aller Leichtsinnigkeit, die dem Gefolterten zustehen müsse. Ganz unerträglich sei das Unvermögen, sich ihre Auftritte in einer gefühlsfremden Welt vorzustellen.
Da half es Dodo wenig, eine heilsame Schonung in diesem Mangel zu vermuten. Dem Stöhnenden ging zu dieser Zeit jedes Verständnis für schmerzmindernde Einrichtungen der menschlichen Natur geradezu aus seiner selbstgewählten Trotzhaltung heraus völlig ab. Und beinahe hätte er sich mit Vorwürfen seines lebenerhaltenden Beistandes beraubt. So formulierte er es auch, in dieser Richtung aber auf das, wenn auch nicht beleidigte, doch schmollende Make-up der Dodo stoßend, an welchem die jeweils zweiten Ohrmuscheln schwangen. Sie biß sich verstört auf die versilberten Lippen. Indem er sie aber ganz abrupt und, wie sie immerhin gutartig notierte, überaus routiniert davon in Kenntnis setzte, daß augenblicklich und wohl auch in Zukunft die wichtigste Rolle in seiner Krise mit ihr besetzt worden sei, von ihm oder von wem auch immer, übte sie wieder ein Lächeln.
So weit, so gut. Das war überstanden.

Unterwegs mit Poppes, fragte ich: Bitte, was sollte deine religiöse Einlage?
Nur so. Ich habe mir die Liebe vorgespielt.
Kriegst du nicht genug? Schau hinauf: dieses Sternbild.
Schon gut, sagte Poppes. Aber da werde ich freiwillig geliebt und also noch immer nicht genug. Deshalb antichambrierte ich vor der Wohnung Gottes.
Der soll dich unfreiwillig lieben und absolut? fragte ich.
Ja, erklärte mir Poppes. Das muß er. Ich kann das von ihm einfach fordern, weil er mein Schöpfer ist. Er hat mich gemacht, selber schuld. Ein Heiliger erkennt das und das erkennt er vor allem. Er

weicht nicht von der Schwelle. Er ertrotzt sich die Liebe seines Schöpfers. Er fordert. Die Liebe ist ihm nicht etwas Zufälliges, mitnichten. Geliebt zu werden ist sein Recht.

Und du glaubst das?

Ich habe das nur so gespielt. Ich wollte das ausprobieren. Ich wollte mir das selber vormachen. Mehr war das nicht.

Sei so falsch, sagte ich.

Und Dodo und Dani? Abgehend. – Alles in Ordnung also. Signale einer derzeitigen Stimmung? Eines jedenfalls von expressiver Eindeutigkeit: der Schriftstellerhände eine ruhte in aller Eindringlichkeit, also eigentlich nicht, auf der Pumphose der Dodo, genauer, den Rumpf betreffend: rechts unten. Und derart bewegten sich beide in Richtung Kasperltheater, weil Dani mit Dodo dort dem entscheidenden Akt, wie er annehmen müsse, so drückte derselbe sich aus, beiwohnen wolle. Und auf dem kurzen Wege dorthin, geschah es, daß Dani ein neues Geraten, und zwar außer sich, vorführen durfte, nach einer wenig geschmackvollen Erwähnung von Briefbotschaften und freilich sogar Blumengrüßen, oder was an derlei Albernheiten noch mehr eingetroffen seien in seine Trostlosigkeit.

Dodo: Von wem. Ich hoffe doch nicht?

Dani: Erraten: von Frauen.

Da sei derart pünktlich reagiert worden, windrosenartig, daß er in arger Verlegenheit blindschleichen hätte müssen, und zwar in der eigenen Wohnung. Die Muschel der Post an sein Ohr zu bringen, verbiete ihm auch in Zukunft seine Trauerarbeit, stöhnte Dani.

Dodo: Du sprichst doch nicht etwa von Angeboten?

Dani: Ich müßte von Aufgeboten sprechen. Da will ich aber mich nicht überbetonen: mein Penthouse blüht auch mit. Um Gotteswillen, nimm bitte nicht ernst. Da wird der Kelch schön geschlossen. Trauter Nektar, süß Leid allein. Oder so.

Dodo: Klingt beinahe neckisch.

Dani: Was willst du? Jetzt überschlägst du mich aber in der Saison.

Dodo: Daneben geurteilt: ich rechne nicht nur genau, sondern mit allem.

Dani: Übertreib bitte nicht.

Dodo: Also Blumen?

Dani: Ein Kaktus war auch dabei.

Dodo: Um so schlimmer.

Er jumpe zwar ganz verstört im Schlamassel, eludiere aber hauptweilen vernünftig. Der Amphisbänen wisse er sich taubschleichig zu erwehren. Kuverts, also duftende und umweltbewußte, öffne er gar nicht. Wenn allerdings Mona sich als Harmone geriere, wisse er nicht, wie unbestimmbar er selber sich in der Zukunft verhalte.

Dodo: Gerechter Gott. Das ist eine Schlangengrube. Du bist schon vergiftet.

Sie entfernte seine rechte Schriftstellerhand von ihrer Hose. Jedoch: das mußte Dani nicht unbedingt als Zurückweisung interpretieren, da er selbst es war, der ihr einen Platz erobert hatte vor der Kasperlbühne. Sie saß. Ich hätte ihn abgesetzt, wäre er nicht schon gesessen, und zwar neben ihr.

Ich hörte ein Wimmern, es kam aus dem Kasperltheater. Der kleine Herr brachte sich derart in Erinnerung.

Auf dem Weg dorthin, sie folgten mir alle, fragte mich Rosa nach dem Ringfinger. Bitte, was tun mit ihm?

Ich wisse das noch nicht, gab ich zu und erinnerte an meinen Vorschlag: zwei Ringe daraus gießen zu lassen für Hermann und Dorothea. Also vielleicht?

Der Vorhang teilte sich. Fortsetzung wahrscheinlich des kruden Märchens. Das Bühnenbild: wieder nur der Käfig der Hexe; diese nicht anwesend. Aber Dorothea lag flach darin, jedoch füllte sich, und sogar der Käfig öffnete sich: und Dorothea trat heraus und spazierte herum und schwätzte.

Meine Braut? fragte mich Hermann.
Hörst du sie nicht quasseln? fragte ich ihn.
Nämlich, erzählte die Dorothea, deren Bauch sich zu wölben begann, wie ihr sehen könnt, liebe Kinder: war eine bestimmte Kastration zu spät erfolgt. Also, der Hänsel ist ein ganz früher Schlimmer gewesen. Und wenn ihr jetzt nur ein wenig Geduld habt, werdet ihr dank der Verkürzung der Zeit auf dieser kleinsten Bühne der Welt: die endgültige Wölbung meines Bauches erleben können bis zu dem Zeitpunkt, an dem meine Zeit kommt.
Sehr spannend, wirklich, meinte der Poppes, etwas Richtiges vermutend, vielleicht sogar schadenfroh.
Wir warteten also die höchste Zeit ab. Und die Dorothea als Gretel fuhr ziemlich nervös hin und her.
Wird noch was draus, verlor der Poppes die Geduld. Der neunte Monat, wenn wir bitten dürfen!
Da vernahmen wir alle die Stimme des Herrn, in diesem Fall aus der Tiefe. Meine Finger, donnerte er und kommentierte brausend: Ich bin mit der falschen Hand in mein Geschöpf gefahren.
Aha, wurde dem Poppes etwas klar.
Mein Ringfinger reicht nur bis zum dritten Monat, grollte der kleine Herr.
Da bin ich aber nicht schuld daran, verteidigte sich der Hermann, noch ganz in seiner Rolle als Hänsel.
Vielleicht drücke er sich nur vor dem Ergebnis eines Inzestes, witzelte der Poppes. Er wurde sehr leichtfertig. Das war für ihn anscheinend schlimm in jeder Hinsicht und schon gelaufen.
Das könne gar nicht sein, meinte der rechtschaffene Robin: es sei von Anfang an nur auf einer Märchenvorlage abgespielt worden, was einzig und allein unser allerliebstes Paar, nämlich Hermann und Dorothea betreffe.
Du sagst es, dankte ich dem Robin für diese Zurechtweisung des Poppes in mein wirkliches Vorhaben und entschuldigte mich mit der Bemerkung: Abschweifungen hätten so etwas Gewisses, das mich immer verführe.
Es gibt kein Kind, wurde uns aus der Tiefe verkündet, auch noch die Anmerkung: viel zu kurz ist mein Ringfinger für das Ereignis.
Gretel, alias Dorothea, versank. Die Vorhänge trafen sich in der Mitte.
Große Enttäuschung. Dorothea erschien jetzt leibhaftig, sie flennte

hemmungslos. Du Hexe, schrie sie und wollte auf Rosa einschlagen. Wir fingen sie auf.
Die Rosa war fassungslos und blickte auf mich. Also bitte, meinte sie, ich bin schließlich nicht die rechte Hand des Herrn, wenn ich noch einmal bitten darf. Ich war sozusagen nur ihre Bekleidung. Was der sich aus meinem Kostüm heraus abschneidet, dafür kann ich doch nichts. Man spielt vielleicht Rollen, aber da wird einem doch in der Hauptsache mitgespielt. Oder etwa nicht? fragte sie mich. Ich erstarrte und wies mit meiner vollzähligen Rechten zum Himmel: die Stute Selbdritt 79 demonstrierend. Schweigen.
Das wurde gebrochen: vom Poppes. Der Herr muß blöd sein, mäkelte er. Es gibt doch Ersatz: die zweite Hand, damit hätte er die schwangerste Frau aller Zeiten vorführen können, dieser Trottel. Aber du willst es so, schrie er mich an.
Ich sagte: wie gehabt. Ich weiß, wo ich ein Trottel sein will.
Jedenfalls: ein Kind gibt es nicht.
Bitte schön, nicht böse sein, bat die Nathalie. Ist schon klar: Fruchtbarkeit verhindert die Selbstverwirklichung. Ich bin doch nicht blöd.
Die Voraussetzung für Ambiguität ist die Sterilität, memorierte die Jeanne. Ich habe meinen Text gelernt.
Vielleicht bitte doch nicht so sinngemäß, wenn man hier noch von Sinn reden darf, meldete sich wieder einmal nach so langer Zeit Odysseus an, ein überaus schweigsamer, aber, wie sich jetzt herausstellte: überaus gelehriger Schüler. Nämlich, fuhr er fort: wir Toten werden doch von euch zerrissen, sogar, wenn nötig, von Hunden, was sage ich: die Hunde seid ihr doch selber. Von einem Selbst, oder gar von einer Verwirklichung desselben kann also gar keine Rede sein: ganz im Gegenteil, oder? So ungerecht wie ihr vorgeht. In solcher Ungerechtigkeit, so begriff ich: versichert ihr uns unser Fortleben, sanft ausgedrückt als vollendet Entstellte, so wie ihr selber ja auch hier auftretet, oder erinnert noch ein Faden an mir an den Helden von Troja?
So redet eine ordentliche Person, trotzte Poppes.
Du Individuum, schrie ich den Poppes an. Das bist du doch nur, insofern du diese Unordnung aushältst, in der du herumschwankst hier auf dem Platz. Aus keinem Grund sonst? Du schlimme Person.
Als Beschimpfenswerteste darf ich es sein, resümierte der Poppes.
Ich wurde grundsätzlich: Wer sich hier selbstverwirklichen will, ist

auf einem richtigen Platz. Dieser hier aber ist nämlich der falsche für ihn: weil er hier vor allem die Hoffnung fahren lassen muß: sich auf die natürliche Weise der Fortpflanzung zu vervielfältigen. Wir pflanzen hier nicht fort, sondern reißen ein: insbesondere personale Barrieren. Hawk. Ich habe gesprochen.

Ich bin nicht schwanger, frohlockte Dorothea halblaut.

Obwohl ich noch ein Mann bin, entschuldigte sich kleinlaut der Hermann.

Und wir haben sowieso nur gedacht, wenn auch ein bißchen vaginal, gab die Nathalie zu und drückte wie zur Entschuldigung Jeanne an ihre Brüste.

Ach, weil immer geredet sein muß und deshalb nachgedacht, seufzte Robin. Das haben wir immer davon, meinte Robin, dem ich zustimmte, indem ich ihn umarmte.

Wenn du nicht aufpassen würdest, meinte er, und küßte mich heftig und: wenn keiner mehr aufpassen würde, meinte er zugkräftiger, wäre das noch viel besser bis ganz gut.

Vorsicht, warnte ich, sonst mußt du eines Tages etwas von Anfang an beginnen!

Nur das nicht, lachte der Robin. Das Schlamassel ist mir schon lieber, wenn das schon gesagt werden soll, weil der Mensch immer noch denkt. Wie lange eigentlich noch?

Ich bin einer, sagte ich. Keine Antwort. Pause. Oder seid ihr nicht müde? Wenn, dann machen wir Nacht. Ein Vorzug, dieser Gedanken: das macht sonst nur die Natur. Und nur wir. Und wir noch viel schneller. Ob aber so perfekt, das ist uns der Wunsch. Trotzdem nämlich sind wir keine Wettläufer, was diese schwarze Qualität betrifft.

Sonst trotzdem auch nicht, wollte mich der Poppes noch einmal übertreffen. Und mit einem Auge gab ich ihm nicht so unrecht.

Jetzt aber wollten wir schlafen.   Die Rosa begann, kniete nieder,
beugte sich vor,   und der Poppes, der kroch   in die Frau bis zum Nabel.
Weiblich war diese Zäsur,   nämlich römisch, Hexameter. Weiter:
Jeanne kroch in Poppes, jedoch   sehr weit kam sie da nicht, mit der Hälfte
blieb sie draußen. Der Robin –   Zäsur griechisch weiblich – war dran jetzt,
steckte auch bald bis zum Bauch   in der Jeanne. Welcher Schlaf kniete nieder,

hier unvollendet als Tier noch? Zur Hälfte verschwand Nathalie dann,
Hussan auch mußte verschwinden und, wie es das Schlaftier so wollte:
Zaara verblieb auf das niedlichste so für den Adrian draußen.
Weiblich hinein in denselben – jetzt griechisch – verkroch sich Amanda,
männlich verfolgt, jedoch weiblich gesinnt, von dem Zwiffelwitsch. Hermann
teilte den Hintern desselben wie Moses das Meer, jenes rote.
Sie, Dorothea, sein Weib bald – Zäsur wieder griechischer Art jetzt –
durfte und konnte einfahren, so Einfahrt gewährend von hinten:
Eschi, der wiederum: Johnny und dieser dem Toni, derselbe:
Timy, der Hammed zuletzt: als ein Mann also dieser: dem Leila.

Draußen, als Ausnahme blieb unser Rummel, der Puff, nämlich fleißig
blies der das Nachtwächterhorn und er ritt auf der schlafenden Raupe,
weisend ein Wappen, als ich dieses Sternbild zum Himmel erhob. Die
Inschrift: So schlaft einen Schmetterling aus. Maximilian schreibt so,
Herzog der beiden Bayern, des heiligen, römischen Reiches
Kurfürst. Und Rummelpuff pißte, und alles war gut, weil er sehr gut
zielte, es tropfte und schoß dann das Wasser hernieder, die Terra
Nova bewässernd genug – eine Unzahl von Regenbögen,
spondiakusgemäß – also siehe die Redundanzen –
standen. Ich führte den Hermann, den unteren, um diese Erde
kreisfreudig herum, ihn am Händchen, den Hochzeiter, fassend,
weisend hinauf mit dem Finger, wo Rosa in unseren Leila
schlüpfte, die Raupe so schließend. Der Schlafring hing in der Nacht jetzt.

Ich konnte nicht schlafen. Wie hätte ich können, vom Heimweh geplagt nach einem Regisseur, der in seinem eigenen Theater vorkommt, ohne zugeben zu müssen: er habe sich selber und alle seine Personen in ihm erfunden.

Erfinder zu sein, ist besonders schlecht, wenn der Erfinder in seiner Erfindung vorkommt.

Was an dieser Anwesenheit in der eigenen Erfindung redlich genannt werden mag, wird, über kurz oder lang, so redlich genannt werden müssen wie noch allemal jede Lüge in dieser falschen Welt: man lügt sich in ihr etwas vor, glaubt man: hier richtig zu handeln, ob man hier lebt oder Leben erfindet. Aber auch eine Weise der Erfindung, in welcher alles Lüge sein will, wird, über kurz oder lang, so richtig verlogen genannt werden müssen, wie noch allemal jede Wahrheit in dieser falschen Welt: man lügt sich in ihr etwas

vor, glaubt man: hier aufrichtig falsch zu handeln, ob man hier lebt oder Leben erfindet.
So oder so: Ich mußte falsch beginnen. Der geneigte Leser möge mir aber verzeihen, daß ich so redlich sein wollte: mich selbst in meine Erfindung zu mischen, ich also als redlicher Erfinder besonders richtig handeln wollte im Schreiben. Das muß nun aber besonders falsch genannt werden, besonders in einem falschen Buch. Nämlich, indem ich selber als Autor dieses falschen Buches über das Seil in mein Buch stieg, beging ich den entscheidendsten Fehler desselben: wie sollte es mir nach diesem falschen Anfang noch gelingen können, mich der Legitimation machtvoll zu erfreuen: ein falsches Buch machen zu dürfen. Ich richte deshalb folgende Frage nur noch an mich, geneigter Leser: Warum habe ich nicht die einfache Geschichte eines Esels geschrieben?
Das war der zweite Ausbruch aus meinem Buch. Und eine Wiederholung des ersten hatte ich mir verboten. Das war ein Versprechen. Ich hatte es Ihnen, geneigter Leser, gegeben. Ich habe es hier gebrochen. Urteilen Sie.

IV

Auf der Suche nach Nathalie – im Augenblick also mein eigener Regieassistent – drückte ich die Klinke, mir Zugang zum Leopold-Coiffeur, etwas zu ungeduldig, zugegeben, verschaffend, was eine Sarah links, im Hintergrund, blond, und drei aufgedonnerte Marien hinter dem Tresen so erschreckte – woher diese keltisch-liturgische Figuration in diesem Salon? – wie mich, im allgemeinen Schweigen, während der metallene Schließmuskel hinter mir funktionierte: das glitschige Zuschnappen der Glastür in meinem Rücken. Ein kurzer Überblick: dreizehn Spiegel, davor die Hinterteile von Hochfrisuren, mit einer Ausnahme: Pony, und dann dicht vor mir auftauchend mit einer kosmetisch behandelten Stirne, Schneehaar darüber, und allem darunter Bewimperten und Bemalten, was sich um die Stupsnase zu einem fragenden Blick formierte: die Mohrin, der ich auswich, mich selber zum Herrn dieser schwarzen Phythobiodermistin machend, die mir mit einem »aber bitte, mein Herr« immer weniger freundlich nachfolgte und schließlich zwischen den Spiegeln zur ganz und gar unfreundlichen Verfolgerin wurde, mehr mit ihren Augen zunächst bis ausschließlich, weil, versteckt hinter Frisurhauben, beobachtend, wie ich mir unter sämtlichen Haartrocknern zu schaffen machte, also der Reihe nach, sehr gründlich, dem Anschein nach auf der Suche nach meiner Gattin, bis ich, zunächst an ihn stoßend, mich an seiner imponierenden Person aufrichtend, erfaßt wurde sogleich von dem heißen Sound einer Welle aus Disco-Land: Vor mir stand Kenn. Unsere Bekanntschaft war einseitig, freilich. Wärme, süße Langeweile und doch nichts Alltägliches in der Luft; gepflegte Farbigkeit allenthalben und Frauenköpfe in der Verwandlung begriffen zu exotischen Formen. Die Zulassung Kenns schien das Ergebnis einer zeitweiligen Duldung zu sein. Trotzdem konnte ich das Unzumutbare dieser Situation ablesen von den Gesichtern der übrigen Kundinnen. Die Freundin Kenns, anderswo wahrscheinlich an sich und hier insbesondere unter der Haube, wurde offenbar von einem Ortsfremden bewacht, was ich einigen Bemerkungen entnehmen konnte, jedoch schien man sich entschlossen zu haben, es starfromm zu ertragen. Mag sein, daß der bekannte Promoter an meinem verdutzten Gesicht vorbei wahrnahm, was ich vorher schon so genommen hatte, nämlich das Mohrenköpfchen meiner Verfolgerin oder schon vielmehr den satten, goldbraunen Ton ihrer beinahe wilden, jedenfalls ziemlich freigelegten Brüste. Jedenfalls übersah er mich sehr geflissentlich. Auch mag ihn ein kurzer Überblick über das Idol sämtlicher Boutiquenbesitzer, nämlich über seine blonde Edith, überzeugt haben davon, daß deren Exotik, trotz graublauem Katzenblick, dem Vergleich mit der schneehaarigen Schwarzen nicht standhielt, so daß eine Bewachung derselben an einem für seine Männlichkeit so unziemenden Ort nicht nur peinlich, sondern im Augenblick auch sehr unvorteilhaft war.

Was auch immer ihn derart verführen mochte, er verließ jedenfalls seinen Posten und folgte, an meiner Person vorbei, der Effilierschere eines niedlichen Pummels ausweichend, der Phythobiodermistin, was Edith mit einem gurrenden Laut hinter ihrem Stuhl hervorkommen und dann gräßlich aufschreien ließ: eine, wie mir im Augenblick schien, übertriebene Reaktion, der man auch noch jede Zweckmäßigkeit absprechen mußte. So jedenfalls glaubte ich das beurteilen zu können, den wahren Tatbestand noch nicht überblickend. Wie aber erschrak ich und widerrief sofort auch die voreilige Beurteilung der Situation, als ich sah, und ich bestimmt als der zweite hier, ganz bestimmt aber, bevor der Dritte erblickte, der vor mir auf der Stelle erstarrte, wie sich durch die gläserne Tür eine Maschinenpistole schob, das Rohr gerichtet auf Kenn, was diesen, wenig später, als nämlich Edith an seine Brust floh und dort hängen blieb, nicht mehr zu erschüttern schien. Und wirklich, das eben noch so eindeutig justierte Rohr verschwand augenblicklich. Der Schließmuskel der Tür schnappte ein: Kenn schwitzte, war aber sichtlich erleichtert. Die blonde Edith versprach ihnen beiden je einen doppelten Dimple. Die Phythobiodermistin hatte nichts gesehen, aber etwas begriffen: und zwar von der Treue, sozusagen: kein fingerbreit Trennung. Ich folgte den Unzertrennlichen hinaus auf den Platz.

Die Suche nach Nathalie war vergeblich gewesen.

Ich erkannte Nathalie nicht etwa an ihrem Hinterteil, das sie auf der Bühne einer Schaubude links vor einem Obst- und Gemüsestand zeigte – der Kopf befand sich, infolge ihrer Vorwärtsbeuge, also eigentlich beugte sie sich weg von der Bühne, in der Nähe der Bretter, die hier wieder einmal die Welt bedeuten sollten, in welcher sie schrie – an ihrer Stimme erkannte ich sie: daß man sie schon einmal im Namen des Staates habe sprechen lassen und zwar als polizeiliche Fotze, wie ebenfalls schon einmal das heilige Gesicht der Jeanne d'Arc ins Hinterteil der Gegenwart zitiert worden sei, welches man ihr gegenüber und auf Grund derselben gymnastischen Übung und hinter einem ähnlichen Obst- und Gemüsestand sehen könne, deshalb, weil ihre Schwester, und diese übernahm jetzt den wörtlichen Part und schrie – und Poppes neben mir erkannte an der Stimme die Jeanne, etwas spät, wie ich rügte –, daß man ihr Heldengesicht schon einmal wahrhaftig gespalten habe, der Sprung sei noch heute zu sehen, und daß ihre Disco-Zunge einmal zwischen ihren Beinen habe erzählen müssen, wie man sich fühle unter dieser links und rechts geschwollenen Feigheit in einer erbärmlichen Welt, weshalb sie heute und hier auf ihrer Seite, ihrer Schwester auf der anderen Seite, als Klytämnestra, die in solchen Staatsangelegenheiten Bescheid wüßte, schon von Orestes wegen, beizustehen geneigt sei in Sachen Hamlet, wegen dem diese als arme Gertrude viel Angst ausgestanden habe, was jetzt aber nicht mehr so sein dürfe.
Das konnte nicht mehr klarer werden, weil sich weitere Personen und zwar in der Mitte der Bühne eingefunden hatten, und sich die Handlung entwickelte, insofern, als Nathalie, alias Gertrude, dem Usurpator Claudius, alias Adrian, einen Fußtritt versetzte, was Klytämnestra, alias Jeanne, an diesem ebenso kräftig wiederholte, so daß das Gewesene augenscheinlich hinter der Bühne abfiel wie ebenso augenscheinlich das Kommende in der Gestalt des Fortinbras, alias Hussan, nach ähnlichen Fußtritten der beiden Mütter und Obst- und Gemüseverkäuferinnen in ähnlicher Stärke und Treffsicherheit hinter die Bühne befördert wurde, so daß nur noch Hamlet, alias Zaara, eine Hosenrolle in diesem teils mythischen, teils quasihistorischen Augenblick, allein und ziemlich verlegen wegen der Politik und seiner Rolle in ihr, dastand, aber nicht lange, da Klytämnestra ihn, wobei sie von Bübereien schimpfte, in Richtung Gertrude stieß, die ihm eine Ohrfeige gab und meinte, es gäbe

nichts mehr zu untersuchen oder zu morden oder sonst noch so politische Sachen, ihr Mann und der von der Klytämnestra könnten ein garstiges Lied davon singen, aus dem Hades herauf, und so ginge es nicht mehr weiter von Generation zu Generation, wer verkaufe das Obst und das Gemüse, doch nur sie beide. Schluß damit. Damit drückte sie dem Hamlet zwei Tüten unter die Arme, nannte die Adresse der Kundin und schickte ihn mit einem Klaps auf den runden Hintern, der von Klytämnestra noch sanfter auf demselben wiederholt wurde, fort. Die beiden Mütter traten triumphierend an die Rampe und lächelten aus Gesichtern, die sie selbstverständlich seit Beginn dieser Tragödie, in der die Vergangenheit und die Zukunft und dann erst die Gegenwart vorkamen, gezeigt hatten.

Die Zaara sprang von der Bühne, verblieb auch unterwegs in ihrer Hosenrolle und drängte sich als Hamlet mit ihren zwei Tüten durch das Publikum.

Besonders der Buckminster Fuller war entzückt. Er rannte dem Hamlet hinterher, an seinem Händchen den Niklas Luhmann.

Nein, sowas, jubelte Fuller: diese Verteilung der Güter dieser Erde am Ende des Schauspiels: wie ganz und gar treffend. Sie eilten bald beide zur Linken und Rechten des Königssohns über den Platz.

Bei aller Naivität der Darstellung, urteilte Luhmann, den Zipfel der linken Tüte ergreifend, das trifft nicht ganz ungenau die Forderung des Tages.

Den Zipfel der rechten Tüte ergreifend, prophezeite der Buckminster: Bitte, die Weltgesellschaft wird eben erst funktionieren, wenn die Politiker abgedankt haben.

Was man so Politiker nennt, heutzutage, schränkte der Luhmann ein.

Einverstanden, quiekte der kleine Utopist. Es lebe eine ganz neue Politik, die technokratische.

Die Zaara schlug ihre Hände über dem Kopf zusammen.

Der Buckminster und der Niklas waren im Augenblick die Nutznießer einer mehr zufälligen Verteilung: ein jeder stand, der eine mit Obst, der andere mit Gemüse, auf diesem Platz. Und sie standen, weil sie die Überraschung am Fortlauf hinderte. Und Zaara? Weg war sie.

Einer, der es sicher gesehen haben wollte, behauptete später, den Einsatzleiter Feilitzsch dabei beobachtet zu haben, wie er der enteilenden Hosenrolle einen Klaps versetzt habe. Und dieser außerdienstlichen Handlung habe derselbe aus seinem befehlsgewohnten Mundwerk mehrere Melodien aus dem Rosenkavalier ganz verinnerlicht summend folgen lassen. Und wer die Adresse dieses Hamlet kenne, mit diesem Wunsch habe er sich an Nahestehende gewandt und sei etwas weniger mit Mykene, aber schon etwas mehr mit dem Einwohnermeldeamt, Nähe Postamt, Leopoldstraße, befriedigt worden.

Inzwischen hatte sich Luhmann niedergelassen und befriedigte sich immer noch aus der Tüte.

Buckminster Fuller aber schüttete sein Füllhorn vor dem Publikum aus, und als er nur noch mit Papier dastand, sprach Poppes ihn an: Also, Kleiner, ehrlich gesagt, meinte er, ich leide hier auf diesem Platz unter keiner Leitung. Hier gibt es zwar Empfehlungen, aber keine Befehle, obwohl dieser da (damit meinte er mich, ich stand in der Nähe) sich schon ab und zu vergißt. Aber bitte, wie geht es in deiner Weltgesellschaft zu? Wer garantiert dafür, daß sie funktioniert?

Man muß das Alter des Buckminster Fuller bedenken: der nämlich hatte schon seine leere Tüte aufgeblasen und krachen lassen. Und dieser Ruhestörung schickte er jetzt seine konkrete Meinung nach: Die heutige Demokratie sehe es immer noch nicht als richtig an, ihren politischen Führern ein hundertprozentiges Mandat für die zentrale Herrschaft über all ihren Wohlstand und alle Lebewesen, sowie alle Rohstoffe zu übertragen – außer in Kriegszeiten.

Krieg? wurde Poppes zornig.

Der Frieden ist es, tobte der Fuller. Das Mandat für den großen und ganzen Frieden. Davon spreche ich. Wie empfindlich diese Jugend heutzutage ist, maulte er. Für alle Zeiten, nämlich für Zeiten des ewigen Friedens, muß das Mandat übertragen werden.

Gut, sagte Poppes. Aber ich fragte doch . . .

Fuller schrie: Das Ganze muß zum Funktionieren gebracht werden.

Aber wie? sagte Poppes. Das war meine Frage.

Die Wissenschaftler, überschrie sich der Fuller, weshalb nichts mehr nachkam.

Der Poppes: Das hundertprozentige Mandat für alle Zeiten, bitte, wer bekommt es?
Jetzt kam der Buckminster wieder aus seiner Kehle zu Wort: Wir werden nach und nach, also das mit den Reisen, wie ich schon oft gesagt haben dürfte, oder, um von den Wohnmöglichkeiten zu reden, vor allem zu verbessern sind die Unterhalte und die Bildungsmöglichkeiten.
Wer diese seien, wollte Poppes wissen.
Bilde dich und rede nicht so viel, du Künstler, wurde der Kleine olympisch.
Der Poppes schaute sich nicht naiv nach mir um.
Der Buckminster rettete aber selber wieder diese Unterhaltung, indem er ausführte: alles werde leistungsfähiger werden, wenn immer mehr Menschen sich mit immer mehr Menschen unterhalten könnten.
Und keiner mehr eine Antwort gibt auf eine einzige Frage, wie du, klotzte Poppes.
Wie bitte, fuhr der Fuller hoch.
Aber der Poppes neigte sich zu mir herüber und gab auf: Der will mich nicht verstehen.
Aber wir verstehen ihn, sagte ich. Oder nicht?
Aber freilich, tat Poppes groß. Der Kleine war schon weg.
Jetzt waren sie beinahe alle da, mit besonders roten Köpfen: der Hussan und der Adrian, aber beide insofarbig übertreffend: die Zaara.
Das war falsch. Ich rede von Orest und Hamlet, sagte Nathalie.
Da mußte ich gar nichts bestätigen, denn die Jeanne steigerte noch: Ganz schlimm falsch!
Und wie, erklärte sich Nathalie einverstanden. Und wie falsch er war, das wußte sie auch noch: nämlich süß!
Wie die Rache, schloß Jeanne.

Und unvorhergesehen schoß Heinz von Stein, also freilich nur gleichsam, und, was ein Geschoß nicht verursachen kann: scheppernd, weil wieder in voller Rüstung, hier in die süße Runde, Rachelaute hinter den Eberzähnen in seiner Kehle. Mit einem Gantelet, ganz als Rechtshänder, versetzte er der reizenden Hamlet

einen mittelalterlichen Klaps auf die rechte Hälfte ihres Gesäßes. Das gab einen Wirbel, beim Buch. Mit solchen Schwierigkeiten hatte ich nicht gerechnet, da ich vollkommen einverstanden war mit der Wahl dieses Liebhabers. Hier jedenfalls bellte er sich gar fürchterlich auf, was Hussan und Adrian sich jenseits von Larissa vereinigen ließ, um derart und mit verdoppelter Wut auf den Kreuzritter loszustürmen. Meine Arme indes fingen, nach Uhland, freilich friedlich, je eine Hälfte auf, zur Linken und zur Rechten, dieser ungeteilten Liebe zu Zaara.
Meine süße Zaahira, stöhnte der Heinz von Stein und kläffte gar schreckliche Lust, als er von mir an die Leine genommen wurde.
Der Unhold, zierte sich Zaara in Hamlet, veränderte aber nichts an ihrem Kostüm. Aber, als junger Mann müsse sie schon sagen, sagte sie weinerlich als junge Frau: Nichts für Ungute bin ich.
Ich meinte aber doch in diesem Dänen ganz Ägypten, jaulte der Heinz an der Leine. Bitte, erkundigte er sich bei mir: Oder habe ich nicht einen Weiberarsch getroffen?
Ich sprach von Siegfried.
Die Zaara fragte: Wie bitte, bin ich Sieglinde?
Das war ein Durcheinander. Der Seldschuke schrie und der Grieche jammerte wild.
Der Bucky genoß die Situation. Also danke schön. Der dachte sich in ein Oktoeder. Meinetwegen.
Ich war inzwischen pudelnaß geworden. Wohin bitte mit der Zaahira? Dieses Flickwerk. An Waschpulver dachte ich und an eine Verschäumung des Chiemsees, alias: des Brunnens über dem Forum.
Ich dachte plötzlich an Feilitzsch. Aber, würde derselbe mir Glauben schenken? Gewiß nicht. Der würde denken: Theater. Wie üblich. Wie überall hier durchaus. Und nicht einmal zu verdenken sei ihm ein solcher Gedanke.
Das war wieder einmal ein Fall für Auguste Dupin, das analytische Genie, den Amateurdetektiv.

Und wie es ein Zufall, in liebenswürdiger Wiederholungstat, wollte, ging Auguste Dupin soeben an mir vorbei, schon wieder in

analytischen Gedanken, wie sich versteht, aus welchen ich ihn reißen mußte, so schwer es mir fiel.
Monsieur, sprach ich ihn an und erklärte: Ich bin gezwungen, Ihre Gedankengänge, die sich mit dem Fall Chris – Ivan beschäftigen, wie ich annehmen darf, zu stören, und zwar mit einem Vorfall, der sich aber zu einem Fall für Sie ausarten könnte. Die Sache ist die . . .
Ich berichtete ihm von meinem Besuch im Laden des Leopold-Coiffeurs.
Was nun diese überaus seltsame Veranstaltung betreffe, meinte Dupin, die mit dem Auftauchen eines Schießrohres, zugegebenermaßen sei das sehr allgemein ausgedrückt, zusammenfiele: er zögere nicht, sich auf nähere Untersuchungen einzulassen. Er erwähnte noch das Vergnügen, das ihm die Sache verspreche, und zwar ein reines, wie er nicht zu erwähnen vergaß. Er kenne Feilitzsch, oder besser, derselbe kenne ihn besser – aber es sei wohl nicht mehr nötig, darüber genauere Ausführungen zu machen.
Ich staunte. Der Privatgelehrte hielt peinlich auf Ordnung. Er würde also, versprach er, die Augen offen halten auf diesem außerordentlichen und so außerordentlich leichtfertig abgesperrten Platz.
Da hatte ich es: einen Erfolg und eine Rüge dazu.

Mir selber schienen nicht nur die Fäden meiner Handlung ganz bedenklich über meinen Platz zu schleifen. Ich war auch bereit, in dieser Notdurft, ein Realist werden zu wollen. Und wie es so der Gedanke will, neigte ich mich auf der Wiese so weit ins Gras, bis ich hockte, den kläglichen Reim vermeidend und Natur, o du, seufzend. Ich hatte sogar den Naturalismus im Sinn, zugestanden. Und um Gotteswillen keine Abbreviatur mehr. Genug, versprach ich.
Da bewegte sich so ein Grashalm. Und wie ich gerührt war. Und wie ich weiß, nur in Hinsicht auf mich: ein Schmerzensreicher setzte sich neben mich und zitierte Fontane: An einem Strohhalme sieht man am deutlichsten, woher der Wind weht.
Ich fand es überaus deutlich, daß er es selber war.
Wieso aber Strohhalm, sagte ich leise zu ihm, liebster Fontane.

Wieder wies uns Fidus auf dem Hertieblock die Richtung und wenig später betraten der Poppes und ich das Sanctuarium Artis Elisarion. Im Tempel stiegen wir auf und kamen durch das Tor des Todes in den Raum der Klarwelt. Unter dem sanften Licht der Decke tanzte Poppes im Reigen der Seligen mit. Montaigne, das habe ich einmal gelesen, rief er und blieb dann vor mir stehen, der schrieb: Wir nennen naturwidrig, was regelwidrig ist; nichts ist regellos.

Ein guter Satz, sagte ich. Die indirekte Beleuchtung der Zwischendecke erlosch. Wir standen im Dunkel. Den Poppes störte das nicht.

Ich sagte: Offenbar ist das kein Satz für die Klarwelt des Herrn von Kupffer.

Nichts ist regellos, meinte Poppes. Ach weißt du, als Falscher muß ich schon sagen: das paßt mir gar nicht. Dann kommt mir dieses Leben vor wie ein Gefängnis. Überall Regeln. Oder: alles ist richtig. So soll das doch heißen?

Wie du meinst, sagte ich. Es spricht allerdings vieles für dich.

Ich habe Lust umzudrehen: den Satz und den Mann. Ich stelle ihn auf die Füße.

Schon vorgekommen, kommentierte ich.

Also: Wir nennen natürlich, was regelrecht ist; nichts ist regelrecht. Alles ist regellos. Meinst du das so?

Aber ja, schrie der Poppes.

Und das Regelrechte?

Das ist das Richtige. Und wie wir darüber denken, das ist doch ganz klar. Das ist eine Vorspiegelung falscher Tatsachen. Das gibt es eigentlich nicht.

Wie diese Klarwelt, in der wir uns befinden, sagte ich. Und ich fragte den Poppes, ob es ihm nicht aufgefallen sei, daß es inzwischen wieder hell geworden war.

In seiner Begeisterung aber, einem durchaus und ganz und gar richtigen Satz widersprochen zu haben, imstande gewesen zu sein ihn umzudrehen, schenkte er Lichtverhältnissen keine Bedeutung.

Mein Lieber, sprach er mich an: Möge die universelle und unnatürliche Unvernunft uns das Erstaunen über die Ausnahmen von einem Satz, der in Umdrehung des Satzes des Meisters Montaigne entstanden ist, beibringen: also über die Regel der Normalität.

Da magst recht haben, gab ich zu, lieber Poppes. Ich denke daran, wie sehr dieser kleine Mann als großer Philosoph seinen großen König, der ein kleiner Mann war wie er, liebte, der wie der eine Mann schreibt, damit fortfuhr, womit sein himmlischer König begann, nämlich um der Liebe willen Wahrheiten zu verleugnen. Aber das hatte Poppes nicht mehr gehört, der um diese Zeit schon in Ballettschuhen über die Freiheit tanzte.

Das war die Stunde, in der es den Heinz zweimal gab:
Der eine schaute auf der unbezwinglichen Felsenburg Stein zu, wie es Zaahira mit diesem jungen Mann trieb, den sie Siegfried nannten. Und er waltete finster seines Elends, die Rechte im Golf seiner Brünne über dem Ledersack, unter welchem, wie im Herzen, das nämliche Leid sehrte.
Der andere saß weit über dem Platz auf einem Hochsitz, und dieser Siegfried kam heraus auf den Schachten, erblickte Zaahira und trieb es mit ihr.
Mir spiegelt sich alles, gestand sich der Heinz ein: mein Bayern im Spiegel über dem Platz. Hier buste sich seine Heimat mehrmals bis endlos im Schein. Hier zwischen immer schlimmer vögelnden Amseln, mußte er an Vogelweide denken und gedachte des Sängers. Und überdacht war dieser Gedanke von einem Föhn, der seine Lust bis in seine Lunge trocknete, wo dicht anbei seiner blutenden Liebe Quelle sprang. Gar lautkehlig sang er auf seinem Hochsitz von dieser, einer derbhalsenden, freilich auch hartlippigen, endlich wie eine Beere zerplatzenden, und also schwarzbreienden wie der Tod selber; jedoch als eine solche mache sie dennoch keinen Schluß, so wie der Schuß, der ihn hier oben getroffen, keine Wunde bohre in ihm, oder doch nur eine, die im Fichtenschatten der Heimat aus seiner heißen Haut wieder flattere, singe und schließlich schweige. Armer Heinrich.
Der Heinz auf der Burgmauer schaute seinem Liebeslied nach. Der Chiemsee aber splitterte ihm Zaahiras Angesicht herunter auf seine Brust; oder: als nasses Tuch wollte es dort aufgelegt werden über dem Herzen. Jedoch: keine Kühlung. Nur schlimmere Hitzen. Johannisfeuer. Er mußte sehen, wie Zaahira, im Sandkasten sitzend, dem braven, dem herzhaften, diesem jungen Burschen Siegfried Blicke zuwarf, süßinnige. Schmerz, Wut, besonders: die Ra-

che. Er hätte sie ja mit Gewalt nehmen können, zog es aber doch vor, sie später mit List zu rauben; mußte er doch befürchten, sonst ihrer Gegenliebe verlustig zu gehen.
So geduldig jedoch war er oben nicht, auf dem Hochsitz, im Wald seiner Heimat. Beim ersten Versuch, sein Versteck zu verlassen, wurden ihm aber weich seine Knie. Und als er den Siegfried auf dem Schachten wechseln sah, von Zaahiras Liebe verfolgt: ging er in beide. Schande. So nicht. So nie. Das wird er aber nicht leiden.
Auf seiner Burgmauer brüteten seine Gedanken auf dem Plan: einen unterirdischen Gang möglichst nahe an den Ziehbrunnen herangraben zu lassen, seiner Zaahira dann aufzulauern und sie in dem Gang auf seine Burg zu entführen, damit niemand erführe, wohin sie gekommen sei: sie, seine Einziggeliebte.
Dort oben, dort saß sie in der Wiese, die sich von ihr wegwellte, von Bauch zu Bauch immer verblümter. Dieser Frühling. Der schlug ihm die Zähne aus, nämlich jene, die den Eber verunzierten. Zarter würde er sie küssen können. Seine Heimat würde er in milden Augenschein nehmen können und mitten in ihr: diese Schönste, die des bayrischen Gottvaters zornigen Ruf wie er selber einst in aller Unschuld vernehmen sollte, also ohne Kastanienblätter vor Blößen halten zu müssen.

In der Halle der Lichtleiber – man war durch das Tor des Todes dort eingehinkt – wurde der Satz, den wir umgedreht hatten, besprochen; Fetzen unseres Konzeptes müssen in derart normale Ohren geweht worden sein. Es sei wie es war; Rummelpuff protzte sich in der Klarwelt auf, dieser skeptische Zwerg mit den ausschweifendsten Phantasien. Er schickte über zerrissene Lippen seine Bluffs, jonglierte mit seiner Belesenheit, und seine unbeugsame Energie gestaltete seine winzige Figur in infernalische Größe. Ganz weit ausholend, seinen Oberkörper vorwerfend, ließ er sich von den Parteigenossen aus Waffenarsenalen die besten Stücke bringen und betastete dieselben mit blutleeren Fingernägeln. Seine blassen Hände streichelten die Bomben. In seinem militärischen Kostüm zitterten die linken Gliedmaßen in stolzer Gedächtnisweise, in welcher er auch noch in Zuckungen verfiel, diese bremsend mit seiner linken Hand auf dem linken Oberschenkel, dort

seine Kopfbedeckung pressend. Durch die Klarwelt schleifend, kurzschrittig, zitierte er den Sterneckerbräu und nannte den Raum sein neues Rosenbad und sich den Siebten der Zukunft.
Sich das Käppi aufs Haupt drückend, trat er ans Rundfenster und wies auf die Szene.

Die großen und schönen und jungen Männer, welche mein wackelndes Hinterteil nicht erregte, wurden auch von dem rastlosen Poppes vergeblich auf Anzeichen untersucht, die seine Anwesenheit vermeldeten. In sanfter Langeweile hingen die langen, faltenlosen Dinger zwischen den marmornen Schenkeln. Ihre nackten Gesäße rundeten sich entspannt, und mit gleichgültig traurigen Augen blickten sie auf das Brettergerüst der Schaubude, wo dessen Besitzer Montaigne fünf Frauen und fünf Männer in einem Glied aufgestellt hatte, um für die Demonstration ihrer Normalität mehr Platz zu haben; er bewies mit jeder Deutung seines Zeigestabes den Mangel jeder Absonderlichkeit in diesen Gesichtern, die sich, wie alles übrige bis zu den Schuhgrößen herunter, im Rahmen des Gewöhnlichen hielten, was sie selbst, wie er ausführte, nicht etwa erschrecke, obwohl sie, wie er betonte, als die Fälle, die sie mit ihren eigenen Personen darstellten, zehn Abartigkeiten vorführten.
Ich half der Amme links neben mir bei der Unterlassung ihrer schwierigen Aufgabe, eine ihrer kolossalen Brüste über den kopflosen Zwilling, der dem Gascogner links neben mir auf den Leib, genauer auf dessen Bauch gewachsen war, in keinen Mund, genauer: mit der Spitze zwischen keine blöde geöffneten Lippen zu stoßen. Der Zwickel der Hose des rechten Nachbarn, eines etwa dreißigjährigen Hirten aus Medoc, zeigte unzweideutig das, was ich nur mit Manipulationen und einer Binde erreicht hatte, nämlich das Nichts, welches mich zur Frau machen sollte, ihn jedoch von Natur zum Mann gemacht hatte, der keinerlei Geschlechtsorgane besaß; daß sich keine Rille ausprägte, vollendete diese schreiende Fehlanzeige, die über seinem bartlosen Gesicht verhallte. Die Ursache aber für meine mangelhafte Aufmerksamkeit war seine heiße Hand auf meinem Po, in den dann auch noch Herr Rummelpuff kniff, um ein Los aus seinem Bauchladen an mich loszuwerden, was ich im Augenblick ablehnen mußte, weil Meister Montaigne zur

Konklusion ansetzte. Deshalb entwich der Liliputaner verärgert. Meine lieben Leute, fuhr Meister Montaigne fort, und stupste dabei die linke und rechte Brustwarze einer Frau mit seinem Zeigestab an: diese gewöhnlichen Titten beenden zwei ganz außerordentlich gewöhnliche Brüste jeweils sehr zentral und setzen zwei Punkte hinter, oder natürlich: vor einer Weichheit und einer wackeligen Fülle, die das weibliche Nervensystem dieser Person ungemein deutlich zu Fleisch kommen lassen.
Ich hörte. Ich staunte. Ich trug meinem Heinz von Stein viele Grüße an Herrn Krafft-Ebing auf, der sich in der Nähe Taubenhaus am Seil aufhalten mußte, wie mir gesagt worden war.
Und der Bauch dieser Person, fuhr Montaigne fort, ist ein so weiches Objekt eines männlichen Triebes, daß ich in diesem Falle den Zeigestab entbehren kann, da sich ein solcher, wie Sie sehen können, unter dem harten Gegenstück eines Mannes – er meinte den Bauch des Nachbarn der weichen Nachbarin – derart erhebt, wie es in Ordnung ist. Ich bitte Sie, ist das nicht ganz und gar monströs? Was ihm fehlt, hat sie, und wo es ihm fehlt, dort hat sie es. Und dieses Subjekt hier hat als Objekt dort also ein Loch. Und ein Loch wünscht sich der lange Gegenstand dieses Subjektes, den wiederum das Objekt nicht hat, obwohl es den Gegenstand doch bekäme, ließe ich zu, was so fürchterlich normal ist wie schlüssig. Erschrecken Sie bitte nicht vor der realen Logik, welcher diese zwei tatsächlichen Individuen folgen müssen, weil nämlich dieser Mann ein durchaus männliches Nervensystem besitzt, was sich in der Erhebung seiner Männlichkeit anzeigt, und weil hinter dieser Stirne, die ein weibliches Gehirn verschalt – er trommelte mit dem Zeigestab darauf – ein weibliches Nervensystem beginnt oder endet, dem dieser weibliche Körper aufs Haar entspricht. Monströs, werden Sie sagen. Sie werden sicher verstehen, wenn ich mir der Sensation bewußt bin, die Ihnen von mir demonstriert wird. Wir befinden uns auf einem Jahrmarkt und auch ich zeige Ihnen Menschen in Ketten, jedoch sind dieselben nicht imstande, sich daraus zu befreien. Fünf weibliche und fünf männliche Antihoudinis stehen vor Ihnen, die allerdings paarweise aneinander gekettet sind. Oder haben Sie etwa, fuhr er fort, so etwas wie eine gleichgeschlechtliche Annäherung wahrnehmen können? – Er wartete ab. – Kein Zweifel, rief er, ein jedes männliche Exemplar, man höre und staune, entsetzte er sich, und verwies auf die Möglichkeit, bei

Übelkeit die Show verlassen zu können, hat, sagte er plötzlich sehr leise, sämtliche Triebe aufs schrecklichste verdrängt, die ihn nicht dazu bestimmen, in eines der fünf weiblichen Exemplare einzudringen. Und wie Sie sehen, sind diese mit ihren Brüsten, Scheiden, weichen Bäuchen und in gewisser Hinsicht, schränkte er ein, auch mit ihren Hinterteilen, ganz und gar stimmige Zielpersonen. Und meine zehn Monster praktizierten, würde ich das erlauben, eine Sexualität vor Ihren Augen, die als solche als eine zwischen den verschiedenen Geschlechtern definiert ist. In meiner Monstershow können Sie also heute andeutungsweise eine Klassifizierung erleben, die sich auch noch und immer schon gewaschen hat. Oh, wie ist die Natur doch erfindungsreich auf all ihren Abwegen, besonders auf ihrem kühnsten, kein Zweifel, nämlich der Normalität. Das Richtige findet hier statt. Das Richtige feiert sich hier in seiner Dosierung, und zwar der einzig richtigen, die einen Mann einen Mann und sein Objekt Frau eine Frau und zwar ganz und gar eine solche sein läßt. Sie irren gewaltig, wenn Sie hoffen, daß sich vielleicht in der Zukunft im Objekt geirrt werden könnte. Das geschieht so sicher nie, wie es entsetzlich ist. Und fürchterlich schmerzt es mich, Ihnen zehn Karikaturen vorgeführt zu haben, die das hier oben ganz sind, was mit Ihnen nur jeweils partiell unter mir atmet, lebt, zugeschaut, soweit möglich, und hoffentlich zugehört hat.

Ich klatschte. Und mich an Poppes wendend, sagte ich: Das warst du? Ich meine: deine Inszenierung war das.

Natürlich, gab Poppes zu. Wenn die Normalität das Monströse ist, wie mein Montaigne demonstrierte, dann ist das Monströse . . . Er wußte oder er wollte nicht weiter. So lala, lachte er.

Stimmt schon.

Ist schon falsch, half ich ihm.

Freilich, bestimmt, sagte er. Du verstehst mich.

Aber ich schlief ein, noch beobachtend, halb wach, halb schon träumend: wie sich Heimeran an den kleinen Herrn heranmachte und von diesem nicht zurückgestoßen wurde. Die beiden schienen sich gefunden zu haben. Ich hörte nicht mehr, was sie sprachen, aber ich konnte ihnen nachfühlen: wie sehr sie sich wohl fühlten in solcher Nähe. Auch Monsieur Dupin, plötzlich wieder auftauchend, wie es so seine Art ist, richtete seine ganze Aufmerksamkeit auf die beiden und verfolgte sie schamlos; daraus ist ihm kein Vorwurf zu machen, das geschah von Berufs wegen. Gab es da eine Spur?

Traumverloren hörte ich meinen Sir Thomas Browne sagen, wie ihn Poe zitiert hatte, ehe er seinen Dupin erfand: »Welch Lied die Sirenen sangen oder welchen Namen Achill annahm, da er sich unter Frauen verbarg, sind wohl verwirrende Fragen, doch liegen sie nicht jenseits aller Mutmaßung.«

Im Elisarion erklärte ich den wenigen Anwesenden die Urheberschaft des Poppes. Der wiederholte: das sei seine Inszenierung gewesen.

Fünf Paare, alle die Normalen, wanderten durch das Tor des Todes in die Klarwelt, wo Rummelpuff sie an die Kleiderkammer verwies, und jetzt hatte er zehn neue Mitglieder. Die Partei war gewachsen. Im selben Augenblick traf er die Wahl: eine Bombe, die es sein sollte. Schade, bemerkte er gekränkt: die Juden sind schon vernichtet. Aber die Aufräumungsarbeit kann wieder beginnen, in einem Augenblick, in dem sich das Kranke zur Normalität erklärt. Man soll nicht sagen können, brüllte er im Licht: die zur Monstrosität erklärte Normalität habe nicht zugeschlagen in diesem welthistorischen Augenblick. So geschehen am soundsovielten, an dem ich mich entschloß, ein Bomber zu werden.

Er gab noch die Anweisung aus, die Polizei zu schonen, da es sich um Sympathisanten handle – deren man sich noch bedienen müsse. Seine Hand fuhr zum Fenster hinaus wie eine Standarte: da sie das Blut der Betroffenen schon über fünf Fingern imaginierte. Dieser Gruß galt dem Fidus, welcher zur Zeit wieder lichtzugewandt seinen Rücken der falschen Zeit zugekehrt hatte.

Freyheit, schrie Rummelpuff in Richtung Gräfelfing. Die hinteren Zähne seines Unterkiefers verloren ihren Halt, so gewaltig bewegte er sein Maulwerk. Dann erfaßte ihn historisch der Schüttel. Aber seine Partei rahmte ihn, bis er das ruhige Bild werden konnte, welches galt.

Monsieur, sprach ich Dupin an, der in der Nähe stand, in sein analytisches Tagwerk versunken wie immer, im Augenblick aber anscheinend überaus erfolgreich, was mich neugierig machen mußte. Lösungen, etwaige, oder nur Hinweise auf solche? fragte ich.

Mehr das Erstaunen, meinte er, über eine Koinzidenz, oder besser: eine Wiederholung, oder Deckungsgleichheit, weitgehende, höchstwahrscheinlich einer meiner derzeitigen Fälle mit einem schon und stringent gelösten, vor Zeiten, nämlich damals in der Rue Morgue.

Was Sie nicht sagen. So ich. Animalisches?

Kein Orang-Utan, allerdings, bemerkte Dupin versonnen. Denken Sie aber bitte, wie scharf die Fingernägel gewesen sein müssen, welche mehrere von niemandem bisher beachtete Kratzspuren auf der linken Wange der armen Chris hinterließen. – Selbst wenn man noch an außerordentlich ungepflegte Menschenhände denken darf, so neige ich doch dazu, diese Pfoten zu nennen, und zwar nicht mehr im übertragenen Sinn, den Pädagogen meinen, sondern schon direkter.

Krallen? vermutete ich.

An diese Möglichkeit muß ich beinahe denken, drückte sich Monsieur Dupin immer noch vorsichtig aus.

Da komm ich auf den Hund, sagte ich. Aber ich bitte Sie: der Kreis der Verdächtigen erweitert sich damit außerordentlich.

Mitnichten, versicherte Monsieur Dupin: Wenn, so handelt es sich um Echtes. Ich deute Natürliches an, wenn überhaupt, wozu ich allerdings beinahe gezwungen zu sein scheine.

Dann allerdings käme nur einer in Frage, stellte ich fest.

An ihn dachte ich, gab Dupin zu. Ich denke da auch an sehr Kräftiges, von moralischen Fehlanzeigen einmal abgesehen. Adieu.

Nathalie hatte sich schon etwas früher entfernt. Sie hatte dieses Gespräch aus nächster Nähe verfolgt.

Jetzt trug der Gascogner seinen kopflosen Zwilling an mir vorüber. Das war dann auch der Augenblick, in dem es begann: Wie ihm ein zweiter Körper aus dem Bauch, begann aus dem meinen mir ein zweiter Kopf zu wachsen. Er wurde größer, je schlimmer ich die Leere in meinem ersten empfand, in dem sich die Leere ausdehnte mit einer Geschwindigkeit, in welcher der zweite an Gesicht gewann, mit dem er dem Monster nachblickte, wie übrigens mein erster auch, aber ungleich ungleichgültiger, auch brüderlicher, da er wahrscheinlich mehr den Getragenen als den Träger im Auge hatte, vielleicht insbesondere deshalb, weil diesem fehlte, was er war, oder ganz einfach in dem Gefühl: ergänzen zu müssen, was der Gascogner nur zum Teil mit sich herumtrug. Und schließlich erfaßte mich der Schwindel; ich wäre zu Boden gegangen, hätte Monsieur Lacan mich nicht gestützt. Ich umfing ihn. Er war mir Halt in einem Augenblick, in dem auf meinem Bauch die zweite noch unvollendete Person eines Monsters seine Ergänzung gestaltete, indem sie sich das Sein meiner selbst aneignete, derart rigoros, daß ich aus meinem ersten Kopf nur noch blöde grinsen konnte, der sich derart kopflos benahm, daß Monsieur Lacan sich mit uns im Kreise herumdrehen mußte, bald aber nach unserer rechten Hand faßte und wieder Schritt gewann, um sofort auch in gerader Richtung mit uns dem Gascogner und seinem Fragment nachzueilen.

Und wie Lacan im Laufe ausführte, war er der gelehrten Meinung, meine Übelkeit und die Leere im Kopf seien das Ergebnis meiner von mir selbst in Auftrag gegebenen Enteignung des Seins meiner selbst, weshalb mich jetzt mein Objekt, nämlich der unwahrscheinlich wohlgebildete Kopf auf meinem Bauch, auftragsgemäß befremden müsse.

Und weil es mir nun nicht mehr anders möglich war, wurde ihm die Antwort aus meinem zweiten Mund gegeben: Es handelt sich, wurde ihm erklärt, wie Sie sehen können, um die Enteignung des Seins eines Regisseurs, entsprechend imaginär, der also einen zweiten Kopf aus sich geboren, notabene aus seinem Bauch, nicht etwa deshalb, um diesem Monster, das er dem Buche eines von ihm sehr verehrten Schriftstellers entnommen, zu einer quasi monströsen Normalität zu verhelfen, sondern, um dessen Monstrosität auf eine Art und Weise zu ergänzen, wie sie diese weder vergrößern noch verkleinern könne, wie sie allenfalls diese instand setzt: mit sich selbst ins Gespräch zu kommen. Nun also: als der zweite Kopf dieses Regisseurs muß ich es – und zwar in seinem Auftrag – ablehnen, ein Gespräch mit Ihnen zu führen, da Sie in einem

solchen nur versuchen würden, seine Enteignung, die er zuließ, wieder rückgängig zu machen – Sie also Ihre Aufgabe nur darin sehen können, dem Subjekt zur Aneignung seiner selbst zu verhelfen, indem Sie mich wieder enteignen. Sie würden damit aber nur ein für den Regisseur notwendiges Detail, welches er an dem Monster aus dem Buche eines anderen Schriftstellers anbringen wollte, vernichten. Ich glaube deshalb, im Auftrage dieses Regisseurs zu sprechen, wenn ich behaupte: mit dieser Enteignung würden Sie dem Regisseur ins Handwerk pfuschen; vielleicht handelt es sich aber sogar um das Handwerk eines Dichters, und in diesem Betracht muß ich Sie an die Behutsamkeit Ihres Vaters Freud erinnern. – Soweit die Rede meines zweiten Kopfes.
Wir hatten inzwischen den Gascogner eingeholt. Wir standen vor ihm. Und aus dem Munde meines zweiten Kopfes kam die Forderung: Ich bin die Entfremdung dieses Regisseurs. Mich hat dieses Subjekt dazu bestimmt, ihm durch einen anderen entrissen zu werden. Was zögern Sie? Reißen Sie diesem Regisseur seinen zweiten Kopf ab! Darin sind Sie doch wahrhaftig geübt. Allerdings würde es in der blutigen Folge in den Aufgabenbereich meines Regisseurs gehören, mich dem kopflosen Zwilling des Gascogners aufzusetzen. Wie gesagt: Eine Monstrosität soll mit sich ins Gespräch kommen. So will es der Regisseur.
Niemand hatte erwartet, daß augenblicklich Heinz von Stein, der Boxer, menschlich losbrüllte: Monsieur, wie ich meinen Herrn durchschaue, trickst er Sie aus. Die Animosität Ihres geistigen Vaters bemühend, wehrt er sich gegen Ihren direkten Zugriff, der sein Heil in Ihren zwei klugen Ohren hätte. Sich offensiv poetisch verhaltend, glaubt er: der Wahrheit, die seine Person in der Ihren erlitte, entkommen zu können – das glaube ich nicht nur, ich weiß es. Ihr Auftritt wird im Augenblick zu einem Exercitium, die künftigen Begegnungen mit Schriftstellern betreffend. Gute Andacht.
Ich zog Heinz an der Leine hoch und hielt ihm die Schnauze zu.
So geschehen: am Seil in der Ungererstraße. Ich hob es. Monsieur Jacques Lacan schlüpfte durch.

Reddy Terrer lachte. Sehr verwickelt, wie ich tadeln muß, meinte er. Nichts für Punker.
Meine Antwort wartete er nicht ab. Unterlassung also, meinerseits. Keine Sünde.
Hallo Chef, rief der Reddy.
Schon verwickelt, und gar sehr, bellte Heinz. Und er schleckte das Zirkuspferd ab. Das dauerte. Aber ich zeigte Geduld.
Wie weit seid ihr unten? wollte Heinz wissen.
Der Reddy: Also, die Leopold haben wir schon weit hinter oder schon lange nicht mehr über uns.
Gute Punker, lobte der Heinz.
Auf uns kann sich das Mittelalter verlassen, meinte der Reddy.
Ich glaubte, meinen Ohren nicht trauen zu dürfen. Wie bitte?
Es wird weitergegraben, Reddunz, bellte Heinz.
Selbstverständlich, Chef.
Dieser Name.
Der Reddunz stiefelte weg.
Wieso diese Untreue, was Buchstaben in den Personen festlegen? Meine Frage.
Getreu dem falschen Spiel mit denselben, rächte sich Heinz.
Etwas dagegen? Du? Bitte?

Warum so gereizt? fragte ich Heinz; der stand jetzt aufrecht, als Ritter, vor mir.
Du hast mich in Verdacht, schrie er mich an. Du brachtest mich in einen Zusammenhang mit dem Mord an Chris und Ivan.
Nicht ich, verteidigte ich mich. Dupin.
Dem du nicht widersprachst, wie mir meine Nathaya erzählte.
So, so, tat ich immer noch unschuldig.
Wie steht es? forderte Heinz.
Deine Gewalttaten sind platzbekannt, sagte ich.
Also schwankst selbst du? klagte mich Heinz an. Du traust mir diesen gemeinen Mord zu?
Na ja.
Das genügt, bellte Heinz. Er verließ mich. Auf allen vieren jagte er über den Platz, dann ins Elisarion hinauf und durch die Pforte des Todes hinein in die Klarwelt, wo er seine Dienste anbot.

Und so geschah es. Und es geschah unter einem Nachthimmel, wobei der nördliche seine Sternbilder im südlichen vergrub, insbesondere der Kleine Hund seinen Kopf in die schwere Brust des Großen Hundes, und die Gemini parasitär, nämlich als schlimme, horrende Mißbildung, über uns standen, über einer großen Wolke, dem Autositen, die den Auswuchs aus ihrer Schulter offerierte, o heiliger Christopherus, als den Beginn einer Wetterlage, die monströs zu werden versprach. Und sehr groß der Vollmond; vor seinem Bauch erhaben die Sichel als ein halbes Gesäß. So verführte das weiße Licht die Zuschauer an die Fenster, wo sie auf blumenbestickten Kissen die Wolfspfoten hängen ließen. Und dickflüssig überschwemmte die Panik den Platz, als ich meinen zweiten Kopf hingab, ihn wieder entgegennahm, hochhob, der Menge monstrierte – auch seine deutliche Weiblichkeit: Locken, blonde, die Nase gestupst, schwerer Mund, geschminkt, zwischen blühenden Wangen – und mich selber als andere also dem rudimentären Zwilling des Gascogners aufsetzte.
Ein unwirklicher, flacher Tusch in diesem Nouveau Cirque. Sanftes Delirium. Der erbleichende Psychiater. Der Wind, als Catharina Mazzinia, begann seinen Tanz: auf dem Platz spürte man keinen Luftzug; ihm fehlte die untere Hälfte; wir sahen seine Zweigeschlechtlichkeit über uns, wobei er sich zur weiblichen neigte, wie wir deutlich erkennen konnten, dank einiger Meteorologen, die ihn uns nackt sehen ließen. So sei es, merkte ich an. We are coming: immer eine in der Mitte, die ihre Hände faltet, damit sich immer zwei andere einhängen können. Zeigt her eure Auswüchse, führt vor eure schlimme Aufzucht, erwartet im Glauben an den großen Kran seine Last, packt euer schreckliches Los aus, klagt aus den Augen das Weiße. Die Zylinder laßt fliegen. Die Spitzbärte in die Horizontale, bis die Brustknöpfe abspringen wie im Märchen der Brüder die Taler von der Warte des Himmels über dem Wald unseres Elends, hier, wo die originalen Illusions-Geheimnisse im magischen Laden dieser Welt verschenkt werden auf einem Jahrmarkt, auf dem die Großen ihre großen Gedanken nicht anbieten wollen. Für uns aber: Many hours solid fun. Und der Defiliermarsch. Das Publikum bleibe stehen. Platz machen. Der gewöhnliche Schrecken kommt vorbei.
So oder ähnlich, meine Worte. Das Haus Nummer 7, vier Rösser vorgespannt, fuhr als Colosswagen auf den Platz heraus. Oder

nicht? Oder alle Häuser? Warum aber bellte der Heinz von Stein empor? Weil dort oben ein weiblicher Aias von den Folies Bergères de Paris mit einer Bürgerin Trojas rang. Wolken. Ich sagte: Wolken. Er wußte es besser. Wir entspannten die Schirme, als dann plötzlich zwei Wetter als eines aus zwei Brüsten die Wasser ergossen. Als wenig später ein zweites Wetter mit zwei Köpfen von seinen zwei Händen die eine an das Glied brachte, dem es die Trockenheit abwrang, verschwanden die Schirme. Der Vorbeimarsch konnte fortgesetzt werden. Zaara und Hussan flankierten die abessinische Venus, an welcher letzterer Knöpfe entdeckte, drückte, und diese Maschine in Gang setzend, seine Zaara vergaß. In Wirklichkeit war es vielleicht ganz dunkel. Vielleicht weil das Phosphorgesicht des Spidergirls alles in Finsternis tauchte, behauptete jedenfalls Adrian; Robin verbat sich die Spinne, besonders im Bett. Wie lieblich wir sind, behauptete ich. Nichts Schlimmes sind wir, erinnerte ich an Meister Montaigne, selbst wenn so mancher Vorüberkommende, besonders die Dorothea, seufzte, obwohl so nahe dem Hermann, aber sie hingen beide an der knöchernen Negerin, die auf ihren Papierrüschen hüpfte. Und der Poppes fühlte sich ebenso unwohl wie Eschi, beide an den Seiten eines Hanswursten, der weiblich gelenkt wurde, dafür hatte ich selber gesorgt, weshalb er dauernd zurückblickte, aber vielleicht auch, weil er bald wieder aufgedreht werden mußte. Warum denn hatte ich Johnny und Hammed zur Begleitung eines Mannes ausersehen, der sich selber nicht mehr definieren konnte, weil sein Mund zu gewaltig bewaffnet war mit Zähnen. Und Toni und Timy fluchten; in ihrer Mitte: die bärtige Kreolin Pastrana, wollte nicht weiter, sie zeigte beiden ihr Gesäß unverschämt, das bleckte ihnen sein Gebiß in die verdutzten Gesichter; wie Toni mir versprach: diese Jacketkronen könne er nie mehr vergessen. Nur zu. Nur weiter. Da führten Nathalie und Jeanne den Thom Thomb, der die Ochsenzunge aus seinem Windbeutel streckte. Du liebe Rosa, rief ich, laß dich vom Leila trösten, das ist doch nur unser schöner Pierre Molinier, der hinter dem Gitter seines Strapsgürtels dieses riesige Euter spazierenführt. So ist sie: unsere Welt. Schaut hinauf: Auf dem Drahtseil zwischen Mutter und Kind tanzt der wahre Erzeuger, der es ganz bestimmt ist. Strindberg dürfte nicht weit sein. Und bitte, die Herren Psychologen: Gelingt es euch, diese Monster zu normalen Wesen zu erklären, dann müßt ihr die normalen Monster als anormale Richtige sehen und sie für diese unsere Welt präparieren. Sonst noch was? Hindernisse? Weil sich der plötzliche Schneesturm aus seinem Bauch, und zwar umgekehrt, uns zuneigt? Da hängen freilich die weißen Brüste des Himmels bedrängend zwischen dem Aufmarsch. Aber bitte, eine Einlage: die Elephantiasis erlaubt es diesen drei Jungfrauen, ihre Kräfte am Watschenmann zu messen, und zwar mit Erfolgen. Sonst noch etwas? Sonst lackieren sich außerdem noch die Schwäne ihre Flügelspitzen schwarz für die Disco, während in dieser heiligen Nacht der Narziß sich selber vor dem Publikum ausscheidet, wonach 23 Einzelteile über den Platz flattern dürfen. Wenn das nicht Spaß macht, wie der Chevauleger mit Säbel und Lanze auf seiner vagina dentata vorbeigaloppiert an Mitscherlich. Und wie ich es selber mit Vergnügen betrachtete, so auch der McLuhan, nämlich: wie Madame Romarini soeben dabei war, ihre Haut auszuweiten, bis sie sich vor der Obrigkeit hinter dem Seil im Wind wölbte. Wenn also auch der Himmel vorhat, die Haut seines Armes, mit dem er uns aufhalten will, zur Wand auszuziehen, dann macht die Verzögerung Spaß. Und schließlich haben wir noch Miss Violet, das Kamelmädchen, das uns auf allen vieren den Wüstenwind in die Szene bläst. Alle Wege sind offen. Und noch dazu wird der Leila jetzt ein Frosch und spielt Puzzle mit sämtlichen Öffnungen, und unsereiner hilft ihm, und die Amanda bringt den Anus einer Heuschrecke auch noch ins Spiel.

Was ist falsch? schrie der Hermann.

Alles, verfügte ich.

Das ist aber falsch, schrie er schlimmer und reichte als van Albert der Frau im 1. Stock über dem Reisebüro die Hand und versprach ihr die gemeinsame Ausreise.

Bestimmt ist das alles falsch. Das behauptete die Nathalie auf dem Ständer, als Lilly, die lebende Büste.

Es wird defiliert, befahl ich. Basta. Das Rumpfmädchen Jeanne schwang sich auf ihren Händen vorbei. Das ist einfach richtig. Ja, piepste sie. Und Rosa Mystle Corbin kam gegangen mit breiten Beinen, fluchend, weil zwei Beine zwischen den Beinen, gefolgt von Robin Johannes Battist des Santos, der nur ein Bein zwischen seinen zwei Beinen pendeln ließ und der der richtige Richtige war, mit Bestimmtheit: für seine Vorgängerin im Elend der Welt.

Hast du auch den Verdacht, rief die Rosa zurück. Hier stimmt doch alles.

Poppes war ihrer Meinung. Was ist mit uns los? fragte er sie. Was soll mit uns lossein, brummte Hussan, der jetzt Hand in Hand ging mit Adrian, dem Prinzen Puck, genannt der lebende Tautropfen. Da wälzte sich Zaara als Baby Betty vorbei und stieß Amanda Zwiffelwitsch in das Fett: Ich bin sicher sehr verärgert, merkte sie trotzig an. Und du?
Weiter. Voran. So ist es recht. Ich befahl. Ich lobte.
Halt, rief der Poppes. Als Autosit ernähre ich zwar meinen Jean, wenn aber diese Vorführung ihre Nahrung nicht verweigert, die ich eine richtige, ganz gemäße, außerordentliche nennen muß, verweigere ich selber die Nahrung. Was dann? Für mich jedenfalls ist dann Schluß. Als Jean Libbera spreche ich auch für den Jacques, der den Kopf in meinem Körper versteckt, weshalb er nichts sagen kann. Ich spreche mit dir, Gascogner! Besprich dich mit deiner Schwester, die in dir steckt. Das Thema: Wie haben wir uns auch verraten. Wie ist doch alles, was wir hier tun: so schlimm gegen uns. Nebenbei, das sagt euch so einer, dem es, weiß Gott, sehr gefiele, sich unterwärts lustig zu unterhalten mit einem Parasiten.

In diesem historischen Augenblick explodierte eine Bombe, d. h. nicht: sie rauchte nur aus. Zwar waren alle Freaks auseinandergestoben, aber vergeblich. Kein Blitz. Kein Donner. Kein Blut. Nur säuselnde Nebel aus diesem Rundkörper.
Rosa, sagte ich ruhig, bereinige dieses glückliche Mißgeschick, entferne die Bombe und ergänze im Schacht der Untergrundbahnhaltestelle die Sammlung.

Im Untergrund wurde soeben geführt. Herr Pompe improvisierte, indem er den ungefährlichen Zuwachs ins Neonlicht hielt und von einem besonderen Stück seiner Sammlung sprach, dem das außerordentliche Interesse ganz Schwabings gewiß sei. Auf Rosas Empfehlung hin stellte er diese Neuerwerbung neben ihr satanisches Öfchen und erläuterte den Zusammenhang.
Als aber Rosa in seine Führung eingriff und alle Aktionen auf dem Platz, auf der Freiheit, Bomben nannte, in welchen sich das Ge-

schehen jeweils balle, um sich dann in Wohlgefallen auszurauchen, blieb Aufmerksamkeit sofort aus. Der Zusammenhang fehlte. Und Erläuterungen über Verstrickungen, wie sie Rosa gab, auch über deren Lösungen, oder besser: Erlösungen, welche sich aber in neuen Stricken verwickeln würden, waren diesem Publikum Wurscht. Man fingerte, trotz Berührungsverbot, an den stahlummantelten Gebilden in den Regalen. Die Sprengkraft, die von der Ausrauchung ausgehe, nämlich eine des Friedens, wie Rosa ausführte: fand hier kein Gehör. Auch Herr Pompe wurde nervös. Und die Angestellten der Firma Röhll begannen zu meckern: Unsinn. Was solle das? Es gehe um Sicherheit. Um sonst gar nichts. Das sei hier Aufklärungsarbeit für immer noch etwaige Finder dergleichen.

Meine Damen und Herren, begann Herr Pompe.

Die Bomben, meinte die Rosa, oder, begann sie noch einmal: die Blindgänger sind es. Und ob man etwas vom Falschen verstünde? Hier sei es aufgereiht zahlreich vorhanden. Nämlich: der Zünder funktioniere in diesen Bomben nicht so, wie er sollte, und setze die Logik der Katastrophen außer Kraft.

Seminar der Friedensgesellschaft, höhnte einer. Bitte hier nicht.

Dieser Mut, stöhnte eine Besucherin.

Der wiederum, meinte Herr Pompe, sei das Problem. Also niemand solle die gefährlichen Fundstücke einer privaten Behandlung unterziehen. Das sei mitnichten ungefährlich.

Verwicklung sei gefährlich, erklärte die Rosa. Oder besser: das sei der Krampf, der hier stählern ausgestellt würde, wobei es sich um Verstrickungen handle: die dank eines Fehlers kein Schall, aber ganz viel Rauch geworden wären. Wie gut so. Es habe das Lachen detoniert. Schweigen, erbostes.

Sein Stolz seien zum Beispiel die 22 Bomben, meinte Herr Pompe, die heuer auf einem Gelände bei Schleißheim gefunden worden seien. Applaus. Sie seien gelegen wie Kartoffeln. Großer Applaus. Herr Pompe zählte sie ab und zeigte den einen und anderen Blindgänger her und nannte seinen Arbeitgeber: die Bohr- und Sprenggesellschaft Röhll – Niederlassung am nördlichen Stadtrand Münchens.

Ob er in seiner Sammlung historische Fundstücke habe, wollte ein Studienprofessor jetzt wissen. Nämlich, meinte er, ließe man derartig makabre Ereignisse im Historikerhirn Revue passieren, so

komme man zu dem Schluß, daß die Erfindung des Schießpulvers auch in dieser Hinsicht ganz neue Möglichkeiten eröffne.
Wie er das meine, wollte Herr Pompe wissen, dankbar für sachliches Interesse bei seiner Kundschaft.
Nun denn, so der Professor, gegenüber der traditionellen Methode, einzelne Gegner mit Dolch oder Gift aus der Welt zu schaffen, konnte man dieses neue Mittel gegen ganze Gruppen einsetzen.
Oder ganz einfach gegen einfach alles, rief Rosa. Aber sie wurde verwarnt.
Was wollen Sie sehen, mein Herr, wollte Herr Pompe wissen.
Nun, vielleicht nur ein Pulverstäubchen von Fawkes.
Aber bitte, freute sich Herbert Pompe, folgen Sie meinem angefeuchteten Finger, empfahl er und hob mit demselben Pulver auf, dieses herumzeigend, erklärend: er zeige dem Publikum wenige Gramm aus der berüchtigten Pulververschwörung Guy Fawkes, die 1605 bekanntlich zu nichts geführt habe, weil man die in den Parlamentsgebäuden aufgehäuften Pulvermengen vorzeitig entdeckt habe.
Die Rosa jubelte.
Der Professor war platt. Ich versicherte ihm, daß er hier redlich bedient werde, also seinen Argwohn nicht schüren müsse. Meine Rosa aber umarmte ich zärtlich.
Höchste Zeit, flüsterte sie.
Ob er ihm wenigstens eine von den drei Bomben vorweisen könne, die der Graf Ossini 1858 auf Napoleon II. geworfen habe?
Entschuldigung, meinte Herr Pompe: dem Italiener sei mindestens eine dreifache Detonation gelungen, weshalb er in seinem Museum nur mit einem Splitter dienen könne.
Der Gerügte war baff. Sie kennen sich aber aus, schlüpfte er aus seinem Fehler.
Ein Fehler, merkte die Rosa an.
Herr Pompe hatte denselben selbstverständlich selber entdeckt und gab Unterricht: Zwar sei der Monarch nicht getroffen worden, aber immerhin eine große Anzahl der in seiner Umgebung befindlichen Menschen, schlimmerdings tödlich.
Also kein Blindgänger, schrie die Rosa.
Ein königlicher Blindgänger schon, meinte Herr Pompe, was den Beifall der Kundschaft erregte. Dann reichte er dem Professor den Splitter.

Und Rosa schaute mich vorwurfsvoll an.
Ob sie jemals gehofft habe, unter meiner Regie etwas Vollkommenes zu erleben? fragte ich sie.
Der Professor war ganz bei der Sache und deshalb sehr glücklich.
Ich streichelte meine unglückliche Rosa. Aber es kam noch viel schlimmer:
Sie werden doch nicht behaupten wollen, Sie hätten in Ihrer Sammlung, und wenn auch nur, oder ganz bestimmt nur: einen Splitter der Bombe, die am Petersburger Katharinenkanal in den Kutschwagen Alexanders II. flog?
Damit könne er selbstverständlich dienen, meinte Herr Pompe, blies den Staub von der Jahreszahl 1881 und hielt dem Professor das monarchische Fundstück hin.
Perdautz, staunte dieser.
So ein Pfusch, stöhnte Rosa.
Gemach, gemach, beruhigte ich.
Das Publikum war begeistert. Es durfte den Splitter gleiten lassen durch alle seine Hände und wieder zurück.
Herr Pompe ordnete ein und erriet die nächste Frage des kundigen Professors, indem er noch einen Splitter aus einem Regal nahm und das Jahr 1906 in Frage stellte:
Natürlich Alfons XIII. von Spanien, konterte der Professor.
Hochzeit, nichtwahr, hopste der Sprengmeister.
Dem Anschlag entkommen, versuchte es der geprüfte Professor.
Und was für ein Treffer.
Applaus, freilich erst nach der besten Note, gegeben von Pompe.
Na, immerhin, seufzte Rosa. Ganz und gar daneben gegangen.
Ich küßte sie auf den Mund.
Und ich hätte auch den Herrn Pompe derart bedient, wäre es möglich gewesen in dieser Umgebung, als derselbe passen mußte, als der Professor auch einen Splitter zu sehen wünschte von einer Bombe, die 1934 den jugoslawischen König Alexander zusammen mit dem französischen Außenminister Barthou umgebracht hatte.
Nicht vorhanden, gestand der Herr Pompe.
Der Herr Professor war gnädig. Er wisse selbst nicht, meinte er, ob die kroatischen Nationalisten eine Bombe verwendet hätten.
Ja dann, seufzte erleichtert der Pompe. Was aber zur Folge hatte, daß der Professor sich in den folgenden wissenschaftlichen Hypothesen erging: daß Attentäter sich auch nur zu gern der Pistole

bedienten im 19. Jahrhundert und so weiter gewiß: siehe Lincoln, Bissert, Wilhelm I, Fosberger, nur so quasi, auch noch bei Rathenau.
Das ist aber doch eine Abschweifung, bitte, fragte mich Rosa.
Und, wollte ich wissen, doch nicht die erste, die letzte bestimmt nicht. Ich wußte: die wirklichen Fehler sollten erst kommen.
Noch etwas Kleines von Elser? fragte der Studienprofessor. Bitte.
Ja bitte, wurde das Publikum wieder wach.
Davon wurden zwei Splitter hergezeigt von Pompe, der sich an diesen erholte. Sogar einen dritten brachte er bei und zeigte auch Stahl von von Gersdorff und von von Treschkow.
Es war mir nicht möglich zu verhindern, daß Rosa sich ihre und Rummelpuffs Bombe vor ihre Brüste hielt und sich so mit verdoppelten Brüsten dem Publikum zeigte und sagte: mehr fiele ihr im Augenblick zu dieser Themaverfehlung nicht ein.
Das war das Ende der Führung. Oder eigentlich nicht. Also erst, als die Rosa sich ihre Bomben sozusagen von der Brust riß und sie in die Menge warf.
Als wir allein waren, fragte sie ganz verdutzt, ob es sich hier nicht überhaupt um ein Museum von Blindgängern handle.

Sie interessieren sich etwa auch für zweckungerichtete Bomben, oder sogar für Ausraucher, staunte Dodo, Mona begrüßend.

Mona: Als Blindgänger muß ich. Oder hätten Sie es gern weiblich?
Dodo: Wenn Sie mich fragen, ich bin für Detonation.
Mona: Wie schrecklich.
Dodo: Das bin ich allerdings, allerdings stellvertretend für Sie!
Mona: Was kann ich also tun für Sie?
Dodo: Also zünden müssen Sie selber. Ich mache nur Krach. Ungefährlich!
Mona: Und die Gefahr?
Dodo: Das muß ich Ihnen noch sagen? Die stehen doch an. Also bleiben Sie weg: zischt die Nächste. Ich habe da eine Schlange im Bild.
Mona: Wie Dani sprechen Sie. Schon – oder immer schon?

Dodo: Wenn Sie damit sagen wollen, daß wir uns verstehen, gut. Wirklich. Mit Ihnen könnte ich mich anders verstehen.

Mona: Die Alternative wäre: im Leben, also von zu?

Dodo: Tun Sie nicht so: Aber freilich: von Frau zu Frau.

Mona: Schwesterlich vielleicht?

Dodo: Warum nicht gar?

Mona: Er geht also reißend weg. Das wollen Sie sagen.

Dodo: Ich leugne es nicht.

Mona: Das könnte er geschrieben haben. Ich hatte also ganz recht, wenn ich die einfühlsamste Zuhörerin meines Dani mit Ihnen besetzte?

Dodo: Ganz schön unverschämt.

Mona: Wie es der Dani so meint.

Dodo: Und Sie?

Mona: Gut. Gelegentlich könnte ich freundlicher werden.

Dodo: So weiß, wie Sie auftreten.

Sie sei entzückt, was diesen ihren Uni betreffe, meinte Dodo. Nein wirklich. Die Farbe dieses Sommers auf ihr, auf Mona, verheiße ihr Frieden, hoffe sie doch jetzt sehr. Noch dazu, wenn diesen Umstand zu erwähnen ihr erlaubt sei: nämlich, wer jetzt schon braune Haut habe, wie Mona, könne viel davon zeigen in diesem vorzüglichen Ensemble.

Mona: Reine Baumwolle, wenn Sie das ansprechen wollen.

Dodo: Wenn Sie doch so natürlich offen wären zu mit, wie der Knopfverschluß auf Ihrer Schulter. Ich kann den Dani verstehen! Nichts für ungut: der Mann ist doch aufgeschlitzt.

So sagte die Dodo, aber sie erblich dann anders.

Mona: Verwechseln Sie meinen Faltenrock nicht mit einem Schriftsteller. Freilich spielt derselbe auch Tennis.

Dodo: Sonst schreibe ich Gedichte.

Mona: Und? Knöpft er Sie auf?

Dodo: Jetzt sind Sie aber nicht mehr objektiv, wenn ich meine Hoffnung für Sie beide so formulieren darf.

Sie durfte. Also da war diese Dodo geradezu cleanig cool geblieben und gar nicht erfolglos.

Mona: Ganz schön grob gestrickt! Aber bestimmt wärmend.

Dodo: Soll das etwa heißen?

Mona: Ja. Ich spreche nicht von den Tressen. Ich spreche von

Ihnen. Ein Muster ist wahrhaftig bei mir nicht zu erkennen, aber umso wärmer ist das Ihre.

Dodo: Also, wenn Sie meinen, ich meine es gut?

Mona: Überhaupt nicht. Wir sagen jetzt »du«. Und du sagst mir, ob es dem Dani gut geht.

Dodo: Na endlich. Es geht ihm freilich sehr schlecht.

Mona: Umso besser. Und du bist meine Freundin.

Dodo: Das war ich schon immer. Jetzt holst du mich ein. Der spricht doch sogar auch noch griechisch.

Mona: Ich nicht.

Dodo: Ich doch auch nicht.

Das war ihnen ein gemeinsames Lachen.

Dodo: Was ich noch fragen wollte . . .

Mona: Lagerfeld.

Hat sie es doch schon gewußt, diese Dodo. Wieder richtig geraten.

Jetzt haben wir also unsere richtige Welt. Es wird hell. Wir sind ihre Bürger. Das Normale ist monströs. Unsere Monstrosität ist das Normale. Nathalie versteckte ihr Gesicht in den Händen. Weil wir zu sehr umgedreht haben. Jetzt haben wir es. Der Robin schien verzweifelt zu sein.

Und umgedreht haben wir und zu sehr, was schon umgedreht war, seufzte der Poppes. Was sagen die Zwillinge dazu? Ich bitte?

Du lieber Zwillingsbruder, seufzte die Schwester, die meinen Kopf aufhatte. Sind wir die Norm?

Es ist so, sagte der Gascogner. Wir haben so richtig geredet, wie die Welt einst geredet hatte, der Meister Montaigne ins Wort fiel.

Mein lieber Meister Montaigne, grüßte mein Kopf als Schwester des Gascogners den Meister, der näher getreten war.

Es geht uns nicht gut, stöhnte die Nathalie als erste, und alle stöhnten wie sie.

Dürfen wir weitermachen, fragte der Poppes den Meister, oder müssen wir verstrickt sein?

Es macht Ihnen also keinen Spaß, als Falsche einmal Richtige zu sein? fragte Montaigne.

Wieso auch? schrie Poppes.

Nein, behauptete Robin.
Da rief Martin Buber vom Seil herüber: Fragt doch besser: Ist die Umkehrung wahr?
Wahr ist, daß wir immer richtiger werden, klagte die Rosa.
Bitte, das sind wir ja schon, schrie Jeanne.
Was wollen sie eigentlich, diese Kinder? fragte Montaigne mich.
Da wußte ich nicht Bescheid. Oder wollte nicht wissen.
Wir sind verstrickt, Tatsache, trotzte Nathalie.
Handelt es sich um die Kinder: den verzweifelten Kampf ihrer Interessen gegen die sich selbst perpetuierende Herrschaft des Infantilen? zitierte Montaigne Ulrich Sonnemann und blickte mich fragend an.
Im Augenblick zweifle ich sehr, sagte ich. Ich meine, an diesem verzweifelten Kampf.
Ich habe Durst, sagte Montaigne und erkundigte sich, wo am Platz das beste Bier ausgeschenkt würde. – Das wußte ich, und im Biergarten vor dem Café Freiheit bekam der Gascogner den Platz an einem Ende des Tisches und Montaigne am anderen Ende. Und alle setzten sich und ein jeder bekam eine frische Maß Bier.
Das ist schrecklich, fing Poppes wieder an, nachdem er den Krug abgesetzt hatte. Bedenkt doch, wenn bitte alle Menschen solche Fehler machen wie wir, wenn sie also . . . Aber er konnte nicht weitersprechen, weil Robin sich vor Lachen schüttelte. Sollte der Robin der erste sein, der wieder zur Vernunft kam, dachte ich.
Nein, sowas! Alle Menschen, rief Robin. Ja, schau sie dir doch genau an, deine alle Menschen, du großer Denker: die sind doch erwachsen.
Wer ist das hier nicht, sagte Montaigne leise zu ihm und ich mußte ihm recht geben, so schwer es mir fiel.
Und du bist ein Kindskopf, schimpfte Jeanne den Robin. Laß ihn ausreden. Wenn also alle Menschen, Poppes, was dann?
Wenn sie alle, fuhr Poppes fort – er dachte zu angestrengt nach, weswegen er keine Zeit fand, auch noch beleidigt zu sein –, wenn sie alle die richtigen Gedanken, die von Menschen gedacht werden, die gegen die Richtigkeit dieser Welt jemals losdachten, umdrehen und zwar und ganz und gar, so daß herauskommt, was bei uns soeben herauskam, worüber wir uns so erschreckt haben: nämlich eine vollkommen wunderbare falsche Welt, die nur den einen Nachteil hat, daß nur noch Gleiche unter Gleichen in einem einzi-

gen Sinn, der ein heiliger falscher Sinn ist und deshalb bleiben muß, leben, und ihn in allen Zeiten im Sinne dieses einen Sinnes in die Tat umsetzen, was dann . . .? Ich frage, was werden diese Menschen tun, die in dem einen heiligen falschen Sinn gar nicht falsch leben und überhaupt nicht falsch handeln wollen? Unausdenkbar. Ihr versteht mich?
Niemand lachte. Und das gefiel mir nicht, weswegen ich die gascognischen Zwillinge aufforderte, in die Zukunft zu schauen. Sie sagen dann im Duett:

Für den Fall, der ja hoffentlich nicht, aber
wer weiß das schon unsicher, eintreten wird,
daß alle falsch werden, hoffentlich nie so,
oder anders schon gar nicht, jedenfalls, also
im Falle der Erfüllung unserer innigsten und
von Herzen kommenden Wünsche, am Ziele, wir zittern,
am Ende, dem schrecklichen, aller Richtigen,
lachhaft, was sagen sie? oder meinen sie,
sozusagen am Jüngsten Tag quasi dieser
durchaus und ganz und gar richtigen Welt,
wenn nur noch Falsche in ihren dreckigen
Hemden dreckig lachend frohlocken, weil
nur noch, da drehst du durch, aber Klasse,
wie man so richtig sagt, lauter, lautere
Fehler, ganz kleine und dann auch ganz große
gemacht werden, was im Endeffekt, wie man
in einer klassenlosen Gesellschaft schon längst
richtig weiß, völlig Wurscht ist, müssen wir:

müssen wir Lehrer werden
alle
ganz große beleibte
Lehrkörper werden

müssen wir jeden Fehler
von drei fehlerlosen
Lehrkörpern korrigieren
lassen

Gerechtigkeit walten lassen

nichts durchgehen lassen

müssen wir Richtige werden

Nathalie wischte sich die Tränen aus dem Gesicht. Und es dauerte Minuten, bis alle sich wieder erholt hatten von dem Blick in die Zukunft.

Typisch Poppes, lachte Robin immer noch. Dieser Denker!

Jetzt hat er endgültig alles verwirrt.

Ist doch nicht wahr, trotzte Poppes und zeigte mit dem Finger auf mich: Daran ist der da schuld. Er hat die Zwillinge reden lassen. Und was für einen Unsinn. Etwa nicht?

Ich schwieg verstockt. Montaigne schüttelte den Kopf und meinte: wie einfach hatte ich alles gemeint. Wie sehr sich das alles verschwierigt bei euch.

Der hat mich denken lassen, schrie Poppes und zeigte wieder auf mich. Der hat es zugelassen, daß ich Ihren Satz umdrehte. Was für ein Schlamassel! Aber jetzt schweigt er.

Verzeihen Sie bitte, Meister Montaigne, bat Rosa. Sie haben das Regellose nicht verdammt: Sie nahmen es auf. Sie dachten human.

Und wir verstoßen, wir Trottel, klagte die Jeanne. Wir nennen das Falsche normal und verdammen das Richtige. Wir schließen es aus.

Wau, wau, bellte Heinz von Stein.

Attentäter, nannte ihn Robin, aber merkwürdig liebenswürdig: ganz und gar verständnisinnig.

Montaigne staunte. Verstehen Sie? fragte er mich.

Ich nickte verlegen.

Jetzt kam die Jeanne dran: Da muß ich schon sagen, so richtig sind Richtige doch nur sehr selten, wie wir Falsche hier richtig handelten.

Ganz sauber, fauchte die Rosa.

Gebot der Reinheit, urteilte Nathalie. So ein Mist.

Sein Mist, schrie Poppes und zeigte wieder auf mich.

Das ist doch sowieso ein Platzverweiser. Ich denke da nur an Reddy Terrer.

Wau, wau, bellte Heinz.

Du bist still, schimpfte ich.

Olympischer Kämpfer, nannte mich Poppes und grinste böse. Hast du mich?

Da konnte ich nicht anders: ich streckte meinen Zeigefinger aus in Richtung Terra Nova.
Scheiße, ja! bestätigte Rosa.
Mein Zeigefinger verschwand in der Hose.
Ach so, begriff der Meister Montaigne und unternahm einen kräftigen Zug.
Erdinger, bemerkte ich kleinlaut.
Wir haben alles falsch gemacht, beklagte uns alle die Jeanne.
Wir haben alles richtig gemacht, beklagte – die Jeanne verbessernd, oder bestätigend: die Rosa.
Wir haben uns bestätigt, das ist es, verkündete Robin.
Und Poppes interpretierte: Wir haben den Gegensatz vom Falschen und vom Richtigen bestätigt, indem wir als Falsche richtig wurden und als Richtige falsch.
Bestätigen wollten wir doch nie, wollte Rosa wissen.
Jetzt aber ist alles ganz deutlich getrennt: hie falsch, hie richtig. Krieg, schrie der Robin. Und das soll das Werk von solchen sein, die sich Falsche nennen? Wir sollten Richtige genannt werden, denn diese sind es doch: die Trennungen schaffen und ausschließen und verweisen und reine Plätze für reine Leute abgrenzen. Scheißplatz, kann ich da nur sagen.
Ich hob den Kopf. Ich schaute auch wieder zu. Und Meister Montaigne nickte beifällig. Sowas, meinte er. Also sowas: Hört sich ganz schwierig an, wird aber immer einfacher, obwohl ich da wirklich nichts Endgültiges formulieren möchte.
Danke, bedankte ich mich.
Auflösung, brüllte der Poppes. Gegensätze sind dazu da: aufgelöst zu werden.
Bitte nicht ganz, drohte Montaigne.
Danke, bedankte ich mich.
Wie bitte, fragte der Poppes und schaute etwas dumm in die Runde.
Nicht ganz, lieber Poppes, empfahl sehr leise die Rosa dem Poppes.
Aussteiger, lachte der Robin. Liebster Denker, mein Poppes.
Woraus? verzweifelte der Poppes ganz laut in Gedanken.
Aus dem Gegensatz! sagte die Rosa ein.
Wir sind keine Aussteiger, verkündete der Poppes.
Das war halt ein Fehler! probte der Robin. Gibs zu!
Da wachte der Poppes endlich ganz auf und schrie den Robin an: Gut. War ein Fehler.

Laß es gut sein. Hier wird nicht korrigiert. Stehen bleiben müssen sie alle: die Fehler. So haben wir das erkannt. Und überhaupt: Was wir falsch gemacht haben, indem wir es richtig machten: bleibt stehen. Keine Korrektur. Auch wenn wir und was auch immer bestätigten: stehen muß es bleiben, als Fehler.
Das klingt außerordentlich beruhigend, meinte Montaigne. Kein beunruhigender Ruhepunkt hier auf diesem Platz. Regelrecht regellos regelmäßig. Ich habe euch lieb. Ihr seid auf eine keusche Weise schamlos, die ich mir vorsingen möchte mit vielen Strophen – bestenfalls endlosen.
Seid ihr jetzt endlich fertig, bellte mein Heinz von Stein. Krieg' ich jetzt wieder meinen Auslauf? Ich bewege mich nämlich, mich bewegend: weil ich lebe. Und wenn ihr euch auch bewegungslos bewegen wollt oder euch bewegend nicht von der Stelle rührt, dann denkt bitte an den einzigen wirklichen Hund unter euch.
Wir hatten uns nur verstrickt, tröstete Rosa den Heinz.
Was für ein Fehler, urteilte Heinz.
Na also, das begreifst du, meinte die Jeanne.
Was für ein Fehler, sich zu verstricken, formulierte der Poppes das vor sich hin. Einfach so. Und den steigenden Zeigefinger Robins wahrnehmend, zog er sich schnell mit den Worten zurück: War ein Fehler, gebe ich zu. Laß es schlecht sein.
Ich lasse es gut sein, wurde Robin sanft.
Aber der Heinz bellte am Ende seiner Geduld in die Runde: Bitte, ich, als der einzige echte Hund, muß schon sagen: ich habe mich niemals verstrickt.
So, so? lachte seine Nathaya.
Höchstens, gebe ich zu: in der Leine meines Frauchens, jaulte er zu mir auf.
Du Depp, lachte ich. Aber nicht zuletzt.
Der Poppes fuhr mich an: Das warst doch du! Ja? Es klang nicht böse. Vielleicht nur ein wenig.
Meine Schuld, sagte ich. Eure Schuld. Meine Unschuld. Eure Unschuld. Wir führen das vor. Wir mimen. Wir schlafen.
Wir wachen auf, schrie der Poppes. Er sprang auf den Tisch. Ich reichte ihm das Megaphon und umarmte Montaigne. Nicht richtig. Aber auch nicht falsch. Bestimmt aber doch verschämt.
Und Poppes hielt seine Rede:

Es kommt etwas auf uns zu. Wenn das Richtige kommt, dann laufen wir aber davon. Wir laufen, ohne zu wissen, was das Falsche ist. Ohne das zu wissen. Das macht uns nicht angst. Angst würde es uns aber werden, wüßten wir, was das Falsche ist.
Was ist das Falsche? Nichts. Wir wissen nichts. Es muß aber etwas werden, dann laufen wir aber davon.
Wir laufen davon, bevor uns etwas erreicht hat. Wir verstricken uns nicht. Wir befreien uns also schon, bevor wir uns verstrickt haben. Die Freiheit lieben wir aber nicht, sondern nur die Befreiung vor einer Verstrickung. Wer kann denn wirklich die Freiheit lieben, also etwas, das es weder gibt noch nicht gibt, sehr geehrte Bürger hinter dem Seil?
Die Befreiung, das ist ein Verhalten, in dem man sich fortwährend bewegen muß. Und das ist ein Verhalten, in dem die Richtungen unserer Bewegungen völlig gleichgültig werden. Wir bewegen uns vorwärts, wir bewegen uns rückwärts, wir bewegen uns nach links, wir bewegen uns nach rechts. Und weil wir uns so bewegen und weil wir uns in dieser Bewegung befreien, wird nichts.
Bevor etwas etwas wird, lieben wir es.
Mit uns ist nicht gut reden. Mit uns ist gut leben. Man lebt mit uns aber nicht gut etwas. Wir lieben uns und uns kann man lieben. Wir machen mit der Verwirrung ernst. Jeder von uns hat einen gordischen Knoten in der Hand, mit dem er das Schwert durchschlägt. Hinter unseren Rückzügen sinken die uns verfolgenden Wahrheiten auf die Felder unserer Niederlagen. Die Angreifer sollen selber sehen.
Die etwas leben, sterben.
Wir laufen davon.
Davon ist meine Rede gelaufen.
Ich schaute hinüber zur Erlöserkirche und dachte, wie wenig richtig sie und also wie gut auf diesen Platz paßte, denn: da wir keine Verstrickung kennen, wie sollten wir also erlöst werden wollen.

Genug, Poppes, rief ich. Komm her. Laß dich anschauen. Und ich demonstrierte: Der Poppes, alias Jean Liberra, ernährt als Autosit seinen Zwillingsbruder Jacques, der, wie Sie sehen können, seinen

Kopf in den Bauch seines Bruders bohrt. Das erste Monster. Applaus.
Sehr dürftig.
Wenn mich nicht alles täuscht, so haben wir wieder etwas vor, vermutete Rosa.
Manchmal ist das aufreibend, meinte Robin. Sehr besonders jetzt.
Und jetzt unser zweites Monster: der Gascogner, rief ich. Das ist, mit einem Teil meiner monströsen Wenigkeit ergänzt: das Dogon. Also: der Gascogner ist männlich. Sein maßloser Zwilling wurde weiblich bestimmt, indem ich darauf meinen zweiten, weiblichen Kopf setzte.
Meine Behauptung: Es lebe der Inzest. Er ist schon vollzogen, und zwar von der Mutter Natur.
Trotzdem der Vorhang, den es hier nicht gibt, anscheinend deiner Meinung nach aufgezogen wurde, vermisse ich hier die schrecklichere Handlung, merkte Nathalie an.
Ich sehe ebensowenig dergleichen, beklagte sich Jeanne.
Weshalb ich euch die Augen öffnen muß, sagte ich und erklärte: Der Gascogner ist vaginal: nämlich, ich, als mitagierender Regisseur, stecke wie ein Phallus in ihm. Ich bin als die Schwester meines Zwillingsbruders: ein Phallus.
Und bitte, der Poppes? fragte der Poppes. Was ist mit mir?
Der Kopf deines Jacques, entschied ich, allerliebstes Monster Liberra: das ist der Phallus, der in dir steckt. Demnach: du bist vaginal!
Als Jean, schrie Poppes. Ich bitte sehr: als ein Mann?
Als ein Mann bist du außerordentlich eine Frau, entschied ich.
Und bitte, wie geht das weiter, fragte Hussan.
Nichts geht bei uns weiter, wie du wissen müßtest, predigte ich.
Ach so, begriff Hussan vielleicht.
Wir führen uns hier nur auf, half ich ihm.
Ja freilich, und bitte wie?
Rechne nach, sagte ich. Es ergibt sich bis jetzt: Der monströse Gascogner, das Dogon, ist zweimal männlich, und zwar als Gascogner und als phallische Zwillingsschwester – und zweimal weiblich, und zwar als Zwillingsschwester und als Gascogner, der diese Zwillingsschwester empfängt. Das Résumé: aus einer Monstrosität der Verdoppelung ergibt sich die zweifache Verdoppelung des Geschlechts.

Ich bin bitte auch eine Monstrosität der Verdoppelung, meldete sich der Poppes. Was ergibt sich aus mir?
Es ist vorhanden, rechnete ich ihm vor: dieses Zwillingspaar, das zweimal phallisch ist: nämlich als Jean und als Jacques Liberra, letzterer zunächst einmal als Kopf im Jean, und einmal ist es vaginal als Jean, als einer also, der in seinem Bauch den Jacques empfängt, der für sich genommen und ins Leere sich streckend: phallisch ist.
Hier stimmt etwas nicht. Drei zu eins.
Immer ich, schrie der Poppes.
Du bist der Falsche, spottete Robin. Ein Rechenfehler!
Bitte, rechnete Hussan nach: Da gibt es nur eine Verdoppelung und zwar eine phallische. Dann gibt es vereinzelt noch etwas Phallisches und etwas Vaginales.
Ein Fehler, schloß ich. Ich bitte um Hoffnung.
Wie bitte, drohte Rosa.
Hoffnung, bestand ich darauf. Nämlich ein Fehler kann uns Hoffnung machen. Oder anders ausgedrückt: Wo kein Fehler mehr ist, da lasset alle Hoffnung fahren. Wo die Rechnungen aufgehen (Herr Buckminster Fuller: wo war er?) ist die Hölle. Oder: die Hölle ist hier: nämlich jenseits der Absperrung, jedenfalls wenigstens bald in einer Zukunft, die sie abgeschafft haben wird. Hier aber, auf dieser Freiheit, sind wir so falsch, noch Hoffnung zu haben, weil wir die Fehler machen, in denen wir uns erfinden müssen als solche: die Auswege, Entartungen, oder das ganz Unwahrscheinliche herstellen müssen.
Das hängt etwas ins Leere, meinte der Robin.
Ein Pimmel, seufzte Nathalie.
Bitte, wenn ich mich jetzt derart laut frage, wie ich die beiden Zwillingspaare geschlechtlich verbinden könnte, so deshalb, damit noch etwas Vaginales dabei herauskommt, dachte der Robin laut.
Ich schrie lauthals auf und umhalste ihn.
Liebe, sagte ich dann sehr leise. So geht das auf.
Ein Königreich für einen Mann, der in diesen Jean einfahren kann, lockte Jeanne auf diesem Schlachtfeld der Figuration.
Uns fehlt doch eine Vagina, meinte Adrian traurig.
Da kann ich als Mädchen nur sagen, sagte ich zu meinem Zwillingsbruder: Da es dir bei mir nicht möglich ist, empfehle ich dir, lieber Gascogner des Meisters Montaigne, einzufahren in das Loch des

Jacques Liberra. Ich könnte zwitschern: in meine Schwester, womit ich das Weibliche und das Männliche, besonders was diese Wörter betrifft, in Mißkredit bringe. Wer aber bemerkt das? Das Résumé auch hier: zweifache Verdoppelung des Geschlechts.
Jeanne staunte. Ich bin wahrscheinlich feucht, konstatierte sie.
Nathalie, die sah, was wir alle sahen, seufzte: Ich bestimmt, sagte sie. Bitte, ich dachte schon, hier wird nur gedacht.
Höhepunkt, sagte ich. In diesem Zusammenhang: die gesuchte Vagina ist gefunden.
Der Poppes war jetzt besonders sowieso glücklich.

Und die Lerche hat den Himmel blau gemacht. Der Himmel sprang die Freude hoch. Im Walde der Kuckuck schrie. Nun wollte der Mittag uns grüßen. Lau wehte sie her vom Lenz: die Freude, und aus allen Ecken sprossen die Blumen.
Ich sah Jacques Liberras graugrünen Penis ragen aus silbergetriebenem Haar mit gegossenen Muscheln und Eidechsen, die sich in meinen Strahlen erwärmten. Und auch noch sah ich jene Rosette mit Ranken und Edelsteinen, in welcher der Phallus des Monsters des Meisters Montaigne, nämlich des Gascogners, steckte. Und hell mußte ich lachen, als ich heruntersah und schaute den silbernen Ausguß des Jacques Liberra, der mit einem Hundekopf endigt, zur Freude des Heinz von Stein, und ich sah, wie Jacques, der rückwärts Durchbohrte, masturbierte und sein Same aus den Sternen herniederschoß auf die Terra Nova, was über ihr den Regenbogen kreativer als gewöhnlich wölbte und deshalb besonders hoch. Und als der Gascogner und der Poppes in dem Gestirn, das sie beide geworden waren im Geistumdrehen, sich ganz bewußt wurden, wie hell mir zwischen ihnen die Freude geworden war: drückte ich ihre zwei Köpfe mit meinen kleinen Mädchenarmen zueinander, bis ihre Lippen sich trafen. Geflüstert habe ich ihnen, wie wenig ich sowohl mit ihnen als auch mit mir im höchsten Augenblick rechnete.
Siehe, wir sehen, sagte ich unten, als ein Regisseur, der sich aberde gekommen war, bitte, am linken Fuß des Poppes-Jean-und-Jacques Liberra gelehnt: das kurfürstlich bayrische Wappen und darunter, wie es unserer Aufregung im Wald der Worte entspricht: eine Jagdszene. Höret, wir lesen die eingravierte Inschrift:

Der Zahn an gegenwärtiger Figuration
ist von einem Wildschwein,
das 399 Pfund gewogen hat.

Da sehen wir noch solche Putten mit Bogen, und Putten mit Eichhörnchen und Putten mit Fackeln und Putten mit Delphinen und solche anderen Putten mit Vasen, alles und alle freigearbeitet wie wir alle und hoffentlich ich selber, danke, die Blumen, die Blätter und am Ende – weil es so schön war: dieses oder jenes Puttengehänge.

Ich grüße dich, Endzeitgestalter, lieber Herr Sektierer. Damit empfing mich mein Inspektor, oben im Haus Ecke Freiheit/Marschallstraße, auf der Freiterrasse.
Schreibe, rede nicht kritisch: damit beantwortete ich seinen Gruß.
Und er schrieb:
Nämlich: über uns benimmt sich ein Monomane unflätig. Und das in den 70er Jahren! Er drückt sein Blut in die Feder seiner fixen Idee, die in schrecklicher Elephantiasis auf dieser Welt lastend, sie links als Falsch und rechts als Richtig herausquetscht, oder umgekehrt, oder bitte: wie auch immer. Uns erklärt er aus einem Gegensatz heraus, auch dessen Unsinnigkeit noch erklärend, und sich selber darüber auch noch hinweg. Wir warnen vor solchen Rezepten zu einem Zeitpunkt, in dem ein gemeines Scheitern im politischen Alltag ersichtlich wird. Wir warnen davor, weil dieser Monomane ein Enkel der Individual- und Kollektiv-Psychologie ist, die die Psychoanalyse kennt und die Verhaltensforschung mitmachte.
Ich verbeugte mich hinter ihm vor mir selbst.

Einer der immer seltener werdenden Augenblicke: ich war allein. So glaubte ich jedenfalls. Aber Dupin und Heimeran näherten sich, mich nicht beachtend, und machten mich zum Zeugen ihres Gesprächs:
Dupin erwähnte die Chris. Ihre Gespielin, wenn ich das richtig sehe, sagte er.

War einmal, meinte Heimeran. Ich habe nichts übrig für Spieler, die den Spielplatz verlassen.
Höchstes Interesse bei Dupin.
Ja, sagte Heimeran. So ist das. Ich oder wir hielten uns an das Seil. Keine Ahnung, was es bedeutet. Aber für uns war es gültig. Absolute Absperrung.
Mein Staunen. Siehe da.
Zweitens ist sie tot, sagte Heimeran.
Sie zählen ab, bemerkte Dupin.
Erstens war sie nämlich schon tot, weil sie die Grenze überschritt.
Ob das sein Freund sei, fragte Dupin, nachdem inzwischen der kleine Herr angekommen war und sofort auch von Heimeran liebevoll umarmt worden war und im Anschluß daran nicht mehr losgelassen wurde.
Das ist etwas anderes, erklärte Heimeran.
Kein Versteckspiel, vermutete Dupin.
Schon auch, aber auf höchstem Niveau, verplauderte sich der Heimeran Phywa. Ich verließ sozusagen die Praxis und fühlte mich in der Theorie sauwohl.
Wer versteht das? so der Dupin.
Ist auch nichts zum Verstehen, trotzte Heimeran. Er könne nur so viel sagen, daß sich aus einer langgeübten Praxis eine theoretische Leidenschaft entwickle. Verwertung der Erfahrungen, besonders der jüngsten.
Ist mir zu hoch, gab Dupin, bestimmt nur scheinheilig, zu. Also wie er inzwischen erfahren habe, handle es sich hier auf dem Platz um Spieler, die Gefallen am Falschen hätten, merkwürdigerweise, sich sogar so nennen würden: nämlich die Falschen. Ob Heimeran damit zu tun habe?
Ich? staunte Heimeran. Er hätte es höchstens mit einer Spielgruppe zu tun, und zwar einer Versteckspielgruppe, jedoch: die spiele für ihn jetzt keine Rolle mehr. Da stehe er absolut darüber.
Sie scheinen mehr zu wissen, als andere, forschte der Detektiv. Erstaunlich, zu welchen bescheidenen Verhaltensweisen er fähig war. So übertraf er sich selbst, wie man allgemein urteilt.
So kann man sagen, verschwieg sich der Heimeran beinahe zur Gänze.
Und Chris, blieb Dupin bei der Sache, ein wenig zu dringlich. Keine Freundin? Kein schwarzes Band am gelben Pullover.

Ich leihe mir doch keine Sicherheitsnadel von einem Punker, lachte Heimeran. Da kennen Sie mich aber schlecht. Nein, im Ernst: wenig Leid. Auch kein Nachruf. Unser Kostüm schickt sich nicht auf Friedhöfen. Dort gilt Hübsches nicht. Wir leben heute und vergessen das Gestern. Die Oberfläche hat uns ganz, sozusagen. Schmerz paßt nicht in unsere Gesichter. Wir ziehen unser Grinsen nie aus. Im übrigen wahren wir den Anstand, aber in der Hauptsache lebenshalber. Dann kann uns ein Vorwurf nicht treffen. Nämlich mit Servietten haben wir es in der Hauptsache zu tun und deshalb gar nicht mit Leichentüchern. Das scheine dem Herrn aus dem 19. Jahrhundert wenig zu behagen, vermutete er, zu Unrecht.

Oder eigentlich war Dupin nur verwirrt. Eine kurze Unterbrechung in seiner ansonsten geregelten Gemütsverfassung. Auch schien er genug erfahren zu haben. Sehr viel Stoff. Sehr viel Arbeit: analytische, wie sich versteht. Der Abschied war deshalb, besonders seinerseits: schon nicht mehr nur kurz, sondern abrupt.

Dann nahm er mich zur Kenntnis und zwar, wie er umständlich ausführte, um dieselbe in Hinsicht auf meine Leute zu erweitern. Er bat um eine gründliche Aufklärung meinerseits: was eine bestimmte Spezies beträfe, die sich auf diesem Platz, wie er in Erfahrung gebracht habe, doch sehr merkwürdig aufführe, wobei er in mir – nicht zu Unrecht, wie ich sofort freimütig zugab – so etwas wie einen Initiator sähe.

Der Zufall wolle es, kam ich ihm zupaß, daß ich – so nebenbei, wie ich sagte, meine Arbeitsüberlastung betonend – einen lexikalischen Artikel für ein wahrscheinlich erst in den 80er Jahren herauskommendes Lexikon zur Nullausführung, weil dasselbe noch niemals behandelt worden war – ein zum Lachen erregender literarischer Umstand – übernommen habe, als Fachmann quasi; ein unglücklicher Japser meinerseits mußte geleistet werden, was mir glückte. Jedenfalls, ich hätte, gab ich zu, das Manuskript in der Tasche und könne ihm dieses, in Anbetracht der langwierigen Vorbereitungen eines bestimmten Verlages, gut und gerne zu einer mehr oder weniger gründlichen Lektüre – und im vollen Vertrauen auf seine Rückgabefähigkeit – leihen. Mein Eingriff geschah so schnell wie die seinerseits noch ahnungslose Annahme. Und wie gewöhnlich wurde von ihm über schnellste und freilich gründliche Erledigung dieser Lektüre ein großer Ausspruch getan. Jedenfalls, in seinem schmucken Oberkleid steckte folgender Text, von dem ich, wenn ich lüge, nicht wissen konnte, ob oder überhaupt gleich, und wenn auch: nicht viel später: er las, nämlich dieses:

FALSCHE,
ihrem zu → Fehler gehörigen Namen gemäß: Mädchen und Knaben im mannbaren Alter und insbes. männliche und weibliche Figuren nach gemeinmenschl. Vorstellung, die insb. in einem falschen Buch von mitteleuropäischen Lesern für wirklich gehalten werden, oft nur augenblicklich. Bei der Vielseitigkeit ihres Wesens haben sie bei Entstehung des falschen Buches mit zahlreichen Wesenheiten Verbindung aufnehmen können, aber von der ersten Seite an stehen sie dem Autor sehr nahe und bilden das Gefolge seiner Vorstellungen, weniger seiner Erfahrungen, da er nichts anderes als eine aus ihrer Mitte aufgestiegene Gestalt ist: allerdings in falscher Sicht. Ihr übermenschliches Äquivalent ist er nicht, aber mit ihnen zusammen, die da und dort Außermenschliches leisten, gerät er in ein Gegenbild von sich selbst. Erscheinen die Falschen eigentlich in unbestimmbarer Vielheit, so können einzelne sich doch individualisieren und besondere Namen erhalten. Individualnamen KRETSCHMER, Kotta 10, 1920, 55 ff. An bestimmten Stätten, wie auf der Münchener Freiheit, werden sie leicht in irgendeiner begrenzten Anzahl gedacht und besonders als Sechs- oder auch Mehr-Verein vorgestellt; nicht selten wird eine oder einer von ihnen hervorgehoben, oder auch besonders unterschlagen. Auf mancher Seite findet ein F. eine Zeitlang eifrige Anhänger. Töchter oder Söhne dieser Zeit, aber auch der Vergangenheit, insbesondere einer mitteleuropäischen, gehören die F. zur neuesten Unterwelt, oder zur abartigsten Alternative, oder eigentlich nirgendwo überhaupt dazu, aber ihrer werden anderen Ortes so viele werden, daß man eine ältere und eine jüngere Generation unterscheiden zu müssen glauben wird und im übrigen speziellen Genealogien weitesten Raum schaffen wird müssen. Eigentlich schon überhaupt, aber wenigstens semidei oder semideae, wurden sie, wie im falschen Buch, bisher manchmal doch als sterblich, wenn auch langlebig angesehen. (Kulturgeschichte, Papier) Alle ihre Namen, auch die geläufigsten, sind sekundär, und nur einige unter ihnen werden als

ein Klang vernünftiger Zeiten ankommen. Im Einzelfall ist die Differenzierung sachlich immer gründlich schwierig. Vor allem erscheinen die F. mit dem Papier verbunden und verhalten sich demgemäß. Bütten blieb bisher, anderenorts allerdings, den Richtigen vorbehalten. Sonst aber repräsentieren die F. alle Arten von Papier, besonders das unfrankierte, also dasjenige, welches postwendend dem Absender wieder unter die Fragestellungen flattert, auch in der dünnen Gestalt von fast nur noch Schein und sogar nicht einmal das mehr, ferner von nur noch Kunst oder gar noch Unscheinbarerem. Sie erregen Ärger, vereinzelt sogar Zorn, und werden manchmal geradezu im Quatsch wohnend gedacht; so verfließen sie auch leicht mit ihm, und ihre Bezeichnung wird in allen Sprachen oft metonym gebraucht. F. suchen keine Verehrung. Die F. wurden, wie die von allen Fehlern freien Arten, als freibeweglich gedacht, was schon manche Falschen zur Aufgabe in ihrer Beweglichkeit gebracht hat, oder noch bringen wird. In der Regel sind die F., ihrem Sammelnamen nicht entsprechend, jung bis noch jünger und so die geeigneten Vertreter der frühesten Fehler. Daher denkt man sie sich verschiedentlich im Kindergarten, unter sich, oder mit Erwachsenen. Zur Lust besteht ein ganz gewöhnliches, tiefes Verhältnis. (Siehe Mitternacht, Nietzsche) Im Gegensatz zu Bienen sind die F. insbesondere nirgendwo zuständig, schon gar nicht fruchtbringend. Ihren Kult empfangen die F. noch nicht; schon gar nicht in allgemeiner Funktion, überhaupt unter keiner Sanktion. Ihr Kult wird später zuweilen größere Dimensionen annehmen, ohne von Amts wegen ausgetragen zu werden. Dafür bietet uns die Mißgeburt das beste Bild. An ihren primitiven Altären werden die F. schon mit den primitivsten Seufzern und simpelsten Dummheiten zufrieden sein. Am Dreck erscheinen die F. mit ihrem Hauptelement verbunden: hauptsächlich gelagert sind sie dort dargestellt, insbesonders schlummernd wach, weniger oder besonders mehr entblößt. Das an sich schon planmäßig beschränkte Verzeichnis ihrer Urteile kann hier nicht begonnen werden. Wenn es nicht schon richtig wäre – und also überflüssig –, von Gut und Böse zu reden: die F. brüteten heute noch auf diesen zwei Wörtern und nichts aus. – Bestimmt deckt der Name der F. mancherorts einheimische Vorstellungen, nicht nur bei singulären Gestalten, sondern auch bei pluralen, nicht zuletzt im kelto-german. Bereich, wo epichor. Schimpfnamen auf ihre Herkunft hinweisen.

Da die F. als nicht bodenständige und menschenähnliche Wesenheiten vom Volke gar nicht gern gesehen werden und beliebig enge Zuständigkeiten, vornehmlich in der Not, anzunehmen gezwungen sind, kennen sie allesamt keine bes. Motivierung. In sehr vielen Aktionen werden sie, wofern sie nicht eine bestimmte Rolle zu spielen haben, einfach als Füllfiguren verwendet, bes. im Sinne dieser richtigen Welt.

Jetzt sind wir so schön beisammen, sagte ich.
Wir müssen weitermachen, drängte der Poppes. Wir werden doch sonst nicht fertig. Bitte.
Oder wir machen jetzt eine Pause, schlug ich vor.
Bist du verrückt, schrie der Poppes. Das können wir uns doch nicht leisten.
Wie macht man überhaupt Pause, fragte Jeanne. Bitte, das können wir nicht.
Keine Ahnung, wie das läuft, verzagte die Nathalie.
Wir schließen die Augen, sagte ich. Und wer als erster weiß, wie wir Pause machen können, der öffnet die Augen und sagt es uns und erlaubt uns, die Augen zu öffnen.
Wir legten uns alle auf den Rücken. Dann war es still. Jeder wußte, wir lagen als Stern in der Wüste.
Wir sind wahrscheinlich ein Stern, wußte der Poppes laut.
Das ist vielleicht schon die Pause, vermutete Rosa.
Still, ermahnte ich sie.
Pause, seufzte Robin. Fürchterlich. Da kommen wir nie drauf.
Ruhe, sagte ich.
Ja, Ruhe, flüsterte Dorothea. Das ist ja entsetzlich, weil es so schön ist.
Dann haben wir die Augen für immer geschlossen, drohte der Adrian.
Schluß mit Pause, wenn sie der Schluß ist, schluchzte der Hussan. Wenn wir sie nicht erfinden können, die Pause, dann ist wirklich Schluß. Weil wir auch eine Pause erfinden wollen. Wer will das aber wirklich?
Ich, sagte ich.

Du bist schuld, beschwerte sich Zaara. Immer du. Und immer dann müssen wir gerade das erfinden, was wir gar nicht haben. Zum Beispiel sind wir doch im Augenblick pausenlos.
Weil ihr den Mund nicht halten könnt, sagte ich.
Es blieb still, bis sich der Poppes vernehmen ließ: Weil ich es weiß, sagte er. Und meine Augen habe ich nämlich schon eine schöne Weile offen. Bitte. Ich sehe die Welt noch ganz natürlich. Bleibt alle liegen. Ihr öffnet ganz einfach die Augen und schaut hinauf in den Himmel.
Da liegt ja der Robin, rief Jeanne. Und wie bequem er es sich gemacht hat. Da ist ein Fels wie ein Kanapee und über und über bemoost.
So ist es, staunte der Robin.
Und Dorothea, meine Liebste, steht ganz in seiner Nähe am Waldessaum, wo die Tannen ein warmes Muster bilden wie auf einer natürlichen Tapete, schwärmte der Hermann.
Das Sausen des Windes tönt bald näher, bald ferner, wie der Ventilator, stöhnte Dorothea, den wir uns einbauen haben lassen, und mein Hermann hört das und schaut bald hierhin, bald dorthin, und wie gelöst seine Glieder erscheinen.
Wie glockenhell die Nathalie zu lachen versteht im Brodem der Sonne, staunte Nathalie. Liebste Jeanne, rief sie, könntest du doch empfinden, wie warm ich hier sitze und wie mir die dunklen Äste der Eibe als Armlehnen dienen.
Als säßen wir in einem goldenen Pokal, wenn man die Sonne bedenkt, seufzte Rosa. Wie doch der Platz gar zum Wohnzimmer werden kann, getaucht in das warme Licht einer Stehlampe. Ich sehe den Adrian sitzen, im Schatten der Tannen genießt er die erquickende Kühle.
Sehr wohl, das bin ich, rief Adrian, und neben mir, wie am offenen Feuer, sitzt Zaara, weil die Mücken wie Flammen knistern in dieser heißen Luft.
Ich empfinde dieses Tal wie mein Zuhause, rief ich. Nur, daß man die Fenster nicht öffnen muß, denn es gibt keine Wand. Die Vögel ziehen wie schöne Träume über uns hin. Und wie noch weiter herum zu hören ist, kommt in die Luft, was die Fische im Wasser zu sagen haben. So nur ist diese Kühle zu begreifen. Wie könnte uns das Quaken der grünen Wälder stören, dieser Frösche, während wir auf dem natürlichen Teppich lagern, dessen Figuren zu duften

verstehen. Besonders die Zeit liegt unter uns. Betäubende Nebel stößt der sich ankündigende Abend aus, dieser erlauchteste Raucher. Und noch einmal, jenseits eines Gewitters, das uns nicht gelten kann, schlägt sich der Regen kühn auf, mit allen Farben, die ein Fernseher hergeben kann. Freunde, Gespielen, es nähme mich nicht wunder, blickte dieser und jener Gott nicht hinter antiken Möbeln hervor, wie da sind: furnierte Gebirge, die sich wohlweißlich aus der Wärme heraushalten, und kleine Hänge bis sanfte Wellen in sicherem Boden, auf dem wir uns so versammelt haben: so gut, so froh, so herzlich, so offen wie unsere Seelen: zur Pause.
Worüber wollen wir reden, fragte der Poppes. Jetzt ist doch Pause. Da haben wir sie hier heroben.
Da fragte die Jeanne: Wo gibt es eine große Kunst, die auf riesigen Ölgemälden darstellt, wie zum Beispiel wir uns hier in dieser antiken Landschaft eingerichtet haben: so gemütlich, so wohnlich, so wirklich künstlich wie unwirklich realistisch. Sie überhöht uns sozusagen, ohne uns das Häusliche in Wahrheit zu rauben.
Das nicht, schrie der Poppes. Bitte, das muß ich doch schreiben. Das ist doch ganz einfach der schlimmste Kitsch.
Das bin ich aber, nämlich kitschig, sagte die Jeanne. Also, bitte, einer muß es doch sein. In mir seid ihr es ein für allemal. Ich stellvertrete euch sozusagen. Das feiertägliche Wohlergehen hinter Gardinen predige ich, das überglückliche Schluchzen auf Klobrillen, die Fürze hinein in den Vierpersonenhaushalt, Gugelhupf, Hefeteig, Laubsägeengel um Kerzenflammen, Silberstege für Messer und Gabel und Trara und Eltern. Aus Kindermund: grüne Knetmassen, aufblasbare Tiere, ganz Hellabrunn, viele Tiger mit Schnurrbärten, Kleiderhaken für Rosenkränze, Maiandachten, und die frischesten Strümpfe für sämtliche Kommunionen, nie näher meine Wolle zum Knie.
Und wenn ich mit der sauberen Innenfläche meiner rechten Hand mir eine kleine, reine Pfütze aus dem Wildbach zu meinen gewaschenen Füßen hole, rief der Robin, so zunächst nur deshalb, um vom Mittelscheitel zweimal weg die Haare glatt zu klatschen, zwecks männlichen Aussehens, dessen ich bedarf, weil ich sozusagen ohne Furcht und Tadel, bildlich gesprochen: zwischen Tod und Teufel, dem Geschäft nachgehen will mitten im Krieg, ohne den Verdacht aufkommen zu lassen, es sei Angst die Ursache für meine Ausschweifung. Und wenn ich im Augenblick raus muß, so tue ich

das mit reinem Gewissen und habe vor, dieses Geschäft zu verrichten, ohne mich zu beschmutzen. Nämlich, Kampfgenossen, was den plötzlichen Termin betrifft: es geht dem nichts in die Hose, der sich im Ganzen des Volkes aufgehoben weiß. Er tritt ab und kommt reiner wieder, erleichtert sozusagen bereit für die hehren Aufgaben, die ihm gestellt werden müssen. – Bitte, ich sage stellvertretend für euch alles das, was ihr nicht zu sagen wagt, rief der Robin. Ich rede vom fröhlichen Tod, vom geheiligten Sterben, vom Feld der Ehre, von der Verblutung auf dem direktesten Weg in die Mutter eines Mannes, der sie unterwarf, damit wir alle als Söhne wieder tropfen können in sie. Dieser völkische Kreislauf unter den Augen sämtlicher völkischer Beobachter! Süß ist es und zu sterben heißt es. Und wahrlich, wir alle Kinder eines immer nachwachsenden Volkes werden euch eines friedlichen Vatertages wieder ausbuddeln aus feindlicher Erde, um euch in heimatlicher Erde, ordentlich registriert, mahnmalen zu lassen für einen Frieden, den unser Vaterland nur gezwungenermaßen brach. Es raunt, es rauscht durch die vaterländischen Kreuze bis zu meinem Kunstkopf: ein knochiges Material, fürwahr!

Da kann ich nur lachen, lachte der Hermann. Und wie man sehen kann: Ich bin zwar nach legerer Art gekleidet, nämlich flott, also lässig sogar, aber in Grenzen des Korrekten. Und ich lache ohne Anlaß, aber im tiefen Vertrauen auf Einheit mehr als auf Recht und auf keine Freiheit. Aber mit Schweppes. Da lache ich mir aber was und überhaupt nicht darüber. Insofern bin ich doch Köln alaaf. Und lustig bis herunter nach Mainz geht es mir innerlich zu und noch gar südlicher. Die Einheit des Grölens stiftet die Bütt. Zwar schon auch nördlich liege ich oft in Ostfriesland mit dem letzten Irren beisammen und bruste sozusagen zugleich auf der schönsten Brille des Fremdenverkehrs in Reit im Winkel, bevor ich, auferstanden, in die selbe Schüssel Tränen vergieße vor leidenschaftlicher Gaudi, vielleicht blutige sogar über einen gemeinsamen Humus.

Oh nein, rief die Rosa. Du vertrittst uns nicht. Keiner von uns lacht in dir.

Ihr alle lacht, wenn ich so lache, sagte der Hermann. Oh, wie ist es am Rhein so schön.

Ach, wie sind wir im Grunde alle so gar ernst, stellte Nathalie fest, nämlich weil Heinz von Stein auf seinen Raubzügen bis nach

München heraufkommt, um dort mit uns beim Salvator zu denken. Bitte, wenn ihr euch mit ihm am Ziel feierlich erhebt und das Blut der anderen in den Krügen Schaum stehen laßt, dann könnt ihr den Geist abnehmen. Prost. Heil Hitler. Ihr Architekten des heiligen Saftes. Das muß man aber einmal gesehen haben, wie dieses Bier spritzt. Besonders alle Gattinnen von Blutordensträgern nuckeln an den Schwänzen der Fässer. Höret die sämtlichen immer jungen alten Lustlaute im Brauereigeschäft, vom heiligen Stephan geweihte, aus quasi korbinianischen Irren.

Schöne Pause. Sehr schlimm. Bitte, dann bin ich der Freund des Ministerpräsidenten, und im Einverständnis mit seinem Innern, sagte leise der Poppes. Wie ihr hören könnt, sind meine Anschauungen überhaupt noch nie von einem Fremden gewaschen worden, so daß ich gut und gerne zur Audienz am Wittelsbacher Platz vorgelassen werden kann. Mein Beruf ist erlaubt. Ich habe die Augendiagnostik bestanden. Was mein Blut polizeilich unterlief, wurde mit einer Militärkapelle beblasen. Man begreift diese Summa cum laude, sieht man, wie ich die Elastizität meines Schlagriemens vorzuführen verstehe. So grün wie ich in Wahrheit schwarz bin unter Ausschluß der Öffentlichkeit, bin ich der braune Schutzmann für euch.

In Grün verpackte Scheiße, beschimpfte die Rosa den Poppes.

Ich bin eure Tara, ob ihr es wollt oder nicht, stellte der Poppes fest.

Zum Beispiel, weil ich bald verheiratet werde, melde ich mich jetzt an, sagte Dorothea. Wenn, dann in Weiß, und ohne Altar überhaupt nichts. Kreuz, Mutter Gottes und Faulhaber, würde ich mit dem Pater Mayer sagen. Ach, liebster Rupert. Nämlich unter dem Weiß wird es noch einmal weiß: das Unterhöschen, das deutsche. Im Reich werde ich dieses aus Verantwortung abziehen, weil ich als Opfer mich aufzumachen vorhabe. Aber dann wieder hinauf und zu. Und der nächste Unbekannte darf aus mir herausfallen auf das Feld der Ehre. So ist es in meinem beschlossenen Herzen katholisch. Oder wer glaubt nicht an Gott?

Wieso schrie Nathalie? Sie schrie unvergleichlich lauter weiter: Confiteor Deo omnipotenti, beatae Mariae, semper Virgini, beato Michaeli Archangelo, beato Joanni Baptistae – und so weiter, sanctis Apostolis . . . Auf der Münchener Freiheit hier bekenne ich und bitte um Buße und Lossprechung.

Ein falscher Tanzschritt, schrie Poppes. Diese ganze Disco-Szene

kommt aus dem Schwung. Bitte, der Regisseur! Einen Glauben hätte ich verschluckt?
An die eine, die ganze, die eine ganze Wahrheit, die eine, betete Dorothea hinauf.
Bitte nicht, schrie der Poppes. Diese Pause bringt mich um meinen kleinen Verstand. Jetzt ist Schluß. Oder soll ich den Vatikansender einschalten?
Gut, sagte ich. Schlecht, hatte ich gemeint.
Noch schlimmer, meinte der Poppes: Du hast in jedem von uns alle Schweinereien vermutet. Die hast du dann einen jeden von uns sagen lassen, stellvertretend für alle.
Da waren wir einmal für immer und nie mehr eine Gemeinde, behauptete ich. – Und nicht einmal Ulrich Sonnemann habe hier etwas gegen das schlimmste deutsche Verlangen. Er würde bestimmt von Umtrieben reden; hier aber wahrscheinlich nicht.

Der Rummelpuff lag nicht neben uns auf der Wiese, geschweige oben in der Natur. Er stand unten, auf dem Boden, wie er gleich zu Beginn feststellen mußte. Und, wie er hier rundtanze, übernähme er nicht etwa eine Vertretung, sondern er bewege sich hier. Rummelpuff ist hier, schrie er. Der Wald meiner Gedanken ist so grün wie der eure, nur rauscht er unten besser und Eisen und Stahl sind zwei Mottos für meine Beine, die meinen Lebensweg roden: also durch dick und durch dünn, immer das Höhere liebend, in reinster Nächstenliebe zur Tiefe. Die Ursache werde ich ganz bestimmt hinbringen, jedoch nicht allein und schon gar nicht im Bewußtsein. Unbewußt nämlich, als Volk, handelnd nur aus Naturtrieb, willkürlich bin ich, ganz nach Notwendigkeit, schrecklich: so wie wir alle sind: die Bewegung der Masse nach Aneignung und Ausübung der Kraft. Wir pfeifen auf die Freiheit, frei sein muß nur das Volk. Das Leben ist sich selbst Gesetz. Wir sind der lebendige Organismus, der auf dem Herdeninstinkt beruht, der in der Einheit des Blutes begründet ist. Also, wo Sinn ist, dort ist auch Wald. Davon habe ich jetzo gerauscht.
Jetzt rauschten auch noch aus Landsberg her über den Platz die Klänge aus Bayreuth.

Siemandel, Possenreißer, Schalmey-Pfeiffer von Stürzenkrug, hält die Tür auf: Da tritt sie in Erscheinung, Amanda, Kreation des Cafés auf der Freiheit. Sofort viel Publikum, sachkundiges; quatschender Halbmond. Im schneeigen Teig ihres übergroßen Gesichts: zwei Augäpfel, Marmelade, lächelnde. Zwiffelwitsch, zupfend an ihr, korrigierend, schleckend auch, also mit einer Zunge und zehn Fingern tätig an diesem letzten Schrei: ganz prachtvolle Mandelstickereien und ausgerollte Kirschenapplikationen, Farbakzente setzende, süße auf vierzehn Zentnern! Fülle, frische. Auf ihre Hüften klapsend, der mit den großen Drüsen, erklärend: Zwei Teigkugeln habe man auf die ursprünglichen Formen so erfahren gedrückt, daß sie diese vollkommen auskleiden, wie zu sehen. Sie zieht entstehende Wülste an sich hoch und knetet sie raffiniert zwischen den weniger gewaltigen Zeigefingern und den umso weniger zarten Daumen wie zu Zöpfen, Ergebnis: gekerbte Kämme. Ein Ach und ein Oh und sogar viel Geschnalztes im Halbrund. Das muß ein Traum genannt werden, und zwar in Erdbeere. Wird auch. Gar süß ihrerseits diese Verlegenheit, wenn sie ihre Würste in die Birnentaschen des Kleides vergräbt: dieses mit aufwendiger Broderie genau zum Feiern auf dieser Freiheit gedacht. Bitte, die Fortsetzung, erbettelt sich Siemandel einen Weg durch das Publikum für seine Schönheit, die Süße, ganz Gebirge, auf welchem weiße Plastrons spritzige Frische vermitteln. Hinweise ihres Poseurs: Zu beachten also nun die Brüste: eigentlich mehr darauf, als darüber, anfangshalber: mürbster Apfelkuchen und insbesondere, befestigt, bestimmt an der aufwendigsten Taille dieses Platzes, eine soeben dem Frittierbad entronnene Krapfenkette. Völlig überflüssige Anmerkung seinerseits: diese diene schon lange als Blickfang. Die schlappen Schwänze der Hockney-Jünglinge knöcheln; so wird das jedenfalls ausgedrückt, da und dort. Man sieht. Man interpretiert. Man beurteilt die Wirkung. Der Traum aller übrigen Frauen ist aus anderem Stoff; hier wirkungslosem. Appetit wird damit keiner erweckt, hier nicht. Man bedrängt allein sie: die Amanda, so daß Zwiffelwitsch die Gasse bauen muß für seine Torte, die rosageschnürte – Himbeeren waren als Überzug bäuchlings festgemacht worden um sie – und derart und auch noch mit Windbeutellätzchen versehen, füllt sie brustwärts mit globalen Makronen die obere Hälfte des Durchlasses, als sie durchtritt: ganz Siegerin, erst kurz vorher vom Feuer genommen unter ständigem Schlagen mit Schneebesen. Kein Wunder: die Magyarenbärte Schwabinger Boys zittern über deren Oberlippen, und vereinzelte Zungen stehen schon. Auch Nervenfieber bricht aus; dieser plötzliche Wasserreichtum. Geschmackssache. Nachfolge. Großes Gedränge. Im Forum wetteifern die Farben des Regenbogens der Terra Nova, erfolglos, mit der bayrischen Creme mit Früchten auf der Amanda, unterwärts: Kreation ihres Rockes, in dem sie sich von Siemandel sehr bestürzend servieren läßt: diese Frau, der die Aromatik durch feinste Siebe zugetrieben worden sein mußte. Und wieder hier, wie schon einmal, zu Beginn: dieses Lächeln, ein überreifes, auf diesem aufgefertigten Gesicht, als sie sich dessen bewußt wird, was Zwiffelwitsch auch noch sehr füllig erläutert: daß sie gestürzt wurde, so wie sie da steht, auf die Schaufel Hamanns. Ein solcherart gargezogenes Gesicht habe es noch nicht gegeben, hierorts, von den rohen, kaltgerührten Früchten seiner Miene nicht zu loben. Schönheit. Eisige Arroganz. Dreh nur, dreh uns rasch im Kreise, Holde, so nur wird uns wohl. Ein Vers. In Wahrheit ein Vers darauf, wie man sich um sie dreht, weil sie, dieselbe, ihr Rückenteil zeigt, und nur: Verzicht auf frontale Ansichten fordernd – ein Rückenteil allerdings, das geruht haben mußte, während man die Füllung desselben in Vorbereitung gegeben, augenscheinlich: durch ein feines Sieb, gestrichene Kastanien untermischend: also mehr oder weniger nur zu sehen – worüber Puderzucker gestreut worden war, schnell, was nur glasierend gemeint sein konnte: die flotteste Weste.

Der langsamste Wirbel: und sie kommt mit der Vorderansicht ihrer Fülle nieder: ein Fall – wie Siemandel demonstriert –, der Zusammenhalt nur garantiert durch zu steifen Schnee geschlagenes Eiweiß. Dieses, so die Meinung des Possenreißers auf dessen gewaltig erhobener Stimme: wird für das Aufgehen der enormsten Masse im Ofen der Zukunft Sorge tragen.

Und jetzt im Schreiten die Stufen hinauf – eine schleppetragende Ginka Steinwachs wird erkannt –, bewegen sich in der Zeitlupe ihrer Ausdehnung die Brüste dieser Aufsteigerin, in deren Bluse pochiert und schließlich gestürzt, jetzt wogend im Sirup ihres zweiten Geschlechts, das sich hier auf dem Platz auf eine Art und Zuweise angerichtet hat, wie man solches nur in einer Aprikosensaison gewohnt zu sein hat.

Vorläufig das Ende: Amanda auf dem Ziehbrunnenberg: kolossal.

Am Fuße: das Publikum. Geschlossener Kreis. Wie Siemandel ausführt: Was ungute Gefühle angehe: kein Eingang für solche an ihr. Für Neider sei die heimlichste Öffnung auch nur ein schrecklicher Windkanal.
Geschritten jedenfalls wird nicht mehr. Das sitzt jetzt. Und überschritten würde gar nichts, so der mit den Drüsen. Das sei nur noch Ausdehnung. Von innen her, was die Haut hält. Und von wegen Patmos: Wenn seine Amanda immer noch fresse, so, wie man sehen könne: nur noch Bücher. Die schob er ihr in den zuckrigen Rachen. Es handle sich, wie Zwiffelwitsch einschränkte, um Kochbücher, selbstverständlich. Wahrlich.

Rosa, noch unentschlossen, aber in eitlen Gedanken schon verschwunden, in der Hauptsache hinter einem Muster, das warmhält, stand vor der Auslage: Strickmoden, Leopold 59, als – Donner und Doria – ein Herr, den sie sofort als Marc Simon, Disco-Chef der Casablanca, identifizierte, zu tänzeln begann, zu schreien anfing, auch zu toben; der Grund: seine Donna, oder in Wahrheit die einzige Donna. Rosa verfiel in Gebetshaltung, händehalber: diese unvergleichliche Schönheit im Lärm, auch ansonsten, auftrittsmäßig, war augenblicklich süchtig geworden nach wärmster Verstrickung und von ihrem Sound-King nicht mehr zurückzuhalten, auch nicht durch seine Zorneswallung, gar nicht disco-like allerdings. Sie nämlich, Donna, betrat – auf zu Viktoria – den Shop, von dem so Verstrickten gefolgt, was der Rosa die Entscheidung abnahm, da noch dazu hier niemand, nämlich dort drinnen, wo sie sich wenig später befand, zu groß, zu alt oder zu dick ist. Aber sie mußte etwas ergehen lassen über sich, was sie in die höchste Bestürzung fallen ließ: Also Donna war schon mit dem ersten gebotenen Strickkleid durchaus einverstanden und begab sich damit in die Ankleidezelle. Die kleine Verkäuferin, im Strickkleid, lächelte auf zu Marc, der zu schwitzen begann, als der Vorhang des Anproberaumes von Donna gezogen wurde bis zu dessen beinahe perfekter Verschließung, wie Rosa beobachten konnte, oder eigentlich schlimmerweise: mußte, weshalb sie wegschaute, Richtung Tür, die sich aber einen Schlitz weit öffnete, augenblicklich, und in dem das Rohr einer Maschinenpistole erschien, justiert auf ihr und der Verkäuferin Idol, auf den Marc also, der schreckenshalber, aber auch gleichsam in parater Wissenschaft um diesen Vorfall oder eigentlich Einfall sofort reagierte, indem er, was einerseits verständlich schien, aber andererseits allen guten Sitten widersprach, den Kabinenvorhang aufzog und sich auf die Donna, auf eine solche aber im Zustand einer nur mit Unterwäsche bekleideten Dame, stürzte, in dieser, freilich beschränkten, Öffentlichkeit, aber immerhin. Die Verkäuferin mußte – wie nicht – Schlimmstes befürchten. Die Rosa war aber gar nicht sittenmäßig entrüstet und deshalb ganz anders erstarrt. Aber auch die Verkäuferin mußte, wenn auch langsam, mitansehen und schließlich ein, daß kein Sittenstrolch hier, wenn auch als Star, Umtriebe machte, sondern ein ihr schließlich verständliches, freilich andersgeartetes Liebesverhalten in ihrem nächsten Umkreis ausleben wollte, in dem er, der Star, dieser Halbgott Marc, weil in keinem Augenblick trennungswillig von seiner angebetenen Donna: ihrer intimsten Anprobe beizuwohnen gewillt schien. Die Rosa konnte vermerken, daß schon auf dem Höhepunkt dieses kleinen Skandals sich das Rohr der Maschinenpistole sehr galant im Türschlitz zurückgezogen hatte. Warum? Und weshalb? Das wußte sie nicht. Und von tödlichen Rohren, die Liebesannäherungen erst bewirken, hatte sie bisher, auch in modernen Sagen, nichts gelesen, gesehen, geschweige gehört. Gleichsam an ihrem Verzicht auf eine eigene Verstrickung vorbei, verließen Donna und Marc diesen Ort: mit einem Strickkleid in der Tüte, die der Produzent trug, je weiter draußen, umso heftiger tobend und schreiend. Donner und Doria. Das war eine Niederlage für Rosa in der Viktoria.

Oben, im Penthouse. Der Dani gerät außer sich.

Dani: Paranoia. Großeltern, Urgroßeltern, Mutter, Vater, Bruder und Schwester. Gar noch Onkel und Tante. Alle verstrickt im Netz. Also eigentlich ist Mona großartig.

Dodo: Bestimmt.

Dani: Der eminente Versuch: sich selber zu lieben.

Dodo: Da ist sie dir aber voraus.

Dani: Da komme ich jetzt aber nach.

Dodo: Das sind nicht nur Worte.

Dani: Du glaubst mir?

Dodo: Ich sehe.

Dani: Ein verdammt süßes Ding auf dem Teppich.

Dodo: Das erstemal schlampst du, mein lieber Genauer. Also schreiben darfst du nicht so. – Aber ganz wortlos bist du in aller Öffentlichkeit doch sehr aufrichtig.

Dani: Da wiederum muß ich dich loben. So jedenfalls umschreibt man, wenn man anregen will.

Dodo: Ich bedanke mich herzlich, Maestro.

Dani: Im übrigen: Salomo hat das beschrieben. Ich kann das jetzt überprüfen.

Dodo: Da bin ich Seiner Majestät sehr verpflichtet. Jedoch, wie du augenblicklich entdeckst, handelt es sich mehr um eine Hirschkuh.

Dani: Um es einmal so zu fragen: Darf ich ein Periklimenos vermuten?

Dodo: Aber natürlich, oder natürlich kein Geißblatt.

Dani: In jeder Hinsicht: summa cum laude.

Dodo: Wie steht es mit deiner Doktorarbeit?

Dani: Da geh' ich sofort in Klausur. Ohne Schierling.

Dodo: Trotzdem: Verführer. Mein Gott.

Dani: Sag das nicht. Also in meinem Boulevard, und das wird vorgeführt, auf der Bühne: müssen alle Spieler in die volle erektil-ejakulatorische Empfindung der eigenen Klitoris oder des eigenen Penis eindringen.

Dodo: Das kannst du.

Dani: Kannst du es?

Dodo: Ich glaube schon, daß Mona das kann. Da ist sie wahrscheinlich uns beiden voraus.

Dani: Ganz erstaunlich sportlich scheint sie da fair zu sein. Also, da muß ich schon sagen: die ist uns über.

Dodo: Was doch ein Zeichen setzt, wenn man an die Unterdrückung der Sexualität der Frau denkt.

Dani: Als Zeichen habe ich sie noch gar nicht gesehen.

Dodo: Solltest du aber. Kontaktsperren kennt sie nicht.

Dani: Wie eine Figur meines Boulevard. Das erkenne ich jetzt. Da muß ich ja dankbar sein, d. h., das könnte ich, wenn ich glauben dürfte, sie verfiele nicht der Illusion der Quantifizierbarkeit der Liebe.

Dodo: Das kann ich bei ihr gar nicht annehmen.

Dani: Der Norman wäre also kein Gebrauchsartikel. Du glaubst das?

Dodo: Das machst du doch sehr gut.

Dani: Wie ich das sage?

Dodo: Das auch. Das habe ich aber doch gar nie bezweifelt.

Dani: Wunderbar, wenn ich das sagen darf.

Dodo: Jetzt darfst du alles sagen.

Dani: Auch: daß es mir trotzdem ganz fürchterlich stinkt. Weil die Mona immerhin wahrhaftiger reden könnte. Also, da denkt sie von mir doch beinahe schlecht. Als könnte sie mich überfordern.

Dodo: Unsinn.

Dani: Wie meinst du das?

Dodo: Dich überfordern. So ein Unsinn.

Dani: Bin ich zu schwer?

Dodo: Mach dir doch keine Sorgen.

Dani: Muß ich mir doch machen, wenn sie, was ich befürchte, das Niveau meiner Spieler verliert, oder niemals hatte. Da verlange ich sehr viel von ihr.

Dodo: Um 19 Uhr muß ich weg. Ein Date: mit dem Veit. Auf der Freiheit. Wir wollen dich heute besuchen. Er will sich nach Fortschritten erkundigen, ach, du weißt schon.

Dani: Auch Scheiße: Fahrpläne, Geld, ritualisiertes Leben, finsterste soziale Praxis.

Dodo: Ich muß schon sehr bitten.

Dani: Nichts für ungut: ein Satz aus meinem Boulevard. Fiel mir nur so gerade ein.

Dodo: Was du alles nebenbei denken kannst, liebster Caesar.

Dani: Cupido verfolgt nur die Faulen.

Dodo: Du kennst deinen Ovid.

Dani: Und du läßt dir nichts anmerken. Oder hat mich die Muße zu küssen vergessen?

Dodo: Ich gehe im Schweigen nur: in quantum potest humana fragilitas pati.

Dani: Wie abgefeimt, Dodo. Wir sind uns Lateiner. Im Ernst: Das Schweigen zu dem, was mir Mona antut, läßt meine Schwachheit bald nicht mehr zu.

Dodo: Jetzt bitte.

Dani: Du kennst meine Schwäche. Ich schreie.

Dodo: Schrei!

Dani: Das Übel ist wahrscheinlich die Ehe.

Dodo: Nicht die Scheidung?

Dani: Die Ehe, die Ehe.

Dodo: Ich komm jetzt.

Dani: Ich bin schon da. Aber das sage ich dir, um alles zusammenzufassen, wozu ich jetzt imstand bin:

Dodo: Sei doch still.

Dani: Mitnichten.

Dodo: Dann fasse zusammen.

Dani: Schön.

Dodo: Wie bitte?

Dani: Der Rest ist Verwunderung.

Dodo: So? – Und worüber?

Dani: Jetzt weiß ich es nicht mehr.

Dodo: Sie spielt schlecht.

Dani: Das ist es. Du sagst es. Wie du das sagst.

Dodo: Wahrscheinlich schläft sie mit Norman.

Dani: Und sie denkt überhaupt nicht an mich.

Dodo: Nicht an uns. Und das ist noch schlimmer.

Dani: Das wird ihr egal sein.

Dodo: Noch schlimmer: das ist ihr noch nicht einmal egal. Recht kann ihr das nur sein.

Dani: Was bitte?

Dodo: Nur so.

Dani: Ach so. Du meinst?

Dodo: Das mein ich nicht nur. Paß auf.

Dani: Ich bekomme Besuch. Das meinst du.

Dodo: Begriffen.

Dani: An alles denkst du.

Dodo: So ist es richtig. Jetzt bitte keine Synkope. Bleib stark. Ich verschwinde. Ich komme bald wieder. Nicht allein, wie du weißt.

Dani: Keine Stärkung? Ich meine.

Dodo: Das bekomme ich unterwegs. Da mußt du dich gar nicht sorgen. Ich besorg mir das schon.

Dani: Du meinst doch nicht.

Dodo: Nicht so, wie du das jetzt wieder meinst. Mein Gott,

Schriftsteller. Ich überleg mir das noch.

Dani: Im Bad ist alles bereit.

Dodo: Weiß ich.

Dani: Wußtest du?

Dodo: Natürlich wußte ich das.

Dani: Natürlich.

Er seufzte. Es kam ihm noch einmal schrecklich natürlich vor. Deshalb noch so ein Ausruf:

Dani: Keine Spuren! Bitte.

Und aus dem Bad:

Dodo: Erwartest du Mona?

Ein stilles Gedenken des Dani, etwa so: Wenn es möglich wäre, wenn es in einer zarten Aussicht stünde, wenn es seiner groben Zukunft einfiele: eine ganz andere Seite aus Bütten aufzuschlagen, vielleicht mit Goldschnitt sogar: Trautes Penthouse, setz dich mit Geschick mitten in das Glück.

New Romantic, ihren Sieg darstellend: Amanda, das Vierzehnzentnerweib – auf dem Ziehbrunnenberg, nach Verspeisung weiterer Kochbücher – indem sie aus ihren Cremes die Hände in den Himmel entrückt; sie läßt ihre Schinken, die teigverhüllten, hinter sich, in ihren Augen zwei Desserts außerordentlicher Erhebung. Derart und kaffeebraun steht sie da, im klassischen Sinn freilich auch die typische Parfait, als von den Fesseln hinauf zwei Anbeter ihr das Soufflé wegschlürfen, bis sie rocklos, den exorbitanten Unterleib nur noch im Zuckerguß, verbleibt. So verändert sie auf dieser Freiheit die Reihenfolge sämtlicher Tafeln. Mit Desserts wird auf ihr begonnen. Erst in der Folge beginnen die Hauptgänge. Insbesondere ihre Koteletts, gegrillt, mit Semmelbrösel bestreut, werden geteilt, gegabelt, geschaufelt. Und es ist vor allem ihren Hinterstücken zuzuschreiben, daß man Appetit bekommt auf das Ganze, nachdem Zwiffelwitsch auch noch einlädt dazu, die Vanilleschote, einmal gespalten, fünf Minuten durchgezogen und also vollendend die Brüste Amandas zur Überreife, abzukosten. Es ist ein Höhepunkt dieses Mahles, als Zwiffelwitsch zuläßt, einen Hüftknochen seiner Geliebten auszulösen.

Dodo und Veit zerteilten das Fleisch auf Papiertellern. Sie saßen vor dem Café Freiheit.

Dodo: Er ist allein. Mona treffen wir nicht. Sie ist bei Norman.

Veit: Was du nicht sagst.

Dodo: Unbegreiflich hart. Das macht ihn fertig.

Veit: Das tut dir leid?

Dodo: Das empört mich. Er leidet.

Veit: Jetzt hör mal, der Dani sorgt für Ersatz. Da stehen die Frauen doch an. Ich denke: jetzt wird er sich endlich wieder bedienen. So wie früher. Den kenn ich doch.

Dodo: Meinst du?

Veit: Schlimm für dich.

Dodo: Wie meinst du das?

Veit: Keine Konkurrentin, oder jedenfalls eine von vielen.

Dodo: Bist du verrückt. Denkst du wirklich?

Veit: Mit irgendeiner wird er dann eines Tages ernst machen. Dann aber endgültig. Jetzt hat er wieder die Auswahl. Jetzt wird er das Beste auswählen.

Dodo: Du kennst ihn nicht. Der Dani ist anders.

Veit: Anhänglich? Ja? Trauert wohl gar der Mona nach.

Dodo: Und ob.

Veit: Und du leistest Gesellschaft bei dieser Trauerarbeit?

Dodo: Ich helfe ihm und ihr.

Veit: Zunächst nur ihm.

Dodo: Sie wird zurückkommen, dafür werde ich sorgen.

Veit: Und so verlierst du diesen Schriftsteller nicht. Ganz einfach.

Dodo: Zyniker.

Später, im Aufzug der Hypo:

Dodo: Was willst du eigentlich, sag schon?

Veit: Ich?

Dodo: Freilich. Wie wär' es dir recht, daß es sein sollte?

Veit: Wehe mir, wenn Mona nicht zurückkommt, dann bekomme ich nicht den Laufpaß.

Dodo: Das sagst du nur so.

Veit: Wehe mir, wenn Mona zurückkommt, dann bekomme ichs und nicht den Laufpaß. Aber darum geht es nicht. Du verläßt mich ja nicht.

Dodo: Natürlich nicht.

Veit: Ob er dich nicht mehr braucht, darum geht es.
Dodo: Wie kommst du darauf?
Veit: Du willst ihm doch helfen?
Dodo: Ich helfe den beiden. Auch Mona.
Veit: Die Mona kann ruhig zurückkommen, wenn du so hilfst.
Dodo: Also das verstehe ich nicht.
Veit: Die Mona muß gar nicht weggehen von Dani, wenn du da bist.
Dodo: Wie bitte?
Veit: Wir sind da. Ich meine: Die Mona muß dann nicht allein bleiben. Du erwähntest einen Norman.
Dodo: Sie hat ihren Dani.
Veit: So meine ich das nicht. Du mußt ja auch nicht allein bleiben. Der Dani wird ja dann auch nicht allein bleiben müssen. Du bist doch da. Nur ich. Ich habe nur dich. Jetzt läut' schon.

Er habe, bevor sie beide angekommen seien, unglaubliche Fragen unbeantwortet lassen müssen, meinte Dani, während er Drinks zubereitete. Der andere – er wies in Richtung Küche –, ein gewisser Poppes, bringe ihn arg in Verlegenheit, da er aller Wahrscheinlichkeit nach zwar als Mädchen mehr Chancen gehabt hätte bei diesem, jedoch vermuten dürfe, dann hätte ein Mädchen ein Mädchen beglüht.

Dodo: Nie gibts solcherlei Liebe bei Tieren, bei Kühen und Stuten.

Veit sei zu beneiden, meinte Dani, ob er das wisse. Er könne ihm nie verzeihen, ihm seine Frau so lange Zeit vorenthalten zu haben. Inzwischen habe er durchaus Kenntnis von den Kenntnissen dieser außerordentlichen Dodo.

Dodo: Spricht Iphis.

Dani übertreibe gewiß, meinte Veit; das sei aber mehr als gewöhnlich in der lesbischen Liebe. Der Lacherfolg machte ihn kühner: Er sprach von der homoerotischen Harmonie in seiner Ehe. Womit, wie er näher ausführte, bewiesen sei, daß der Augenschein trüge. Das sei die Regel, auch hier bei ihm, wagte Dani zu behaupten. Sie stießen an, auf Vorschlag Dodos: auf die Wahrheit.

Dodo: Schluß damit.

Ob ihn, Veit, diese Wohnlandschaft nicht auch erinnere an die kleinen Paläste Marokkos? Es folgten Hinweise: die Holzstäbe der Decke, nur zum Beispiel: entzückend gefügt zu geometrischen Ornamenten. Besonders aber die Sitzecke, von den Nubuks abgesehen, das Spalier der Bambusrohre sei ebenso kunstvoll gekreuzt wie in Tausendundeiner Nacht. Ganz abgesehen vom Dachgarten, wenngleich keine Bougainvillea-Kaskaden, ganz unmöglich in diesen Breitengraden. Sie, Dodo, sei jedenfalls dankbar, von ihrem Veit die Adresse des berühmten Schriftstellers bekommen zu haben.

Wie Dani jetzt wohne, habe er, Veit, sich nicht träumen lassen, meinte derselbe.

Dodo: Uneigentliche Kreationen. Das wird sich verschlechtern.

Veit müsse wissen: Dani schreibe ein Gegen-Boulevard-Stück, erklärte Dodo. Sehr schwierig.

Das wollte Veit aber ganz genau wissen. Und Dani begann sofort damit, der Familie jede Chance abzusprechen. Er entwarf eine Anzahl Danksagungen für Beileidskundgaben zum Ableben aller Mütter, Väter, Brüder, Schwestern und Töchter.

Er solle sich nicht zieren, meinte Veit.

Und Dani zierte sich nicht und ergänzte: aller Ehefrauen und Ehemänner.

Veit: Dein Zartgefühl in Ehren. Wo bleibt die Flasche?

Ob es schon so weit sei, wollte Dani wissen und brachte die Gläser und bald noch eine zweite, bald eine dritte Flasche. Das sei Blut, meinte Dani nach einer Stunde, das Blutsverwandte noch immer am besten getrennt habe. Es fließe immer auch für freigewählte Streckennetze.

Dani: Nieder mit der Stasis.

Veit: Nieder mit dem Komfort der Zweier-Beziehung.

Wie sehr er, Veit, ihn verstehe. Er müsse ihm einfach näher rücken, vermutete Dani. Er durfte. –

Veit: Ich vermute, du sprichst ohne Netz.

Er denke nicht mehr an Mona, erklärte der Dani.

Sie sei aber davon noch gar nicht überzeugt, meinte Dodo.

Veit: Du vergißt meine Dodo, die deine Mona nie vergißt.

Dodo: Gar nie vergessen kann!

Da habe er freilich so seine Erinnerungen und – aber, das seien

Einschränkungen, die er literarisch nicht länger berücksichtigen könne, meinte Dani.

Veit: Literarisch?

Dodo: Bei einem Schriftsteller bedeutet das gleichviel: auch im Leben.

Dani: Sehr richtig.

Dodo: Obwohl, wenn man es recht bedenkt: ist da doch wieder auch ein großer Unterschied.

Dani: Freilich. Ein Unterschied ist da schon.

Es gebe jedenfalls einen großen Unterschied zwischen blutleeren Literaten und Dichtern.

Dodo: Die schreiben mit Blut. Ich übersetze: sie leiden.

Veit: Wie ich annehmen darf: hauptsächlich an diesem Unterschied.

Dani halste die Dodo, stellvertretend für Veit, wie er diesem zulachte. Und Poppes erschien auf der Schwelle und klatschte.

Das sei auch der Augenblick, in dem er eine vierte und fünfte Flasche holen dürfe. Und Dani lief. Und Dani kam wieder. Und wenig später entkorkte er die sechste.

Dodo: Es hat geläutet.

Dani: Poppes, öffne.

Wenig später liegt Dani in den Armen Normans.

Veit: Er verzeiht.

Dani: Ich verzeihe nicht nur, ich verzeihe überhaupt nie. Ich frage.

Der Dani frage ja nur, meint Veit und setzt den Norman ab. Er bekommt auch ein Glas.

Dodo: Es läutet schon wieder.

Dani: Poppes, öffne.

Wenig später liegt Dani abwechselnd einmal in Monas und einmal in Normans Armen. Dann will er, daß Norman und Mona sich selber in selbigen liegen.

Mona: Gut. Ich ziehe aber jetzt endgültig aus.

Da kennt Danis Begeisterung keine Grenzen mehr. Er strafft für Norman den engen Rock Monas ab Fesseln, beinahe noch tiefer, klatscht weich gegen die aufgesetzten Taschen mit Schriftstellerhänden. Favorisiert seine Mona. Gleitet mit ihr über den Laufsteg, als Top-Kerl, wie er sagt: zinnoberernst. Faßt Norman um die Taille. Ignoriert sein maigrünes Gesicht. Begreift seine Oberschenkel: findet alles en vogue. Steppt ihn vor Freude fast zu. Korsagiert ihn, leibhaftig. Kritzelt über ihn drüber und paust dann Monas Dessous durch den Rock in zarter Rokoko-Romantik. New-time. Macht das, wie er ausführt, sehr short, topt überschnittig, ergänzt als Conclusio seine Selbstliebe mit der von ihm hochgestreiften Ansicht kreideweißer Strümpfe seiner Mona.

Mona: Pack ein, Norman.

Dodo: Stoß an, Norman.

Veit: Laß dir helfen von Dodo.

Mona: Guten Abend, Dodo.

Dodo: Wie schön, dich zu kennen.

Der Wahnsinn, schreit Dani, und die Gesundheit. Seine Sprache kneife allen Anwesenden in die Popos. Seine Logik ziehe er ihnen als eine Spirale durch sämtliche Nasen. Seine Brutalität bekäme die Ausmaße von Agape. Bevor er extra-verbal werde, müßten sich alle Anwesenden als schizophren beurteilen dürfen. Er definiere jetzt die Liebe.

Da wuchsen ihm Brüste, meint Poppes auf der Schwelle zur Küche. Ich bin für die siebte Flasche.

Dani: Wir heiraten alle uns alle. Das ist die Lösung.

Veit: Uns betört der Tod mitnichten.

Dodo: Conveniens Venus est annis temeraria nostris.

Dani: Nicht wägt.

Veit: Wagt.

Dodo: Venus.

Mona: die schickt sich

Norman: für unsere Jahre

Dani: Der Reimer ist nicht für Paare.

Norman liebe die Schmierenoper, meint Dani. Ich auch. Der Poppes kommt über den Teppich zu Dani und küßt ihn. Jedoch, dann fragt er:

Poppes: Wer sind Sie.

Dani: Dani.

Poppes: Wo ist der Ausgang zur Psychiatrie?

Dani: Sämtliche Fenster.

Ich sagte, Poppes solle zu mir herkommen. Kommt er auch. Aber durch mich hindurch geht er wieder zur Tür. Auf der Schwelle ist heute sein Platz. Ich sage mir: Es ist gut so. Und ich ruhe mich aus.

Dodo: Es läutet schon wieder.

Dani: Poppes, öffne.

Er holt noch einmal sieben Flaschen nach der siebten Flasche. So ist es ganz gut. Und als ihm Pythagoras einfällt, kreischt er. Hofft, der Poppes habe sein Kreischen überhört. Hat er. Und setzt sich. Sie sitzen schon alle. Es wird nicht mehr ausgezogen. Sie sind alle schon da.

Der Veit drückt die Dodo an sich und hat dafür gar nichts übrig. Erkundigt sich, ob Dodo. Selbstverständlich sehr wenig. Nur Poppes kichert. Und Dani drückt Veit an sich und fragt, ob Dodo dafür etwas habe, oder gar übrig. Erschrecklich sanfte Verneinung. Er sowieso nicht. Und hinwärts zu Mona: Ob sie etwa? Auch nicht. Schon eher für ihn. Und Norman erkundigt sich, ob man glaube, er nicht? Seiner Mona widmet er seine Person. Und Dani widmet seine Person dieser Personata. Oh Mona. Nicht daß du denkst. Ich gehöre zu dir. Wenn er dürfe. Im Augenblick dürfe er, hört er. Und Norman darf auch. Ohne Frage. Und Veit darf seine Dodo umarmen. Und einen Arm hat diese Dodo noch frei, zwecks Umarmung des Dani.

Was soll das? Der Poppes kichert.

Poppes: Wenn der jetzt nicht da ist. Oder er muß gar nicht da sein. Jedenfalls.

Dodo: Bitte, schaust du das an?

Veit: Ich denke nicht daran. Aber der Dani.

Dani: Ich nicht. Liebste Mona. Aber der Norman.

Norman: Liebste Mona. Du glaubst doch nicht, daß ich . . .

Mona: Das will ich hoffen.

Veit: Der Dani hat sie bestellt? Lieg ich richtig in dieser Annahme?

Schweigen.

Dodo: Müßt ihr alle diese Frage verneinen, wenn ich behaupte: man sieht sie?

Schweigen.

Mona: Oder darf ich übertreiben, indem ich sie als eine Illusion begutachte?

Schweigen.

Norman: Ich verliere mich doch richtig, wenn ich sie übersehen kann.

Schweigen.

Dani: Man darf doch an jeder Stelle sagen: es scheint sie zu geben?

Schweigen.

Ob es dieselbe gebe oder nicht, könne, meinen Dodo und Veit, ihnen egal sein. Wie der Mona oder dem Dani, oder dem Norman, ergänzt der Dani.

Mona: Daran ist allein der Poppes schuld.

Poppes: Jesus? Den Namen habe ich noch nie gehört.

Ich lasse es auf einmal dreimal krähen. Dieser halbe Hund.

Veit: Also, diese Stellung der Beine.

Norman: Diese Ausstellung.

Dodo: Pst.

Mona: Bitte, wer beschreibt hier.

Dani: Auch wenn man alles sieht, wozu diese Einsicht?

Norman: Ich stimme für Schließung.

Dodo: Das ist doch noch öffentlicher, oder?

Mona: Dann schaut doch weg. Das ist doch ganz einfach.

Stille Anschauung.

Dani: Ich habe zuerst weggeschaut.

Norman: Und ich noch vor ihm.

Veit: Also, ich habe angefangen.

Dodo: Dann bist du ganz unschuldig.

Mona: Der Dani ist schuld, wenn ihr alle weggeschaut habt, denn er hat das vorgemacht.

Jetzt darf der Dani das fragen. Ich stoße ihn an.

Dani: Mich stößt etwas an, liebste Mona. Ich frage dich: Wann heiraten wir?

Sehr verblasen ist diese Antwort. Also die Mona verläßt diese Ausstellung. Sie gerät in eine Parklandschaft. Immer noch hinter Büschen girrt sie.

Dani: Aber Mona!

Mona: Ich liebe diesen Norman aber, in einer gewissen Weise, so irgendwie, so.

Norman: So wie?

Mona: So lala.

Man hat den Dani noch nie so lachen gehört. Der Veit, der stellt etwas fest.

Veit: Fort ist sie.

Dodo: War vielleicht überhaupt nie da. Oder wie?

Dani: Also morgen werde ich feststellen: Da ist sie gesessen. Auf diesem Tisch. Und wie? Geöffnet, ganz hundsgemein! Das sollte gesagt werden. Wenn die Sonne aufgeht. Ist noch etwas zu sagen?

Dodo: Veit

Veit: Dodo

Norman: Mona

Mona: Norman

Dodo: Dani

Dani: Ach, meine Mona.

Wen kümmert es noch, wenn ich mit Jeanne im Aufzug abfahre, mit Poppes, der fragt: Ist er etwa auch oben gewesen?

Jeanne: Der hat mich doch auf dem Tisch abgesetzt.

Ein paar Paare, oder ein paar Glocken, die mehreren Paaren im Mondhaus die Einpaarung läuten: wer aber ihn verpaare, das stünde noch in den Sternen, die paarweise leuchteten, schrie der Heinz. Bitte, unter dem Himmelszelt läge er gerne unter einem Bärenfell, und nur zu gerne darunter nach links gedreht: weil er ein Rechtshänder sei, der, seinen Gantelet ausziehend, hinter einem weichen Hintern freifingerig in das Moos greifen wolle. Derart schliefe noch immer seine Gewalt am pazifistischsten ein. Den Ärger mit einem linken eingeschlafenen Arm werde er, die Ungemach überschlafend, zu vergessen wissen. Einseitig allemal komme man solcherart morgens ins Getümmel des Kampfes. Da sei Frundsberg davor. Ansonsten an ihm noch Schlafendes habe die Rüstung schon an. Diese Sorgen. Es habe da eine Sophie gegeben. Und wenn schon, und wenn auch. Der Karl sei ja mehr als man wünschen könne unglücklich geworden. Er jedenfalls habe jetzt seine Zaahira, oder, und wenn auch noch nicht, Münchens underground lasse er durchgraben für sich, und auf die Freiheit sei seinmaulig eschatologisch gepfiffen.

Sonst noch irgendwelche Befehle? wollte der Reddunz wissen.

Grab, Terrer, oder wühle, mein Reddy! Als Punker bist du der Maulwurf Reddunz, der im Loch der Nornen den Zirkus herauskommen lassen wird, den Shakespeare und Wotan vermutet haben mußten. Bei Goethe, der Wagner wird lachen. Der Stein wird das Tageslicht sehen.

Und wer jetzt gleich das Königshaus am Schachen auf die Freiheit tragen ließ, wer das gleich war, dem zur Linken fünf Geliebte des Hockney und zur Rechten fünf Geliebte desselben mit zwei riesigen Maibäumen zur Verfügung standen, um die morgenländische Pracht zwischen die Schaubuden tragen und dort niederstellen zu lassen, das weiß keiner, vielleicht aber war es der Ludwig selber, weil der den Robin und die Gattin des Theseus hertragen und dann in diesem Haus auf zwei Sesseln niedersetzen ließ, dort nämlich, genau dort, wo sie später einmal im Labyrinth auf der Wiese liegen werden. Im übrigen steckten die zwanzig Beine der nackten Jünglinge in zwanzig schenkelhohen Chevreaulederstiefeln. Und während Robin zum Dank für die Gastfreundschaft den König lupfte und in eine schwulstige Ecke schleuderte, befand der gerne Geschleuderte einem maurisch verkleideten Niederbayern, dem Herrn Friedrich Nietzsche, Standort Barbarella, Feilitzschstraße, schöne Grüße von Ariadne auszurichten, die als christliche Hausfrau zwar ihren höheren Menschen Theseus verlassen habe, ihm also nicht länger Mutter, Schwester und Gattin, also nicht mehr länger sein Frauenbild, also weibliche Macht noch in Ketten, schon gar nicht der Geist der Rache sein könne, ebensowenig aber das Labyrinth als ewige Wiederkunft bezeichnen möchte, aus dem sein Sein aus dem Werden heraustrete, in dem es sich bejahe, soweit die Bejahung des Werdens Objekt einer weiteren Bejahung werde. Gleichviel, sie lasse dem Herrn Friedrich Nietzsche ausrichten, sagte Ludwig, König, sie liebe jetzt ihren Robin, der ein Falscher sei und öfters deshalb ein Hund, und sie trage kein Verlangen nach einem Dionysos, der zu ihr sagen werde, er sei ihr Labyrinth. Sie wisse nämlich sehr gut, daß dieser Dionysos mit seinem Labyrinth nur vorhabe, das Richtige, oder das, was er, dieser Herr Nietzsche, darunter verstehe, zu selektieren, um alles Negative oder das, was nicht einmal negativ, sondern überhaupt nur falsch sei, sehr sorgsam, aber besonders gründlich von seinem ewigen Werden zu trennen. Pfüat God. – Und der König wollte dem Schleuderer danken, nachdem er so lange darniedergelegen in Deutscher Philo-

sophie und steckte dem Robin einen Brillantring an den Finger, nahm dann die ganze geschmückte Hand desselben und verschwitzte sie gründlich, während die christliche Hausfrau ihr Sorbet austrank, noch einige Züge aus der Wasserpfeife nahm, die Schürze aufband, das Mieder aufknöpfte und abwarf, die knielangen Unterhosen abstreifte, in einen zarten Slip schlüpfte und von Robins rechter Hand dabei unterstützt wurde, als sie in das Hemdchen und die Jeans fuhr. Sie versuchte den Hofknicks und entfernte sich mit ihrem Robin durch das Spalier zehn winziger Pimmel ins Freie. Aber siehe da, der letzte Pimmel, der elfte, der in Wahrheit der kleinste hätte sein müssen, stand unserem kleinen Herrn derart schlimm in die Münchener Freiheit hinein, daß die christliche Hausfrau mit ihrem Robin, die Rechten auf dieser Schranke, sich über dieselbe schwingen mußten. Aber, aber. Und: durften sie das? Ich überlegte: Das ist doch die Schranke, die in die Gabel fallen muß, damit der Zug durchfahren kann ohne Unglück. Und dürfen wir das Glück vergessen, das nur geschieht, während wir warten müssen, weil die großen psychoanalytischen Schrankenwärter uns so vor allen Unglücken bewahren. Wir machen schon den Mund auf, aber geschrien haben wir vielleicht nie. Sondern überhaupt nur die Lust. Oft nämlich ist das plötzlich Kurze, wenn es öfters passiert, im ganzen viel länger, als irgend so eine Sehnsucht, die das Maul nicht halten will. Das war mir wieder höchst bewußt.
Ich jauchzte also. Ich beschrieb unsere Lust, melodisch, wie man ein Lesestück singt in der Schule, nämlich als kleines Mädchen, musikalisch davon rhapsodierend – also zurückdatiert in die Zeiten, wo Lyrik und die Musik noch die Einheit abgaben, die ein ganzes Zeitalter vergoldete – wie das Gefühl sich selbst fühlt als eines, dem ganz hinten herausragt, was von vorne hereingestoßen wird. Oh, sagte, sang vielmehr das Mädchen, das ich geworden: Du bist der Garant einer Zukunft dieser kleinen Familie, oder deutest du uns nicht allgewaltig an, wie vierpersonig unser Haushalt sein wird? Du Stößling. Du phallischer Unhold meiner feenhaften Gefühle. Oh, Spinnentraum meiner zerrissenen Nächte, als ich dich zu fangen so schuldbeladen mich ausgespannt hatte. Oh, du herzensguter Gesellschafter, der du aus deinem Hange erlaubnisgemäß dich erhoben, um mich zu vergesellschaften, jedenfalls das restlich von mir Herumliegende, das du geweiht hast und ganz und gar verstoßen dort hinein, wo du einmal selber der Stößling geworden

bist. Vater, Mutter, Kinder, nehmts die Rucksäcke ab, ziagst die Stiefi aus, machts es eich bequem. Wir san da. Und für jeden eine Maß Bier. Heimat. Der eine Ast wird zum Wald im Handumdrehen. Der Schatten vermehrt sich herum. Die Sonne kommt nimmer durch. Diese Freiheit ist warm wie ihr Bier.

Als der anormale Erzähler, der hier und jetzt hinter unserem kleinen Mann die Frau ist, die mit ihm die Normalität bis zur höchsten Lust demonstriert, lasse ich meinen Hintern hinter unserem kleinen Mann wackeln durch diese Lederszene, auf der sich die lieben Altschwestern tummeln. Und wir singen gemeinsam die Internationale der Klassifizierten und unsere ideologischen Kehlen verströmen ihre Freude an die sexuellen Platzanweiser, die uns so fein und so sauber sogar von jenseits der Absperrung ferngelenkt haben und ferner noch lenken und fernlenken werden. Diesen Herzenserguß hinüber zu Freud und Lacan. Mich erreicht der besonders invertierte Gruß der Tunten, und ich zeige mein schwesterliches Strumpfband. Sie folgen. Wir schreiten. Wir sind besonders von hinten am schönsten. Nur unsere Gesäße, nicht wir sind gespalten. Der arme Objekt-Homo, der mich dort so verbissen grüßt, beißt an seinem Gewissen herum, bis meine Handkanten anschwellen, und was er befürchtet, das bringt ihn zum Lachen und jetzt beißt er was vor und jetzt zeigt er lustvoll wie heillos pervers er der Amphi ist, der er sein muß. Und ich, der Erzähler, ich nehme die Schuld nicht auf mich, weil er an ihr jetzt selber den größten Spaß hat. Der kleine Narziß an seiner Seite zieht die Lidschatten nach und ist sowieso fröhlich. Und hatte der alte Päde keine Traute, so trommelt er jetzt einen Wirbel auf dem seinen Arsch, der vor ihm schon lange der Strichjunge war, den er wünschte. I know. Das ist dir eine hermaphroditische Gaudi und sogar die absolute Inversion ist dir das. Und bewußtlos bis bewußt freut sich jeder dort, wo er eingeteilt ist. Und je deutlicher klassifiziert einer ist, an dem meine Vieldeutigkeit vorübergeht, desto lustiger macht ihn beides. Die Liebesobjekte werden so schuldhaft vertauscht wie nur möglich, wobei mann fraulich grinst, das macht dann den Unterschied falscher als gewöhnlich, ohne richtig dem Ganzen entraten zu wollen. Diesen Kuß dem ganzen Ödipus und seinem Komplex. Aber grad jetzt. Aber diam amal. Und bal des net endet, ist das eine ewige Gaudi. Und bis 101 wird gezählt was das Zeug hält von hinten nach vorne und von vorne nach hinten und beides zugleich und ist das ja sowieso Wurscht. Und die Differenz zwischen Objekt und Subjekt gibt es wie Oben und Unten. Und wenn da einer gar nicht fertig wird, weil ich stehen bleibe, und schließlich den Ring über seine Vorhaut zieht, so ist das heute von zwengs der Harmonie und net deszweng, weil der Gürtel sonst platzt. Als der allerjüngste Päde seine religiöse Schwurhand in den Arsch vom Poppes schiebt, spricht der auch noch feierlich nach. Und noch nie hat ein schwules Pärchen so erfreulich sicher und seines Blödsinns bewußt auf den Lift ins Nirwana gewartet. Es bekommt meinen Segen. Und so kommen wir alle dorthin, wir zwei voraus, dann der Eschi, der Hammed, der Toni, der Timy, der Johnny und der Leila, wo das Pissoir steht, das nämliche aus Paris, wo schon der Henry an den Beinen abzählen konnte, wie schön der Abend an diesem Abend sein könnte, worauf aber heute der Hocquenghem hockt und die fundamentale Indifferenz des Verlangens verkündet: Die Sonne geht auf. Der Anus öffnet sich: ein Kreis, der dem Umherschweifen des Verlangens, das nach allen Richtungen möglich ist, keine Grenzen setzt. Und das Ballett des Meisters schweift über die Silberwiese aus und wie uns zumute wird, könnten nur die Gebrüder Grimm oder Johannes geheim offenbaren. Jedoch, es kommt nicht so weit. Die Märchenerzähler und der Prophet haben jetzt nicht das Wort, weil die Polizei einschreitet. Das erstemal verläßt sie das Seil und mischt sich unter uns und der alte Feilitzsch umarmt seinen König Ludwig II. und stammelt etwas von, wenn er gewußt hätte, aber so, ja dann stehe auch er und ihm stehe nicht mehr an, brüllt er über den Platz, den Fortschritt der Menschheit in Richtung allumfassender Lust mit Wasserwerfern zu bekämpfen. Wenn ein einziges heiliges Arschloch alle elenden Arschlöcher vereine, so sei das die überweltlichste Sache von dieser Welt und er sei ja schon immer gegen so Halbheiten wie etwa Tunten und Pädes und Homos und Schwestern und Schwule gewesen, im Augenblick aber, wo das große ganze Überloch sie alle zur großen und ganzen Einheit vereine, sei das doch sogar mehr als eine nationale Frage, von bayerischen Belangen gar nicht zu reden, und ein klares Ja sei ihm schon immer heiliger gewesen als ein halbes Nein, und sein Herz schlüge für das eindeutigste Programm und dann aber wild, und Himmel, das sei doch gemeint, und so sei es gewesen und das werde immer gemeint sein: in ein einziges Loch mit uns allen, und wer ein Mann sei, der müsse jetzt transzendieren, und wenn es auch in

Sachen Sex sei, in den Himmel wolle doch jeder. Ach Ludwig, seufzte der Einsatzleiter, was hast du, mein König, für ganze Männer in deiner Zukunft. Sowas Richtiges habe er nicht mehr vermuten können, weinte er still vor sich hin, wie es ihm hier in diesem annulus erscheine.
Unser Lachen verwirrt ihn. Falsche Hunde, schreit er uns nach, als wir uns zurückziehen. Memmen! Und seinen Ludwig verachtet der Polizeipräsident, als dieser seine Kutsche besteigt und an ihm vorbeifährt, uns nach.
Der Poppes lief. Er raste.
Aber plötzlich blieb er stehen. Sein Gewissen, das raste zurück. So stand er. Es stand im flutenden Rückzug. Er stand wie ein Mann. Zurück, alles zurück, schrie er.
Laß das, brüllte der Eschi ihn an.
Du blöder Hund, schrie der Johnny. Jetzt ist es schon so. Jetzt soll es so sein.
Das ist aber wirklich recht dumm gelaufen, besonders wir, nämlich davon, also besonders deshalb. Das hatte der Hammed gerufen.
Um alles in der Welt, schrie der Eschi, es ist falsch, es ist schlimmer als falsch. Aber laß es sein. Auch wenn der Hocquenghem böse sein wird. Das ist doch nur so gerutscht. Die Polizei ist in der Hauptsache schuld.
Die ist doch schuld, grölte der Leila.
Jetzt haben wir diese blödsinnige Reaktion gehabt. Jetzt möchte ich nicht schon wieder reagieren, seufzte der Timy.
Der Hammed gab ihm recht: Immer diese Reflexionen. Ich mag nicht mehr.
Des Poppes' Arm, der in die verlassene Szene immer noch steif zurückwies, fiel. Sein Blick, der die Fliehenden immer noch nervös zurückbefahl, senkte sich. Sein rechtes Knie, das den erneuten Angriff wippend in Schwung hatte bringen wollen, rastete ein, wurde steif, wie im übrigen ich und zwar ganz und gar, nach seiner sanften Bemerkung: Also ich will nicht schuld sein.

Der Poppes setzte sich. Der Poppes weinte helle Tränen. Der Poppes war untröstlich.
Was hast du, Poppes, wurde er gefragt.

Weil sie davonlaufen.
Aber das ist doch gut so.
Gar nicht, heulte der Poppes auf. Jetzt singen sie doch erst recht das alte Lied. Jetzt werden sie wieder klassifizieren. Jetzt, bitte, marschieren sie doch erst recht in die andere Richtung. Sie werden das Falsche tun, und zwar richtig, und mit gutem Gewissen.
Und du?
Ich bleibe sitzen. Und das hätten sie auch tun sollen. Sich hinsetzen. Einfach so. Sich nicht mehr bewegen. Und lachen.
Und weil sie nicht lachen, heulst du?
Das ist doch zum Heulen, schluckte der Poppes. Überhaupt, wer spricht so mit mir? Der Poppes drehte sich um.
Er erkannte ihn sofort. Du? staunte er.
Ich, sagte Jesus. Ja. Bleib sitzen. Es ist gut, in dieser Stadt der Bewegung sitzen zu bleiben.
Der Poppes holte sein Taschentuch aus der Hose und trocknete seine Tränen.
Ach so, grinste er durch seine leidvolle Miene. Ja, dann. Ja, wenn das so ist. Du auch? sagte er. Ich meine, bist du vielleicht auch falsch? – Sieht dir gleich, lachte der Poppes, als er seinen Tröster nicht mehr sah. Er mußte laut lachen.

Aber jetzt mußten wir zwei Cojudos die spanische Treppe südlich vom Pub hinauftitten, über Weiberlätzen sehr übertrieben gescheit die Vorwegnahme rügend: eines Labyrinthikers Robin und seiner Liebe, vorher: die Gattin des Theseus; wie Poppes meinte: der christlichen Hausfrau, was von mir korrigiert wurde und sofort umbesetzt mit Nathalie oder Nathaya, welchen Wechsel er mit Gekicher aufnahm, von mir unterwiesen, wie leichtfertig ich mich auf diesen Stufen meines Leichtsinns besonders erfreue, da der Stieg in das Ur der großen und ganzen Falschheit hinaufführe, italienisch oder insbesondere römisch, weil es so spanisch erscheine, wie es sowieso einen blauen Himmel méditerranée über sich hängen habe. Und Poppes in meiner und ich in seiner weiblichen Begleitung: also wir Damen, erheiterten uns an einem Fehler des Ablaufs und an einem Fehler in der Besetzung und girrten beide und gierten nach einem Dritten, mit dem die Poppin soeben noch

gesprochen, aber der war ja sowieso und von Anfang an und für immer da. Und das war ja vielleicht sogar ein Mann, wenngleich übernatürlich nun schon gar kein richtiger, obwohl er zur richtigen Frau noch weiter hin hatte; vielleicht wie jeder Gott. Und der Nietzsche sei auch wieder einmal zu früh aufgetreten, war unser beider Meinung im Hinauftrudeln, wobei wir als Poppin seinem langen Kleid nachgrübelten und als Ich krebelten an meinen tiefen Säumen, der südlichen Stufen wegen. Und also wegurlaubend wir zwei, uns keineswegs leichend unter den Röcken und schon gar nicht von einem Mann geleicht, in keiner Zukunft, mockelten wir uns höher, beim Überstieg – Zaun, Gußeisen –, dennoch zwei Hermanns händlich behütend. Die Kirche. Schon wieder. Und immer. Besonders in Rom. Alle Bergwanderungen führen. Er solle sich neben mir vermocken, empfahl ich die Haimgart: geboten als letzte und höchste Stufe zu Gott und so weiter bis Geist, wo wir die Klamotten haibelten: er, indem er seine Poppin aufforderte, ihre Kleider in den Aufrutsch zu kriegen, zwecks besserer Beinspreizung, redenshalber, und ich, indem ich meine Unterwäsche bräteln ließ, bevor ich über dem ausgesuchtesten Gehai einer zugedachten Brust meinen falschen Seligsprecher öffnete für seine zwei Kopfflügel, mit welchen wir über der Freiheit römisch abfliegen wollten, bis wir uns wieder ganz spanisch vorkommen könnten.
He, du Transvestit, sagte er wie ich zu ihm.
Wir säßen nebeneinander, sagten wir uns: in falschen Körpern. Wir würden Weiber werden wollen, konnten wir uns eingestehen, aber kämen insofern an keinen Schlitz, als wir falsch bleiben müßten insofern. Schmätze deswegen, und nicht hin und her, sondern im Punkt. Aber kein Ende. Ein Anfang auch nicht. Und gar keine richtige Liebe zu jeweils der eigenen Verfassung, so sehr sie derzeit befipst wurde. Schrecklich verfahren. Gar nicht. Die Zeit besaß uns beide nicht. Und wir besetzten sie nicht. Jedenfalls nicht so rund bis richtig. Also da waren wir aber so Besetzer. Jeder gordische Knoten unter unseren Röcken zerschlug ein Schwert. Schon wieder einmal, oder zweimal. Und ob er die Fallas, die spanischen sähe, wollte ich ausgrübeln und übersetzte dem Poppin noch einmal die Umbesetzung mit meiner Nathaya in Zukunft, von wegen Labyrinthen. Und überhaupt schaute ich als Godl vom höchsten Platz über alle Freiheit hinweg und schnaderhüpfelte mein falsches Herz los, der Unterweisung folgend mit allen zehn Fingern unter dem Rock

meiner Nachbarin, dortselbst das Gegenteil walgend bis Satz und bis Stange, in Vorwürfen hochklimmend bis Druß, bis zum schlimmsten Gedanken, der sich als nachbarliches Verdikt über meiner ganzen, rundlichen Fälschung breitmachte: mindestens ein Transvestit von uns beiden hätte ein Mädchen, zum Beispiel die Rosa, sein müssen, wenn es im Falschen richtig hergegangen hätte sein sollen. Der Rosa mit einem Türschlitz hätte bestimmt ein Mann sein wollen, und wäre trotz Zweireiher niemals richtig ein solcher geworden. Es wurde mir empfohlen: bei Besetzungsfragen ordentlicher vorzugehen. Umarmung. Vier gedrückte und gedachte Brüste. Einhelliges Lachen. Und ob wir von allen neutralen Leberflecken weg noch etwas Falsches über das Falsche auf dem allerwertesten Platz des Falschen sagen wollten, fragten wir uns. Nein. Nicht.
Dann schau hinunter, Poppes, sagte ich.

Freiheit: Auf dem Ziehbrunnenberg soll es nicht bei einem Hüftknochen bleiben, dem ausgelösten, weshalb jetzt Amanda, notabene der Rest von ihr, von Zwiffelwitsch und einigen Schlaraffen auf einen Teller gehoben wird. Vom zweiten Schinken wird die Haxe abgesägt, der Knochen ausgelöst, in kaltes Wasser gelegt, zwecks Entsalzung.
Dieser enorme Hunger, dieser orale Eigensinn sämtlicher Mitesser, jeweils Zuschmecker und Ablecker, immer wieder auch solche. Sie fordern stets aufs neue ein neues Kostüm für Amanda – weshalb man im Café Freiheit schon nervös wird. Man denkt sich die modischen Einfälle auf einem vorgewärmten Teller, weil die Speise heiß begehrt wird; also riesige Schalen unter derselben. Und also durch den Schleier der Sauerkirschsauce, den Hauch Ingwer wegschmeckend, werden die Brustäpfel abgelutscht. Das Eigentliche, die Hauptspeise, wird dann als Angebratenes in der Butter ein durchaus Gepriesenes. Und es darf kein Zufall genannt werden, daß jenes Ideal des Jahrhunderts hierorts die Geltung einbüßt: man ißt sich nicht mehr schlank. Viktoria. Und sämtliche Strickwarenläden erarbeiten größere Muster. Diese Revolution geht in die Breite. In den Boutiquen am Platz muß umgedacht werden: die

Stoffbestellungen stiften Verwirrungen. Eine neue Dickeria erobert sich augenblicklich den Boul und die Freiheit.
Der zweite Schinken verschwindet. Und unter einer Pfannenkuchenkreation – eine erneute Überarbeitung der Amanda durch das konditoreische Personal des Café Freiheit – wird Unterwäsche erahnt: ein Tartar, das es abzufressen gilt. Und siehe, ganz entzückend: dieses Karree, nicht etwa zur Auflösung so frisch erschienen, sondern zwecks leichterer Aufschneidung: also der Ruf nach der Säge, die Einschnitte an der Wirbelsäule anbringt. Und die absolute Garheit wird vom roten Fleischsaft über irdenen Bratpfannen wissenschaftlich bewiesen. Das Heil: die leichte Verdaulichkeit. Wärmeausstrahlender Rippenspeer. Und im Fressen ganz allgemeine Wurstigkeit, beinahe klassenlose. Der Hinweis des Siemandel Zwiffelwitsch auf seine Pieta, auf die Scheibe ganz aus Madonna: Gewährung, Einladung, nicht unter Tränen; der Schmerz im bereits jenseitigen Frohsinn: rotbackig, zum Fressen lieb. Restaurierungen, ununterbrochen. Dafür sorgt der Ministrant, der von den großen Drüsen. Immer wieder auch wird kandiert – Café Freiheit – und zuckerübergossen erscheint Amanda, notabene der Rest von ihr in immer neuer Façon: siehe die Einhaltung der falschen Speisefolge.
Die Mutter. Die Mutter Amanda. Die Mutter Amanda der Schlaraffen. Ihr Bauch. Dieser unermeßliche. Dieser allerkleinste Einschnitt in denselben und ausschließend eine erregende Ausnahme: aber was da alles herauskommt. Und wie sorgfältig Blut aufgefangen werden kann: hier wird es zum Ereignis. Auch Nebensachen, wie eine von der Gallenblase befreite Leber und so weiter heraus. Wie rosig wird da die Zukunft. Diese Farce: eine aus dem Fleischwolf gedrehte Leber; ganz unvergessen Salz, Pfeffer, Mischgewürz, Thymian, Majoran und Lorbeerblatt. Nicht zu vergessen der Speck hinterher. So wird das gemacht, denn diese Fleischfarce mit Toastbrot und Cognac wird in kochendem Salzwasser pochiert und in die Höhle Amandas gefüllt. Also Grablegung der inneren Amanda in ihr selbst und Auferstehung aus dem Brattopf in den Appetit ihrer Jünger, die in der kartäglichen Wartezeit an Keulen und Beinen nagen mußten. Aber jetzt wieder Mahlzeit. Hochzeit. Zum Himmel erhobene Arme Amandas, paniert und getrüffelt, schwindend dahin, über ihr, die sich hingibt und liefert: bis sie als Skelett von allen Schlaraffen auf diesem Platz, im Chor sozusagen,

angefettet werden kann, sehr entsetzlich. Der Siemandel sägt. Auf dem Teller bleibt nur noch ihr Kopf. Der wird zu Tal getragen und weiter über den Platz ins Forum hinunter.

Rosa, von mir an Auguste Dupin verwiesen: verstrickte sich zunächst in ihre Erzählung vom Strickwarenladen Viktoria, wurde jedoch in der Folge von demselben aus dem verworrenen Muster befreit, indem der Privatgelehrte die Maschen kurzerhand wieder auflöste, bis sie seufzend gestehen konnte: Genau so war es.
Der Detektiv dachte nach. Etwas später dann laut: Also bitte. Sie sprachen von einer Maschinenpistole? Es sei bemerkenswert, daß dieselbe verschwand, insbesondere aber: der Zeitpunkt ihres Verschwindens. Des weiteren sprach er von Treue und wiegte bedenklich das Haupt, als er auf die Unsittlichkeit näher einging, mit der sich dieselbe gerierte. Ihm seien, wie er wahrscheinlich mehr für sich selber referierte, jedenfalls suchten seine Augen das Weite, ähnliche Vorkommnisse zu Ohren gekommen und er zweifle nicht mehr an einem zuerst nur vermuteten Zusammenhang, wenn er an das illustre Paar denken müsse, das sich gleichsam kriminologisch seiner Zweisamkeit zu versichern entschlossen haben dürfte, indem es jeden Seitensprung mit Hilfe von Handschellen ausschloß. Zwitschernd seien, sozusagen, diese zwei Vögel an ihm vorübergeflattert. Disco-Leute, seufzte er gelassen. Was soll's. Die Rosa durfte sich als entlassen empfinden. Und so empfand sie es auch. Und weg war sie: die Auflösung des Strickmusters in den besten Händen wissend, jedenfalls hier, am Platz. Freiheit.

Es sei nicht von der Hand zu weisen, daß diese Maschinenpistole in den Händen eines gewissen Ritters am Platz funktioniere, oder freilich noch nicht, meinte Dupin, sich an mich wendend. Schließlich handle es sich um einen Oberpunker, sozusagen, und die Aggressivität eines solchen in Richtung Disco-Leute könne man doch wahrhaftig voraussetzen. Er meine ja nur.

Ich war geteilter Meinung. Mein halbes Verständnis für solchen Verdacht aber ließ Nathaya, in nächster Nähe diesem Wortwechsel lauschend, sich, offenbar enttäuscht, entfernen. Ja.

Auf der fünften Stufe im Forum, drei unterhalb also derjenigen, wo die Terra Nova liegt, siehe: der große Teller, auf dem Amandas Kopf serviert wird. Werden wird. Weil: der muß zuerst noch ins Wasser. Das wird von den Metzgern der Freiheit besorgt. Das Wasser muß kalt sein, wird mehrmals gewechselt. Der Kopf wird gewaschen, muß abtropfen. Die Abflämmung. In ihrem Gesicht: ein Lächeln, ein warmes. Dolorosa. Und als sie dann abgeschabt werden muß: die orangenen Flocken ihrer Haare wirbeln zu Grunde. Die roten Brauen zerstäuben: kurzer Tanz in Strahlen: Licht, mittags. Entnahme des Hirns. Die Zunge reißt. Dann die Spaltung des Kopfs. Und auch das noch: Zerteilung noch einmal, jetzt quer. Die Teile werden mit Meersalz eingerieben. Wie sich das anschauen lassen muß.

Auch unsereiner schlüpft durch die Zuschauerbeine nach vorne, und was das für Hunde bedeutet, wenn sie den Köchen bei der Arbeit zusehen dürfen: die sich einem Menschenkopf widmet! Es wird geknurrt.

Dort wird geschichtet, neben dem Teller: da steht sie, die Kasserolle. Gekocht wird. Das dauert drei Stunden. Unsichtbar ist die Amanda. Ein Deckel verhüllt sie.

Sie kommt auf den Teller, als abgetropfte, als Kopf, als seine Teile. Die Auslösung dann, Entfernung der Knochen. Die Abschmeckung folgt. Überführung des Kopfes der Amanda vom Teller in eine Terrine, zwecks späterer besserer Stürzung desselben. Und die Erstarrung.

Nervosität. Es vergeht so ein Tag. Aber geduldig wird im Kreis um den Teller gewartet und zwar auf den Sud, auf Mehl und auf Essig, in welchen dann auch noch gespaltene Möhren, mit Nelken gespickte Zwiebeln, Knoblauch und ein großer Kräuterstrauß gelegt werden – bis endlich Amandas Kopf in den Sud stürzen darf. Ihre augenlose Erschöpfung. O Madonna.

Da war es der einzige echte Hund auf dem Platz, der bellte.

Still, Heinz, befahl ich und verhüllte mit Alufolie die Amanda; Zwiffelwitsch erbleichte. Es träumten die Schlaraffen.

Ein unnatürliches Prost im künstlichen Licht, wahrscheinlich Vormittag. Weißbier aus Erding. Geldhelles Lachen. Niedersausende Hände auf die Tischplatte, daß die Bierlachen spritzen, als Veit sich von Norman in die Steuer einstufen läßt. Nur so. Gespielte Erschütterung in Betracht der Progressionshöhe. Trotzdem ein fröhlicher Fluch auf den Fiskus und nachfolgend Ratschläge des gewieften Anlegers Dani, sein Finger rechnet, aus einer Bierlache abschweifend, die Zinsen für 100000 DM aus, macht 10750 DM, notabene: bei festverzinslichen Wertpapieren. Allgemeines Hallo. Noch einmal, noch patschender: der Niederschlag einer Veithand in das Gesoße. Gekreisch der Damen: barocke Oberteile schrecken zurück. Und lustiges Getupfe auf den Blousons. Kein Erfolg für Dodo, weshalb sie die Bluse auszieht und deshalb von Marokko erzählen muß und auf Anfrage Normans erklären: ihr tiefes Braun erleide keine Unterbrechung auf ihr. Und schon verläßt eine Yacht das makellose Gebiß des Norman. Dem folgt eine Einladung nach Positano. Anliege. Keiner geht leer aus. Mit einer Zwischenstation auf der Kreuzfahrt kann Dani dienen. Bungalow an der spanischen Küste, bei Valencia. Nie so fröhlich gewesen. Nie so lustig beisammen. Kein Neider am Tisch. Das Geld unter sich. Sozusagen. Sozulachen. Ohne Schamröte, um zu soziologisieren, sich einmal, wie Norman prustet, modern auszudrücken. Aber Southampton, bei New York, mit Verlaub: das sei derzeit der Tip. Jetzt beinahe schlimmes Gegröle der Eingeweihten: ob er denke, was er sich einbilde, wie er ins Blaue rede. Und wenn er, Norman, seine Frau, meinte Veit, noch nicht im Monroekleid, das verflixte Siebte nämlich, anschauen habe dürfen: die kurze Bekanntschaft sei daran schuld. Sie also auch, grinste Norman: teurer Flug, erschwingliche Reise für Extraordinäres? Friede nach beinahe Krieg. Man rede vom Mittelmeer nur, um sich abzutasten, versicherte Dani. Dodo stopft ihre Bluse zurück in den Rock. Eine unglaubliche Zukunft, verkündet der Norman. Ihrer jeder sei schwarz auf Menschen nur Entwurf für niemals einzuholende Prognosen. Das wurde von Dani verbessert: er würde sagen, sagt er: Mensch auf Weiß. Ihr

Schriftsteller werdet von allen beklatscht, meint Norman. Klinge reiner. Ganz ohne Frage. Auch Mona ist dieser Meinung. Ein seelischer Blick aus den Augen des Dani, der eine Zugabe schenkt, indem er themaabschweifend von dem Menschwechsel spricht, nämlich hier: auf der Freiheit. Man wird sich allerseits des Restes der Menschheit bewußt. Eine gräßliche Vorstellung, fühlt Dodo. Viele Unglücke heutzutage, dergleichen wenigstens. Ihresgleichen habe man sorglicher ausgebacken, pluscht Veit und beklatscht sein strammes Gesäß. Man habe sich in der Folge glacieren lassen. Der Meinung waren sie alle. Cum gloria! Nicht ohne das Tam-tam der guten Familie. Wie man daherrede: aus gutem Hause. Freilich verbessert, bei eingehaltenen Laufzeiten, nicht unter zweistelligen Zinsen. Schwabing. Wo finde man sonst auf der Welt so viele seinesgleichen goldbraune Kinder des Olymp. Danis Dreingabe: freilich Entgelt: nämlich Rutenlaufen. Allerdings auch: ein Maßstab, der überall deprimiere, was wie ein Dessert sei nach dem Hauptgang der Selbstausstattung. Das Spiegelein an der Wand, frohlockt die Dodo. Aber hinter den sieben Bergen, glossiert die Mona. Was sie alle nicht veranlassen könne, in kleinen Dingen verschwenderisch zu werden, schränkt Dodo ein. Deshalb könne man bei Wesentlichem großzügiger sein, urteilt Mona. Und Bier. Und Weizen. Und immer noch eine Runde, in aller Bescheidenheit, weil dieser geringe Aufwand dem Leben diesseits der Alpen die bayrische Note gebe, weshalb auch der Dialekt mitmische, von wegen dem feingetönten Brachialen: welches der Internationalen das Unverwechselbare auftupfe. Er lache oft nur, brüllt Veit, um seine Zähne zu zeigen. Das war ein Bekenntnis. Von Aggression keine Rede. Show. Aber nur. Von der Selbstliebe faselt der Dani. Das geht aber unter. Nur Mona hebt ihre Lider, mehr als ins Gewöhnliche. Der Außerordentliche versteht das Signal. So läuft das. Jedoch schon mehrere Treffen, der Punkt ist der gleiche Schenkel, der Dodo ihrer, Verstrickung in Strapse. Rückzüge: jedoch nur leise Wehlaute striemen sich ins Gelächter. Aber Dani! Also auch dieser. Was solls. Keine strafende Mona. Die Kellnerin ist zu langsam. Deshalb: der Veit schenkt dem Dani nach, wobei er bauchabwärts Erding vermuten muß, weil. Jedenfalls schäumt es ins Glas. Als Madonna, mit ausgebreitetem Mantel, quasi, war Dodo tätig gewesen. Von wegen Verletzung der Sitten, oder so ähnlich. Der Kelch wird erhoben von Dani, welcher die Seiche monstriert, wie er eindringlich meint: als jene eines Kackhöchsten, dem er auf hebräische Weise auch noch zu winden erlaube. Da sitzen sie alle selbfünft auf dem Sinai, und, wie Dani abstürmt: vermosern die entsprechenden Platten. Bruch jedenfalls. Oder anders, nämlich auf sächsisch in lutherischer Scheiß- und Art-Weise. Das ist also keine Herausgabe. Der Geber, der Dani. Von Wechselgeld spricht er auch noch. Der Poppes hält seinen Hut hin. Ich selber zähle nach. Und nachfolgend auch noch andere Übergriffe, und zwar auf der festen Person, welche Kellnerin werden mußte und jetzt die Rechnung vorlegt und herausgeben darf. Und ein unnatürlicher Auftritt mit unwahrscheinlichen Folgen, nämlich das Kleingeld klirrt nicht, so unter dem weißen Schurz feucht geworden war dieses inzwischen.

Wünschelnd umplapperten auf der Wiese der Freiheit die Gängerinnen ohne Ruten den Siegfried. Einmal – und bestimmt sehr bald schon – gefaßt, würden seine Schwestern viel menschlicher hinter den sieben Gittern als er, prophezeite der Poppes.

Mein Auswisch: nicht unpolizeilich sei sein verhaftetes Denken.

Bitte, so Poppes, die Feministinnen hätten doch ganz bestimmt etwas vor. Und von einer Suchaktion zwecks späterem Überfall wollte er wissen. Er habe jedoch nicht vor, das auszudiskutieren, weil er die Zukunft einer gefangenen Frau und ihres Fängers noch nicht sehen könne.

Insofern sehe er immerhin mehr als ich selber, gab ich zu.

Sein Auswisch: seine Phantasie sei eine Pistole wie meine.

Zur Sache. Ich fragte den Raubritter Heinz: Und wo bleibt der Terrer?

Ja, wo wird er denn sein, mein Reddunz? fragte der Stein. – Gemeint muß er haben: also bist du so blöd, oder schreibst du nur?

Immerhin, ich bin der Herr, stellte ich fest; die angezogene Leine bewies das.

Zur anderen Sache, bellte der Heinz. Da muß ich doch schon wieder herhalten für eine Killerrolle ganz anderer Sorte. Das verursacht nicht wieder eine Mitgliedschaft meinerseits bei Neofaschisten, aber es bewirkt eine trauntaltiefe Enttäuschung.

Meine Frage an den Zielhund: Was dachtest du dir?
Verlust der Übersicht. Seine gejaulte Antwort.
Also ein Fortschritt, was mich betrifft. Umso besser. Ich blicke nicht mehr durch.
Jetzt ließ ich die Leine los, und er schritt, er schritt fort, klirrend.

Poppes und ich waren wenig später mit unserem Sternbild beschäftigt – wir hatten es in das Forum heruntergeholt. Es war ihm bereits gelungen, mit einer erektilen Zone, die wir zu einer solchen erklärt und entsprechend versteift hatten, nämlich der linken Brustwarze des Jacques Liberra, die rechte Mulde vor der männlichen Eindeutigkeit des Jean zu entzünden. Ich konnte ebenfalls mit einem Erfolg aufwarten, insofern der von mir in Auftrag gegebene und sofort aus dem Munde des Jacques tropfende Speichel die Augen seiner Zwillingsschwester, also quasi die meinen, irre aufleuchten hatte lassen. Wir hatten die Aufgabe über den Kopf in die Hände bekommen und entsprachen direkt. So war ich soeben dabei, einen Nabel, in aller Unschuld, d. h. ohne hier auf Zusammenhänge und Ausgangspersonen zu achten, was einen Fortschritt in unseren Bemühungen bedeutete, in Berührung mit einem kreisenden Finger zu bringen, und Poppes ließ einen Mädchenmund, zu deutlich, wie er zugeben mußte, in einer Armbeuge mauscheln, was einen Empfänger außerordentlich jubeln ließ. Und da Berechnung nicht mehr gefragt war, wurde von uns beiden Nässe von Zunge zu Zunge weitergegeben an Schultern und von diesen an Fingerspitzen, also eigentlich nicht nur von eigentlichen Feuchtigkeitsträgern, welcher Meinung des Poppes ich aber wiederum widersprach, indem ich einen Persönlichkeitsträger – für diese Benennung entschuldige ich mich sogleich – durch gymnastische Übungen so ins Schwitzen brachte, daß beim Anblick könnte man sagen, wenn man unbedingt sprechen will, dieser mit Tau gleichsam glänzenden Haut, mehrere Beine zu strampeln begannen. Daß sich Nathalie jetzt vor uns auf die Stufen setzte und Mund und Augen aufriß, störte uns wenig. Der Poppes war sowieso überfordert von seinem Vorhaben, einen kleinen Finger, genauer, dessen Kuppe, noch genauer: eine Papille derselben gleichsam ein Grashälmchen auf einem Hautpartikel finden zu lassen, mit dem entzückenden Ergebnis, daß der

Finger wie die mit Allergie reagierende Nase eines Touristen auf ländlicher Flur zu zittern begann. Hinwiederum, und hier war ich tätig geworden: bewirkte der Flaum auf einer Wange ein gleichsam mündliches Erlebnis einer großen Zehe, die Lippen zu bekommen schien: so sprechend bewegte sie sich. Und so fort, und den Poppes immer wieder mit polymorphen Empfehlungen versorgend, geriet ich in den Zustand wunderbarer Zufriedenheit eines Bastlers, der ein Sternbild bis zur Gültigkeit hochzutreiben verstand, was Poppes nicht begreifen wollte, da er die eindeutige und die plötzliche Vollendung des Sternbildes bevorzuge, wie er erklärte.

Jetzt meldete sich auch Nathalie, die inzwischen alle anderen herbeigewinkt hatte: sie hockten auf den Stufen. Um was es sich hier handle, wollte sie wissen. Das wollten die übrigen auch.
Ich verwies ihre Blicke hinauf zur Mauer über dem Forum, wo Monsieur Lacan noch immer saß und immer noch lachte, jetzt ebenso voll und böse über wahrscheinlich unsere Verbesserungen, wie ich allen erklärte, wie er anfangs voll und böse aufgelacht hatte beim Anblick unseres Sternbildes – dazumalen noch am Himmel –, was mich zur gegenwärtigen Arbeit veranlaßt habe.
Nämlich, versuchte Poppes mir beizustehen, ich sei durch das Lachen des französischen Psychoanalytikers aufmerksam geworden auf die durchwegs phallischen und entsprechend vaginalen Querverbindungen in unserem monströsen Gruppenbild, wahrscheinlich deshalb, weil es sich bei dem Lacher um einen wissenschaftlichen Anbeter des Genitalen handle. Ich hätte ihm erklärt: für diesen handle es sich bei dem Buchstaben des Buchstabens um ein Objekt der Höhen, das seinen Sitz im Kopf des Mannes habe und hier das Maß abgebe für die Erkenntnis der Welt.
Nämlich, versuchte ich meinem Beisteher beizustehen, der Meister da oben erklärt: Im Namen des Vaters, so seine Worte, müßten wir die Grundlage der Symbolfunktion erkennen, die seit Anbruch der historischen Zeit seine Person mit der Figur des Gesetzes identifiziert. Seiner Meinung nach stabilisiere der Phallus hierarchisch die Organe im Organismus. Jedes Organ bekomme von ihm seine Funktion, die nicht aus dem Gebrauch, aber aus der Vorschrift sich umso besser ergebe.

Nämlich, lehnte der Poppes plötzlich jeglichen Beistand ab: das verstehe wer will. Ich nicht. Er schwieg und dankte für den rauschenden Beifall.
Ich hätte das auch nur gelesen, gab ich zu.
Gleichviel, entschloß sich der Poppes wieder zum Beistand: er habe etwas vom Buchstaben des Buchstabens und von Höhe und von Maßgabe für die Erkenntnis und von Gesetz, von Hierarchie und von Vorschrift herausgehört und das habe ihm genügt, unser aller Werk zu beargwöhnen, denn, meinte er: damit könne es nicht so ganz stimmen, wenn es Lachstürme in der Brust eines solchen Denkers erwecke.
Nämlich, auf jeden Fall, resümierte ich: ist dieser Lacan für alles, wofür wir nicht sein können. Das dürften wir annehmen. Ich hätte deshalb mit einer Korrektur oder besser Ergänzung unseres Sternbildes begonnen und sei soeben dabei, diese fortzusetzen.
Tatsache ist doch, stellte Nathalie mit schriller Stimme fest, da ist schon wieder etwas falsch. – Und damit erweckte sie Lachstürme, jetzt in den Brüsten sämtlicher Beisitzer. Und, schrie sie fort: es ist etwas falsch, weil es allem Anschein nach richtig gemacht worden ist und zwar von uns. Und wie. Man darf sagen: die Fehler, die wir machen, stehen am Himmel. – Damit hatte sie ungeheuren Erfolg. Es wurden Tränen gelacht.
Das Schlimmste sei doch, fiel Poppes jetzt endgültig von mir ab: daß an Ort und Stelle gebastelt worden sei. Denn darum handle es sich doch. Das Phallische habe man doch überhaupt nicht beseitigen wollen. Da hätte man einfach alles streichen müssen: Schluß und das Ganze von vorne. Und ich mach' da auch noch mit.
Gut, von einer Fortsetzung unserer Arbeit konnte keine Rede mehr sein. Vor aller Augen schickte ich das Gruppenbild wieder empor in den Himmel, nicht ohne mir vorzustellen, wie sich die freischwebenden Organe meines emporschwebenden Sternbildes suprapersonal und siderisch sensibel auf ihrer Oberfläche im lustvollsten Spiel vergnügten und mikrologisch berührten, wie sie sich molekularisierten, das Verlangen unendlich zergliedernd. Ich blickte verzückt empor und sah, wie sich alles in allem zur Lust traf und nur noch zur Lust, denn es geht, wie man ja selbst als Erfinder einer einzigen Lust wahrnehmen muß, um viele, um alle Lüste, um vielleicht die ganze Lust. Amen. Also: Ich dankte nicht ab.
Es denke nicht daran aufzugeben, stellte der Poppes fest.

Jetzt leuchte die ganze Scheiße von oben!
Dieses Sternbild, genau wie es ist, bekam ich wieder Boden unter die Füße, strahle die Scheiße unserer neuen Erde zurück.

Du hast korrigiert, Herr Lehrer, empörte sich Poppes. Das ist aber ein Fehler, da wir Falsches, in diesem Fall: etwas Richtiges, so sein lassen müssen, wie es entstand. Ich habe mich schuldig gemacht, indem ich dir beistand.
Ego te absolvo, säuselte ich, aber damit kam ich schlecht an.
Ich entschuldige nichts, sagte Poppes sehr hart. Auch wir haben Grundsätze.
Nämlich, folgerte ich, den ersten Grundsatz: nichts zu bestätigen.
Gut, zensierte ich mich. Aber nicht sehr gut, da wir auch diesen Grundsatz nicht bestätigen können, als wirklich Falsche.
Mir reicht es, beschwerte sich Poppes.
Zur Sache, befahl ich mir selber, nämlich zúr Korrektur: Ich beging einen Fehler, indem ich korrigierte, aber damit doch nur dem Grundsatz widersprechend, daß nichts korrigiert werden darf.
Ich verweigerte damit die Bestätigung dieses Grundsatzes.
Schweigen, allerseits.
Nach dieser Pause muckte Nathalie auf: Bitte, was haben wir jetzt? Ich meine da oben. Ich spreche von diesem Sternbild. Doch nur ein zum Teil korrigiertes. Und das Ergebnis: ein sowohl phallisches Gestirn, wie auch ein antiphallisches. Bitte, was soll das?
Jetzt schwieg ich. Ich auch.
Ob er jetzt ausführlich wird, fragte Poppes.
Ob jetzt kommt, was kommen muß, fragte der Robin.
Ob ich jetzt kurz mal raus darf, wollte die Nathalie wissen.
Ob ich, zweifelte Jeanne, mir das verkneifen kann.
Ob ich mir ein Butterbrot holen darf, überlegte der Hussan.
Ob ich uns beiden ein Bier besorge, wollte der Adrian lieb sein.
Ob sie sich im klaren darüber seien, fragte ich, daß unsere Sternbilder das repräsentieren, was wir Falsche in der Abwehr des Gesetzten entwarfen.
Ob klar sei, daß es sich um Ergebnisse handle, um ungültige.
Ob sie einverstanden damit seien, daß also nichts gestrichen werden dürfe.

Ob sie damit einverstanden seien, weil es sich immer, und bei den Sternbildern insbesondere, um falsche Sternbilder handle.
Ob sie etwa überzeugen wollten mit ihnen.
Ob sie etwa missionieren wollten mit ihnen.
Ob sie also reine Lösungen anbieten wollten.
Ob sie mit richtigen Sternbildern unrichtige Menschen ausschließen wollten.
Ob sie zum Beispiel heterodoxe Paare ausschließen wollten.
Ob sie Menschen ausschließen wollten, die als Frauen nur Männer einführen.
Ob sie Menschen ausschließen wollten, die als Männer nur in Frauen eindringen.
Ob ich noch mehr Auszuschließende aufführen müsse.
Ob man diese alle mit unseren Sternbildern richten wolle.
Obwohl ich sah, wie der unaufmerksame Robin sah, wie sich unter der aufmerksamen Nathalie ein Bächlein bildete, das die Stufen hinunter sich einen Weg zur Terra Nova suhlte, fuhr ich fort:
Ob sie vergessen hätten, daß ich selber falsch lebte, nämlich schriebe.
Ob sie vergessen hätten, daß mein Produkt vorgäbe, richtig zu sein, was falsch sei, weshalb es auch das falsche Buch hieße.
Ob es damit genug sei, wollte ich wissen.
Das sei es, wurde von allen bestätigt. Ich aber lobte die allgemeine Aufmerksamkeit, deren Signifikant soeben, wie ich feststellen durfte, die Terra Nova erreicht habe.

Poppes, sagte ich. Das hältst du nicht durch.
Doch, sagte er.
Nichts durchstreichen?
Nichts.
Ich meine hier, auf diesem Platz. Zum Beispiel.
Zum Beispiel. Ja. Beispielhaft, sagte er. Beispielsweise.
Genug, mahnte ich.
Nicht genug, sagte er: Ein Beispiel gebend. Paradigmatisch!
Mußt du nicht lachen, fragte ich.

Ich muß nicht, sagte er. Ich kann.
Ich konnte nicht lachen, ich mußte. Mein Herz war geöffnet, durchgehend; schlimmer noch: undicht.
Der Mensch redet, die Füße steigen über das Seil. Der Poppes. Also doch. Er verließ uns in diesem Augenblick.
Was für ein Augenblick war das? Offenbarte sich etwa das Elend unserer Situation. Oder waren wir müde. Oder war beides der Fall.
Hier ginge es, meinte die Rosa, drunter und drüber und sehr dafür wie auch noch öfters dagegen. Nichts sei getimed. Das sei doch am schlimmsten. Nichts altert, beklagte sie sich vor der Erlöserkirche, nichts jungt. Schon gar nicht für uns.
Nähe Raubritterburg brach der Robin zusammen unter der Last seiner Phantasie, die in seinem Kopf an die Macht kam. Dieser Sandkasten, jammerte er. Diese Freiheit.
Ich sagte mir: Möge es mir nie einfallen, die Unordnung auf diesem Platz anders als in Schmerzen auszuhalten. Und möge es mir nie in den Sinn kommen, in ihr einen anderen Sinn zu lesen, als die Absage an alles, was sich schon wieder ordnet im Sinn, so daß ich endlich doch noch sie in Freuden als geordnete Unordnung genießen könnte.
In diesem Augenblick der Wahrheit wolle sie einmal annehmen, erklärte sich Nathalie vor der Terra Nova, sie würde aus unser aller Dummheit heraus starten und zwar zum Lauf in die bessere Zukunft; ob unser aller Dummheit sie beim Laufen begreifen ließe, fragte sie mich, daß sie in ihr herumliefe, um endlich bei sich anzukommen. Sie erwarte sich eine Antwort von meiner Gescheitheit.
Ich stellte in Frage, ob das, was sie tun wolle, in Wahrheit so viel dümmer sei als meine ganze Gescheitheit, die ein Geschäft sei, das ihren Träger zum Glauben bekehre, der endgültige Verlust ihrer selbst sei am Ende das Ziel.
So tief war ich gesunken. Was für ein Augenblick?
In der Herzogstraße war es in diesem Augenblick dem Poppes gelungen, fünf Zuhörer um sich zu scharen, die er zu überreden versuchte, die Unordnung in diesen Zeitläuften auszuhalten und zwar nicht anders, wie er betonte, als in Schmerzen. Sonst noch etwas, kam es aus einer Hausfrau, und zwar außerordentlich aufgerichtet, ihm entgegen. Das wäre ja noch lieber. Und umso schrecklicher wurde dieser aufrichtige Zorn, je sanfter die Ein-

wände sich in dieser alltäglichen Stunde mitten in Schwabing zu erheben versuchten, zunächst noch in abwiegelnden Tanzschritten gleichsam, also mit vielen verbalen Umdrehungen bis zur verständnisinnigen Umarmung der Frau. Ihr Mann wollte an sich mit seinem Messer hinein in den Poppes, und dieser wollte bestimmt die Richtung desselben nur ablenken. Jedenfalls: die Hausfrau fiel um. Und der Poppes sah Blut. Siehe.
Und meine Verantwortung in diesem Augenblick? Wenn sie in Wahrheit ein Wecker wäre: sie hätte geklirrt. Oder war sie schon so verhäutet, daß sie als Jungfrau unter ihresgleichen sich nur darum sorgte, das Öl für ein ganz bestimmtes Lämpchen nicht ausgehen zu lassen. Wenn ja, dann war es soweit, sie eine Hure zu nennen und mich dann sagen zu lassen: die Hoffnung ist eine Hure, die sich selber erwartet. Im Augenblick wünschte ich aber, endgültig zu schweigen. Was ist das? Die Wahrheit?
Sie trieb mich herum, ein schmerzliches Adagio zwischen den Beinen: die kollegiale Kastration einleitend, nach der ich in einem furiosen Finale wahrhaftig ins Leere griff. Warum eigentlich? Was sollte das?
Im Forum stellte mich Hussan, erklärend, es zögen sich in seinem Kopf immer zwei Gedanken zu gleicher Zeit aus und zwar so gründlich, daß dieser geschlossen worden sei. Das wars. Mehr brachte er nicht mehr heraus.
In diesem Augenblick nämlich wurden alle zappelnden Organe in sämtlichen Köpfen auf dem Platz von Trockenheit gequält. Jedenfalls wurde Entsprechendes geröchelt. Wo doch, wie sie alle wußten, die Wünsche das meiste naß anfangen, was diese Elenden nicht vergessen zu haben schienen, da sie zu weinen begannen. Also wünschen sie doch noch?
Ich sagte mir: Möge ich aber trotzdem dem Schmerz nicht soviel Gewicht beilegen, daß ein außerordentlicher aus ihm wird in Anbetracht seiner Schwere. Ich sprach noch immer vom Schmerz über die Unordung hier, wie gehabt.
So stand ich gleichsam nächtlings Kopf, und das wird auf diesem Platz immer meiner Hände Arbeit sein: mich so aufrecht in der Umkehrung zu halten. Vielleicht aber im Augenblick insbesondere deshalb, um nicht richtig mitansehen zu können, wie mein Poppes sowohl in der Kurfürstenstraße wenig Geduld aufbrachte, als auch in der Nordendstraße; es brachen jeweils zwei Widersprüche in

Form von ganzen Menschen blutüberströmt zusammen. Und seine Hilflosigkeit ließ den verschmutzten Himmel dieses Stadtviertels sich ganz und gar und gar nicht stimmungslos ausweinen. Die Süddeutsche Zeitung wird das in einer gestrigen Ausgabe beweisen müssen.

In diesem Augenblick fand der Adrian wieder Worte: Er bringe auf diesem Platz nichts mehr auseinander, jedenfalls nicht weit genug, um sich dazwischen zur Ruhe setzen zu können.

Das war es also: hier ließ sich einer im Schiedsspruch pensionieren, während ein anderer missionieren ging.

Am Ziel Ihrer Wünsche, piepste die Dorothea von einer Mauer herunter: da wird es Ihnen sein, wie es geworden sein wird und dann wird es Ihnen geworden sein, wie es immer schon gewesen ist.

Ein Trost war das nicht. Ich bedankte mich trotzdem. Nichts zu danken, Schwester, rief sie mir nach. Warum Schwester, zum Beispiel, jammerte Adrian, warum weigerst du dich, das zu sein, was du bist, Bruder? Ich stünde nicht auf den, mit dem er spreche, aber, meinte ich: meinetwegen – und ich ermannte mich wieder. Wieso auch nicht? Was sollte es? Im Augenblick, der anscheinend einer der schlimmsten Wahrheit genannt werden wollte, flog alles auseinander. Macht doch die Flügel zu, war ich versucht zu bitten. Jedoch, in diesem Augenblick der Wahrheit, der nicht enden wollte, in dem ich mich deshalb von Lachkrämpfen schütteln ließ, um meine Tränen zu fälschen, zitierte ich meinen Sichelmond, um vielleicht bewußtlos schlafen zu können, was aber vereitelt wurde, und zwar von Jeanne, deren Frage so wie ihr Mund jedoch offen blieb, weil an uns beiden vorbei Siemandel Zwiffelwitsch raste – schreiend: wir hätten wahrscheinlich nur das Fressen vergessen – in seinen Händen jeweils sieben riesige Steaks, englisch, tropfend, Blut, archaisch, ganz gräßlich.

Am Elisabethplatz tropften vier Menschen. Und der Poppes war nicht nur beteiligt.

Das hatte er in diesem Augenblick der Wahrheit einfach richtig gemacht. Und nicht so oder so. Einfach richtig. Mit ihm war hier und dort nichts zu beenden. Wenn er also ankommen wird, werde ich zu ihm sagen: Was fangen wir jetzt mit dir an?

Und das sagte ich auch zu ihm, als er zurückkam. Er lachte. Wir werden verwandelt werden, sang ein Tenor über die ganze Freiheit. Vielleicht ein offenstehendes Fenster?

Vielleicht der Messias, vermutete Poppes.
Wenn du meinst, meinte ich. Und ich fragte mich, ob ich noch lachen könne auf diesem Platz. Und ich sagte mir, daß ich einfach lachen können müsse.
Ach Poppes, lachte ich. Ach, mein Poppes. Das habe ich alles doch nur geschrieben.
Mag sein, sagte Poppes, ich war in einem anderen Buch, und zwar im 3. Kapitel.
Der Autor?
Ovid.
Du scherzt, sagte ich.
Nicht ich, sagte Poppes. Und er zitierte:

> Da warf Jupiter im Olymp, wo ich war, beiseite die schweren
> Sorgen, vom Nektar erheitert, und trieb mit der müßigen Juno
> lässige Scherze. »Bei euch ist«, so lautete seine Behauptung,
> »sicherlich größer die Lust, als sie je den Männern zuteil wird.«
> Doch sie verneinte. Man beschloß, meine unmaßgebliche Meinung
> einzuholen: ich kenne nämlich die Venus auf beiderlei Seiten.
> Nämlich ich hatte die mächtigen Eltern, die einstmals im Bette
> sich paarten, verletzt mit dem Schlag eines Stockes, da ward ich
> plötzlich – der Knabe – zum Mädchen – erstaunliches Wunder! – und lebte
> sieben der Herbste, als Frau. Im achten erblickte ich wieder
> meine Eltern und sprach: »Wenn ein Schlag auf euch eine solche
> Wirkung erzielt, daß des Täters Geschlecht sich ins Gegenteil wandelt,
> kriegt ihr auch jetzt einen Streich.« Ich haute auf die nämlichen Eltern,
> verwandelte mich und wurde, was ich früher gewesen.
> Ich wurde deshalb, nur deshalb, zum Richter bestimmt in dem heiteren Streitfall,
> und bestätigte Jupiters Worte. Saturnia grämte sich,
> so berichtete man, über die Maßen und mehr, als es wert war,
> und verdammte des Poppes Penis zu ewiger Impotenz.
> Doch der allmächtige Vater – es darf ja kein Gott eines Gottes
> Taten die Gültigkeit nehmen – für die Potenz, mir genommen,
> schenkte er mir die Effeminierung: So mildert die Ehrung die Buße.

Ach Poppes, lachte ich. Ach, mein Poppes. Du sagst es. Du bist sicher bei den Göttern gewesen.
Nichts wird durchgestrichen, wiederholte des Poppes. Beispielsweise lernte ich ich das von den Göttern. Es gibt keine Trauer über Fehler. Es gibt auch keine Verstrickung. Es gibt immer den noch schlimmeren Ausweg. Der blinde Teiresias wurde ein Visionär. Was ich wurde, sagte ich schon.

Wenn ich das schon höre, schimpfte der Rummelpuff los. Ich hatte gar nicht bemerkt, daß er neben uns stand. Jetzt verbat ich dem Poppes, den Rummelpuff am Reden zu hindern.
Wenn du was hörst? fragte ich.
Ich habe gar nichts dagegen, schrie der mich an, wenn du dir vorkommst wie Jupiter. Ich sage nur, das überweltlich Anständigste an so einem Gott ist seine Kraft. Was mein persönliches und ziemlich verpfuschtes Dasein betrifft, so muß ich jederzeit tapfer ertragen, von so einer Kraft einfach ausgemerzt zu werden. Aber du läßt mich dasein wie jeden anderen Fehler auch. Ein schöner Jupiter bist du mir, nämlich ein schwacher, sogar einer, der seinen Geschöpfen Leid erspart. Da frage ich mich: Was ist Leid? Das ist Prüfung. Abhärtung ist das, wenn eine Prüfung bestanden wird. Das macht hart. Wenn sich so ein Geschöpf wie wir unter dem eiskalten Blick eines Gottes, sagen wir einmal so: verwickelt, verstrickt, das ist doch gut. So ein Geschöpf soll sich doch tüchtig verbohren in seine Probleme. Wer einem solchen Geschöpf da gleich wieder Auswege zeigt, der erspart ihm doch nur die blutige Mühe und formt ihn schon gar nicht zu einem Führer, der von seinen Genossen blutige Mühe verlangen kann. Da muß ich schon sagen, so ein Weitermachen auf einem Ausweg kann man doch nicht Mutschöpfen nennen, schon gar keinen neuen. Wer anderen Niederlagen beibringen will, muß selber niedergelegt worden sein, und sei es: von sich selbst. Und was ich noch sagen muß: Man kann doch nicht von hartmachendem Leid sprechen, wenn man Fehler aushält, erträgt. Da muß ich schon sagen: ein wirklich Leidender, also einer, der sich verstrickt und verwickelt hat, erkennt nach seiner Verbohrung, daß er seinen Fehler beseitigen muß, unter Umständen sogar sich selbst, aber im günstigeren Fall alle jene, die

ihn den Fehler machen ließen. – Das galt wohl mir. – Ich muß das hier einmal sagen, fuhr Rummelpuff fort zu schreien. Man muß korrigieren. Das ist eine wichtige Tätigkeit: durchstreichen, ausstreichen, unerbittlich, mit dem Ergebnis: da bleibt dann etwas Heiles übrig, etwas ganz Sauberes, etwas, das einen Fehler gar nicht ertragen kann. Das muß ich schon sagen: eine Frau, die ihren Haushalt säubert, ist da schon vorbildlich. In einem reinen Zuhause kann man nur wohnen, wenn man den Schmutz vertilgt. Überhaupt: Was sind das für Überspannte, die mit ihren Fehlern leben wollen, also doch dauernd in Spannung; wo bleibt da der Blitz? Wo bleibt da die Lösung? Da muß ich schon sagen, das verhindert dann auch jede Endlösung. Das muß doch einmal gesagt werden, daß so ein Blitz einfach dreinschlägt. Ich gehe an diese Sache eiskalt heran. Ich fühle mich bei solchen Verfahren als der Vollstrecker eines höheren Willens, der reinigend wirken muß. Was ihr momentan über mich denkt, ist mir vollkommen gleichgültig. Ich bin für Vernichtung der Fehler. Da muß ich schon sagen: Wenn wir alle diese Pest der Fehler ausrotten, so vollbringen wir eine Tat für die Menschheit. Ein wirklicher Gott, wenn es einen gäbe, der würde sich einen Teufel darum scheren, wenn da gejammert wird und genörgelt, wo seine blitzende Faust dazwischen schlägt. Ich bin also gottverdammt für die ausbrennende Korrektur! Der Himmel kennt nur die Kraft.

Der Liliputaner, sagte ich betont zu Poppes, sei nun fertig und könne, wie ich zugleich ausführte, weggeführt werden und sollte schon gar nicht von einem, der erst vor kurzem sieben geschriebene Morde auf mich geladen habe: ermahnt werden, und etwaige Einwände gegen mein Verhalten wies ich zurück, indem ich zugab: hinter den groben Ausführungen des Rummelpuff sozusagen Stimmen gehört zu haben, die mit wirklichem Recht die Leidersparnis auf diesem Platz rügten – das, als eine nahezu abgefeimte Manipulation von mir gegen Leute, die mir Leidmangel vorwerfen. Lassen wir das, sagte ich, lieber Poppes. Du wirst jetzt unsere Zukunft inszenieren.

Ich staunte. Aber wie der Poppes mir zurief, sollte ich schmachten. Und als ich mich umsah, schweiften meine schmachtenden Augen

unter einem prolongierten Toupet umso unruhiger aus, als meine tänzelnden Beine mir keinen festen Standpunkt erlaubten. Der Mondschein tätowierte die Haut dieser Nacht an ihren städtischen Rändern. Ein Schlafzimmer war diese Freiheit geworden, voll mit Flügelaltären für das unbestimmte Geschlecht – en face und zweimal Kopie – und aus der Mehrzahl seiner Spiegel: die amalienbürgerliche Unordentlichkeit des Einen, das sich vervielfachen durfte in Abwesenheit der Sonne bis ins Polymorphe.
Und man lachte mich aus. Und man wollte mir schon noch kommen. Und ich mußte für jedes Haupt eine Lautblume bereithalten. Nun aber widerstrebte ich keinesfalls: Ich hätte diese in allen Tonfarben auf alle Häupter gesteckt, wären diese Häupter meiner Lieben nicht gezählt gewesen. So blieben mir nur ganz kümmerliche Nuancen, was ich als verspäteter Symbolist einfach einstecken mußte. Eine verkürzte Skala ist das schließlich und endlich doch unannehmbare Schicksal dessen, der Realität bemüht, wenn er sie braucht. So geschmückt minaudierten sie alle vor ihren Toilettentischen. Und während sie ihre Augen mit Khol umrandeten, wurde ich ins Verhör genommen. – Nämlich: ob ich mir im klaren darüber sei, daß die sozialen Signifikanten ihrer aller Geschlechter jetzt Zug um Zug die Verbindlichkeit und Eindeutigkeit verlören, wie das heutzutage überall der Fall sei? fragte mich Nathalie. Sehr gescheit. Ich suchte den Autor und ich fand ihn umso leichter, als alle meine Lieben zu Böckelmann hinaufwinkten, der dort oben saß, wo noch vor kurzem Lacan gesessen hatte. Seinen Nachbarn, denn jener saß nicht allein über dem Brunnen des Forums, konnte ich noch nicht identifizieren.
Ob mir einleuchte, wollte der Robin wissen, daß im Falle meiner Lieben dieser Verlust jeder Verbindlichkeit und jeder Eindeutigkeit der Signifikanz ihrer Geschlechtsmerkmale schon an und für sich und auf diesem Platz immer schon der Fall gewesen sei.
Gut, gab ich zu. Das leuchte mir ein. Bitte, war das ein Lob?
Also, was sie jetzt hier vorführten, hätten sie immer schon vorgeführt, nämlich die Verringerung der Spannung zu sexuellen Alternativen. Noch nie hätten sie alle heftig gewünscht, eigentlich gar überhaupt noch nicht, zu diesen Alternativen zu werden, dozierte der Hussan und betupfte seine Wangen mit Rouge, wie Telenos schon zu seiner Zeit empfohlen.
Jetzt klatschte der Böckelmann Beifall.

Und während Adrian einen Fehler mit einem Batist-Tüchlein korrigierte, setzte er dazu an, mich ganz und gar zu vernichten: Dieser da ist es – er zeigte auf mich –, der auf Abgrenzungen immer noch Wert legt. Der rutscht doch geradezu unaufhörlich von einem Geschlecht in das andere. Der kann diese Sehnsucht nach der Alternative nicht loswerden.
Der ist doch noch immer ein Gespannter, lachte die Rosa.
Ein genitaler Spanner vielleicht sogar, wurde der Zwiffelwitsch ordinär. Er hatte sie alle als Lacher auf seiner Seite.
Und es half mir wenig, kleinlaut anzumerken, was hier an Erkenntnissen herauskäme, sei vielleicht doch sehr wahrscheinlich von mir eingeworfen worden. – Ich durfte zufrieden damit sein, daß man mich als Maskenbildner tätig sein ließ. So konnte ich mich über ihre Hälse, für die ich Oppossum-Krägen à la Diaghilew empfahl, herunterbegeben, jetzt schmachtender, als ich anfangs Blicke geworfen: auf die Brüste, die unter glänzenden Goldketten das waren oder in Wahrheit nicht waren, was hier und jetzt gleichgültig geworden, von Ebene bis Voralpenlandschaft bis Alpen, jeweils von tastender Korásion gerundetes Hochgebirge: aber mit Warzen. Von Kreuzen konnte mir schließlich nichts hochkommen: Sie hingen in Tälern. Eine Brust ohne Kreuz ist wie ohne Wegweiser. Und Finger sollen zu Warzen aufbrechen ohne Steigeisen, so wie das hier ohne Gesellschaft, also auch ohne Leistung die Höhe sein mußte, was auch einem Messner recht zu sein hatte.
Er darf weitermachen, erklärte der Poppes. Das macht er nicht schlecht.
Also übernahm ich den Fall, der flaumig sein sollte und enganliegend zugleich, sowie alles von sich weisend, was etwas erraten ließe. Also kenntlich sollten Hintern schon sein, wie Oberschenkel auch, sogar hie und da ein Nabel, auch dieser und jener Bauch und die Knie in einem Stoff, der so schwarz wie er Schlankheit garantierte: in eine Fülle auszuwölben versprach, welche die Höhe hinwiederum verriet an die Breite. Soutanen ließ ich in weichen Falten, wie Kanelüren in dorischen Säulen, bis auf die Füße fallen, was einem Malaparte gefallen hätte, was mich aber veranlaßte, doch einmal und hier vielleicht zum letzten Mal allen hosengewohnten Lieben ein goldenes Kettchen, nicht etwa um eines ihrer Beine, sondern um beide – der Schwerkraft nachschreibend: um beide Fesseln – zu legen, damit sie so trippelten wie alle rockgewohnten.

Und es war sehr gut.
Ganz erstaunlich, gab Jeanne zu. Ohne Zweifel, das kann er. – Ein verdoppeltes Selbstlob.
Sie hätte das gar nicht gesagt, rügte mich Jeanne. Ob ich nicht hören könne? – Hatte ich mir das wirklich nur eingebildet? Auch gut. Aber was sollte ich hören, bitte?
Die Stille, flüsterte Jeanne.
Aber ich hörte auch Worte, letzte, wie leise angemerkt wurde. Der zweite über dem Brunnen im Forum hatte gewispert: das war Bernhard Dieckmann. Der also. Der klatschte auch noch. Noch ein Selbstlob. Nicht meines.
Das Fleisch beginnt jetzt zu denken. Das war sein Satz. Und dieser ließ mich altern auf der Stelle. Am Ende war ich der König, der seinen Seufzer verschwieg, ihn also nur denken durfte, nämlich: Der Mensch muß denken. Jetzt sollte ich also auch noch darüber nachdenken: wie das Fleisch denkt. Ich mußte mir das auch noch anschauen und mir bewußt machen und dies alles mit dem Vehikel des Scheiterns, nämlich der Sprache. Gut. Ich begann jetzt zu scheitern, während das Fleisch zu denken begann. Es tastete sich zueinander, wobei bestimmt die dazu vorbestimmten Extremitäten fast gar keine und wenn hie und da: nur eine zufällige Aufgabe übernahmen. Schon eher schienen mir, vielleicht deshalb, im Gedränge erscheinende Hintern, Wesentlicheres, oder besser Wirklicheres zu bewirken, wobei mich die Tatsache für meine Person hoffen ließ, daß ich nicht ihr Geschlecht, geschweige die persönliche Inhaberschaft erriet. Das ging auch alles zu schnell – und gerade weil fleisch-fleischlich zu wenig oder gar nicht wortwörtlich –, als daß ich nur einfach so mit dem Kugelschreiber mitkommen hätte können. Es eilte sozusagen in dieser verknäulten Situation alles ineinander vorüber, und obwohl durchaus oberflächlich: sehr schwer zu lokalisieren, was ja – ich wollte da schon mitkommen, oder eigentlich nachdenken – genau so gemeint war, wie es sich nicht festhalten ließ, wenn überhaupt, nur in Bruchteilen. So hörte ich in etwa den Hauch eines Klagelauts mit einer Mischung aus Moschus und Zibet, Indol und Zehrat und Ambra mit Skatolin – oder vielmehr: ich roch diesen sanften Aufschrei. Gleich schlimm. Es stank. – Auch glaubte ich einmal die Schwellfähigkeit eines Gewebes zu erahnen, und zwar in der plötzlichen Nähe einer arabischen Ausdünstung, oder war es ein behaarter

Partikel? Bestimmt spielten Lautblumen mit. Ob ich jedoch einen schönen Knaller vermelden durfte, da war ich mir nicht so sicher. So etwas Ähnliches mußte ich gehört haben. Verdichtet durfte ich das bestimmt nennen. Aber wenn Fleisch denkt, versteht sich das wahrscheinlich von selber. Ein After verschwand schneller wieder, als er sich denken ließ. Und getropft hat oder wurde Unsägliches, sozusagen Suprapersonales, und derart hierhin und dorthin und meistens herunter, wenn auch niemals hinauf. Was mir schon zu denken gab, und zwar im Kopf: Ich dachte an Samen. Oder erzählte mir meine Nase auch noch von unverkauften Fischen allerlei bedeutende Gerüchte? Oder hatte ich meine Gedanken immer noch zu wenig molekularisiert? War ich immer noch zu makrologisch dabei: zusammenzufassen, wenn ja, ganz bestimmt nicht persönlich, aber vielleicht doch noch etwas zu strukturell? Meine eingestandene Unzulänglichkeit konnte aber in bestimmt schon irren Augen die geilsten Gänge durch dieses wabernde Fleisch verfolgen, das sich vor meinen sechs Sinnen auf eine Art und Weise fragmentarisierte, daß es in der Sache eine wahre Lust zu sein schien, wie ich mir etwas weinerlich eingestehen mußte, besonders als ich wahrnahm, wie das freischwebende Verlangen wirklich im ganzen zu schweben begann und zwar auf dieser Freiheit sogar. Also, das hob mich. Nicht eigentlich schon hinweg. Aber genug, um mich außer mir geraten zu lassen.

Das Unglück wollte es so: Der Hermann kam mit seiner Dorothea vorbei, sie in der Hoffnung auf das Glück der Zweisamkeit derart derb unterfassend, oder schlimmer noch: hintergreifend, einerseits, wie er andererseits sich als Erfasser seiner Zukunft vorne an ihr sich in sie versenkte, übrigens so oberflächlich wie andere anderenorts auch, daß ich die Fassung verlor, meine Zukunft aufgab und im Augenblick wieder der wurde, den verloren zu haben ich die Hoffnung hatte haben dürfen, wie ich vergebens geglaubt hatte, was ich demonstrierte, indem ich meinen Rock langsam wie ganz gemein, und so zögernd wie noch gemeiner, neugierig anhob, um in allergemeinsten Gedanken, meine Unterwäsche verwünschend, meinen denkenden Kopf zu erniedrigen bis dorthin, wo sich meine Gespaltenheit darzustellen verstand. Adam und Eva, diesen Vergleich durfte ich wagen, waren bestimmt nicht so erschrocken, wie ich jetzt erschrak: beim Donner, oder in meinem Fall: unter dem donnernden Gelächter aller meiner Lieben, die inzwischen schon höher, wenn auch nicht so hoch wie damals Gottvater immer schon war, gestiegen waren. Wieso eigentlich? Und warum diese Auffahrt? Wie war ich schlimm ins Biblische geraten und derart ungeraten? Und war das nicht der Luhmann, der in der Wiese saß wie am Teetisch und fröhlich lächelte. Und schaukelte auf seinem Schoß nicht der kleine Buckminster Fuller und ratschte er nicht mit einer Rute aus Linealen? Und unvergleichbar sanfter als ich meine Situation im Augenblick zu beurteilen im Sinne hatte, verglich mich der Niklas Luhmann mit einem Bösewicht, der vom Guten nicht lassen könne, was er seinerseits verstünde, und Bucky plapperte etwas von vollkommen unpolitischer Höflichkeit, die derart mittelalterliche Krampfmeier, die ohne Sünde nicht auskämen, überhaupt nicht und niemals vom Platz verwiese, was der Bielefelder Gelehrte nur unterstrich, indem er mir einen Vorschlag machte, was meine Lokalisierung betreffe: Es sei das beste für mich, mein Einverständnis vorausgesetzt: Sünderlandverschickt zu werden. Ich könne jedoch meinen Rock heben, wo ich wolle, auch hier. Das Andersartige jedenfalls, lachten sie beide, sei für sie beide kein Problem. Und ein Dissident müsse ich keinesfalls werden, weil für derlei Späße, wie ich sie vorführe, in der kommenden terrestrischen Heimat Platz genug sei: so nahe am Allgemeinen wie ihretwegen so ferne. Vielleicht baue ich deinesgleichen ein schwebendes Sündenbabel in die Luft, versprach mir der Buckminster Fuller, oder ins Meer.

War es der Poppes, der mir seinen Trost niedertaute, sozusagen aus dem einen oder dem keinen Geschlecht: Wir finden schon ein Plätzchen für dich, lieber Regisseur: ein Austragsweltchen.

Da schrie ich zurück: Bitte, noch so ein Sternbild? Ohne mich.

Nicht nötig, hörte ich Robin posaunen, wir sind das wahre.

Wer, bitte, wäre seiner Urheberschaft nicht nachgeflogen? Und wenn auch nur in Gedanken, wie ich. Aber tätig.

Dieses denkende Fleisch über die Freiheit, das in befriedeter Ruhe, so selbstgenügsam wie schwerelos in polymorpher Geschlechtslosigkeit, insbesondere über meiner eigenen Genitalität schwebte, ergänzte ich zweimal, mit links und rechts je einem Handbecken, von welchen das eine nach Ovid getrieben und figurenreich ziseliert ist: im Boden des linken Beckens die Deukalionische Flut, in der ich meine linke Hand – im Boden des rechten Beckens der Gigantenkampf, in dem ich meine rechte Hand in Unschuld an

diesem Sternbild wusch. Im Boden dieses zweiten Beckens, und zwar an der linken Seite unter dem Rand, befindet sich das notabene hölzerne Ausgußrohr, aus dem das von meiner Unschuld beschmutzte Wasser herniederschoß auf die Terra Nova.
Da standen sie also alle ziemlich betroffen und mehr oder weniger dumm dreinblickend und mußten sich den Regenbogen nicht dazudenken, weil ich jetzt den Tag wieder weiterschrieb.

Nämlich: von einem katholischen Mesner wurde mir ein überlanger Kerzenanzünder gereicht, dessen Docht ich entzündete und an der Stange emporhob bis hinauf zu jenem Ausgußrohr – von mir in Vorahnung meiner derzeitigen Aktivität in Holz ausgeführt –, das ich über der kleinen Flamme in eine große Flamme aufgehen ließ. Und siehe: das flammende Rohr urinierte, nicht anders wurde vom Publikum dieser Erguß verstanden. Und was anderenorts und in vergangener Zeit einmal abgeschnitten worden und ins große Wasser gefallen war, sozusagen kronoisch: hier fiel es ab, stürzte als brennende Fackel herunter und blieb, wie vorgesehen von mir: stecken in der Terra Nova. Und groß war daraufhin und in dieser Hinsicht das Staunen aller, insbesondere, in einer kleinen Abwandlung dieser Erregung in Verblüffung, dasjenige unseres Vaters Freud, der uns, freilich nicht sich, mit seiner Gegenwart, freilich nur kurz, beehrte, schweigend. Sein übernatürlich legitimer Sohn Lacan jedoch wehrte sich, während ich selber mich, das Geschehen interpretierend, der schlimmsten, weil unverständlichsten Prosa, bediente, mit ebenderseinen immer schon solchen, vom Publikum keineswegs mit Zuhörerschaft verwöhnten, in diesem bedeutenden Augenblick. Die neue Erde hatte ihr neues Zeichen und dieses brannte, ohne, weil ich es so wollte, zu verbrennen. Als leuchtende Säule stand es jetzt für das, was von unserem Himmel in Mehrzahl immer noch hing: aber für etwas, das schon Jupiter mehr in den Frauen als in den Männern vermuten wollte: nämlich für die Lust, für die allgemeinste und höchste, freilich nach einer Kastration ohnegleichen, nämlich durch Feuer, oder, wie Lacan wegpflichtete: nach einem Himmelssturz: als abgefallenes, heruntergekommenes Glied.
Ich konnte die Rebellion – und zwar eine, die sich aus vorzeitlicher

Benachteiligung – Vater Freud brummte etwas von einer ursprünglichen – einfach hier ereignen mußte und sich jetzt ereignete, nur dadurch bremsen, indem ich das weibliche Urinieren, das meine Mädchen als lustvollen Einsatz ihrer Feuerwehr vorführen wollten, als insofern unnötige Ersatzhandlung benotete, als das Feuer selber das schon sei, was sie mit breiten Beinen, sich über dasselbe hockend, ihre Gesäße den Flammen kühn und direkt aussetzend, derart den aufrecht stehenden Männern bei solcher Tat gleichkommen wollend, nur ebenso minimisiert wie diese, wenn diese löschten, empfinden würden: also Lust. Und so fielen wieder die Röcke sämtlicher weiblicher Floriane und die Fackel, beinahe im Kampf der Geschlechter gelöscht, wurde nicht mehr beim Brennen gestört. Die Flamme stand, oder eigentlich bewegte sich wild, oder eigentlich uns.
Fallend, stehend, urinierend oder brennend, wie auch immer, überschrie sich der Lacan: Es zeugt.
Ich hob den Taktstock – es war nur der Kerzenanzünder, Pardon! – und dirigierte das Lachen, das jetzt erscholl.

Im 5. Stock, Ecke Marschallstraße, auf der Terrasse, meinem Inspektor über die Schulter guckend, las ich:
Dem Autor darin nachfolgend, sich immer wieder in andere Personen zu verwandeln und, liegen Äußerungen einer solchen Person schriftlich vor, diese wie seine eigenen vorzutragen, rede oder eigentlich schreibe ich hier als Raymond Ruyer:
Ich beginne mit der Feststellung: Es besteht ein Unterschied zwischen der utopischen Methode und der wissenschaftlichen Hypothese. Da die Wissenschaft die Wahrheit sucht, wird eine Hypothese, die sich als falsch erweist, sofort aufgegeben. Dagegen kann das utopische Verfahren sehr wohl mit einer falsch erwiesenen Hypothese, mit einer offenkundigen illegitimen Behauptung weiterarbeiten. Nicht etwa, weil der Utopist den Irrtum um seiner selbst willen pflegt, sondern weil er weniger die Wahrheit als vielmehr eine Steigerung des Bewußtseins anstrebt. Wenn man nun eine Hypothese entwickelt, die sich nicht nur als alternativ zur bestehenden Wirklichkeit, sondern auch alternativ zum Wahren verhält – und damit schlechthin falsch ist –, kann man sehr wohl das

Bewußtsein vom Ganzen des Systems erweitern und bereichern. Im theoretischen Bereich ist die Wertung: wahr-falsch nicht die einzige; bewußt-unbewußt ist eine weitere.
Zu bezweifeln, daß es sich bei unserem Autor um einen Wissenschaftler handelt, wäre lächerlich; es erübrigt sich demnach. Was aber bezweifelt werden kann, ist die Auffassung: unser Autor sei Utopist, denn dagegen spricht zunächst einmal seine mehrmals und immer sehr dringlich geäußerte Ablehnung eines schlechthin Falschen, welches er gleichsetzt mit dem schlechthin Richtigen (nicht etwa Wahren); von einer Weiterarbeit an einer als falsch erwiesenen Hypothese kann bei ihm auch nicht gesprochen werden, freilich auch nicht von einer Streichung derselben, oder auch nur einer Korrektur. Seine Vorliebe für gemachte Fehler läßt diese stehen. Er macht sich nichts daraus. Er sucht Auswege. Er baut nichts auf aus seinen Fehlern. Er liebt anscheinend Brüche. Er kann kein Utopist genannt werden. Oder, lachte ich meinem Inspektor über die Schulter: Es handelt sich um eine Utopie, die von dieser Definition nicht gedeckt wird. Aber lassen wirs gut sein.
Oder, so fuhr mein Inspektor fort, nennt man einen Autor Utopist, wenn er, wie unser Autor, einen Platz in dieser Metropole verändert, indem er Häuser und Institutionen vertauscht, Verkehrssignale und verkehrspolizeiliche Einrichtungen durch andere ersetzt, von dem chronologischen Wirrwarr auftretender Personen ganz zu schweigen. Derart schockiert er alle gerne, die es gewohnt sind, diesen Platz zu frequentieren, nämlich als Passanten, insbesondere die Anwohner desselben und selbstverständlich in der Folge jeden, der sich mit realen Informationen über diesen Platz wirklich oder nur lesend diesem nähert. Von hier aus ist es kein großer Schritt, sich andere Einrichtungen vorzustellen als jene, die mir aus meiner Umwelt vertraut sind, und schließlich sogar solche Institutionen, die ich nirgendwo je gesehen habe.
Mit dieser letzten Folgerung macht unser Autor nirgendwo Ernst. Sein Material ist bekannt. Insofern ist er kein Utopist, besonders deshalb freilich nicht, weil seine Veränderungen auf keine völlig neuen Lebensbedingungen verweisen. Um es hier zu wiederholen: er arbeitet nicht konsequent weiter oder aus, er geht nicht aufs Ganze. Es bleiben Bruchstücke, um nicht zu sagen: ein Durcheinander, nichts Ganzes, nichts Halbes, nichts ganz Richtiges und nichts ganz Falsches, wie er sich ausdrücken würde. Eine nicht

ganze und oder halbe Utopie ist aber gar keine. Er ist eben kein Utopist.

Soll die Wirklichkeit mit den Möglichkeiten verglichen werden, die sie umgeben, so ist ein vertieftes Verständnis des Wirklichen mittels Abstandnehmen und Überschreiten unbedingt notwendig. Das utopische Experimentieren impliziert – wie jede Erfindung – einen Bruch mit den gewöhnlichen Kombinationstechniken.

Diesen vollkommenen Bruch leistet sich aber unser Autor, den wir einen Unmeister schlimmster Brüche nennen müssen, nicht. Sein Fehler ist es, keinen endgültigen Bruch zustande bringen zu können; er würde sagen: keinen zustande bringen zu wollen: weil er wahrscheinlich diesen Fehler, einen prinzipiellen, besonders zu lieben vorgeben würde.

Er bleibt also auf seinem Platz, nämlich auf diesem Platz, auf diesem realen: diesen nur bruchstückhaft ausbessernd, möchten wir sagen, was ihm gewiß nicht gefallen kann, besonders was die Wortwahl betrifft.

Zwar bedarf die Utopie eines noch nach möglichen Möglichkeiten tastenden Bewußtseins, das noch nicht zur vollständigen systematischen Klarheit gelangt ist – das spräche für die Ansicht: unser Autor sei ein Utopist – jedoch: Die Utopie muß zumindestens eine Miniaturwelt entstehen lassen, die jedoch vollständig ist; Inseln spielen eine große Rolle in den Utopien, gerade weil eine Insel, wie auch ein Planet, eine für sich abgeschlossene Welt ist.

Nun: die Münchener Freiheit, oder: der Platz unseres Autors, ist zwar in etwa eine abgeschlossene Welt. Man denke nur an die Absperrung. Aber diese Absperrung wird sehr lasch gehandhabt. Es gibt sozusagen einen dauernden Grenzverkehr. Da ist ja nichts Entschiedenes ausgedrückt. Also? Es handelt sich bei der Erfindung dieses Platzes um keine Miniaturwelt, nämlich eine geschlossene; wie der Autor sich ausdrücken würde: eine richtige.

Wir sehen, wir haben erkannt: Utopie bezieht sich stets auf eine Gesamtstruktur der Welt, weil sie eine Totalität meint.

Nun meint unser Autor zwar Totalität, aber doch nur, wie sich jetzt schon herausstellt: um unter dieser seiner Meinung zu leiden. Es hat doch den Anschein, als ließe er nicht nur sich, sondern alle seine Talmisten, oder Hunde, oder Kyniker, insgesamt also alle seine Pseudos das Leid an der Unmöglichkeit der Herstellung einer

Totalität genießen. Oder weniger plump: ein nur selten, aber umso dringlicher ausgesprochener Auftrag ergeht doch an ihn selbst, an seine Figuren und damit auch an die Leser: diesen Zustand, das Ganze wollen zu müssen und es nicht zustande bringen zu können: vorzuführen, zu spielen. Nicht etwa geht es um die Totalität, sondern um die Zerreißprobe bei ihrer Erstellung. Wenn das utopisch genannt werden kann, muß ich passen.
Ich lachte. Ich würde mich entschuldigt haben, hätte mein Inspektor diese Ungezogenheit bemerkt. Hatte er aber nicht, so wie es Inspektoren eigentümlich ist; sie sind immer mehr bei der Sache als jeder Macher.
Man kann also abschließend feststellen: Die Einhaltung der Spielregeln ist eben die notwendige Bedingung dafür, daß die Utopie dem Bereich der Spekulation und der Theorie angehört und eher wissenschaftlicher Phantasie nähersteht als der künstlerischen, näher dem Bereich des gedanklichen Experiments als dem einer dichterischen Darstellung.
Jetzt mußte ich passen. Hier wollte ich einmal nicht geschmacklos sein.
Mein Inspektor setzte zur Conclusio an. Also: Die Utopie errichtet mitten in der Realität falsche Totalwelten ohne behindernde Einschränkungen.
Unser Autor aber kann auf diesem Platz keine totale Falschwelt errichten, sosehr er vielleicht gerade das will; er will es wahrscheinlich aber nur, weil er an allen nur möglichen behindernden Einschränkungen hängt – könnte man sagen. Oder: er selbst ist die eigentliche. Und an sich hängt er sehr, um nicht persönlich zu werden. Oder liebt er das Falsche ebensowenig wie das Richtige? Dann ist er kein Utopist. Oder kann man behaupten, da er doch auch kein wissenschaftlicher Geist ist: er liebe auch die Wahrheit nicht? Weil er die Fehler so liebt?
Mein Inspektor stockte. Er dachte nach. Das Ergebnis wartete ich nicht ab.

Da war es der Gründer und Leiter der École Freudienne de Paris, der mich – im Augenblick auf einer Leerstelle plaziert, welche er als Möglichkeit plötzlicher Umstrukturierung empfahl, indem er von

Perspektivenverschiebung sprach – hinwies, spöttisch, in Betreff dessen Verwendung als Analytiker hier: auf die Anwesenheit in nächster Nähe des Chevaliers C. Auguste Dupin, der die Unstimmigkeit zwischen den bestimmt sehr scharfsinnigen, wenn auch in ihrer Allgemeinheit nicht durchaus stichhaltigen Bemerkungen, und der Art und Weise, auf die er tatsächlich eingreife, nur zögernd zugestehe.

Ich bedankte mich bei Lacan ausführlich für die hinterhältig zart angebrachte Abwertung meiner kriminologischen Erhebungen.

Ihr Superman winkt, wurde Lacan jetzt liebenswürdigerweise sehr deutlich. Als Amateurdetektiv bedankte ich mich schnell und beeilte mich, diesem entgegenzukommen. Am Fuße des Ziehbrunnenhügels stand er zwischen Dora und Leli. Und angekommen bei dieser weiblich mehr oder männlich weniger verdutzten Gruppe, erblickte ich, der dreifachen Blickrichtung folgend: Heimeran Phywa.

In der Linken eine Wurstsemmel, die Rechte frei für allerlei spärliche Hinweise, saß derselbe auf dem Ziehbrunnenkopf, den gegossenen Stumpf zwischen den Beinen, den hübschen Kopf auf dem hochgezogenen Schwengel, von einem Knie in dieser Stellung gehalten, kinnaufgestützt: die Augen verdreht, ganz irrerweise, und also blickungerichtet das liebe Gesicht: dieses, bleich übertollt vom Schopf, und er nur zum Teil noch ein Popper, nämlich diesen im Augenblick abschälend, durch seine seßhaft schlingernde Haltung eine Schlange mehr als sonstwas, und wenn eine solche: sehr frisch, sehr schillernd, ganz selbst, ganz zufrieden, besonders unveräußerlich, durchaus unverkäuflich. Das war schon außerordentlich, wie sich der Heimeran da oben unaufhaltsam in die Ruhe eines Gottes hineinglich. Die Semmel entglitt seiner Linken, rollte, sich teilend, ab, wobei die Finger im Griff nach der Nahrung verblieben, während die Rechte einen starren Hinweis in die Gegend gab: wahrscheinlich Vorhänge in dieser Richtung, gefallene, höchstwahrscheinlich. Aus. Schluß. Das Spiel war gespielt. Er befand sich anscheinend vor leerem Rang, das Parkett längst im Dunkel, seinen Zweifel am Fortschritt der Handlung, insbesondere des Lebens, demonstrierend: nicht nur scheinbar gelassen, sondern realiter wurstig.

Da schrie sich die Dora selber zu ihm hinauf, aber taumelte halbhügels wieder herunter.

Er muß wirklich so sein, glaubte sie, wieder unten bei uns.
Freilich, das ist er so, respondierte die Leli.
Zwei anschließende Weinkrämpfe. Und eine Meerschaumpfeife, fallend, aber im Falle ergriffen.
Der Heimeran: ganz bei der Sache, mehr in ihr, in einer, in einer einzigen.
Der sanfte Klagelaut Doras. Der folgende Lelis. Und unser aller Unwissenheit, insbesondere diejenige des Amateurdetektivs: die verdatterte Voraussetzung des sich steigernden Wohlgefühls Heimerans, annäherungsweise, unzulänglich also; vermutet von mir.
Bleiben Sie ernst, empfahl ich dem Gelehrten.
Der verbat sich die Mahnung.
Das ist er, sagte die Dora. Also wie der liebe Gott.
Oder nicht? fragte mich Leli.
Oder ich weiß nicht so recht, schränkte die Dora ein.
Mein Stichwort: Zum Göttlichen ist es wissensmäßig so bitter näher wie süßer bitteschön weiter weg. – Hatte ich das nur wieder mit meinem Mund angehört? Versteht sich. Dupins Mund blieb offen.
Das wars: unerträglich. Oder bedenklich, wie der Privatgelehrte erklärte, indem er sich entfernte, gefolgt von Dora und Leli. Schluß. Eine Szene, beendet von ihren Zuschauern. Der Darsteller würde seine Schlüsse daraus ziehen, mindestens einen.

Der Startplatz: Ecke Herzog/Freiheit, die Dominus-flevit-Kapelle links liegen lassend: meine Leute, der Kern, also fünf

wobei Nathalie von ihrer Freundin aus New York, eingeflogen vor drei Tagen, stehend jetzt am Seil Ecke Feilitzschstraße, erkannt wird: von den Hüften abwärts verkürzt, Auszählung der Steißwirbel, nach Strindberg, naturwissenschaftliche Adoption, als Halbäffin also – sich selber so wenig goutierend wie Jeanne, die ebenso hier erkannt wird: kurzbeinig und tiefgesäßig pummelig, als Backfisch also – die Rosa, vom Seil her erkannt, kommt besser davon in der zweiten Ausgabe, nämlich gestreckter, viel schlanker, stattlicher jedenfalls – während der Robin neben einem fülligen Poppes Mühe hat, die Muskeln seiner zweiten Ausgabe in einem Schrank aufzuhängen, den er in seiner zweiten Person vorwärts bewegen muß, leidend offenbar an einer Bewegung – die seinem Begleiter, in dessen zweiter Ausgabe, fleischeshalber, so große Beschwerden verursacht

zu zehnt sind sie jetzt, um die Ecke biegend, also nach Norden in Wandlung, vorbei an der Garderobe

und Ecke Haimhauser vermehrt sich die Nathalie schon wieder um zwei Personen, insonah die Freundin aus New York um den Block gelaufen ist und erkennen muß, daß die Nathalie von einem Freund und wiederum dessen Freundin erkannt wird und wie, also immer anders von anderen

und jetzt und also im selben Augenblick trifft der blaugefrorene Lehrling, Vinzenz Murr, weiblich, der sich an Jeanne, an die rosige Nutte der letzten Klasse, Hauptschule München Nord-West, erinnert, Ecke Haimhauser, auch sie hat den Block umrundet, einen Freund, der ihr Jeanne näher bringt: nämlich diese blasse Mädchendarstellerin mit der außerordentlichen Seele, diese als brennend vorstellbar, als Prediger in St. Ludwig versteht er etwas davon und erklärt der Metzgerin die so gar nicht behutsame Jenseitigkeit dieser unzeitgemäßen Zeugin für sämtliche ewigen Wahrheiten – aber ein Studienrat, der Freund jenes Predigers, widerspricht, und zwar heftig, indem er vom kräftigen Erwerbssinn des wirschen Persönchens erzählt, demnach also: Jeanne hat sich vermehrt um zwei weitere Jeannes und so geht die Rede von einem jeweils zweiten, einem ersten widersprechend, in einen dritten Mund über, der ganz im Gegenteil ganz etwas anderes sieht, jedesmal, also wenn die Rosa, der Robin und der Poppes in dieser Vermehrung dran sind

und jetzt sind sie zwanzig, die meinen, und zwar Ecke Freiheit/Hesseloher, nach Norden immer noch wandelnd, der verlockenden Einladung in das Café Münchener Freiheit nicht folgend

und im folgenden geht die Rede von einem jeweils dritten Mund in jeweils einen vierten, fünften, sechsten und siebenten über, die jeweils ganz etwas anderes sind, im Augenblick, als sie alle, die Redenden, der Nathalie und der Jeanne ansichtig werden

und jetzt und im selben Augenblick, also als dem dritten Vermehrer von Rosa, er war um den Block gelaufen, von einem jungen preußischen Prinzen widersprochen wird, und zwar Ecke Marschall/Freiheit, darf dieselbe erkennen: was sie als fünfte Ausgabe ihrer selbst hier darstellen muß, nämlich die jüngste Heimkehrerin aus Poona, die sich dort zu irdisch gerierte, weshalb sie sich selbst, ihr Ich nämlich, nicht, wie jener sein Leben, verloren gehen hat lassen können – was die bürgerliche Geliebten des Prinzen die Ansicht aussprechen läßt: es handle sich bei dieser Person um Berufsgier, um westliche Sucht, um Karriere, wahrscheinlich Oberstudienrätin als Ziel, oder gar etwas Oberstudiendirektoriales – jedoch der Freund jener Prinzenfreundin erkennt die Rosa, indem er sie alternativ beurteilen muß und aus der Streberin eine Schreinerin macht, vorstellungshalber, und zwar vielleicht in Berlin, etwa Kreuzberg, im Gedankenumdrehen mit Flugkarte, was wiederum einen nächsten eine achte Ausgabe der Rosa entwerfen läßt

und die Rede geht, auch was Robin und Poppes betrifft, von einem dritten Mund in jeweils einen vierten, fünften, sechsten und siebten über

und jetzt sind sie vierzig, die meinen, und zwar Ecke Marstall/Freiheit, den Sandkasten links liegen lassend nach Norden immer noch wandelnd

und, was Nathalie, was die Jeanne, was die Rosa betrifft geht die Rede von einem jeweils siebten Mund über an jeweils einen achten, neunten, zehnten, elften, zwölften, dreizehnten, vierzehnten und fünfzehnten, so daß also von den drei Frauen jeweils acht neue Ausgaben auf diesem Platz herauskommen und zwar, nach einem Schwenk, vor der Kirche

und jetzt und im selben Augenblick, also als dem siebten Vermehrer des Robin, er war um den Block gelaufen, um rechtzeitig wieder am Seil bei der Kirche stehen zu können, also auf der Ungererstraße, von einer lesbischen Feministin widersprochen wird, muß, ob er will oder nicht, der Robin erkennen, was er als neunte Ausgabe seiner selbst hier darstellen soll, nämlich wahrhaftig eine Tunte, an der ihresgleichen, so das Mädchen, den reinsten Spaß, oder sogar so etwas wie Freude hätten – worüber die Freundin derselben in Rage gerät, nämlich in ganz einem anderen Sinn habe Robin, so führt sie aus, mit Mädchen im Grunde gar nichts im Sinn, es handle sich nämlich eher um einen Mönch bei demselben, um freilich einen, der seiner Bestimmung nicht folge, also ins Kloster – dem widerspricht nun wieder ein Bekannter der Freundin, der vorgibt, den Robin als fanatischen Anhänger der Telepathie, insbesondere im Umgang mit Mädchen, zu kennen, was derselbe onanistisch praktiziere, siehe seine ausschweifenden Augen und seine verwackelte Gangart – von solcher Nervosität könne keine Rede sein, bei einem Mann, so meint der Freund des Bekannten des Mädchens, bei dem man viel eher von schwankender Gangart reden müsse, weil er saufe, ein Säufer könne vor ihren Augen die eingeschlagene Richtung nicht halten – und so weiter, dann also noch weitere, insgesamt vier Ausgaben Robins, sehr unterschiedliche

und die Rede geht, was den Poppes betrifft, von einem siebten Mund über bis zum nächsten und so weiter, bis sich der fünfzehnte über ihn ausläßt

achtzig sind sie jetzt, die meinen, siehe da: ein kleiner Demonstrationszug, der Nähe Raubritterburg einbiegt, wandelnd in südlicher Richtung

Nathalie wird um diese Zeit sechzehnmal entworfen, und ebensooft auch die Jeanne, auch die Rosa, und die Rede geht jetzt auch, was den Robin betrifft, von einem fünfzehnten Mund über bis zum nächsten und so weiter, bis sich der einunddreißigste öffnet

und jetzt und zur selben Zeit, also als dem fünfzehnten Vermehrer des Poppes, er war um den Block gelaufen, um rechtzeitig wieder am Seil Ecke Clemens stehen zu können, von einem Mann, seines Amts Gerichtsmediziner, widersprochen wird, soll doch der Poppes erkennen, was er als siebzehnte Ausgabe seiner selbst in Wirklichkeit auch ist, ein Hosenaufknöpfer, und dies sehr gewandt am eigenen Kleidungsstück und freilich zur Normalzeit, also vormittags, nachmittags, Ort der Handlung: Kinderspielplätze, bevorzugt als Publikum: weibliche Enkelkinder – davon könne die Rede nicht sein, weil kaum Zeit dafür vorhanden für einen cleveren Warenhausdieb, Acht-Stunden-Arbeitstag, so die Meinung eines Bekannten des Gerichtsmediziners, der als Warenhausdetektiv tätig ist – seines Wissens, verwirft der Freund des Bekannten die Meinung des forensischen Wissenschaftlers, handle es sich bei Poppes, dem schönen, um eine zweite Ausgabe des bekannten Ordensverleihers, auch Poppes könne allerdings Hinterziehung der Steuern nicht nachgewiesen werden, trotzdem – mitnichten, so ein vierter Bekannter, der den Poppes auch kennt: man wisse, man habe nur die Beweise noch nicht, daß man in München in Poppes den Ripper, den soundsovielten, vermuten dürfe – wieso nicht gar und derart lebendig, verlacht ein fünfter Bekannter diese Absurdität, da der solcherart Verkannte einem friedlichen oder vielmehr friedhöflichen Handwerk und zur Schlafenszeit, selbstverständlich, nachgehe, grabend, ausbuddelnd, oder sei das noch nicht deutlich genug – und so weiter, jetzt also noch weitere, insgesamt elf Ausgaben des Poppes, sehr unterschiedliche freilich

hundertsechzig sind sie jetzt, die meinen, siehe da, und sie ziehen in südlicher Richtung weiter, und so weiter vermehren sie sich bis Ecke Herzog/Freiheit, dem Startplatz, und die Vermehrer vermehren sich am Seil, als der Demonstrationszug in nördlicher Richtung ins Forum hinunterquillt, sich vermehrend, von Station zu Station, kein Altar, keine Rednertribüne, freilich, kein Gesang, dort unten nur immer mehr, unglaublich, die Freiheit am Ende überschwemmend mit immer neuen Ausgaben der immer fünf Gleichen, sehr unterschiedlichen, auch sehr verwirrend für diese selbigen, auch viel schreckliches Wiedererkennen und dabei oft, sehr schlimm oft: verzweifeltes Staunen, gemischtes, sogar tausendfach Freude, das auch, in der herrschenden Stille, das alles ungemein laut, auf dem Schauplatz sich drängend als drohende Menge, das Seil aber nicht überspringend, kein einziger aller, als ich, aufgestiegen aus der Menge an diesem soundsovielten der Tage, auf der linken Litfaßsäule stehe, in der Wüste, alias Parkplatz, meinesgleichen überschauend, alle als vielmals Erkannte erkenne und sich Erkennende als Erkennender grüße, die jetzt erkennen, daß ich das hier nicht anders erwartet habe, weil ich gerne und sicher ohne Eitelkeit, aber doch sehr ergriffen, in der warmen Frühlingssonne unter einem klaren Herbsthimmel, mitten im Schneetreiben uns hier versammle auf dem sommerlichen, heißen Asphalt, auf der warmen Wiese, und ich habe an uns wirklich die geduldigsten Zuhörer, die ich mir wünschen kann, als ich uns leise, aber eindringlich dazu beglückwünsche, daß man uns nichts erklären müsse, am allerwenigsten diese Gegenwart unserer Zukunft, für die wir demonstriert hätten. Und anschließend ins Café Freiheit. Dieser Durst.

Dieser Hunger. Im Traum: dieser Freßtrieb. Im Traum: diese Tellerträumer, im Kreis um den Teller, auf dem Amandas Kopf liegt: verhüllt. Diese unverhüllte Begierde im schrägen Kreis auf den Stufen des Forums, um die fünfte. Diese Schlaraffen. Und wir: der Poppes und ich, auch träumend, eingeschlafen hinter unseren Krügen.

Aus der Hand Rosirenes flog der Rettich in pfeifender Flugbahn über den Platz. Das Geschelle begann. Gekippter Föhn. Nathilies Kombination aus Charmeuse karussellte. Der Hochsprung Jonymphes: der niederkommenden blähte die Luft das Hemd zur Weißwurst. Es wurden Flötenwinde serviert. Die Franzen des Robariel verflatterten Schmutz. Und augenblicklich: Popollo als Kreisel im Fieber: sein Sonntagslappen sägte die trockene Helle. Fedriger Schaum. Der Auftritt. Heraus aus dem Forum. Die Fünfe. Im Jauchwind. Angenordete Freiheit. Nur richtungshalber, kein Ziel. Und richtungslose Trennungen der Menge, Spaltungen, Aufriß. Viele Freilichtbühnen, alle wieder verlassen, gleich übertrampelt. Anscheinend überhaupt nur Suche, kein Spiel. Keine Flugwurzel. Oder wo? Oder gar nicht gelandet, hat nicht geschlagen? Gekrieche. Auf allen vieren alle Fünfe. Hustenanfälle, gemimte, artistische, zwischen-unter Hosen und Röcken. Sehr aufgeregte Abschauer. Und ein auf anthozyanische Art rotwerdender Robariel, oder bloß Wut. Ach lieber Antonius. Da ging doch sein Jux drauf. Nämlich vom Kamp Rosirenes kein Heil bis in ihre verschleimte Röhre hinauf. Nur so. Aber doch ernsthafter als. Aber bitte, seis drum. Wenn das Radieschen den Rettich nicht finden darf, dann eben nicht. Drauf gehustet. Falsche Wurzel. Schon ziemliche Klage. Darüber wurde eine föhnvergrößerte Sonne gereicht. Und für langsamste Erhitzung sorgte unten die allgemeine Rührung. Dann fing das alles erst an. Eine Frechheit. Popollo schmierte den drei Lenais voraus. Der Robariel, der schottelte seinen englichen Hintern drein und schlenkerte allen das Freilicht. So eine Frechheit. Die Bühne. Wiesengrund. Und dieser Schnalzer. Tittmoning nicht. Kein Leonhardi. Wen aber ritt hier der Teufel? Jonymphe. Die war es, die stieg, wiehklagernd. Der war es gewesen, der Robariel, der hatte ihren Knopflochgummi gerissen, daß sie theresen mußte in dieser Manege mit allerjüngster Stigmatisation, ihre Wunde herumkonnersreuthernd gleich nach dem gefallenen Nachthemd und unter der Tempelgarnitur. Eine Frechheit. Wie schamlos. Und an ihrer Weißwurst kühlte Nathilie ihre schuldbeladene Hand, kurz vorher von ihr selber betatzt, und auch jetzt noch verworfen, als im März, nach dem Lottermonat, und überkopf, der Popollo herauskam aus Jo auf die Freiheit, mit Bitterschreien sich beschwerend als reizende Wespe, ohne Doppelwiege, also aufnottelnd und ab und auf Jo losnymphend, vorwurfsganz: zu schnell habe diese sich aus ihm entkorkt. Weh, wehe. Wie bitte? Das darf doch nicht wahr sein. Nathilie drehte die Orgel Sirene. Falscher Alarm. Sauerei, eine richtige, ja. Popollo trug ihren Hut herum. Letzter Schrei. Keine Sammlung. Verwirrung. Besonders als Rosirene an der Lockhose Ariels zupfte; dem stand das Charmeuse der Na. Und vor. Und hin und hinauf die arielischen Finger der Ro bis ohne Ruh zum Jodler: dort Fruchtschreie, venerische, monsens Rob. Und außerordentlich mündlich die Rosirene: Inkubus, Apkröte, Absamerin. Also nein. Und jetzt auch noch ein großgeschriebener After, des Popollo, zum Beispiel ein allerschlimmstes Initiale, klein weitergeschrieben und deftig von Jo, die den Streicher plastisch in die Wiese entwarf. Dort bekam der auch noch ein zweites Gesicht und machte ihnen Beine. Da gab es Übertritte aus Froschaugen. Lauter Basedows. Du verstehst die Welt nicht mehr. Da kommst du nicht mit. Auch der Feilitzsch nicht. Der nie. Ein Mitkommen ist der Polizei sowieso untersagt. Schon durch. Aber wieder hinten heraus. Also wiewo? Und Hörensagen, vom. Aber zu dicht zum Verstehen. Bitte, die sind doch nicht ganz . . . Wie der Popollo sich über die Rosirene hinweg in der Nathilie zu schaffen freute, dem folgte ein Feldgeschrei im ganzen Durcheinander: So habe noch keine Lerche in einer von Billionen Poren gedrosselt. Und wieder Staunen: Offenbar wurde eine sekundäre Achsel der Rosirene, mit welcher Robariel sich bewies. Oder links von ihrer Pupille sei von unten die Nathilie in ihn eingedrungen, tränte Rosirene, und linksäugig trocken behauptete Robariel die rechtsseitige Verletzung seines rechten, zwinkernd, ja. Von oben wollte es Popollo gesehen haben, bevor es in seinem rechten Auge passierte. Augenblick mal. Aber immer so weiter. Schluß. Noch nicht? Augenblicklich Schluß. Aber sonst. Die Höhe. Stille. Kein Disco. Man hielt sich aber die Ohren zu. Und Rosirene linierte Gehörlätze aus, die wurden von ihr auch punktiert. Like Burda. Schamgewänder, dafür. In the air: Singer-music. Und Vollbeschäftigung. Oder noch eine Frechheit? Der Fungus. Sehr milchig. Der Pilz. Der Platz. Die Freiheit: ein Phallophyte. Es zittern die feuchten Hyphen, als Nathilie mit dem wichtigsten Glied des Popollo in den Schmollmund des Bucky vorstieß, weil der doch kohärenter ist als – obwohl noch so klein. Ganz grün wurde der Kleine und Vorauszahlung für alternative Ecke im Jungsteinzeithaus. Und weitere Durchbrüche im Myzel: Es wurde das zottige Schamgewand dem Heinz entrissen von der Nathilie, die seinen Strummel über kochender Luft in die Tochter des Bäckers stösselte, diese im allgemeinen Tandel bis hinauf in die Felsenburg verbessernd zur ausgedachtesten Hochzeiterin. Entschuldigt wird schüsseln der Vater Strunsky im Ofen. Verwirrung der Hyphen. Abreißen. Neue Verknotung. Oder, wie jetzt der Rob die Edwige erwischte, paarweise Fäden verklumpend: sie stieß dann den Lauf der Maschinenpistole in ihren Alex, und abgedrückt wurde. Und Wiederholung noch viermal. Und fünf feile Mösen. Erhöhung der Mitgliederzahl im Frauentreff. Etwa so. Eine grinsende Oberschwester. Um so schöner so gut. Sehr einfach anders. Und also fiel auch der Phywa aus dem universellen Überblick über das Ganze, verbleut von den Ästen seines Aussichtsbaumes, herunter in das Gemeine, was den Besuch des Reddy Terrer in der Intensivstation, Klinik Schwabing, zur friedlichsten Folge hatte, und Gemüse nicht nur, sondern Rosen sogar. Das war ihnen ein Pseudoparenchym, fast schon ein Leckerbissen. Oder wie man es essen wollte. Jedenfalls die Amanda mußte fressen. Das wollte Popollo. Serviert wurden alle Schlaraffen. So jedenfalls schnitt der Stürzenkruger das auf und dann: gabelte ein. Sofort Ausstellung hinterher: Vierzehntausendzentner: ein Weib. Kein Pfifferling nur. Oder bitte? Und Rummelpuff wurde aufgefahren in den Himmel, wooben er legendisch als ruinöser Neo in den Heerscharen herumwursten durfte. Oder noch so ein Hyphen, transzendentisch aufgenäht? Das bezog sich hier aber, bitte? Nicht? Oder noch nicht anders genug? Das wird sich hier einmal noch viel schlimmer beziehen. Das zog sich viel mehr hinauf als nur hin. Das bezog sich dann für fast immer. Das spann. Das schwammte. Das pilzte ganz über aus. Das zog sich in die Schwämme. Im großen und ganzen Myzel zupfte hier jeder an einem Bezug. Jedoch keine Beziehung zur Wurzel. Der Rettich.

Verflogen. Und ohne diesen kein Weißbier. Ein Buch, ja. Ein Buchpilz. Der schon. Viel Scheiden, viel Wände. Viel Poesie. In diesen Gedanken tadderte der Popollo gar alternstgesichtig auf seiner Freiheit herum, gefolgt von Sirene, den dieser mit ihrem Po beschmuste, als nebenan der Robariel seine achtundzwanzig Löschblätter vor Nathilie verlasterte, und sie seine Lust noch viel röter. Wem da nicht wie Jo ihr Unterfell juckte, besonders als Sirenes vorteilhaftes Vierfußstehen prämiert worden war, obwohl Popollo doch nur eine Leersteherin werden konnte. Das wird im nachhinein einmal ganz schmerzfrei herauskommen. Aber einmal hier schon paßte das Wetter auf die Sprache auf. Jeder störende Wind wurde ausgelöst. So wurde das also serviert. Und das mußte ganz einfach schmecken, als auch die Wolken glattgerührt waren. Es mußte auch ein Zuchtprüfer tätig geworden sein: jedenfalls jaulte der Robariel, unterwegs zu Nathilie, bis er halbwegs liegen blieb; ihm ging der Folgetrieb ab, weil Irene als Lockbissen zwischengelegt worden war. Auch Popollo beschleckte nur noch die Schleifen an den Ballschuhen Jonymphes. Mehr war nicht, obwohl derselben Schwanz und wie zur Seite gewedelt wurde von dieser. Und dieses mußte dem Pudel passieren, und zwar in Linie Cronberger, Jugendklasse. Die größte und ganze halbe Stunde! Nein. Im Augenblick nicht. Jetzt wurde Weißes durch die Sonne passiert. Das trocknete schnell. Der Föhn war geschoren. Fertig. Und aus dem Zores war mildes Erstaunen geworden am Platz, in einigen Ausnahmen zwar noch hirnig, aber bald nur noch Blasen. Kein Hauch regte sich. Auch deshalb, aber nicht nur: besonders unzerzausbar das Grauhaar Irenes, obwohl, aber nur wie wehend gesahnt über ihrem stillen Gesicht. Und wie sich der Blick einer Dame hinter den Mandellidern Nathilies verschliefte: das war ein unsangbarer Schmacht, den Pop noch einmal ganz apollinisch repräsentieren durfte. Robariel verwackelte zwar ein wenig den Frieden, aber man durfte hinterher glauben, gesehen zu haben, wie dem Publikum von Jonymphe aus dem Schlummer heraus ein lauretanisches Lächeln vergeben wurde, bei hochgeschlossenen Augen.

So lagen die Fünf dahingeföhnt: ein gliederweiches Quintett. Der Mohr, also der Rummelpuff, also nämlich der Kavalier durfte sie finden. Die Rose, die nicht. Die brachte er nicht herbei. Nur die Wurzel.

Mein Gott, sagte Poppes in seinem Traum zu mir in meinem Traum: Wie gar sehr trivial wir doch sind, gar überhaupt nicht einzigartige Träumer.

Gar nicht einmal in einem, also in deinem oder in meinem Traum, sagte ich.

Eben, stöhnte der Poppes: nie allein, nichts für einen, für dich oder mich. Und ich kann sie alle dazuzählen, und da haben sie alle nur Träume in ihrem und deinem Traum.

Und ich, sagte ich, ich habe nur Träume in meinem Traum und in euren Träumen: niemals in mir allein.

Schreiber, zischte mich Poppes an.

Ich lachte die Schlange in seinem Traum aus. Zische du ruhig und beleidige mich vor der Dunkelziffer meiner Leser, deren erste Stufenzahl ich selber bin, in was für einem falschen System und wie weit oder wie immer weniger weit nach links abrutschend.

Vanitas, schrie mich Poppes an: du bescheidener Angeber. Ich bleibe dabei: wie wenig einzigartig ist jeder von uns, auch als Träumer. Du träumst in meinem Traum ordentlich deine Unordentlichkeit vor die ganz geschlossenen Augen.

Vor die ganz und gar geöffneten Augen, stöhnte ich von Traum zu Traum.

Sehr aufmerksam von dir, redete Poppes schnell an meinem Traum vorüber und behauptete, sich entfernend – scheinbar, wie ich träumte – zweimal seine Füße aus Schlaflöchern abzustoßen zum großen Delirium, um diesen falschen Traumrichtigkeiten und ihren richtigen Traumfalschheiten endgültig entträumen zu können zum Weißt-du-nicht-so und Wird-schon-was-sein und War-schon-was-dann-geworden und Weißt-du-überhaupt-nicht-mehr-wie. Ich habe dich vergessen, sprach er im Traum laut, o Gott, seufzte er.

Geschriebener, schrieb ich in meinen Traum hinein, du sprichst noch von dir: So gibst du deinem Gott sogar noch eine Chance: zu sein. Oder allem. Sehr bewohnbar erscheinst du mir.

Unerträglich, hauchte der Poppes seinen Traum aus und weckte mich mit einem derben Stoß.

Unsere Augenlider schlugen wieder. Gar nicht ganz geschlossen, gar nicht ganz geöffnet. Sehr aufmerksam beäugten wir uns.

Du auch, lachte Poppes, und rieb sich endgültig den Schlaf aus den Augen, du bist, wollte ich sagen, auch sehr bewohnbar.

Wenn uns das nicht übel bekommt?! sagte ich.

Wenn uns das nicht übel bekommt?! sagte Poppes.
Alles ist zugelassen. Sehr große Trivialität. Keine Ausschließlichkeit. Noch nicht einmal eine Auswahl. Diese nur infolge der Unzulänglichkeit, einer räumlichen weniger, einer zeitlichen aber vor allem. Jeder ist immer mehr jedenfalls bewohnbar, also keine Grenzen, gar vermauerte, deshalb auch keine überschreitbaren, oder überspringbaren, oder durchbrechbaren, lieber Bataille, sondern: Zugänge, Neukommer, Ankömmliches durchaus bis Geht-nicht-mehr, bis Kann-und-darf-nicht-mehr, bis Darüber-herein, und bis Über-den-Tod-hinaus-darüber-herein – geliebte Dschungeluntermieter – bis über die Zerreißprobe hinaus nach unten und oben hier in uns drinnen nach links und nach rechts und überall also hin.
Wer hatte das gesagt, im Chor, anscheinend? Waren sie alle wieder aufgewacht und im Augenblick also kein Traum am Platz, in der Freiheit?
Der Poppes jedenfalls lachte nicht mehr allein, ich sowieso nicht: Tränen.
Die Taschentücher empfahl ich. Keine Träne überflute unsere Augen im Blick der Aufmerksamkeit darauf, wie uns geschieht.

Uns geschieht: wir erwachen, rief ich. Also kein Traum mehr am Platz, in der Freiheit. Wenn also keine Träne unsere Augen im Blick der Aufmerksamkeit überflutet, was sehe ich?
Sie erwachen, schrie ich. Poppes. Komm!
Er stürzte mir nach ins Forum hinunter. Fünf Stufen. Wir teilten den Kreis. Hier rührten sich schon die Messer und Gabeln. Es klapperten Teller.
Ich riß die Alufolie von Amandas gekochtem Haupt. Das Zeichen für Aufruhr, zuerst in den Mägen, dann aber in den Köpfen aller Schlaraffen, als ich mit Poppes den riesigen Teller hob und – wortwörtlich, wie immer, wenn etwas schnell zu erledigen ist, oder aber eigentlich immer, seis drum – ihn emporschickte – ein gutes Wort, ein direktes – hinauf zum homoerotischen Sternbild, zur Zwillingsschwester, der phallischen, des Gascogners, deren süßer, voller Mund den zungenlosen Amandas küßte, bis diese sich wieder selber Augen machte und die Zunge wiederfand, oder die Sprache, gleichfleisch: war das ein Erkennen. Schwester, ausge-

kochte! So ihre, meine, deren süße Jungmädchenworte. Endlich. Ein abgerissener Kopf grüßte einen abgesägten!
Der Poppes staunte hinauf. Auch ich.
Vierzehnzentnerweib, ach liebste Amanda, wenn auch nur als ein Kopf: warum bist du so heiß? zwitscherte es aus meinem Mädchenkopf.
Sehr dunkel kam es aus dem Gesicht der Amanda heraus – aber wir durften es unten vernehmen: Der Teller, altete die Amanda, er wurde von dir, d. h. vom Regisseur dieser Szene, bevor ich auffuhr auf ihm zu dir, über dem kastrierten Phallus, alias Abflußrohr, erhitzt, das in der Terra Nova steckt und immer noch brennt.
Hatten wir so gedacht, bestätigte Poppes.
Und in der Eile vergessen, pflichtete ich bei. Und?
Das ist keine Korrektur, benotete Poppes. Das ist ein Wunder in Gestalt eines Einfalls.
Mich stört etwas, meinte Poppes.
Was? fragte ich.
Das Leibliche der Amanda, nämlich bitte, es haust in Schlaraffen.
Wie lange, prophezeite ich. Und unser Sternbild ist als verdaute Amanda mit unserer Erde verbunden wie keines.
Kein Wort mehr, empfahl mir Poppes. Ich rieche die Deuter.

Und wieder hinauf: Einzug im Penthouse. Der Brautmarsch aus Lohengrin, von mir aufgelegt: Wagner-Sound. Ein dekorativer Rahmen um Dodos Gesicht: ein großer, roter Seidenkragen der Bluse, zu der schwarze Hosen gehören. Hat sie an. Aber woher so schnell? Mitgebracht? Ihr Haar: verwandelt in eine schmeichelnde Frisur mit anliegendem Nackenhaar und weicher, ponyähnlicher Welle. War sie beim Coiffeur gewesen, inzwischen? Sie war. Nicht möglich: wirklich. Auch Monas Haar nach oben gefönt und locker auseinandergezupft. Also auch sie. Mit Dodo? Möglich. Kaum zu verwirklichen: wurde jedoch. In Fraufrau gleitet sie durch die Räume, ganz in Schwarz, also auch ihre bauschigen Knicker. Sehr verknittert die Herren: Dani hüllt sich in seinen schwarzen Hausmantel. Er verteilt an Veit und Norman schwarze Krawatten.
Ich bin als Maskenbildner tätig gewesen. Wie sonst auch. Keiner sonst. Gewußt wie.
Jetzt gibt es nur noch Wodka. Der Vorsatz: es wird weitergemacht.

Eine sanfte Raserei ist das zunächst noch. Sie wandern. Lohengrin animiert dazu.

Ob das vielleicht ein Sud gewesen sei, will Dani wissen. Aber das bleibt jetzt ungewiß, weil Veit die Zwiebeln memoriert und Nelken aufstoßen läßt.

Dodo: Mir schmeckte die Tartaren-Sauce. Ich kann mich auch täuschen.

Norman: Gleichviel, der Amandakopf war jedenfalls heiß.

Ob Zunge, Schwarten und alles übrige jemals so gut abgetropft auf den Tisch gekommen wären, wollte der Veit wissen.

Norman: Mein Gott, diese Ohrenwürfel. Keine Kantenlänge länger als zwei Zentimeter.

Veit: Und derart artistisch abgeschmeckt: mit Pfeffer, und dieser so überaus frisch.

Dodo: Und ganz und gar erstarrt.

Mona: Und bestürzend gut gestürzt. Unendlich vollkommen.

Er sei heute morgen kurz in der Aussegnungshalle gestanden, nur so, meinte er. Und weil erstaunt hochgeblickt wurde, lokalisiert er: nördlich der Raubritterburg, Ecke Karl-Theodor-Straße. Diese Leichname, seufzt er und erklärt mit rotem Gesicht: wenn es ihm jemals gelänge, den dicken Saft aus allen Figuren seines Stückes abfließen lassen zu können, könne er von einem Wunder auf der Bühne sprechen, oder bestimmt seine Kritiker, etwa so: Jenseits jeder Verwandtschaft: die blutleerste Gruppe erlesenster Menschen: sich zugetan einzig nur in einer verwandelten Liebe aus kühnster Selbstlosigkeit. Wobei er vorhabe, auch noch Tote auftreten zu lassen, die in der Selbstlosigkeit dann das Äußerste gewagt haben dürften. Als Gleichnis freilich. Also bitte: transsexuelles Umarmen und Drücken zwischen den Kulissen. Zärtlichkeit als Beschreibung klösterlicher Ich-Erweiterungen bis über die Grenzen sämtlicher bleicher Geschlechtsteile, notabene: der Verhäutung. Sozusagen: Todeshauch, vervielfältigt, durch alle Poren der Ich-Mauern in die Mütter und Väter, jedenfalls in die Eier. Er gehe so weit, zu sagen.

Veit: Signor mio, vor dem letzten Ende kann niemand so weit gehen, wie Sie dichten.

Dani: Danke. Jam toties habe ich davon gesprochen und geschrieben: wie ganz allein die Toten das größte Vergnügen erleiden, wenn man sie immer noch einmal zerreißt.

Er schrie: Das sei eigentlich das Verlangen der Liebe. Und es erreiche Erfüllung allein in einer Gemeinde: die den Tod nicht als Grenze derselben erachte. Und nicht etwa Erinnerung an die Toten sei das Ritual, das Verbindung bewirke, sondern Prophezeiung, also der Blick in die Zukunft, wo Tote wohnen, wenn wahr ist, daß unser Nichts sowohl zukünftig wie auch vergangen sei, weshalb man es austauschen könne.

Poppes: Wer bist du?

Man solle sich davon nicht stören lassen, lacht der Dani, daß sein Gast, dieser Poppes, immer wieder einmal diese eine Frage stelle. Er wisse aber selbst nicht, warum. Also irgendwie suche derselbe bei ihm die Identität mit einem Zweiten, von dem er Kenntnis leider nicht habe.

Poppes kehrt auf seinen Platz zurück: auf die Schwelle zur Küche. Ob ich da sei, fragte er dort. Aber beinahe niemand kann ihn verstehen. Außerordentliche Verwirrung macht sich auf seiner Person breit in Art eines Schüttelfrostes.

Dani: Man versteht jetzt, warum ich der Aussegnungshalle einen Besuch abstattete. Et ecce: ein guter Topians hat keinen Gegner.

Und seine Mona an seine Brust ziehend, seufzt Dani: Bis der Tod uns trennt, oder vielleicht doch, oder ob sie schon wieder einmal daran gedacht habe.

Mona: Ich ziehe aus. Mit Norman.

Dani: Sagtest du gestern.

Mona: Sage ich immer noch. Heute, morgen.

Dani: Morgen begreifst du.

Sie läßt ihr Glas wieder füllen bis über den Rand, weil das Augenmaß Danis leidet. Und sie leert es schnell. Diese Hoffnung.

Dani: Wie du mich wirklich verstehst.

Mona: Nur möglicherweise.

Dodo: Dieser Bold. Dieser Miker. Ein Stickser ist er, der Steller, der Spaßer.

Ob er nicht doch schon sein Cunnagium rieche, vermutet Veit. Der Dani sei ihm ein Sima. So einer. Er, Veit, taste nicht schlecht, wenn er Pantoffeln errate. Das sei doch mit Händen zu greifen. Ins Heizkörbchen wolle derselbe, dieser fundamentale Umgestalter. Am Ende wolle er doch ins kontaktgeschützte Patt der emotionellen Erpressung, in dem er, Veit, das Weichtier schon sei.

Dodo: Liebste Moluskel, halts Maul.
Veit: Du hochgedrickelter Arsch!
Dodo: O God, du mickriger Aufsteiger.
Veit: Und morgen bin ich Staatssekretär. Wo bleibst du?
Mona: Da stelle ich aber erst recht den Meinen zur Diskussion. Der schmuggelt Antikes.
Dani: Mich kannst du nicht meinen.
Norman: Sie hat den Meinen gemeint. Oder eigentlich mich?

Er sei als Person für sie vielleicht ein Phantombild, will Norman sich noch vermuten lassen. Durfte das aber, als auch Mona die Richtigstellung unterläßt und ins höchste Schwabinger Milieu grinst, sogar brustet.

Und es läutet.

Dani: Öffne, lieber Poppes.

Er möge ihm doch das Gesetz des Moses in den Schwanz blasen, der Heckpfennig werde bezahlt, lallt Veit in den Brustausschnitt des Norman und brabbelt dann ein Bries aus, an dem der wahrscheinlich in Ewigkeit schlecken wird. Dann aber bricht seine Rede ab, zeitweilig. Er erholt sich wieder, später. Der Dani laust den Buhler Norman, sich legitimierend: er immerhin erwähle seinen Schädel, noch immer aber nicht fündig. Keine Nachtigall.

Dani: Darf ich vorstellen: Freunde. Sogar Bekannte, Famuli, antik definiert. Platz nehmen. Weitersaufen. Oder täusche ich mich?

Kein Widerspruch. Schweigen. Und zwar im Duett.

Die Zwei seien beinahe sprichwörtlich, erläutert Dani. Sie hätten auch mitgebracht, wie er sehe, was mehr Sicherheit verspräche als jede Beamtenlaufbahn.

Veit widerspricht nicht.

Poppes tritt auf seiner Schwelle zur Seite, um den Damen Zutritt zur Küche zu gewähren, wo Mona sich in das Spülbecken übergibt und Dodo eine Raine benutzt.

Wo sind die Famuli abgeblieben?

Es läutet.

Dani: Poppes, mein Lieber, öffne.

Da sind sie wieder. Und es wird abgestellt und geöffnet. Und die Herren wandern ab in die Küche, wo Dani sich in sein Spülbecken übergibt und Veit und Norman zwei Rainen benutzen.

Sehr bleich, aber wieder gefaßt, sogar in dieser Ausnahme haßerfüllt fröhlich, kommen Dodo und Mona zurück.

Da habe man aber gründlich zerschnitten, meint Dodo.

Mona: Heutzutage vermutet man immer Sexuelles, sogar bei Mord.

Dodo: Das Messer ist die Wahrheit der Männer.

Mona: Analytiker sind sie doch alle.

Auf der Scheide aber würden sie allemal schwach, vermutet die Dodo hinterher.

Mona: Und ob. Gestochen wird nie.

Dodo: Oh, du Fröhliche.

Der Poppes öffnet inzwischen. Herein spazieren so Leute. Die bleiben aber randig. Obwohl, einer schreit:

Robin: Nach mir, da ist das nicht möglich: zwei Tote!

Die Herren kommen wieder aus der Küche zurück. Sie hören den Schrei meines Robin. Aber keiner versteht. Die Damen schon gar nicht.

Und daß die Famuli wieder huckepack abgehen, verwahrnimmt diese illusorische Sozi nicht, kann sie nicht okulieren.

Es wird Wodka verschüttet. Und nur der Norman, der nur Antikes schmuggelt, kotzt noch.

Veit: Den hat es erwischt.

Und im Namen des guten Geschmacks verflucht der Norman, die Zuhörer mit Wodka besprenkelnd, einen Zusammenhang mit der Mona, von seiner, wie er expressiert: hohen, kaufmännischen Warte her: Wer umgehe mit Nekrophilen, sei selber, wie er eingeschränkt: zum Teil nur lebendig. Er, wie er hier stehe – er schwankt – stehe für den ganzen Erfolg. Man bringe eben Altes, und wenn auch teilweise Gefälschtes, herüber. Das ganz Falsche aber finde nie einen Käufer. So in etwa handle er in Hinsicht Verkauf. Deshalb kämen ihm jetzt nur noch Tränen. Und diese kommen ihm jetzt.

Mona: Du Scheißkerl!

Dani, sich vergewissernd:

Dani: Wer? Bitte?

Mona: Du Scheißkerl jedenfalls nicht.

Veit fängt den Dani auf. Dieser röchelt. Das Glück ist eine Intensivstation.

Dani: Wahrlich, ich sage, wer wird das eines Tages erkennen, wenn es zu spät sein wird. Ich Pietzenflicker am Eingemachten, das Knochigeres beinhalten wird als Geschicksaltes jemals sein kann, erhebe den dreifachen Alt alter Nornen und brumme.

Meine Leute bilden dieses Spalierobst, als Norman sich jetzt hinausschmuggelt. Der Poppes schlägt wie der Frühling die Tür zu im Penthouse. Aber dann gleich wieder will er es wissen.

Poppes: Das bist doch nur du gewesen?

Er sinkt aus den Armen des Dani zusammen in sich. Und die Rosa hebt ihn auf. Und unten, schon auf dem Platz: die Nathalie weiß da weiter.

Das reine Entsetzen, schrie Nathalie. Geschmacklos, nekrophil; die Nachfresserei schlechthin, Herr Regisseur.

Mischer, fauchte mich Jeanne an, oder du Schwester Mix.

Ich habe erzählt, sagte ich. Aber freilich, vielleicht habe ich mich ein wenig zu sehr austabliert.

Bruder Lustig, ei hört, brüllte Robin mich an. War alles nur Faschang?

Schamlos, urteilte Rosa. Fach: Friedhof.

Ich habe nur weitererzählt, sagte ich.

Sensenerzähler, wie Charon auf einer Kutsche bist gehottelt mit Säuen ins Wirtshaus Tod. Abscheulich, urteilte mein Poppes mich ver.

Ich bin ein Verzähler. Leise gab ich das zu und fragte die Meinen aus, ob sie im Sinne der Erhaltung unserer Bedürfnisse und ihrer Erhaltungsanstalten tätig werden wollten?

Jetzt schlenzt er uns, warnte Poppes.

Da fuhr ich auf: Es ist einer tot, um verzählt zu werden. So wird in Wahrheit vermehrt.

Wie bitte? schrie Robin. Aber bitte, wie? So entsetzlich?

So schlimm, sagte ich. Oder anders schlimm. Oder überhaupt fröhlich schrecklich. Oder ganz schrecklich fröhlich. Die Toten lachen darüber. Noch schlimmer: es ist ihre Freude.

Vorsicht, warnte die Rosa: der theoretisiert sich aus seinem Schlamassel heraus. Also einem, der uns das große Egal vorhält, das wir der großen und leiblichen Vermehrung entgegenhalten, antworten wir mit der Frage: Ob wir die Vermehrung eines Toten und aller Toten so betrieben haben wie er?

Wieso wir? tobte Jeanne.

So fragten sie alle und tobten.

Ich sah und hörte nichts mehr, als ich sagte: Ihm, und allen, die so reden, sagen wir: Jene, die es schon sind, nämlich tot, sollen es nicht bleiben dürfen. Derart vermehren wir dieses Leben mit unseren Toten. Und wir fragen: Wer kann sagen, er habe sie ausgelebt? Auserzählt? Den natürlichen Vermehrern dieses Lebens sei gesagt: Indem sie die Natur so tunlich nachahmen, versorgen sie nur dieselbe mit immer neuen Flaschen, die bestenfalls bis zu ihren Bäuchen ausgetrunken werden von sich selbst, oder von anderen: um dann verkorkt und wieder ins Meer geworfen zu werden, woraus wir, wie man sagt, gekommen sein sollen. Es kommt uns aber darauf an zu fragen, ob er, der ganz und gar als ein Luxus erscheint in einem Prozeß, den die guten Leute die Weltgeschichte nennen, nämlich der Geist, wirklich nur Luxus ist, oder doch seine Wirkungen mit uns und über uns hinaus hat. Mit ihren wirklichen Alternativen in Form weiblicher oder männlicher Nachkommen vermehren die guten Leute sich doch nur in die Zeit hinein, bis unsere Werte, an denen wir uns immer schon hochgelacht haben, erweitert werden in diesen wertvollen Erhaltungsraum, wo sich bei allem Gestoße nichts ausändert, geschweige auslachen kann. Um jeden Preis also sollen wir an diesem Leben bleiben, auch um den Preis des Lebens? Löcher, glaubt man, dürften nur mit Kindern vollgestopft werden, von Schwänzen, die in den richtigen Kneipen steif wurden, um das große und ganze Festzelt der Erde zu füllen? Und so weiter. Ich habe jetzt Durst. Prost. Wir entkorken einen Toten. Wir zeugen das Ungelebte. Das gebären wir aus. Und kein Rest Geist in keiner Flasche. Wohl bekomms.

Na ja, meinte Rosa.

Und trotzdem bist du auch der Daniel Ondrach, sagte Poppes.

Und der Poppes, sagte ich. Erzähl' dir auch einen anderen aus dir heraus. Ich fange im Leben schon damit an.

In der Aussegnungshalle, Ecke Leopold/Karl-Theodor: gar nicht theologaliter, aber vorstandesamtlich paarweise, am Tode sich bräutlich befühlend sogar: Mona und Dani, welcher sie zu einem Liebespaar führt.

Dani: Und jetzt bitte ich zu beachten . . .

Mona: Still bist du.

Dani: Der Tod stupst Wörter über die Lippen Lebender, sozusagen Lebenszeichen, wenn man verstehen will. Ecce. Jetzt benimm dich nicht strunzig, wenn das auch drischt.

Mona: Aber nein.

Dani: Aber doch.

Mona: Aber das ist doch . . .

Dani: . . . der Ivan.

Mona: Ich meine . . .

Dani: . . . die Chris.

Mona: Aber bitte, das sind sie doch.

Dani: Nicht Hollywood: aber ansehnlich.

Mona: Jetzt bitte, verstehe mich doch.

Dani: Tue ich.

Mona: Da brichst du zusammen.

Dani: Bitte, nicht doch.

Mona: Deine Gäste?

Dani: Sagte ich: Famuli. Alte Bekannte. Milieuspender, wenn du so willst. Die Wirklichkeit: der Trainingsplatz für die Poesie.

Mona: Übertreib nicht.

Dani: Das meiste erfinde ich. Das hier nicht. Der Tod nämlich ist schon ganz außerordentlich gut erfunden. Da plagiiere ich nicht. Sein Autor könnte sich bitter rächen, wenn du verstehst.

Mona: Und der Besuch?

Dani: Wahrscheinlich eine Irritation unterwegs. Wer weiß das. Oder der Wodka. Wer gibt Auskunft über die Nasen von Angestellten der Anatomie.

Mona: Untertreib' bitte nicht.

Dani: Ich gebe ja zu. Inszenierung: wirklicherseits. Zur Erholung.

Mona: Schon besser.

Dani: Weil ehrlicher.

Mona: Jetzt möchte ich gar nichts mehr wissen. Der Norman ist jedenfalls Asche.

Dani: Auch du, meine Liebe, popperst schon?

Mona: Echt. Also ganz echt. Wenn du das meinst.

Dani: Und wenn du mich meinst?

Mona: Du fettest mich an.

Also ob er sie wahrlich anfette, wollte der Dani wissen. Oder gar ausdrücklich, oder noch schlimmer, nämlich ganz wanstig.

Mona: Mit dir möchte ich bitte noch Klammer sein.

Dani: Nicht, daß ich dich stippe, hier aber nicht.

Mona: Der Trumpf bist du doch. Also du bist mir fünfer.

Dani: Und wir zwei im siebten Haus?

Mona: Astrologisch genau.

Dani: Biologisch?

Mona: Zoologisch, wenn möglich.

Dani: Also, der deine Bauch, auf der Stätte des Todes, kann zurückschauend schreien: Vaeh soli.

Mona: Hier also?

Dani: Hier lecke ich deinen Staub.

Mona: Oder bitte hier nicht.

Dani: Dir von den Schuhen.

Mona: So ist es schon wieder lebendiger. Könnten wir gehen?

Dani: Und der deine Lebensweg?

Mona: Komm schon mit, ist der deine.

Dani: Ach Mona.

Mona: Zwei Koffer muß ich zurückbringen.

Dani: Ich habe zwei Hände.

Mona: Und kein einziger Muskel.

Dani: Es gilt der Wille.

Mona: Für die Hochzeit! Ich hoffe nicht nur.

Dani: Am Zeigefinger, siehe da: der Monte Jovis demonstriert muskulär die Erlösung eines Poeten.

Mona: Mach keine Gedichte. Der letzte Muskel wird für die Ehe gebraucht.

Dani: Bis unendlich.

Mona: Warum nicht gar. Aber du mußt es ja wissen.

Dani: Wie heißt unser Sohn?

Mona: Wir haben zu tun. Jedenfalls du. Du bist jedenfalls dran.

Das war endgültig klar. Und die Sonne schien pünktlich, draußen. Freiheit. Und von vielen der erste Seufzer des Dani erstarb auf ihr.

Ein zweiter Seufzer von Heinz. Seine Hilflosigkeit auf dem Platz in Anbetracht dieses braven Siegfrieds; der stand in der Nähe, ähnlich starr. Diese Hilflosigkeit dieses herzensguten, jungen Mannes; der liebte ganz außerordentlich einerseits, und schaltete andererseits sehr schlimm in der Nähe seiner Weiber, ohne die er nicht mehr auftreten konnte; im Augenblick war er aber allein. Da standen sie beide in ihrem glückseligen Unglück und unglückseligen Glück. Und: sie begriffen wenig bis nichts.
Er habe, sagte Poppes, zur Unzeit schon einmal gehört davon, wie man Lebendige mit Toten täusche. Er denke, der Ritter müsse doch denken, daß ein wahrer Liebender einer sei, der den Gegenstand seiner Liebe vergißt, um ihn wieder lieben zu können. Derart müsse sich doch der Heinz von Stein an eine Sahira erinnern, und zwar bis zur schmerzlichsten neuen Liebe. Aber der wisse nichts. Der liebe im Dunkel. Der Siegfried wisse überhaupt gar nichts, er müsse sich also nichts dabei denken, wenn er taumle zwischen Wut auf den Ritter und Liebe zu seiner Zaahira. Und so weiter. Und weiter so schlimm, denn leicht mache es einem einer nicht, der zweimal hier auftrete, meinte der Poppes, im Augenblick, als Daniel Ondrach mit Mona an uns vorüberging. Dann wieder die Wut dieses Poppes, sausend zunächst, zerplatzend dann, abplätschernd. Tränen. Taschentuch. Abgehender Durchblick. Folgende Erblindung.
Der dreht und wendet, keuchte der Poppes und redete über mich hinweg. Der läßt diese Menschen herauskommen aus ihren Kleidern und spaltet sie, als ob er als Denkerich dreinsanften dürfe wie ein Metzgermesser. Da denkst du, du denkst, und doch nur, wenn überhaupt: um abstrakt als ein nackter Zuhörer gelten zu können, obgleich du dazu nicht schweigst, sondern Worte wirfst, aber doch nur wie ein Balljunge in den Einzeln der anderen. Die Wut als Hungersnot in den Knochen. Ein Denkrekrut im Kasernenhof dieses Schreibers. Bestenfalls ein Netzer unter dem Seil, Mascher wörtlicher Sicherheiten. Auch Langer als Hand des Schnelleren.

Oder doch? Sollte er nicht, meinte Poppes, die Maschen des Netzes auflösen, bevor dieser sein Regisseur abstürze. Oder gar, sollte er nicht auch noch ein Nichts graben unter diesem aufgelösten Netz? Deshalb: unaufhörlich sollte ganz allein dieser Fall werden. Ja.

Ich mußte lesen, oben, in der . . .
Der Autor antwortet mit seinem Buch. Er brachte sich in die peinliche Lage: sich selber immer neue Fragen stellen zu müssen, denn von Anfang an herrschte keine Klarheit; die Fragen begannen von Anfang an. Nun ist aber das Peinliche, daß ihm immer glaubwürdiger erschien, was er erfand, weil ihm von Frage zu Frage sein Werk immer fragwürdiger wurde, so daß er sich selber immer besser vortäuschen konnte: seine Antworten würden, fielen sie ebenso würdig aus, was er annimmt, schließlich ein frageloses Ganzes ergeben. Ich wiederhole: Er hat von Anfang an, mit Fragwürdigem anfangend, die Vermehrung der Fragen herausgefordert, dieser insofern der Expansion der Natur Nachfolgende, also auch ihrer Entropie, um mit der Vermehrung der Antworten etwas Abschließendes, etwas Abgeschlossenes, ein beantwortetes Ganzes am Ende zu haben. Was denkt er denn, daß er ist?
Das las ich. Ich drehte mit beiden Händen den Kopf meines Inspektors in den Rücken und ließ meine falschen Zähne blitzen. Sein Kopf, losgelassen von mir, schnellte zurück in die gewöhnliche Richtung eines Menschen, der die Welt vor sich auf einem weißen Blatt hat, oder, wie in seinem Fall: um die Welt, wie er denkt, eines solchen, der eine solche schreiben will, zu bezweifeln.
Er schrieb.
Ich las:
Wenn der Autor denkt, er habe – und so denkt er, ich weiß das: seine Sache von vorneherein falsch gemacht, indem er, über Falsches schreiben wollend und schließlich und sogar endlich: eine falsche Welt mit Menschen darin, die wirklich falsch denken – doch nur und in der Hauptsache Richtiges zustande gebracht, das er als Fehler habe stehen gelassen, weshalb er erst recht denkt, erst damit durchaus falsch geschrieben zu haben, so redet er sich damit nur weg von einem Vorwurf, der ihn mit meiner Kritik trifft: Er gibt vor, etwas Ganzes, sogar etwas ganzes Falsches zu haben. Der

Schreiber dieser Zeilen weiß es zu schätzen, wie sich dieser Autor vor dem Totalen, das schon angemerkt wurde, und vor seiner Liebe zu diesem: windet – wie dieser Autor das erste Kichern aber schon hört und es zu verhindern willens ist, indem er sich dreht und wendet und immer schlimmer. – Wenn dieser Autor das große Gelächter, das er doch auf jeder Zeile erwartet, ersticken will, muß der Schreiber dieser Zeilen aber doch lachen.
Ich lachte. Jetzt drehte ich ihn aber ganz um. Meine Hände hatten das mit seinem Stuhl zustande gebracht.
Wir lachten, was selten vorkommt, jedenfalls zwischen solchen. Er lachte mir aber doch etwas zu sicher. Meine Lache war da nicht so genau. Oder sie wurde erst wieder sicher, als mir einfiel: die Inkohärenz wolle gedacht werden.
Ach so, schrie dieser Schreiber. Jetzt wurde sein Lachen natürlich.
Der Entropie muß nachgedacht werden, sagte ich.
Ach so, sagte der Lacher, bevor er das Schreiben endgültig aufgab.
Adieu, sagte ich. Und für immer. Meine Lieben erwarteten mich auf der Freiheit.

Nun war es schon überaus seltsam, wie sich der Regisseur auf diesem Platz benahm.
Du benimmst dich, warf nämlich der Paw dem Poppes vor, als würdest du hier alles erfinden.
Das ist bestürzend, meinte Poppes.
So hast du dich noch nie benommen, verteidigte ihn Rosa.
Das will einer aber, daß du dich vielleicht so benimmst.
Das ist vielleicht als Appell gemeint, deutete Nathalie an.
Ist es so? fragte Poppes.
Paw schwieg.
Vielleicht hat das aber gar keine Folgen, vermutete Jeanne. Das kommt einfach vor.
Also nicht? fragte Poppes.
Paw schwieg.
Das war also überaus seltsam, wie sich dieser Paw benahm.
Zum Beispiel sei er, Paw, der Esel, meinte Paw, der die Zulassung ihrer aller Autorschaft zugelassen habe, um sie dann zu widerrufen, einen Inspektor bestellend, der ein Wir übernommen habe, das es

nicht mehr gegeben habe, bis er, Paw, die Autorschaft dieses Inspektors widerrufen habe: um schließlich doch wieder sie alle, wie sie vor ihm stünden und lägen, zuzulassen als Autoren ihrer Spiele: ihn selber mit ihrer Autorschaft jetzt beinahe endgültig verdrängend. Er habe jedoch noch immer nicht ganz seinen endgültigen Abschied genommen, den er jedoch schon vorbereite.

Das war also überaus seltsam, wie sich unser Paw benahm.

Wer begreift das? fragte Rosa.

Wie der redet? meinte Jeanne.

So als ob er, oder so ähnlich, vermutete Rosa.

So war es schon immer, erklärte der Robin.

Er erkläre das nächste Spiel für eröffnet, beschloß Poppes.

Poppes, Freund, allernächster des Paw, oder mehr noch, wahrscheinlich tiefer, jedenfalls höher, ich warne! sagte Paw.

Wovor?

Also wahrscheinlich bist du kein wissenschaftlicher Erfinder, mein Lieber. Da fehlt dir alles dazu.

Und woher weißt du das?

Von mir.

Ja dann.

Denk nach. Wer bist du denn?

Bitte, wie soll ich nachdenken? fragte der Poppes erstaunt.

In dich hinein, so jedenfalls geht die Richtung.

Stille. Der Poppes, der dachte nach.

Hast du schon? fragte Nathalie.

Oder komm wieder zurück, wünschte Jeanne.

Also, wer bist du? wollte die Rosa wissen.

Du eitler Hund, brüllte plötzlich der Poppes den Paw an.

Nichts für ungut, meinte der Paw.

Was ist los? fragte Nathalie.

Was hat er? fragte Jeanne die Rosa.

Und Rosa fragte die Jeanne: Wo ist er?

Und Poppes stellte fest: Nämlich, da ist nichts. Also, wenn ich in mich hineingehe, da komme ich überhaupt nicht weit, nämlich gar nicht. Also, da bin ich sofort so draußen wie immer. Lach' nicht, schrie er Paw an.

Der lachte nicht. Nein.

Ich habe gar nicht gelacht, sagte Paw.

Aber doch, aber drinnen, brüllte der Poppes.

Der Paw blieb da eigensinnig, als er sagte: Also doch, also hast du dich doch lachen gehört. Jetzt solltest du dich auch noch denken hören, mein Lieber. Oder gar nachdenken hören über dich selbst, aber später. Jetzt nicht. Jetzt wirst du Spiele inszenieren und auch noch mitspielen in ihnen als Hauptrolle. Nämlich, das bist du immer schon gewesen. Mach weiter.
Wir machen jetzt weiter, befahl der Poppes. Nun war das schon überaus seltsam, wie sich unser Paw, der Regisseur unserer Spiele oder des ganzen großen Spieles auf diesem Platz der Münchener Freiheit benahm.
Rosa weinte. Ganz still. In sich hinein. Wo hinein, bitte? Im Augenblick weinte nur die Rosa, aber alle dachten in sich hinein und nichts.
Gar nichts, sagte die Rosa, aber gar nicht erstaunt. Ich hätte mir das denken können, daß ich nicht in mich hineindenken kann. Wie wir alle, befand der Poppes. Was solls. Also so wie wir sind, nämlich außerordentlich, so mögen wir sein. Das Denken ist, insbesondere, wenn es in einen hineingedacht wird, sowieso insbesondere still: also fällt gar nicht auf. Das fällt also gar nicht auf, wenn wir außerordentlich sind, insofern: weil wir schon außerordentlich sind, wie der Paw sich das denkt. Er sollte aber doch mitdenken dürfen. Ich bin dafür. Und er sollte auch unsere Spiele inszenieren dürfen. Und dafür sind wir alle.
So hatten wir wieder einen Regisseur und der hieß Paw. Aber der sah nicht aus. Den beschrieben wir nicht. Aber er beschrieb sich, also eigentlich nicht, als er sagte:
Der Paw denkt in sich hinein und: da ist nichts. Aber da ist vielleicht nichts nur so lange, bis der Paw wieder ich ist. Das war er schon einmal. Aber leider, als Ich denkt der Ich in sich hinein und wieder: da ist nichts. Er ist als Ich eben einer von euch: geschrieben. Nur. Leider. Aber von wem? Ganz natürlich: von mir. Und wenn ich mir diesen Schreiber vorstelle, der den Paw schreibt, unter anderem, aber diesen insbesondere, bitte, verzeiht: dann kann dieser Schreiber, und vor euch tut er das außerordentlich: in seiner Wirklichkeit vor einem Schreibtisch in sich hineindenken, hineinschauen; bitte, was sieht er?
Sich, weinten seine Talmisten, diese wahrhaftigen Pseudos an seiner Brust.
Euch, sagte der Schreiber.

Und dich?
Ich versuche in mich hineinzuschauen. Da ist nichts.

WIR: Unser Regisseur hatte jetzt einen Namen: Paw. Er sollte also einer von uns sein. Wir sollten also jetzt denken: er käme in seinem Spiel vor wie wir. Seinen Inspektor hatte er wieder abgeschafft; wahrscheinlich deshalb, weil dieser ihm die Lächerlichkeit seiner Manipulation vorwarf, die uns einmal die Möglichkeit gab, am Ende des Spieles in diesem Spiel von Zeit zu Zeit – was für ein Blödsinn – unsere Einwände vorzubringen. Wie es aussah, manipulierte er uns wieder, gab uns die Möglichkeit wieder, vielleicht deshalb, vermuten wir, weil er sich seiner Eselei schämte, nämlich als redlicher Regisseur dieses Spieles oder Buches in diesem Spiel oder in diesem Buch aufzutreten. Seine vollkommene Unabhängigkeit von diesem Spiel, oder von diesem Buch, erkannte er: als falsch. Er erkannte nicht, daß er als falscher Regisseur, oder als falscher Schreiber eines falschen Spiels, oder eines falschen Buches, auch eine falsche, nämlich überblickende Haltung, einzunehmen hatte, mithin auch eine traditionelle. Das erkannte er nicht, weswegen er durchaus richtig sein und richtig handeln wollte. Das war aber nun sein größter Fehler in diesem falschen Spiel oder falschen Buch. Es war, wir sagten es schon: eine große Eselei. Das schien er erkannt zu haben, weswegen er sich in seinem Spiel oder Buch als Paw versteckte. Damit demonstrierte er seinen größten Fehler und insbesondere die Lächerlichkeit der Selbstdarstellung. Wir gehen noch weiter und behaupten: Der Arme konnte gar nicht anders. Und wie wir ihn kennen, wird er zustimmen und diesen Zwang als die Situation eines Mannes, wie er einer sei, bezeichnen; insbesondere als die Situation eines Mannes, der ein falsches Spiel treibe oder ein falsches Buch schreibe. Um Auswege und Ausreden war Paw nie verlegen; er trieb sein Spiel mit sich und mit uns.
Also gut, er wollte einer von uns sein. Das ist aber falsch. Es ist nämlich unmöglich. Halten wir ihm also zugute, daß er, wie auch immer, in aller Macht, die er sich zumaßen muß, ohnmächtig sein will. Sein kindisches Unterfangen ist beinahe lieb zu nennen, wäre es nicht mit dem Makel der Reflexion befleckt. Ihn aber würde er niemals bedecken. Insofern ist er schamlos zu nennen.

Er würde also nie ernsthaft behaupten, wir hätten geschrieben, was wir hier geschrieben haben. Oder doch? Nein. Noch in der Abwendung von seiner Redlichkeit urteilt er redlich in uns über diese.

V

War er deshalb im Haus No. 7 in den fünften Stock gestiegen, hatte er deshalb die Terrasse betreten und sich auf dem Platz seines Inspektors, den er abgeschafft hatte, niedergelassen, weil dieser ihm den Überblick über seinen Schauplatz erlaubte? Das alles deshalb: Um an der thailändischen Grenze, im Lager der Kambodschaner, in die weit aufgerissenen Augen der Mars zu blicken, um aus ihrem kleinen Totenschädel angestarrt zu werden, in einem Augenblick, in dem die Ärztin resigniert aufgab, den Gummischlauch von dem Ärmchen abband, weil sie die Vene nicht finden konnte. Keine Überlebenschance. Auch für Chun Sun kommt jede Hilfe zu spät. Da sitzt sie, regungslos, nur Haut, nur Knochen. Tuberkulose. Ein eiskalter Wind pfeift durch die dünnen Plastikplatanen des Spitals. Er hört sie husten, die Kinder. Alle werden gequält von diesem trockenen Husten. Beklemmende Stille liegt über dem ganzen Lager. Kein lautes Wort in Ban Kaeng. Die Malaria schüttelt den Körper des kleinen Ninh. Mit Eiswasser wird er gekühlt. Der Arzt gibt auf. Die Mutter erzählt. Ihre Zunge ist milchig weiß: Anämie. Am Anfang begruben sie 150 Tote. Die Ärztin zuckt die Schultern. Sie streichelt den fahlen Haarflaum auf dem riesigen Schädel des Kleinen. Überlebenschance gleich Null. Vert, zwei Jahre alt, kaum zehn Pfund schwer, liegt im Delirium in seinem eigenen Durchfall. Touch, zwei Wochen alt, 1,7 Kilo – verurteilt. Nak, zwei Jahre alt, 5,2 Kilo, wird durch die Nase ernährt. Sechs Wochen ist seine Mutter mit ihm unterwegs gewesen.

Es sind vor allem die Kleinen und Kleinsten, die kaum eine Chance haben. Und wenn sie durchkommen, dann werden die meisten doch Krüppel bleiben. Die Schäden, die der Hunger an ihren Gehirnen hinterlassen hat, sind irreparabel: der Fernsehkommentar. Er bediente die Taste. Ban Kaeng erlosch. – Jetzt mach' weiter, empfahl er sich.

Er trat an die Balustrade. Er sah seine Kinder. Sie schienen ihn zu suchen.

Mach' weiter, verhöhnte er sich. Poesie, sagte er. Das Unzulängliche, verteidigte er sich kleinlaut. Das Ereignis. Die Information.

Das Gewissen, hörte er sich sagen. Die Sternbilder, flüsterte er. Die Beschäftigung. Das Unzutreffende, meinte er. Die weichen Schenkel der Frauen und dazwischen. Wer hatte das gesagt? Gleichviel. Er band sich das Halstuch um den Kopf. Mehrmals. Dieser Kelch, stöhnte er. Der Vergleich.

Und diese Verachtung. Das Lachen am Grab. Die Predigt in der Kneipe. Die Entleerung des Darms in der Küche. Das Lied auf den Lippen beim Einmarsch in die Intensivstation. Um Peinlichkeit wird gebeten. Mainz wie es singt und lacht, als der Tod antichambriert. Als der Rock sich hebt zur letzten Station: Golgatha. Das die Hose noch anhat. Als sich das Leid schon abzeichnet. Als die Lust sich auszieht. Und wie sich die Schmerzen spreizen. Vom Urin über die Pforte ins Leben bis zum Kot. Die zwei Hälften von der Peitsche vereinigt. Zur Folterung sweet. In the air. Soft. Disco. Mit der sentimentalen Rechten, an der sich ein kleiner Finger abstreckt, zur Brust, Nähe Herz. Insbesondere der Schwur über dem wichtigen Glied. Das Kleine. Das Winzige, Unbeträchtliche, Ungefragte. Uneingeladene. Das mit der falschen Nummer auf dem Billett. Oder was immer durch die Zuschauerreihen sich zwängt an allen Knien vorüber bis in die höchsten Ränge, um oben aufzugeben: um oben aufgegeben zu werden, wie um überzufließen. Das Abfließende, wo nichts kocht. Was springt auf den heißesten Platten: die Blase. Der Fleck. Der Schmutzrand. Die Aufgabe für die Reiniger. Die Voraussetzung für die Hausfrauenindustrie. Der Rest auf Textilien. Die Tätowierung der Lappen. Auch das noch, was entdeckt wird im Dreieck. Vom Auge. Die Näscherei, die ihre Verurteilung verlangen darf. Und dann wieder der König, oder der kleine Finger, der ihn stört. Die kleinere Lust, wo sie ganz am kleinsten in den Scheinwerfer tröpfelt. Das Schlechthin. Das Auskam. Das Freuet-euch hinten, wenn vorne die Kapelle. Das Hoch-droben. Das auch. Das Ich-weiß-nicht-mehr-aus. Das Aus und das Nichtmehr-Ein. Das Klein. Das besonders: Das Klein. Eben das schon und schon lange erlaubte Verbotene. Und der Gezeitengesang an die Sonne. Der Mond. Der weiße Hinterteil, der am schlimmsten herauskommt. Die Unpünktliche Sage vom Ganzen, als seine Teile mehr als alles geworden. Sogar die Verdauung der fälligen Parse. Schon längst aus dem Takt gekommen: das Bein, das noch vor dem Kamel durch das Nadelöhr eintritt. Der Schlüssel auch. Dazu die Absperrung. Verkneif' dir das, dann spritzt das Leben. Die kuriose

Artistik des Zweibeiners, der seine Hände wäscht. Und so vieles. Und wahrscheinlich alles. Bestimmter gar nichts. Daneben, darüber, darunter, davon. Da vorne. Da unten. Dazwischen. Im Bett. Und wieder im Bett. Das Darübergezogene. Und das Weggestrampelte. So kalt wie die Wärme. Das! Und das auch noch. Und bestimmt nichts. Und nichts von Unbestimmtheit, es sei denn das Ganze. Und das Halbe ist es. Und das Viertel, das auch. Die Teilchen. Die Energie. Der Umschwung. Gar niemals Gerades. Herstellbar. Sichtbar. Das Tempo, aus dem sich die Erscheinung ergibt. Raserei. Aus Asche. Die Asche über der Asche. Rundherum. Das Läufige. Die Beine zum Laufen. Zum Zielen die Zehen. Zum Treffen: die Füße. Gebein zu Gebein. Das Herausstellbare. Das Aufgestellte. Das Umfallen. Zerfallen. Das Verfallene und das darüber nie Angemerkte aus Farbe, Klang und so weiter Weggesagtes. Das alles, was die vierte Achse nicht wie die Zeit einräumt, sondern dem ganzen Platz abspricht, auf dem sich die Zeile abbricht, um zur Seite zu kommen: die Poesie. Die Verplatzung. Coda: Die Poesie draußen. Die Poesie, die hineinkommt und landet.

Steig aus, sagte Paw zu sich selbst. Endlich! Mach' schon! Sie startet in wenigen Minuten:

Er hörte sich sagen: Diese Seite, was weiß ich, wo sie anfangen wird. Immerhin, ich habe mich eingelassen auf einen Verleger, der die Wirklichkeit geworden sein wird, wenn er es wurde, und dieser oder jener fängt an oder endet, wo er sein Oben hat und sein Unten, das mir nicht unterliegt. Ich uriniere auf die Urschrift. Das richtige Manuskript meiner Schmerzen und meiner Lustbarkeit ist so einmalig wie unleserlich. Ich kann dies Sterben der Kinder nicht aufhalten. Ich richte ebensowenig über den, der die Zulassung in seiner Herzkammer auslosen läßt. Es mag ja sein, er sei natürlicher noch als seine Natur, immer aufs Große und Ganze gesinnt, und was er sonst noch falsch macht: ich korrigiere ihn so wenig wie mich. Und mein Jesus, der anfing zu verbessern, siehe Lazarus, der sei ihm gestohlen. Es sei. Wie doch ein jeder sein Leben in den Händen hält oder mit einer schreibt oder sonstwas Unchristliches macht. Aufzuhalten ist nichts. Umzudrehen ist alles. Die Lüge hat ihre Reime, und die Poesie hat am Ende den Sinn. Nur daß sie niemals hinaufkriecht zum Thron, um zu sagen, was von Anfang an hätte sein können, wenn.

Der Regisseur verfügte: Poppes solle sich zu der Grube begeben, die von den Frauen ausgehoben worden war und in die hinein sie die Magazine ihrer Maschinenpistolen geleert hatten, was geschehen sei genau unter dem Sternbild der Stute Selbtritt. Es handle sich, erklärte er ihm, um den Gang zu den Müttern, um von ihnen die Heraufkunft der Helena zu erbitten, die als Hauptperson in einer bald folgenden Aktion auftreten werde. Er stellte dem Poppes also diese Aufgabe.
Den Poppes aber schauderte sehr. Die Mütter! Mütter! Es klänge so wunderlich, meinte er, und als er schließlich vor der Grube stand, in welcher Jeanne als Gertrude, Nathalie als Klytämnestra und Rosa als Hexe, am Gürtel die im U-Bahn-Schacht ausgerauchte Bombe, saßen, mußte der Regisseur dem Poppes befehlen, niederzustreben, genauer: stampfend zu versinken, was Poppes befolgte, indem er stampfte und versank. Und sogleich vernahm er den Gesang der Drei, wobei er vergeblich zu differenzieren versuchte; weder einen Sopran, noch einen Alt, keinen Baß, keinen Bariton, geschweige einen Tenor vermochte er zu selektieren. Nur wurde ihm die Leere bewußt, die er lernen sollte, und der Auftrag: Leeres zu lehren. Und, zum Regisseur heraufblickend, bejammerte er die Erkenntnis in diesem Loch, auf diesem Platz, auf dieser Freiheit: dessen Wildnis und dessen und am Ende auch ihre Wildnis, und wie sehr er von Anfang an, aber jetzt in dieser Grube noch einmal insbesondere dem Entstandenen entflohen sei in der Gebilde losgebundne Reiche.
Des ewigen Sinnes ewige Unterhaltung finde hier unten statt, soufflierte ihm Klytämnestra, alias Nathalie.
Sie habe ihn als Person noch nie wahrgenommen und nie wahrnehmen wollen, verdunkelte Jeanne, alias Gertrude, den Sinn ihrer Rede: Sie könne ihn nicht sehen, denn Schemen sähen sie alle nur. Aber seine Helena könne er haben: um in Kürze die Leere auf diesem Platz, wo er in ihre Grube gesunken, aufführen zu können. Er fürchte für sich und für uns alle, versuchte der Poppes zu schreien, was ihm nicht gelang: diese Drei seien, wie er mehr spuckte als sagte, die zur Trinität vermehrte eindeutige Blödigkeit seiner Mutter: deren wesenlose Sorge sich mit ihm, als einem gutbezahlten Piloten der Lufthansa, beschäftige, und in dieser Beschäftigung vollauf befriedige, in Absehung seiner sonstigen Gaben, die sich in seiner weitausholenden Teilnahme an den Ent-

würfen und Spielen auf diesem Platze bewährten. Also: wenn er nur der Pilot bleibe, der er nach dem Verlauf seiner Berufsausbildung geworden, sei alles gut und jedwede Abschweifung schlecht, wenn sie mehr als ein Hobby werden wolle, also dann auch den eingeschlagenen Berufsweg gefährde. Wie auch immer, er müsse sich hier unten doch nichts anderes anhören, als die Regeln seiner Bestimmung: unter Gleichen der Gleiche zu bleiben. Diese Macherei vergleiche ihn mit dem Ergebnis der Gleichheit. Und ob das nicht schreckliche Folgen haben müsse auch für den Regisseur, drohte er zu diesem hinauf. Und wahrhaftig, versuchte er sich zu artikulieren: im Ernst, das könne derselbe doch nicht gewollt haben, denn insbesondere ihn müsse es treffen, was er, Poppes, in diesem Loch erfahre von diesen drei Frauen: Nämlich, schrie er laut, und jetzt war er nicht mehr zu überhören: das träfe ihn wie ein Schlag. Und er fragte sich lauter, was das Wort sei, das er nicht ertragen könne? Es hieße Nivellierung, also der Unernst, zugesprochen dem Ernst und der Heiterkeit jeden Spieles auf diesem Platz, die nivellierende Absage an alle Ausschweifungen aus seiner und ihrer aller und insbesondere aus der Person des Regisseurs heraus. Er habe es geahnt, dozierte er umständlich, da er der Sohn einer Mutter sei: was ihn bei den Müttern erwarte, nur endgültiger das, was er bei seiner Mammi erfahren, die ihn ausgetragen habe nur deshalb, um ihn am Leben, gleichgültig an welchem: erhalten wissen zu wollen. Weiber, schrie der Poppes. Weiber, Weiber, schrie er. Und von Nietzsche wollte er auch noch viel wissen. Es fiel ihm kein anderer ein, sonst hätte er gelehrter zitiert. So aber schlug er nur mit dem einen Wort Weiber um sich, ganz außerordentlich heftig, wenn auch wissenschaftlich sehr schwach.
Jedoch, dies trug sich zu, in der Grube, im Loch: Die Weiber entledigten sich ihrer weiblichen Kleider, und nicht etwa – was der Tadel hätte sein können, wäre der Regisseur weniger aufmerksam gewesen – Männer entpuppten sich, sondern: Weiber auf einem kosmetisch-chirurgischen Weg zum Mann, oder – nur als Denkaufgabe: Männer, auf den Wegen zum Weib noch nicht angekommen, kosmetisch-chirurgisch. Also operativ konnte es sich nur um ein Zwischenstadium handeln, wobei, was vielleicht klinisch unsachgemäß erscheinen mag, gleichviel: das augenblickliche Weder-Noch in die gegenwärtige Erscheinung trat: rundheraus gesprochen handelte es sich um Bälge, die dreifach den verwirrten Poppes

noch mehr und endgültig verwirrten, der also gar nicht so von ungefähr von einer Entpuppung gelärmt hatte.
Die Mütter sind es nicht mehr, daher: waren es nie, ab heute, schrie Poppes. Es schaudert mich. Aber die Sache des Schauderns ist nicht mehr eindeutig benennbar. Zur Furcht kann sie mitnichten mir werden. Ich habe jetzt Angst. Das ist mithin der Fortschritt, in den ich mich gestampft habe auf das Geheiß des Regisseurs, rief er zu diesem hinauf. Wo es die Feindin nicht mehr gibt, weicht Gewalt sowie Diskriminierung. Mich schüttelt die Angst, die in süßer Erinnerung schwelgt an die unwiederbringliche Furcht.
Der Poppes schwieg.
Jetzt übergaben die Bälge den letzten Schrei von Paris für die Braut des Paris: nämlich für Dorothea das Kleid der Helena, damit sie dasselbe in Bälde trüge. Mit diesem stieg der Poppes auftragsgemäß aus dem Loch in die Freiheit heraus.
War das eine Arbeit, seufzte er.
Der Regisseur war zufrieden. Gib mir das Kleid für die nächste, sagte er.
Poppes gab es ihm.

Heinz steckte den Kopf aus dem Nornenloch, im Augenblick, als vom Forum her, ein Löwchen halb, halb ein Äffchen, die Pekinesin herbeisprang, mit schwellender Krause, die wallende Fahne des Schwanzes gen Himmel gereckt, in ungeduldigster Lust beim Anblick des in der Sonne schlafenden Siegfrieds am Hang des Ziehbrunnenberges, schlüpfend dann aus allerlieblichstem Fell, oder sich selbst als Hündelchen hinter sich lassend, oder in Richtung des Geliebten herausrasend aus der Entartung, wenige Sekunden dieselbe noch mitreißend, dann endgültig liegen lassend, und zwar vor dem Loch und vor diesem mit einem Hochsprung sich der leichten Mädchengestalt über schlanken Beinen wieder versichernd und erfreuend – sehr kurz nur, weil sie von schlimmen Armen sicher aufgefangen wurde. Im Nornenloch verschwand sie mit Heinz.
Er habe die Stimme seiner Zaahira gehört, behauptete Siegfried, ließ sich vom Reddy Terrer aufhelfen, war untröstlich und wurde es mehr und mehr, was dem Punker die Besänftigung dieses Lieb-

habers sehr erschwerte, sie am Ende sogar als unmöglich erscheinen ließ.

Dem Paw war nichts entgangen. Er stand vor dem Mondhaus und begrüßte Heimeran Phywa, der in bester Laune, wie immer, jedoch nicht mehr wirklich engagiert, von guten bis ungewöhnlichen Verstecken auf diesem Platz, oder jedenfalls im Zusammenhang mit demselben, berichtete, auf Reddy Terrer näher eingehend aber von Übertretung des Platzverbots und von Paws Unterlassung einer entsprechenden Rüge sprach.

Paws Hinweis auf eine Fehlanzeige, was diesen Punker betreffe, bestürzte Heimeran Phywa ebensosehr wie es ihn gleichzeitig entzückte.

Der Anblick eines Brautpaares, das aus dem Mondhaus trat, gab Siegfried den Rest. Der Unglückliche hatte sich auf der Suche nach seiner Zaahira hierher verirrt. Paw wußte keinen Rat. Und den Heimeran Phywa amüsierte der Sucher. Seinen Kuckuckruf unterließ er allerdings hier. Das war nicht sein Spiel.

Von einer Übertretung des Platzverweises könne ganz bestimmt keine Rede mehr sein, meinte Paw, auf die Burg Heinz von Steins weisend, wo dieser neben Reddy Terrer aus einer Fensterhöhle auf den Platz niederschaute.

Auch Siegfried folgte mit tränenumflorten Blicken dem Hinweis Paws, brach schluchzend zusammen, wurde jedoch von zwei Frauen aufgefangen, die ihn in Richtung Feministentreff entfernten.

Und jetzt auch noch der Poppes. Der fragte den Paw schon im Zugang: Wenn ich recht sah, so verschwand eine Pekinesin im Nornenloch. Das dürfte des Pudels Kern doch nicht sein, oder? Derselbe oder dieselbe liegt doch im Brunnen beim Forum?

Der Poppes sei schon ein Hund, meinte Paw, aber was diese in der Mehrzahl beträfe: da sei er nicht zimperlich.

Und der Poppes – nach zwei Prozessen, nach seiner Ablehnung, mehrmaliger: der Tötung von Personen, einschließlich Notwehr; nach Kenntnisnahme, aber Geringschätzung seines Scheuermanns – erschien heute im Wehrkreiskommando II, Freiheit No. …, zur Musterung, mußte erleben, daß Roger sein nackter Vordermann war, aber nicht solo, denn seine Gloria – could never say: good-bye – reihte sich neben ihrem Geliebten ein, weshalb die Vor- und Nachsteher, freilich vergeblich, versuchten, die aufrechten Glieder zu verhüllen, sogar mit zierlichen Abiturienten-Händen, also umso vergeblicher. Und rot war der Kopf des Roger; sein Herz ist es aber mitnichten. Aber umso röter wurde über dem Kragen des Unteroffiziers, der die Aufsicht jetzt übernahm, das, was im Kriegsfalle das Entbehrlichste ist. Die Folge: Aus der nackten Front verstieß augenblicklich der Roger die Gloria heftig. Und Poppes erlebte auch sofort den Ernstfall: einer Maschinenpistole, erschienen im Schlitz eines nur ein wenig geöffneten Wehrkreisfensters, justiert auf Gloria, die, wenn auch noch außerhalb der nackten, männlichen Reihe und freilich bekleidet, wenn auch wie sonst nur ein Mann, sich ganz und gar unmännlich an ihren Roger drängte, jetzt aber sehr grob von der niederen Charge zur Entkleidung aufgefordert wurde, also bestimmt wenig später werde man sehen, ob überhaupt.

Das war aber überaus merkwürdig, nämlich: nur den Poppes verängstigte das Rohr am Fenster. Die Gloria schien damit gerechnet zu haben. Auch der Roger. Und allem Anschein nach nur um bei diesem bleiben zu können, begann die Gloria damit, sich zu entkleiden, auffallend langsam; nicht aber Scham oder gar Schamlosigkeit ließ sie zögern; der Poppes vermutete da schon Existentielleres. Ihre Brüste, und schlimmer ihr Bauch und ganz schlimm das übrige alles zerstörte, und zwar mit schweigend genehmigter Erlaubnis des Unteroffiziers, die Front der musterungswilligen Nackten. Nur Poppes verharrte als nackte Person auf seinem Platz, wahrscheinlich als der Dritte im Raum, als das unzertrennliche Paar sich umschlang, wobei zu vermerken ist, was der Poppes nicht unterließ, daß im Wehrkreiskommando zwar ein Fenster immer noch ein wenig offenstand: aber keine Waffe wenig treuherzig aus ihrem verlängerten Auge hereinschaute in den nachparadiesischen Tumult. Seine Kleider unter dem Arm, verließ der Poppes hinter dem fliehenden, unzertrennlichen Paar diese Musterung wieder. Das hätte Folgen gehabt. Oder: das hatte noch Folgen, aber militärische nicht.

Dupin – meist stehend, schon ab und zu anderswo, aber der Platzwechsel kam nicht eigentlich in Betracht – dachte nach, im Augenblick in Anwesenheit von Poppes, der ihm sein Musterungserlebnis berichtet hatte. Dupins Thema: die Treue; für dieses analytische Genie das ungeeignetste, weshalb es ihm von Paw zugedacht worden war. Also bitte, so die Gedanken des Detektivs: Exzessive Nähe bei aller Alltagsflucht. Wie komme man da weiter über artifizielle Exzesse, die jedem echten Gefühl körperlich ausweichen. Rock, ja! Da wäre das einzusehen. Ehrlichkeit. Schlag. Und Schlag auf Schlag. Aber diese gelackten Stimmungen, wie nur konnten sie sich so personalisieren? Eine Sache für Denker, der Detektiv jedenfalls nur als Handlanger tätig. Kein Programm, und doch: die Aktionen so derart programmatisch, daß einem idyllisch werden konnte im Kopf. Das alles auch noch so kostspielig; von Genügsamkeit keinen Penny. Und wieder so ein Maschinengewehr, jetzt von Poppes vorgebracht und in seiner Erzählung auch gleich wieder verschwunden. Der Zeitpunkt. Der Denkpunkt. Ein Detektiv muß denken. Besonders wenn er von Poe erdacht ist und von Paw auf den Platz gebracht worden war. Da wußte der Dupin, was er zu sein hatte. Diese Musterung, blödsinnig, wenn man bedenkt, was dabei geschehen war, was man eigentlich gar nicht annehmen durfte, wenn man von Geschehen anders dachte, nämlich sie über jeder Annahme insoferne heilig sprach, als man sie als wahrscheinlich festhielt.
Herr, oder Poppes, wie Sie auch heißen mögen, meinte Dupin, es ist genug. Ich spreche vom Stoff. Ich denke an eine Frau, die ihre Bekleidung heruntergerissen haben soll, wie mir mitgeteilt wurde, nur, um sich nicht trennen zu müssen von ihrem Mann, keinesfalls in schamloser Absicht: Das Maschinengewehr – gut, oder schlecht. Aber das Merkwürdige, sinnierte Dupin, sei, daß von Unsittlichkeit immer die Rede ginge, wobei ganz im Gegenteil Sittlichkeit Ziel sei, wie er inzwischen ahnen dürfe, zog er selbst noch seine Ahnung in Zweifel: ganz Denker, als solcher bestellt, aber leider noch nicht abgeholt, wie er grübelte.

Als der Regisseur vor der Garderobe ankam und eintrat, flogen die ersten Papierflieger über die Betonwände, was die kleine Gesell-

schaft zunächst für einen Spaß hielt, bis er sie darauf aufmerksam machte, daß es sich bei jedem Flieger um einen Themenvorschlag handle: die Leute hinter dem Seil waren anscheinend unzufrieden mit unserer Auswahl. Sie wünschten sich andere Spiele. Auf einigen Blättern wurde, ausdrücklich und mehrmals unterstrichen und mit Ausrufezeichen versehen: auf den Ernst der Lage aufmerksam gemacht. Endlich würde es ernst werden, es sei so weit, ob wir das überhört, übersehen oder überlesen hätten! So viel jedenfalls begriff der Regisseur, daß unsere Spiele diesem endlich offenbaren Ernst nicht entsprachen. Die Freunde lieferten alle Papierflieger – es landeten immer mehr in der Garderobe – bei Rosa ab, die ihm die entfalteten Botschaften zur öffentlichen Lesung übergab. Da wurde also von uns allen eine afghanische Einmarschimitation im parodistischen Stil verlangt und die zeitgemäße Aufarbeitung der Pornosituation, insbesondere eine Persiflage der Starallüren des Kinos für Opas. Und ob wir nicht gedächten, aufs härteste mit der Strafverfolgung von Nazimördern nach 35 Jahren abzurechnen. Wie sehr das Fehlen einer bildhaften Darstellung des Sonnenstroms aus dem Weltall unsere Ignoranz bestätige, wurde behauptet und beklagt, daß der Schah-Sturz keine Darstellung finde, und Amerikas Rolle dabei. Und zum Beispiel unterließen wir jede Kritik an Axel Springers seelischen Exkursionen, oder am Tourismus im allgemeinen und in Kanada insbesondere. Kein einziger Türke zeige sich auf unserem Spielplatz, geschweige würde er vorgestellt, um Chaos, Terror und Niedergang seiner Heimat zu dramatisieren. Die Rauschgiftszene sei ausgelassen, Khomeini wie nicht vorhanden, das Geiseldrama wie nie geschehen. Von Chinesen keine Spur. Den Datenschutz gäbe es offenbar für uns nicht. Man wünsche sich auch eine Vorlesung der Grußadresse der DKP an Karmal. Oder habe man Töne des großen Vorsitzenden aus Bukarest gehört, wenigstens leise, was seinem Auftritt entspräche? Mitnichten. Und der Krebs? Und wo blieben die theatralischen Einblicke in Intensivstationen? Gegenwart bitte, hatte einer mit schreienden Buchstaben auf sein Flugzeug gemalt. Bitte, wo leuchte bei uns das zeitgemäße Make-up? Wo würde die Bedeutung des Video unterstrichen. Genug. Der Regisseur las einen letzten Zettel vor: Es wird ernst, stand da wieder geschrieben.
Das hat Spaß gemacht, meinte die Rosa.
Ich bin fertig, brüllte Poppes. Menschenskinder, wie sehe ich aus!

– Er hob dann das linke Bein empor, waagrecht, blieb so, entzückt.
Na, was ist, rief Nathalie.
Ich übe!
Was soll das werden? fragte ihn Robin.
Ein Stechschritt, schrie Poppes. Er stach aber nicht. Er fiel aber auch nicht um. Er wurde gehalten. Eine mächtige Hand raffte hinter seinem Rücken, den er den Zuschauern hinter der Wand zugekehrt hatte, das Leinen, faßte kräftiger in den Bausch, während Poppes erschrocken den Kopf wandte und nur Beine sah, weshalb er nach hinten emporzublicken versuchte, was ihm gelang, und ganz oben sah er den Kopf seiner Mamma.
Hab' ich es doch geahnt, schrie sie zu ihm herunter. Hier also treibst du dich herum. Kannst du denn nicht ein einziges Mal pünktlich sein, garstiger Bub?
Was ist? heulte Poppes.
Höchste Zeit! schrie Frau Poppers herunter. Der Papa schimpft wie wild. Da kannst du was erleben! Komm jetzt!
Noch nicht, jammerte Poppes.
Aber Frau Poppers zog ihn hoch und entschied: Du fliegst jetzt. Aber sofort!
Ich bin aber Philokletes, plärrte Poppes aus vollem Hals. Er strampelte an der Hand seiner Mamma über die Wand empor. Ich bin doch in Troja, jammerte er.
Du wirst ins Bodenpersonal gesteckt, hier in München, wenn du nicht mitkommst, schimpfte Frau Poppers.
Wir drückten uns ängstlich aneinander und Dorothea kamen die Tränen.
Ich bin doch ein alter Grieche, schluchzte der Poppes.
Du bist ein Pilot der Lufthansa. Basta. Und deine Eltern werden alt. Begriffen? – Poppes flog fort.
Aber der ist doch der Philokletes, flüsterte Dorothea. Wir erklärten ihr nichts mehr. Der Regisseur trocknete ihre Tränen.
Die Dorothea muß natürlich die Helena spielen, erklärte der Robin. Er warf ihr das Kleid hin, das Poppes aus dem Loch der Mütter geholt hatte. Soweit war alles in schönster Ordnung. Der Hermann allerdings wollte Menelaos darstellen, was allgemeine Heiterkeit erregte. Es wurde aber genehmigt. Den Paris übernahm unser Robin. Ich spiele den Achilles, entschied der Adrian und legte sofort auch den Hussan aufs Kreuz und schleifte ihn auf dem Boden

der Garderobe, bis derselbe nachgab und Hektor zu spielen versprach. Mir bleibt wohl nichts anderes übrig, sagte der Heinz, als den Bluthund Neoptolemos zu übernehmen. Gemacht. Nathalie schlüpfte schon in das Hemdkleid der Polyxena und Zwiffelwitsch raffte bereits das längste der Gewänder, des Priamos, und gürtete es überm Bauch. Der Rummelpuff memorierte den Text der Palinodie, seine Rolle also: der Stesichoros. Blieb noch der Proteus, ohne Text: das richtige also für Eschi; und für den Johnny, den Timy, den Hammed, den Toni und die Leila die Restrollen: Schutzlose, Gute und Frauen, Messias, die Stifter und die Erlöser. Und unser Regisseur? Der muß erklären, entschied man. Der macht den Erklärer. Fertig.

Hier bin ich wieder, rief Poppes und schlüpfte unter dem Seil durch. New York ist das Letzte. Wie weit seid ihr?

Wir fangen jetzt an, sagte Dorothea. Wir spielen das Spiel von der sterblichen Arbeit.

Das Bühnenbild?

Der Königsplatz. Erbaut von Ludwig I., erklärte Dorothea und gab dem Kinderwagen einen kräftigen Stoß. Und so rollte der kleine Herr, inzwischen zum Baby regrediert, über den Platz bis zur Bühne.

Der Regisseur: verwickelt, Einlage: Pampers,
behaubt: Strickmütze, eine Pompe darauf,
leicht überfedert, größtenteils Flaum in Seide,
zum westlichen Flügel der Glyptothek
abgeschoben, auf hohen Rädern, dick,
paus: aufgeblasen von melancholischen Winden,
er brabbelt,
weil schwache Kiefernmuskulatur:

Die Katastrophe:
Troja,
antike Szene: der Königsplatz aufgebaut
auf der Bühne, diese gegenüber
Metzger Murr, auf der Leopoldstraße,
Ort: München, Zeit: Dezember 44 oder
auch heute.

Das kann ich erklären:
das soll Troja sein,
also Troja soll das Sterben sein,
nicht der Tod,
nicht das Leben:
das Sterben,
ganz einfach.

Hier erregen sichtlich wir alle
unsere zarten Gemüter, laufen
in alle dunklen Ecken, aber zu spät,
nicht zu halten: diese Blasen,
der plötzliche Platzregen dieser
Ausschwemmungen. Amen. Adrenalin.

Und der Finger des Wickelkindes,
weshalb zeigt er auf wen dort,
hervorgetreten aus der Kulisse,
alias Staatsgalerie: also bitte
auf Stesichoros, weil dieser
seine Gegenregie führen will,
die Palinodie schlägt der auf,
und zwar genau vor dem Platz
auf dem das Wickelkind parkt:

Ein Dutzend Palmen? Wieso?	Ägypten
vor Anker ein Schiff	des Paris
der also an Land geht aber mit wem?	mit Helena
und empfangen wird von einem König	von Proteus auf Pharos
der Scheinwerfer gerichtet auf Helena?	die afrikanische Sonne
der Schatten der schönen Frau	die Kokotte
erhebt sich steht da wer will das?	Proteus
der führt die Kokotte dem Paris zu	der soll sie mitnehmen
die andere aber?	soll dableiben
soll was bitte bleiben?	soll schuldlos bleiben
Statisten schieben das Schiff weg wohin?	nach Troja
mit Paris und der Kokotte	die schuldig werden
Statisten schieben ein Schiff her	Menelaos kommt an
woher kommt er?	von Troja
mit einer Frau kommt er an	mit der Kokotte

er steigt aber ohne sie aus
der führt ihm die andere zu
sie trägt eine Schürze
die Kokotte brennt ab auf dem Schiff

er sucht Proteus
Helena
die züchtige Hausfrau
ein Phantom.

War das nicht Euripides?
Weg ist er.

Das Wickelkind pfeift durch zwei Finger,
die Szene verschwindet, ein riesiges Tuch
wird darübergezogen, die Unschuld,
wenn ich richtig verstand, hat sich,
und wie ich sehe, verwickelt, nämlich:
Die Schuld ist gerettet.

Das kann ich erklären: Keine
Himmelfahrt der Kokotte über
Pharos, damit der Hausfrau in Sparta
die Suppe nicht anbrennt, oder,
semitisch: keine nackte Hausfrau
im Paradies, die Apfelkompott
kocht für den himmlischen Vater
und Adam, aber Spaß beiseite:
die Schuld, ganz einfach, und
die Strafe: das Leben als Sterben
und das Sterben als Arbeit.

Siehe: der schwarze Wagen des Wickelkindes
steigt: Proteus schlüpft unter dem Tuch
hervor, flieht über den Platz auf dieser
Bühne, und mit ihm die Entschuldiger,
alle die Schuldlosen, die Guten und Freien,
Messias, die Stifter und die Erlöser,
der letzte Zug: Ostbahnhof 5 vor 12.

Jetzt endlich: eine saubere Sache, alles
ganz klar, das Ganze olympisch, aber unter
heutigen Göttern: Sterblichen, also erfundenen,
um das Sterben effektiver und erfolgreicher
genießen zu können im Höhepunkt:
Krieg, Troja, Bombenhagel, 44, Dezember,

und wie ganz und gar überwuchert
mit Rosmarin ist das Podium auf
dieser Bühne, und unsere Schreie und auch
das Herabfallen meines Unterkiefers
unter dem feinen Hyoskyamos jetzt,
als der schwarze Wagen des Wickelkindes
zur Staatsgalerie rollt: nämlich Paris
soll sterben durch Philoktetes.

Aber da frage ich mich, als er stirbt,
warum plötzlich, das Wickelkind nämlich,
das vom Pfeil, dem von Herakles
so tödlich gesteuerten, schlimm getroffene
Bein des Paris unter den linken Arm schiebt
und, mit seiner rechten Hand in die Speichen
seines schwarzen Wagens greifend, diesen
auf das Podium, in seiner Mitte, treibend,
jenes verlängert, bis es mit seinem Fuß
das Knie trifft, des Paris, der dort liegt.

Das kann ich aber erklären: jetzt und hier
in dieser außerordentlich dichten Szene, auf
einem Podium nämlich, das wenig Platz
einnimmt und außerdem auch noch auf das
intensivste überwuchert wird mit Ringelblumen,
erinnert sich Paris, infolge des Fußtrittes,
den ihm das Wickelkind mit dessen eigenem
Fuße versetzte, daran, daß soeben der tödliche
Pfeil des Philoktetes sein Knie traf.

Das kann ich erklären: der Paris nämlich
erinnert sich sterbend, und zwar an das Sterben,
in seinem Fall an das seine, also: die profitable
Fertigung von speziellen Gedanken, jetzt und
hier übersetzt ins Gegenständliche, eine gute
Arbeit des Wickelkindes, erlaubt ihm sofort
auch die seine, und Zeit muß er gar nicht
überwinden, umso größer die Effizienz:

Also schon wieder: der schwarze Wagen des Wickelkindes
steigt, rollt los, wie gehabt, zuerst in den Speichen

die Hände, kommt an vor der Staatsgalerie, wo
Philoktetes, der archaische Held, noch kürzlich erfolgreicher
Schütze, soeben im Sterben liegt, nämlich einst
erschlagen, und zwar in Campanien, oder, anders zu lesen:
in Bruttium, gleichviel: das Wickelkind, den Bogen
des Sterbenden von der Sehne befreiend, verwickelt
den Helden mit dieser und spannt sie, zurück
zum Podium und auf dasselbe hinaufrollend, wo er
dieselbe mit dem Kopf des dort im Vordergrund
einbeinig stehenden, nämlich aus einer Beinwunde
stinkenden Philoktetes, verbindet: ihn zum Erfinder
seines eigenen Sterbens machend, sehr spannend, an das
sich der Held jetzt erinnert.

Ich kann das erklären: der Philoktetes nämlich,
im Augenblick, erinnert sich an den Tod, den er einst
einmal sterben wird, und, als Industriegigant sozusagen
der Sterblichkeit erhält er sich auf dieser Bühne
derart verdoppelt in der Stunde des Todes, sein Leid
spricht dafür, daß er Systeme wie dieses hier zu tragen
berufen sein dürfte.

Wir sind jetzt gezwungen emporzublicken, und
was sehen wir über dem Podium und wir sehen
warum in wahrscheinlich elysäischen Gefilden
schweben die Frau, die Helena heißt, die
ihren Rock hebt, das Hinterteil zeigt, diesen
Bauteil, der produziert, und woraus bitte,
weshalb, bei geoffenbartem Spannungsverlust
seiner Schließmuskeln: der silberne Stuhl ganz
und gar abgeht, den der goldene Harn gerecht
in unsere wissenschaftliche Welt niedertaut,
also direkt auf die selbige Frau, die vor
dem im Sterben begriffenen Arbeiter Paris
ihre Brüste freigibt, um die Kontinuität
der Entwicklung zu garantieren, und weil sie
gewillt ist, das Sterben am Leben zu erhalten,
als eine Schönheit, die jetzt den silbernen Stuhl
mit jeweils kleinen Mengen des goldenen Harns
hinunterschluckt, bitte, so fleißig arbeitend,

derart fäkalisch, an der Erinnerung ihres Todes,
den sie einst sterben wird in Sparta, im Schloß
ihres Gatten, des Menelaos, in ferner Zukunft,
hier und heute von oben herabsendend solche
weichen und nassen Gedächtnisstützen,
da muß ich gar nichts erklären.

Ihr seliges, etwas eingefallenes, aber Arbeit
schändet, besonders als sterbliche, nicht, also
dieses ihr Lächeln, herunter warum von diesem
mit Immergrün intensiv überwucherten Podium,
augenblicklich in Richtung Propyläen, Kulisse,
weshalb, und wer, bitte, liegt dort als Mann
mit erschlafftem, aber immer noch mächtigem
Glied?

Dieser ist Menelaos und zwar genau nach
dem letzten spartanischen Koitus: Herztod.

Ich denke mir eine ganze Lust dabei,
dieses Glied betrachtend, welches unser
Wickelkind, herbeigeeilt, eilends, im modischen
Sarkophag 29, von Statisten ergreifen läßt,
wie einen Regenerator für chemische Energien,
die für alle sanitären Bedürfnisse sorgen
sollen: des Sterbens, da bin ich mir sicher,
weil er so daran reißen, und dieses Glied,
es über den ganzen Platz spannen lassend,
sich, unter den Händen seiner Mitarbeiter,
entwickeln läßt zu einer Kabelleitung,
die, wie ich zu wissen glaube, gelegt
werden muß, um auf dem Podium, dem, neben
dem sich an sein Sterben erinnernden Paris,
und der sich an ihr Sterben erinnernde
Helena, stehenden, in der Zukunft erst
sterbenden Menelaos, sein Sterben heute
und hier in sein Gesicht spritzen zu können.

Also, das kann ich erklären: dem
Menelaos spritzt der Menelaos dank
der Transportindustrie seinen Tod,

den er erst in der Zukunft sterben wird,
ins hippokratische Antlitz, also
zum Beispiel: seinen Tod soll er hier
zukünftig sterben, sich tödlich erinnernd
an seine Zukunft, zu diesem Behufe
benützend die Massenproduktion von
Produktionsmitteln des Sterbens in
Sparta.

Ich muß das nicht erklären: in Troja wird
gestorben. So ist das. Hier wird sich erinnert:
an die Stunde des Todes. Das ist eine Arbeit,
und was für eine. Besonders aber das Wickelkind
ist tätig: Der Blitz, zum Beispiel, mit dem
Apollon Achilleus zerschmetterte – dieser liegt
darnieder, Nähe Staatsgalerie – wird sogleich,
siehe Handwerkermeter, mehrere freilich, weiterentwinkelt
bis zum liegenden Halbgott auf dem Podium, der
berührt damit, wie der Blitz fleißig zu sterben, d. h.
zu arbeiten anfängt. – Ähnlich ergeht es dem Hektor,
Nähe Glyptothek liegend, zu Tode geschleift noch
vor kurzem von Achilleus. Jenen verlängert unser
Wickelkind zum gespitzten Stift, so lange, bis
Hektor damit auf dem Podium in sein Gehirn,
seinen Tod notieren kann, um sich besser
an ihn erinnern zu können. – Den infernalen
Zug, mit dem der tote Hadesbräutigam Achilleus
die Braut zu sich in das Grab zog, also dieses
Ziehen ausnützend, freilich auf dem Podium
auf Polyxena hin ablenkend, läßt unser Wickelkind
diese sich an ihren Opfertod durch die Hand
des Neoptolemos schlimm erinnern, daran also,
wie der Sohn des Achilleus sie auf Wunsch
seines Vaters über dem Grabe des Vaters
ermordete, Nähe Propyläen. Sie arbeitet
sterblich wie Neoptolemos selbst, und wie dieser stehend,
der sich, als das Wickelkind seinen, auf Geheiß
der Pythia auf dem Altar Apollons zu Delphi
vom Leib getrennten Kopf – was hier Nähe Propyläen

geschehen – in mehrfacher Ausführung hintereinander
auf einer Kegelbahn bis zu dem Kegel, alias Schlächter,
hinauf auf das Podium donnern und diesen
von seinen Köpfen unaufhörlich treffen läßt,
erinnernd an den Tod, den er sterben wird, den
Priamos schon gestorben, und zwar von Neoptolemos
heruntergerissen vom Altar und getötet in
der Tür des Palastes, hier Glyptothek, wo unser
Wickelkind dessen langes griechisches Gewand
zerschneidet, die Streifen sozusagen verknüpft und
mit diesem Seil hinauf auf das Podium rollt,
wo er, der liegende Vater Trojas in seiner Stunde
des Todes sich gleichzeitig derart verbunden mit sich
an dieselbe erinnert, dies, wie gehabt. Schluß.

Das muß ich erklären: acht Sterbende, die
sich an ihr Sterben erinnern: ein Hauch
des Todes auf dieser Bühne: im Alphabet
der lautlose Buchstabe, nämlich der achte.

Punkt.

Das Wickelkind, mit seinem Pinsel, malt
einen Punkt auf die Bretter der Bühne.

Das muß ich erklären: dieser bedeutet: Schluß:
die Katastrophe ist fertig.

Der Paris raubt Helena. Schuld: Arbeit:
ist gleich Sterben. Oder umgekehrt. Philoktetes,
im Auftrag allermodernster Götter, tötete
Paris. Der Menelaos zündet seitdem immer
wieder diese Stadt an. Troja burns so long.
Oder Troja muß brennen und immer. Bitte,
zum Beispiel dieses München, Mister
Shakespeare!

Wir Aktionisten verweilen hier immer, wo
in dieser Stadt gestorben wird. Nämlich:
das Wickelkind will das so: es schafft
Wohnungen an für das Sterben. Seine Worte:
Keiner verläßt diese Bühne.

Ich kann das erklären: Dieses soll
so sein. Heute stirbt jeder hier, auch
wenn er schon früher starb, oder erst
sterben wird, oder wie Paris und
Priamos sich erinnern ans Sterben
im Sterben.

So spannend ist diese Inszenierung.
Das Wickelkind überträgt. Es handelt sich
um die Übertragungsmöglichkeiten
der Spannung. Es handelt sich um
die Arbeit. Erinnerung immer ist Arbeit,
ist spannend. Und sterblich ist es
sich zu erinnern. Vom Tod keine
Rede. Die Intensivstation: Troja.
Weder räumlich noch zeitlich, aber
sinnlich. Deshalb, bestimmt: rote
Schmetterlinge. Das Blut. Das Morphium,
schwere Flügel ins Leichte. Und was
alles den Darstellern abgeht aus
allen Löchern, bestenfalls aber:
das goethesche Licht in getrübter
Erscheinung: als Urin. Und
der Wermut. Die brennenden
Münzen. Das numismatische
Feuer: die Arbeit. Die Arbeit
unter der Arbeit. Und wieder
die Arbeit darunter.

Das will ich erklären: Erinnerung
stirbt. Sie arbeitet sterbend.
Übertragungsmöglichkeiten, neueste
Spannungen: ultrahigh voltage.

Troja. Es brennt. Im Feuer:
wie sich das alles bewegt.

Und wie still. Im Lärm. Keine
Erklärung. Das kann ich erklären:
die Freiheit: wir waren so frei,
uns die Freiheit zu nehmen:

zu sterben.

Wir regieren den Tod.

Das kann ich erklären:
wir arbeiten sterblich.

Dieser Friede:
Sterben,
dieses Sterben:
Befriedigung.

Dieser Trotz
im Schmollmund
des Wickelkindes:
dieser Schnuller.

Ins Forum heruntertänzelnd, dabei ihr Taghemd ausziehend – derart also unsere Arbeit an der Terra Nova, spezieller: an dem Wiederaufbau des Regenbogens derselben, mit ihrer zarten Person beginnend, genauer: mit der notwendigen Verwandlung derselben: brachte das Mädchen Jeanne ein liebliches Windspiel immer schlanker heraus, bis sie es, oder sich jetzt als dieses, die Stufen herunterwirbeln durfte – und bitte: wie gekonnt – hin zur kleinen Erde unser, wo dank ihrer abgegebenen Nässe der ebenso junge, nämlich verjüngte, wie sie, Regenbogen, schon wieder zu stehen vermochte, als sie zu bellen begann:
Wir reden vom Falschen. Auf jeden Versuch der Beantwortung von Fragen verzichten die Falschen, die auf jede Unterlassung eines solchen Versuches verzichten. Waw.
Nun der Boxer, der Ritter: der Heinz von Stein. Den führte der Poppes. Dem gelang jetzt einmal ganz, was von ihm schon einmal versucht worden war: mit halbem Erfolg. Jetzt fielen die Kleider endgültig: ein Bullenbeißer erschien, ganz der Vorläufer jeder Bulldogge, wie offenbar. In weichen, kurzen Haaren, überhaupt nichts versabbernd und gar kein Kläffer, mitnichten: so kam der Poppes in diesem Hund herunter ins Forum, als solcher weder furchterregend, noch häßlich, sondern gemütvoll und treuherzig

dreinblickend und, kein Zweifel: wohlproportioniert, wie gehabt in der anderen Gattung, also kein Gramm Fett, die Zähne nicht sichtbar; hier wurde nicht gefletscht. Hier wurde gepißt. Der Poppes erledigte das, wir wissen warum: sich spreizend, hinterwärts. Und er bellte auch noch, wie vorgeschrieben, während der Heinz von Stein, dieser Traunsteiner, das vierte Bein hob:
Wir reden vom Falschen, hier, wo nichts unterschlagen wird, was verhindert, daß Einigkeit ausschlägt. Waw.
Ein Pudel: der Robin, jedoch kein geschnürter, von Johann Wolfgang von Goethe in dieser Fassung einst also geliebter, trat auf, hier und heute apricot, Linie Cronberger; wie leicht erziehbar er sein kann, besonders als dieser Hund: wer weiß das besser als wir? Und diese schnelle Entwicklung: da hingen zuerst seine Ohren und durchaus intelligent, bevor ihm aus Hemd und aus Hose das Kraushaar gekrochen. Im Lauf, also auf allen vieren, hatte er sich dann der Kleider entledigt, was uns zu größeren Sorgen hinriß, da Erkältungsgefahren bei Pudeln enorm sind. Jetzt aber – Angst beiseite: als Bestgeschorener erhob er ein Bein in Dur und bellte in dieser Tonart, als er die kleine Erde bepißte:
Wir sprechen vom Falschen, das von uns täglich abgeliefert wird, pflichtgemäß, offengestanden. Waw.
Wir waren entzückt, es gab derlei Aufschreie, spitzige, als hinter der Nathalie eine buschige Ringelrute sich zu drehen begann. Und das war auch gar kein Mädchen mehr, was sich da mit unbeholfenen Beinen, auf dem Rücken liegend, vor uns auszog. Bitte: von der Halskrause über ein langhaariges Fell bis zwischen die Beine: war das ein Collie, der jedes hundefreundliche Herz in der Runde höher schlagen ließ. Und er durfte – so wie es seiner Art gemäß ist: die höchste Aufmerksamkeit beanspruchen. Was dies betraf, übertrieben wir, weil wir mußten: wir wurden hörig, erkennend, wie diese allerjüngsten Augen in einem so schmalen Kopf die gestellte Aufgabe einfach zu plötzlich erkannten: weshalb da herabgesprungen wurde die Stufen im Forum einfach zu eifrig und, weil zu spät gebremst worden war, wurde gepißt und gebellt, das schon, aber über der Terra Nova noch rutschend:
Wir reden vom Falschen. Nicht wie Richtige um die Korrektur des Falschen, bemühen sich Falsche um die Korrektur des Richtigen. Waw.
Ein wachsender Regenbogen. Diese Arbeit am Wasser, an Luft und

an Farbe. Der Hermann, niedrigläufiger werdend, schüttelte seine Vorschülerhose über der Ringelrute ab und kam, als sein blaues Hemdchen in Fetzen abfiel: ganz besonders niedlich hervor. Zum Erstaunen, ersichtlich auch für ihn. Aber Zeit wollte und konnte er dafür nicht mehr verlieren, wissend, wie wenig er als Zwerghund sich zu bewegen gewohnt war, weshalb er sich auch als kleiner Malteser früher auf den Weg hatte machen müssen als seine Mithunde, um jetzt und hier, vor der Terra Nova stehend, gehüllt in den feinen Umhang seiner langen, seidenweichen Haare, pünktlich seine Lernfähigkeit beweisen zu können, indem er pißte und bellte:
Wir Falschen lassen allgemein nur das Besondere blasen zum Gericht. Waw.

Er blickte zurück, nicht wollig. Sein Herrchen, das seine Frau noch nicht war – Dorothea – hob vor den Stufen zu uns herunter die Hängeohren und erregte sich auf ihren schon Bologneser-Beinchen so lebhaft, daß alles Zentrale in Kürze zum Vorschein kommen konnte, und auch noch ein Schwanz, der sehr kurz war. Dergestalt folgte sie dem Vorläufer und machte sich in der Folge an der Terra Nova zu schaffen, wie es hier üblich ist, also, dann auch noch bellte sie:

Falsches bleibt falsch, weswegen wir Falschen die Richtigkeit des Richtigen nie falsch nennen werden. Waw.

Vor unseren Kennerblicken verschwand jetzt die Zaara, und die Behaarung der Pekinesin war so übermäßig reich in weiß, wie sie schon in schwarz noch als Mädchen mehr als nur zu überzeugen verstand. Jetzt aber dachte jeder im Forum an Fellpflege und wer das bezahlt, als sie über die Stufen zu uns herunterkollerte, ein Löwchen halb, halb ein Äffchen, mit schwellender Krause, gebläht, froh des hurtigen Abfalls, vor Würde: die wallende Fahne des Schwanzes. Was war das? Es wurde Alarm geschlagen. Freilich: die kleine Terra erschien nicht nur einem hier viel zu hoch errichtet für dieses Hündchen. Da hatten wir es. Uns schlug asiatisches Mißtrauen kalt ins Gesicht. Die Pekinesin, alias Zaara, wies jeden Warnruf ab, wurde als Übersensible auch gleich pingeliger, als es ihr selber recht sein konnte, aber freilich nur, weil sie hier als so Kleine, die doch beide Hinterbeine artistisch vom Boden zu lüpfen verstand, wie wir deutlich zu sehen bekamen, nicht verzärtelt werden wollte von uns hier, wo gepißt werden mußte, wie auch immer, wie unser Gesetz es befahl. Sie bellte:

Wir sprechen vom Falschen, das nicht etwa etwas ist, sondern gegen und sich. Waw.
So geschah das: Der Adrian folgte dem Hussan. Später: mit vorzüglicher Nase folgte der langsame Basset dem Dalmatiner. Die Rüstungen dieser Krieger waren unterwegs verloren gegangen. Hussan ließ die Waschel hängen wie sie fielen, während Adrian, der auf Ohren und Schwanz, schwarzgefleckte, mit einer würdigen Rute zu prunken verstand, als – was die Hauptsache war: die beiden ihr kleines Geschäft im Dienst an der je größeren Hoffnung verrichteten, nicht ohne zu bellen:
Der eine: Ein Falscher bleibt falsch. Waw.
Der andere: Ohne richtig falsch bleiben zu dürfen. WauWau.
Schluß? Nein. Noch nicht, weil ein Rottweiler heraussprang aus dem Siemandel Zwiffelwitsch seinen Kleidern, bei dem die Verwandlung, dank lebenslänglicher Jahrmarktspraxis, zu schnell – beinahe – ablief, vor unseren trüben Kleinbürgeraugen. Im gemächlichen Marschtempo, von ihm selber geblasen, kam der herunter beinahe römisch ins Forum, was seine Breite hergab: dieser Sennenhundabkömmling, notabene als Dogge und auch als Stumper verschrien, nämlich ursprünglich: Kleinohr, dieser bürstige Stummelschwanz, der genau zwischen »Dienst« und »außer Dienst« zu unterscheiden verstand. Jedenfalls also drehte derselbe seine zehn Runden um diese Erde, bevor er dem Regenbogen ganz erheblich aufhalf, der Wölbung nämlich. Er bellte:
Falsche Gewalt beruft sich auf kein Recht, auch wenn sie tätig werden muß gegen richtige. Waw.
Eine Bulldogge. Nicht möglich: das Vierzehnzenterweib, die Amanda, verschwand ganz und gar in dem Hund. Jetzt war sie das: fröhlich, weil furchtlos, auch schlanker, beträchtlich, obwohl: mit einem gewaltigen Kopf und/oder freilich mit rosenförmigen Ohren, die Rute tief angesetzt. So ließ sie sich von uns bestaunen in dieser gewaltigen Horizontalen: wie sie ins Forum heruntertriftete als ein Karpfenrücken: weiß, fürchterlich und gestromt. Nicht geheuer gutmütig das, was sie aufflammen lassen hätte können: nicht nur im Guten. Sie bewässerte sehr, das schon. Aber kein Text. Obwohl viel Gebell.
Rummelpuff schleppte seinen Pack Kleider, die ihm abgerutscht zu sein schienen, noch eine Strecke lang mit, bis er im Forum, endlich, aber auch nicht freiwillig, also der Chihuahua sein mußte, der sich

deshalb renitent zur neuen Erde hinbegab, scharrend, wo er die Fledermausohren ebenso ungern hob wie das betreffende Bein, um zu bellen – gepißt wurde nicht:
Ich spreche vom Richtigen. Hier ist aber auch alles falsch.
Und da kamen dann nur noch die Afghanen: der Eschi, der Johnny, der Hammed, der Toni, der Timy und der Leila; wie die sich aber aufregten über die unmäßige Behaarung der Beine und Bäuche, nach Abwurf der Kleider. Die tiefe Betrachtung ihrer Ruten beruhigte sie: weil die aber auch so lang waren und gleich wie hoch! Dann pißten sie kurz, was noch fehlte zur Vollendung des Bogens, des Regens, und sie bellten im Chor:
Wir sprechen vom Falschen. Wer immer nur einen Fehler macht, ist ein Falscher.
Wer mit zwei oder noch mehr Fehlern die Lösung schafft, der ist richtig.
Ich rede von uns, von unseren Vorstellungen, Plänen, Versuchen über dem, was mißlingt: Glück. So bricht das zusammen: ein Haufen Dreck als Ergebnis; die langsam sich ausrauchende Explosion. – So begann der Regisseur. Er fuhr fort:
Es ist kalt. Wir haben die Kälte zur Wärme erklärt. Wir sagen uns solche Sätze, die uns nicht neue Erfahrungen machen lassen, sondern neue Sätze. Und weil wir gerade so viel Falsches in diesen Sätzen zulassen, wie nötig ist, um kein Zutrauen zu ihnen gewinnen zu können, haben wir uns entschlossen, an ihnen das Zutrauen zu uns immer mehr zu verlieren.
Gewöhnen wir uns also daran, daß wir es sind, die alles, was wir nicht sind, Erfahrungen machen läßt an uns. So wird man erfahren, daß wir nicht zu verwalten sind, weil wir alles verwalten, ohne irgendeiner Sache mehr Gewicht beizulegen als dem Nichts.
Wie unwichtig in diesem Augenblick dieses Leben im tödlichen Anfang: eine Serie von Gedankensprüngen ins Leere. Wir steigen ab in Türmen, die den augenblicklichen Zustand als Vorstufe erblicken lassen zu einem endgültigen Überblick.
Rätsel haben Prinzessinnen. Sie wissen die Lösungen. Unsere Sätze haben keine. So reden wir uns aus einem Wissen weg, das uns sprachlos macht, bevor es uns köpft.
Wir umarmen uns mit unterentwickelten Gliedern. Die Stümpfe, die erklärten. Das erklärte Unverhältnis, in dem die ausgewachsenen Wünsche danebengreifen: riesige Umarmungen, die großen

Gesten, die falschen Parallelaktionen an einem wirklichen Tag. Die blinde Klarheit, in dieser Suppe: die Fettaugen. Unsere Visionen von der erklärten Unrichtigkeit unser, vom Einverständnis im Mißlingen, vom Austausch der Fehler, vom falschen Leben, vom Falschen.
Was wir rationalisieren: die letzte Aufklärung. Das kalte, stille Auge, die erklärte Träne, die getrocknete Erklärung. Die Erklärung der Wünsche zu stummen Schreien der Materie, die also doch Antworten stellt und mit ihren Fragen still wird, als wir uns ihres Schweigens so bedienen, wie sie gegen die Vollendung des Ganzen sich sträubt.

Drüben, vor dem Frauentreff, südlich anschließend an die Casbah, weil schlimme Starnitzel ahnend, solche jedoch schon augenblicklich genießend, was derlei Koseln hinter der harschigen Haut im Blut liegen muß, wurde der brave, herzhafte, junge Bursche Siegfried umringt, sogar abgetastet, aber freilich wie eine Bombe, deren Sprengkraft von keiner, schon gar keiner tochteraustragenden Klytämnestra in Zweifel gezogen wurde; jedenfalls würden sie diesen Softi rächen und gegebenenfalls zwischen ihren Beinen Doppeläxte blinken lassen bei der Heimkehr eines Agamemnons – oder, um in dieser Geschichte zu bleiben: bei seiner Heimsuchung durch sie alle – und dieselben aus ihren Scheiden ziehen, gelegentlich des Schäferstündchens, wahrscheinlich auf einer Raubritterburg, um dann mit der einen Schneide den Chauvi zu töten, nicht aber, insofern also nur halb mythologisch, um mit der anderen Schneide getötet zu werden. Der Softi dürfte dabei nicht entleibt werden. Und dafür gab es eine Ursache, eine freilich von diesen Farbbeutelrosen noch gar nicht erahnte, sehr explosive. Und hätte man in dieser Runde ahnen können, was käme, würde man eigentlich mehr an eine Wirkung gedacht haben. Wirkliche Nornen, und das waren sie nicht, trotz aschgrauer Gemüter, hätten ganz unwarm gewindet: kommt familiäre Verwicklung, notabene in entsprechender Fortsetzung einer Verbrecherkette, antik gedacht, so ereignet sich – ein Zeichen, ein theatralisches – in dieser zum zwanzigsten Jahrhundert heruntergekommenen patriarchalischen Epoche auch das Ende derselben in Bälde. – Ein Verbrechen auf Thronebene wurde hier auf der Leopold nicht anvisiert, allenfalls ein Geplänkel auf dörflichem Strich, bestenfalls rittergutshalber. Zwischenschenkelig war man also gar nicht so archaisch scharf; hier hätte gewetzt werden müssen; es fehlte aber an bedeutender Weitsicht. Andererseits bewahrten in entsprechenden Trilogien sowohl Klytämnestra als auch Jokaste menschliche Züge; das konnte man ihren Epigoninnen nicht nachsagen. Aus der Runde wurde unzimpersachlich auf diesen Siegfried geblickt. Und strategische Schweinereien erreichten auf Knoblauchwolken den ausgemanschten Adressaten. Zwischen diesen ungehalten wogenden Selbdächern wurde er derart zum Sog für Blitze, unwissend freilich, weshalb er gerne den Vordonner übte. Geübt wurde in dieser Runde auch das Schwingen der Sendbeutel gegen sämtliche Anderbunte. Zaahira sei seine Liebste, gestand der Siegfried. Das blieb ihm geschenkt. Aber das nur zum Beispiel. Oder zur Abschreckung? Ganz gewiß zu derselben.

Reizend, weil überaus stimmig, beurteilte Dani beim Verlassen des Mondhauses die Unterbringung des Standesamtes im 5. Stock, denn, führte er des Näheren aus und hatte in Mona und Dodo geduldige Zuhörerinnen: Rabelais erwähne Pythagoras, welcher darum die Fünfzahl die eheliche Zahl der vollzogenen Hochzeit und Vermählung genannt habe, weil sie bestehe aus der Trias, welche die erste ungerade und Plus-Zahl sei, und aus der Dyas, der ersten geraden: wie Mann und Frau in eines verbunden. Deshalb, so Rabelais, so Dani, habe man auch vor Zeiten in Rom am Hochzeitstage fünf wächserne Kerzen abgebrannt, und deren weder bei den Reichsten noch bei den Ärmsten weniger zu brennen erlaubt.

Paw, dies hörend, errötete: durchblitzt von der schlimmen Erkenntnis, daß er derzeit im 5. Akt seines falschen Buches auftrete, welchen er als den letzten desselben geplant hatte, was ihm den Vorwurf einbringen mußte: nur zu richtig konzipiert zu haben und ganz im Sinne aller Welt. Sein Seufzer: Was für ein Fehler. Und sofort auch der Trost: Man könne also mit Recht sagen, nicht nur der Titel seines Buches, sondern auch die Phrasierung desselben sei falsch. Na also. Dem Poppes könne er damit nicht kommen, gewiß nicht, aber demselben könne man auch nicht nachsagen: er habe in den Abgrund des Falschen geblickt. Dieser Pseudist könne den Anspruch nicht erheben: sich auf dem Umschlagplatz des Falschen wie ein Meister zu gerieren. Ihm sei das von ihm selbst vorbehalten worden: freilich zu seinem Leidwesen; von einem Triumph könne die Rede nicht sein.

Er habe sich gut, wenn auch nicht sehr gut verhalten, zensierte die Dodo den Dani. Und Mona schloß mit der Note an. Immerhin sei Dani gefügig gewesen, freilich auch geistig abwesend, was sie gewohnt sei.

Er hat unterschrieben, und das nicht zu wenig, lobte die Dodo.

Und Texte, die er nicht durchlas. Man könne nur hoffen, er stehe in der Zukunft dafür ein, erwägte die Mona.

Das habe er aber doch vor, vermutete Dodo.

Der Dani vermutete sehr.

Einmal hat er geschnauzt, so Mona.

Habe er? wollte er wissen, der Dani.

Und ob. – Aber Einverständnisse gebe er nun einmal lieber mündlich, und von schriftlichen Willenserklärungen sei er geradezu astronomisch weit entfernt, wurde jetzt die Dodo sehr klug. Mona mußte lachen: Ein paar Elektroschocks und ein paar Pillen könnten das Problem auf ein Minimum reduzieren.

Man müsse dem Dani Zeit lassen, sich durch seine Erfahrungen durchzuarbeiten.

Es handle sich immerhin um eine Frage auf Leben und Tod, dozierte Dani. Er wisse Bescheid. In seinem Boul-Spiel warne er vor solchen Alternativen. Seine Mona wisse nur zu gut, daß Monogamie nur ein Vorwand sei für das, was sie wolle.

Zur Rechten und zur Linken des Dani hängte sich je eine Dame ein; da könnte er auch vom Boden abkommen, der Zweck dieses Ausflugs würde dennoch erreicht. Jedenfalls von jeweils einer Seite: vollauf ist Zustimmung da; sogar fröhliche.

Im Fuchsbau verwechselte Dani das Blumengebinde mit einer Konditorei. Das sei durchbrochen, und wie zierlich, ganz ungemein; von Hartpapier war die Rede, in Nacharbeit auf seine etwas blöden Fragen. Wahrscheinlich also solche Unterlagen für Florales waren schuld an seinem Beobachtungstausch und wurden im Geschäft nicht übel genommen. Er brachte dort die Rede auch wieder auf die Mittlerfunktion der Familie, deren Macht zu brechen sei, was drei Frauen, also auch die Binderin, in gnädiges Lächeln rutschen ließ, mimisch.

Für geschmacklos hielt der Dani, schon vorschulmäßig, den Firmennamen jenes Geschäftes, in dem es sich um die Daunen seiner Zukunft handelte. Die Freiheit im ununterbrochenen Bett erlaubte er sich zu bezweifeln, zahlte jedoch den Preis. Seiner Meinung nach war sein Erstaunen über die Niedrigkeit der Begleichungssumme ein Zeichen dafür: wie entweder billig oder sehr wenig zahlreich in Wirklichkeit die Hineingelegten sein müßten.

Auch unterirdisch ließ sich mit seinen zwei Begleiterinnen die Aufgabe lösen. Noch dazu wurde ganz unten das geboten, was die Bewohner dieses Platzes für den täglichen Bedarf benötigten. Dodo schwieg sich hier aus, weil Hochzeitsgeschenke. Der Dani wurde zwar von Dodo gerempelt, hatte aber seinen Faden nicht verloren, und habe nichts, wie er meinte, gelernt (wisse auch nichts), schon gar nicht wolle er verstehen: verkaufte bisher nichts, wird in Zukunft auch nichts kaufen.

Plätschernde Wasserspiele luden zur Pause ein. An den Tag kam wenig später – die drei stiegen auf Umwegen zur Dominus-flevit-Kapelle hinauf –, wie man über eine Kirschtorte denkt. Schlecht. Und als auf der Bank von drei schuldbeladenen Händen drei Bäuche überprüft wurden, konnte Mona den lebendigsten Inhalt vermelden, was Dodo zu der Bemerkung hinriß – wie reißend ihrer aller Schicksal einen sogenannten Bach hinunterginge, angenommen, dem sei so.

Dem ist, sagte Mona.

Der Dani war ganz natürlich überhaupt nicht erstaunt.

Die Dodo schlug eine Route vor, auf der auch Baby-Wäsche mitgenommen werden könne. Aber da war wieder Mona für Einhaltung der Reihenfolge. Das sei verfrüht, meinte die Mona. Und Dani lächelte zufrieden in seine Zukunft und warf einen neuen Gedanken: nämlich, medizinische Gesichtspunkte außer acht lassend, müsse er, wie er, poetisch sich einlassend auf das Nächstliegende, ausführte: Manifeste verfassen in seinem Boulevard, die es politisch so an sich hätten. Dennoch stehe er auf einem Dirndl, da er die Hochzeitsreise nicht über den Freistaat auszudehnen gedenke, in Anbetracht seiner Arbeit an einem internationalen Werk, dessen Pausen mit Spaziergängen im Lodenmantel gefüllt werden müßten.

Also, wenn du mich nicht willst, sagte die Mona laut.
Also, wenn du die Mona nicht willst, sagte die Dodo sehr laut.
Also ich will meine Mona, sagte Dani entsprechend leise.
Und hinein wieder in die Geschäfte und wieder heraus. Und der Dani unterließ Poesie, hampelte mit, wollte traniger werden und schwerer, wurde leichter jedoch, was erreicht wurde von zarten Händen an seiner Zugvorrichtung. Und schließlich gefiel ein Kostüm: das richtig paßte auf die Sache. Auch bekam der Dani die Vorfreude auf etwas ganz und gar Unkäufliches: nämlich eine Ehefrau. Zwar wehrte er sich, zwischen den Frauen aufgehängt auf dieser Freiheit, aber bekam immer schlichter die Wahrheit in sein Blut geschlagen: ganz die Seine werde die Mona sein, wobei er keine Stelle an ihr auslassen dürfe, bei Strafe.
Vom Tod inmitten des Lebens zu sprechen, unterließ der Dani jetzt, so sehr es ihn endzeitlich juckte. Er drückte die Dodo und drückte nicht minder die Mona an seine andere Seite und jubelte gar lustig in den Tag hinein. Wußte von der Freiheit eine Menge und zitierte den Platz, den er selbdritt beschritt. Konnte die Plastiktüten nur nach einer Verteilung auf seine Begleiterinnen heimwärts schaffen und verschwand hinter einer Flasche Whisky, während Dodo und Mona den Erfolg dieser Tour oben im Penthouse feierten.

Es klopfte. Das geschah in der Burg. Vor der Kammer Zaahiras. Und: das anscheinend Entseelte mußte vor seinen Leib treten lassen. Weil diesen allzusehr liebend, stolperte der Ritter in die Rüstung zurück, nicht Geier augenblicklich und nimmermehr genug zu äsen. Ihr Tod sollte Frucht niemals werden seiner Gewalt. Aber der Siegfried!
Das Schönste am Männergeschlecht wohnte als Jüngling brustunter dem Mädchen; darüber nur trübe Gedanken, und diese aus ihren Augen: heinztreffend. Seitwärts am Ritter vorbei ihre in den Frühling geschehende Sichtung einer sinkenden Sonne.
Ihm rasselte keine Falltür nieder. Der schlimmen Gefühle Streithengste scheuten nicht. Eingenommen wurde das Gebürg. Große Not. Und ins Freien kein Jubel hinaus. Hand vor das Horn eines Türmers.
Auch keiner Stechstange Lust aus dem Haufen heraus, sondern:

heruntergeschebberte Figur. Nämlich: die Liebe. Auf dieser die Knie. Die Reize aus ihren Augen, ganz unerbittbare. Seiner Liebe Grabmal in Fleisch gehauen aus lauterster Tugend. Schneekalt. Sonst kolossal unter die Adlernase gethront sein Schnurrbart, jetzt bis zur verschwindenden Winzigkeit weggeschmolzen. Schmerzend sein Herz. Dort brannte wahrhaftig die Sünde. Und sie, diese Zaahira, weiß und schön, im Schatten derselben. Ihre Portale ganz kirchlich.

Sein Anderswerden war vollkommen zu spät dran. Kein Einkommen in ein liebliches In. Mehr und mehr schon ein Unterkommen ins ganz Darunter. Des Ritters Gefühl konnte es ihm nur noch deutlicher sagen. Ein Schwur mit Besitzanzeige war hier vergeblich. Angebracht nur die Suche des Weiten. Die Minne gefroren, konserviert für den Buben, den Siegfried.

Ach, Zaahira, seufzte der Heinz von Stein.

Ihre Worte: Kannst du noch hoffen, Gottloser. Du hast Macht über mein Leben, aber keine über mein Herz. Zurück, Abscheu meiner Augen, Greuel der Welt.

Das war sie. Das mußte sie sein. Trotz Dirndl. Aber warum? Etwa Verkleidung? Al Raschid? Wieso dann mit Alex? Da wußte doch jeder Bescheid. Das war die Edwige. Mein Gott. Am hellichten Tag. In der Menge. Da stelzte sie die Stufen im Forum hinauf, und gar nicht gelangweilt, im Gegenteil, so wie im Lebenslauf, jedenfalls die letzten drei Jahre, sich an der Seite des Alex nach vorn katapultierend, ihr Partner nämlich: von Strecke zu Strecke hüpfte ihr dieser davon, drohte jedenfalls damit: konnte ihm nicht gelingen. Und was die Jeanne, immer hinterher, fanmäßig, aufschnappte: das waren die merkwürdigen Überredungskünste, und das mußte sie ja können, die Edwige: also irgendwo – noch nichts Genaues – sollte ihr Alex nicht rein dürfen, keinesfalls, es gab da so Vorschläge in aller Öffentlichkeit und Hinweise auf sämtliche Bäume der Freiheit, die man passierte; sie würde den Dirndlrock, und dazu sei dieses Volksstück doch weit genug: ausbreiten, um das Unpassendste zu verhüllen: sie selber sei sich nicht zu ungut dazu. Erstaunlich für Jeanne, weil Alex sich ungenau ausließ über eine lebensgefährliche Fehlanzeige in dieser Stadt. Dieser Mann war in

Not, das erkannte die Jeanne, die beiden verfolgend. Der Alex strebte auch gar nicht nach Höherem, wie freilich sonst auch nicht. Und der Erforscherin des besonderen Nichts schien sich im Augenblick alles nur um Alex zu drehen. Nicht Langeweile, sein Unmut schien augenblicklich allen ihre Profession. Und wer sie kannte, wie Jeanne sie glaubte zu kennen, dem zerbrach, wie ihr jetzt, in dieser Verfolgung ein Weltbild. Das Dirndl schon hatte für den ersten, entscheidenden Sprung gesorgt: nämlich aus einem endgültigen Schlußpfiff des Unentschieden den alten Anpfiff des Geschlechterkampfes schrillen lassen. Da lief diese Frau, bei allen zwei Stelzen, geradezu bayrisch, keineswegs wie eine Königin des Disco, bestimmt nicht. Auch widersprach dieser Alex ganz bestimmt dem Stilgefühl seiner Edwige, als er in Nähe Sandkasten an seinem Hosenschlitz zu nesteln begann. Von einer sexuellen Handlung konnte nicht gesprochen werden. Jedoch, Edwige schien ihre Hoffnung darauf zu setzen, daß Alex fand, was er suchte und wenn auch inmitten des Publikums.

Bitte, da stimmte die Welt nicht mehr; im Kopf der Jeanne jedenfalls wurden Saiten gezupft, die sie an Stimmbrüche bei früheren Knabenbekanntschaften erinnerten. Aber war das noch drin, meinte sie, die Jeanne, bei sich, versteht sich: und durfte sie ihren Augen noch trauen beim Anblick einer die Ausübung der Notdurft in aller Öffentlichkeit freilich nur vortäuschenden Edwige, die vor ihrem Alex ihr bayrisches Röckchen drehte und sich niederließ auf die Wiese, was dieser als ärgerliche Verzögerung seiner nach Freiheit in Notwendigkeit dürstenden Seele zensierte, so jedenfalls und nämlich ganz ins Gegenteil interpretierte die ahnungslose Jeanne eine Szene, deren Kürze ganz für die Sache sprach, um die es im Augenblick ging. O Henry. O freilich, das war nicht dein Pilz. Wie hätte sonst der Hocquenghem auf ihm gethront – immer noch. Oder gerade jetzt, weil das mit der Zeit nicht so genau genommen wird, oder wenn nur: sporadisch. Schon eher handelte es sich um einen Palast des Marcel Proust, hätte derselbe sein Bett, jedenfalls dazu und noch dazu öffentlich in seinem Paris jemals verlassen. Auf dieser Bühne jedenfalls stehen die Örtlichkeiten zu jeder Zeit so herum, wie man sie aufgestellt hat: und von dieser konnte man ganz insbesonders, wenn auch minimisierend, von einem Örtchen sprechen. Jeanne jedenfalls wurde des Pissoirs ansichtig und endlich begriff sie. Und im schamvollen Aufblick, also im Nonnenaugen-

aufschlag entdeckte sie ein Rohr, offenbar von einem Gewehr, und das schob sich aus einem Schlitz des Hauses Ecke Marschall/ Freiheit, notabene aus einem nur wenig geöffneten Fenster. Und von Alex waren zu sehen: nur noch die Unterschenkel, die Spitzen der Schuhe sehr weit nach außen gerichtet: das Stilleben jedenfalls in vollendeter Ruhe, auch noch, als die aufregenden Stelzen, beide in weißer Wolle, jene von Edwige, neben der zweifachen Andeutung der einen Anwesenheit eines Mannes an einem Ort, der nur für ihn ausgedacht worden war, erschienen, sehr deutlich die Aufstellung vor einer für Jeanne unsichtbaren Rinne anzeigend. Der zweite Nonnenaugenaufschlag, nach Zusammenhang gierend, zerriß denselben augenblicklich: ein geschlossenes Fenster, kein Rohr mehr. Wie nichts gewesen. Nur Hocquenghem brummelte sehr verärgert auf dem Pilzhut. Das Publikum aber wartete sehr geduldig. Und als Edwige mit ihrem Alex wieder erschien, wurde ein gründliches Ärgernis von einem Hohelied übersungen: nämlich auf die Treue. Wohin auch deine Wege, oder so ähnlich, oder: bis der Tod uns trennt und dergleichen; vor allem von einer alles übertreffenden Normalität war die da und dort sogar skandierte Rede. Wenn diese Leute schon, von denen man doch einfach anders denken mußte, tun, was nicht einmal jeder andere so außerordentlich normal tut, dann war etwas ganz enorm in Ordnung. Man denke da, wurde allerkopfs gedacht, immer etwas zu kurz.
Die normale, wenngleich nur angedeutete Erleichterung der Edwige, und besonders die wirkliche des Alex deutete man jedenfalls in die eigene Deutung, wie es meistens geschieht, und zwar gründlich, was sich gehört, wenn man mißversteht. Also die Jeanne hätte auch so gedacht, wäre da nur nicht dieses Rohr gewesen; im Nachdenken über dasselbe: wurde es von ihr als Zielfernrohr identifiziert. Sie war dabei, den zerrissenen Zusammenhang zu flicken: aber das wieder ganze Stück widerstrebte vom Ende her bis zu seinem Anfang der Sinngebung. Jeanne hatte da ein Erlebnis im Kopf, mit dem sie nicht fertig wurde.
Kommt Zeit, kommt ein Ratgeber. Immer der Paw.

Bin ich Psychologe? entrüstete sich der Privatdozent. Ich habe es schon mit quasi einem Gott zu tun, seufzte er, aber hier scheint ein Autor am Werk. Wehe mir. Der meine hatte seinen Kopf im eigenen Kopf, aber wie stehe ich da, wie sozusagen ausgewechselt, was mein Oberteil betrifft. Vier Maschinengewehre oder -pistolen. Gleichviel. Wo bitte wird hier geschossen? Ich muß das Schlimmste befürchten. Mir wurde zuteil, einen Fall zu lösen, den es nicht gibt, was die fehlenden Toten bezeugen. O überfugte Musik für einen Gehörlosen, dessen Seufzer so lang werden wird, bis er den Einsatzleiter erreicht: Herr Feilitzsch! Ein bißchen Bereitschaft, etwa nur an der einen Hand aufzuzählen. Bitte. Danke.

Man raune, Zaahira befinde sich auf der Burg, wurde im Frauentreff eine Schwester postalisch. Das finstere Telegramm wischte sich anschließend ihre Unschuld am schweren Rock ab. Frau dürfe den Köder nicht allzusehr deprimieren, warnte eine der Unscheinbaren und umging Jung Siegfried aufrecht, betont. Dann wurde an dessen Schicksal, dem grausamen, weitergehäkelt. Die schwerste Strickerin warf eine Masche und raunte etwas von Power. Und: Man habe nun einmal einen Softi, aber doch: um einen Chauvi zu hörnen. Der Siegfried röhrte. Jedoch vielleicht zu viel Ehr für einen verkleideten Mann, sprach die Oberschwester, sich selber zur richtigen Besinnung wachküssend. Also, Weibchen hin, Weibchen her, flickte die Jüngste das kollektive Loch: Der Konsens sei allein im Feindbild zu gewinnen. Der Heinz jedenfalls komme dran. Der hinge doch bald zwischen Weibchen und Männchen, wenn sie alle in ihren deprimierenden vier Wänden bewußt die Lust mobilmachen würden. Das warf auch die letzte Schwester auf ihren Hintern. Und also konnte der Siegfried aufrecht stehend erjammern: Nicht werde er ruhen, bis er seine geliebte Zaahira aus den Klauen des Ungeheuers gerettet. – Im warmen Dunst dieser Stätte des Frauens Geraune des höheren Sollens und tieferen Labens.

Des tiefsten Labens war kein Ende auf dem Platz vor dem Frauentreff. Und besonders die Metzgerei Murr spaltete die Riechorgane in höheres und höchstes Sollen. Strenge Düfte eines Hammels ließen den Pudel Robin abirren von der Ringelrute der Nathalie: sein erlauchtes Staunen in Richtung Ladentür war ein schlimmer Affront. Aber auch die Colliefrau verwirrte der kräftige Duft einer Rinderkeule, so daß sie dem Bettverweigerer Robin staunend zu Tisch folgte, seitlich sogar eine Hinterhand bedrückend desselben. Dem süßeren Schweinefleisch verfiel zur selben Zeit der kleine Malteser Hermann, verdrehte sich allerdings mehrmals vor seiner Bologneserin Dorothea, etwas taumelnd im Duftpanorama, bis seine Nase dann doch moralisch hängenblieb am Analgesicht seiner Verlobten, dort sachlich differenzierend und ihre Note zerlegend in sämtliche Rüche, selber die seinen spendend für den Basset Hussan, den wiederum Adrian, der Dalmatiner, erschnüffelte, dessen Schwanz eine derart außerordentliche Stellung erreichte, daß sein Gesicht an Bedeutung gewann im mimischen für den Chow-Chow Rummelpuff. Höchstrangig spielte sich alles das ab. Regelrecht, selbstverständlich. Also keine Angst. Viel Urin. Wenig Scheu. Da tröpfelte dieses kynische Leben. Im Spiele der Düfte zwischen Bett und Fleischerhaken konnte unsereiner sich aussprechen wie nicht Platon mit den Seinen beim Gastmahl. Wenn wir Eros hinter uns ließen, so folgten wir doch nach in der Liebe. Sogar übersprungen wurde so mancher, so manche; hier übertrafen sich alle Afghanen. Und weibliche Duftscheiben rutschten wahrhaftig nicht weg: wie solche von Schlitzen blieben sie aufrecht, geduldig und ohne zu wedeln. Wer achtmal so viele Ohren hat, höre das glückliche Winseln auf den analen Lippen der Hunde. Alle anderen sollen sich setzen auf ihre Gesichter und schweigen. Nicht gedacht soll ihrer werden auf unserer Riechfläche. Kommt da der Boxer Heinz daher? Ja. Und stellt er sein Punkergesicht zur Schau? Ja. Und läßt er sich stolz beschnüffeln vom Poppes, dem Boxer? Ja, freilich. Er kneift seinen Schwanz mitnichten ein, wie der Poppes den seinen nicht, siehe. Jeder imponiert jedem. So ist das. Schon wieder nicht richtig. In dieser falschen Hundewelt werden weder die Ohren angelegt, noch die Lefzen nach hinten gezogen. Hier wird nicht gegreint.

Wie ich sehe, lachte Paw, sträubt sich das Ganze bei dir nicht gegen seine Vollendung, lieber Poppes: Jetzt bist du der ganze Boxer, der dir einmal nur bis zur Hälfte gedieh und eine, und nicht die schwächere, Veranlagung in dir kommt zu ihrem Recht: Heinz von Stein, der wirkliche Hund als ein wirklicher Boxer wird umworben von dir.
Wie ich sehe, bemerkte der Poppes, sitzt hinter dir der wirkliche Kyniker, was mir die Frage erlauben muß: ob wir alle hier, also alle wir Hunde: wirklich wirkliche Kyniker sind?
Paw drehte sich um und sah den Diogenes sitzen, freilich bemerkend, wie wenig ansprechbar dieser war, weshalb er, sich hinter diesen begebend, über ihn hinweg, seine Hunde darüber aufklären konnte: daß sie insofern falsche Hunde genannt werden müßten, weil sie umgedrehte Kyniker seien, deshalb: sie hätten bisher noch nie die Theorie verachtet, und schon gar nicht wollten sie selber jetzt noch eine richtige Theorie der Praxis sein.
Der Hussan, der Basset, erinnerte sich, weil er auch einmal nachgedacht hatte, daran, daß Reflexion ihren Umschlag in Praxis nicht vorsehen sollte, sondern dieser Umschlag schon sei. Und – von Ulrich Sonnemann aufmerksam beobachtet und abgehört – wie war es diesem schon wieder gelungen, so schnell gegenwärtig zu sein? – fuhr er fort: und diese Reflexion, die ihr Umschlag in Praxis schon ist, erfolgt je schon gegenwärtig: als sich durchsetzende Ausbreitung, von vielen Quellpunkten her: eines anderen Verhaltens.
Und Poppes, der sich jetzt plötzlich an seine Kreonsrolle erinnerte, klagte deshalb laut und warf sich vor: insofern doch ein richtiger, also keineswegs umgedrehter Hund zu sein, da er, vielleicht sogar wie ein echter Kyniker, also mit eines solchen einseitig richtiger Praxis, jedenfalls: an die Veränderlichkeit der Welt nicht mehr geglaubt habe. Er mußte sich von Paw belehren lassen: er habe nur prozeßhaft sich ereignende Revolutionen abgelehnt, keineswegs aber gezweifelt an der Selbstveränderung des Menschen nach Maßgabe seiner Idee von sich selber, deren spontan Kritisches seine Bestimmung spiegele; diese Selbstveränderung begreife sich aber zu Recht als permanente Reflexion.
Und der zitierte Mao? erinnerte sich der Poppes.
Ein Fehler mehr, gab Paw zu.
Ja dann, atmete Poppes auf.

Ulrich Sonnemann nickte bedenklich.
Der Hussan dachte wieder nach.
Also, gab der Poppes noch nicht ganz nach, als umgedrehte, also als falsche Hunde befinden wir uns hier auf diesem Platz, immerhin aber, und wie die richtigen Kyniker: als richtig ausgetretene Hunde aus der schwächlichen Kultur.
Du sagst es, sagte Paw: Wir befinden uns auf diesem Platz. Aber, frage ich dich, wo befindet dieser Platz sich? Außerhalb der Kultur? Ja?
Nein, widersprach der Poppes. Das nicht. Innerhalb. Die Kultur umgibt uns.
Eine Umdrehung mehr, meinerseits, gab Paw zu. Der Austritt ist von mir aus ein Eintritt: ein Exodus in die Kultur. Also bitte, sind wir noch wirklich richtige, einmal angenommen wir seien Hunde?
Wenn schon Hunde, gab der Poppes zu, dann im Augenblick einmal zweifach falsche. Mir dreht sich alles, seufzte er: und zwar in meinem Boxerkopf, besonders wenn ich sehen muß, wie dieser Umweltschützer – wir schauten diesem, auf Poppes' Hinweis, alle sehr bewegt zu – seinen Demeter zu unserer Terra Nova hinzieht, über welcher derselbe sein Wasser abschlägt, indem er sich rückwärts zu derselben aufstellt, und die Hinterbeine seitlich abrutschen läßt. – Die Terra grünte; der Regenbogen schimmerte sehr farbig.
Jetzt schaut euch diesen Hund an, diesen in allen Farben schimmernden Grünen, lachte der Poppes.
Das ist alles nur Poesie, entschuldigte die Rosa.
Und wenn schon, soll Ulrich Sonnemann gesagt haben. Das behauptete Nathalie.
Anwesend jedenfalls war er nicht mehr. – Könnte der Paw das nicht nur glauben.

Anwesend war aber plötzlich der Fritz Mauthner: Tatsache ist, daß Sie alle hier nicht nur hin- und herrutschen zwischen den Geschlechtern.
Sie hier? staunte Paw.
Sie rutschen auch in das Tier.
Ja, in Hunde, gab Paw zu.

Sie machen da einen Fehler, den bekannten, den alten, den aller Fabelfabrikanten: Sie vermenschlichen.
O Gott, seufzte Paw.
Machen Sie doch weiter, aber nicht so, wurde Paw beraten. Diese adjektivische Welt der Tiere zerfällt in Einzeleindrücke, gestaltet sich nicht zu Einheiten. Man könnte das Uneinheitliche pointilliert nennen.
O Mensch, seufzte Paw. Wie könnte ich mir anmaßen, so göttlich zu beschreiben, was fließt?
Ein tierischer Dichter: ein Traum. Eine Sehnsucht. So Mauthner.
Eine Andeutung, mehr nicht, sagte Paw, tut mir leid! Ich bin in diesem Behufe ein Versager.
Hören Sie zu, sagte Fritz Mauthner: Die pointillierte Welt der passiven Sinneseindrücke verwandelt sich durch die tätige Apperzeption in die werdende Welt, in das Gewebe der Welt, das Fließende.
Paw war plötzlich verstockt. Ganz. Gar. Er mußte so erklären, weil er es wollen mußte. So frech war er: Mensch, Fritz, der du der Mauthner bist, davon abgesehen, daß mir kein Mensch zuhört, wenn ich passive Sinneseindrücke hier aufschreibe – wie im übrigen mir kein Tier zuhören kann, aus den bekannten Gründen, an die wir glauben, weshalb wir sie fressen; bedeutungshalber sei gesagt: die Hunde mitnichten, ich bin nicht im Stande. Selbst als Esel kann ich nur substantivieren. Und ich weiß, daß mich das nicht zuletzt zu einem solchen macht: aber hinwiederum unzureichend: also zu einem mystischen.
Lieber Esel, sagte Fritz Mauthner zu sich. Sag zu ihm, damit meinte er Paw: Laß es gut sein. Er seufzte: Es wäre so schön, könnten die Hunde lachen, wenn du ihnen vorliest, oder gar, wenn du lachen könntest, was sie knütteln.
Als hätten Sie das jemals, wurde Paw es leid, dem Fritz Mauthner zuzuhören. Es war ihm selber leid geworden, dem Paw zu antworten. Eine Frage gab es von ihm aus nicht mehr. Sogar gab es ihn selber nicht mehr. Aber das kommt so vor in dieser Welt; die hier noch gar nicht ist, geschweige anderswo.
Paw hatte noch etwas zu sagen, zu Paw. »Du falscher Hund.« – So redete Paw sich an, ohne fortzufahren. Nur so.

Es wurde geklagt. In der Felsenburg. An der Tür der Kammer Zaahiras. Dort drinnen war ein Herein unselig unmöglich. Angst beugte die Knie des zitternden Leibes. Dem folgte sogleich das Klirren der rostigen Riegel. Obwohl eine Ohnmacht eintrat, stand auch der Heinz da, selber besinnungslos vor Kummer. Gleichzeitig gelangten sie beide ins Bewußtsein zurück. Ein Umbringen verstieß Zaahira mit heißen Händen zwischen Liebkosungen dieses Ritters. Aber gar von einem Verschlingen war die sanfte Sage hier nicht. Kein Rachen wurde geöffnet. Die Zähne ließen im großen Maul des Räubers seine Zunge frei springen. Gar liebliche Erfindungen desselben wollten sie schnalzen. Der Kammer war das spärliche Licht in der Ecke nichts weniger als erwärmend. Aber dessen gedachte die Jungfrau hier nicht zu hoffen. Nicht auch erwärmten sie heißer Liebe Worte. Erhitzt wurde sie allein von der Bedrängung durch dieses klirrende Ungekäfer. Dieses, abgeschwanzt in der Ohnmacht seiner unerwiderten Liebe, mußte sich klagelautlich den Urwach nennen in seinem Gebürg, der alle Zankäpfel zwischen Lieb und Haber selber zu schlucken verspreche. Zum Recht als Faust werde seinerseits nichts erhoben. Seine Rechte flaute und sanftete durch ihr schweres Schwarzhaar, während die hochgedrehten Augen gen rußige Decke stierten. Der ihre Abscheu aber wischte bodentief. Vom Versinken in grundlose Scham war das jammernde Flüstern. – Vom Erkennen ihres Heiligsten könne mitnichten die verdorbenste Spucke sein. Wie sie ihm widerstrebe: so alles in ihm der Gewalt über sie. Und was an ihr äußerlich sei, könne sich unreinlich nicht ausformen in ihm. Als ein Strummel, der er vor dem Ziel seiner Wünsche noch immer geworden, müsse er nicht warnen vor sich. – So weberte er sprachsanften durch das verwirrte Gemüt unter ihm, ohne einen einzigen Aufschlag nur allerfernster Zustimmung aus ihrer Augen orientalischen Nächten zu erlangen. Noch unansehnlicher versuchte sich diese Zaahira vor seinen sowieso den Tränen nahen, verschleierten Augen mit ihrer Arme und Hände Verdeckungen des Reizendsten an ihr zu machen. Den herrlichen Nacken wollte sie nicht preisgeben, weshalb sie sich auch nicht völlig in einer endgültigen Vorbeuge verbockte. So stieß ein immer noch tieferes Schluchzen sein Höchstes.

Zum Erbarmen war das.

Sein klirrender Abgang folgte dem, und draußen ein Seufzer,

vernommen vom Reddunz, dem ruhlosen Schopf. Derselbe wurde auch noch heftig geschüttelt von ihm, als Heinz Verwöhnungen seiner Braut aufzählte, und zarteste Schonung befahl. Rot wurde da der Knecht unter seinem Gemüse und er entschloß sich, die Sprache seines Herrn zu verlernen.

Inzwischen aber war Blut geflossen. Kein Anlaß also zur Trauer für Dupin, für welchen endlich Blut durch die Adern eines bisher reichlich trockenen Falles schoß. Das brachte Leben in seine Gedanken. Auf seine Veranlassung hin sorgte Feilitzsch, noch immer nicht ganz überzeugt von der Ernsthaftigkeit dieser Vorfälle, bei denen nicht mit Toten gespart worden war, für die vorläufige Unterbringung der Killer in der Casbah, und zwar im ersten Stock. Der Polizei war nämlich, wie üblich, nach jeder erfolgten Untat die Ergreifung des jeweiligen Täters gelungen. Also Feilitzsch buchte das als seinen Erfolg. Dupin jedoch interessierte der größere Zusammenhang, der durch die gelungenen Morde erst wirklich sein wahres Interesse zu erwecken vermochte, eigentlich noch nicht so ganz, da ihm seine Neuriten meldeten, die Vollendung stünde noch aus. Er empfahl des weiteren, der besseren Übersicht wegen: die ermordeten Paare, und nur um solche toten Zweisamkeiten handelte es sich in seinem der Lösung noch bedürftigen Rätsel, im Tanzsaal, wie er sich auszudrücken beliebte, des Studio 54, selbstverständlich ohne Licht und Lärmeffekte aufzubahren. Und dort war es auch, im Angesichte des Todes, wo er geduldig und überaus hellhörig die näheren Umstände der Mordtaten speicherte. Also daß eine jetzt verblichene Edith im Vinzenz Murr mit eben dem Schlüssel die Handschellen aufgesperrt hatte, mit dem sie ihren Kenn an sich angeschlossen – er selbst, Dupin, war ja Zeuge ihrer derart strikten Verlobung geworden – dies wurde ihm vermeldet mit der Vermutung, sie habe offenbar und sozusagen aller Fesseln ledig einem jungen Mann folgen wollen, der auf der Freiheit am Metzgerladen vorbeigeeilt sei. Der verblichene Kenn trug die Schellen noch, wie Dupin feststellte, nicht ohne an solche von Narren zu denken. Er konnte sich derartige Abschweifungen erlauben, gewiß. Nun: der Fall der Donna war zwielichtiger, was keinen Widerspruch ergab, wenn man zugeben mußte, er sei des Nachts zu einem solchen und zwar tödlichen geworden, und zwar auf dem kurzen, über den Flur der Pension getätigten Zimmerwechsel (die Adresse gab für die Sache wenig her, jedenfalls Freiheit), jedenfalls wurde damit ihr Leben außerhalb und das ihres Marc innerhalb des Pensionszimmers beendet. – Nur Luft, allerdings eine des Morgens, also eine besonders frische, war, oder eigentlich der unschuldige Trieb zu ihr hin, genauer zu ihr hinaus, nämlich auf den Balkon des Hauses Ecke Clemens/Freiheit, 3. Stock, Ursache, könnte man oberflächlich urteilen, aber dafür hatte Dupin eine Vorliebe, wie bekannt, des frühen Todes der Gloria, in den der in dieser Hinsicht, einer oberflächlichen, wie gesagt, schlafende Roger nachfolgen mußte. Auch hier wurden eine Maschinenpistole und der Schütze sichergestellt. Da lagen sie nun beide. Und so unterschiedlich die diversen Vergehen, wenn man von solchen sprechen konnte – Feilitzsch enthielt sich einer Meinung, Dupin behielt die seine für sich – auch waren, der Tod, und zwar ein überaus planender, hatte geerntet. Von einem Plan hatte allerdings nur Dupin und dies auch nur wie nebenbei gesprochen, mehr geplaudert, im Flüsterton, was immerhin etwas Aufsehen erregte, besonders im stets wachen Gemüt Paws, der in diesen aufregenden Stunden nicht mehr von der Seite des Meisterdetektivs gewichen war, der im übrigen den Tanzboden des Studio 54 nicht mehr verließ, als könne er hier in Ruhe die Vollendung der Tatbestände abwarten. So jedenfalls vermutete Paw und schaute vorerst nicht fehl in seiner Ansicht, als nämlich eine durchlöcherte Edwige vor ihrem durchlöcherten Alex hereingetragen wurde. Den spärlichen Zeugenaussagen war zu entnehmen, daß sie – in Umkehrung des paradiesischen Falles – ein Apfel zum Seitensprung in Richtung Obst- und Südfruchtgeschäft, Ecke Haimhauser, verlockte und also hinriß, ihren Alex für wenige Sekunden zu verlassen. Das immer schon leidige Objekt rollte unangebissen über den Bürgersteig, und Edwige, sehr viel schwerfälliger, freilich, aber eben doch, hinterher; auch Alex wurde durchsiebt. Diese Vorfälle und das Ergebnis: die vier toten Paare, reichten hin, die Kräfte der staatlichen Organe, an ihrer Spitze den mit vier Killern ausgestatteten Feilitzsch, zu lähmen, indem sie ihren gepriesenen Scharfsinn auf vollkommen falsche Fährte brachten: so jedenfalls dachte Dupin und dies laut. Und dies dachte er laut, als Feilitzsch etwas von abstrusen Leuten faselte, bitte, man wisse Bescheid, denen würde doch nichts Gescheites einfallen, wie man überaus deutlich sehen könne und von Leichtsinn und Dummheit und ähnlichem wurde noch vieles vorgebracht von demselben, der so gar keine Lust verspürte: mit Ernst an die Sache heranzugehen. Zum Regisseur gewendet, äußerte Meister Dupin: Diese staatlichen Organe seien dem plumpen, doch weit verbreiteten Irrtum verfallen, das Ungewöhnliche mit dem Abstrusen zu verwechseln. Doch gerade anhand dieser Abweichungen vom platt Gewöhnlichen ertaste sich die Vernunft, wenn überhaupt, ihren Weg bei ihrer Suche nach der Wahrheit. Bei Nachforschungen, wie wir sie jetzt vornehmen, meinte Dupin, sollte gar nicht einmal so sehr gefragt werden »Was hat sich ereignet?« als vielmehr: »Was ist dabei geschehen, das sich noch nie zuvor ereignete?« Jedenfalls nicht bei Leuten dieses Schlages, dieses Disco-Schlages, ergänzte er süffisant. In der Tat stehe die Leichtigkeit, mit welcher er zur Lösung des Geheimnisses gelangen werde – oder bereits gelangt sei –, im direkten Verhältnis zu seiner anscheinenden Unlösbarkeit in den Augen der Polizei.

Der Regisseur starrte den Sprecher in stummer Verwunderung an.

Der ganz andere Kunz, nämlich Reddunz, derselbe an anderem Ort, nämlich oben, in der Hochburg, stellte als Knecht seinen Herrn und begehrte zu wissen, wann endlich von einer Haupt- und Schandaktion gesprochen werden könne, was die Jungfrau Zaahira anbohre.

Nu, nu, gemach mit der Sünde, Getreuer. Ich heiße sie eine Albernheit, predigte Heinz. Was schert mich, was die Leute, und insbesondere die Punker: Schändlichkeit nennen. Sei ruhig und horche. Nämlich ich lauere nicht auf das Mädchen. Wie noch einmal eine Morgensonne und lieblicher auch als Maria, die Jungfrau, erheitert sie meinen Lebensabend. Gewiß, sie sehen und sie vergewaltigen, das schien das Werk eines Augenblicks in meinem verdorbenen Herzen. Aber schon der nächste brachte den Mord um und machte den Mörder zum Freier. Ich umschlang dort am Nornenloch meine Frau. Meine bösen Gedanken sahen sie springen, meine guten Arme fingen sie auf. Ihre schlanke Taille wurde von den vernünftigsten Händen erfaßt, die jemals einen Ritter werkeln ließen. Zwar unterirdisch hat derselbe sie heimlich aus der Freiheit entfernt, aber

diesseits des von demselben schlimm verlängerten Ganges zürnte ihr Trotzkopf einem künftig solche Schelmereien gerne ertragenden, sogar wünschenden Gespons, dessen eiserne Rüstung mit dem weichsten Teig gefüllt ist, der jemals in eheliche Hitze geschoben, die sittlichste Backform bekam.
Der Ritter wandelte weg. Der Reddunz versammelte seine Punker, die ganze Schar des auf dem Stein, und sann laut und deutlich auf Verrat und nicht ohne Erfolg.

Ecke Freiheit/Marschall geschah es: Heimeran Phywa holte den kleinen Herrn aus dem Kinderwagen, alias Sarkophag, trug ihn zum Regisseur hin, nur wenige Schritte – derselbe war zur Stelle gewesen – und machte es derart möglich, daß der Regisseur des Unterganges von Troja den Regisseur aller Spiele hier auf dem Platz anrempeln konnte, weshalb dieser jetzt schreiben konnte, daß sich die Tür öffnete und er das Haus No. 7, mit Heimeran Phywa, auf dessen Armen der kleine Herr, betrat, mit ihnen in den 5. Stock stieg, dort eine Wohnungstür aufsperrte, durch ein Vorzimmer ging, die beiden immer dicht hinter ihm drein, um schließlich mit ihnen die große Terrasse zu betreten, wo ein mächtiger Tisch stand, auf dem ein aufgeschlagenes Manuskript lag.
Der Regisseur las vor: Nach einer längeren Phase, in der dem Autor der klare, zukunftweisende Abschluß einer Auseinandersetzung zwischen Frau und Mann mißlang, insofern er unentschieden im Kampf der Geschlechter schriftlich taumelte, bis er uns das wahrhaft vulgäre Bild eines Friedensschlusses anbieten konnte, das er dann auch noch, wie es seiner Sorglosigkeit entspricht, in den Himmel entrückte, womit er so unrecht auch wieder nicht haben dürfte, und nach derlei vulgären Machenschaften noch mehr, nicht aufzuzählen sie alle, was hieße, sie aus dem Sumpf seiner Phantasie zu ziehen, kommt er, dieser Autor jetzt hier herauf und . . .
Der Regisseur unterbrach sich. Er half dem Heimeran Phywa auf den Tisch hinauf, ließ ihn Platz nehmen, mit dessen Po auf dem Text, und reichte ihm das Wickelkind, welches dieser auf seinem Schoß absetzte, was den Regisseur an eine frühere, höchste Position im Todesversteckspielturm erinnern sollte, und nicht vergessend: Heimeran Phywas derzeitige Situation damit zu vergleichen

– jedenfalls deutete er solches an – und war nach einem kurzen Überblick über den Platz mit dem Bühnenbild höchst zufrieden. Die Grenzen des Labyrinthes stimmten genau überein mit der Absperrung, gute Arbeit. Er überzeugte sich davon, daß der Eingang mit der Position seiner zwei Polizisten am Siegestor identisch war, sah dort den rechten Gänger schon warten, weshalb er dem kleinen Herrn den Stoß zurückgeben konnte, den dieser ihm noch vor kurzem gegeben; der seine aber betraf dessen Kopf. Der Kleine konnte beginnen. Er donnerte los:

Unser geliebter Sohn ist dieser, an dem wir ein Wohlgefallen haben, wenn wir ihn unser Labyrinth betreten sehen, zwar um sich blickend, aber hier, wo gesucht wird, nicht suchend, überblickend schon gar nicht, jeder Anmaßung abhold, auch jener Einbildung nämlich, in die Struktur unseres Schauplatzes, und sei es nur mit seinen Gefühlen, eindringen zu wollen, im Gegenteil, in sich selber zurückgenommen, stur, einzig ein Gänger in unseren Gängen, sparsam, nur nicht mit Zeit und Kraft, aber verschwenderisch mit der Geduld, als einer, der sich im ersten der Gänge schon an der rechten Wand, die wir vor jedem schweifenden Auge aufgerichtet, hält und sich, sie sanft berührend, an ihr entlang tastet im vollen Vertrauen auf unser Gesetz und dessen lohnendste Einhaltung, die, was er abgeht, zum ruhenden Garten seiner Dauer werden läßt, und ihn selbst zu dem Unentwegten, der auf die Lösung mit jedem seiner Schritte wahrlich auch zu warten weiß, und daß es nicht nur so scheint, zeigt sich, als die erste Verzweigung der Wege sich öffnet und er an ihrem Ende die Wand als das erkennt, was sie ist, als die eine Seite nämlich der Mauer, deren andere er sanft berührt, um, die Augen in die Tiefe aufschlagend seines von ihm nicht etwa gewählten zweiten Ganges, diesen anzunehmen, seine Notwendigkeit mit einem gleichsam unblutenden Herzen auf sich zukommen zu lassen, im sanften Gegenschritt, sich tastend wieder entlang an dessen Wand, wieder der rechten, wohl wissend, aber dieses deutliche Wissen zugleich von sich weisend, um das baldige Ende, weil es erschauend schließlich, der Tatsächlichkeit jedoch nicht trauend, geschweige mißtrauend, ihn, den Umweg, weder als Irrtum, noch den Irrtum als Umweg anerkennend, nein, ihn ausgehend nur, was heißt nur, das heißt ganz und gar in der Hingabe ans einmal Beschlossene groß, standhaft in Bewegung und gewiß kein Verkürzer, das nie, nie zögernd, in dieser Art und Weise nun einmal unterwegs, umgehend, was tot ist und hier herumliegt und wo es sich häuft, übersteigend, sich niemals entschließend dazu, die Begehung zu unterlassen, in Anbetracht jener linken Wand, deren Betastung durch ihn gewiß doch nicht lange mehr auf sich warten lassen wird, aber nein, in reifster Erkenntnis des Vorhandenseins eines Sackes schlüpft er in diesen, unerschütterlich kommt er wieder aus diesem hervor und geht weiter, dieser, den wir so lieben, und ein und aus gehend geht er dahin als ein Ausgeher dessen, was zum Gehen von uns als Vorschlag vor sein Gesicht kommt, und da kommt ihm ein anderer, auch geliebter Sohn in die Quere, an dem ebenfalls haben wir dieses Wohlgefallen, überblickend wie er die Wege des Ausgehers kreuzt, diesen musternd mit den Augen, den niedergeschlagenen, dessen, der hier im Zeichen der Artemis, bleich, wohlanständig, ziemlich gepflegt, jagt, weniger laufend, mehr läufig, und nicht so sehr auf Umwegen, mehr auf Abwegen, gierig die Pfade als Seitenpfade genießend, immer in geiler Erwartung an jeder Kehre, ob auftauche, was seinesgleichen erwartet in Labyrinthen, nämlich Verwirrung, der jener entkommen will, der in gänzlicher Unscheinbarkeit verwirklicht, was dieser nicht nur zu verabscheuen braucht, er hat es nicht nötig, denn in ariadnischer Sicherheit wiegt er sich, darob etwas verschämt zwar und leicht verstört, wo die Reste verschiedener Gänger die Gänge verpesten, aber nicht aufzuhalten, seitdem er das eine Ende des roten Knäuels am Türstock des Eingangs befestigt und aus seiner Hand, es abrollend aus derselben, den Faden entläßt, so daß er nur scheinbar in die Verwicklung vorstößt, was den Schimmer Vergnügen in seinem Gesicht bis zum Erblassen verringert, aber dem Ausdruck satter Zufriedenheit Platz schafft dafür in seinen Zügen, als er so magisch vorüberschreitet an harter Arbeit, am Faden frei vor Verzweigungen wählend und kühn die Wahl als Weg zwischen unseren Mauern einschlagend, im Wissen, das so lange Macht ist, solange das Knäuel den Faden gnädig schenkt, den er entspannt, so daß derselbe am Boden sich schlängelt, damit jener andere, der wie dieser und jener ein geliebter Sohn ist, an dem wir ein Wohlgefallen haben, seinen Weg nehmen kann drüberweg, und wirklich, der nimmt ihn in Wahrheit, nur kurz den

Entknäuler prüfend, sehr scharf, mit dieser gewissen Ungeduld, die Phantasie in ihren Verwaltern bewirkt, auch staunt er, so also sei, wie er sich beinahe laut ausdenkt, die Entartung gebunden an ihre Herkunft, denn seine Analyse des Anblicks endet freilich am Türstock, wo angebunden, was sich so freihin bewegt, welche schnelle Erkenntnis ihn zwar noch grüßen läßt, aber kalt, denn schon verharrt er wie auf dem Sprungbrett über dem Wasser, und wippend demonstriert er das Pochen des Blutes, er schnuppert, die Nase spielt ihre Rolle, ihr kühner Schwung prädestiniert sie dazu, vor Unbekanntem zu zittern, nicht etwa vor Angst, vor Entschlußkraft, und dem Pfeile gleich schießt sie los, und dieser Gang zeigt kein Ende und einem Sack gleicht er nimmer, und hinterher kommt er selbst, vergeistigt, schwitzend, seiner Erkenntnis folgend, um so schnell wie möglich dorthin zu kommen, wo er erschaut, das Weitere nämlich, das aber immer endgültiger werden muß dem, der wirklich frei wählt und wirklich schnell handelt, außerordentlich zwar, aber deshalb nicht minder, und darum auch jetzt ist dieser enttäuscht nie, wie niemals so jetzt nicht, vor diesen drei Säcken, die ihn zum Schlüpfen auffordern, doch wählt er den vierten Gang und entschlüpft also dorthin, woher er kam, nicht verzweifelt, er nicht, der den Rücken steif macht, mit dem er das Ausweglose beschämt, und er stürmt zurück und wie, siehe, die Haken der Hoffnung ins Ungewisse schlagend, mal hierhin, mal dorthin, verfolgt von vorne gleichsam vom Glück, das seine Phantasie ihm verspricht, in ihm singend, er auch, wahrhaftig, er singt, was jenen verdutzt, der, so geliebt als Sohn wie Genannte, sich abmüht wie jener, der rechts die Wände betastet, weil er sie links betastet, wie jener also sich langsam hineinverarbeitet, wo ihm die Sackgassen lohnen, was er ihnen gibt, und wie er sie streichelt mit seiner Linken, so sanft umfangen sie ihn, so daß er Mühe hat, aus ihnen zu scheiden, was doch im Ernst die Berufung, auch seine, jedoch der Gesang des Phantasten hat ihn verstört und für Augenblicke, also nur kurz, aber kräftig, die seine, die linke Theorie zerzaust, aber er stampft aus dem Bild dann, beschlägt die Wände und hämmert sich langsam wieder zurück ins Programm, bis er gleichschrittlich wieder marschiert, den rechten Betaster befurzend, als dieser sich in der quälenden Enge an ihm vorbeischiebt, beinahe hätte er wenig später den Faden des sicheren Jägers zerrissen, als jener vor Schreck diesen spannte im Anblick der Arbeit und ihres Arbeiters, den Hut in die nasse Stirne drückend, um unerkannt, wo das Irren die Aufgabe ist, zu bleiben, der Abwege, die er genommen, bewußt, nur zu, nur weiter, nur würdigte der Bestimmte ihn keines Blickes, so daß er unbestimmt fremd gehen kann, wo die Fremde so wirr und die Welt so unerlöst ist, so daß er befreit sofort auflacht, obwohl sein Knäuel patschnaß ist, obwohl der Anblick des greisen Dichters, der bleich, zerbrechlich, jedoch nicht gebrochen, herumirrt, ihn ernster stimmen sollte, ein Anblick fürwahr für ebenso echte Labyrinthiker, wie dieser es ist, der als Blinder die Gänge durchtastet und in des Wortes wahrster Bedeutung kein Ziel im Auge hat, dafür jedoch in den Händen die zarteste Liebe für jede Wand, die die Aussicht versperrt, für jeden Weg, der vergeblich in diesen Gängen, aber gangbar trotzdem für diesen, der Gangbares selbst noch im Ausweglosen mit seinen kleinen Füßen auskostet, und dieser ist nicht nur einer von jenen geliebten Söhnen, an denen wir unsere Wohlgefallen hatten und haben, sondern mehr gilt er uns und unserem Herzen am nächsten wohnt er, der nunmehr erlauscht, was wir sehen, wie nämlich vorbeischießt jener, der kühn seine Wege und wie es ihm dünkt wählte bisher und nicht aufhört so kühn und noch kühner zu wählen, was ihm inzwischen Gefolge verschaffte, so plötzlich wie dieser entscheidend, aber diesem allein als ihrer Entscheidung vertrauend, sich seiner Kühnheit bedienend, und zwar als gemischte Gesellschaft in einer Reihe, also sowohl als Töchter als auch als Söhne, an denen wir gleichwohl unser Wohlgefallen noch haben, wie nicht, sie erfüllen, wenngleich sekundär, was uns primär gefällt, sie suchen, sie gieren nach Lösung, sie fallen nicht in Versuchung wie jene, die ihre Unterbrüder besteigen, um wiederum Unterbrüder zu werden für solche, die ihre Schultern benützen, um wenig brüderlich so hoch oben dann doch zu Unterbrüdern zu werden für jenen Sohn, der unser Wohlgefallen nur deshalb nicht verliert, weil er schon kurz nach der Ankündigung seines Überblicks über den Garten am tiefsten herabfallen muß, weil er am höchsten gestiegen, weil die untersten Brüder im höchsten Augenblick eines der ihren ihre untersten Plätze verließen, um selbst und zwar schnell in den Genuß einer solchen erhebenden Erhobenheit zu gelangen, was sie, zwar für jeden leider wieder zu kurz, in Kürze erreichen dürften, als Angehörige einer solchen Gruppe von Brüdern, von denen jeder auf Kosten der übrigen sich zur Übersicht aufschwingen will, aber für alle, die geliebt von uns werden, die sich hören über die Mauern hinweg, ihrer Stimmen also gewiß sind, denn, was der Mund hier entläßt, kennt weder Wände noch Gassen zwischen den Mauern, für alle gilt, im Irrtum hat ihre Rede ihr Recht, und diese überwindet als Trauernde besonders das Trennende immer, und dieser, was denkt er, der Phantast, als er eine Stimme vernimmt, die jenem gehört, an dem wir, sagen wirs ehrlich, Wohlgefallen nicht haben, und seiner soll im Augenblick wenigstens nicht gedacht werden, als der rechte Betaster ihn trifft, und zwar mit der Rechten betulich die rechten Wände betastend, sieht er ihn sitzen und gleich vor dem Ausgang, er hört ihn auch reden, wobei er sich aber an seine Wand hält und bleibt, was er ist, und den Ausgang beäugend, den jener ihm ruhig gewiesen, wählt er die Sackgasse, die sich ihm bietet, und glänzend kommt er vorbei am Verführer, und überwunden ist die helle Gefahr einer Lösung, die mit dem Makel einer Abkürzung wäre behaftet gewesen, wäre er schnell entlaufen, was er so wenig getan, wie es jener tut, der wenig später bedächtig vor dem Ausgang erscheint, strenger noch als der rechte Betaster ihn prüfend, auch hörend, was jener Sitzer ihm sagt, aber unempfindlicher gegen die Rede desselben als sein parallelischer Vorgänger, dem er auf seiner Seite, der linken, also obwohl ganz anders, doch nachfolgt, wenn auch in anderer Richtung, so eifrig wie jener, aber in seiner Art sehr dogmatisch, der kurzen Befreiung vorziehend die Notwendigkeit des längeren Weges, auf dem er verschwindet, um, mehr über kurz als lang, wie jener, aber jetzt gültig, als dieser Gültige, wie es jener auch ist, als jener Gültige, wiederzukommen, von der Mühsal, die wahrlich ausgekostet, gezeichnet wie dieser, um wie dieser und mit ihm und dieses Mal Seite an Seite mit ihm, wie dieser die Rechte, sich die Linke reibend, nicht nur vor Vergnügen, versteht sich, um also in die Lösung zu eilen, hinaus, der Rechtswänder reibt sich die Augen, der Gebrauch, den der Linkswänder von seinen Augen macht, ist ungleich mißtrauischer und bewußter, erstaunt sind sie beide, und was sie sehen, weiß keiner, aber sie heben die Hände, sie scheinen zu grüßen, das ist eine Geste, die jeden ergriffe, wäre einer nur da außer beiden, es scheint so, als sei schon verinnerlicht, was vorgibt dort draußen den beiden als Glück zu erscheinen, die zwei erhobenen Hände freilich gehören nicht einem, es handelt sich um die erhobene Rechte des Rechten und um die erhobene Linke des Linken, und diese Linke des

Linken, was anderes sollte sie suchen, als was auch die Rechte des Rechten hier sucht, der richtiges Suchen so wenig ermangelt wie jener, kurz, weil es um Länge geht, unbarmherzig, wie anders könnte man kurz sich entschließen, als sehr kurz, als Rechter, als Linker, und freilich allein um der Länge willen, der man sich stellt, sich bewegend, versteht sich, will man geliebt sein als Söhne, an denen wir Wohlgefallen gehabt und noch haben, von dem wir gesprochen, von dem wir jetzt sprechen, ergriffener nie als augenblicklich, sie tasten, wieder, sie wieder sind Taster, sie werden, was sie gewesen, oder wir sagen, sie bleiben das, was sie sind, und tasten, zwar außen entlang an der Mauer, aber was sagt das im Falle des Tastens, und was einzig der Fall ist, das sind diese Fälle, die auseinandergehen, so scheint es, um Seite an Seite mit ihr, mit der Lösung, zu tasten, was ganz und gar übertrifft, was wir uns zu lieben erlauben in Anbetracht zweier Mühen, deren Walter den Eingang wieder erreichen, der Linke zuerst, der ihn trifft, den ariadnischen Fädler, den Theseus der Zeit, die wir schreiben, es trieft wie immer das Knäuel zwischen den schwitzenden Händen, und Lösung vor diesem Eingang, denn Ausgänge hat er im Sinn nicht, bedeutet ihm nur dieses Bett, in dem vor den Pfosten Ariadne gesund und unwissend schläft, zu welcher derselbe im Augenblick schlüpft, selbstverständlich unter die Decke, das Hinterteil einer Frau, das als Lösung schon dick wird, ergreifend und drückend, was theoretisch der linke Wandgänger niemals begreift, der sanft, aber streng um die Ecke, die linke, ins Labyrinth, in das unsere, das unser Wohlgefallen enthält, enteilt, für solche Bettgeschichten unempfindlich, ein Komparativ aber jenem, der nach ihm, von rechts kommend, immerhin Zeit hat zu heben, und zwar die Bettdecke, aber im Zuge der Aufgabe kurz nur, lange genug jedoch, um ein Glück zu betrachten, von dem er das gewisse Etwas im Sinn hat, er auch, was dem Schläfer, den zu lieben die Absicht wir immer noch haben, reizt, oder vielmehr die Tatsache, daß jemand fremd geht, und da er zu schlafen nur vorgab, kommt er sehr schnell auf die Beine und packt seinen Knäuel, und wenn auch nicht beim Schwanz, so doch wie eine Brust, deren viele er wähnt dort, wo der andere vor ihm entschwunden, er auch, er entschwindet, geht fremd, und, was eine Aufgabe darstellt in Wahrheit, für ihn wird es wieder zur Selbstaufgabe, jedoch zur versicherten, denn als Verbundener spult er sich ab in die Freiheit, gefolgt, nicht aber verfolgt jetzt von ihr, die er vor kurzem verlassen, die neugierig läuft und ohne Methode, sich streckend zuweilen, und zwar in die Höhe, was weder über anliegende Mauern, geschweige über den Garten im ganzen ihr Überblick verschafft, was sie einsieht, weshalb sie nur so und einmal hierhin und einmal dorthin sich wendet, bis sie ganz ohne Umschweife, nachdem sie den rechten Betaster getroffen, diesem folgt und wie dieser die rechten Seiten der Gänge berührt mit auch ihrer Rechten, was dieser nicht ungern verspürt, im Rücken, ohne zumindest mit ihm die Zeichen zu geben, die sein Vergnügen vermittelten, und also treffen sie jenen, der die linken Wände berührt und sich eben, kein Auge werfend auf sie, an ihnen vorbeidrängen will, als ihn stoppt, was zugleich seine Augen aufreißt, und dergleichen geschieht auch seinem verdoppelten Gegenüber, im Anblick des eifrigen Mannes, der, wippend auf beiden Ballen, die Spannung ausdrückt vor einer Verzweigung der Gänge, vor Lust sogar pfeifend, im Stande der Gnade geradezu toll, dieser Turner in seiner Aufgabe, der also mit einer Aufgabe immer noch ausschweifend schwitzt, die der Rechte, der Linke gelöst schon, die beide zum zweiten Mal lösen, was sie demselben weder milde noch streng noch gar höhnend mitteilen können, da er im Augenblick, als ihre Zungen sich lösen, schon wegschnellt hinein in eine Gewißheit, die sich als einer der Gänge vorgestellt haben muß, in dem er nun rast, großartig als solcher, des Sackes freilich gewiß, der wenig später ihm harte Erkenntnis, aber nicht seiner selbst, schenkt, während die Söhne, unsere, unsre geliebten, im strengen Vollzug sowohl links als auch rechts an den Wänden entlang den Ausgang erreichen, vor dem der Sitzer sich selbst und jetzt auch, da er Zuhörer hat, diese belehrt, was diesen viel sagt, weil diese gern hören, was wir uns zu hören verbieten, jedoch wir müssen es sehen, wie unsere Tochter, die unsere Tochter also nicht sein kann, wir also kein Wohlgefallen haben können an ihr, bei diesem Seßhaften bleibt, sich niederläßt bei ihm, sich also wie er unserem Ausgang verweigert, von einer Lösung nichts wissen will, also die Aufgabe, die wir gestellt, schlimm mißachtet, wie er, der aber wie sie in ihr bleibt, wer weiß, warum er was weiß und was er nicht weiß, wer weiß das, warum er sich jetzt auch noch mit ihr so wohl fühlt, hier, wo sich doch ganz anders, ganz anders wohl gefühlt wird, wenn überhaupt, so ganz anders, nämlich eigentlich nicht, hier im Garten, den dieser sich umdenkt in einen Garten gefährlicher Lüste, und lange, wir wissen, wird es nicht währen, und aufstehen wird er und lustwandeln wird er, die Säcke, sie alle, geliebt werden sie von ihm werden und wahrscheinlich desgleichen von ihr, vielleicht sogar sorgsam gehegt und gepflegt von den beiden, nachdem er, was wir nicht mitansehen können, wovor wir die Augen verschließen, mit ihr, die er soeben entkleidet, was seinerseits schon geschah, der Sache sich widmet, die wir verachten, wohl wissend, er lasse gewiß nichts laufen in ihr, die sein Garten in unserem Garten geworden, gewiß nichts, was nach ihrem Ausgang einst strebte, geschweige dieselbe verließe durch diesen, wie jene den Garten, den unseren, fleißig verlassen, siehe als Söhne, an denen ein Wohlgefallen wir haben, ein großes, erschauend, wie sie heraus aus der ungeheuren Anzahl von Sackgassen fanden, als Evolutionäre heraus aus einem Garten, in welchem fast alle Abzweigungen falsche Abzweigungen sind, sich also bis vor den Ausgang und darunter hinaus aus demselben entwickeln, höher, möchten wir sagen und sagen es stolz, der homo, sie alle, sind sie, und ergänzen noch stolzer, der sapiens, bitte, links an der Außenmauer entlang oder rechts, wies beliebt, aber danke, was reden wir, unsere Söhne, an denen wir größtes Wohlgefallen hatten, haben und haben werden, sie tasten sich wieder zum Eingang zurück.

Indem Paw den kleinen Herrn und Heimeran vom Tisch wegnahm – auf der Terrasse im 5. Stock, Marschallstraße –, sie auf dem Boden absetzte – womit beide nicht einverstanden waren, was ihre spätere Flucht bestätigte – und selber wieder zu schreiben begann, zeigte er, daß er die Aufgabe seiner Selbstkritik hier fortzusetzen gedachte, freilich mehr in Richtung einer Notation, aber doch auch in der Absicht, wieder etwas selber zu tun, was er früher, freilich anders besetzt, immer schon selber getan. Alle Verwandlungen geschahen spaßeshalber, auch diese: eines selbstkritischen Schreibers in einen Notator und zwar am falschen Platz.

Ich muß hier erwähnen, daß zwar für die Zeit dieser Aktion die Münchener Freiheit und das Labyrinth deckungsgleich waren, jedoch, was unseren Platz angeht: von einem Ausgang Nähe Ungererstraße, wo der Linke und der Rechte das Labyrinth verließen, nicht gesprochen werden kann. Wenn überhaupt, so können wir oder ich nur dort hinaus, wo ich hereinkam, dort also, wo ich zwischen meinen beiden Polizisten am Anfang des Buches über das Seil stieg. Um Mißverständnisse, was eine aus diesem Labyrinth sich ergebende Richtigkeit angeht, schon jetzt abzubauen, verweise ich auf unsere Aktion auf dem Königsplatz. Dort hatte der kleine Herr ein Spiel inszeniert, in dem – von ihm, wohlgemerkt – Erlösung abgelehnt worden war. Im Labyrinth handelte es sich um Ähnliches, da auch hier Erlösung sehr fragwürdig gehandhabt wurde: sie mündete auch nur wieder in neue Arbeit ein. –

Daß Robin mit seiner Nathalie in der Aufgabe bleiben will, schien unseren kleinen Herrn sehr verwirrt zu haben, offenbar, weil er nicht begreifen kann, daß einer diese Aufgabe gelöst hat, diese Lösung aber nicht genießt, sondern den Aufenthalt in der verwirrenden Aufgabe vorzieht: ein Verhalten, das auf einen ganz anderen Genuß verweist, der dem kleinen Herrn besonders widerlich sein muß. Dort wo Laufen Arbeit bedeutet und vice versa, ist Wandeln gefährliche Lust. Wer lustwandelt, schielt nicht nach Belohnung; das Wandeln belohnt sich selbst; so wird dieser Umgang zur Hege und Pflege, und Arbeit und Qual zu ornamentalem Trödeln: Abschweifungen werden zum Ziel.

Solches hier abspulend wie die Begleiterin meines Labyrinthikers, den ich mehr noch als sie, mir zur Lust, verknote in meine Sätze, wieder einmal also hier oben am Fenster weder über- noch durchblickend, barock gestimmt und gärtnerisch tätig, leidend an dieser französischen Krankheit auf kurfürstlich bayrisch: mein Trödlerpaar im Jahrmarkt meiner zweiten Natur durch alle Zitate ziehend, verführe ich beide zu lockendsten Umwegen, wo die Denkmale der Phantasie in Lauben herumstehen und ihr Grabmal, vor welchem sie denkend verharren, gedenkend des unbekannten Phantasten, der im Krieg mit der deutschen Vernunft fiel. An seiner grünen Seite, an der ich schreibend schreite, in treuestem Gedenken an seine Lehre, wird mir weiß zumute auf diesem Blatt, wo ich die Jahreszeitenabfolge datiere: als Traum, als Rausch, als Kater, als Schlaf – im Theater: sein Spieler, Souffleur, Regisseur, Autor, Publikum, Kritiker und Kommentator. – Herzliche Grüße an C. G. Jung.

Sehr labyrinthisch, diese Notizen. Da wird dann auch noch ein Blick geworfen von mir auf das Königshaus auf dem Schachen, lokalisiert in der Nähe des Pissoirs von old Henry. Der schöne

Ludwig, muß ich hier schreiben, genießt den Ausblick in meinen Irrgarten gerne. Ich stelle auch fest: die Groschenkonferenz dauert an, der Friede bleibt also immer noch stecken. Die Jeanne läuft herum, obwohl: ungezeugt, ungeboren. Auf dem Firmenschild Strunsky fehlt der Name des Bäckers. Ich denke an Karl. Also deshalb. Sophie bringt die Semmeln zu spät in die Raubritterburg, oder brachte. Also das ist oder war kein Charakterfehler des Mädchens. Der meine muß es wohl bleiben. Mein Wissen ist eine Lücke, besonders in Hinsicht Nornenloch: Warum schossen die Mädchen hinein? Das Zwieseler Sternbild pißte inzwischen schon oft, obwohl: kein Ausgußrohr. Schlimm. Nicht zu ändern. Mein Wortschatz schwappt über von Story zu Story. Aber freilich: hier rede nur ich. Mit dieser Entschuldigung wird der Fehler noch dümmer. Und Gegenmünchen? Leider verschollen. Aber bestimmt auf dem Platz. Und nur Jeannes Wohnung steht im Adreßbuch des Falschen. Und nur der Poppes hat noch dazu Eltern. Sehr falsch. Und Biographien sind bekannt nur von einer, die es nicht gibt, und von Rosa. Der Poppes ist auch ein Gelernter. Also nur zwei. Schlimm. Da leben doch sehr viele wirklich, doch sterben müssen diese hier beinahe alle. Theater, ganz bühnenschlimm. Meine Bitte: Pardon. Also wieviele Löcher hat dieser Platz? Der Hirte aus Medoc hat weniger. Aber das hilft mir nicht weiter. Der Ivan hatte einen Freund, der Chris ebenso liebt. Der Punker hatte also einen Rivalen, der sich als Punker Pit nennt. Das muß ich mir merken. Als Sternbildaufdreher wäre der Valentin sehr geeignet; das muß ich mir überlegen. Sein derzeitiger Aufenthaltsort spricht für ihn, also freilich nicht nur. Jedenfalls mein Augenhochschlag: Hab' dich selig. Natürlich: der Umweltschützer schont Schwabing. Sein Demeter arbeitet nach an der Terra. Der Klonologe geht auf Distanz. Und wenn jetzt der Jesuit, der Mario Galli, zu mir heraufwinkt, so weiß ich im schlechten Gewissen Bescheid und notiere: Er darf mich als Ideologen beschimpfen im Namen seines Ordensnachbarn, des Poverello, des heiligen Franz, und meine Personenentfaltung unter aller göttlicher Würde nennen, weil es absolut nur um Noblesse ginge beim Herrn dieses Weltgeschehens. Da hängt wahrhaftig meine Ambiguity ganz schlimm an der Leine dieser verdorbenen Zeit. Weil ich auch etwas wollte. Jetzt krieg' ich es. Obwohl sie doch wieder so schön verpfuscht wurde, oder – im Bild – beschmutzt. Und der Zuschauer Odysseus. Und diese Tortur. Ich spreche von meiner. Es handelt sich um eine solche des Lesers. Oder, bitte, warum schreibe ich denn? Ich meine das aber anders. Ach, was. Eine Liste, wie sie Poppes schon vorhatte, erübrigt sich: Er wollte sämtliche Fehler am Platz katalogisieren. Das sieht ihm gleich. Da Poppes noch nicht einmal Materie ist, habe ich auch keine Retourkutsche zu befürchten von ihm in gegenmaterialer Tour. Jedenfalls, wenn der U-Bahn-Schacht nicht abgesperrt wurde, so möge man sich an den Feilitzsch wenden. Für underground bin ich auch nicht zuständig. Für Richtiges nämlich überhaupt nicht. Oder ist das nicht klar? Weder also für Religion, noch für Politik. Und wenn mich der Carsten Colpe jetzt erinnert an die alte Ambivalenz der Religion, eine bestehende Weltordnung entweder zu bestätigen oder unter ein Gericht zu stellen – so erinnere ich denselben an die alte Ambivalenz der Politik, eine . . . usw., d. h. zurück und wieder voran im Text. Aber Odysseus kommt nicht zurück. Im Falschen gibt es kein happy-end. Hier muß er schon expandieren. Hier gibt es kein Ziel. Schon gar keine Heimat. Oder: sind wir schon. Nämlich drinnen. Einen verlegenen Gruß an Herrn Bloch, an dem vorbei schon die süße Dorothea auf jede Rechtfertigung verzichtet hat. Mein falscher Blick, geworfen hinüber hinauf zum Erlöserkirchturm. Ergebnis: Zufriedenstellung; siehe richtige Sprache. Schluß. Das soll sowas Endgültiges sein.

Dank Reddunz war es soweit: weshalb die ungefallenen Mädchen jetzt bummelten vor dem Loch. Und weil erdeinwärts gerutscht werden mußte, wurde unter allen verlassenen Altären den Röcken das Flattern unterbunden mit Händen, die solches vor phantomatischen Erektilen eingeübt hatten für den Ernstfall; hier sollte allerdings nur die Unterwäsche geschont werden, allenfalls auch noch das zarte Gemüt eines augenblicklich wutschnaubenden Siegfried, der, als erster hinuntergerutscht, jetzt aus der Tiefe emporblickte, in Erwartung der Schwestern in der Rache. Im allgemeinen Schlurf und Gerappel übertage war man sich der Bedeutung dieser Unterwanderung bewußt. Kein Zögern gab es, Befeuerungen trafen ins Feuer. Und zugelassen wurden endlich allseitige Partien, bis die Aktion ausgerutscht war. So geschehen am Nornenloch. Am Tage der Vergeltung.

Über uns muß jetzt die Leopold sein, lokalisierte die vorausmaulwurfende Oberschwester. Und Siegfried hinter ihr kam im Duster wie gekniffen, so auch schneller voran. Das machte Spaß, weshalb auch frau dieses Treibmittel anwandte. Aufsteigenden Ängsten, Sauerstoffmängeln hustete frau etwas. Staub zu Staub. Nur die Jüngste wollte als erste mit großer Sehnsucht hinan.
Dazu verhalfen leider bisher die Frauen, belehrte die Oberschwester. Uns zieht etwas totes Männliches hinan.
Wo ein Loch ist, ist auch das zweite nicht weit, wurde getröstet. Erstickungsanfälle waren die Folgen und eine Ermahnung: Mehr Ernst, wenn ich bitten darf, bei der feministischen Hauptsache.
Der ganze weibliche Untergang schob sich gesitteter dahin und noch lange.

Paw trennte das Trödlerpaar: Nathalie also von ihrem Robin. Als Robunz, als Knecht Heinz von Steins, wisse derselbe über das schlimme Leben des Ritters zu viel, um hier nur so verwirrungshalber mit seiner Ariadne herumlieben zu können in einer Zeit, die sich als solche des Oberpunkers zu vollenden beginne.
Er müsse bitte doch sehr bitten, begehrte der Robin auf und erinnerte Paw an die Hauptrolle im Labyrinth, die er mit seiner Person besetze. Auch Nathalie wollte von einer Trennung Robins von Ariadne, aus welcher Hauptrolle sie ungern schlüpfe, nichts wissen.
Wir stehen dafür, daß nichts gelöst wird, riefen sie beide und drängten sich weich aneinander.
Noch könne Robin nicht ahnen, wie er in Bälde lösen würde, meinte Paw, und wenn er das wisse, so werde er weniger von einer Erlösung als von einer Verstrickung reden müssen.
Wenn das nur kein Fehler sei, drohte Robin. Aber Paw gab zu denken: hier würden Fehler mit einem Fehler korrigiert, was ihn, Robin, so labyrinthisch anmuten müßte, daß er Gefallen finden sollte daran, vorausgesetzt: er habe nicht vor zu enttäuschen in diesem Betreff, in einem verworrenen.
Das allerdings sei bestrickend, meinte der Robin. Also bitte. Was tun?
Was soll er denn tun, schimpfte Ariadne. Die Nathalie aber seufzte: Der gibt keine Ruhe, der Paw.

Der Robunz rutscht auf der Stelle im Nornenloch den Feministinnen nach und bleibt ihnen im unterirdischen Labyrinth auf den Fersen, erklärte Paw.
Gesagt, getan: von Robin Robunz. Überirdisch: eine verlassene Ariadne, in Tränen.

Wir: Wenn wir es müde zu sein schienen – in Wahrheit waren wir es –, jede Spielsache aufgeben zu müssen, weil unser hartnäckiges Insistieren einer Bestätigung derselben gleichkäme, so darf man uns starr schelten. Weil man uns dann auch Richtige nennen müßte, gaben wir Paws Eingebungen nach. Unwillig. Immer unwilliger, zugegeben. Er gab keine Ruhe. Er rotierte. Wir mußten mit ihm rotieren. Das Falsche ist die unbequemste Sache von dieser Welt. Wir müssen es wissen.

Sie müssen jetzt einen Akt schlucken, der noch dazu ein historisch anachronistischer genannt werden darf. Nämlich, der Paw hatte einen genauen Plan über den Ablauf der Ereignisse ausgearbeitet und für den 11. Tag nach Ausbruch der Hitze, also einen Tag vor der Hochzeit, nach bayrischem Brauchtum, die Entführung der Braut vorgesehen. Diese Entführung – auch das war eingeplant – sollten Robin und Poppes ins Werk setzen und zwar in das Elisarion des Herrn von Kupffer. In diesem Tempel sollte der Bräutigam Hermann seine Braut Dorothea wiederfinden, nachdem er sie dort und da gesucht habe. Natürlich würde er dann eine der hohen Braut würdige Auslösungssumme zu zahlen haben.
Es ist uns trotz eifriger Nachforschungen nicht gelungen zu erfahren, auf welchem Wege Herr Heinz von Stein, der Boxer, Einblick bekam in den Hochzeitsplan. Jedenfalls, wie man jetzt zu sehen bekommen wird, legt sich augenblicklich der Heinz von Stein in den Hinterhalt, Hinterhaus Ecke Clemens/Freiheit, einem wahrhaft berüchtigten Ort, und entreißt dem Eschi, Johnny, Toni, Timy, Hammed und der Leila, also dem Geleit der Bologneserin diese, welche hierbei nicht das leiseste Bellen der Überraschung hören läßt, sondern nur ganz entzückend piepst, als Heinz ihr einen

schwarzen Schal über das Köpfchen bindet, so daß ihr das Hören und das Sehen vergeht. Und die derart der wichtigsten Sinne Beraubte wird von dem Räuber über die Zugbrücke ins Hochschloß getragen.
Wie es nur zu deutlich zu sehen ist, trägt Herr Heinz die Bichonbraut in sein Gemach hinauf, setzt sie sanft auf sein Spannbett und spricht: Ich will Euch meinen Anblick ersparen und nehme Euch deshalb den Schal nicht ab. Ihr braucht nicht zu wissen, wer Euch entführt hat, denn je weniger Ihr wißt und je weniger Ihr seht, desto leichter wird Euch später das Vergessen. Jedoch, Ihr sollt Euch nicht beklagen können, Ihr wäret nicht ritterlich bedient worden. Heinz, bevor er es ausübte, erklärt dem Hündchen das Recht der ersten Nacht.
Es wird hier die Bitte ausgesprochen: die Gedächtnislücke der Braut nicht zu schließen.

Hast du da noch Worte, sagte Poppes zu Paw. Es ist alles ganz schrecklich drollig. Er hatte es sich neben Paw auf der Bank vor der Dominus-flevit-Kapelle bequem gemacht. Und das war jetzt ein Augenblick vor der Hochzeit.
Wird gelitten? fragte der Poppes.
Auf diesem Platz? fragte Paw zurück.
Wir machen uns da wahrscheinlich etwas vor, sagte Poppes.
Exterritorialität, meinte Paw.
Waw, kläffte Poppes.
Die Ritterburg, begann Paw aufzuzählen, letztere sehr erleuchtet, das Elisarion, innenlicht, der Tempel über unseren Köpfen, des Fidus: solar, über dem Forum: das Wasser, herunterspielend, uns unten nässend, und alles: der ganze Platz: ich werde damit nicht mehr fertig.
Helig, heilig, heilig, seufzte Poppes dreimal.
Das Sacrifizium, deutete der Paw an.
Waw, kläffte Poppes.
Ausruhender Putto, so der Paw.
Weiß Gott, ich habe hier herumgeglockt als ein flackerndes Lebensläutlein, schickte sich Poppes an, diesen jungen Mann, den er darstellte, zu erklären.

Weiter so, mahnte Paw.
Der gibt sich, der Poppes, wie er sich Lust und Schmerz ganz von selber vorinszeniert. Wer johlt? Wer kreischt? Jedenfalls keiner im Unrecht. Niemals zur Unzeit. Die Peutik ist weg. Das Theater macht lustig. Keine Person, auch nicht hinter Kulissen. Sag du zu mir.
Ich sage schon ich zu mir, sagte Paw.
Also du! sagte Poppes. Da machst du dir aber etwas vor.
Den Vormacher, sagte Paw. Ich mime dir etwas.
Wie ich, sagte Poppes zu Paw. Weil du mir etwas mimst. Die Freude. Den Schmerz.
Das Ungenügen, so Paw.
Du sagst es, bemerkte der Poppes. Wie du das sagst?
Mime die Schuld, sagte Paw, und es spritzen sofort deine Augen. Naßforsche Trauerarbeit.
Mime die Freude, sagte Poppes, und dein freches Gesicht macht sich breit in dieser Gesellschaft einschließlich Randexistenzen.
Jesus ist hier, stellte Paw fest.
Er sagt nichts, meinte der Poppes.
Ernste dich in das Leben, sagte Paw. Komm' schwitzend heraus als ihr Darsteller. Feierabend.
Nie gehört, daß Götter Wasser ablassen, wurde Poppes gebildet.
Wir müssen uns vorerst noch selber abtrocknen, gab Paw zu. Kommt Zeit, übernehmen die Wolken.
Jesus ist hier, stellte Poppes fest.
Er sagt nichts, meinte Paw, und erklärte: Wie der Regenbogen stehst du auf zwei Füßen, wenn du als Himmel dich farbig gerierst.
Näher mein Ich zu ihm, seufzte Poppes.
Wahrscheinlich geriert sich augenblicklich ein Gott mit dir, sagte Paw.
Jesus schwieg.
Jetzt wurde der Paw aber demütig, sagte: Wir gerieren nie uns. Sondern.
So Sachen.
Also doch, so der Poppes.
Demnach auch uns, sagte Paw.
Schau hinunter, flüsterte Poppes. Der Platz!
War da nicht Schopenhauer? erschrak der Paw.
Weg ist er, sagte Poppes und lachte.

Da sitzen wir heroben, sagte Paw, und schauen uns wieder einmal zu.

Also sind wir auch unten? fragte der Poppes.

Spieler. Ja. Sagte Paw.

Und Zuschauer? sagte Poppes.

Das vom Gerieren, sagte Paw.

So ein Theater, lachte Poppes.

Solche theatralischen Zuschauer bei ihrem Theater, sagte Paw.

Da blick' ich nicht durch, schrie Poppes auf. Da verlier' ich die Übersicht. Also bitte: entweder unten oder oben. Also entweder oder! Sowohl. Sagte Paw. Als auch.

Du bist mir darüber zu raffiniert darunter, beschwerte sich Poppes.

Am Ende wird alles doch außerordentlich einfach, wenn du das meinst, sagte Paw. Wir schreiben bald das Jahr 2000.

Aber Jesus ist hier, sagte Poppes.

Er sagt nichts, sagte Paw.

Der Überblick geht mir immer noch ab, seufzte Poppes.

Geht dir immer ab, bestätigte Paw.

Wann werden wir fertig?

Freilich nie, sagte Paw.

Wer sitzt da gerne in diesem Theater?

Wer spricht da gerne in diesem Theater, sagte Paw.

Paw lehnte sich zurück und umarmte den Poppes und konnte seinen Arm um Jesus nicht legen.

Wo ist Jesus? fragte der Poppes.

Daß sie dem Kaffee und dem Wasser so zusprach und sich auf das Gespräch, und gar nicht nuanciert, sondern ganz und gar nur auf Schwarz und Weiß erpicht, einließ, die Schale absetzend, um das Glas anzusetzen: Georgio wurde davon sehr bedrängt. Das konnte doch nur zur schlimmen Folge haben, daß seine Linda in Kürze in Bedrängnis geriet. Im Trubel merkte er das an, mit Sprechblasen, sehr gezackten, weil zwischen Zähnen gezischten. Sehr betulich versah er dieselben mit Denkwölkchen. Ohne Erfolg. Er hätte – aber man war nicht allein – viel handlicher in einem vertrauten Fall an einen organischen Behälter erinnern müssen. Die Linda bestellte: und wieder Kaffee und Wasser. Sie trank. Sie scherte sich

um keinen seiner Deute. Und sie war berühmt. Und er war berühmt. Und sie trank Kaffee. Und er hatte alles dagegen. Und sie trank Wasser. Und Nathalie überstürzte sich in der kühnen Verfertigung von Meinungen über Disco darunter und Disco darüber, im Rühmen keine Ausnahme hier im Café: die Fans diskutierten.
Der Schauplatz: Café Freiheit. Die Spannung: zwischen Linda und der Toilette. Die Geometrie: das schreckliche Lineal, das an ihrem Durst angelegt wurde für einen Strich bis zur Schüssel.
Ich muß mal. So Linda.
Die Unwahrscheinlichkeitsrechnung des Georgio: Ob nicht eine der Damen die Notdurft der Seinen zu übernehmen die Liebenswürdigkeit hätte? Kein Wunder: sein Wunsch wurde abgepißt. Der ist so berühmt wie absonderlich: dieser Georgio. So war die Meinung, geäußert von Stellvertreterinnen, sehr erleichterten; nicht so erleichterten wie Nathalie. Außersonderlich sind die beiden, verbesserte sie.
Ich muß mal. So Linda. Schon wieder.
Die Meinung der Fans: Das sagt die doch nur. In Wirklichkeit muß ein Star nie. Er kann. Ganz außerordentlich ist eine solche. Wahrscheinlich macht so etwas nur unsere Natur nach. Spaßeshalber.
Aber: Die Natur hat schon immer einen Strich unter das Weiterleben von Stars gemacht. So dachte der Georgio. Und er war einer. Und die Linda, die auch.
Summa summarum, sagte der Georgio seiner Linda ins Ohr: es wird geschossen.
Da gestand es die Linda ein drittes Mal. Jetzt mußte sie wirklich.
Und dem Georgio nachdrängend, was Stars so an und hinter sich her haben: sämtliche Fans, als er seiner Linda nachfolgte, und zwar durch ihre richtige Tür. Nur Nathalie übertrat diese Schwelle; sonstige weibliche Fans glaubten an ihren Star und mißtrauten dem Wort. Die männlichen Fans hingen sowieso von Wörtern ab und blieben entsprechend auch zurück.
Gleichzeitig zu früh und zu spät durchschaute Nathalie eine Dame. Die stand vor einem der Spiegel. Gutes Handwerk, Maskenbildnerin, ihretwegen. Ihr oder sein Rohr, oder jedenfalls die Spitze desselben schon entblößt, aber vergebens, da Georgio und seine Linda ihre Kabine versperrten. Ein Seufzer der Dame vor dem Spiegel. Und Nathalie justierte kein Rohr mehr, der Wasserfall irritierte sie auch nicht. So war es in Ordnung. Natürlich.

Und wenig später, bei Tisch, bei Kaffee und Wasser: Das Unvorstellbare zog hinan. Es gibt Paare. Das schon. Aber da gibt es noch Stars. Und wenn Stars als Paare auftreten: dann so. Eben anders. Nicht wie gehabt. Unzertrennlich. Auf eine Weise moralisch, die jenseits von bestimmten Örtlichkeiten handelt. Und allgemeine Erleichterung, weil die besondere stattgefunden. Erlösendes Lachen. Viel Applaus. Nicht enden wollender.

Poppes mußte das wieder bemerkt haben, wie sich alles über uns schloß. So sehr also hatten wir die Absperrung unten vernachlässigt, daß wir erst jetzt gewahr werden konnten, wie sich das Gewölbe über uns betonte, besonders schweigsam. Nach oben hin war kein Auskommen, kein Abfliegen möglich. Und so sehr sich uns das schlappende Seil anbot: zu Übertritten aus der ganzen falschen Angelegenheit hätte uns doch nur ein oben hinausführendes Abenteuer verlockt. So dachten wir. Hatten wir gedacht. Oder: Denkste. Zu. Aus. Schluß. Und was für ein breiter, runder, gewölbter: wie schon von uns behauptet. Gesteckt. Wir. Hinein. Drinnen. Auskommen in dieser Gefängniszelle Freiheit. Zeit, frei als Spielplatz. Schande. Weil wir auch übermalen mußten. Weil wir auf engstem Raum auch noch als der Stamm auf diesem Schotterboden hoch hinaus gewollt hatten: mit Krone. Zugeschlossen hatten wir uns. Das Dritte nach Platz und nach Straße lachte als ein vollendetes, lustiges Kirchengewölbe, dem der Disney noch Beifall geklatscht hätte, oder schon hatte, bevor er sein Land ohne Glauben so gläubig in die Neue Welt hineingebaut hatte.
Wir sind in dieser Wohnung verloren, prophezeite der Poppes dem Paw in dessen Kinderzimmer hinein. Mach, was du willst: es gelingt. Dann hast du den braunen Dreck in den Windeln. Wer produziert für die jüngste Mutter?
Wir sind nicht zuständig, maunzten die Emanzen der Szene. Jeanne als Wortführerin.
Nathalie: Das alles hätten wir nicht erfunden. Das ist doch klar.
Rosa: Ich auch nicht.
Paw schaute aus ihren Augen empor und seufzte: Ich schon gar nicht.

Er solle wissen, daß es in seinem Boulevard, so wie er es freilich immer noch plane, eine Phase gebe, in welcher – er solle dabei an einen Kindergarten denken, an vielleicht vormittägliche Übungen – jedenfalls durchgespielt werde: was den eigentlichen Schrecken unserer gegenwärtigen Aufführungen ausmache, also, selbstverständlich ohne Requisiten, aber freilich so, als ob vorhanden: der plötzliche, wie ein Schlag, er denke da an das Gehirn, auftretende Taumel eines Mitglieds der Gesellschaft, dem, wie abgemacht, jenes zweite Mitglied der Gesellschaft, von welchem dieser Taumelschlag verursacht worden war, nachfolge, selber jetzt geschlagen, als Wirkursache hinreißend mitgerissen. Wie er sich das ausgedacht habe, müsse man an die Pantomime von schlimmer Ermüdung, also an zeitlupenartige Bewegungen denken, was er mit einem Chor der Spielgemeinde zu untermalen vorhabe in Art eines Schlafliedes, welches er collagiere mit einem Liebeslied. Zitate konterrevolutionärer Furzer würden wie Blumen, welke, gestreut. So in etwa. Und die ersten Versuche, den jeweils geliebten Gegenstand zu untersuchen, müßten, dahingehend seien seine Vorstellungen gediehen, wie Spaziergänge, zunächst noch randhafte, durchgewandert werden: bis dieselben sich durch das Unterholz schlügen. Ein Waldhorn. Freilich auch das Halali, jedenfalls: was folklorisch sich darstelle als Teilung der Zweige – Jahreszeit: Frühling – werde ausdrücklich rücksichtslos als eine solche, aber der Beine, der Hinterbacken vorgeführt. Erinnerung an Eröffnungen. Topsecret-Köfferchen. Etwa so. Viele Zeichen, viel Schmach. Jedenfalls werde übersetzt in Taschen, und diese voll davon: nämlich mit Grün, mit Wild, siehe Jagd, ganz bestimmt Beute und Unschuld, mal Hänsel, mal Gretel. Viel Rauschen. Viel sehr Natur. Davon starke Bündel. Moos. Nicht zu vergessen: Weichheit. Schlafkissen. Die Beeren mundwärts regnend nach jeder neuen Erschütterung. Strauchzustände, würde er sagen. Oder strunkische Erhebungen, starre. Ob er dabei Freudentränen auf den Gesichtern seiner Mimen in gefrorenem Zustand anbringen könne, wisse er selber noch nicht. Das seien, meinte der Dani, Entwürfe, als solche entsprechend leichtfertig. Ob er klargemacht habe, wie eine Übung, nur eine, zum Beispiel, laufe.
Schlimmer als niemals.
Liebster. Ich dachte, du gehst auf die Pirsch. Überrascht? Also eigentlich war das ein Einfall der Dodo.

Jetzt lass' dir helfen. Die Hosenträger müssen sein. Widersprich nicht. Hilft dir gar nichts. Entschuldigung. Aber wir sind sehr in Eile. So Mona. Der Zeuge Poppes hatte freilich die baldige Hausfrau in derartig unfertigem Zustand noch niemals gesehen.
Jetzt fassen Sie sich!
Auch der Dani amüsierte sich sehr. Nach seinem Urteil handle es sich, wie er zugab: um Naivität. So seien einmal die Frauen. Womit sie gewöhnlich reizten, habe für dieselben zur Unzeit wenig Bedeutung. Also weiße Hochzeitsdessous hüllten augenblicklich wie ein Badeanzug. Er solle sich daran nicht stören.
Und eine Entschuldigung aus der Küche: Ach wissen Sie, dieser Veit. Also mein Mann. Aber den kennen Sie ja. Im letzten Augenblick flüchtig. Macht nichts. Wir haben ja Sie.
Die Sache ist die, meinte Dani, während er die Windrosenkrawatte band: Der Einkauf von Dessous, das ist auch so eine Sache. Da denke ich besonders an Chargen. Oma und Opa. Gewiß. Aber sämtliche Tanten, nicht ohne diese. Der Beistand ist nicht etwa nur nötig, sondern gehört ursächlich in das Ritual. Ich spreche von der Verpackungsindustrie. Also gezeugt, geboren, erzogen, das hat man. Wer jedoch sein Produkt nicht einwickeln kann, ist hierzulande hinter dem Wald. Ich sage das, weil ich jetzt nicht mehr von Liebe spreche, sondern von Ehe. Das ist entscheidend. Auf meiner Bühne wird so exerziert. In der abgefeimtesten Weise wird vorgeführt, wie nach dem Angebot, alias Liebe, die Nachfrage belohnt wird mit Tara. Sie lächeln? Gut. Die Anklänge an alte Kavallerie-Uniformen auf meinem Loden dürfen Sie, bitte gutherzig, als Zugeständnisse ansehen an Mädchenherzen.
Ja, ja. Denken Sie ruhig an gebrochene. Oder was denken Sie sich von mir?
Sie sind doch, also bitte . . . Der Poppes wußte nicht weiter.
Also bitte, fragen Sie ruhig.
Sind Sie . . . Ich meine . . .
Er fragt wieder, rief der Dani in Richtung Küche. Das darf doch nicht wahr sein.
Weil du als Jäger von Kurpfalz dein Jawort geben willst, deshalb? lachte die Mona und trat im Dirndl über die Schwelle. Ach, lieber Poppes, der Mann im grauen Flanell ist längst kein modisches Vorbild mehr. Das gab es in den 50er Jahren. Da gab es Sie aber noch nicht.

Change the look, jubilierte die Dodo. Nichts gegen Ihre dreckigen Jeans. Das gehört zur Inszenierung. Weil ich mich im weiten Wadenröckchen schwinge? Das irritiert Sie? Aber Poppes!

Insofern ist Dodo also sozusagen meine musselinsanfte Braut. – Die Erklärung des Dani.

Nicht wahr, kicherte diese, liebster Poppes – auf meine Weise bin ich so unprätentiös wie Sie. Die Zeremonie findet eben unter der Gürtellinie dieser Gesellschaft statt.

Beinahe schon im Pool, bemerkte die Mona. Ich darf eine Trauzeugin vorstellen, deren Make-up Wert legt auf Undinen-Augen, blau.

Zu köstlich, wenn er das anführen dürfe, meint der Dani: diese korallenroten Lippen.

Da komm ich darauf, liebste Mona, notschreit die Dodo: du hast doch hoffentlich kupferfarbene Blushing-Cream. Ich muß tupfen.

Höchste Zeit. So die Mona.

Aber jetzt plötzlich, gar schlimm, der Ausbruch des Dani: Ich verhalte die Scheiße.

Tu' das, wurde Mona sehr lieb: Mein Liebster, es geht in den Wald und auf die Heide, mein Gutsherr. Vergiß den Hut nicht, ich meine darüber den Gamsbart.

Er habe von seiner Produktion reden wollen, interpretierte der Dani. Aber anscheinend reiße jetzt das Geschehen mit. Das könne er später genauer ausführen. Es gäbe noch etliche Rituale, die eine Zeit brandmarken würden, der sie alle allemal verfallen seien. Aber da kenne er keine Rücksicht. Die Hochzeitsnacht jedenfalls gäbe einen gewissen Höhepunkt her. Er denke da an die Beteiligung der großen Verwandtschaft, um deutlich zu machen, was sich in Wirklichkeit abspiele. Neugier sei das jedenfalls nicht, sondern schon eher Warenkunde, nächtlicher Unterricht jedenfalls in derselben.

Das wird ein »Renner«, urteilte die Dodo.

Oder so weiter in dieser Konfektionssprache, meinte Dani zu Poppes. Jetzt haben Sie vielleicht gar eine Vorstellung. Man möge ihm seine brasilianischen Orchideen in die gefangenen Hände legen, wünschte er.

Am 12. Tag nach Ausbruch der Hitze bewegte sich der Hochzeitszug im flotten Aufmarsch – alle Zweibeiner in Turnschuhen, Ausnahme: Poppes: Ballettschuhe, sämtliche aber mit weichen Knien, wegen nervösem Wissen nämlich darüber, daß es Fehlpaarungen geben könne – in Zweierreihen von der Clemensstraße her, wo Nathalie die junge Dorothea dem jungen Hermann zugeführt hatte, der dort angekört neben dem Hundezüchter Robin nicht vergeblich hatte warten müssen, wo auch alle kynologischen Hochzeitsgäste versammelt gewesen waren, auf die Mitte der Wiese Münchener Freiheit zu, einen etwaigen Leerstand mit heißen Gebeten abwehrend. Wau.

Ein Seitenblick Dorotheas, der aus großen, dunklen Augen zum Aufblick geriet, Nathalie betreffend, riß diese zu einer an Robin gerichteten Bemerkung hin, die voll des Lobes war über dessen Scherkunst. Es sei ihm ganz außerordentlich gut gelungen, schmeichelte sie, Dorotheas strähniges Wollhaar zu entfernen, und zwar genau ab einer Fingerbreite über den Fersengelenken hinauf bis über die beide Keulen, wie ebenso die Hinterhände hinauf bis zu den letzten Rippen.

Ich bitte dich, wehrte Robin das Lob ab und gab es zurück: Sie, Nathalie, habe die obere Seite der Rute des Mädchens geschoren wie nur eine Fachkraft dazu imstande sei, von der Behandlung der Pfoten mit einem Spezialscherkopf gar nicht zu reden.

Wir können beide zufrieden sein, meinte Nathalie. Die Vorderläufe sind reizend sichtbar, von den Handgelenken bis unter die Ellenbogen.

Wie um die saubere Arbeit der beiden auf ihrem Nasenrücken zu demonstrieren, hob Dorothea ihr Apfelköpfchen empor, derart die Pfleger beglückend. Der Poppes vertraute seiner Begleiterin Rosa an, daß er es gewesen war, der, in früher Erkenntnis der Hautempfindlichkeit Dorotheas, den 1-mm-Scherkopf empfohlen hatte. Und wie die Rosa jetzt ausführte, vermeinte sie augenblicklich ein Löwenpaar vor sich herschreiten zu sehen, so vorbildlich hätten die Trauzeugen gearbeitet: Solche Beinquasten erinnerten sie, wofür die beiden allein etwas könnten: an Wüste und Steppe. Verschämt, auch hinter einer Hand, wies Jeanne darauf hin: wie natürlich Hermanns Schwanzquaste falle, während Adrian von einem klassisch gekürzten Schopf der Braut sprach und Hussan den Bräutigam ganz und gar gelungen fand.

Nicht eine Locke und alles in Wellen, schluchzte Zaara, und Tränen der Rührung flossen ihr über die Wangen, als sie Zwiffelwitsch auf den Wedel der Braut aufmerksam machte.
Die Braut ganz in Creme, keuchte Amanda.
Der Bräutigam ganz in Anthrazit, statuierte Rummelpuff.
Hermann und Dorothea, die klassischen Hundebrautleute, riefen Eschi und Johnny.
Und Hammed und Toni riefen: Der Malteser und die Bologneserin.
Unsere allerliebsten Löwchen, stöhnten Timy und Leila gemeinsam.
Was ist das doch für eine wunderbare Bichontrauung, was ist das doch für eine Schoßzeit, Schoßhündchen-Hochzeit. Das hatte Poppes laut über den Platz gerufen.
Und unser Regisseur verfügte jetzt: Die Hochzeitsgäste stellen sich bitte im Kreis auf. Das Publikum bitte dahinter. – Er übergab dann das Wort an den Präsidenten der Zuchtkommission, der zunächst, nachdem er Madame Bennert, den Ehrengast aus Belgien, begrüßt und ihre Rettungsaktionen eingehend gewürdigt hatte, ganz allgemein aussagenkräftigere Berichte über Hundevermittlung wünschte, bevor er auf die Liebesgeschichte des Brautpaares des näheren einging und dabei insbesondere ein gewisses – er schmunzelte – Deckrüdeninserat hervorhob, nicht ohne den verschmitzten Charme eines erfahrenen Zuchtwartes. Es wurde uns keinesfalls klar, wen er eigentlich anreden wollte, als er bei der Gründerin einer glücklichen Hundefamilie genug Zeit, genug Geld, genug Licht, Luft, Bewegung und Auslauf voraussetzen durfte. Seine Hundenase sage ihm, wurde er, aber wohin, sehr freundlich, daß die ersten Schritte in das gebenedeite Züchterland geebnet seien.
Jetzt dürft ihr euch die Zähne zeigen, erlaubte er dem Brautpaar.
Dorothea nahm in der Aufregung ihren Schwanz zur Seite. Der Hermann bellte.
Der Rummelpuff kam gerade noch fromm zurecht damit: eine farbige Tuschzeichnung, nämlich Dürers »Madonna in den Tieren«, hochzuheben. Es wurde nett geklatscht. Das war das erste Hochzeitsgeschenk. Jedoch Siemandel Zwiffelwitsch bekam den vollen Applaus, als er eine aquarellierte Federzeichnung, nämlich Dürers »Reitendes Paar« dem Publikum hinhielt. Das zweite Geschenk.
Der Präsident der Zuchtkommission entfernte sich in Richtung

Erlöserkirche, nachdem er, wie die Natur es so wollte, 30 Minuten abwarten hatte müssen, bis er endlich den Erfolg des Aktes bestätigen konnte.
Die Hochzeitstafel wurde zugetragen: ein Kindertischchen. Und auf zwei Kinderstühlchen nahmen Hermann und Dorothea Platz und wurden von uns bedient. Wir kamen mit Schüsseln an und gingen ab mit den Resten. Den beiden sollten so bald keine Hungeräste mehr wachsen. Sie schlapperten wild. Wir tranken, uns selbst bedienend, so zwischen Küche und Tafel im Grünen, aus tiefer Zuneigung ab und zu an den Schwänzen ziehend, die hinter der frischen Ehe schon ins Alltägliche abstanden.
Nach dem Mahl: ein gelungener Schnappschuß, den wir in Postergröße zu erweitern versprachen: nämlich Hermann und Dorothea, das Paar, über der zum Versäuberungsplatz gewählten Terra Nova a tergo über Kreuz pissend, ganz allerliebst und noch dazu voll nasser Bedeutung.

Wäre Dorothea nicht in Tränen ausgebrochen, weiß die strengste Kynologie warum, wir hätten das alles ganz hundsgemein fortgesetzt: aber sie weinte. Ihr Schluchzen deutend, wurden wir uns der vulgären Freude bewußt, änderten unsere triviale Gesinnung und fingen das Ganze von vorne an und zwar Nähe Café Adria, vor einem Ambiente, das ohne Zweifel im Stil eines Jungmädchenzimmers dieser bewegenden Jahre aufgebaut war; das Übliche also: nämlich Jungs auf Motorrädern, im Westernlook, dazwischen Marcel Marceau. Schnell aufgebaut: Dorotheas Bett, sehr sauber und weiß. Ein riesiger Spiegel. Davor stand die Braut, im Kostüm dieses Anspruchs: als Braut, während im selben Augenblick der Bräutigam vor der Erlöserkirche erwachte, vor dem Portal. Nathalie keuchte in die Mädchenwelt der Braut mit der Botschaft: eine weiße Kutsche warte schon auf der Leopoldstraße, um sie aufzunehmen. Das Unglück finde dann in der Nähe des Forums statt. Ein Film würde vorgeführt werden, wie überhaupt das meiste cineastisch interpretiert werden müsse, weil das einfacher sei und plötzlichen Eindruck erwecke und die Zeit eben raffe, ohne die Nachhut in den Gehirnzellen der Zuschauer zu überrumpeln. Um

es kurz zu sagen, erklärte die Nathalie: der Mord finde dann vor der Schwelle einer Villa hinter Les Charmettes statt.
Hundsgemein, schimpfte Dorothea. Trotzdem: Sie fragte:

WAS SOLL ICH TUN?

sie soll das Übliche tun

sie steht nackt
vor dem Spiegel

sie hat sich entwickelt
vom Mädchen zur Frau
das sieht sie

sie soll heiraten

sie zieht sich an
einen weißen Slip
weiße Strümpfe
ein weißes Kleid
weiße Schuhe
sie steckt
einen weißen Kranz
in ihr Haar

ICH SOLL ALSO IN DIE WEISSE KUTSCHE STEIGEN?

sie fährt zur Kirche
wo der Bräutigam wart

sie kommt nicht zur Kirche
wo der Bräutigam wartet

sie soll verunglücken

ICH SOLL ALSO TOT SEIN?

sie fällt aus der Kutsche
und ganz weiß
und ganz tot liegt sie
auf der Straße
im Mund ihr Blut

sie soll wieder aufstehen
sie soll auf der Straße stehen
ganz weiß und lebendig
sie soll in die Kutsche steigen
sie soll glücklich werden

ICH SOLL ALSO DOCH ZUR KIRCHE FAHREN?

der Bräutigam soll sie empfangen
er soll ihr zeigen
wie er mit ihr verheiratet wird

im Kreise seiner Verwandten
soll er ihr zeigen
wie sie ißt und trinkt
und tanzt und

WAS SOLL ICH MIR NOCH ALLES
ZEIGEN LASSEN VON IHM?

die Wohnung soll sie sich
zeigen lassen von ihm

sie soll erwachen
am nächsten Morgen
und ganz weiß
und ganz nackt
liegt sie da im Blut
das ihr der Ehemann
zeigt

im Bett soll sie sich zeigen lassen
vom Bräutigam
wie er mit ihr schläft

und ganz weiß
im weißen Hemd
liegt sie
im Kreißsaal
wo ihr der Ehemann
lachend
ihr erstes Kind
zeigt

und ganz weiß
im weißen Hemd
liegt sie
im Kreißsaal
wo ihr der Ehemann
lachend
ihr zweites Kind
zeigt

WIE SOLL ICH LEBEN?

das soll ihr gezeigt werden
von ihrem Ehemann
wie sie ein ganzes Leben
mit ihm lebt

der Ehemann zeigt ihr
wie sie ihm eine Ehefrau
vorführt

WAS SOLL ICH DENKEN?

das Übliche

sie soll denken
daß sie lebt

wie sie jede Woche
mehrmals die Tage
verbringt
und die Vormittage
soll sie ihm
vorführen

wie sie die Welt
erfährt
das soll sie
im Wohnzimmer
auf dem Spaziergang
im Urlaub

und wie sie ihm vorführen
die Nachmittage
verbringt

es soll ihr bewußt sein
daß ihr Leben abläuft

der Ehemann zeigt ihr
den Ehemann ihrer Tochter

der Ehemann zeigt ihr
die Ehefrau ihres Sohnes

SOLL ICH ALT WERDEN?

sie soll dem Ehemann
vorführen
wie sie sich pflegt
aber trotzdem
soll ihr der Ehemann
zeigen
wie er sie satt hat

im erweiterten Kreis der Verwandten
soll sie essen und trinken und
sich zeigen lassen von ihrem Ehemann
wie sie nicht mehr gern tanzt

sie soll dem Ehemann vorführen
wie sie nicht mehr gern mit ihm schläft

er soll ihr zeigen
wie ihr kleines Gesicht
ganz klein wird bis

SOLL ICH VERZWEIFELN
WEIL DIE ZEIT VERGEHT?

der Ehemann soll ihr
deutlich machen
daß er ein wirklicher
Ehemann ist
der an die Zeitabfolge
glaubt

er soll sich der historischen
Zeitabfolge bewußt sein
vom Biedermeier bis Gegenwart

MUSS ICH STERBEN?

deshalb soll sie mit dem Revolver
in der weißen Hand
ihn zu ihrem Urgroßvater führen
der im Biedermeier
weil sie ihn zu seiner Zeit und
in seiner Kindheit herausläutete
von ihr
auf der Schwelle seines Hauses
erschossen wurde

sie soll nie
sterben müssen

Das Publikum diskutierte. War es dunkler geworden? Der Uhr nach? Than in this night: a wife, we named her: Dorothee: da lag sie im Kreis, gebettet auf der Schlafdecke des peruanischen Riesen Basilio Hwaytas, ein Baldachin über ihr. Wir rückten näher zusammen. Der Tatort: Nähe Terra Nova, im Forum. Wir hatten die Plattenindustrie hinter uns. Auch sunlights wurden installiert, die Kameras aufgebaut. Öffentlichkeit; kein Limit für die Voyeure.

Die Augen des Weibes begannen zu fiebern. Ihr Haar konnte nicht mehr bewältigt werden, aber bekränzt: eine Krone von Eisenkraut ward auf ihr Haupt gedrückt. Siemandel Zwiffelwitsch streute Grabefeu darüber und, von sehr weit herbeigeeilt, Reddy, Punk himself: Totenveilchen. Es wurde berauschender Cider gereicht. Der Disco-Sound hatte Anschluß an die Erde gefunden, in welche der Binsenwein tropfte. Leider, machte nichts aus: die Beschreibung, sehr tapfer, des Poppes, stolperte mit der Musik aus dem Text. Und Dorothea? Das Hochzeitskleid war im Augenblick immer noch eine gute Verpackung, und Netto blieb lange noch ungerührt.

Take of your things, Dorothee, said Robin. Don't be a fool. Jetzt endlich ließen sich ihre Beine heraus, sich breiter zu stellen.

Dorothee, mere wife!

Die Luft wurde lauer.

Jetzt durfte Dorotheas linkes Perineum sich aufwerfen bis zum Bauchmond. Ein persönlicher Eingriff des Regisseurs in seine Inszenierung: die Labien wurden von seiner Kugelschreiberhand vom After her hochgedrückt, damit alle Eingeweihten die Kerbe anschauen konnten zwischen zwei wulstigen Minoras.

Ein langer Raum Stille. Und unsere Auffassungsgabe in beinahe unendlicher Beobachtung selig. Das Sitzfleisch unser sehr warm, darunter die ganze Schönheit des Schmerzes. In navitate. Vermehrung der Visionen aus allen Gesichtern. Freude unser. Jetzt atmeten wir außerzeitlich. Wir atmeten uns. Es durfte nicht gelacht werden. Der Ernst war dran. Tief. Ein stiller Raum, lange. Breit war im Augenblick: Zeit.

Der kleine Herr, rief der Regisseur. Her damit!

Man warf ihn zur Stelle. Hänsel und Gretel und märchenhaft eine Hexe. Wer weiß. Der kleine Herr brüllte, weil abgehängt von der Rosa, der Schwester. Hier war es sein letzter Schrei.

Der Regisseur schob ihn dann in die Mutter. Und diese verschloß sich. Heimeran Phywa seufzte sehr.
Es war die höchste Zeit gewesen, übernatürlich. Ganz außerordentlich stolz zeigte die Mutter zuerst eine Keule, sich abwendend, dann umgedreht endgültig: ein angestrengtes Gesäß. Und dann lag sie zufrieden auf ihrem großen Bauch. Der Baldachin stürzte ein. Schluß.
Einer weniger, sagte der Regisseur: nämlich der Einzige.

Der Rückfall war schamlos gelungen. Sie mußte voraus sein. Es wurde ihr so. Nicht, daß man allgemein denken könnte, ihre kleine Person sei aus Watte, in welcher der kleine Herr hängen bleiben müsse, gar eingekuschelt. So eingeweibt in etwa habe man ihn sich doch wohlig gedacht. Oder weshalb solches unternommen? Oder ob man vergessen wollte auf eine Dorothea, die eine Übersetzung der Wüstenworte des Jachwe mit ihrem Namen gezeichnet habe? Einmal. Auf dieser Freiheit in aller Freiheit. Und ob man verstünde, wenn sie als Schwangere sich zur Terra Nova begebe, um dort niederzuknien, in Demut nicht, wahrhaftig nicht, nur sturzgeburtdienlich, wiederum wie eine schweinsköpfische Vorgängerin, aber diesmal sich den Bauch wärmend an einem brennenden und vergleichsweisen Phallus, um damit auf angewärmte Weise, über dem Kot Jeannes, der in Wahrheit nämlich einer der Demeter sei, den Hergang des Sohnes aller Weiber als eines Herren bis in Knechtsgestalt, vorerst nur, auszubilden, was aber auszugebären nicht nur Weibersache bleiben dürfe, sondern werden müsse: aller Menschen Sache.
Oder, um jetzt sein Sein im Schoß, in ihrem, als in einem historischen, abzuhandeln, voraussichtlich müsse sie, und werde nicht rückfällig dabei, dabei zuerst an Jesus denken, der den Herrn vom Berg Horeb mitgebracht habe, nicht wie Moses gesetzeshalber nur, sondern liebendermaßen: diesen in seine Geschichte verstoßend, ihn als Sohn den Söhnen ausliefernd, damit sie ihn entsetzlich freisprächen in die Bruderschaft eines Johannes di Fiori, bis er an seinen ewigen Haaren gerissen werden konnte in den Aufruhr eines Thomas Müntzer – was alles wieder zeitraffend in ihrem Bauche geschehe, damit sie, wie sie voraussage: den herrlichen Niederge-

schlagenen aus ihrem historischen Bauch in die Tatsache stoßen könne, die ihn im Phantasma seiner Töchter durchwirble, bis er in den Fortgang einwillige einer Liebesgeschichte, an deren Ende er, als einer von uns, bei sich ankommen könne, ohne sich jemals wieder als Herrn dieses Fortgangs zu erkennen. Eine hinreißende Geschichte erzähle sie in die Zukunft hinein. Und sie sei eine solche nur, weil der ihr Untergeschobene eben niemals aus der Zukunft, wie wir alle einmal, zu uns zurückriefe, da er, als der Lebendige, nur der in sie Hineingeschobene sein könne, nur sein dürfe; ihn aus der Zukunft sich schreiend vorzuohren sei eben herrlich, und deshalb nicht gut. Unsereinem gehöre die Zukunft, merkte sie rasend klug an. Oder warten wir nicht überhaupt auf ihn? Und warten wir nicht auf ihn in der Zukunft? Wo sonst? Aber übernatürlich, wie wir sind, warten wir nicht auf ihn als einen Ewigen, oder wenn, nur als einen von uns. Vater unser, bete ich vor, betete Dorothea, komme mit uns zu uns und wir erkennen in dir immer einen von unseren Brüdern, wie dein Sohn gesagt hat, der dich in unserer Geschichte als erster mitriß. Die Töchter, in deren Namen ich spreche, reden dich hinreißend aus ihren Schößen hinaus. Bei Gott, nehmt die Väter mit. Reißt sie vor euch hin, ihr Brüderväter! Das zeichnete sich ab im Phantasma der Schwestermütter.
Als Pekinesin urinierte sie noch die Post:

Diogenes sitzt im Faß.
Was sind wir für Hunde.

Na endlich, rief Reddunz und öffnete die Eisentür, die aus dem unterirdischen Gang heraus ins Felsenschloß einläßt. Und damit fing das Ende des nur kurz und beinahe überirdisch zu werden drohende Leben des Ritters Heinz von Stein an.
Punker here, meldete Reddunz. Nur so lala. Also quasi.
Licht, brüllte Siegfried.
Rache, schrie die Oberschwester. Und die ganze Weiberei hinter ihr drängte nach, als sie Reddunz vorerst mit einem Farbbeutel augen- und mundtot gemacht hatte; das Osterei rollte an einer Felsenwand weg, also innerlich noch viel geschackster. Es wurde nach den übrigen ausgehöhnten Lausern gerufen. Aber kein hinterbieriger

Aufmandler ließ sich blicken. Wieso auch. So eine abgemachte Scheiße.
Und in einem Augenblick, in dem der Heinz in halber Rüstung, todeszweckgemäß nur seine untere Hälfte bedeckend, in seiner Nische, linksseits des Ganges zur Hochburg hinauf, aufwachte, aus halbem Schlaf: stürzte mit gezücktem Dolch Siegfried auf den noch nicht lange zur süßen Liebe bekehrten Seellechzer und durchbohrte in der zusammenhanglosesten Unwissenheit den Ritter brusthalber, mit dem sowohl obsoleten, als auch unbegründeten Aufschrei: Fahre hin zur Hölle, Mörder meines Engels.
Unser aller allerliebster Richtiger stöhnte: Recht so. Gut getroffen. Warum hast du mir nicht den Kuß gegeben, Verräter Reddunz? Ich verzeihe dir. – Sofort starb der Heinz aber natürlich nicht.
Die Hintersiedler des Oberpunkers, von der Hochburg heruntergerutscht in dem Aufruhr auf ihren Wertesten, bremsten; ihrer Unpünktlichkeit nur zu sehr bewußt, verharrten sie derart seßhaft. – Von unten heraufdrängend wurde das Räubersterben von allen Schreckblümchen und Mauerschrauben gesäumt. Insofern stand also die Szene: mit einem Opfer und einem Mörder in der Mitte.
Die einzige Unterbrechung, eine sehr aufgeregte, durch Robunz; er brach durch in das Zentrum des Geschehens. Wenn er nach Paw rief, so war das sehr vergeblich.
Der Zorn hatte sich noch nicht Luft gemacht und der Schrecken holte noch Atem: also zwischen den inzwischen schon unzeitgemäßen Fronten wurden erst etwas später bereits überholte Unworte gewechselt.
Die Kargmägde wollten im Grobwetterwind etwas von den untreuen Kümmerern wissen, was die Hirnabschnaller den Erdmüttern nicht auszuraunzen gedachten. Hinwiederum hatten solche Grundideale nichts Wirkliches im Sinn mit Müslifrauen, die als Kalenderwanzen die ganze Notstandspower der Bundesschleimer verwarfen. Diese hatten ihren Oberpunker verraten. Sie wußten weder vorwärts noch zurück. So ging es schmelzabwärts, ganz ungemäß dem Ernst dieser Stunde.
Die Larmoyanzen im Chor: Warum knallt hier kein Frosch?
Die chorische Antwort der Transkartoffeln: Das ertauchen viel besser Unterwasserschnallen wie ihr.
Hier schnalzt keiner den Pfropfen aus einem Sektierer, prophezeite der Reddunz.

Aber ein schmaler Standartenschleuderer nannte seinesgleichen die ersten und letzten Eschatomaker, was die abgespachtelten Bretter nicht einsehen wollten, weshalb sie sämtliche oberhauptlosen Tagesschnulzen knarzend in Verheuler und Zitterrochen verwandelten.

Also die Damen: Habt ihr endlich abgeabrahamstert?

Holt den Schwanz heraus aus der Räuberpistole, befahl die Oberschwester. Aber da wurde zwischenmenschlich gezögert. So wollte Heinz dienlich sein, jedoch: die abtrittgeübten Hände versagten den Dienst; augenblicklich wurde ja seine Seele gepißt.

Jetzt trat Robunz hinter den schweren Röcken hervor, der, als ein rechter Rechnungsprüfer, nach eingehender Über- und Nach- den wahrscheinlich noch lange lebenden Sohn dem bestimmt bald sterbenden Vater vorstellte – zu spät, wie er kleinlaut zugeben mußte. Auch hege er Zweifel, führte er umständlich aus, ob dieser Siegfried seinen Erzeuger in alle Himmelsrichtungen weitererzählen müsse, da diese im Augenblick sterbende Person schon selber für genügend Vielfalt gesorgt haben dürfte. Für die Windrose seines Schicksals müßte Phantasie nicht mehr blühen.

Inzwischen hatte sich Siegfried zum wahren Schrecken erholt. Mein Vater ist er? brüllte er auf. Oh, Gott, warum ließest du mich diesen Tag erleben, warum müssen meine Ohren solche grauenhafte Kunde vernehmen und warum mußte ich den töten, der mir das Leben gab?

Vernimm denn das Geheimnis, rief Robunz, welches ich dir früher nicht mitteilen konnte, weil Reddunz meine Stelle als Kunz hat einnehmen müssen nach höherem Ratschluß. Jetzt fluchte Robunz auf Paw; das begriff aber keiner im Fels. Und Robunz fuhr fort und erzählte, man habe vor vielen Jahren den Sproß der Orientalin entführt und auf die Freiheit getragen. Dort sei er aufgewachsen, in Unkenntnis seiner hochraubadeligen Herkunft.

Heinz stöhnte. Der Sohn aber warf sich auf Robunz. Er wollte den unpünktlichen Wahrsager töten. Diesem jedoch gelang die Flucht. Daß ich euch doch einzeln erschlagen könnte, ihr Einbettfliegen! Mit diesem Schroff wandte sich der rasende Siegfried an seine Genossinnen. Wenn jemand schuld ist an meinem Unglück, dann seid ihr es. Euer Chauvi, auf den ihr Dunstschnupperinnen mich gehetzt habt: ist mein Vater. Ihr habt es gehört. Meines Messers Schneide habt ihr gewetzt, oder ganz umgekehrt. Hinter

euren Nornensandalen bin ich ins griechotragische Grauen gerannt.
Da standen sie schatthalben dausig. Kein Sterbenswörtchen.
Ich sterbe, stöhnte der Heinz. Am Ende meines verwirrten Lebens nun diese überprobverprüfte Verwirrung. Den ich mir als meinen Rivalen gedacht, den nennt man mit stammbäumlichem Recht meinen Sohn. Wo bist du Sahira, daß ich dir Himmelshenne das Ei meiner Verdammnis unterlege. Aber, was rede ich. Bist es doch du, die von ihrem Ritter so zart geliebte, die mir mit Untreue lohnte, was mein im Orient einst dir geweihtes Herz für dich empfunden.
Ein Raunen ging durch die Reihen der unterschiedlichen Fronten. Siegfried erstarrte archaisch.
Und Heinz verwirrte alles noch schlimmer, er seufzte fort, stöhnte weiter: Oh, Gott. So also hast du es überväterlich gerichtet: Eine mir längst schon Angetraute wollte ich führen zum Traualtar! Was für ein schändliches Leben zwischen Hochzeit und Hochzeit. Zaahira, was hat man uns angetan? Wer als Liebender blickt da als Räuber noch durch. Ich darf es besonders nicht denken, was über meinen Sohn gedacht werden muß.
Was muß gedacht werden? schrie der Siegfried auf.
Nein, schrie der Heinz: Es ist ein wahrhaft schlechtes geschlechtliches Geheimnis. Es mußte auch dir eines bleiben, geliebte Zaahira. Nicht schuldig kann ich dich sprechen. Rein bleibst du mir, dem Unreinsten einer.
Vater, brüllte unselig laut dieser Sohn. Es ist wahr, ich habe dich getötet. Aber ist es auch wahr: Ich habe mit deiner Frau, mit meiner Mutter wachhaft geschlafen?
Der Chor der Kompostmütter keuchte.
Oh, hätte ich doch niemals des Lebens höchste Lust in Zaahiras keuscher Liebe genossen. Ich würde nicht zu empfinden haben den größten Seelenschmerz, der eines Menschen Herz zerreißt. Nein, stellte Siegfried entschlossen fest: eine solche Tragik ertrage ich nicht, wer will?
Mein Tragöde, mein Sohn, der mich tötete, liebte unkomisch das Liebste, das mir das Leben nicht gab, faßte Heinz von Stein sein in der Hauptsache unbefriedigendes Schicksal zusammen und hauchte sein nebenlustvolles Leben aus.
Die Leichenweiber rotzten sich im Chor gründlich weg. Dem Chor der hochgekampelten Punker war das Lachen schon lange fehlge-

schwadert. Der Reddunz schleppte den Robunz herbei; er hatte ihn am äußersten Ende der Felsenburg, in der Aussichtskammer, gefunden. Jetzt zwang er ihn, vor dem toten Ritter auf Knien zu fronen. Das war natürlich seinerseits alles mehr als verspäteter Groll.

Weise mir den Weg zu Zaahira, forderte Siegfried von Robunz.

Infolge seiner Zwangslage konnte Robunz nur mit der Hand, und ihre Richtung mündlich erläuternd, dem Sohn des Ritters den Weg seines Unglücks weisen, von dem der Weiser nichts ahnte.

Als Siegfried voraus, und hinter ihm alle Weiber, die Kammer Zaahiras betraten, stand diese ganz ahnungslos dort herum, fiel aber in Kürze in eine tiefe Ohnmacht, nämlich nachdem sie erfahren hatte, daß der von ihr so sehnsüchtig erwartete Geliebte, der Sohn des, im übrigen immer mauschig, jedoch guten Willens um sie werbenden, vor kurzem ermordeten Heinz von Stein sei. Es waren aber insbesondere die schrecklichen Vorwürfe ihres Siegfried, die derselbe sich machte und die ihm ein Weiterleben untersagten, wie er dringlich auszuführen verstand, welche ihr das Bewußtsein raubten. Die schuldbewußten Sappermentsweiber sollten sich also noch einmal des schrecklichen Jammers zweiten Teil mitanhören, der dem gequälten Weib Zaahira erspart blieb; so jedenfalls mußten sie denken. Und Robunz, dem es inzwischen gelungen war, sich aus den kräftigen Armen des Reddunz zu befreien, mußte sich von den außer Rand und Band in Schuld verhäkelten Frauen erklären lassen, was den Herzbuben Siegfried über seine geliebte in Ohnmacht liegende Zaahira in Ohnmacht stürzen hatte lassen. Seine Erklärung fand keine Ohren, da die Frauen verschwunden waren, nachdem sie das Übereinander des verdoppelten Zusammenbruchs erklärt hatten.

Da er zweimal zu spät gekommen war, entschloß sich Robunz dazu, an der Unort- und Unglücksstelle zu bleiben, ohne noch etwas zu unternehmen. Er setzte sich ab in einer Ecke der Kammer. Jedenfalls, wie er dachte, wollte er jetzt ausschließlich sich uneingreiflich verhalten. Das nannte er bei sich auch Trotz; oder war er nicht zweimal schon ein Spätling gewesen?

So mußte er aus eigenem Entschluß mitansehen, wie Zaahira aus ihrer Ohnmacht erwachte, den über ihr liegenden Siegfried sanft wegdrückte und, beim Anblick der offenstehenden Tür ihres Gefängnisses, über die Schwelle derselben entfloh. Wenig später hal-

fen Hussan und Adrian der geliebten Zaara aus dem Nornenloch auf die Freiheit.
Dem Siegfried half der Robunz dann doch auf, eingriffsmäßig, als derselbe aus seiner Ohnmacht erwacht war, klärte ihn auf, führte ihn durch das Raubritternest und ließ sich die Unterstützung desselben gefallen bei der ungewöhnlich selbstverständlichen Anleinung des Boxers Heinz, mit dem sie dann beide auf unterirdischem Wege auf die Freiheit herauskamen. Auf ihr – Siegfried hatte sie dort, erleichtert lachend, sofort verlassen – standen Robunz und Heinz auch nicht lange zu zweit herum, weil Nathalie als Ariadne um ihren Robin den Faden der Tragödie schlang, der alle Löcher aufnähte.
Robin mußte jetzt auch lachen, als er sah, wie Reddunz sich im Chiemsee die Beutelfarbe aus dem Gesicht wusch. Er ließ den Boxer frei. Der sprang weg, sehr lustig, ganz wie außer sich.
Paw war zur Stelle.
Zu Diensten, empfahl sich Robin. Oder war das nicht falsch genug?
Ödipal, lobte Paw.

Im Namen des Staates, standesgemäß also. Die Flügeltür; breit genug dieser Einlaß. Der Dani. Nicht nur der Dani. Links Dodo, rechts Mona. So. Und hinterher Poppes. Der drehte sich um. Keine Nachfolger. Er denke da an eine Coda. Obwohl Boulevard. So dachte der Dani noch laut, aber nur kurz. Denn Schluß damit. In dem Gewächshaus: das Thermometer auf 35 Grad. Und nach zwei Fohlenbeinen rechts von ihm: der Poppes. Und mammeliter zwei Brüste zur Linken, der Dodo. Die Farne. Kakteen. Spermatische Düfte im Urwald. Das Ewige als Agave. Crassulas. Saftspeicher. Wo sich die Rede halmt. Wo eine Frau sich schwarz absetzt. Und als sich ihr Gesicht verknittert und wie: innerwärts dieses Pfeifen, im Dani, in Richtung Gemüt, wo das liegen muß zwischen den Beinen. Aber die Kollektion ist eine Reprise: das Geschäft abgeschlossen, immerhin: tiefe Taille. Verheißung. Der entwertete Trugschluß.
Wie sie über dem Laufsteg zurückkommt. Das Zurhand. Mit Einschränkungen freilich. Verdüsterung. Aber das Große und Ganze. Man möge nicht denken, denkt Dani. Und plötzlich: Haut links und gar rechts. Sein Gamsbart befugt. Mehr Wilderer er

augenblicklich als Gutsherr. Eine Übung, also, eine von vielen im Boulevard. Die Poesie studiert in der Realität; Schweißtropfen. Das käme den Studenten hart an. So der Dani zu Poppes, der alles an sich aufsperrt. Seinen Namen hat der noch nie so türig geschrieben, so schwellenhaft. Glückeshalber überfließend die Mona: der Poppes, ein neuer, der sei schon angekündigt. Ihr Hinweis, fingermäßig als Zeiger auf ihrem Bauch. Und wiedererkennend, der Dani. Also über die Knie der Mona der Blick auf den Zeugen. Also gar sie? Und dann untergejubelte Freude. Der Mut dieses Danis dehnt sich bis zum Zerreißen. Größer wäre nur das Ende seiner Geduld. Und die Dodo unterschreibt den Vertrag nebst Kind. Und der Friede. Und Hochzeit. Und als der Dani den Federhalter führt, gesteht er, nicht schwanger werden zu können: obwohl sein Kind mit dem Norman als ungeborenes ihrer beider Wunschnamen Erik führen solle, von Eintragungen dürfe man selbstverständlich absehen. Sein Luxusjob sei Poesie. Deshalb. Man wende dafür keinen Ernst auf. Poesie sei immer schon links von Givenchy, rechts freilich von Dior. Und als die Nadel geworfen wird: Musik sei nötig. So Dani. Und seine Empfehlung: keine Scheu vor Sicherheitsnadeln, wie die Ehe eine sei. Also Umarmung. Küßchen. Mona. Und Dodo. Und.
Wo ist der Zeuge Poppes? Das schreien sie alle drei. Ganz vergeblich.

Denn der Poppes setzte sich im Haus Freiheit No. 10, 5. Stock, an Paws Tisch und schrieb weiter:
Da ich in mir nichts vorfinde, kann ich als Dichter gelten. Und wie der meine habe ich vor mir nur Wörter. Wie sie das nennen, die Sprache. Als mein Innenleben mache ich sie vor mich hin. Kein Rhein. Kein Hölderlin. Aber Rinnsale, viele. Verfolgungen. Bitte, wo hinaus?
Hinaus in diesen Platz hinein.
Kleine Spielplätze. Umgeben von der Zivilisation. Mein Wasser gleicht einem See. Nichts mit Fluß. Schon mit Sturm. Schon. Schon das alles. Auch Schifflein darauf. Statische. Logische. Schiffbruchverdächtige. Chiemsee. Wir Anrainer. Uferbewohner, als andere, die wir doch auch sind. Psychiater und Seefischer, See

Genezareth, Kommunismus, frühe Freude. Späte Erinnerung an die Freude mit Fremden. Da liegt in der bayrischen Sonne, übersetzt durch den Föhn: dieser nasse Platz, schäumt ab und zu wie ein Weißbier. Ist die Ruhe selbst, wenn er voll ist. Läßt Winkel zu an seinem Kreis, wie er sanft auch Ecken hat bis Sümpfe. Und Stechmücken viele darüber. Ich bin, sagt der Poppes, der Landschaftsmaler am Sonntagnachmittag, als die Zeit überall zurückwill in sich. Eine solche Ruhe. Die will auch gleich heraufklettern auf solche Schultern, welche tragfähig sind. Mein Paw weiß nichts davon. Der trägt seine Kindlein im Kopf herum. Der angelt auch nicht. Zum Beispiel einen Dupin. Wie ich jetzt.

Der Poppes stützt den Meisterdetektiv, unten, vor dem Mondhaus. Und diesem wurden die Knie weich, einen Augenblick freilich nur, nämlich kurz nach den langatmigen Ausführungen Paws, der dieselben vorgetragen in der Reihenfolge, in der die Besetzung des letzten Aktes des Ritterstückes die Burg verließ, aus den verschiedenen Löchern heraus.

Also, rang Dupin um Übersicht, wenn Hussan und Adrian die Zaara vorüberführten, so handelte es sich in Wahrheit . . .

Paw assistierte: um Sahira . . .

den Pudel, nämlich die tote . . .

die auferstandene Zaahira, erklärte Paw; also sowohl um eine Mutter, als auch um die angebetete Braut des inzwischen ermordeten Heinz von Stein, welche in einer schrecklichen anderen Wahrheit die Geliebte des Rittersohnes Siegfried ist, besser war . . .

und wieder die Zaara sein darf, um die sich Hussan und Adrian streiten, ergänzte Dupin und verweigerte anschließend die Übernahme dieses Falles, in Ermangelung eines entschiedenen Autors, wie er erklärte.

Paw lachte.

Und Poppes stellte fest, daß sich hier ein Autor verweigere, wie er annehmen müsse, um eine Figur seines Buches jämmerlich hängen zu lassen.

Und Siegfried lärmt, tobt und schreit und treibt wie Aias die Feministinnen vor sich her, mit Mord und Totschlag drohend, bemerkte Dupin.

Wie einmal schon sein Vater Heinz, sich selber als Aias quasi zerstückelnd, erinnerte Paw.
Warum aber verfolgt die eine Hälfte der Frauen den Reddunz, während die andere Hälfte dem letzteren beisteht und die Verfolgung verhindert? fragte Dupin.
Spaltung, wußte Paw. Sie wüßten jeweils nicht, was sie tun; das Übliche.
Spaltung, Verdoppelung, Vermehrung, zürnte Dupin. Ob er mit Lösung der Vielfälle gar beauftragt würde? Das wiese er von sich.
Das sei schon gelöst, meinte Paw. Nämlich soeben habe es sich.
Na ja, zweifelte Heimeran Phywa. Hier werde sich in den Auflösungen der Personen doch ganz außerordentlich gut versteckt, was ihn wieder zur Erweiterung seiner Versteckspielregeln ermuntern könnte, wie schon einmal, aber nicht könne, weil Unlust. Zumindest Fußnoten seien hier angebracht, z. B.: was die Kunzes beträfe. Der wahre Knecht des Ritters habe sich doch hinter Reddunz und Robunz versteckt.
Und der Rummelkunz ist es auch nicht, schloß Paw. Schluß.

Einzug der Hochzeitsgesellschaft in die Casbah, in das Studio 54; man war Nathalie gefolgt; keine Selektion durch Personenkontrolle am Eingang, weil keine Ausnahmezeit, auch keine hohen Eintrittspreise: die Getränke frei: Endzeit, die letzte Show. Le Palace besetzt von den Herren der Beschallungs- und der Beleuchtungstechnik; keine Aktion. Abwarten. Totenstille. Kerzenlicht.
Der Vortrag Nathalies, betreffend: den Auftritt Georgios und Lindas in der Damentoilette des Cafés Freiheit. Monsieur Dupin, aufmerksam, beinahe glücklich. Fügungen. Heimeran Phywa: Schluchzen: Kuckuck. Sehr tränenreich. Was für ein Versteck, das als Paar definiert werden dürfe. Des Regisseurs zarter Hinweis für Hermann und Dorothea: Siehe da. Schauet und höret. Viel Glück.
Paw konnte mit allen darin einig gehen, die Morde für ein unlösbares Geheimnis zu erachten. Die Killer hatten bisher hartnäckig geschwiegen. Keinerlei Mittel wollten sichtbar werden, ihnen auf die Spur zu kommen.
Nach den möglichen Mitteln, sagte Dupin, dürfen wir bei dem oberflächlichen Stande dieser Untersuchung nicht urteilen. Die

Münchner Polizei, so hoch gepriesen für ihren Scharfsinn, ist schlau, doch weiter nichts. Sie verstellte sich den Blick, indem sie sich zu nahe an die Sache hielt.
Disco, rief Paw. Und sofort auch: Hämmernde Rhythmen, Lichtblitze. Fusion. Dance. Dance. Dance. Von dem neuesten Sound bis zu seinen Tänzern ist es zum Tod, schrie er. Und: Habe ich das nicht vorhergesagt?
Applaus.
Thanks God, it's dead, it's Karfriday.
Vier Doppelbahren, aufgerufen von Paw: Kenn and Edith, Marc and Donna, Roger and Gloria, Alex and Edwige.
Mit dem ganz großen Abschied bis über meine allerhängendsten Ohren verwundert, so Paw: orgle ich das Licht. Und: Von einem Detektiv bis zur anderen Lösung ist es so nah wie von Poe zu Poe. Aber wer erklärt uns die Hörner, die Tieftöner, die Endstufen im Zusammenhang mit der Auferstehung des Fleisches mit Laserlicht, Leuchtböden, Stroboblitzen, mit allem Glitzer aus diesen verwesenden Lichtanzügen?
Ich grüße den totgeleuchteten Kenn . . .
Ich grüße die . . .
Paws untergehende Begrüßungen in den Impulsen. Hochzeitspaarung. Dance. Der Ritus des Todes.
Aber unbewegt, der Dupin: Also, was diese Morde betrifft, so wollen wir uns selber auf eigene Untersuchungen einlassen, ehe wir uns eine Meinung von ihnen bilden. Es wird ein reines Vergnügen für uns sein.
Paw, bestürzt, da Hautnähe zum Forscher, oder gar zum Entdecker: zum Löserich. Aus einer anderen Ecke: ein anderer Löser. Sein Kommentar: Bitte, werden wir aber nicht selbst durch die Vortrefflichkeit des Amateurdetektivs gefesselt, Prototyp eines neuen Maulhelden, der noch vor der Abgeschmacktheit des zeitgenössischen »Superman« bewahrt ist? – Das war Lacan.
Und Sonnemann, auch hier, verweist auf Poe, welcher mit Ironie begonnen und schließlich daran glauben habe müssen: nämlich an seinen von ihm selbst verkörperten Geist der absoluten Analytik.
In Ambiance: der Robin, der Star; der Poppes, der Superman; die Nathalie, ihr eigenes Kingsize-Ego. Und alle von den Minolta-Blitzen erhellt. Und Scheerbart, der Pate, in dieser Stunde des Todes auf seinem Leuchtfußboden, wiederverkörpert, gespiegelt.

Dröhnendes Glashaus. Alleluja. Resurrectio! Alles, was Hoffnung ist, perdauz: der Karl und Sophie wie aus Schall und Licht kein Rauch: unser aller Wort darauf. Believe it.
Paw, von Dupin befragt, ob er irgendetwas Besonderes an dem Ablauf der Mordtaten bemerkt habe? Die Regelmäßigkeit der Ausrottung und die Zugehörigkeit der Ausgerotteten zu einer einzigen Modeerscheinung hätten hingereicht, die Kräfte der staatlichen Organe zu lähmen, indem sie ihren gepriesenen Scharfsinn auf vollkommen falsche Fährte gebracht haben würden. Sie seien dem plumpen, doch weitverbreiteten Irrtum verfallen, das Ungewöhnliche mit dem Abstrusen zu verwechseln.
Wiederholung, stöhnte Paw. Vergeblich.
Doch gerade anhand dieser Abweichungen vom platt Gewöhnlichen taste sich die Vernunft, wenn überhaupt, ihren Weg bei der Suche nach der Wahrheit. Die Meinung Dupins.
Der herbeigeeilte, oder vielmehr zum Tisch hergetanzte Feilitzsch brach auf einem Stuhl zusammen mit der Beschwerde: Also alles, was Schall und Licht, das spreche gegen die primitivsten Verkehrsregeln, besonders im Angesichte des Todes. Es folgten bisherige Ergebnisse: Schweigende Killer, aber man habe da so Vermutungen, jedenfalls ganz gewisse Unzertrennlichkeiten, infantile Nachspieleffekte, anarchistisch getönt, oder gefärbt: vier Handschellen, hochpolitische, sonst noch so exaltierte Manieriertheiten, ins Fäkalische ausgeartet, sogar wehrkraftzersetzende Spielereien, wobei die Ausrottung des weiblichen Elementes etwas für sich habe, das spräche jedenfalls für die Killer. Wohl überhaupt. Also diese Killer hätten nicht nur wenig, das für sie spräche. Nur so. Tote Spinner. Das sei klar. Dies sei sein Ergebnis. Er unterstriche das nicht ganz so ungern, wie es sich für einen Polizisten mit staatserhaltendem Haß auf Mörder gehöre. Nur so. Und nicht zu vergessen: Was da an Mutproben auf Schwellen geleistet worden sei, siehe Damenfrisiersalons und Toiletten, sei insgesamt grenzverletzend, wenn man nicht die Schwellenängste als Gefühle für Law and Order berücksichtigen wolle, wozu er neige.
Dupin, nicht aus der Ruhe gebracht: Bei Nachforschungen, wie wir sie vornehmen, solle gar nicht einmal so sehr gefragt werden »Was hat sich ereignet«, als vielmehr »Was ist dabei geschehen, das sich noch nie zuvor ereignete?«. In der Tat stehe die Leichtigkeit, mit welcher er zur Lösung des Geheimnisses gelangen werde – oder

bereits gelangt sei – in indirektem Verhältnis zu seiner anscheinenden Unlösbarkeit in den Augen der Polizei.
Ein abgeschlagener Feilitzsch.
Und Paw, in Gedanken: Obwohl, wenn man es richtig bedenkt, doch vielleicht ganz bestimmt der Dupin eine Figur des Poe genannt werden kann. Also der Poe . . . aber laß ab. Bring nichts draus. Bleib im Text. Getreulich. Und hold. So beruhigt er sich. Die Seinen, siehe da: Himmel. Sie Simulatoren. Schulstunde. Mathematik. Die Multiplikationen waren dran. Er, Paw, der Lehrer. Auf den knalligen Hotpants der Jeanne zweimal Forscher: schimmernd auf einem Hinterteil Leonardo da Vinci, auf dem anderen Galilei; die Kluft mußte nicht dazugedacht werden. Auf der Glitzerjacke der Rosa, über der rechten Brust: Marilyn Monroe, hauptsächlich ihr Hinterteil, herzlich wogend den Vamp. Sein Glimmerbauch aber nabelte sich hier lichtmäßig ab, reihenweise: die anderen Rosas. Rhythmusmaschine. Hallo, es grüßt dich die quillende Ambi. Deine Guität. Kußhand für Detektive.
Mischung, Vermischung, rief Heimeran. Pauker mit Puppe.
Nun, so Dupin, gestatten Sie mir noch einen Hinweis – nicht auf die gesamte Zeugenaussage, sondern auf das, was daran besonders auffallend ist. Fiel Ihnen irgendetwas besonders auf?
Wurde aus Paw hier der Watson?
Warum war Dupin nicht verblüfft, als ein von Heimeran nämlich so derb angedupfter? He! Das ist doch eine Mixtur!
Kommt Zeit, kommen Chris und Ivan dran. So der Dupin. Und: bitte, zur Verfügung, wenn.
Danke. So Heimeran. Aber, wie bitte? Dieser Analytiker: So einer. Wirbelwind: Nathalie. Hallo Privater! Dann aber dröhnte es ihr schon wieder, und aus ihr: fare well. Baßsynkopen, Dance in der Landschaft, Auswüchse, also mal zwei die von Milo, mal drei fünf Heras auf einmal, mal vier sechsundsechzig Dirndl in Ruhpolding, multipliziert mit – auf ihrem Silber-Lamé –: 23 trockeneisigen Eskimobräuten. Ist gleich. Ist schon. Klimpert, rattert und singt im philharmonischen Chor hinter ihrer tropfenden Hot-Stirne. Mal Ergebnisse in Golddrahtornamenten, mal Ergebnisse.
Poppes wild hinterdrein: Denk dir was, Natha, denk dir was aus: Lichtbrüche, dividiere. Und seine Multiplikationen: Zwei mal dreimal vorbei, und zweimal er selber; vierzehnarmig umhalste er die Ali gegengeschlechtlich, dann geschlechtlich, antik dann, nämlich

germanisch, dann gekräuselter, syrischer in der Folge, auf einmal ganz bayrisch, oder noch einmal, nämlich strobäisch, lazerisch, baßisch, plattisch, derdings, auch noch so kristallisch, also sowas, ganz bödisch und stämmig, zärtlich und zweimal als einer als Hologramm-Cowboy, kling, ratter.
Noch zwei. Noch so zwei Tote. Auf Bahren. Acht und zwei ist gleich zehn. Zehn Tote. Fünf Paare. Kurz: Linda, noch einmal pressiert, hatte Georgios lassen müssen, den seine Fans nicht mehr losgelassen hatten. Scham. Nasse Beine, öffentlich: ganz unmöglich. Also: Tod in der Damentoilette, der Linda: durchsiebt von Kugeln wie Georgio: der Star inmitten seiner Gemeinde.
Feilitzsch, triumphierend: ein Killer mehr. Fünf an der Zahl. Der letzte leider auch stumm.
Ich zögere nicht, fuhr Dupin fort, zu sagen, daß legitime Deduktionen von diesem – also diesem Teil der Zeugenaussagen – an sich bereits hinreichend einen Verdacht erzeugen, welcher für den ganzen weiteren Fortgang in der Untersuchung des Geheimnisses richtungweisend sein sollten. Nämlich: Es handelt sich um Verpaarung, die außerordentlich regelmäßig erscheint. Ich selektiere: Regel. Eine. Und: Übertretungen bedeuten den sicheren Tod. Ich spreche nicht nur so daher. Ich glaube, sagen zu dürfen, daß ich mich hier nicht aufgespielt habe. – Sein forschender Blick, wenn nicht schlimmer: auf Paw geworfen, wenn nicht geschossen. Dann die Substantivierung wie ein Triumph: Spiel. Schluß. Noch nicht ganz. Eine sanfte Fußnote, von ihm angebracht: Spielregel.
Paw, in Gedanken: Obwohl, wenn man bedenkt, daß Poe, oder wer, oder ein Realisator, vielleicht ganz bestimmt: schon vorher, sozusagen von Anfang an: wußte. Also gewissermaßen, bitte: der liebe Gott, weiß der liebe Gott, was der weiß: ein Analytiker ist der weiß Gott nicht.
Kuckuck. Das war wieder der Heimeran Phywa. Und: Ach, wie gut, daß niemand weiß, was der liebe Gott weiß. Und: Pst. Oder so einer wie.
Es steht zu hoffen, so Dupin. Aber setzen Sie sich. Abwarten.
Das tobende Simulakrum: Zweimal das Fremde sehr warm für die Jeanne, als dieses im anderen Gesicht ihre Lippen eröffnet im Dschungel: Palmwedel, ihr Einzug in Jerusalem: Friede, mit dir wird das öfters ein Öfter mal öfter. Das glimmerflog neu in ihr drinnen, sichtbar für alle vor Hartwand. DANCE. Luminöser,

selber die Jeanne: das leuchtende Fleisch: also Gracia und die Patricia, show, also mit Tochter und Jacquelin, selbdritt, mal 63 mal Jack, kommen heraus wie Barockperlen: die Kinder, die Kinder, ist gleich gar nicht generativ, sehen ihr alle gleich bis nicht ähnlich, bis Grimm, bis Hexe, alles light and sound, und soundsooftmal sehr gleichviel, cool, weil tausendmal ist so viel besser als einmal: das Licht ist so geschwind wie beinahe noch heller. Mit Stroboblitz rast dieses Quecksilber. Fever. Karsaterday, Night-Fever. 42 mal Notärzte. Oder mal nicht. Grab. Blumengeschmückt.
Ich sagte, so der Dupin: legitime Deduktion, doch damit ist noch nicht zur Gänze ausgedrückt, was ich meine. Ich gedachte anzudeuten, daß die Deduktionen hier das einzige Taugliche sind, und daß der Verdacht sich platterdings einzig aus ihnen ergibt. Wie dieser Verdacht lautet, will ich jedoch für jetzt noch nicht aussprechen. Ich wünsche Ihnen, dies zu Paw, lediglich zu Augen zu bringen, daß der Verdacht für mich selbst hinreichend zwingend war, um meinen Nachforschungen auf dem Platz eine bestimmte Form, eine entschiedene Ausrichtung zu geben.
Sagt der Wissende, so Paw, für sich, der vielleicht bestimmt das alles gar nicht von sich selber in sich selber weiß: weil das jemand anderer denkt. Aber wer? Oder eigentlich schon gedacht hat. Bitte wo?
Und als hätte er Paw denken gehört, jubilierte der Heimeran Phywa an dieser Stelle überaus: Ich. Anderwo auch hier! Ganz anderwie. Danke.
Ach bitte, so Dora.
Ach schön, so Leli.
Sie tanzten im Namen des einen Heimeran und des anderen Heimeran und des Geistes des Heimeran. Amen.
Er gedenke, so Dupin, sehr scharf: anzudeuten, daß die Deduktion aus diesem Maulhelden – so zahlte er anderen heim – sehr bald dasselbe am Helden stopfen werde. Platterdingsda.
Aha, so der Paw, in Gedanken: Dupins Einverständnis mit diesen Licht- und Tonverhältnissen. Wie er sich wohl fühlte. Atmosphäre, Stimmung. Der Detektiv und die Rauschzustände. Dekor. Die Kulissen. Was da seine Meerschaumpfeife alles herauswolkte. Luxus. Lichterlei. Allerhand Anstrengung im lauten Gekreisel. Der Denker am Altar in der 4500-Watt-Kathedrale. Ein amerikanischer

Wotan im Ringelspiel der mythischen Emotionen des großen und ganzen Vielerleimaleins. Und der dezimale Tod, niedergelegt als Paarweise. Rummelpuff. Siemandel und Amanda. Nicht Lear. 14 Zentner. Denk mal. Und auf einmal noch Sechse: schwul. Von Eschi bis Leila. Vom Schwanz bis durch vier Löcher bis Loch. Und einer stand frei. Ihn artikulierten zwei Hände. Der sprach noch einmal in den Schein und die Realität, oder einfach dazwischen, spiegelzusagen. Und Hochzeit und Tod. Und das Mischpult. Und dieser Dupin. Also was für ein, oder wie Zirkus, oder wann das Kamel? Oder auf welche Art und Weise eine Lichtöse? Die Lösung? Hautnähe?

Dupin: Meine Untersuchung ist um einiges genauer, und zwar aus dem Grunde, den ich eben anführte – hier nämlich, so wußte ich, lag der Punkt, an welchem sich sämtliche Unmöglichkeiten widerlegen mußten.

Der Punkt: Treue, Hermann und Dorothea. Paw holte sie in die Spiegel. Die beiden: tränennaß. Nasse Räume deshalb, scheinbar. Von allen Illusionen rann sie: die Trauer als Freude. Der Scheerbart sprang. Das Wasser: ein Meer. Der Tropfen, die Spiegel: die Ozeane. So. Der Seufzer, das Echo, und dieser Urschrei. Watt, Watt, Watt, ist gleich Phon. Ach. So klein. Jeder ist so. Will immer brav sein. Wir gratulieren in dieser Aussegnungshalle 54.

Der Punkt. Auf der Haut.

Meine Erwägungen nahmen a posteriori folgenden Fortgang, so der Dupin: Wenn mäßig, wenn spielmäßig, wenn Regelmäßigkeit: dann . . . siehe Hermann und Dorothea.

Paw, in Gedanken: Bett. Eine Hochzeit für ein Königreich des Detektivs.

Unwiderrufliche Treue. So Dupin.

Er war hier. Nicht am Rande. Der Forscher im Zentrum. Nichts auslassend. Sich auf alles einlassend zwecks und behufs. Der wußte, Dupin: So weit nun hatte das Rätsel alles Rätselhafte verloren. Die nächste Frage richtet sich auf die Treue.

Bei diesen Worten Dupins glitt Paw ein undeutlicher und nur halbgestalteter Begriff von dem durch den Sinn, was Dupin meinte. Es war, als stünde er an der Schwelle des Begreifens, ohne jedoch die Kraft dazu zu haben, wie sich ja Menschen zuzeiten am Gestade der Erinnerung finden, ohne letztlich dieser Erinnerung fähig zu sein. Da war etwas von Haut und von Nähe.

Trotzdem, der Paw: Wirds bald? Oder, innerlich: Poesie, Hinterhaltung, der markblähende Aufschub, ach armes Skelett.
Der Detektiv hier als Seher: Es wird so gewesen sein: Es wird ein Spiel gespielt worden sein. Es wird die Paarweise genannt worden sein: Man wird sie so genannt haben. Es wird so ausgemacht gewesen sein: nachdem man sich ausgewürfelt hatte, wird man, nachdem man Killer bestellt hatte, sich ihnen ausgeliefert haben, mit dem Auftrag: jede Trennung jedweden gewürfelten Paares mit Tod zu dokumentieren, damit offenbar werden würde: die Treue. Tristanisches Mark also ganz isoldisch. Und demnach freigesprochen die Killer im Namen der außerordentlichen Moral: nämlich Dienst an der Norm. Es wird so gewesen sein. Es wird der Leichtsinn den Ernst tödlich hinaufgespielt haben. Das läßt sich nie mehr herunterspielen. Auf diese Conclusio habe ich mithin in der Hauptsache meine Hoffnung gegründet, das Rätsel zu lösen. Die Oberfläche ist tief, siehe Haut. Ich gebe weiter an eine andere Wissenschaft. So Dupin. Bescheiden. Und unentwegt. Nämlich: Heimeran, sagte Dupin. Jetzt kommen Sie mit, Sie Versteckspielregelspieler.
Der liebe Gott und der Detektiv. Wenn das nicht popper ist. Bitte. Na?
Und Oberfläche mal Oberfläche und Treppe mal hinauf. Und ganz nicht ganz. Und die Mitte. Mal ganz. Mal halb dividierte Metallic-Anteile. Geteilt durch die Scheide. Mal modellierte Fläche ganz oben hier mal Steaks: Das Hackebeil teilte. Die Multiplikationen im Gegenverkehr. Mal Triebe, mal partial. Obgleich ist: techno. Nur Suche. Andere ganz und gar vertrieben. Mal Peitsche. Licht. Ganz und gar Bündel, wie. Die Frottage. Der Schall. Was uns naß trocknet an den Lichtwurzeln. Die Erkenntnis wird sich abdrücken: Kanonade. Die Sub-baß-Boxen, auf der Bahn zu Gedanken, verstärkten die Niederfrequenz bis unter die Kant-Grenze. Da waren sie ja alle, die Denker: etwas glimmerverstreut. Und der Ulrich Sonnemann auch. Nicht wie damals vor Augsburg, der Ulrich vor seinen Hunnen. Der Heilige. Leuchtend. Das Abendland, magst? Laut sein? Hört ihr Herrn und laßt euch sagen . . .
Was ich sagen wollte, sagte der Poppes zu Paw: Bitte, ich dachte schon, jetzt geht die Hochzeitsfeier daneben. Aber es hat sich alles so einfach gefügt.
So der Paw: Wie eben unsereiner es so macht.

Ein Leichenhaus, ein Leichenhaus, rief Poppes aus dem Hals heraus.
Kempner, stoppte die Jeanne.
Realität her, rief der Robin. Aber bitte plötzlich.
Und Paw. Sie wollten nicht auf bloßen Schein beseitigt sein.
Rosa, die Lichtdrossel: Stille.
Nathalie, die Schallnachtigall: Nacht.
Gemeint war das Nichts.
Schein, Schein, sehr schön, so Amanda.
Langsam, kommt Friedhof, kommt Grab. Das war Zwiffelwitsch.
Begraben sein, sagte Paw, aber der Reim war schon futsch.
Scheintod, etwa? So der Feilitzsch.
Poesie.
Polizei, schrie der Feilitzsch.
Denken. Das hatte der Paw gesagt.
Ruhe, Menschen. Pflicht. – Kein Satz. Aber vom Feilitzsch.
Und: Tod?
Das sagte niemand. Stille, Dunkelheit. Es brannten nur noch die Kerzen. Arbeitsniederlegung im Palace.
Erfolgsmeldung der Polizei: Die fünf Killer hatten Dupins Lösung des Falles bestätigt. Abtransport.
Sein Hochzeitsgeschenk für Hermann und Dorothea: die Paarweise. Der Paw offerierte. Die Eheleute durften die Kerzenflammen auspusten.

Wir: Unser Paw – der von wem überblickt wird? – lachte über Dupin, der einmal von Poe überblickt worden war, weshalb er bei diesem Mann wie bei unserem Mann überblicken darf, was jener und dieser nur deshalb überblicken können, weil sie das Überblickte selber erfanden. Was machte sich unser Paw da vor?

Also Auszug der Hochzeitsgesellschaft aus der Casbah. Aber allen voran, unfestlich wegrennend: Hussan mit Zaara oder Adrian mit derselben. Vorweg auf dem Platz: nur der Paw. Nicht allein. Auch Bucky stand in der Nähe, als die Zaara in einem rosa Kostüm à la Stanbul an dem Hochzeiter Hussan in Liebe zerfloß und in Richtung Mondhaus wegschwamm, was sie folgendermaßen in ebendemselben Kostüm mit Adrian tat. Und außer sich vor Begeisterung geriet Buckminster Fuller beim Anblick des Nachfolgers Siegfried, der Zaahira, dieselbe in einem ägyptischen Hochzeitskleid, in die Arme schließen und Richtung Standesamt wegwandern durfte, nachdem er seine Mutter Sahira wegwandern sah, Richtung Raubritterburg, in erklärter Absicht, nämlich, ihren Heinz zu bestatten. Der Bucky kletterte an dem Klonologen empor und drückte ihm einen Schmatz auf die wissenschaftlichen Lippen, insbesondere deshalb, wie er von oben herab verkündete, weil derselbe sich als Fachmann ganz wie ein Poet verhalten habe: das Unwahrscheinliche nämlich im Unpräzisen verhüllend. Dem Paw sprang der Bucky dann in die Arme. Er wußte, von wem er aufgefangen werden wollte. Sanft wurde er von demselben abgesetzt. Sogleich aber wieder, als dann die drei Ehepaare das Mondhaus verließen, drückte sich Bucky an Paw, weil derselbe von Poppes so beschimpft wurde, wie das noch nie geschehen war auf dem Platz. Und auch Rosa und Jeanne und die Nathalie zürnten sehr und viel schlimmer der Robin.

Nur Hermann und Dorothea weinten Tränen der Freude.

Erstens, schrie Poppes: Das scheint mir die beliebigste Aktion zu sein, die hier stattfand. Das übertrifft noch den Luhmann.

Der Fuller grinste und lachte dann, bis er losbrüllen konnte.

Und Paw belächelte das.

Und der Poppes, der Robin, die Rosa, die Jeanne und die Nathalie: alle weinten die wahrhaftigsten Tränen, der Schmerzen nämlich, mehrerer.

Zweitens, erklärte Poppes unter seinem Sturzbach: Der Pfusch ist: Eine Hochzeit darf hier nicht stattfinden. Fand aber. Und bitte: nicht eine. Es wurden Ehen gestiftet. Es wurden also so viele Fehler gemacht, daß wir sie nicht einmal mehr stehen lassen können, weil sie als richtige uns in der Falschheit einfach vernichten. Da weiß ich jetzt auch nicht mehr weiter. Da mag ich kein Falscher mehr sein. Das ist alles ganz außerordentlich schlimm, weil, und deshalb besonders: nämlich zu gut. Davon erhole sich, wer will. Ich nicht.

Ich auch nicht, seufzte Robin. Dann folgten die Seufzer von Poppes, von Rosa, von Jeanne, von Nathalie. Also von allen. Nur nicht vom Paw.

Wer denkt da noch an die Vernichtung des Paares? schrie Poppes.
Fehlt nur noch, daß wir nicht mehr an die Sterilität denken dürfen, schrie ganz hysterisch die Rosa.
SOS, rief Poppes. Beim heiligen Onan.

Der Rummel. Wie der sich erhebt. Vor der Casbah. Saß auf dem Rinnstein. Steht jetzt, als säße er noch. Überspringt die Leerstelle: Differenz. Grau im Gesicht, grimmig; verwahrlostes Schlenkern seiner zwei Rummel. Acht Wiener. Zwei weiße Münchner an schlimmsten Fäusten kratzen das Dingsda: schmerzliches Bäuchlein. Pein, ganz verlegen, sehr außer sich vor. Wut, klein, leise. Nichts zu machen, nicht weiter größer, nicht einen, keinen Zentimeter, gleichzeitig auch nicht, in ihm überall auf ihm. Und neben ihm, vorgesehen, von ihm, Klasse, die seine: das Schlankbein, kein Schrumbel hinauf bis zur Keule – zwei Puffe über ihm. Kitzelt deshalb die andere Frau auf alle viere, steigt auf, überarsch reicht er jetzt bis zum Nabel der einen. Wahrlich, er ist heroben auf einem Bauch. Dem seinen weiter unten fehlt auch noch die Schnur in die Vulva. Frau steht auf, und Rummel fällt durch, kommt aber stehend an; trotziges Oh, Klasse, die. Lachen nicht. Der Mann weiß Glied. Das weiß der. Das ist so. Das steht auch. Das hebt sogar Puff, legt auf Schulter, der Kanonier, Wange an Rohr, schiebt von hinten hinein in die dritte Frau, was die Haut hält, hat also gezielt, bevor – und darunter: eine vierte Frau fummelt den seinen heraus aus dem Rummel im Klassesitz, Mund auf. Da spielt der Puff aber Verstecken in seiner Hose und will weinen, kann aber im Wunsch nach Brust nicht. So viele. Viel verwackelte Ehre seinem kleinen Angedenken. Weshalb er doch erinnern muß. Klettert am zweiten Mann hoch, dessen Stange als Schmuser betretend und wühlt ein von der Klasse abgeschautes Gesicht in den Busen der Fünften. Da speicheln die Augen des Rummel. Die anderen Augen tränen darüber. Das Lied vom Kameraden, dem Kleinen. An seiner winzigen Seite. Und so. Als ob man ihn nicht heraufkommen ließe. Den Zwerg. Stehen will der. Wieder standhaft. Also, das ist es. Senkrecht. Aber waagrecht steht es den übrigen Dreien ab. Und sehr weit. Der Fünfte verlängert mit Zeigefinger den standhaften

Puff: Viele Sprüche der Fünf. Der Frauen. Und viel Lob, kein Erlebnis und gar kein Erfolg. Zehn Teile und seine ganze Scham. Da klatschen sie auf das Trottoir: seine Tränen. Verklärung: die Wut. Wird anerkannt, anerkannt, Bayernland, ausgebrannt. In der Klasse, der Elfte, der Gar-nicht oder nur Nur-so-wie, aber auch wie der Beinahe-schon als eines wie alle Monster: nur nicht normal, oder beinahe nicht, aber bitte schon einmal, mit allen zusammengezählt sogar fast. Und sofort dieser Schreikrampf.
Die Schönheit im Durchschnitt – und immer noch Konjunktiv. Zweiter. Keine Möglichkeit, ganz aber Wunsch und der Zweifel im absoluten Indikativ. Und keine Ergänzung. Die Grammatik des Elends. Hoffnung nur auf die Sonderklase, gleichhäßlich unter dem Durchschnitt der Normalität. Und doch jeder weitere Zentimeter eine Strecke ins Heil. Eingepackt schon, von der Haut. Haut aber in Großmannssucht zu geräumig. Ergebnis: Verschrumpelung. Gelandet, schon ein Ballon und Aufbläser zehn, aber seine werktreuen Knochen. Das ist abgemacht worden. Das darf nicht so sein, aber ist. Und die normalen Monster des Montaigne. Geblasen. Schön durchschnittlich nackt. Zehnmal das Glatte. Und wird versetzt. In die höhere Klasse. Abgepufft nur der Rummel. Durchgefallen. Sitzengeblieben im Stand.
So wird er von uns ganz dicht an das Seil gepäppelt. Ein Heilverfahren, vielleicht.
Von jenseits: Und? Wird noch was draus? – Gesichter sind nicht auszumachen. Gegenwart. Unappetitlich.
Die Zeitgenossen: Das darf doch nicht wahr sein? Zur Sache. Bisher: Einfälle null. Aufführungen: Fehlanzeigen. Gedanken, daneben vorbei. Viel Wind.
Rosirene, Jeanne, Nathalie, alle drei zwar mehr starr als stark, aber auch trotzig vergrinst. Nur der Robin nervös, aber nicht sehr. Der Paw hier besonders kleinlaut: Weniger kann man nicht denken über das Wenigste. Nämlich uns wird viel gedacht über noch viel weniger.
Große Enttäuschung jenseits am Seil: Totale Denkerei, total keine aber für uns und unsere Sachen. Da mischt Ihr Euch gar nicht ein. Nichts Gemeines. Viel Alles. Alles für nichts. Nicht Klasse.
Hast du Ohren? fragt Poppes. Der Paw fragt den Rummel.
Er sagt: Durchgefallen. Wie fällt es sich denn bei uns? Wo bist du sitzengeblieben?

Gefällt mir gar nicht, greint der Puff. Kann mir doch gar nicht gefallen.
Wann wird in der Sache gedacht, notwendig? – Ein Richtiger fragt.
Der Poppes gibt weiter an Paw. Der bleibt stumm.
Der Rummel fragt Paw: Deine Antwort? Schlag durch. Stell' dir wenigstens die Sinnfrage und gib dir eine Antwort, die allgemein gilt. Also ich bin doch auch nicht gern zuständig für das Gemeine. Schon eher bis überhaupt ganz: für Hohes. Dem Blech eine göttliche Haut. Warum trommelst du nicht? Und dumpf bis gewaltig, für Völker? Aufhebung der Klassen. Ihr Unterschied aber zu dir. Nur so bin ich einer der Deinen.
Mein Führer, grüßt Poppes.
Und jenseits des Seils: Die einen sehen schwarz, ganz andere rot. Und das bis zu uns, wo keiner eine Farbe bekennt, sondern blaß wird bis weiß.
Das Rad, schreit der Rummel. Die Sonne!
Abgehakt, ohne Museumsbesuch.
Du Tourist, brüllt der Rummel in der Wut. Es würde ihm schwarz vor den Augen. Sein Report.
Sehr richtig, benotet der Paw. Einfach zu viele Münchner.
Dort drinnen seid ihr doch draußen. Ein Urteil.
Wären wir doch darüber! So Puff. Paw herzt ihn. Verweigerung. Also bitte, dann nicht.
Eine einzige große Themaverfehlung! Schon wieder ein Urteil. Ein Durchfall.
Und weiter so: Was macht ihr euch vor? Ihr falschen Zeiger in falschen Löchern!
Der Paw schaut von Nathalie weg, von Jeanne und besonders von Rosirene.
Ihr seid uns so Rammler. Aber ohne Vermehrung. Besonders lustig ist das. Also schon außerordentlich konsequent. Ihr afterhistorischen Kaninchen habt es zeigefingerdick hinter den Ohren. Ihr Deministranten am Altar der allerheiligsten Verfehlung in den Hauptsachen. Reliquie unter der Meßwatte: Angst. Es wird bald ein schwarzer Katholikentag gewesen sein, der euch mit Taufwasserwerfern vor sich herscheucht bis zum ewigen Zähneklappern.
Ach Rummel, so Paw. Ach mein Lieber. Du hörst es. Wir sind Zwerge wie du. Eine Sonderklasse, mein Mitschüler, unser lieb-

ster. In der Geschichte durchgefallen wie du in der Natur. Dürfen wir uns in deine Wenigkeit einschulen lassen?
Pereat, Satanas, tobt der Rummel. Ganz außerordentlich anders als ihr bin ich außerordentlich.
Es ist sinnlos, um ihn zu werben.
Die Bombe hat einen Sinn, brüllt Rummel. Schon ist mir die Absicht des Sinnes ganz Wurscht. Wenn sie mich nur zerreißt. Es hat nur für etwas zu sterben noch Sinn.
In München? zweifelt der Paw.
Im Sinnlosen überhaupt schon am liebsten. So Puff.
Paw umarmt den Rummel als einen sinnvollen Fortschritt. O bitte, fleht er, weiter so. Es muß in dieser Richtung nicht sein.
Und wieder jenseits des Seiles, von daher: Mit Euch räumt die Nato sprunghaft Europa, wenn. Und Lachstürme. Und nicht einmal das habt Ihr jemals gewollt. Was, bitte, überhaupt? Oder überhaupt gar nichts habt Ihr im Sinn. Aber wir, wir ziehen uns an und wollen etwas sagen und lassen uns das auch sagen und ziehen uns wieder aus. Und dann überlegen wir im Bett aber ganz genau die Klassenstärke und unterlassen auch die Gedanken an die Rentner nicht. Oder wenn Ihr etwas von der Vergänglichkeit versteht.
Überhaupt nichts, zischt der Poppes.
Überhaupt viel zu viel, wird der Paw wieder einmal viel kleiner laut. Na, mein Kleiner, sagt er zu Rummel. Der hält seinen Liliputanerkopf für eine Streichelung hin an den Poppes.
Und noch so Vermutungen über das Seil über uns, die der Rummelpuff in Wertungen münzt. Der Kleine ist goldig, wie der uns endgültig inflationiert. Für den Unwert des Sinnes hat er schon gar kein Gespür.
Wir seien alle nur Liliputaner im großen und ganzen Diskurs, wird uns erklärt. Der Paw nimmt das hin. Auch das Nachgeworfene: Wir würden die Vorwürfe einfach anspucken. Und: Im Murks seien wir die Stärksten. Sonst Sense. Wir sollten doch auf die Welt kommen, wenigstens einmal, damit sie uns wegatmen könnten.
Und deine Antwort darauf? fragt Poppes den Paw.
Der sagt: Ich sitze schon auf dem Rinnstein. So steh ich den Puff. So überspring ich sogar die Leerstelle: Differenz. Meine Gedanken in bayerischem Wasser werden heiße Würste. Der nebensächliche Imbiß. Gefällig? Bitte? Genug, Herr Rummelpuff? fragte Paw.
Der: Totales Ungenügen.

Er hätte? so Paw.
Mir würde, so Rummelpuff, total in den Sinn fallen, wunschhalber: die totale Herrschaft der Vernunft über solche Löcher. Dann wäre ich auch als der Erste imstande, die Affekte in den Griff zu bekommen. Kontrolle! Das Ideal als Maßstab. Dahin könnte mir mein gar nicht so kleiner Sinn stehen. Kalkulierend. Triebfeindlich. Intellektuell. Tadellos. In jedem Fall eine Peitsche. Und ich an ihr. Der Nutznießer. Großes Gemeinwohl darunter. Jedoch, etwas Größeres, Hehreres trachtet nach mir. Ihr jedenfalls kommt nicht in Betracht, weil ihr in euren Sinn gar niemals hineinkommen könnt. Aber Sinn will ich haben.
So Rummelpuffs Auslassungen. Wir sind keine Heiler. Das dachten wir uns schon über.
Du lieber Aufklärer, Monsieur Montaigne, seufzte Paw.
In uns allen die Meinung: Dem Puff sei nichts unterzurummeln. Dem wird in unserer Nachfolge auch nichts nachgeweint, als derselbe vorausmarschiert in der Gewißheit der allgemein funktionierenden Liebe unter uns Menschen, und die schon ganz unter uns darunter, in Richtung Hertieblock, dem hohen. Dem Niedrigsten ist das Höchste der Durchschnitt. Der Jesus hatte solches nicht im Sinn. Weil der auch noch immer das Elend zum Leid erhöhen will. Kommt aber Leid, dann schon gar kein Rat. Und Mutationen des Leides haben ihren Frühling im Mittelstand: Fressen und Saufen und Huren.
Die normalen Monster stechen über den Platz: eine freie Parade. Nur fünf mal zwei. Nackt. Und wir schweifen hinterdrein aus. Nur der Paw bleibt bedenklich zurück. Sein schlechtes Gewissen.
An uns Klassenletzte napoleont der Rummelpuff im Aufzug hinan. Und in den Schaffensraum des Fidus tritt er zuerst sehr vereinzelt hinein: springt aber tatmenschlich in seine Wachstumsprägung, die ihn sofort auch zu Sportfrechheiten hinreißt. Aber.
Was müssen wir sehen. Wir staunen.
In diesem erregenden, unendlich suspekten Hain, und zwar aus einem diskutierenden Sumpf, ragt dieser Tempel als riesiger Würfel empor. Der ist ganz außerordentlich in die Summe des Wahnsinns gefallen mit einem aftersolchen, hier unsichtbaren. Auf einer zum Eingangstor schwingenden Brücke sehen wir Rummelpuff die schiefe Ebene hinaufwuseln, und folgen ihm sehr verlegen. Im Inneren liegt ein Hof mit Umgang und Wasserbecken; ökologisch

unbrauchbar der Inhalt, aus dem ein Papst der Psychologie aufragt. Ganz offenbar stellen diese Säle und Hallen eine Art hoher Schulung der Verunreinigung im allerheiligsten Sinne dar, in denen die Zeitgenossen erzogen werden sollen, um das Kultbild mit obszönen Sinnen zu schauen. Nun müssen wir uns aber teilen. Da stand nämlich immer schon Grotowski davor. Dem Rummel folgen Poppes und Robin und die männlichen Monster. Den weiblichen folgen Rosirene, Nathalie und die Jeanne. Derart auf getrennten Wegen durchwandeln also die beiden Geschlechter ihren Entwicklungsgang, demgemäß sinnbildlich: die weiblichen Vögel viel schneller im angedeuteten Wald. Aufholungstendenzen. Und in der Vorhalle sind uns allen das männliche und das weibliche Unterbewußte, jeweils nebulöse Verwirrungen in Watte, Wegweiser bis in die Halle des sakralen Koitus, in der sich die beiden Geschlechter wieder im Sinne einer sodomitischen Oralität verrammeln, bildlich – was Rummelpuffs fünfpaarigen Monstern die größten Schwierigkeiten bereitet, aber das ist normal; der Kleine lacht Tränen. Seine Schadenslustschreie gellen. Und wir lustieren uns mit ihm, etwas gedämpfter. Der Arsch der Vernunft runt sein verworrenes Un über der Schwelle, über die nur der Puffmysthe Rummel durch die Kammer der Aggressivität in das Blasphemianum treten darf. Bedrohend rechts und links je ein sozialer, schwarzeiserner, geflügelter Drache, in den aufgerissenen Rachen je einen Menschenleib bergend, als Sinnbilder der praktischen und der reinen Vernunft, in deren Banden es die freie Natur ungefährdet treiben kann: ihre Ziele hemmungslos hinaufonanierend zu dem unter der Kuppel freischwebenden Delnietzsch, dem der Puff nachrummelt, nach mehreren Notlandungen schließlich demselben schwebend bei Fuß. Beim Anblick dieser unbewußten Anpassung verdammt Lacan die denkende Vernunft zur Maskerade und zelebriert aus seinem Kläricht die verworrene Sprache des Unbewußten ins Allereigentlichste der humanen Rede. Die schiefe Ebene hinter uns wird zum Laufsteg der nouvelle philosophie. Und in vielen augenblicklichen Regressionen schillern die modischen Rhizome an gallischen Gliedern. – Will Nathalie gesehen haben: nämlich: dem Begehren aufgeblätterte indische Stoffe. Sehr schicke Francophilien, muß die Rosirene das loben. Wenn nicht hauteng, dann abschwebende Façon, oder schlimmer als durchsichtig die Novitäten, besonders die Halbstoffe, École Freudienne de Paris, ein imaginäres Gegentheater der Kostüme mit viel voyeuristischem Durchblick. Der Poppes wird schon von einer Arabeske versucht. Aber der Paw ist dagegen. In allerübelsten germanokanischen Weltuntergängen schiebt sich, lunarisch verdunkelnd, ein bayrischer Landler vor das Licht der blödesten Dinuditäten. Und letzte italienische Abtreibungsschreie. Und dänische Pornogratien. Und sonst so molochäre Vaterstaline. Der östliche Geschmack, zwar ironisch hinaufgestelzt von den Mannequins, aber doch internatz, deshalb. Schau nur, so Jeanne. Wahrlich, siehe, so Paw. Garausträume in die indianischen Rosengärten der Perser. Viel Gliederspiel neben Wasser, darübergebeugt. Und die würmeiszeitlich gekühlten Kehlen in Asgard; vom braunen Saft das Schäumige in den Halskrausen. Und Hitlerrot, noch immer gefragt; unter anderem auf dem Schiefsteg erfolgreich. Und was Nathalie anmerkt, bitte, zu beachten: die Aggressoires: Pistolen in Muffs. Eine Wiedererkenntnis. Wie wunderhart klimpert die Handschelle dort in Platin. Das ist eine Mode, die auch meine Vernunft abführt, bereut und bekennt Rosirene. Der ganze Radebruch der kleinen Gesellschaft stellvertritt über Lippen ins Maulen. So zahnlos wird hier gejault. Unterwerfung. Lacan is here. Der Meister, der in jeder Beschränkung noch ausschweifen kann.

So ein Rummel. Der Puff. Also unser Kleiner unter der Kuppel. Der epigoniert, was sein kleines Gerüst hinaufgibt, neben dem Delnietzsch, stark typisiert, aber mini – der andere schlank. Dieser blond, jener Glatze. Dieser korrekt, anatomisch, jener unbedeutend verpufft. Ein Zirkus, ein Schlimmspiel unter der Kuppel. Die großen und ganzen Maßverhältnisse – daneben Verkürzungen. Maledetto: Der Kleine jedoch als Bedeutungsträger vielleicht noch viel größer. Dem Delnietzsch streckt sich der Rummelpuff nach in die gläubige Lichtung. Aber: schon wieder ausgemustert. Das lilibuttert ihn unter. Seine von unten herauf ganz maßstäblichen Gehässigkeiten, in Zentimetern zu messende, beschmutzen die dionysische Bejahung.

Ich Esel, sagt Paw. Ich hätte. – Du hast nicht, sagt Poppes. Der sagt doch nicht nein, sagt Paw. Der will jasagen, ist aber viel zu spät. Der Delnietzsch prangert schon in der nachbarlichen Beteiligung dieses Rummels die Bejahung des Esels als eine solche an, die nicht Nein sagen kann, die keine Verneinung in dieser Schwebe neben ihm in sich trägt.

Schwere Tropfen, aber keine Ankündigung von Sturm: nur Schmerz. Schau, die großen Lachen, weist Rosirene auf Nasses hin. Spar dir deine Sprüche, warnt Poppes. Sie wären aus Paws Herzen gekommen.

Wen verachtest du? fragt unter der Kuppel der Delnietzsch.

Mich, seufzte der Schrumpel, keinen sonst.

Was liebst du? fragte Delnietzsch in der Schwebe.

Mich jedenfalls nicht, oder allenfalls dich, wenn nicht gar das Gegenteil. So: Der Esel streckt sich. Das sind deine Tantiemen. Ich bin nur ein Faun. Ich hätte besser im Sumpf getaucht. Oder wie?

Aus der Liebe allein soll mir mein Verachten und mein warnender Vogel auffliegen, aber nicht aus den Sümpfen. So Delnietzsch.

Da bin ich wahrscheinlich irrational nicht mitgekommen, seufzt Rummel. Ich bitte um Buße und Lossprechung. Oder darf ich wieder so schweben? Du bist nämlich Klasse. Ich möchte dabeisein. Ach, sei doch einem gut, der nur nicht so wuchs, wie er größer sich dachte.

Und deine Macht?

Wie bitte? Ich bin doch noch gar nicht überhaupt?

Wirklich, ich sage dir, seufzt der Delnietzsch leutselig hernieder: Nämlich, mußt du Beischweber wissen: nur als Macht zum Jasagen erreicht das Negative seine höchste Stufe. Solange es in deiner verpufften Figur sich selbst gebildet hat, steckt es im Sumpf, ist es selber derselbe.

Hilfe, Lacan, schrie der Rummelpuff. Der tempelt mich doch zurück. So wie ich hat keiner die Irrationalität oder ihn dieselbe gehabt.

Du Unwuchs, wurde er von dem Nacktanbeter belehrt, also erstens kommst du überleib gar nicht in Frage, weil nur die Schönheit sich im Schlamm zu wälzen versteht. Von deiner Kürze abgesehen, stört insbesondere deiner Beine Schmerzlaut, der jedem Grund zu rund ist, besonders dem Abgrund des Humanen, wo weder Lust noch Schmerz schreien, sondern die schlimmsten Sachen verschweigen. Sowohl die Ratio als auch – und so haben wir Gegensätze: der beste, härteste Po spricht mit seinen Hinterbacken die Zeit. Aber nicht einmal schön bist du, geschweige ist einer deiner Backen so intelligent, daß er über das Loch sich selbst widersprechen könnte.

Das muß ich nicht geahnt haben, seufzt der Rummel.

Die Rosirene hält schon ihre Hände auf. Der denkt Sumpf und so weiter hinauf, meint der Poppes. Der Paw legt einen seiner widersprüchlichen Zeigefinger auf seine widersprüchlichen Lippen. Im Sumpf, der Lacan, winkt ab. Wie diese Kerle zusammenhalten.
Aber Rummelpuff gibt nicht auf. Sich ins Nachtgebet streckend, meint er orgiastisch: Aber Lust habe ich schon.
Und von der Kuppel her diese Antwort: Unter der Herrschaft der Bejahung allein wird das Negative auf seine höhere Stufe emporgehoben, in dem Augenblick, da es sich selbst besiegt, überwindet . . .
Oder wuchs ich nicht über mich selbst hinaus, schreit der Rummel.
. . . und lebt weiter, nicht als Macht oder Qualität, sondern als Seinsweise dessen, der mächtig ist.
Nur ein Bla, ein solches von Rummel. Der verliert Luft.
Dann, so Delnietzsch, und nur dann wird Negatives Aggressivität, wird Verneinung aktiv und Vernichten erst lustvoll. Ich verachte dein Verachten, du Zwerg.
Abgepufft. Schon wieder, wie immer, in jeder Klasse. Durchgefallen. Da strahlen die Augen des Rummel die Tränen.
Die Rosirene aber fängt mit ihrem Taschentuch ab. Weil sie einen weder ganz finster, noch . . . Oder bitte, wo war denn der Fidus?
Paw schaut bei Poppes ein und derselbe zurück. Und sehr bewegte Schultern. Unser Regisseur weiß von Anschauungen viel in dieser Welt. Ja, eben, sagt er, das ist also wieder vorbei. Dann kommt die nächste. Und so zurück. Und viel Glück.
Auf der Freiheit: Wir haben mit Rummelpuff zu tun. Nach dem Fidus schreit der. Und getäuscht sei er worden. Und mit allem sei es nie so, wie es sein müsse.
Er springt uns aus jeder Umarmung. Das Attraktive sei sein Plaisier, und nichts weniger. Oder dann überhaupt nichts. Dann eben das Nichts. So kratzt er sich von uns weg und mit seinem schreienden Unglück hinunter ins Bombenmuseum.
Blindgänger. Auch eine Klasse? Da fällst du nicht durch, schmeichelt die Rosirene.
Der Rummel: Und das soll schmeichelhaft sein?
Das ist aber die Attraktion! Da bist du unter schrecklichen Schweigern der rauchendsten einer.
Aus, schreit der Puff. Nur ein Auspuff.

Wie wir, erklärt Rosirene. Wir untermalen mit einverstandenem Zischen.
Null Bock, so der Rummel.
Also doch so ein Rationaler?
Null Bock.
Dann wahrscheinlich der irrationale Rummel?
Null Bock.
Immer besser, ruft Rosirene. Jetzt sag' aber bitte nicht: der Puff erneuere den Neofaschisten?
Das sage ich nicht, schreit der Rummel. Da bin ich doch der Auspuff. Und museal, wie zu betrachten. Ein außerordentlicher Null Bock. Ja.
Vielleicht aber ist es noch immer besonders attraktiv für den Liliputaner: als Bomberpilot aufzusteigen über Hanoi? fragt lauernd der Paw.
Entrüstung. Große. Des Rummel. Da würde ich doch meine Brüder zerfetzen.
Hört, hört, ruft der Poppes. Der Puff ist ein Kommunist.
Oder warum nicht gar, tobt Rummel.
Die Attraktion? fragt Paw.
Der Frieden, so Rummel. Und ich im Kampf um den Frieden. Ist das nichts?
Von der Freiheit aus wenig, auf der du als deutscher Zwerg herumläufst. Das ist die Meinung des Robin. Im übrigen gibt es dort den Frieden schon.
Im Augenblick kämpfe ich ja auch mehr in Argentinien.
Wofür? fragt die Jeanne.
Um . . . Der Rummelpuff stockt. Dann schreit er uns an: Um die Demokratie, wenn ihr wissen wollt, worum es mir geht.
Hört, hört, ruft der Poppes. Der Puff ist ein Demokrat.
Wir klatschen. Und so eine Freude.
Die verdirbt uns der Paw: Und die Attraktion? fragt er ruhig.
Da müssen doch erst einmal die Generäle weg von der Straße. Da geht es um was. Da setzt sich der Rummelpuff ein. Da gibt es etwas zum Schießen. Da wird die Demokratie nämlich noch herbeigeschossen, wenn ihr wissen wollt, was mich begeistert. Da ist der Rummel dann auch etwas wert. Da hat er nicht zu tun mit solchen falschen Bleichgesichtern wie ihr! Aber eigentlich sei er am liebsten ein Indio in Brasilien, ein Kämpfer im Kampf gegen immer die

herrschende Klasse. Da seien im Untergrund diese Vorstellungen von der Demokratie noch lebendig, marseillesisch, oder franklinianisch. Die Hoffnung sei attraktiv. Oder bolivianisch sei die Hoffnung ebenso reizend, sie sähe gut aus, sie habe das gewisse Etwas in ihrem Gesicht. Oder ob man sich ihn nicht vorstellen könne in Chile. Als Zwerg zwar, aber in der Sache rücksichtslos groß. Oder Mittelamerika? Die Tränen kommen ihm jetzt. Schon wieder.
Aber auch uns. Wir weinen das Einverständnis. Und Stille.
Nun aber bist du ein bundesrepublikanischer Zwerg, sagt Paw. Tut mir leid.
So ein Spielverderber. Wir sind entrüstet.
Der Rummelpuff bekommt einen Schreikrampf. Sein Ende wartet der Paw ab, und wir müssen schon urteilen: sehr geduldig. Wie wir, vergleicht Paw dann: das sind wir doch auch wie du, nämlich bundesrepublikanische Zwerge.
Im Augenblick unser Erstaunen. Das wird von Rosirene gar nicht geteilt. Die steht dem Paw auch zur Seite wie eine Frau, fast die seine.
Weil der mich auch keinen Demokraten werden läßt, klagt der Rummelpuff den Paw an. Bestimmt aus Neid.
Aber nur, also nicht auf dich, sagt der Paw, sondern auf die Argentinier, die Brasilianer, die Chilenen und Mittelamerikaner – und er habe noch sehr viele ausgelassen, die er nur und voll sich ausdenken könne. Das sei aber wieder ein schlechter Witz. Nicht daß er den Neid widerrufe: als falsches Gefühl stehe ihm dieses leider nur zu gut. Das sei schon wieder zu falsch, um es nicht doch und immer wieder fühlen zu müssen.
Hört, hört, ruft der Poppes. Der Rummelpuff ist ein Falscher, wie wir.
Null Bock, schreit der Rummel. Und damit ist diese Fatalität aus dem Bombenmuseum. Hohe, Zeit, sehr höchste.
Vielleicht wäre der Rummelpuff schon ein richtiger Kämpfer für die Demokratie in Lateinamerika, wenn er nicht hier bei uns in der Bundesrepublik herumleben würde, meint sehr trocken der Paw.
Zwar bin ich hier, versichert uns Rummelpuff, überaus überflüssig, aber, bei dem Oberpunker Heinz von Stein: da war ich ganz und gar ein Null Bock.
Oder ein Mitglied der RAF? fragt Paw.
Also wenn ich schon hier sein muß, was ich ja zugebe, bitte, dann

hätten die doch ihre schreckliche Freude an so einem Kleinen, der ihnen wie ein Kobold unter amerikanischen Sachen durchkriechen kann, ohne weitere Umstände. – Und wie recht der Paw im eigentlichen Sinne habe, führt der Rummelpuff jetzt umständlich aus.
Hört, hört, ruft der Poppes, unser Rummelpuff ist ein Terrorist.
Leider hier, weil er hier ist, veranschlagt Paw den Rummelpuff schon wieder ziemlich gering. Der Rummelpuff sucht den Sinn, fährt er fort. Den seinen. Und aus dem seinen Sinn, ergäbe sich Sinn überhaupt. So Paw. So muß er doch denken. Was hat dieses Leben für einen Sinn? Der Rummelpuff, erklärt der Paw, der denkt, bei uns jedenfalls hat es keinen. Gewiß aber ist: der Rummelpuff ist ein Kämpfer. Das ist er, weil er vor dem Sinn dieses Lebens Angst hat. Also nur zum Beispiel, heutzutage muß er vor dem Sinn des Lebens keine Angst haben, angenommen, er wäre in Polen geboren. Als Münchner aber muß er in seiner Angst vor dem Sinn zum Terroristen werden. Das muß er. So ist das. Das hat schon einen Sinn. In dieser falschen Welt ist nämlich noch größtenteils der richtige Schein noch gar nicht so, wie er sein soll. Und im großen und ganzen ist unser Rummelpuff in dieser weltweiten Hinsicht ein Richtiger.
Hört, hört, ruft der Poppes. Jetzt ist der Rummelpuff wieder ein Richtiger. Aber ist er wirklich so schlecht?
Nur schlimm ist der Rummelpuff, und das ist er nicht schlimmer als wir, sagt Paw. Zwar wird er im Augenblick verrückt. Aber das sind wir doch schon. Und das ist er nicht richtig. Könnte er zwar werden, aber dann müßten wir auch. Aber das Richtige gelingt uns nicht mehr. Ihm jetzt auch nicht mehr, obwohl wir unsere falschen Tränen vergießen für richtig Verrückte.
Wie bitte, verliert der Rummel den Faden.
Und seinem Bittgebet schließen sich die unseren an.
Da kenn' ich mich gar nicht mehr aus, nämlich bei euch, klagt der Puff und fängt an zu weinen.
Und Rosirene tupft seine Tränen ab; von hinten links kommt ihr Taschentuch ihm vors Gesicht.
Das hat keinen Sinn, schluchzt der Rummel.
Wenn es keinen mehr hat, fängt alles an, tröstet Irene. Wir sind nämlich Falsche, nicht ganz zwar, weil das noch richtiger wäre, aber doch schon solche Fastbeinahenichtsolcheundwiederfastnichte.

Politisch kann der Sinn des Lebens in der Bundesrepublik nicht gesucht werden, sagt Paw hart. Da gehen wir ganz besonders leer aus. Null-Anzeige.
Null Bock, schluchzt Rummel.
Hört, hört, ruft der Poppes, jetzt ist der Rummel einer von uns.
Kein Falscher, kein Richtiger, erklärt der Paw.
Ein Nichts, schreit der Rummelpuff.
Wenn es unter dem Krieg der Sterne und der Menschen und so weiter unten durchgeht bis es darüber friedlicher wird, ja. Dann aber . . . Irene will nichts mehr sagen. Der Rummelpuff hat aber auch gar nichts verstanden. Aber das hätte auch gar keinen Sinn, wenn . . .
Solange dürfen wir nicht einmal falsch sein, sagt der Paw. Zu Poppes sagt der Paw: Also ist dir doch klar, wie wir auf einem Platz stehen, vor einem Seil, auf dem es am wenigsten Sinn hat, sowohl falsch oder gar richtig zu stehen. Ich hätte mir diesen Platz aber wünschen müssen, sagt Paw, wenn es ihn nicht schon gäbe. Und wenn Irene nicht schon den Rummelpuff umarmen würde, der Paw umarmte ihn jetzt.
In ihm ein Richtiger zu sein, müßte schön sein, sagte der Poppes.
So wird der Rummel von uns geliebt, so wird er von uns geliebt werden. Es müßte doch möglich sein, Frieden zu schließen, lassen wir Pseudos den Kennan zu Rummelpuff sagen.
Der Frieden, der ist doch nicht attraktiv, trotzt der Puff. Der ist es am wenigsten. Also: Null Bock.
Warum müssen wir lachen? Das ist doch zum Weinen.

Vor dem Haus: Freiheit 16 – also auf dem Platz, der sich ausdehnt bis zu den Stufen ins Forum hinunter, sehr gut einsehbar aus sämtlichen Fenstern der Wohnung unserer Jeanne, was von ihr nicht wahrgenommen werden konnte, da sie unter uns weilte – entdeckte Paw, in seiner Schaubude plärrend, Publikum lockend, demselben sein Vorhaben mittels Vorlesung der leuchtenden Titelschrift »Les Fantoches phantastiques«.
Seiner Rosa erklärte er wieder einmal, wie er ihr zärtlich zuflüsterte, augenblicklich aber natürlicher, wenn er so sagen dürfe, daß

er von dieser triebhaften Umarmung seinerseits und entsprechendem Gemurfel: ein Kind haben wolle und zwar sofort, also doch wieder nicht so ganz natürlich, temporaliter. Vorhang: freilich ein Bettuch nur, von Poppes vor die beiden gehalten. Ein Tusch. Der Poppes verschwand. Auf der Bühne: ein Mädchen, klein, aber selbständig freistehend. Applaus. Enttäuschung des Paw. Und seine Erklärung: Weil seine Rosa von einem Mädchen entbunden worden sei, wünsche er sich noch einmal ein Kind in Gestalt eines Knaben. Der Poppes: wieder als Vorhanghalter tätig. Und wieder ein Tusch. Und der Poppes verschwand. Und siehe da: der Vierpersonenhaushalt war auf der Bühne perfekt. Sela. Und die Namen der Kinder: Karl und Sophie. – Nicht enden wollender Applaus. Verbeugungen der glücklichen Eltern.
Für das Publikum nicht hörbar, eine kurze Tirade des Poppes auf die Bühne hinaus: Ich sehe wohl nicht recht? Also Vermehrung und noch dazu, wenn auch mit Zeitraffer, beinahe hinlänglich bis ganz natürlich. Das schlägt diesem Platz den Boden aus, dieser Bühne gewiß ihre Bretter: sie können die Welt nicht bedeuten, die wir mimen. Er seufzte: Zwei Kinder!
Sie, seine Rosa und er, seien im Glück nicht allein, verkündete Paw. Im Augenblick erkenne er nämlich im Publikum gute Bekannte. Er unterließ einen direkten Hinweis, nannte jedoch beim Namen. Von einer gewissen Mona jedenfalls könne er sagen, sie trage derzeit Drillinge aus. Da wünsche er als Glücklicher Glück. Er dürfe annehmen, daß es sich um zwei Mädchen handle und einen Knaben. Die Addition möge man ihm verzeihen. Demnach: fünf. Und in aller Unschuld: Applaus, sehr herzlich. Ein schwankender Gamsbart in der Menge. Und auf der Bühne erscheinend: der Poppes, der wissen wollte, woher Paw das wissen könne. Und ob er auch Kenntnis habe davon, daß man ihn dieser Tat mit dreifachen Folgen verdächtige, obwohl doch nur Norman in Frage komme.
Ihm müsse er das nicht hinterbringen, meinte Paw.
Also doch, stunkte Poppes. Ich wußte es. Und?
Wer weiß, verweigerte Paw die gewünschte Auskunft und gratulierte mit wieder erhobener Stimme: einer gewissen Dodo, welche der Geburt von Vierlingen entgegenzusehen das unwahrscheinliche Glück habe, welches er im Detail benennen könne, und zwar folgendermaßen: Da würden in nächster Zukunft drei Mädchen

und ein Knabe das Licht dieser Welt erblicken. Wieder Applaus, noch herzlicher.
Nicht von Dani, wußte der Poppes. Oder? So wirst du jetzt sagen, du abgefeimter Personenvertauscher.
Sondern? So Paw.
Von Veit. In allen Ehren. Also du bist es.
Als wer?
Als Dani.
Bist du zu retten? fragte Paw.
Und er wisse es einmal, und er habe es ein um das andere Mal gewußt, trotzte Poppes, sehr tobend.
Er sehe noch eine Frau in der Menge, erklärte der Paw. Von dieser könne er freilich nicht behaupten, sie sei ihm bekannt, aber die augenblickliche Nachbarschaft, und wie er feststellen könne: eine sehr innige, ließe ihn schließen auf einen ganz unerhörten Zuwachs: nämlich fünf Kinder: zwei Mädchen, drei Knaben; darunter, wie er vorschlage, eine Chris und ein Ivan. Seine Eigenschaft als Inhaber der »Les Fantoches phantastiques« erlaube ihm diese ungewöhnliche Voraussage. Es sei nun einmal an der Zeit: von seiner Bühne aus einen Trend dieser Jahre ins Wort zu helfen: es würde wieder gezeugt und geboren. – Begeisterte Zwischenrufe und unerhörter Applaus.
Von der Bibi des Veit kannst du nichts wissen, schrie Poppes. Die kenne nur ich.
Wer weiß, sagte Paw und öffentlich wieder addierte er: Meine Damen und Herren: da hätten wir 14 Kinder.
In der Menge stehend: Dupin, erblaßt. Und zeitgemäß wie sie war: Frau Struck wurde rot vor Freude und wie es ihr zusteht: sie klatschte allein. Und derart erregte sie Aufsehen. Dann wurde mitgeklatscht, besonders von Frauen. Und ihr Name wurde ausgepriesen. Hört, hört.
Ob er annehmen dürfe, es handle sich bei dieser negativen Geburtenkontrolle: um einen ganz und gar unerwarteten Ausgleich, erkundigte sich der Privatgelehrte Dupin, dessen Pfeife jetzt nicht mehr wolkte.
Ganz meiner Meinung, schrie Poppes. Das ist doch schon beinahe mehr klar als gar nicht mehr undeutlich, bitte.
Um Verständnis zu bitten, falle ihm schwer, erklärte der Paw, da, wie er gewissenhaft zugab: das Publikum diesen Scherz nicht

verstünde, was aber kein Qualitätsurteil sein könne. Unwissenheit, in diesem Falle, sei allenfalls eine Ehre. Und? tickte Poppes so pünktlich wie eine Schweizer Uhr. Es fehlen noch zwei, wenn ich letal addieren kann.

In diesem Augenblick bellte der Heinz von Stein: Meine kleine Apple ist trächtig!

Unbekannt, gab der Paw zu. Aber notlösend. Ihres Zeichens, bitte?

Eine Punkerin, wenn ich für sie bitten darf. So der Boxer. Wir geben ihm den rheinischen Namen Siegfried, verfügte der Paw. Also fünfzehn.

Fehlt noch das sechzehnte Kind. Jetzt spielte der Poppes mit. Jetzt ging es seiner Meinung nach ins Verderben.

Wir hätten da noch einen Erik, schrie Paw dieses Kind aus. Der Name der Mutter: Ich diene mit Norman, aber auch Dani könnte sie heißen.

Du wärest imstande . . ., der Poppes überschlug sich beinahe und nicht nur stimmlich, am Ende ganz gar.

Ich bin, sagte Paw bestimmt . . .

Du bist Dani, das bist du, entschied der Poppes. Oder woher könntest du wissen, daß. Ach, lassen wir das. Du Fopper. Jedenfalls: Wüstling. Ich sage nur Mona. Ich sage auch Norman. Und wahrscheinlich: am schlimmsten ist die Dodo im Spiel. Pereat.

Sechzehn, addierte der Paw.

Genug, genug, tobte der Poppes. Die Rosa war auch dieser Meinung. Und in großer Sorge hatten auch Jeanne, auch Nathalie und als letzter der Robin die Bretter bestiegen, die ihrer aller Meinung nach jetzt genug Nachwelt bedeuteten. Schluß. Die Grundrechnungsart war ergiebig gewesen. Auch Dupin hatte ausgeharrt. Und wie es ihm besonders angenehm zu sein schien, vermeldete er das Wort eines gewissen Red Terrer. Der stellte ohne Umschweife die Dora und Leli als seine Bräute vor und versprach zwei Früchtchen, wahrscheinlich männliche.

Heimeran Phywa, bis dahin noch gar nicht aufgefallen, fiel in die Knie und japste seinen Jammer aus. Von Rassenschande speichelte er eine Menge. Und neben ihm, die christliche Hausfrau, mußte gestehen, sie sei guter Hoffnung, der Himmel allein wisse, von wem.

Der dritte Mann, zitierte Paw. Die Addition ergab neunzehn. Ob er von einer Unvollendeten streichen könne, wollte der Poppes wissen, schadenfroh. Aber vier kleine Feministinnen traten an die Rampe und quatschten sich was von einer Bank, und der Paw summierte: Neunzehn und vier, elf weiblich, zwölf männlich: ist gleich dreiundzwanzig. Fertig. Gleichgewicht. Ausgleich. So gut wie keiner gestorben. Jedenfalls später, bei gutmütiger Kontrolle: komme er gut weg mit seinem Versprechen: auf diesem Platz hier kein Mord! Jedenfalls wieder vollzählig alle Lebendigen. Oder so, oder anders. Die Korrektur: schoßhalber, ganz gebärig, wie? Etwa nicht geglückt? fragte er Poppes.

Die Sternbilder pissen. Siehe. Ach, könnte ich doch wie sie und direkt auf dich, tobte Poppes.

Fürwahr, sagte Paw. Es plätschert. Man höre. Die Terra Nova wird gründlich gewässert.

Hierauf: der Vater rief seine zwei Kinder: den Karl und die Sophie. Und er selber legte sich zur Anschauung hin, und wie er, wie er befohlen: die Rosa. Der Sohn zog dann, also nämlich der Karl, an dem Penis des Vaters, so daß der Vater in Bewegung geriet, und zwar interfamiliär, mehr hampelnd freilich, als tätig. Die Tochter Sophie indes stieß ihren Mittelfinger in ihre Mutter, in Rosa, so daß diese, keinesfalls lustvoll, ebenso hampelte. Also von Bewegung konnte die Rede nicht sein, als Nathalie und Robin, bei starkem Rückstrom des Publikums, sich, wie Paw es sich gewünscht hatte, an die Zerstörung des Paares machten, gewidmet den Eheleuten Hermann und Dorothea; anwesend, wieder. Nicht wie zufällig. Nein.

Liebt er sie? fragte Nathalie
ja, respondierte Robin
was stellt er sich vor?
er stellt sich einen Mann vor der sie zärtlich küßt und
der sie liebt ihre Bluse öffnet ihren Rock hochschiebt
ihr den Slip auszieht und sie erregt sie durch seine
Liebe erregt sie durch eine Liebe erregt die seiner
Liebe zu ihr gleicht und ihre Erregung prüft die Brust-
warzen zwischen seine Finger nimmt zwischen ihren Scham-
lippen hochkommt bis zur Klitoris und seinen Penis in
ihre Vagina stecken will
liebt sie ihn?

ja, respondierte Nathalie
was stellt sie sich vor?
sie stellt sich eine Frau vor die ihn zärtlich küßt und die ihn liebt seine Hose öffnet seinen Penis herausholt ihn erregt ihn durch ihre Liebe erregt ihn durch eine Liebe erregt die ihrer Liebe zu ihm gleicht und seine Erregung prüft seine Vorhaut vor- und zurückschiebt ihre Beine öffnet seinen Penis zwischen ihren Schamlippen hochkommen läßt bis zur Klitoris und ihn in ihre Vagina stecken will
er stellt sich vor wie sich dieser Mann ihn als den Mann dieser Frau vorstellt
wenn sich dieser Mann ihn vorstellt gibt es seinen Penis wirklich
sie stellt sich vor wie sich diese Frau sie als die Frau dieses Mannes vorstellt
wenn sich diese Frau sie vorstellt gibt es ihre Vagina wirklich
er stellt sich einen Mann vor und stellt sich vor wie dieser Mann sich ihn vorstellt als einen Mann der sich einen anderen Mann vorstellt
sie stellt sich eine Frau vor und stellt sich vor wie diese Frau sich sie vorstellt als eine Frau die sich eine andere Frau vorstellt
er stellt sich vor wie dieser andere Mann den ein Mann sich vorstellt der er selber in der Vorstellung eines Mannes ist den er sich vorstellt hundert Jahre später ihre Beine auseinanderdrückt vor seinem vollen Hosenstall aus dem sein Stock schnellt der auf ihrem Schamhügel zum Springer wird der in ihrer nassen Furche sich verwandelt zum Dolch und ganz scharf zusticht und als ein Kolben seine Fickarbeit verrichtet in der Möse seiner Frau
die sich vorstellt wie diese andere Frau die sich eine Frau vorstellt die sie selbst in der Vorstellung einer Frau ist die sie sich vorstellt hundert Jahre früher seinen Sack streichelt und ihre Finger in seine Eier gräbt und seinen Schaft massiert bis die Eichel blüht vor ihrer heißen und geilen und schwimmenden Fut deren

Lippenwülste hart und prall die Reiberei ihres Mannes garantieren
der sich einen Mann vorstellt und sich vorstellt wie dieser Mann sich einen anderen Mann vorstellt der sich vorstellt wie ein anderer Mann zwei Jahrhunderte zuvor zwei Söhne zeugt die zu Männern heranwachsen
und sie stellt sich eine Frau vor und stellt sich vor wie diese Frau sich eine andere Frau vorstellt die sich vorstellt wie eine andere Frau zwei Jahrhunderte später zwei Töchter gebiert die zu Frauen heranwachsen
er stellt sich vor wie einer dieser Söhne seinen Schwanz in der Arschkerbe seines Bruders so lange aufgeilt nachdem er das Arschloch seines Bruders mit Creme gut vorbereitete bis er einfahren kann um in der blutsverwandten Finsternis und nach vielen Sprüngen im Rücken des Zweitgeborenen seinen Saft abzufüllen
den dieser über die von der zweitgeborenen Tochter mit zwei Fingern ihrer zarten Hand geöffneten Fotze der erstgeborenen Tochter hockend ihn derart aus seinem Loch wieder abgießend in ihre Genitalorgane einfließen lassen kann die sie jetzt der erstgeborenen Tochter wegnimmt und dorthin legt wo er die Genitalorgane des erstgeborenen Sohnes hinlegt die er diesem wegnahm
und beide stellen sich vor wie sie die Genitalorgane dieser Tochter hinhält damit er die Genitalorgane dieses Sohnes hinhaltend den Penis desselben hineinstecken kann so daß dieser wieder in seinem eigenen Saft schwimmt
und sie stellen sich beide einen Mann und eine Frau vor die den Penis aus den weiblichen Genitalorganen herausziehen und zu ihnen herkommen und ihm die männlichen Genitalorgane und ihr die weiblichen Genitalorgane verkaufen und zwar überaus günstig
und sie stellen sich beide vor wie sich der Mann und die Frau einen Mann und eine Frau vorstellen die zu ihnen beiden herkommen und ihnen die beiden Gegenstände wieder abkaufen und zwar spottbillig
und sie stellen sich beide vor wie diese Käufer als sie beide wie sie sich vorstellen beide Stücke wieder zurückkaufen wollen soeben die beiden Sachen im Ausverkauf

anbieten und als sie bei dem unglaublich geringen Preis nicht bezahlen wollen ihnen die zwei Restposten nachwerfen

WIR: Einmal abgesehen von dem Fehler, daß Paw die Feministinnen wieder ersetzte, ohne sie auf diesem Platz sterben zu lassen, war und blieb der große Fehler doch fatal in diesem Spiel: das Paar erst dann zu vernichten, als von einer Vernichtung von Paaren schon und überhaupt nicht mehr die Rede sein konnte. Also die Verspätung dieser Aktion war doch zugleich ihre Aufhebung. Ihre Bestätigung durch uns war gar nicht mehr gefragt. Da übertölpelte er uns schon sehr schlimm, indem er sich als einen von sich selbst Überholten ausgab. Das waren doch Anzeichen dafür, daß es so nicht weitergehen konnte. Aber ging es das jemals? Oder: geht es überhaupt im Falschen irgendwohin weiter? Wir würden ja gut und gern von einem Schluß das Ende wissen wollen, wüßten wir, ob es von Anfang an eines gab.

Hermann und Dorothea waren sich in die Arme und in die Ohnmacht gefallen.
Wir aber sprachen von den athletischen Übungen unserer Vorstellungen im flutenden Licht.
Poppes erwähnte die Schwierigkeiten einer Phantasie, die in der Lust beginnt. Der Orgasmus als Anfang.
Paw klatschte.
Rosa erinnerte uns an das riesige physische Wort, das stehen bleibe, nicht etwa zusammenfalle und an der Natur hänge.
Ein phallisches Wort, beileibe, erinnerte Poppes.
Wir sprechen von uns allen, verteidigte Rosa: wortwörtlich stehen wir hier.
Bravo, rief Paw.
Wir entwerfen, sagte Jeanne, in der Lust! Die Entwürfe halten sich über Licht bis sie auf die harte Schale der Zukunft auftreffen.
Wo sie senkrecht zu ihrem Eigensinn stehen, rief Nathalie, und wo sie sich drehen in der Lust gemäß dem Wort, das in uns steht, um das wir uns drehen.

Und dann alle im Chor: Es dreht sich um uns, wenn sich die Zukunft in unseren Entwürfen dreht, wenn sich unsere Entwürfe auf ihr drehen.
Sehr richtig, rief Paw. Pardon.
Es wurde gesagt, sagte Poppes, unsere Zukunft sei natürlich.
Natürlich, erklärte der Robin, so war das schon immer und heute noch sagt man, daß viele Entwürfe die Schale der Zukunft durchbohren, aber nur einer sich mit der Zukunft verbindet, immer nur einer.
Sehr schlimm! Das hatte der Paw gerufen.
Es ist jedoch die Unnatur aller Entwürfe, die sie mit der Zukunft verbindet, so Rosa. Also kein Wachstum.
Es ist jedoch die Unnatur der Zukunft, daß sie sich mit allen unseren Entwürfen verbindet, rief Poppes.
Mit allen, betonte die Jeanne.
Keiner vergeblich, so Nathalie.
Und der Poppes sprach wieder von der Lust einer Phantasie, die in der Lust beginnt.
Der Orgasmus als Anfang, wiederholte die Rosa.
Und Nathalie erinnerte an das physische Wort, das stecken bleibe, sich also nicht mehr zurückziehen könne aus seiner Zukunft.
Die Jeanne vermehrte, indem sie von Wörtern sprach.
Die sich nicht mehr zurückziehen könnten aus der Zukunft, meinte auch Robin.
Die stecken bleiben, beschloß der Poppes diese Vermehrung.
So sind wir stecken geblieben, lachte die Rosa, die deshalb von Paw umarmt und geküßt wurde.
Was soll das, beschwerte sich Poppes. Dieser Paw hat noch vor kurzem mit dir einen Vierpersonenhaushalt gegründet. Bitte! Gar nichts begriff er.
Ach so, seufzte Rosa. Ja dann. Und sie stieß Paw von sich weg. Tut mir leid, sagte sie. Das war ein Fehler.
Aber gar nicht beleidigt meinte Paw: Sehr phallisch das alles. Das war auch die Meinung des Poppes. Und auch sehr geistig das alles. Das ist meine Meinung. Und: Wo ist Lacan? fragte er.
Keine Antwort. Wir ließen ihn stehen. Wir folgten dem Poppes über den Platz.

Hier also, sagte Poppes, öffnete die Haustür und ließ uns alle hintereinander in das vom Alter zerfressene und wunderlich gestaltete Herrenhaus, Ecke Hesseloher/Freiheit, eintreten – in ein Haus, das lange schon auf Grund abergläubischer Meinungen verlassen lag und seinem Verfall entgegenschwankte.
Dupin empfing uns mit dem Hinweis auf einen Ausnahmezustand, da er gewöhnlich keine Besucher vorließe. Sämtliche gewichtig dichten Fensterläden der kleinen, nach hinten heraus gelegenen Bibliothek waren geschlossen; es brannten ein paar Wachskerzen, welche unter stark würzigem Räuchern nur den schauerlich bleichsten und mattesten Schein verbreiteten. Mit dieses Lichtes Hilfe suchten und fanden wir ausnahmsweise Zugelassenen an den Bücherregalen und den sich schälenden Tapetenwänden Stehplätze, während der Meister in einem breiten Sessel Platz nahm und sich dann dem zwiefachen Genusse der Meditation und einer Meerschaumpfeife hingab. Wenigstens eine Viertelstunde lang hatten wir alle tiefes Stillschweigen bewahrt; derweil Heimeran Phywa, vor Dupin auf dem Teppich hockend, immer ungeduldiger geworden war, den Raucher beobachtend, der beflissen und ausschließlich mit den gekräuselten Rauchwirbeln beschäftigt schien, welche die Atmosphäre der Kammer drucklastig machten.

Endlich begann Dupin, in sehr gedämpftem Ton sprechend:

Was den Mordfall Chris-Ivan betrifft: Vielleicht ist es gerade die Einfachheit der Sache, die uns den Blick trübte.

Ein kratiger werdender Heimeran:

Ich muß doch sehr bitten.

Dupin schmauchend, den Wolken nachschickend:

Vielleicht ist das Geheimnis ein bißchen zu schlicht?

Heimeran im Augenblick selber Pfeifenkopf, wolkender, schrie hinauf zum Papiertiger:

Ach du lieber Gott. Hat man so etwas schon gehört?
Ein bißchen zu selbstverständlich!

Dupin kalt, fast rauh, obwohl nicht borstig, das nicht.

Heimeran wippte den Wissenden ohne Lehrauftrag:

Ha, ha, ha!

Dann schon beinahe vorwitzig:

Ha, ha ha!

Wir Wandsteher lila schweigend, bedrücktsam, looking out of our back door – in ourselves, freilich – verwirrungshalber, so an die Tapeten perdautzt.

Nun zu Ihnen. Oder noch einmal.

Der pfeifestopfende DUPIN:

Obwohl, und das ist wieder sehr kompliziert: Sie zählten falsch aus, nämlich erstens nur einmal und zweitens: den Esel. Ich stelle fest, als Versteckspieler begannen Sie mit der Umkehrung einer Regel. Die Esel suchen nicht. Der Esel wird gesucht.

HEIMERAN:

Aha.

DORA und LELI synchron:

Wir Kühe. Sehr obermies.

Zwei Seufzerspalten, kein Rat. Trübe Tanten.

DUPIN:

Vielleicht sind Sie gar kein Versteckspieler.

HEIMERAN:

Sondern?

DUPIN:

Ein Versteckspielregelspieler. Von solchen Spielern so eine Abart.

HEIMERAN:

Steigerung, wenn schon.

DUPIN:

Oder simpler: Verdreher, vielleicht.

HEIMERAN, die Spucktorte schlabbernd, mit Theorie weiter ausholend, schwefelig:

Was den Abzählvers, den veränderten –

dieses einpatschend, gerollte Aufmerksamkeit, beischießig –

betrifft: zwölfmäßig: Bitte, von vielen gesucht zu werden ist ein multipliziertes Vergnügen!

DUPIN, heimerankitzelnd:

Mal drei? Soll schon was Mehrfaches sein!

HEIMERAN:

Hängen Sie im Pfeifenumdrehen fünf Nullen an. Und noch einmal dreimal!

Macht? Danke schön! Lassen wir das,

sudelte der DUPIN:

Trotzdem, und multipliziert auch noch, sehr, sehr einseitig, was das Vergnügen angeht, nämlich. Suchen ist auch schön. Nicht? Etwa?

Unsere Schmusalve als kleinster Beifall wandher, beinahe allseitig. Sehr link, weil beinahe auch, aber wahr gar nicht begriffen, was der Dupin, oder wie der ahnte. Aber was und weshalb und woher bitte? Mehr suhlselig als innig im Verständnis geschlagertes Oh und Ach: diesen Schmalz: als Denkausstoß, Chorseufzer, Schnulz.

HEIMERAN:

Vergnügen, des Suchers? Grundsätzlich natürlich auch. Aber verbunden mit dem Vergnügen des Versteckten: dasselbe beinahe schon übernatürlich vergnüglich.

Als Sitzriese in Gedanken: DUPIN, gleichsam anderen Ortes, so wie an der Strippe:

Ganz un- und gar nicht möglich. Wie auch?

zog er ab.

Dieses hörend und seinem Partner in die Strümpfe helfend der HEIMERAN:

Da schaut nämlich mindestens einmal eine Zehe heraus, Verehrtester. Es kommt einfach vor, daß ein Gesuchter sucht. Da winken Sie ganz vergeblich mit einem Ihrer Zaunpfähle! Um auf den Nagel zu treffen: Der Versteckte sucht einfach aus dem Versteck heraus, aus dem seinen. Topaktuell, siehe! Wenn klein auch mein ausgeflippter Verstand, muß immer hurtig sein!

DUPIN:

Wie das liebe Jesulein und noch weiter links, allerjüngstens.

HEIMERAN:

Überlogisch, so meinte ich das!

DUPIN, wischend:

Sagte ich doch. Das vom Tropf, der ins Gehirn fällt.

HEIMERAN, gar nicht gelähmt:

Nämlich, wenn so einer findet, nämlich ein Gesuchter, dann muß er doch vorher gesucht haben, obwohl er das vorher gar nicht wissen konnte, natürlich!

DUPIN:

Fallsüchtig.

HEIMERAN:

Übernatürlich ist er aber ein Sucher gewesen, ganz und gar!

Dupin:

Blödsinnig.

Heimeran:

Unbewußt.

Dupin:

Trompetengemüse, mit Verlaub – oder aber sehr kompliziert.

Heimeran, jetzt an einem anderen Mundstück, gewissermaßen talmisch:

Vielleicht ist das Geheimnis ein bißchen zu schlicht.

Wir Tapetenflundern ohne Stich schwiegen uns sehr in die Vasen. Insofern intakter Service, perdautz. Als Umsteher waren wir alle ganz groß im Knatsch. Der Dings hatte aber einen Drive drauf! Der flippte total auf die eigene Theorie vom Versteckspiel aus. Ganz unschlicht.

Dupin, versackend, halb zugenäht schon:

Mein Widerruf. Bitte, was denn? Dieser Finder, der findet, ja was denn?

Heimeran, geradezu unheimlich unkompliziert:

Vielleicht einen Sucher?

Dupin, geschaßt, Anschauungsunterricht für weggefaselten Denker, seufzend:

Depression.

Heimeran, flitzend, so wie aus dem Loch, ins Freie, katzenverachtend, uns alle einen Wind machend, daß uns . . .:

Sie denken, Monsieur Dupin, nur immer an ein Spiel.

Dupin, gewissenhaft nachliefernd:

An ein Versteckspiel?

Heimeran, als Ratte schon über dem Wasser:

An ein wirkliches nämlich. Nämlich ein Versteckspiel, ein wirkliches, ist ein wirkliches Versteckspiel doch nur, wenn es nicht nur ein wirkliches Versteckspiel ist, nämlich eines, ein wirkliches.

Dupin:

Unwahrscheinlich wirklich oft wirklich. Wie bitte?

Heimeran:

Sondern dreifach.

DUPIN:

Obwohl Sie das zweite übersprangen. Trotzdem: immer noch sehr bescheiden.

HEIMERAN:

Mal drei genügt für beinahe alle unendlichen Vergnügungen.

DUPIN:

Mal zwei, wenn ich bitten darf: was findet der versteckte Sucher in einem anderen Spiel?

HEIMERAN:

Einen versteckten Sucher in einem dritten Versteckspiel.

DUPIN:

Der auch ein Finder wird?

HEIMERAN:

Logo: im zweiten Versteckspiel. Aber dieser Sucher findet in einem zweiten Versteckspiel einen Versteckten und einen Sucher.
Und dieser Sucher?

So DUPIN:

Findet er den Versteckten in diesem zweiten Versteckspiel?

Jetzt schmuste sich der HEIMERAN an:

Aber freilich! Die findet er!

Und völlig verbaselt, vor lauter Vergnügen am Versteckspielregelspiel:

Die ist doch überhaupt und vor allem schuld . . .
He, du,

schluchzte die DORA.

Und tränenerstickt, die LELI:

Das sag' aber du nicht, du nicht. Nein.

Sehr trocken, auch flau, der HEIMERAN:

Der Versteckte war aber doch wirklich regelrecht schuld an meinem Versteckspielregelspielentwurf, wie bitte?
Er?

fragte DUPIN.

Also er, gut. Auch gut. Jedenfalls: der Sucher im zweiten Versteckspiel wird auch gefunden, nämlich vom Sucher im dritten Versteckspiel. Und dieser? Wird er gesucht? In seinem dritten Versteckspiel? Auch?

HEIMERAN:

Nein. Gesucht?

War das auf dem Denkhang des Detektivs: ein purzelnder Popper? Was faselte er?

Also da gibt es,

so HEIMERAN, wie schikaniert, aber immer noch stolz, die Tolle im Schleuderdreh aus seinem bleichen Gesicht entfernend:

Im dritten Versteckspiel nämlich . . .

Noch eine Pause. Zwei nasse Patschhände wurden am gelben Kaschmir getrocknet.

Unsere Köpfe, der Zuhörer: vom Kerzenlicht alle nur schwach zum Widerschein animiert, einem rötlichen. Sehr große Augen.

Wahrscheinlich,

jetzt hatte sich der HEIMERAN wieder gefangen –

im dritten Versteckspiel gibt es sehr viele Teilnehmer, natürlich, sehr viele, später. Also früher, da hatten die keine Ahnung davon, daß sie mitspielen.

DUPIN:

Sie sprechen jetzt so, als handle es sich nicht mehr nur um ein Versteckspielregelspiel. Oder beinahe so klingt diese Ihre Erklärung, als würde da gar nicht mehr Verstecken gespielt.

Als ob der HEIMERAN bremste vor diesem steilen Vorwurf, so klang das:

Ich. Wie bitte? Blödsinn.

Sehr hart resümierte DUPIN:

So ist es: der Versteckspieler im dritten Versteckspiel wird nicht gesucht. Freilich auch nicht gefunden.
Was für ein klasse Schiller!

Der HEIMERAN überschrie sich:

Wird er nämlich schon, nämlich gefunden! Mein lieber Herr, verzieren Sie doch Ihr Gehirn nicht mit Gips: Der erste Versteckte im ersten Versteckspiel findet den Sucher und Finder im dritten Versteckspiel.

DUPIN, wie einknickend:

Ach bitte, nein danke, wie dumm von mir. Freilich, ach sowieso klar, ganz erdenklich. Davon gingen wir aus: von einem Versteckspiel sprechend, das aus vielen besteht. Kompliziert!

Sich anschmusend wieder, als Popper so wie gewöhnlich, freilich schon übergefällig: der HEIMERAN:

Na also! Ein bißchen zu selbst-verständlich das alles, nicht wahr?
Sie schlenzen mich aber ganz schön, liebster Heimeran,

seufzte DUPIN.

Trotzdem, das macht mir jetzt schon Vergnügen.
Vergnügen, Sie sagen es,

jubelte es sehr sanft aus dem HEIMERAN heraus:

Ganz meinerseits, wenn Sie bedenken, was man für ein Vergnügen empfindet, wenn man, als Versteckter wie sich versteht, das Vergnügen genießt: gesucht zu werden und zwar von sehr vielen, und, aufgepaßt: gefunden wird von einem der Sucher – ein Vergnügen, wie ich das ausdrücken möchte: von ganz verhimmelter Art, auch, und vielleicht sogar besonders vor allem: für den Versteckten.

Sehr scharf der DUPIN:

So? Ein Vergnügen? Das soll eines sein? Sie irren sich nicht? In diesem Betreff? Bitte nicht? Sie sprechen von einem Vergnügen?
Wieso denn nicht?

rief der HEIMERAN, dann flaute er ab, sehr gekonnt:

Was verstehen Sie denn schon viel vom Versteckspielen!

Und ganz verblasen:

Na ja. Woher sollten Sie das auch wissen.

DUPIN ging nicht auf. Nein. Erstaunlich, wie da ein Detektiv paßte:

Nur so,

gab er sich geschlagen. Das wischte er ganz gedankenlos hin, so wie.

An den Wänden, von halb- bis ganzwüchsig, also wir alle, wir mußten uns eingestehen: von Lila bis Schwarz dieses unser Vergnügen. Da wurde nichts mehr draus. – Im Kerzenlicht, bitte, wer ritt da seinen Steckenesel, vielleicht alle zwei?

Ich muß das erklären.

Der HEIMERAN faßte zusammen:

Also, wenn man als Versteckter von einem Sucher gefunden wird in einem Augenblick, in dem man selber einen Sucher findet, der einen Sucher findet, der gerade einen Versteckten findet, so ist das . . .

Sehr vergnüglich, nehme ich an,

gab Dupin zu.

Sie untertreiben,

bestrafte lauthals der Heimeran seinen Regelpartner:

Ich kann nämlich gar kein Wort finden für das, was es dann zu empfinden gibt, für was alles! Nämlich,

optimierte er – freilich in seinem Sinne dennoch vergeblich, weil eben wörtlich –:

so verdoppelt und noch einmal und gewiß in der Folge noch oft – ohne weitere Tatsachen oder Stimulantien – ist das, wird dann etwas draus, was ich eben –

seufzte er in seiner hübschen Person zusammen –

gar niemals zu beurteilen imstande sein werde.

Dupin:

Sie beschreiben das so genau, was ganz unbeschreiblich bleiben muß. Ist es so?

Jetzt unaufhaltsam der Heimeran phywa weiter:

Ich bitte Sie, lieber Dupin, zu bedenken, oder zu setzen auf wenigstens eine Woge des Genusses von einem, der seinen Sucher findet, also sieht, wie und von wem er gesucht wird und zwar und gerade augenblicklich mit Erfolg, da es kein Entrinnen mehr gibt und kein Stillverhalten mehr rettet, er also rettungslos Beute wird, die tonlosen Schreie des Kuckucks in der Kehle, diesen geteufelten Kitzel, dieses negative Begehren, diese positive Unlust, und dann: dieser vollendete Aufschrei der Lust und der Unlust in einem: gefunden! Was heißt das anderes als: erkannt! Wunderbar. Also man hat dich. Man ist einen Augenblick nicht mehr nur wie ganz gehabt, sondern so! Und freilich das auch nicht nur, denn im selbigen Augenblick schreit, und wahrscheinlich bestimmt genauso außerordentlich wie man selber: ein zweiter Versteckter auf: gefunden, und ebenso unglücklich glücklich, umfassend empfindungsvoll sozusagen unsäglich, und dann.

Heimeran brach ab. Plötzlich. In einer schrecklichen Überhebe warf er sich selber auf den Rücken, hinterwärts. Lag. Schwieg. Sagte dann:

Aber lassen wir das. Das ist das in etwa.

Und noch so ein Kommentar:

Das geben die Versteckspielregelspieler so her, wie wir sie hier ausführlich beschrieben. Großgefühle. Letzte.

Der dritte Versteckte, ich meine,

so DUPIN,

derjenige, welcher in einem dritten Versteckspiel sucht und findet, ich meine, schenkt der nicht noch eine zweite solche Wonnelust dem Versteckten im zweiten Spiel, nämlich: als er diejenige findet, Verzeihung: ihn?

Ziemlich wegpatschend, der HEIMERAN:

Wie bitte? Kann schon sein. Freilich. Sicher.

Bitte,

folgerte DUPIN:

Das würde doch die unlust-lustvollen Großgefühle des ersten verdreifachen, nicht wahr? Wenn ja, wie konnten Sie darauf vergessen?

Habe ich das?

Der HEIMERAN, stotternd, wie angeliefert, plötzlich:

Freilich, sehr richtig. Sehr gut. Wie Sie zu begreifen verstehen!

Noch nicht fertig ist er, der DUPIN:

Und dieser erste Versteckte? Ist dieser nicht bereit: jenem Spieler in einem dritten Spiel, der doch wahrhaftig auch – oder etwa nicht? – im Versteck saß – freilich aus ihm heraus fand: einen Sucher und einen Versteckten – die Wonnen des Gefundenwerdens zuteil werden zu lassen. Ich bitte Sie: Noch so ein Versäumnis von Ihnen? Da frage ich mich, ob derjenige gar nichts davon weiß, nämlich daß er gefunden wurde? Da muß ich schon sagen, das wäre doch sehr inkonsequent, insbesondere, da dies dem ersten Finder als einem Gefundenen, dieses sein Gefundensein noch einmal in noch einem Mitspieler mitgenießen zu können erlaubte.

Den kriminologischen Aufhocker abwerfend, bäumte der HEIMERAN, aber als würfe er nichts ab, nämlich wie nebenher sagte er:

Wissen Sie, lieber Dupin, gesucht werden ist wahrscheinlich besser. Noch besser: sicher!

So?

Ein gelinkter DUPIN:

Das sagen Sie? Und dies als Versteckspielregelspieler, der alles genießt, theoretisch natürlich?

Der HEIMERAN meinte dazu:

Ich meine nur so: Es ist gut: Versteckt sein und sehen, wie man gesucht wird.

Kein Suchen mehr, plötzlich, jetzt aus dem Versteck heraus? Ich denke, wie Sie daran dachten,

fächerte der Dupin wieder auf:

an sehr viele Sucher, an ein Multiplikat des Vergnügens.

Schon gut, schon gut,

und noch ähnliche Dessusiasionen des Heimeran:

Aber gehns –

aus seiner Mundart südlich wegplabbernd dann:

Aber noch immer besser ist es: Gesucht zu werden von allen, ohne sich verstecken zu müssen!

Wie stark das ganz plötzlich aufkam. Das plättete wieder uns Zuhörer. Sehr viele verwalzte Gesichter: großscheibig an allen Wänden. Der Paw, der auch ziemlich flach, dem vor allem ging die dritte Dimension ganz einfach ab, der dachte sich diese nur noch.

Außer sich der Dupin:

Außerdem auch noch eine neue Regel in diesem Versteckspiel? Wie bitte der Titel: Die ohne Versteck? Wo bitte bleibt das Vergnügen bis Oberbegriff, unbeschreiblichem in demselben? Das ist ja bald etwas zur Unterlassung der Lust, übelhin.

Dann ganz schlimm, so dieser Verkünder, der Heimeran, heilig, auf was für einer Säule in diesem gemütlichen Hinterzimmer:

Sehr richtig. Verzicht. Ganz unbeschreiblich!

Leise, vorsichtig, Dupin:

Wenn ich bitten darf: ein Verzicht, es sei mir erlaubt: auf die minimisierte himmlische Lust, also auf das kleine Vergnügen: gesucht zu werden von allen?

Erhaben, und nicht nur gleichsam, auch als sich jetzt Erhebender, unser Heimeran:

Ja. Das kann man gut und gerne vergessen, wenn man, als so ein Versteckter, der sich gar nicht mehr verstecken muß, seine Sucher vergißt.

Wo blieb der Qualm? Weg war er. Nicht einmal schichtige Klarheit! Sie selbst. Durchsichtig. Ganz. Kein Bibliothekszimmer mehr. Unser aller Raum, und wir nur so geworfen darin, oder freilich entworfen nur. Wir alle nicht mehr ausgeführt darin. Nicht einmal angefangen: rein, nämlich gar nicht da. Jedenfalls, wenn schon und so nebenbei und irgendwie herum: von ihm selber: keine Notiz, keine genommene. Also um den Schein zu sagen: nichts. Noch vor kurzem nur noch zweidimensional, und jetzt nicht einmal ein. Und keiner bitte ein Punkt. Hinter was denn? Schweigen. Weder eine Frage, noch eine Antwort. Obwohl doch insgesamt eine aufgerissene Quadratschnauze allhier: unsere diesbezüglichen Öffnungen zusammengeöffnet.

Was tut man?

Diese Frage, gestellt von Dupin.

Warum soll es nicht trotzdem weitergehn. Es ist ja tatsächlich nichts, oder umgekehrt.

Die Antwort des Heimeran:

Man beschäftigt sich nur noch mit diesem Versteckten, der man selber ist.

Und jetzt mit einer Singstimme, die es in der Oper niemals geben wird:

Also bitte, das scheint mir nicht nur besser zu sein als alles, sondern das ist schon ganz gut – ganz allein.

Wie ein Nachspiel. Nekrolog. Der Nachzehrer hieß Dupin:

Und das Spiel?

Kein Interesse. Eigentlich im nachhinein: nie.

So sprach der Heimeran.

So sprach noch einmal Dupin, wie oft noch?:

Bitte, die Spieler?

So sprach der Heimeran:

Der Spieler. Nur.

So sprach also noch einmal der Dupin:

Und die Zuschauer?

So sprach der Heimeran:

Der Spieler als Zuschauer seiner selbst. Also nur noch!

Natürlich,

so sprach der Dupin:

dann auch keine Versteckspieltheoretiker oder Regelspieler mehr?

Übernatürlich nicht!

So sprach der Heimeran.

Dupin:

Höhepunkt. Im Versteckspielregelsystem aber jetzt die Peripetie, nämlich: Die Selbstbeschäftigung des höchsten Versteckspielregelspielers, als solche ein absoluter Stillstand, theoretisch natürlich, wurde von diesem selbst aufgegeben, praktisch, nämlich indem er hier und heute zu seinem Versteckspielregelspiel zurückkehrte: sozusagen erlösungsbedürftig, nämlich bewegungssüchtig. Ich darf jetzt aus dem Regelspiel in den Fall übersetzen.
Dora! Wo hast du deinen Heimeran gefunden?

Dora:

Er saß auf dem Baum. Ich meine den Baum, der südlich vom Pub steht, auf der Zufahrt zum Hinterhof desselben. Ich stieg hinauf zu ihm. Dort oben habe ich Heimeran gefunden.

Dupin:

Das wußten wir, d. h. ich hatte davon gehört. Zur Sache: Im Augenblick, als Dora den Kuckuck Heimeran fand, sah derselbe, was Dora nicht sah, was Heimeran ihr auch nicht zu verstehen gab: wie einer, wahrscheinlich hinter einer Tür oder Tonne, gleichviel, das spielt keine Rolle, beobachtete: wie Chris sich in diesem Hinterhof versteckte, hinter einer Tür oder einer Tonne, gleichviel, das spielt keine Rolle – und, dieser Heimeran sah dann auch noch, wie Ivan die Chris suchte und fand, der Punker die Popperin, das spielt eine Rolle, wir werden noch hören. Und Heimeran sah, wie der Versteckte, ein Punker, bestimmt, wir werden sehen und hören, die beiden, die er – in unserem Sachverhalt: kein Versteckspieler, im Augenblick und seitdem aber sicher so einer, aber gesellschaftsmäßig und sozusagen in einem Krimi – tötete. Negative Gruppendynamik, quasi. Ich muß hier nicht alle mich zur Lösung verführenden Facts und verbalen Entgleisungen des Beobachters anführen. Das verbietet mir der Stolz auf den Analytiker, der hier spricht. Zugeben muß ich, daß die divinatorischen Äquivalenzen des Versteckspielregelspielers meine humane Nase auf die Lösung des Falles einfach stoßen mußten. Ich kann behaupten, von einem Gott an den Kern eines Verbrechens näher bis ganz nah geleitet worden zu sein. Nun ist aber nie bekannt geworden bisher, daß ein Gott die Aufklärungsarbeit seines empfindsamen Glückschwindels mit dem menschlichen Vollzugsbeauftragten teilen will. Das Wort »beamtet« muß ich zu vermeiden wissen, wie sich von selber versteht. Nun? Der Heimeran Phywa kann als ein Mensch, der sich bis zur

Äquivalenz eines Gottes theoretisch, wenngleich gefühlsmäßig praktisch schon auch, aufschwingt, nicht davon lassen: sich selbst zu interpretieren, auf ganz humaner Ebene, sozusagen, das tiefe Verständnis seines hohen oder eigentlich höchsten Daseins voran bis ganz hinauf zu treiben. Anders gesagt: Der Menschensohn in diesem Gottvater verschließt sich nicht dem konkreten Fall seines Auftritts. Und wenn ich also jetzt sage, geradehin, ganz unverzeihlich weggedacht von Poe, mich selber desavouierend: Wir sollten den Reddy, den Punker holen lassen vom Feilitzsch, der alles hier im Griff hat, wo poetisch die Welt gespielt wird, oder gerade deswegen, was eine Schande nicht sein kann – bitte: was antwortet dieser Heimeran Phywa?

Der POPPER sagte:

Man hole den Punker.

Wer will mich anmachen,

plärrte derselbe, als man ihn vorführte.

Hallo, Doppelmörder,

grüßte der HEIMERAN.

Es grüßt dich der Kronzeuge, Kuckuck.

Ganz schön heruntergefault,

brummte REDDY.

Der dritte Finder im dritten Versteckspiel, bitte,

offerierte DUPIN.

Ewige Feindschaft zwischen Punker und Popper.

Geschenkt,

seufzte LELI.

Arme Kuh Chris.

Grenzüberschreitung,

plärrte REDDY.

Was Grenzüberschreitungen in einer Grenzüberschreitung angeht: da bin ich überfragt,

seufzte auch der DUPIN.

Also solche Überschreitungen bestätigen nicht einmal den Staat, der nur allzugern bestätigt sein will. Oder schlagt euch die Köpfe ruhig ein, damit einer seinen Kopf verliert, der ihn schon gar nicht mehr aufhaben würde, würde geköpft. Zur Sache: Sie haben uns getäuscht, aber wahrheitsseits: Da muß ich schon fragen, warum Sie, Herr Bub Reddy, die Toten nicht nur nicht beseitigten, sondern in einem Hinterhof, Ecke Marschall, auslegten, sozusagen, und nicht nur das, sondern nebeneinander, und zwar: mit dem Zeigefinger des Ivan auf das Herz der Chris deutend. Bitte, mußte das signalisiert werden, von einem, der gar kein Versteckspieler ist, geschweige Regel?

Der Reddy:

Also, da muß ich überdeterminiert gewesen sein. Oder das kommt mir hyperreal vor! Will sagen: Ich, als kleines, gesammeltes Tatsachenmobile bin da gesteuert worden. Farbe drüber und die Friseure überhaupt. Bin ich im Zirkus?

So sehen Sie aus,

gab Dupin zu.

Und wer sitzt am Mischpult?

So Reddy.

Die Bildfolge oder Unfolge: wer hat mir das in mein Moos gefroscht?

schrie er.

Ein Storch müßte man sein.

Referenzen,

klagte der Paw diesen Text an, in Anwesenheit dieses Unbezüglichen einer, vor dem er andererzeits in die Knie gehen mochte.

Das warst doch du:

quakte Reddy, in Richtung Paw.

Ich erklär' mir das sonst überhaupt nicht.

Laß es gut sein. Ich bin auch kein Storch!

So Paw.

Störche lasse ich auch nicht zu,

sagte Reddy.

Als Löser muß ich schon sagen,

begehrte der Dupin auf.

Der Paw weiß, was er sagt,

sagte aus dem Dunkel her dieser wunderbare Poppes, der wieder gar nichts begriff.

Ja dann,

schmauchte Dupin seinen Auftritt. Das wolkte dann alles ganz einfach zu.

Bevor wir uns verirren,

das waren die letzten Worte des privatgelehrten Großmauls.

Hinaus ...

nebelte er noch weitab.

Geschmissen war die ganze Szene schon.

POPPES:

Dem habe ich es gegeben. Ich wollte dem Poeschen Detektiv ein Großmaul nachrufen. Erstickt einer an diesem Ruf?

PAW sagte eindringlich und wie so leise zu POPPES:

Schone den Analytiker, wenn das Material für die Analyse von einem gekocht worden ist, der seine Küchenschürze jetzt abnimmt von dir.

Also du,

sagte POPPES.

Ich hätte es wissen müssen. Aber wer ist schlau vor klug, und Schlamm nach Acker und nach Acker wieder Parkett plötzlich und wer ist auch gleich ein Parkettsteher in diesem Kerzenlicht?

Heureka! Also Poppes hatte den Eindruck hierorts, als müsse er uns Wandschläfer dazu aufwecken, zuerst einmal durcheinander zu promenieren bis sich ein geeigneter Abzug ergebe: nämlich hinaus.

Die Dora hüpfte voraus. Die Leli lahmte an ihrer Freude. Sie nämlich hatte gar nichts gefunden.

Der Heimeran, bevor er uns verließ, küßte Dorotheas Bauch. Das Pärchen war also dabei gewesen. Herr, souffliert e er sich selber und fand auch sein Stichwort: keiner mehr.

Der Reddy wurde abgeführt. Die Polizei hatte sich nichts gedacht dabei: sie durfte handeln, wie gehabt.

WIR: Armer Dupin. Was weißt du von einem in diesem Spiel (oder Buch) versteckten Paw, der dich den Fall des Versteckspielers Heimeran lösen ließ und über deine großen Fähigkeiten lachen muß, lachen will über alle seine Kollegen und sich selbst, was ihn doch nicht mehr ehren kann, beim besten, bei unserem letzten Willen nicht mehr.

Dieser Esel von einem Regisseur. Am Ende – und das läßt uns doch auf ein solches hoffen – wird ein solcher Regisseur wieder redlich, auf die Gefahr hin: wieder und ganz und gar als ein Richtiger gelten zu müssen. Und ob ihn das ehrt, sei überhaupt dahingestellt. In

einem falschen Spiel (oder Buch) auch als falscher Regisseur (oder Schreiber) zu gelten, mag ihm als zu richtig falsch dünken, weshalb er es verwirft oder aufgibt. Jedenfalls: wer da mitsprechen muß, ist geliefert. Aus. Schluß.
Er muß Schluß machen. Das ist doch klar. Bis auf Poppes sind wir uns klar darüber. Der Poppes. Der Paw. Diese zwei.
Das war es. Das hatten wir einzuwenden. Mehr gab es nicht zu sagen. Wir hätten sicher noch weitergesprochen. Es genügte uns aber ein Wink vom Paw. Nicht etwa, weil wir ihm mehr als allen folgen. Vielleicht entsprechen sich unsere Wünsche: die seinen und die unseren, also zwei, oder nur der eine: Amen, wenn auch das Falsche ein Amen nicht kennt. Dann erst recht sind wir so falsch, es zu sagen: Amen. Am Ende rotieren wir schlimmer als je. Falscher als je kann es gar nicht klingen, wenn wir es geschehen lassen, das Falsche. Amen.

Wie der Rummelpuff dort den Boxer Heinz halste. Der schleckte auch gleich eines von den zwei kürzesten Hosenbeinen am Platz ab, von unten nach oben. Obwohl er wahrscheinlich gar nicht wisse, jaulte der Puff, weswegen er sich auf seinem Fell die Tränen abtrocknen wolle, und von einem Sünder, wie er mit seiner Person im Buch stünde, verstünde ein Hund wie der Heinz nichts, sei Dank. Er graulte und halste und wahrhaftig schleckte auch seinerseits diesen Schlecker im derart mündlichen Angedenken an eine Sahira, die einmal von ihm, der einmal ein Ritter gewesen, erkannt worden sei als sein Wunsch, als seine Sehnsucht, als seine Hoffnung – in der er, der bayrische Unhold das Fremde überaus, also nicht einmal ganz und gar, sondern utopisch geliebt habe. Du Hund, seufzte Rummelpuff, du gewalttätiger Ireniker, der dir deine Gastfrau Sahira getötet wurde von Heimischen. Diesen Kuß des Rummelpuff auf deine subversive Hundeseele. – Und sich entfernend von Heinz wurde Rummelpuff größer.

Paw sitzt jetzt im fünften Stock, Freiheit 10, am Schreibtisch hinter dem falschen Buch und schreibt, und zwar dieses und auch das folgende:
Ich habe mir vom Poppes sagen lassen müssen, daß es Unsinn sei, mich noch länger hinter der Person des Paw zu verstecken. Ich könne mit diesem Versteckspiel meinen ersten Fehler nicht korrigieren: nämlich meine Person in der ersten Person in diesem Buche von Anfang an auftreten zu lassen, ganz abgesehen davon, daß in diesem Buche nicht korrigiert werden dürfe. Es sei also höchste Zeit, diese Korrektur zu widerrufen. Gut. Einverstanden.
Poppes meinte, es sei auch an der Zeit, nachdem ich mich blödsinnig genug amüsiert hätte über die Denkarbeit eines Dupin – Poe und mithin eine Menge Kollegen desavouierend – mich selbst, nach so gründlicher wie vergnüglicher Verurteilung des Überblicks derselben, als einen Vertreter dieser Zunft auszugeben, die von der Unmöglichkeit einer freilich wunderbar falschen Haltung in einer als schlimmerdings richtig gedachten Welt Zeugnis ablegen muß. Der Schreiber eines falschen Buches sei und bleibe der schlimmste Fehler in einem solchen: als der Richtige, als der Überblicker desselben. Die Sache Welt sei so falsch wie die Sache Überwelt, oder, und dann ganz außerordentlich einfältig falsch: als Sache Scheinwelt oder Nebenwelt, genannt Poesie. Welt sei falsch, so oder anders, nämlich ganz und gar richtig. Sie sei nicht zum Falschwerden geeignet, wie sich herausgestellt habe. Das sei das Falsche an ihr. Und das hätte ich nicht glauben wollen, weshalb ich als einer der Richtigsten ein Beispiel des Scheiterns geliefert hätte, das nur als Lacherfolg einer sei. Also: auf diesem Platz der Freiheit freie Geschöpfe schaffen zu wollen, sei plätzlich mißlungen. Schlimm. Zugegeben. Sehr schlimm.
Poppes schloß: Ich hätte also mein Buch in dieser falschen Welt richtig geschrieben.
Das soll ich gesagt haben? fragt Poppes.
Ich drehe mich um und frage: Das hast du also gelesen?
Da hast du es, sagt Poppes und lacht. Aber Spaß beiseite: Was ist mit der Terra Nova?
Gutes Gedächtnis, lobe ich.
Und? Wird wieder gepißt?
Dreh' die Spritzbrunnen auf.
Wo?

Auf dieser Seite. Oder wo bist du denn?
Hier im Buch. Halten zu Gnaden.
Und wer sitzt unter dem Schreibtisch im Buch?
Dein Heinz. Als Boxer.
Und wer sitzt vor der Terra Nova im Buch?
Die Grünen. Auch der Odysseus. Den hast du vergessen.
Habe ich?
Und seine Tortur?
Die des Lesers.
Ist bald Schluß?
Waw, bellt der Heinz.
Lies, sagte ich zu Poppes. Setz' dich und schreib' selber: Wie Heimeran Phywa sein Versteckspielregelspiel auf dem Platz inszeniert:

der große Kuckuck
hatte sich im Anfang
versteckt

der große Kuckuc
hatte uns im Anfan
gefunden

der große Kuckuck
wurde nie gefunden

oder wir
haben uns
im großen
Kuckuck
versteckt

im Anfang war
die Lust der Übersicht
bei ihm

oder wir
haben uns
im großen
Kuckuck
gefunden

oder wir
haben
den großen
Kuckuck
erfunden

wir durften uns
verstecken
und uns suchen
als ihm gleiche
Spieler
spielend
sein Spiel
es nachspielend
im getreuen
Nachspiel
ihm zur Freude
und Lust

aber jetzt kommt
unsere allen gemeinsame
ungeteilte Lust
im Versteckspiel

wir wollen
nicht nur alle
in einem einzigen
Spiel spielen
wir wollen
uns alle
in diesem einen
Spiel
verstecken

der große Kuckuck wünschte
die Einteilung der Spieler
in Spielgruppen
weil er nicht uns alle
in einem einzigen Spiel
haben wollte
weil er uns alle
in seinem Spiel
haben wollte
und wollte
daß jeweils
in jeder Gruppe
ihn stellvertretend
wenige so wie er
durch den Verzicht vieler
Lustgewinn hätten

wir wollen alle gesucht werden

WENN ALLE SICH VERSTECKEN WOLLEN
WERDE ICH ALLE SUCHEN
IHR SEID VERSTECKTE
ALLEIN DURCH MICH
DER ICH MICH NICHT
VERSTECKEN WERDE
WEIL ICH
EUER VERSTECKTSEIN LIEBE
MEHR
ALS MEIN VERSTECKTSEIN

der Lustverzicht der einen
war der Lustgewinn der anderen

Ich aber
will mich verstecken
weil ich gefunden
werden will

ich will
meinen Sucher
zu meinem Finder
machen

also alle
also bitte
alleinziger
Sucher

suche bitte nur mich
alleinziger Sucher

ich will dein Versteckter
sein
ganz allein

was bin ich überhaupt
für ein Versteckter
wenn es so viele
Versteckte
für einen Sucher gibt
da bin ich
ein Versteckter nur
unter vielen

DESHALB IST ES SO
EINER MUSS IMMER
DER VERSTECKTE SEIN
FÜR EINEN EINZIGEN
SUCHER
NUR DANN NÄMLICH
IST EINER GANZ VERSTECKT
WENN NACH DIESEM EINEN
VON EINEM EINZIGEN
GESUCHT WIRD
EIN GANZ VERSTECKTER
IST IMMER NUR EINER
DER GANZ GESUCHT WIRD
EIN GANZ VERSTECKTER
HAT EINEN GANZEN SUCHER
SO IST DAS

der einzige Sucher
vermute ich
ist der alleinzige
Sucher geworden
weil er damit
der einzige ist

wir jedenfalls
sind nicht
seine einzigen
und überhaupt
keine einzigen

wird nämlich von dir
lieber einziger Sucher
noch einer gesucht
dann bin ich
nur halb versteckt
und so weniger
wenn so weiter

nur dann
ist man ganz versteckt
wenn man zwar
seinen Sucher
aber nicht mehr
sich selber sieht

also
bilden wir zwei
ein einziges
treues
unzertrennliches
Versteckspielpaar

warum
frage ich
nur einen Sucher
wo steht das

wer sagt das
mehr als einen Sucher
nie
wieso eigentlich

wenn schon einen Sucher
warum nicht gleich zwei

warum nicht gleich drei

warum nicht gleich vier

WENN SCHON DREI ODER VIER
WARUM NICHT GLEICH SEHR VIELE
NÄMLICH

immerhin
so ist Suchen
beinahe
fast so gut
wie Verstecken

SIND DIE SUCHER IN DER MEHRZAHL
DER EINZELNE SUCHER
SUCHT DANN
NICHT MEHR SO LANGE
WENN ZWEI EINEN EINZIGEN
SUCHEN
SO HABEN DIESE SUCHER
NUR NOCH DIE HÄLFTE ZU TUN

weniger
ist mehr
wenn auch
nicht
alles

GETEILTES SUCHEN
HALBES SUCHEN
MEHR FREIZEIT
DURCH SUCHTEILUNG
ALSO
JE MEHR SUCHER
DESTO WENIGER SUCHARBEIT
UND
MEHR ALS GANZE LUST

aber
mehr Sucher
weniger
Sucherfolgs-
erlebnis
bitte

DES VERSTECKTEN
NÄMLICH VERVIELFACHTE
UND ENTSPRECHEND VERRINGERTE
UNLUST DER SUCHER

aha
und Suchen wird
mit jedem weiteren Sucher
als verringerte Unlust
immer ähnlicher
der vervielfachten Lust
des Versteckseins

wollen alle
bis auf mich
Sucher werden
werde ich
sehr gerne mitsuchen

Suchen schaffe kein Lustgefühl
wer sagt denn das
hier will anscheinend
niemand mehr finden
ist etwa Finden
keine Lust

DAS IST DIE FRAGE
OB EINE VERVIELFACHTE LUST
WIRKLICH SO LUSTVOLL IST
WIE EINE VERRINGERTE UNLUST
WENN MAN BEDENKT
DASS EINE BEINAHE ENDGÜLTIG
VERRINGERTE UNLUST
IN DER GEMEINSCHAFT
ERLEBT WIRD
WAS MAN VON EINER
ENDGÜLTIG VERVIELFACHTEN LUST
NÄMLICH NICHT SAGEN KANN
SIE WIRD IN ENDGÜLTIGER
EINSAMKEIT EMPFUNDEN

links und rechts von mir
meine Suchbrüder
und Suchschwestern

wieviel mehr etwas ist
das gar nicht ist
wenn es für mehrere
etwas ist

ich verzichte
auf Lust
wenn es
immer
weniger
lustvoll
wird
bei
immer
mehr
Lustvollen

oder
die Unlust aller
unlustigen Sucher
wird dann am Ende
keine Unlust
mehr sein
wenn alle Sucher
den einen Versteckten
versteckt sein lassen

und die Einsamkeit dessen
der immer findet
in allergrößter Übersicht

ich weiß nicht
einsame Lust
im Versteck
oder
geteilte Unlust
als Sucher
bitte
muß man sich da
entscheiden

und
wenn die Lust des Suchens
das Finden ist
doch deshalb
damit endet das Spiel
der Gefundene ist
für den Sucher
der Ausgang
aus dem Spiel

wer will denn aufhören

ich suche nicht die Ausgänge aus dem Spiel
ich will im Versteck sein
ich will im Versteck und aus ihm heraus
die große ganze Übersicht gewinnen
über alle anderen

bitte
ich muß mich nicht entscheiden
wenn ich meine Lust am Versteckt sein
erweitere durch die Unlust am Suchen
ich meine das so
darf ich nämlich auch suchen
und zwar freilich nur
indem ich in meinem Versteck bleibe
so habe ich als lustvoller Versteckter
Anteil an der Unlust aller Sucher

wie kann er das bitte

bravo
das bedeutet
endgültig
verringerte Unlust

ich kann das
nämlich
als Versteckter
bin ich
wo ich auch bin
im Versteck
so viel
über die
Beweglichkeit
eines Versteckten
der Sucher ist

gut
aber bedenkt
dieser eine
suchende Versteckte
vermehrt die Sucher
und
verringert endgültig
die Unlust
aber
in ihm allein
ist die Einsamkeit
des Versteckt seins
aufgehoben
sie sollte in uns allen
aufgehoben werden

MEIN VORSCHLAG
WENN WIR SUCHER
DEREN UNLUST
DURCH DIE UNLUST
DES VERSTECKTEN
DER AUCH SUCHT
VERMEHRT WURDE
UND ALSO
ENDGÜLTIG
VERRINGERT
FORDERN
AUCH VERSTECKTE
SEIN ZU DÜRFEN
UND ZWAR
EBENSOLCHE
DIE WIE
DER VERSTECKTE
EBENFALLS SUCHEN
BITTE
IST DANN NICHT
IN JEDEM VON UNS
UND ALSO
IN UNS ALLEN
DIE EINSAMKEIT
DES VERSTECKTSEINS
AUFGEHOBEN
WOBEI AUCH NOCH
DIE UNLUST DES SUCHENS
ENDGÜLTIG
VERRINGERT BLEIBT
ALSO IST DANN NICHT
UNSER VERSTECKSPIEL
ENDGÜLTIG VOLLENDET

aber
werde
ich
da
noch
die
endgültige
verringerte
Unlust
als
Sucher
genießen
können

schöner als
sich zu verstecken
ist es
eine neue Regel
zu finden

werde
ich
da
noch
die
Lust
im
Versteck
genießen
können

unteilbare
Lust
hat
allein
ein
Lustloser
in
der
Übersicht
über
die
Lustlosen

jetzt wird doch jeder
von allen gesucht
jetzt sind doch die Sucher
selbst wieder Versteckte
und also nicht ungeteilt da
was dem Versteckten
Lust verschafft

siehe
nun ist alles geteilt auch die Lust im Versteck müssen wir teilen

·bt nicht auf
·cht das unteilbare Suchen
·cht das unteilbare Versecktsein

wir alle denken so

:H GEBE MICH
IIT KEINER TEILUNG ZUFRIEDEN
:H SAGE DAS FÜR EUCH ALLE
ND ICH DENKE
'IE JEDER VON UNS DENKT
ÄMLICH OHNE EINEN GEDANKEN
N EINEN VERZICHT
ND ICH SAGE
:H ALLEIN WILL VERSTECKT SEIN
ND ALLE SOLLEN MICH SUCHEN
ND ALLE WILL ICH
US MEINEM VERSTECK HERAUS
EHEN
'IE SIE MICH SUCHEN
'AS MICH ZU DEM EINZIGEN SUCHER
ACHT
ER NICHT MEHR SUCHT
ER ALSO DIE UNLUST DES SUCHENS
ICHT MEHR EMPFINDET
'EIL ER VON ANFANG AN FINDET

wir alle sagen das

schon der große Kuckuck
dachte so

wir sollten so denken
wie der große Kuckuck
gedacht hat
aber wir alle
für uns alle

entwerft

ich
sehe
mich
selbst
in
meinem
Versteck
bin
also
mein
eigener
Überblicker

der
ne neue Regel
'ir bilden Gruppen
ım Beispiel
h bin Versteckter
einer Gruppe
nd kann jetzt auch
en Versteckten
ner anderen Gruppe
ıchen und finden
nd zwar einen
er den Versteckten
ner dritten Gruppe
ıchte und fand
ielleicht noch
› weiter
'obei ich selber
och der Gesuchte
leibe
iese Lust
er Übersicht
s Versteckter
itte
ank
einer
orgeschlagenen
iruppenbildung

das
ist
nicht
möglich

das
Unmögliche
ist
es

WIR GEBEN UNS MIT KEINER TEILUNG
ZUFRIEDEN
WIR SAGEN DAS FÜR UNS ALLE
UND WIR DENKEN ALLE
OHNE EINEN GEDANKEN
AN EINEN VERZICHT
UND WIR SAGEN
WIR ALLE WOLLEN
VERSTECKT SEIN
UND VON UNS ALLEN
GESUCHT WERDEN
UND WIR ALLE WOLLEN
AUS UNSEREN VERSTECKEN HERAUS
WIE ALLE SUCHEN
WAS UNS ALLE
ZU SUCHERN MACHT
DIE ABER ALLE
NICHT MEHR SUCHEN
DIE ALSO ALLE
DIE UNLUST DES SUCHENS
NICHT MEHR EMPFINDEN
WEIL WIR ALLE
VON ANFANG AN FINDEN

oder
verstecken wir
uns alle
und suchen wir uns
nicht mehr

alles ist schon
geschehen

der Anfang des Spieles
ist das Ende des Spieles

wir haben uns alle
im Anfang versteckt

wir haben uns alle
im Anfang gefunden

WIR ALLE STELLEN UNS SO AUF
DASS JEDER JEDEN SIEHT AMEN

wir werden uns niemehr
verstecken

wir werden uns niemehr
finden

der große Kuckuck
hatte sich im Anfang
versteckt

der große Kuckuck
hatte uns im Anfang
gefunden

der große Kuckuck
ist tot

der große Kuckuck
ist
der Tod
unseres
Versteckspiels

Sehet, sagte ich auf der Bank vor der Dominus-flevit-Kapelle über dem Forum: Dort unten liegen der Paw und die Poppes. Und rechts neben mir saß die Nathalie, und rechts neben Nathalie die Jeanne und rechts neben Jeanne der Robin und rechts neben Robin die Rosa und rechts neben der Rosa der Poppes. Der Thermodynamiker aber saß vor uns auf der Mauer. Und dieser hob an:

Dort unten liegen die Paw und der Poppes
als jeweils einer und eine zweifach
als Nukleon
als Elementarbaustein des Kerns
gemeinsamer Name für Proton
und Neutron
die einander sehr ähnlich sind.

Also in Wirklichkeit bin ich als Sie
nur scheinbar nur Sie,
sagte die Paw dort unten zu Poppes,
und in Wirklichkeit bist du als Er
nur scheinbar nur Er
in Wahrheit ist Sie auch Er
und Er ist auch Sie.
Aber höre, was der Thermiker sagt:

Das eine Nukleon soll
durch den Zusammenstoß
mit dem zweiten Nukleon
aufgebrochen werden

Nämlich: gesucht wird der Mensch, sagte
die Paw zu Poppes: der Elementarbaustein
der Gesellschaft, der unzerlegbare.

Deshalb muß aufgebrochen werden,
erklärte oben der Thermiker, das
Nukleon
im hochenergetischen Stoß durch
den Zusammenstoß mit einem
zweiten.

Nach der Methode der Wissenschaft, sagte
die Paw zu Poppes, die zerlegt im Dienste
der Fortpflanzung, und nach dem Bilde
des ersten Zerlegers, nur wissenschaft-

licher, im Dienste der Natur viel gewissenhafter, im Dienste der Zukunft also endgültiger am Werke, damit von zweien eine den anderen erkennen kann und erkennt, daß er nur die Hälfte ist oder eben nur Sie oder aber nur Er und damit wir beide uns in einem Dritten erkennen können und so weiter und so fortgepflanzt.
Und zerlegt wird also nur deshalb,
damit wieder vereinigt werden kann,
sagte Poppes dort unten zur Paw, denn
nur Er, das ist nichts und
nur Sie, das ist nichts.
Also, sagte die Paw, ich selber bin
für mich selber eigentlich gar nichts.
Und Poppes sagte: Das Eigentliche
kommt erst nach, der Nachkomme
ist es.
Der ist es ganz, sagte die Paw.
Der ist ganz er selber, sagte der Poppes.

Habe ich das nicht immer gesagt, rief der Poppes oben, vor der Kapelle. Also bitte, das haben wir alle doch erkannt. Aber was tut dieser Paw, der noch immer Regie führen darf? Er erlaubt uns nicht, nach unserer Erkenntnis zu handeln, weil er befürchtet, dann würden wir Richtige werden.
Das würden wir auch, wird er sagen, rief Nathalie: wenn wir sie ganz und gar aufgäben, unsere Erkenntnis, also handelten wie die Natur und in ihr; nämlich dann wäre unser Handeln ganz und gar falsch, also schon wieder ganz richtig. Den kenne ich doch. Jetzt schweigt er.
Der schweigt doch nur, empörte sich Jeanne, weil er redend nur ausweichen könnte in ein weder Ganz-richtig, noch Ganz-falsch. Das Ganze mag der doch nicht. Und wir lieben es auch nicht. Aber der ist doch nur halbherzig, bitte.
Da denkt der doch überhaupt nicht an die Frauen, stellte der Robin fest. Also die haben davon den Nachteil. Die haben das Nachsehen in ihren Bäuchen. Jetzt griente er.

Fiasko, schloß Rosa. Das ist doch eines. Da sollen wir zugleich glauben an die Vervielfältigung unserer Person und an die natürliche Vermehrung. Bitte, das schließt sich doch aus. Da, bitte, geht doch gar nichts mehr. – Die Lehre vom Falschen versagt!
In diesem Augenblick erklärte der Thermodynamiker, sehr gequält:

Nun aber versagt die Methode
der Zerlegung durch Zusammenstoß.
Die Methode: Zusammenprall
im hochenergetischen Stoß versagt,
und zwar versagt sie auf eine Weise
die nahelegt, daß dort unten
im Forum
fundamental Neues passiert: denn
bei der Zerlegung dieses einen Nukleons
erscheint die Methode völlig anders und
neuartig: Die Bildungskräfte nehmen zu,
wenn die zu zerlegenden Kräfte immer
kleiner werden. Es entstehen bei diesem
Zusammenprall massenhaft neue
Nukleonen, und nun scheint es,
daß wir im Zerlegen des Nukleons
an ein unvorhergesehenes Ende
gekommen sind.

Schluß, rief die Paw unten im Forum.
Wir sind es schon, rief der Poppes.
Und zwar vielfältiger, als wir dachten.
Poppes geriet außer sich. Und
die Paw seufzte froh: Wir kommen
nicht nach. Und der Thermiker stellte fest:

Es ist insofern ein Ende als
alle Energie für die Erzeugung von
Nukleonen verwendet wird. Es bleibt
nichts mehr übrig, die Temperatur
zu steigern. Jede Sorte erhebt Anspruch
darauf, daß ihr ein Teil der
Gesamtmenge zufällt. Und je mehr
verschiedene Sorten es gibt, umso weniger

Energie erhält jede einzelne, umso
weniger kann deshalb übrig bleiben,
die Temperatur zu erhöhen.

Die Rosa sprang vor und packte den Thermiker an seinen Rockschößen. Der wäre uns doch beinahe ins Forum abgekippt, erklärte sie ihre Erste Hilfe.
Warum handelt er auch gegen den Geist, rief der Robin. Oder bitte, versteht man mich?
Also spalten konnte er nicht, lachte Jeanne. Dann kommt er so nicht zur Einheit? Wie bitte?
Obwohl er naturgemäß vorging, erklärte die Nathalie. Oder deshalb? fragte sie. Ob vielleicht die Natur auch Geist ist? Versteht einer mehr als ich selber, oder sehr viele?
Schau doch, rief Poppes: im Forum sind alle Plätze besetzt. Gedränge auf allen Rängen. Im Brunnen sogar: Mensch an Mensch. Was soll ich sagen: die Freiheit quillt über. Auch hinter uns. Paw, Paw, ruf' den Feilitzsch!
In diesem Augenblick erhob der Thermodynamiker seine Stimme:
Als dieses Gesellschaftsspektrum
derart ansteigt, daß schließlich
alle Energie in die Erzeugung
von Gesellschaft umgesetzt wird,
bleibt nichts mehr übrig, die
Temperatur über den Grenzwert T_0
hinauszusteigern

Also sprach die Paw zu Poppes, unten
im Forum: Wenn die Wissenschaft
das Eindeutige will, und zwar den
einen Mann, oder die eine Frau, und
Ursprüngliches in diesen Eindeutigkeiten
sehen will, und dies zu dem Zwecke:
um aus zwei eindeutigen Wesen ein
drittes, nämlich die Einheit, erstrebbar
werden zu lassen, dann . . .
Also wenn sie das Eindeutige hier
als Hälfte eines Ganzen begreift . . .,
sagte Poppes.
Und die Einheit als Ganzes, aus
zwei eindeutigen Gegensätzen, ergänzte

die Paw, und fuhr fort: Wenn also
die Wissenschaft Eindeutiges umwirbt,
um es in der geordneten Mehrdeutigkeit
einer einzigen Einheit untergehen
zu lassen und derart glaubt,
der Natur zu dienen, in ihrem Sinne
zu handeln, Poppes, sag schon:
Dann irrt sie, sagte Poppes und
freute sich, als er sagen konnte:
Es handelt sich hier also wirklich
um die Zerstörung des Paares.
Es kann keine Rede davon sein,
daß wir beide ein Paar bilden können,
seufzte die Paw.
Wir sind es beide schon jeweils selber
als jeweils einer und eine, sagte
Poppes.
Und keine Rede kann davon sein,
daß jeweils jeder von uns nur ein
einziges Paar sind, dozierte
die Paw.
Und keine Rede kann davon sein,
daß die Fortpflanzung aus dem Willen
zur Einheit erzeugt wird, rief
Poppes.
Vom Fortpflanzen ist hier überhaupt
nicht die Rede. So die Paw.
Die Rede sollte hier sein, erkühnte
sich der Poppes, zu reden von einer Natur,
die nicht natürlich ist, sondern
menschlich.
Von einer natürlichen Gesellschaft
soll keine Rede mehr sein, verbot
die Paw.

Also Paw, jetzt sag schon, rief Nathalie und stieß mich an, oben, wo wir alle in einer schweigenden Menge saßen, auch vor der Kapelle. Das bist aber doch du, diese alle, erklärte mir Nathalie. Und Jeanne erklärte sich selber zu der ganzen Gesellschaft. Ich auch, schrie sie zu mir herüber: auch ich habe mich so vermehrt. Und Robin stellte sich auf die Bank, um mir deutlich machen zu können, daß in Umkehrung dieses Gedankens die massenhaften Existenzen sich in ihm befänden. Und wenn man bedenkt, schrie die Rosa, daß ein Wissenschaftler daraufkam. Aber wo ist er? Hallo! Wir hörten ihn reden:

Im hochenergetischen Stoß wurden hier
massenhaft Teile der Gesellschaft
erzeugt, und sie kamen aus der
im Zusammenstoß erzeugten
siedenden Urgesellschaft und
im gewissen Sinne waren sie alle
in diesem Stück siedender
Urmaterie enthalten.

Ungeheurer Applaus. – Also klatsch' doch mit, sagte Nathalie zu mir.
Hör zu, sagte ich.

So sehen wir, daß jeder sich
wie siedende Urmaterie verhält.
Ein jeder kann nämlich weiter in viele
Paare zerfallen, die selbst wieder
zerfallen können. Ein jeder besteht
aus Paaren, die keineswegs
elementarer waren. Jeder besteht
gleichzeitig aus allen anderen.

Darf ich behilflich sein, sagte Feilitzsch. – Er durfte. Mit seinen Ordnungskräften verschleppte er uns in eine Gasse. So traten wir ab. Der Poppes war damit nicht einverstanden, aber doch froh. Ob ich froh sei, fragte er mich und besänftigte meinen Kummer, indem er ihn formulierte: alles Weitere später. Schon gut: wir haben etwas erkannt. Jetzt schau nicht so traurig. Im Augenblick brauchst du dir über das Aussterben der Menschheit bestimmt keine Sorgen zu machen. Oder: Wir sind doch mit dir nur zu sechst. Also bitte, das hätte doch gar nicht die Folge, an die du jetzt denkst. Sag lieber gar nichts. Denk dir dein Teil, dann wird es schon falsch werden. Wo ist der Thermodynamiker? fragte ich ihn.

Wie bitte?
Wo ist der Dritte? fragte ich ihn.
Warum?
Deinetwegen. Und wegen allen!
Du meinst doch nicht?
Doch, sagte ich.
Der ist doch entbehrlich, schimpfte der Poppes.
So, meinst du? sagte ich, als ich Jesus in der Menge erkannte. Ich sehe ihn, sagte ich.
Und? fragte Poppes. Weint er?
Zu viele Menschen, sagte ich. Ich konnte das nicht erkennen.
Also, dann lebe. Der Poppes war ganz zufrieden.
Wir sprechen von uns, verkündete Rosa. Sie ging uns voran.
Es gibt keine Elementarteilchen, sagen wir, im Sinne von letzten Bausteinen der Gesellschaft, rief Robin in der Menge. Wir verloren ihn aus den Augen.
Reden wir also von uns, frohlockte Jeanne und erklärte nach links und nach rechts: Ein jeder besteht aus allen anderen. Wir sahen sie nicht mehr.
Und Nathalie rief: Eine Geschichte aus uns, aus uns allen, ist das heute und hier. Sie verschwand in der Menge.
Jeden wollen wir Gesellschaft nennen, rief Poppes. Er war bei mir stehen geblieben. – Jetzt rede du, sagte er zornig zu mir. Also bitte! Und als ich nichts sagte, rief er: Reden wir also von uns.

Die dreckige Tatsache hier auf einem falschen Platz, auf dem, lange bevor er von einer solchen Masse betreten worden war, wie soeben: die Terra Nova auf der zweiten Stufe zum Forum hinunter als Kothaufen lag – buchlang –: von Schuhsohlen war sie vertreten, und so heilspostwendend verbreitet worden. Viel Sinn: Tritt hinein am Morgen: Viel Glück! Ausgetreten darf das werden. Noch so ein temporaler Schwindel. Und nur deshalb die Pisse? Und da hatte man nur an das Blühen gedacht. Oder sonstwas. Oder was hatte man sich alles vorstellen müssen. Enttäuschung? Aber war nicht eine Frau die Produzentin gewesen? Jeanne, oder Demeter gar? Wozu dann die Sternbilder? Die Schlitze, die Schwänze? Wie hatte sich der Lacan aufgeregt! Und nun dieses unwichtigste Ministe-

rium einer Exekutive: tätig, oder erfreulich passiv. Weil alle Träger geworden. Die Schuhpost? Beim heiligen Johannes, dem Liebling. Wer sagte, Jesus hätte gelacht? Er, der Läufer? Verkündigung mit dem untersten Zeug. Neuer Dreck an alten Schuhen. So also sollte das werden, das sein? Und wer das Glück sich vorgestellt hatte, so nie. Aber ganz genau so. Beinahe hätte man sich zugerufen: eben so richtig, aber bestimmt nur beinahe. Sonst. Denn Schluß gemacht muß doch werden, wenn man anfängt. Und Jesus lachte. Und der weiß vom Anfang so wenig wie vom Schluß. Also das hat er unwissenschaftlich bewiesen. Als er beinahe richtig falsche Gedanken über die beinahe falsche richtige Zeit dachte, wie wir.
Und wir sind auf den Hund gekommen. Und die Straßen sind auf den Platz gekommen: der heißt noch immer die Freiheit. Sowohl zum Bellen ist das wie zum Lachen. In ihrer halben Sprache haben derart die Kyniker geredet gerade ins Runde, Pfingsten 82 nach Ostern 68. Oder und wieder so weiter. Die Hoffnung ist Fleisch geworden. Und Fleisch entleert sich. Fleisch schreibt. Schreiber suchen sich immer die saubersten Plätze. Sind immer Beschmutzer von Papier. Weißem. Reinem. Nur der Jesus schreibt in den Sand. Aber weil er vom Vater her nicht von der Zunft ist. Oder so ein Dazwischer, bis zu uns. Seine hochwohle Nicht-geboren-heit redet. Der Sohn fingert hinter der Verwesung: im Sand.
Es gab noch alarmierende Falschmeldungen. Und: um alles Staunen gebrachte Ohren. Kurz vor Anfang oder vor Schluß?
Aber da ist es schon Schluß.
Wie immer zum Schluß kommt immer ganz langsam und sehr feierlich ein Morgen herauf. Das ist dann zeitgeschichtlich immer einer für Tote und ungeborene Leser.

Kommt mit, sagte ich zu Poppes.
Sein Erstaunen: Schluß. Einfach so?
Dazu ist nichts mehr zu sagen.
Doch: es ist still auf dem Platz. Und: er ist leer.
Also: sie sind alle hinausgegangen in das Gesetz. Alle. Warum?
Die Folgen?
Du sagst hinaus, sagte ich.
Warum nicht? Aber die Folgen?

Geschrieben.
Eben nicht geschrieben, trotzte der Poppes.
Eben, sagte ich.
Bescheiden, willst du sagen, sagte der Poppes.
Ich schwieg. Aber eben nicht bescheiden.

Sei ganz still, sagte ich zu Poppes. Ich sagte: Noch bist du drinnen, wo aber die Bewegung keine Not mehr wenden muß, auf diesem Platz, in dieser Welt. Also bitte, wenn dir das von der Unbescheidenheit etwas träumen läßt.
Ich sagte mir neben meinem Poppes ganz laut: Neben deinem Poppes gehst du auf unserem Platz. Wir werden nach dem kürzesten Tag die längste Nacht machen müssen. Bau also dein Herz um. Meine Hand dankt jetzt ab.
Dort drüben, der Sandkasten, hat einen Kopf, soll der Poppes mit diesem Schnabel sagen, als ich zuhöre, wenn er fliegt: zu lesen ist der Vogel immer noch schöner geflogen.
Keiner soll sein Gesicht halten können, wenn wir die neue Erde hinaufgrünen. Und aus jeder ungeschriebenen Seite darf er und ich sich herausschauen und Träume im Glück zittern lassen; ich einen weniger, weil uns zwei das Dritte einmal zerreißen wird.
Und von ihm bis zu mir, soll er sagen, schlingt das Kurze um. Das soll er sagen, als wir umschauen. Das war es. Das sagte er noch.
Komm mit, Poppes. Sollte ich das gesagt haben? Wir sagen uns ganzer Schweigen Zeiten, so werden wir uns einmal die Augen aus der Angst wischen können, als sich unsere Sätze ohne uns bezappeln werden müssen, weil außer sich Weiten.
Sagte er: Solange sich jetzt deine Hand in nieden halten kann. Gut.
Das war auch der Augenblick: Unter seinem roten Faden hielt ich an, in der Hoffnung auf noch einen Knoten. Aber er schüttelte seinen Kopf in dem meinen. Das tat weh.
Deshalb, auf der Leopoldstraße – wir wußten leider, wohin – sollte er mir noch sagen, daß er da sei, und wenn, jedes dritte meiner Wörter würde blöken, wenn wir also als Fische, jeder aus einem Auge des Esels, den Vögeln nachschauen dürften auf diesem Platz, aber das war schon sein Stiel.
Mein Kitsch: Er habe mir einmal geblüht; ich hätte meine Ge-

schichte auf die seine geschrieben. Oder kam er deshalb nicht mehr zu Wort?
Du neben allem mein Schön, sagte ich.
Sehr schlimm. Und nebendrein bedürftig.
Und noch schlimmer: Im Sarg würden meine Achseln ausschwitzen, was?
Der geht sowieso nur noch zwischen seinen Ohren, der Poppes.
Ob Esel Regenbögen schreiben könnten? Keine Antwort. Aber er ist doch noch da. Obwohl ich ihn nur noch aus meinem Mund heraus anschaue.
Wie schnell weiß dieser Morgen wird. Du bist geglückt, Poppes.
Ob noch ein Traum übrig ist für uns zwei?
Die zwei Polizisten. Der eine, der andere. Wachgebellt von Heinz von Stein. Ach Ritter. Wo bist du?
Jetzt stellen sich alle Wörter vor meinem Traum an und fallen in Messer, Gabel und Licht.
Und mein Buch bekommt schön langsam einen Schwanz, weil es von Anfang an ein Loch war. Dort muß ich wieder hinaus.

Ich traf auf die Absperrung. Das Seil wurde um denjenigen Teil der Stadt gespannt, in dem die Ereignisse stattgefunden hätten, sagte man mir. Ich begrüßte die zwei Polizisten, die dort, wo ich stehen bleiben mußte – der eine zur Linken, der andere zur Rechten, das Seil immer noch hielten, das mich aufhalten sollte.
Bitte, ich will hier heraus, sagte ich.
Hier ist abgesperrt, sagte der eine. Der andere nickte.
Ich sagte nichts.
Sie dürfen nicht schweigen, sagte der andere.
Ich will aber, sagte ich.
Sie dürfen auch nicht reden, sagte der eine.
Da wurde ich hymnisch. Ich sang.
Singen Sie nicht, sagte der andere. Das ist besonders verboten.
Es ist anscheinend alles verboten, stellte ich fest.
Das stimmt tatsächlich, sagte der eine.
Das ist nicht nur anscheinend so, sagte der andere.
Dann darf ich nicht nur nicht diesen abgesperrten Teil der Stadt

verlassen, sondern auch nicht in ihm bleiben.
Wieso eigentlich nicht? fragte der eine.
Reden Sie nicht so viel, sagte der andere.
Bleiben Sie, sagte der eine.
Wo Sie sind, sagte der andere.
Und bitte, wie lange? fragte ich.
Das ist uns egal, sagte der eine.
Wenn Sie nur bleiben, sagte der andere.
Ist es Ihnen deswegen egal, weil Sie auch einen Fehler machen wollen? fragte ich.
Was meint er damit, fragte der eine den anderen.
Das kann uns egal sein, sagte der andere.
Weil hier sowieso nichts stimmt? fragte ich.
Hier ist doch beinahe alles falsch gewesen, sagte der eine.
Wir sind doch nicht dumm, sagte der andere.
Das verstehen Sie also, sagte ich. Warum verstehen Sie dann nicht, daß ich weggehen will?
Sie dürfen nicht weggehen, sagte der eine.
Und dabei bleibt es, sagte der andere.
Ich muß also im falschen Buch bleiben, stellte ich fest.
Das ist richtig, sagte der eine.
Und Richtiges ist erlaubt, sagte der andere.
Obwohl es ein Fehler ist, weil Sie doch alles verbieten, sagte ich.
Was meinst du? fragte der eine den anderen.
Das ist richtig, sagte der eine.
Das ist ein richtiger Fehler, sagte der andere.
Es ist also erlaubt, obwohl es sicher verboten ist, von einem Fehler der Polizei zu schreiben, sagte der eine.
Das ist sicher verboten, sagte der andere.
Obwohl es stimmt, sagte ich.
Es stimmt, obwohl es verboten ist, sagte der eine.
Es war auch verboten, dieses Buch zu schreiben, sagte der andere.
Das war überhaupt verboten, sagte der andere.
Es wurde aber geschrieben, sagte ich.
Es wird sicher verboten, sagte der eine.
Obwohl es falsch ist, sagte ich.
Wir können wahrscheinlich auch gar nichts dagegen unternehmen, sagte der andere.
Das ist richtig, sagte ich. Vielleicht war es sowohl verboten, dieses

Buch zu schreiben, als es nicht zu schreiben. Deshalb nämlich, weil doch alles verboten ist.
So einer, sagte der eine.
Der versteht uns wie keiner, sagte der andere.
Warum hätten wir, sagte der eine, Sie nur daran hindern sollen, dieses Buch zu schreiben, wenn wir Sie auch noch daran hindern konnten, es nicht zu schreiben. Es ist wirklich alles verboten, wie Sie schon sagten.
Obwohl wir Ihnen also verbieten, sagte der andere, uns so sprechen zu lassen, verbieten wir Ihnen, uns nicht so sprechen zu lassen. Er lachte.
Ich muß also im falschen Buch bleiben? fragte ich.
Bleiben Sie, das ist ja auch verboten, sagte der eine. Er lachte auch.
Obwohl ich das selber gewünscht habe? fragte ich.
Wie meint er das? fragte der andere.
Das wird schon stimmen, sagte der eine.
Wir können wahrscheinlich gar nichts gegen seine Wünsche unternehmen, sagte der andere.
Würden wir wahrscheinlich gar nicht, sagte der eine.
Bestimmt nicht, sagte der andere.
Obwohl das verboten ist, sagte ich.
Es ist doch alles verboten, lachte der eine. Der läßt doch nichts aus.
Der verbietet ganz einfach, und alles, schüttelte sich der andere jetzt vor Lachen.
Richtig, prustete der eine heraus. Das ist doch richtig.
Der ist doch überhaupt ganz einfach der Richtigste, brüllte lachend der andere.
Das Seil schlaffte ein letztes Mal ab. Die Polizisten lagen sich tränend vor Lachen in ihren grünen Armen.

Ich bleibe im Buch. Ich schreibe mich im Stiel zurück auf den Platz. Dort bin ich der einzige Richtige.